唐娜·塔特作品系列

金翅雀

〔美〕唐娜·塔特——著　李天奇 唐江——译

THE GOLDFINCH

DONNA TARTT

人民文学出版社
PEOPLE'S LITERATURE PUBLISHING HOUSE

著作权合同登记:图字 01-2021-0598 号

Donna Tartt
The Goldfinch

图书在版编目(CIP)数据

金翅雀/(美)塔特著;李天奇,唐江译.—北京:人民文学出版社,2015.11(2021.5 重印)
(唐娜·塔特作品系列)
ISBN 978-7-02-011176-3

Ⅰ.①金… Ⅱ.①塔… ②李… ③唐… Ⅲ.①长篇小说-美国-现代 Ⅳ.①I712.45

中国版本图书馆 CIP 数据核字(2015)第 254044 号

总 策 划:黄育海
责任编辑:卜艳冰　张玉贞
封面设计:汪佳诗

出版发行　人民文学出版社
社　　址　北京市朝内大街 166 号
邮政编码　100705
印　　制　山东新华印务有限公司
经　　销　全国新华书店等
字　　数　698 千字
开　　本　720×1000 毫米　1/16
印　　张　41.5
版　　次　2016 年 1 月北京第 1 版
印　　次　2021 年 5 月第 7 次印刷
书　　号　978-7-02-011176-3
定　　价　99.00 元

目录

第一部

荒谬带给人的不是自由，而是束缚。

——阿尔贝·加缪

第一章

手持骷髅的少年

1

我还在阿姆斯特丹时，多年来头一次梦到了母亲。当时我把自己关在旅馆里，闷了一个多星期，既不敢给任何人打电话，也不敢出门。哪怕听到无关紧要的声音，我的心也会怦怦乱跳：电梯铃声，给小酒吧冰箱补货的小推车辘辘作响的声音，教堂大钟报时的钟声，概莫能外。西教堂钟塔，圣方济各沙勿略堂，它们的钟声听起来阴郁，仿佛糅入了某种童话般的毁灭感。那天我坐在床脚，挖空心思地猜测荷兰语的电视新闻究竟在讲些什么。根本没指望，因为我对荷兰语一窍不通。后来我放弃了，便披上驼毛色外套，坐在窗畔眺望外面的运河——我离开纽约时太匆忙，没有带足保暖的衣服，所以现在就算待在屋里也觉得冷。

外面十分热闹。时值圣诞，夜色中的运河大桥上彩灯闪烁。脸蛋红扑扑的男男女女骑着自行车，咔嗒咔嗒地行驶在卵石路上，围巾在寒风中飘拂着，圣诞树在车后座上颤颤悠悠。每天下午都有业余乐队演奏圣诞颂歌，纤弱的余音停在冬季的空中，弥久不散。

客房送餐服务员送来的餐盘被我弄得满目狼藉：太多的香烟，从免税店买来的微温的伏特加。在那段忐忑不安、闭门不出的日子里，我就像囚犯熟悉囚牢一样，熟悉客房的每一寸地方。那是我第一次去阿姆斯特丹；我只了解客房，对市容市貌几乎一无所知。客房有种久经风吹日晒的阴郁之美，颇具北欧风情，宛如荷兰的微缩模型：粉刷过的白墙，新教徒的整洁，与商船从东方带来的奢华之风融合在一起。我毫无来由地花了好多时间，仔细观看挂在橱柜上方的两幅镀金装裱小画：一幅画的是农夫们在结冰的湖面上溜冰，旁边是一座教堂；另一幅画的是一艘帆船在冬季躁动不宁的大海上颠簸前行。这两幅画只是装饰性的复制品，并无特别之处，可我还是仔细端详，仿佛画中蕴含重要信息，可以借此解开佛兰芒那些古老画家隐秘的内心。外面，雨夹雪拍打着窗玻璃，洒落在运河上。尽管屋里有华丽的锦缎和柔软的地毯，冬天的光线却依然透出一九四三年的寒意，让我不由想起那时的贫困和艰苦。那时人们喝不加糖的淡茶，上床睡觉时饥肠辘辘。

每天我趁天还没亮，赶在加班的旅馆职员上班、大堂人满为患之前，下楼去拿报纸。旅馆职员轻声细语，踏地无声，走来走去，冷淡的目光从我身上掠过，仿佛并未看到我，并未看到这个白天从不下楼的二十七岁美国男子。我尽量安慰自己，那位夜间值班经理（穿黑西装，留小平头，戴角质架眼镜）应该不是好事之徒。

《先驱论坛报》没有报道我的困境，不过整件事是登上了荷兰的各大报刊，只字不识的我看了大段外文只能干着急。“悬而未决的谋杀案”。“身份不详”。我上楼回到床上（衣服一件没脱，因为屋里太冷），把报纸在床罩上铺开。我看到了警车和犯罪现场录像的照片，但我连标题都看不懂，不过报上好像并没提到我的名字。看不出他们是否已经掌握了我的外貌特征，或者是否保留了部分信息，没有向公众披露。

客房。暖气。“一个有犯罪记录的美国人”。橄榄绿色的运河水。

因为怕冷，再加上抱病在身，我经常无事可做（我忘了带本书过来，还有保暖的衣服），只好把白天的大半时间消磨在床上。刚到下午三点左右，天好像就黑了。我经常在摊开的报纸窸窸窣窣的响声中，迷迷糊糊地昏睡过去，清醒时的那股莫名的焦虑，在梦里也摆脱不掉：过堂审讯；行李箱在飞机跑道上爆开，我的衣服散落一地；我在没有尽头的机场走廊上匆匆跑过，去赶飞机，心里却明白，自己无论如何也赶不上了。

因为发烧，我做了好些栩栩如生的怪梦，身体辗转反侧，出了不少汗。我几乎分不清白天和黑夜，不过在烧得最凶的最后一天晚上，我梦到了母亲：那是一个短促而神秘的梦，感觉更像是一次显灵。我在霍比的店里——或者更确切地说，是在一片闹鬼的梦中空间里，那儿布置得挺像那家店——她突然来到我的身后，我从镜子里看到了她的身影。我一看到她，就被幸福感攫住了，身体就像麻痹了一般。是她，每个微小的细节都对，那些雀斑的位置也丝毫不差；她冲我微笑，样子美极了，她一点儿也没有变老，乌黑的头发，向上翘的滑稽嘴角；不像是梦，她的存在感充满整个房间，那样独特，那样别具一格。我很想转过身去，但知道不能那么做，我要是直接向她望去，就会违反她那个世界和我这个世界的法则。她只能用这样的方式过来看我，我们的目光在镜中交会了很久很久，时光仿佛静止了一般。不过就在她想要开口说些什么时——话里似乎融合了快乐、爱意和气恼——一团雾气涌入我俩中间，我醒了过来。

2

她倘若还活着，一切都会好得多。她去世时我还是个孩子。虽然从那以后，发生在我身上的一切都是我一个人的错，不过自从失去了她，我就再也看不到能指引我前往某个更加幸福的地方的路标，让我过上不那么孤单或者更适合我的生活。

她的死亡就像一道分水岭，划分出之前和之后的生活。承认这一点未免令我沮丧，不过这么多年来，我再也没有遇到能像她那样让我感受到被爱的人。有了她的陪伴，一切都焕发出活力；她仿佛在身边洒下了迷人的剧院灯光，透过她的眼睛去看，一切都会变得比往常更鲜艳夺目。我记得，就在她去世的几个星期之前，我跟她一起在格林尼治村的一家意大利餐馆吃了一顿夜宵。她突然抓住我的衣袖，侍者们排着队，从厨房捧出一个非常可爱的生日蛋糕，蛋糕上点着蜡烛，模糊的光圈在黑魆魆的天花板上摇曳着。然后他们把蛋糕放在那一家人中间，一位老太太带着满脸幸福的笑容，向身边的人致意，侍者们背着手离开了。只是一顿普普通通的生日晚餐，在闹市区的任何一家廉价餐馆都会看到，我能肯定，要不是没过多久母亲就去世了，我是不会记得这次晚餐的。不过她去世以后，我把这次晚餐回想了好多遍，也许我这辈子都会把它记在心里：那个烛光围成的圆圈，那个洋溢着平凡幸福的场景。自从母亲去世以后，我就再也没有体会过那样的幸福。

她人长得也美。这并不重要，不过她的确是个美人。她刚从堪萨斯州来纽约时做过兼职模特，不过她在摄影机前总是不够自然，因此表现欠佳。她的特质没能在胶卷上展现出来。

她是个别具一格的人，像她那样的人世间少有。我不记得自己见过跟她真正相似的人。她有一头黑发，白皙皮肤夏天会生雀斑，亮闪闪的眼睛是中国蓝色的。颧骨部位的斜面上，颇为古怪地融合了部落民的特质和凯尔特的暮色。有时候别人猜她是冰岛人。其实她有一半爱尔兰血统，一半切罗基血统。她的老家在堪萨斯州的一个城镇，靠近俄克拉何马州边界。她喜欢管自己叫“俄州人”，把我逗得哈哈笑。她就像赛马一样光彩照人，刚强勇毅。不幸的是，她那种混血的特质在照片上体现得有点生硬，显得冷酷无情——她的雀斑被化妆品遮住了，她的头发梳成垂在脑后的马尾辫，使她看上去就像《源氏物语》里的贵族。照片丝毫传达不出她的热情，她那欢快、出人意表的性格，这正是我最喜欢她的地方。从她在照片里略显僵硬的样子不难看出，她有多么不信任摄影机；她整个人透出一种警觉、凶猛的气质，就像正在为迎接袭击做好准备。不过生活中的她并不是这样。她的行动敏捷得惊人，她的动作急促而轻盈，她总是坐在椅子边上，就像某种体态细长而优雅的湿地鸟类，随时都会惊起，飞走。我喜欢她搽的那种檀香味香水，那股香味既质朴又出人意表。我喜欢她俯身吻我额头时，浆洗过的衬衫发出的窸窣声。听到她的笑声，你会情不自禁地想要放下手头的事，跟她一起走上街头。她每次出门，男人们都用眼角余光打量着她，有时候他们看她的那种样子让我感到有些不快。

她的死是我的错。别人总是劝我，说那不是我的错，但那就是我的错。*只是一个孩子，谁能想到呢，可怕的意外，运气不好，谁都有可能碰上这样的事。*这些话都对，只是我一个字也不信。

那件事发生在纽约，十四年前的四月十日。就连我的手都对这个日子心怀抵触。我得费好大力气，才能让钢笔在纸上保持移动，把它写下来。这原本是一个再平常不过的日子，然而如今它竖在日历上，就像一枚生锈的钉子。

如果那一天一切都能按照原计划进行，那它会在不知不觉间烟消云散，像我八年级那年其余的日子一样荡然无存，了无痕迹。那样的话，我对那天还会剩下多少记忆？很少，或者一点不剩。不过现实是那天早晨比现在还要清晰，就连空气中的湿意都令人难忘。夜里下过雨，是一场可怕的暴风雨，商店进了水，两个地铁站关闭。我们俩站在我们的公寓楼外面泡了水的地毯上，她最喜欢、也对她满怀倾慕的门卫戈尔迪，沿着第五十七街倒退着走过来。他举起一只胳膊，吹着哨子叫出租车。一辆辆车飞速驶过，溅起股股脏水；胀满雨水的乌云在摩天大楼上方翻滚着，朝着一片片晴朗的蓝天飘去；在下面的大街上，汽车排放的尾气下面，泉水般潮湿绵软的风扑在人身上。

“啊，他的车有客人了，夫人。”戈尔迪用盖过街头喧嚣的嗓门喊道，给一辆出租车让路。出租车转过拐角，溅起水花，灭掉灯。他是几个门卫中身材最矮小的一个。他是个面容憔悴、身体瘦弱却生气勃勃的小个子，就像肤色偏白的前次轻量级拳击手普埃尔托·里坎。不过因为饮酒过度，他的面皮有些松弛（有时他值夜班时身上散发着珍宝威士忌的气味），他依然强健结实，动作敏捷。他总爱打趣，总是去街角抽烟休息。天冷的时候，他总是倒换着脚站着，朝戴着白手套的手上呵气。他用西班牙语讲笑话，把其他门卫逗得哈哈大笑。

“你们今天早晨急着出门？”他问我母亲。他的名牌上写着“伯特·D”，但每个人都管他叫戈尔迪①，因为他有一颗金牙，还因为他的姓氏“德奥罗”在西班牙语里是“金子”的意思。

“不急，有的是时间，没关系。”不过妈妈看上去颇为疲惫，头巾被风吹开了，她把它重新系好时双手有些发抖。

戈尔迪准是注意到了这一点，因为他略为不满地觑了我一眼。我以一副躲避的姿态，倚在大楼前面的水泥花盆上，眼睛就是不肯看母亲。

“你们不坐地铁吗？”他问我。

“哦，我们要去办点儿事。”母亲见我不知道该说什么好，有些拿不准地说。通常我不怎么留意她的穿着，不过她那天早晨的那身穿着（白色风衣、粉色薄纱围巾、黑白双色平底便鞋）深深铭刻在我的记忆里，我没法把她记成别的样子。

那时我十三岁。我不愿回想最后那天早晨我们之间有多么别扭，就连门卫都注意到了。平时我们总是有说有笑，不过那天早晨我们彼此无话可说，因为我受到了停学的处分。前一天，校方把电话打到她的办公室。她回到家时沉默不语，怒气冲冲。糟糕的是，我压根儿就不知道自己为什么受到停学的处分，不过我有百分之七十五的把握能肯定是因为比曼先生。他从办公室往教师休息室走时，从

---

① 这个名字有“金子”的意思。

二楼楼梯平台的窗户向外眺望，可能刚好看到我在校园里抽烟。要不然就是看到我站在汤姆·凯布尔身边，而汤姆正在抽烟，这样同样违反校规。我母亲反感吸烟。她的父母——我很爱听她讲他们的事，可惜他们去世太早，我跟他们无缘相见——是和蔼可亲的驯马师，在西部四处游历，靠驯养摩根马谋生。他们性情活泼，爱喝鸡尾酒，玩卡纳斯塔扑克牌游戏，每年都去参加肯塔基州的马术比赛，还总是把香烟装在银质烟盒里，家里到处都是这样的烟盒。后来有一天，外婆从马厩回到屋里时弯下腰咯起血来。打那以后，在母亲的少年时代里，前门门廊上，卧室始终放下来的百叶窗下，一直摆着氧气罐。

不过——正如我所担心的，这份担心并非毫无缘由——汤姆的香烟问题，只是冰山一角。在此之前的一段时间里，我在校内的处境一直不妙。这是从几个月前父亲撇下母亲离家出走时开始的，或者说，从那时起变得愈发严重。我们一直不太喜欢他，他不在我们身边时，母亲和我要开心得多，不过他突然抛弃我们（没有留下钱、子女抚养费或今后的住址），让我们深感震惊和忧虑，上西区那所学校的老师为我深感遗憾，他们想要给予体谅和支持的心情是那样迫切，结果他们给了我——一个拿奖学金的学生——各种照顾和宽限，还有一而再再而三的弥补机会。这样的纵容持续了数月之久，最终我越陷越深，无法自拔。

于是校方要我们——我和母亲——前去面谈。会面时间定在十一点半，不过因为母亲不得不请一上午假，我们干脆早早出发，去上西区吃早餐（依我看，还会有一场严肃的谈话），她还要给一个同事买生日礼物。头天晚上，她不眠不休地忙到夜里两点半，电脑发出的光照着她紧绷的面容。她写了些电子邮件，尽量把无法在次日上午做的工作提前安排好。

“我不知道你怎么样，”戈尔迪用颇为激烈的语气跟母亲说，“我是受够春天和潮湿啦。没完没了地下雨——”他打了个哆嗦，把衣领拉紧，又看了看天空。

“我想，下午就该放晴了。”

“嗯，我知道，不过我已经在盼望*夏天*了。”他摩擦着双手。“那时候，人们纷纷弃城而去，他们讨厌夏天，抱怨天气太热，可我呢——我就像热带的鸟儿，越热越觉得舒坦。尽管来吧！”他拍了拍手，回到街上。“告诉你我最喜欢什么吧，那就是一进七月，这里就安静下来啦。人去楼空，静悄悄的，人都走了，明白吗？”他打了个响指，出租车急速驶过。“那时候就是*我的*假期。”

“那你在外面不热吗？”我那性情冷淡的老爸很烦她这一点——妈妈爱跟侍

者、门卫、干洗店里有哮喘的老头搭腔。“我是说，冬天起码还可以加衣裳——”

“你是说冬天守门吗？我跟你说吧，那时候可冷了。穿多少衣裳，戴多少顶帽子都不管用。一月二月里，站在外头，就在这儿守着，风从河上吹过来。嗖嗖的。”

我不安地咬着大拇指的指甲，盯着一辆辆从戈尔迪高举的手臂旁边急速驶过的出租车。我知道，十一点半的面谈之前是痛苦而漫长的等待。到了学校之后，我必须老老实实地站着，不能让不慎脱口而出的问话，坐实自己的罪过。我不知道他们让我们走进办公室之后，会跟我和母亲说些什么。“面谈”这个词，不免让人想起齐聚一堂的校方领导、各种谴责和低头认罪，最后说不定还会遭到开除。要是我失去了领取奖学金的资格，那可就惨了。爸爸离开之后，我们就一贫如洗，连房租都快交不上了。我最担心不过的，就是比曼先生不知用什么办法，发现了我去汉普顿那边找汤姆·凯布尔玩的时候，经常跟汤姆去闯空无一人的度假屋。虽说是“闯”，但我们并没撬锁，也没搞任何破坏。汤姆的妈妈是房产经纪人，我们是拿她挂在办公室挂架上的备用钥匙开门进去的。我们只翻了翻壁橱和梳妆台抽屉，不过也拿走了一些东西：冰箱里的啤酒、一些 Xbox 游戏碟、一盘 DVD（李连杰演的《狼犬丹尼》），还有总共九十二元左右的现金：皱巴巴的五元和十元的票子放在厨房的罐子里，大把零钱是从洗衣房里的衣服口袋掏出来的。

我每次想起这件事都觉得恶心。我有好几个月没跟汤姆一起出去了，不过尽管我努力说服自己，比曼先生不可能知道我们闯空门的事——他怎么可能知道呢？——但我的想象力却在惶恐中肆意狂奔。我打定主意绝不告发汤姆（虽说我无法确定他没有告发我），不过这样一来，我的处境未免有些不太妙。我当初怎么就那么蠢呢？非法闯入是犯罪行为，是要坐牢的。头天夜里，我躺在床上，辗转反侧几个小时。我望着雨水伴着时强时弱的阵风拍打着窗户，心里琢磨着万一要对质，自己应该说些什么。不过我连他们掌握了哪些情况都不清楚，又该如何辩白呢？

戈尔迪长叹一声，垂下手，回到母亲身边。

“真叫人难以置信，”他对我妈妈说，一边用疲惫的眼神留意着街道，“水都漫到苏荷区了。你听说了吧？卡洛斯说，联合国那边的一些街道彻底堵住了。”

我愁眉苦脸地望着成群结队的工人纷纷走下横穿城区的公交，他们看上去就像一窝闷闷不乐的黄蜂。我们往西走一两个街区，说不定能更容易打到车。不过我和母亲都知道，我们要是就这么走了，戈尔迪准会不高兴。不过就在这时——

太过突然，我们吓了一跳——一辆亮着灯的出租车从另一侧车道滑行过来，带起一片下水道味儿的污水。

“当心！”戈尔迪说，往边上一跳，出租车猛地刹住车。这时他看到母亲没拿雨伞。“等一下。”他说着冲进大堂，跑到他搁在壁炉旁边的铜罐那里，他把别人遗失的伞都收集到这个铜罐里，下雨天再分给众人。

“不用了，”母亲喊道，把手伸进包里，摸索着那把白底花纹小折叠伞，“别麻烦了，戈尔迪，我已经准备好了——”

戈尔迪奔回路边，在她身后关上出租车门。然后他俯下身体，敲了敲车窗。

“祝你们过得开心。”他说。

3

我自认是个善于观察的人（因为我觉得所有人都挺善于观察），在写下这一切时，我很想写有一片阴影悄悄飘到我的头顶。但当时的我对未来一无所知，只担心一件事——学校里的面谈。我打电话告诉汤姆我可能会被停学时（我打的是普通电话，还压低了嗓门，母亲把我的手机没收了），他好像并不怎么惊讶。“瞧，”他打断我，“别傻了，西奥，那事没人知道，你他妈的把嘴巴闭严了就行。”还没等我想出什么话来，他说了句“抱歉，我得走了”，挂断电话。

在出租车里，我尝试摇下车窗透气，结果未能如愿。车里的气味就像一直有人在后座换尿布似的，也像有人拉了大便，然后喷了很多椰子味空气清新剂来掩盖，闻起来有股防晒油味。车座油腻腻的，用管道胶带打着补丁，车子的减震器几乎毫无作用。每次车子轧到坑洼不平的路面上，我的牙齿都会碰在一起咯咯作响，挂在后视镜上的那些宗教饰物也会碰在一起：有各种徽章，一把在塑料链子上跳舞的小弯剑，一位缠着头巾、留着胡子的上师，他用犀利的眼神盯着后座，手掌高举，作祈祷状。

我们乘车行过公园大道沿线，一排排红色郁金香仿佛立正待命。出租车里，宝莱坞流行歌曲——开得很小，有如细不可闻的呜咽——跌宕起伏，释放出催眠效果，但刚好在我的容忍限度之内。树木刚刚发芽。达戈斯蒂诺和格利斯泰德超市的年轻售货员推着装满食品杂货的手推车；脚踩高跟鞋、从事行政工作的女性在人行道上迈着匆忙的步子，拽着身后满脸不情愿的幼儿园孩童；一名身穿工装的工人把沟里的垃圾扫进长柄簸箕；律师和股票经纪人伸出手掌，皱着眉头仰望天空。出租车猛烈颠簸着驶入大道时（母亲看起来惨兮兮的，紧紧地抓着扶手，稳定身体），我望着窗外那些在工作日闷闷不乐的面孔（神色忧愁、身穿雨衣的人在人行横道线上阴郁的人群中挤来挤去，一些人一边用纸杯喝着咖啡打着手机，一边左右张望），尽量不去琢磨自己会遭遇什么厄运：没准儿跟少年法庭或监狱有关。

出租车突然猛地一转，拐到第八十六街。母亲跌到我的怀里，抓住我的胳膊。她面色苍白，汗涔涔的，就像鳕鱼一般。

"你晕车吗？"我问，一时间忘记了自己的麻烦。她脸上挂着我再熟悉不过的悲哀表情：嘴唇紧抿，前额的汗水散发着光亮，呆滞的眼睛睁得大大的。

她正要开口说点什么——这时出租车在红灯前面来了个急刹车，我们的身体随之前倾，然后往后倒去，结结实实地撞在后座上。她赶紧用手捂住嘴巴。

"坚持住，"我对她说，然后凑过去敲了敲油腻的有机玻璃，把司机（一位缠着头巾的锡克教徒）吓了一跳。

"听着，"我透过铁栅喊道，"没事，我们在这里下车，行吗？"

锡克教徒——他的面孔映在挂满饰物的后视镜里——直勾勾地望着我。"你们想在这里停车。"

"是的，拜托。"

"可这儿不是你们说的那个地址。"

"我知道。不过没关系，"我说着，回头看了看母亲。她睫毛膏花了，看上去有气无力，在包里翻找着钱包。

"她没事吧？"出租车司机有些担忧地问。

"没事，没事。我们要下车，谢谢。"

母亲用颤抖的双手取出一团看上去有点潮湿的钞票，把钞票从铁栅递过去。锡克教徒伸手接过（他无奈地移开目光）。我钻出车子，为她扶好车门。

母亲走上马路牙子时，脚底绊了一下，我一把抓住她的胳膊。"你没事吧？"我怯生生地问她，出租车快速开走了。我们是在第五大道北段，旁边是公园对面的豪宅。

她深吸一口气，然后擦了擦前额，捏了捏我的胳膊。"呼。"她说，用手掌给脸庞扇着风。她的前额亮晶晶的，目光还是有些涣散，神态有点像是飞行路线被大风吹偏的海鸟。“抱歉，还有点晕。谢天谢地，咱们下车了。过会儿就没事了，我只要呼吸到新鲜空气就好了。”

街角的风挺大，四周人流如织：穿校服的女学生边跑边笑，绕过我们；保姆推着精致的婴儿车，车子上坐着三三两两的宝宝。一位步履匆匆、律师模样的父亲紧贴着我们走过去，他拽着年轻儿子的手腕。“不，布雷登，”我听见他跟男孩说，后者迈着大步，想跟上父亲的步子，“你不应该那样想，还是找一份你喜欢的工作更重要——”

我们挪到路边，躲避一名大楼管理员用桶泼到楼前人行道上的肥皂水。

“告诉我，”母亲说，用指尖揉按着太阳穴，“是因为我晕车，还是因为那辆出租车难以置信的——”

“脏？是不是有点像夏威夷热带牌防晒油和婴儿粪便味儿？”

“说真的，”她往脸上扇着风，“要不是一次次刹车和启动，我原本不会有事的。我一开始还好好的，突然就受不了了。”

“为什么你从来不问问，你可不可以坐到前排？”

“你这话听起来真像你爸爸说的。”

我尴尬地移开目光——因为我自己也听出来了，是有点儿像他那种“我早就知道”的讨厌腔调。“咱们走到麦迪逊大道，找个地方让你坐着歇歇吧。”我说。我都快饿死了，那里有一家我喜欢的餐馆。

可她摇了摇头，身体好像痉挛了一下，她好像突然想吐。“空气。”睫毛膏在她的眼睛下面晕染开来。“这里空气好。”

“好吧，”我说，话说得有点太快，我急着表现自己好说话的一面，“怎么样都行。”

我尽量让自己表现得随和一些，但母亲——她还是感到一阵阵晕眩——听出我言不由衷。她仔细打量着我，想摸清我的心思。这是我们陷入的又一个恶习，都怪她跟父亲过了那么多年，他们习惯了揣摩对方的心思。

“怎么啦？”她说，“那里有你想去的地方吗？”

“嗯，没有，”我说着，后退了一步，大为惊讶地环顾四周。尽管饥肠辘辘，可我觉得自己并没有使性子的资格。

“我很快就没事了。等我一分钟。”

“要不然——”我心里既犹豫又不安，什么是她想要的，什么能让她高兴起来？“咱们去公园坐坐？”

她点了点头，我感到如释重负。“那好吧，”她说，我觉得她说这话的嗓音像极了童书女主角玛丽·波平斯，“不过得先等我喘过气来。”我们朝第七十九街的路口走去，路边是经过精心修剪的花木，配有铁艺花边的笨重大门。天色暗下来，变成一种工业化的灰色。风势很大，就像茶壶冒出的滚滚热气。街道对面，靠近花园那里，画家们摆开摊子，摊开画布，把他们用水彩画的圣帕特里克和布鲁克林大桥固定好。

我们默不作声地走着。我的心思转得很快，脑子里想的全是我面临的麻烦（汤姆的父母是不是也接到了电话？我之前怎么就忘了问他呢?），还有我和她到了餐厅后，我早餐吃些什么好（西部煎蛋卷、家常炸食、腌熏猪肋肉；她应该会点平时吃的东西：烤黑麦面包、水煮蛋、一杯黑咖啡）。我没怎么留意我们走到了哪儿，然后我意识到，她刚才说了一句什么。她没有看我，而是望着公园。她的表情让我想起一部有名的法国电影，我不知道那部片子叫什么名，电影里面的人走过狂风大作的街道，说了好多话，但彼此之间其实并没有真的在交谈。

“你刚才说什么?”我迷糊了几秒钟之后问道。我加快脚步，追上她。“多试——”

她看上去吃了一惊，好像刚才忘了我的存在。那件白色风衣在风中飘舞着，将她衬得更像长腿鹳了。仿佛她马上就要张开翅膀，飞向公园。

“多试什么?”

“哦。”一时间，她表情茫然，然后她摇了摇头，像孩子那样尖声笑起来，“不，我说的是时间错位。”

这话有些古怪，但我明白她的意思，或者说，我自以为明白——她是说时间断断续续，就像一阵颤抖。在人行道上陷入恍惚的几秒钟，感觉就像时间的片刻停顿，或者电影里被剪掉的几帧画面。

“不，小家伙，我是说这片街区。”她拂乱了我的头发，我歪着嘴巴，有些不好意思地笑起来。“小家伙”是我小时候的昵称，我已经不喜欢这个名字了，我也不喜欢别人弄乱我的头发。不过虽说我有些局促不安，但见她情绪有所好转，我心里还是挺高兴。“我一到这里就有这样的感觉。不论什么时候，我一来这儿，就觉得自己又变成了十八岁，刚从大巴上下来。”

“这里？”我有些怀疑地说，任由她牵着我的手，平时我是不会这样的。“这可真奇怪。”我对母亲在曼哈顿度过的青春时代相当了解，她的活动地点离第五大道很远——在B大道上，一家酒吧前面的摄影室里。流浪汉在那儿的门口过夜，酒吧灯光洒在街头，有个叫莫的疯老太太置法律于不顾，在顶层的封闭楼梯间里养了十来只猫。

她耸了耸肩膀。“对，这儿的样子跟我最早看到时一模一样。就像穿过时光隧道。下东区那里——嗯，你知道那里是什么样——总是日新月异，那里总让我觉得自己跟不上时代，我跟它的距离总是越来越远。有时候，我早晨醒来，会觉得夜里仿佛有人来过，重新安排了沿街的店面。老餐厅关门了，原先是干洗店的店面新开了一些时髦酒吧……”

我恭恭敬敬地保持沉默。最近她总是对时光流逝大加感慨，或许是因为她的生日快要到了。*我太老了，不适合这种套路啦*，前几天她这样说过，当时我们俩一起把公寓翻了个遍。我们在沙发垫子下面，还有外套和夹克的口袋里摸来摸去，想要找出足够的零钱，给熟食店的送餐员结账。

她把手抄进大衣口袋。“这里没怎么变。”她说。她的声音很轻，但我看到她的眼神有些蒙眬。显然，她昨晚没有睡好，这都怪我。“你看过上城公园之后，会觉得那是这座城市依然葆有十九世纪九〇年代风貌的少数地方之一。格拉梅西公园也是，格林尼治村也有那么点意思。我第一次来纽约时，感觉这片街区就像把伊迪斯·华顿的作品、《弗兰妮与祖伊》与《蒂凡尼的早餐》融合在了一起。”

“《弗兰妮与祖伊》写的是西区。”

“对，不过当年我傻傻的，没搞明白。我只能说，这里跟下东区大不一样，那里的流浪汉会在垃圾桶里生火。周末的时候，这里可迷人了——逛博物馆——在中央公园独自游荡——”

“游荡？”她说的好多话在我听来，都有股外国味儿，“游荡”听起来就像她小时候用的驯马术语。没准儿是骑着马懒洋洋地前行的意思，速度介于慢跑和小跑之间。

“哦，你知道，就是像我平时那样走来走去。那时我很穷，袜子上还有窟窿，靠喝燕麦粥充饥。信不信随你，有些周末，我经常*走到*这里。省下地铁费，回去时坐车用。那时候，付车费还不是卡片，而是代币。进博物馆还要交钱，交的好像是‘建议捐赠款’。那时候，我还是满有胆量的，或许他们可怜我，因为——哦不。”她变了腔调，戛然而止。我浑然不觉地超过了她几步。

“怎么啦？”我转过身，“出什么事了？”

“刚才感觉到了什么，”她伸出手掌，仰望天空，“你没感觉到吗？”

就在她说话的当儿，天色暗了下来。每一秒钟，天色都在变暗。风把公园里的树吹得哗哗作响，在乌云的映衬下，树上新长出来的叶子显得又嫩又黄。

“天哪，真叫人意想不到，”母亲说，“要下大雨了。”我们驻足街头，往北望去，但看不到出租车。

我又牵起她的手。“走，”我说，“咱们去另一边碰碰运气。”

“请勿通过”的交通灯正在闪最后几下，我们很不耐烦地等着。碎纸屑在空中飞舞，在街头翻滚。“嘿，那里有辆出租车。”我望着第五大道说，话音刚落，有个商人举着手跑到路边，交通灯一下子熄灭了。

街道对面的画家们赶忙用塑料布蒙住画。卖咖啡的小贩拉下售货车的卷帘窗。我们匆匆穿过马路，刚走到对面，一滴硕大的雨点打在我的脸上。零零星星的褐色圆圈——彼此隔得很远，有十美分硬币大小——开始在人行道上一一闪现。

“哦，*见鬼！*”母亲喊道。她在包里翻找雨伞——那把伞一个人用都嫌小，更别说是两个人了。

这时雨落了下来，大片冷雨横着扫过来，大风在树梢翻滚着，把对面的遮雨棚吹得猎猎作响。母亲想撑开那把坏掉的小伞，费了不少力气，却徒劳无功。街上和公园里的行人拿报纸和公文包遮住脑袋，快步登上台阶，躲进博物馆的门廊，那儿是街上唯一能避雨的地方。我们俩撑着那把不怎么结实的粉白条纹雨伞，跑上台阶，有些喜气洋洋之态。快快快，我们那副样子不像要冲进博物馆，更像在躲避什么可怕的东西。

4

母亲从堪萨斯州乘坐大巴来到纽约之后，举目无亲，身无分文。她遇上了三件大事。头一件发生在她在格林尼治村一家咖啡馆做女招待时，一个名叫戴维·乔·皮克林的经纪人看到了她：一个营养不良的少女，穿着貂博士牌橡胶靴和从旧货商店买来的衣服，脑后垂着一根很长的辫子，她本人简直能一屁股坐在辫子上面。母亲把咖啡端给皮科林时，皮科林请母亲代替一名旷工的姑娘，在街道对面完成商品图册的拍摄工作，他先是开出七百美元的价码，然后又增加到一千美元。他指了指拍外景的面包车，还有支在谢里顿广场公园的设备。他数出一千美元，放在桌面上。“等我十分钟。”母亲说。她把手头点的点单处理完，便挂好围裙出了门。

“我当时不过是给邮购图册做拍照模特。”她总是不厌其烦地跟人解释。她的意思是，她从未做过时尚杂志或时装模特，只是在密苏里州和蒙大拿州拍过连锁店的广告宣传单，这只是未成年小姐的零时工作，报酬低廉。有时候还蛮有趣的，她说，不过大多数时候并不有趣：一月穿泳装，结果患上流感，冻得瑟瑟发抖；在炎热的夏天又要穿粗花呢和羊毛服装，在以假乱真的秋叶中间待上好几个钟头，拍摄期间，摄影棚里的电扇吹出热风，负责化妆的家伙在拍摄间歇冲过去，往她脸上扑粉，遮掩汗渍。

但是在假装身处大学校园、站着一动不动的那些年里——三两人一起，胸前抱着书，在假的校园背景里摆着姿势——她攒够了钱，当真去读了大学，纽约大学艺术史专业。她在十八岁来到纽约之前，从未看过一幅名画，她急于弥补虚掷的光阴。“那是纯粹的幸福，完美的极乐。”她说。她埋首于艺术类书籍，翻来覆去地欣赏那些老幻灯片（莫奈、维亚尔①的画作），直到眼睛看不清东西为止。“那时候我可真疯狂，”她说，“但我觉得就算一辈子坐在那里欣赏那六幅画我也会觉得很幸福。我想不出比这更好的发疯方法。”

上大学是她在纽约遇上的第二件大事——对她来说，或许上大学才是三件事里最重要的。要不是发生了第三件事（她认识了我父亲，嫁给了他——这件事不像前两件那么幸运），她肯定会读完硕士，接着读博士。一旦有几个小时的闲暇，她总会去弗里克美术馆、现代艺术博物馆或者大都会美术馆。正因如此，我们站在滴水的博物馆门廊下面，望着朦朦胧胧的第五大道，还有路面溅起的白色水花，母亲甩了甩雨伞，说出这番话：“或许咱们应该进去逛逛，等到雨停为止。”我并不感到惊讶。

“嗯——”我想去吃早餐，“好的。”

---

① 均为法国印象派画家。

她瞥了手表一眼。“去看看吧。反正下大雨，也打不到车。”

她说得对。只是我肚子饿了。咱们什么时候吃饭？我闷闷不乐地想，跟在她后面上了台阶。我只知道，面谈之后，她肯定会大为恼火，绝不会带我去吃午饭。到时候，我只能回家喝碗麦片什么的。

不过博物馆总是洋溢着节日的气氛。伴着四周游客快活的喧闹声，我们一走进博物馆，我就莫名其妙地忘记了当天的烦心事。大厅十分嘈杂，充满湿雨衣的气味。一帮身体湿漉漉的亚裔老者，跟在一名空中小姐似的导游后面蜂拥而入；头发凌乱的女童子军挤在衣帽间旁边嘀嘀咕咕；问讯台旁边站着一排军校生，他们穿着灰色军礼服，摘了帽子，把双手背在身后。

对我这个常年闷在家里的城里孩子来说，博物馆最有趣的地方就是它宏伟的规模。它就像有无数房间的宫殿，你越是往里走，周围就越是冷清。有些无人参观的寝室和拦着绳索的会客厅，欧式的装潢风格透出幽深的感觉，仿佛被人施了魔法，数百年无人涉足。我自从开始独自搭乘地铁，就很喜欢一个人到这边来，四处游逛，直到迷失方向，在迷宫般的画廊里越陷越深。后来我有时会发现自己身处被人遗忘的大厅，里面陈列着我从未看过的盔甲和瓷器。有时，再去就怎么也找不到这些展品了。

我跟在母亲身后，排在入馆的队列里。我扭过头去，直勾勾地望着二楼上方的穹顶：要是我看得足够投入，有时候会觉得自己就像一根羽毛，飘到了那里。小时候我常玩这个把戏，大了以后就很少玩了。

母亲因为刚才冲进来避雨，鼻子红红的，呼吸有些急促。她找起了钱包。“等咱们看完了，我去礼品店看看，”她说，“我能肯定，玛蒂尔德最不想要的就是艺术类图书。不过她想抱怨一番又不显得愚蠢，也不是件容易的事。”

“啊，”我说，“礼物是送给玛蒂尔德的吗？”玛蒂尔德是母亲供职的那家广告公司的艺术总监。她是一位法国纺织品进口大亨的女儿，比我母亲年轻，出了名地爱挑剔，要是租车或餐饮服务不能让她觉得物有所值，她会勃然大怒。

“对。”她默不作声地递给我一条口香糖，我伸手接过，她把剩下的一叠扔回包里，“我是说，玛蒂尔德最看重的一点，就是精心挑选的礼物不应该太过昂贵，最好是从跳蚤市场买来物美价廉的镇纸之类的东西。那我们也得有那份时间去逛市中心的跳蚤市场才行。去年，轮到普鲁买礼物——她慌了神，午饭时间跑进萨克斯精品百货店，最后大伙凑的钱不够用，她自己掏了五十块，给她买了副墨镜。

我记得是汤姆·福特牌的，结果玛蒂尔德抱怨了一通美国人和消费文化如何如何。其实普鲁根本不是美国人，她是澳大利亚人。”

“你有没有跟塞尔焦商量一下？”我问。塞尔焦——很少待在办公室，不过经常跟多纳泰拉·范思哲这样的名人一起出现在名流版面上——是千万富翁，我母亲供职的那家公司的老板。“跟塞尔焦商量事情”就跟问“耶稣会怎么做”差不多。

“塞尔焦喜欢的艺术类图书，比如写时尚摄影师赫尔穆特·牛顿的书，或者是前一阵麦当娜出的那本写真画册。”

我刚想问赫尔穆特·牛顿是什么人，突然想到一个好点子。“你干吗不给她办张纽约地铁卡？”

母亲翻了个白眼。“相信我，我确实应该这么做。”前不久，玛蒂尔德的车堵在路上，结果她被困在威廉斯堡的一家珠宝商事务所那儿，进退两难，颇为被动。

“别让她知道是谁给的。把一张里面没有钱的旧卡放在她的写字台上就行，看她会怎么做。”

“我告诉你她会怎么做吧，”母亲说，把会员卡塞进检票窗口，“她会把助理炒鱿鱼，没准儿还会把公司一半员工一起解雇了。”

母亲供职的那家广告公司，专门从事女性服饰的推广。她整天在玛蒂尔德焦虑不安又有些不怀好意的监督下，指导着这类相片的拍摄工作：水晶耳坠在人造的圣诞积雪上熠熠生辉；鳄鱼皮手袋搁在空无一人的豪华轿车后座上，无人问津，在美妙的光晕中闪闪发亮。妈妈业务精熟；比起在摄影机前面，她更喜欢在摄影机后面的工作；我知道，她看到自己的作品出现在地铁海报和时代广场的广告牌上会很开心。不过这份工作虽然看起来光鲜亮丽（配香槟的早餐、伯格多夫百货公司赠送的礼包），但工时未免太长，其本质当中存在着某种空虚——这我明白——这令她感到沮丧。她真正想做的是重返校园，不过事到如今，父亲离家出走之后，我们俩都知道这种可能性十分渺茫。

“好了，”她说，从窗口转过身，把徽章递给我，“帮我留意一下时间，好吗？这是一次大型画展。”她指着一幅海报：《肖像画与静物画：黄金时代的北方杰作》，“咱们不可能全部看完，不过有几幅作品……”

她的声音渐渐飘远，我赶紧跟着她爬上大楼梯。我既要小心翼翼地跟紧她，又想悄悄落后几步，尽量装作不是跟她一起来的，真是左右为难。

“我不喜欢这样走马观花，”我在楼梯顶端追上她时，她说道，“不过话说回来，这种画展要看两三遍才行。展品里有《解剖课》[1]，这幅作品咱们一定要看，不过我真正想看的，是一幅难得一见的小画，画家是弗美尔[2]的老师。他是最伟大的早期绘画大师，只是没什么名气。弗兰斯·哈尔斯[3]的画也很了不起。你知道哈尔斯吧？就是那幅《快活的酒徒》的作者。他还画过救济院的执事。”

“知道。”我小心翼翼地说。她刚才说的那些画，我只知道《解剖课》。这次画展的海报登出了这幅画的局部：惨白的肉体，深浅不一的黑色。那几名外科医生样子活像酒鬼，眼睛充血，红鼻头。

“艺术入门篇，”母亲说，“这边，左转。”

楼上很冷，我淋了雨的头发还没干。“不对，是这边。”母亲拽住我的衣袖。举办画展的展厅挺难找，我们在人来人往的画廊里兜来转去，在人群中钻进钻出，左拐右转，在迷宫般的格局中原路返回，那些指示牌看得我们云里雾里。阴郁的《解剖课》巨幅复制品莫名其妙地出现在叫人意想不到的拐角和居心不良的指示牌上，画面上还是那具手臂被剥了皮的尸体，画面下面是红色箭头：手术室，由此向前。

倘若欣赏这种画——一帮荷兰人穿着黑乎乎的衣服，围成一圈站着——我可没有多少兴趣。我们推开一扇扇玻璃门，从人声嘈杂的走廊走进铺了吸音地毯的寂静区域时，起初我还以为，我们走错展厅了。墙壁隐隐散发出温暖、华贵的感觉，散发出古董特有的圆熟感。不过这种感觉紧接着便消散了，变成了明净、色彩和纯粹的北国之光，肖像画、室内画、静物画，大小不一：女士与丈夫，女士与哈巴狗，身穿绣花长袍的孤单美女，单独入画、气派不凡的商人佩戴着珠宝首饰，穿着毛皮大衣。破旧的宴会桌上洒满苹果皮和胡桃壳；低垂的挂毯和银器；绘有爬行昆虫和散落花朵的错视画。我们越往里逛，画也变得越来越奇特瑰丽。削了皮的柠檬，刀刃下的柠檬皮轮廓分明，霉菌留下一片发绿的暗影。光线照在空了一半的葡萄酒杯杯口。

“这幅我也喜欢。”母亲来到我身边，小声说道。我们面前是一小幅格外迷人的静物画：黑色的背景上，一只白色的蝴蝶在某种红色的水果上方飞舞。那片背

---

① 荷兰著名画家伦勃朗的作品。

② 弗美尔（1632—1675），也译作佛梅尔，荷兰著名画家。

③ 弗兰斯·哈尔斯（1580？—1666），荷兰肖像画家。

景——是一种靡艳的巧克力黑——透出一股复杂的暖意，让人不由联想起堆满东西的贮藏室、历史，以及流逝的时间。

“荷兰画家的确善于描绘从成熟到腐烂的过渡。这枚水果状态完好，不过坚持不了多久，它就快腐烂了。瞧这儿，”她伸出手去，越过我的肩头，在空中比划，“这部分——这只蝴蝶。”蝴蝶的后翼沾满蝶粉，看上去那么脆弱，仿佛妈妈只要用手一碰，就会沾上白色。“他画得可真美。静中有动。”

“他画这个用了多久？”

母亲方才站得太近了点儿，她后退一步，端详着这幅画。她完全不知道自己的举动已经引起那名嚼口香糖的警卫的注意，警卫直勾勾地盯着她的背影。

“嗯，荷兰人发明了显微镜，”她说，“是宝石匠、研磨镜片的人发明的。他们想把一切都描绘得尽可能细腻，因为细枝末节也有意义。每次你在静物画里看到苍蝇或虫子，一片枯萎的花瓣、苹果上的黑斑，那就是画家在向你传达隐秘信息。他在告诉你，生命只是昙花一现，无法长久。死就寓于生之中。所以静物画才叫natures mortes①。也许你一开始看到的，只有美感和蓬勃的生机，注意不到那个腐烂的小点。不过你只要仔细观察，就会发现它就在那儿。”

我俯下身体，读用朴素的字体印在墙上的说明，上面说这位画家——阿德里安·柯尔特②，生卒年不详——生前默默无闻，直到二十世纪五十年代，他的作品才得到认可。“嘿，”我说，“妈妈，你看到这个了吗？”

可她已经往前走了。一间间展室阴冷而宁静，天花板低垂，丝毫听不到大厅里的嘈杂和回音。尽管参观的人并不算少，这次画展还是让人觉得就像郊游一般静谧安闲，那股宁静就像用真空包装袋密封起来的一般：夸张的长吁短叹不时响起，就像满满一屋子学生在考试。我跟在母亲身后，在肖像画之间左右穿梭，妈妈的速度比平时看画展时快得多，看了花再看牌桌，再看水果。她把好多画（第四次看到的银质酒杯或死去的农夫）忽略，毫不犹豫地走到另外一些画跟前“这就是哈尔斯的画了。他有时尽画一些老套的题材，酒鬼和村姑什么的，不过他一旦来了兴致，就能画出让人兴味盎然的作品。他下笔粗疏，并不讲究什么精确性，他用的是湿画法，一笔接一笔，速度相当快。那些人物的脸和手——描绘得相当

---

① 静物画。该词源于法语，字面意思为“了无生气的物”。

② 荷兰十七世纪画家，以静物画闻名。

细致，他知道这些部分最能吸引人们的目光，不过你瞧他们的衣服——那么肥，画得几乎有些潦草。瞧这笔法，多么洒脱，多么现代！”我们在哈尔斯的一幅肖像画跟前花了些时间，画上是一个手持骷髅的少年。“别生气，西奥，不过你觉得他看起来像谁？像不像某个……”她拽了拽我的头发梢，“应该理发的人呢？”我们还看了哈尔斯画的两大幅赴宴官员的肖像，她说这两幅画非常非常有名，对伦勃朗影响很大。“梵高也很喜欢哈尔斯的画。他写过这样的话：弗兰斯·哈尔斯运用的黑色不下二十九种！要不就是二十七种？”我浑浑噩噩地跟在她后面，浑然忘记了时间的流逝。见她看得那么入神，我心里也高兴，显然她也对时间的流逝浑然不觉。半小时恐怕已经到了，不过我还是想陪她一起逛下去，想分散她的注意力。我有些孩子气地希望时间能悄悄溜走，让我们俩错过见校长的时间。

“现在该看伦勃朗了，”母亲说，“人们都说，这幅画画的是理性和启蒙、科学的黎明什么的。不过在我看来，诡异的是，他们的举止那样端庄有礼，他们围在停尸台周围，就像围着鸡尾酒会的餐台。不过，”她用手指了指，“看到后面那两个神情迷惑的家伙了吗？他们没望着尸体——他们正望着我们。你和我。他们好像看到我们站在他们对面似的——他们好像看到了两个来自未来的人，惊呆了。‘你们在这里干吗？’画得十分写实。不过话说回来，”她用手指凌空描摹着那具尸体的线条，“这具尸体的画法很不寻常，你留心观察就会发现。它散发着古怪的光亮，看到没有？简直有些解剖外星人的感觉。看到没？尸体照亮了俯视它的那些人的面孔。尸体本身好像会发光。伦勃朗把尸体画得这样显眼，是想让我们多留意它——让我们觉得它非常醒目。看这里，”她指着那只被剥了皮的手，“看伦勃朗是怎样让人注意这只手的，他把手画得这么大，跟身体的其他部分完全不成比例。他甚至把手画反了，大拇指的方向错了，看到了吗？这可不是什么失误。这只手的皮肤已经剥掉了——我们一眼就能看得出来，感觉很不对劲——他把拇指画反了，让这只手看起来越发不对劲了。我们感觉这只手不对劲，觉得确实有些不合理的地方，但说不清哪里不对劲。这一手实在高明。”我们站在一帮亚裔游客身后，隔着这么多脑袋，我几乎看不见画。不过话说回来，我也不在乎，因为我看到了那个女孩。

她也看到了我。我们穿过一条条画廊时一直打量着对方。我说不清她身上什么地方吸引了我，因为她比我还小，样子有点特别——跟我平时迷恋的女孩截然不同，我平时迷恋的是在走廊里面露不屑、跟大个子男生约会的冷美人。这姑娘长着鲜艳的红发，动作轻盈，脸上流露出精明、顽皮和怪异的神情，眼睛的颜色颇为特别，是接近蜜金色的那种棕色。她瘦骨嶙峋，身材几乎可以用平板来形容，但她有令我怦然心动的地方。她摇晃着、敲打着一个破旧的装长笛的盒子——莫非是个城里的孩子，正要去上音乐课？未必，我心想，跟着母亲走进下一条画廊，在女孩身后转来转去。她的衣着未免有点太过普通和土气，她也许是游客。不过从她的举止看来，她比我认识的大多数女孩都更自信；她从我身边走过时，投来狡黠而沉静的目光，这令我更加疯狂。

我跟在母亲身后，但并没用心听她讲话。她突然在一幅画前停住脚步，我差点撞到她身上。

“哦，抱歉——”她说，她没有看我，只是往后退一步，腾出地方。她的脸庞宛如被灯光照亮一般。

“这就是我说的那幅画，”她说，“是不是很妙？”

我朝母亲那边探出头去，装出专心聆听的样子，同时眼睛又向那个女孩瞄去。陪在她身边的是一位样子有些滑稽的白发老者，从他脸上的精明劲儿看，他可能是女孩的亲人，没准儿是她的爷爷。老者穿着斜方格纹外套和形状又长又窄、像玻璃般闪亮的系带鞋。他双眼挨得挺近，鹰钩鼻，走路一瘸一拐。其实他全身都往一侧倾斜，双肩一边高一边低。他的驼背再明显一点儿，别人就会说他是罗锅。不过他身上不乏优雅之处。从他在女孩身边跛足前行的那副和善而逗趣的样子看，他显然也很喜欢那女孩。他落脚非常小心，脑袋始终偏向女孩那边。

“这是我真正爱上的第一幅画，”母亲说，“你绝对不会相信，但我真是在一本书里看到这幅画的，那时我还是个孩子，经常把那本书从图书馆里借出来。我经常坐在床边的地板上盯着看，一看就是好几个小时，我完全被这幅画给迷住了——这个小家伙！我的意思是，只要你舍得花大量时间盯着一张复制品看，哪怕是一幅不怎么样的复制品，也能收益良多。起初，我喜欢上了这只鸟，就像喜欢上一只宠物一样，最后我爱上了画家作画的手法。”她笑了起来。“其实，《解剖课》也收录在那本书里，不过当时它把我吓得要死。我不小心翻到那一页时，会立即砰地把书合上。”

女孩和老人来到我们身边。我有些难为情地凑上前去，瞧着那幅画。那是一幅小画，是所有展品中最小、最朴素的一幅：平淡的浅色背景上，一只黄色的小雀脚爪被链子拴在一根栖木上。

“他是伦勃朗的弟子，弗美尔的老师，”母亲说，“这幅小画相当于这两位画家之间消失的纽带——从画上明澈、纯净的日光里，可以看出弗美尔的用光源于何处。当然，我小时候对这份历史意义既不了解，也不在乎。不过它的确存在。”

我退后一步，好看得更分明一些。这个小家伙被画得直接而写实，没有什么感情用事的渲染笔触；它好像把某种性情——机灵、警惕的神情——严严实实、干脆利落地掩藏在心底。我想起自己看过的母亲儿时的照片：那时的她就像一只头顶毛色乌黑、眼神坚定不移的小雀。

“那是丹麦历史上的著名惨剧，”母亲说，“那座城市大部分都被毁掉了。”

“什么？”

“代尔夫特大灾难①。法布里蒂乌斯因此送命。你刚才有没有听到后面的老师给孩子们讲这件事？”

我听到了。之前我看到三幅可怕的风景画，作者是一位名叫埃格伯特·范德珀尔的画家，那组画从不同角度描绘出同一片烟熏火燎的不毛之地：烧毁的房舍废墟、一间风车翼板破破烂烂的磨坊、在烟雾弥漫的天空中盘旋的乌鸦。一名办公室女郎模样的女士跟一帮中学生大声讲解道，十七世纪，代尔夫特一家火药库发生爆炸，这位画家痴迷于城市毁灭之后的景象，翻来覆去地画了它好多遍。

“嗯，埃格伯特是法布里蒂乌斯的邻居。火药库爆炸之后，埃格伯特变得有些神志不清，至少在我看来是这样。不过法布里蒂乌斯送了命，他的画室也毁了。他几乎所有的画作也一并毁掉了，不过这一幅留存了下来。”她似乎在等我说些什么，见我没有开口，她继续说：“他是当时最伟大的画家之一，那是最伟大的绘画艺术时代。他当时极负盛名。只可惜，他的画只传下来五六幅。其余的全都湮没无存——那是他的全部心血。”

那个女孩和她爷爷悄悄凑到近旁听我母亲讲解，我觉得挺难为情。我移开目光，然后忍不住往后瞄了一眼。他们站得很近，就在触手可及的地方。女孩正在拍打和拉扯老人的袖子，然后她拽着老人的胳膊，冲他耳语什么。

“不管怎么说，如果你问我的话，”母亲说，“这是整场画展里最非凡的作品。

① 一六五四年十月十二日，丹麦代尔夫特火药库发生大爆炸，整座城市四分之一被炸毁。

法布里蒂乌斯清晰呈现出他独立发现的某种特质，在他之前的画家对这种特质一无所知——伦勃朗也不例外。”

我听到女孩用轻得几乎听不见的声音低声问道：“这只鸟只能那样过一辈子吗？”

我也在琢磨同一件事；这只鸟的脚爪上拴着可怕的链子；女孩的爷爷小声做了回答，不过我母亲（她似乎对两人的存在浑然不觉，尽管他们就在我们旁边）往后退了一步，说：“真是一幅神秘的画，这样朴素。又这样温柔——好像一直在邀请你走近观赏，你明白吗？前边那些画里有那么多死去的农夫，然后是这个充满生气的小家伙。”

我又朝女孩的方向偷偷瞥了一眼。她用一条腿站着，把屁股扭到一边。然后她突然转过身来，直视我的眼睛。我一时不知所措，心跳不已，移开了目光。

她叫什么名字？为什么这个时间她不在学校里？我一直尽量不露痕迹地探头张望，努力辨认装长笛的盒子上写的名字，但始终看不清记号笔又粗又尖的笔画，那些字不像手写的，更像是画上去的，宛如用喷漆画在地铁车厢里的涂鸦。那个姓氏很短，只有四五个字母，头一个字母看起来像是R，或者是P？

“当然，人总归是要死的，”母亲说，“可是看着原本可以保存下来的物品湮灭着实让人难过。纯粹是因为保管不善。毁于火灾或者战争。帕台农神庙居然充当过军火库。我觉得，我们从历史中拯救出来的任何东西都称得上是奇迹。”

那位祖父走到几幅画开外的地方；可那个女孩还在我们身后几步远的地方闲逛，她不停地回头瞅我和母亲。她的皮肤是漂亮的乳白色，手臂有如大理石雕刻。她看起来非常像运动员，不过她的皮肤太白，不可能是网球运动员；或许她练的是芭蕾、体操，甚至高台跳水，在幽暗的室内游泳池练习到很晚，那里充满回声和反光，铺着深色的瓷砖。胸部弯折，脚趾尖尖地扎进泳池底部，低沉的入水声：“啪”，闪闪发亮的黑色泳装，泛起的水泡，水线从她那矮小、紧绷的身板上缓缓流下。

我干吗对别人评头论足？用如此狂热的眼神打量陌生人，这样正常吗？恐怕不怎么正常。如果街头某个路人对我萌生这样的兴趣，我会疯掉。我之所以跟汤姆闯空屋，最主要的原因就是我对陌生人感到着迷。我想知道他们吃什么食物，用什么样的餐盘，看什么电影，听什么音乐。我想看看他们的床下、神秘的抽屉、床头柜、外套衣兜里都有些什么。我在街上看到有意思的人，经常会琢磨好几天，想象他们过的是什么样的生活，在地铁或横穿市区的公交上拿他们编故事。事隔这么多年，我依然记得那对身穿天主教学校校服的黑发小孩。他们是兄妹，我在中央车站看到他们的，当时他们拽着他们父亲西装外套的袖子，把他从一家脏兮兮的酒吧往外拖。我也没忘记那个身体虚弱的吉卜赛女孩，她坐着轮椅，待在卡莱尔酒店门前，冲着膝头的绒毛狗气喘吁吁地说意大利语。一个戴着墨镜、仪表醒目的人（她的父亲？保镖？）站在她的轮椅后面，似乎在用手机安排生意。这么多年来，我反复回想过这些陌生人，琢磨着他们究竟是什么人，过的是什么样的生活。我知道，我回家以后也会这样琢磨这个女孩和她的爷爷。这个老爷子是个有钱人，从他的穿着能看出来。他们家就剩他们两个人了吗？他们是哪儿的人？或许他们来自某个古老、复杂的纽约大家族，家里有音乐家和学者，就是人们会在哥伦比亚大学或林肯中心日场演出附近看到的那种附庸风雅的曼哈顿西区大家族。从他那平凡、文质彬彬的外表来看，或许他根本不是女孩的爷爷。或许他是音乐老师，而女孩是他从某个小镇上发掘出来的长笛天才，他要带女孩去卡内基音乐厅演奏——

“西奥？”母亲突然说，“听到我的话了吗？”

我回过神来。我们来到最后一间展室。再前面就是展销商店了，店里摆着明信片、收银机、五光十色的艺术类图书。遗憾的是，母亲并没看得忘了时间。

“咱们应该看看雨是不是停了，”她说，“咱们还有一小会儿时间。”她看看手表，瞥了我身后的出口标志一眼。“不过我想，我要是还打算给玛蒂尔德买点儿什么，最好下楼看看。”

我注意到，母亲说话时那个女孩在打量着她。女孩那好奇的目光掠过母亲亮泽的黑色马尾辫、腰部系带的白色缎子风衣。我用那个女孩那种打量陌生人的目光打量着母亲，心中激动不已。她有没有看到母亲鼻尖上有个微小的隆起？那是母亲小时候从树上掉下来摔的。她有没有看出母亲眼里的浅蓝色虹膜四周的黑色晕环赋予了她些许野性，就像在平原上独自狩猎的某种目光坚定的野兽？

“你知道，”母亲扭头回望，“你要是不介意，我想在我们走之前再跑回去看一眼《解剖课》。我刚才没能凑到跟前仔细看，这次画展结束之前，我恐怕没机会再过来看了。”她快速走开，急促的脚步声响了起来。然后她瞥了我一眼，仿佛在说：*你来吗？*

我太意外，一时不知该说什么好。“呃，”我回过神来之后说，“我在商店等你。”

“好吧，”她说，“给我买两张明信片，好吗？我很快回来。”

她没等我答话就匆匆离开了。我的心怦怦直跳，我真不敢相信自己竟然有这样的运气。我望着她穿着白色缎子风衣的身影快步离去。现在我有机会跟那个女孩搭讪了。可我能跟她说什么呢，我冥思苦想，我能说什么呢？我把双手揣进衣兜，做了一两次深呼吸，让自己平静下来——兴奋的情绪在我胃里嘶嘶作响——然后转过身来面对她。

可让我大为惊愕的是，她不见了。不过她并没有消失，我看到了她那头红发，她有些不情愿地（在我看来是这样）穿过展室。她爷爷挎着她的胳膊，十分热心地跟她耳语着什么，拽着她去看对面墙上的一幅画。

我真想杀了那老头。我紧张兮兮地瞅了瞅空无一人的门口，然后把双手揣进衣兜更深的地方，毫不避讳地穿过长长的画廊，我的脸颊发疼。时间过得飞快，母亲随时都会回来。我知道自己并没有勇气闯过去，当真跟她说些什么，但我起码可以抓住最后的机会，好好看看她。不久前，我跟母亲熬夜看《公民凯恩》时，有个想法让我大为着迷：你或许会注意到某个迷人的陌生人，然后毕生都对她念念不忘。或许有朝一日，我也会像电影里的老人一样，老态龙钟，靠在椅子上，带着一副缥缈的眼神说：“你要知道，那是六十年前的事，我再也没有见到那个红发女孩，可你知道吗？我没有一个月不惦念她。”

我走过大半条画廊时，发生了一桩怪事。博物馆的一名保安从前面的展销商店敞开的门口跑出来。他怀里抱着什么东西。

那个女孩也看见了。她那金棕色的眼睛对上了我的目光：眼里透出惊讶和不解。

突然又有一名保安冲出博物馆的商店。他高举着双臂，嘴里在大喊着什么。

好多人抬起了头。我身后有人用怪异而平板的腔调说：噢！刹那间，一阵震耳欲聋的巨大爆炸摇撼着这间展室。

那名老者表情一片茫然，步伐踉跄地倒向一边。我记得自己最后看到的东西：他伸出的胳膊，指节突出的手指大张着。几乎就在同一瞬间，一阵黑暗袭来，一股裹挟着残渣碎屑、轰然作响的热风猛地扑过来，把我甩到展室的另一侧。这就是我在陷入昏迷之前意识到的最后一件事。

5

我不知道自己昏迷了多久。我醒来时，感觉自己就像趴在沙坑里，趴在一片黑沉沉的操场上——四周是陌生的所在，一片荒凉的街区。一伙身材矮小的粗暴少年围在四周，踢我的肋骨和后脑勺。我的脖子扭了，呼吸困难，不过这还不是最糟的；我嘴里有沙子，我把沙子吸进了鼻孔。

那伙少年用我勉强能听到的声音咕哝：起来，混账。

瞧他，瞧他。

他不省人事了。

我翻过身来，用胳膊护住脑袋。这时，我带着一股不算真切的震惊，发现四周并没有人。

一时间，我因为太过惊愕整个人都怔住了，躺着一动不动。远处警铃大作，声音闷闷的。说来奇怪，我觉得自己仿佛躺在某个偏僻的地产项目宽大的院子里。

有人痛殴了我一顿：我浑身上下都疼，肋骨酸痛，脑袋就像被铅管敲过一样。我前后活动着下巴，把手揣进衣兜，看看有没有钱坐地铁。这时我突然意识到，我还不知道自己在哪儿呢。我僵硬地躺在那儿，越来越清醒地发觉，情况很不对劲。光线完全不对劲，空气也是：气味刺鼻，带有化工气息的烟雾烧灼着我的喉咙。我嘴里的口香糖沾着沙砾，脑袋疼得厉害。我翻过身，把口香糖吐出来。我眯着眼睛，透过层层烟雾，看到一片相当陌生的光景，我呆呆地看了一会儿。

我所在的地方是个破破烂烂的白色洞穴。天花板上垂挂着花饰和碎布条。地上散布着一堆堆月岩般的灰色物质，四周散落着玻璃和沙砾，还有仿佛飓风吹落的零散垃圾、砖块、碎渣和纸制品，纸制品上面蒙着薄薄的灰烬，就像第一场寒霜。上方高处，两盏灯的灯光透过尘埃照射过来，就像在雾中偏折的车灯灯光。一盏灯的灯光朝上翘，另一盏横着照向一侧，投下歪斜的阴影。

我的耳朵嗡嗡作响，身体也是一样，这种感觉让我大为不安：骨头、大脑、心脏，都像敲钟一样轰轰作响。远处隐约传来呆板而尖利的警报声，听起来既沉稳又冰冷。我甚至觉得这股噪音来自我的体内。冬日般的死寂令我倍感孤独。四面八方全乱了套。

我扶着一个不怎么直的物体的表面——沙砾像瀑布般簌簌洒落——站起身

来，头部的痛楚让我瑟缩了一下。这地方歪歪扭扭的。一边，一层厚厚的烟尘纹丝不动地悬浮着。另一边，本应是屋顶或天花板的位置，有大片细碎的东西乱糟糟地垂挂着。

我的下巴疼；脸和膝盖划破了皮，嘴巴就像砂纸一样干涩。我眯起眼睛，环顾四周乱七八糟的景象。我看到了一只网球鞋；一堆堆不怎么结实的东西染上了黑色；一根弯曲的铝制拐杖。我摇摇晃晃，既气闷又头晕，不知道该往何处去，不知道该做什么。突然，我觉得自己听到了手机铃声。

我一时间有些拿不准是不是真听到了手机铃声；我仔细听了一会儿；铃声又响了起来，声音有些微弱和单调，还有点怪异。我在残骸里笨手笨脚地摸索着，把蒙上灰尘的儿童钱包和背包里的东西倒出来，摸到滚烫的东西和碎玻璃碴就赶紧缩手。不时被我踩碎的瓦砾，还有在我视野边缘一动不动的一团团柔软的东西，让我越来越忐忑不安。

我在确认过自己根本没有听到手机铃声之后，阵阵耳鸣还在戏弄着我，不过我还是没有放弃寻找。我就像机器人似的，不假思索地摸来摸去。我从钢笔、手袋、钱包、破碎的眼镜、酒店房卡、小化妆盒、喷雾型香水和处方药（罗伊特曼，安德烈娅，阿普唑仑片，零点二五毫克）里，找出一支挂在钥匙环上的小手电筒和一部坏掉的手机（电量还有一半，没有信号），我把手机丢进我从某个女士提包里找到的可折叠尼龙购物袋里。

我喘息着，石灰粉尘令我有些透不过气，我的脑袋痛得厉害，我几乎看不见东西。我想坐下，但没有可坐的地方。

这时我看到一瓶水。我赶紧往回看去，扫视着混乱不堪的现场，终于再次看到了它，它就在大约十五英尺开外，半边瓶身掩埋在一堆垃圾里，只露出少许包装标签，是那种我熟悉的蓝色。

我就像在雪中行走一般，拖着麻木而沉重的躯体，在成堆的瓦砾和垃圾中间慢吞吞地迂回前进，被我踩裂的瓦砾和垃圾发出冰川开裂般的尖锐声响。不过我没走出多远，眼角余光就瞥见地上有动静，在白茫茫一片、完全静止的背景下，那个东西看上去格外显眼。

我停下脚步，朝那边颇为吃力地挪了几步。是个男人，仰面平躺着，从头到脚落满白色尘土。撒满灰尘的废墟掩盖了他的身形，又过了片刻，我才看清他的轮廓：这个雪白底色上的雪白身形，就像一尊被人从基座上推倒在地的雕像，竭力想要坐起身来。我走到近前，发现他年老体衰，弓腰驼背，他的头发（他原先有头发的）已经被炸没了，他的侧脸上挂着难看的烫疤，一只耳朵上面的部位变成了又黏又黑的可怕一团。

我来到近前，这时他以出乎我意料的速度猛地伸出落满白灰的胳膊，一把抓住我的手。我惊慌后退，可他抓得更紧了，还连连咳嗽起来，咳嗽里带着病恹恹的湿意。

这是什么地方？他好像在说。什么地方？他想抬起头来看看我，但他的脑袋沉甸甸地挂在脖子上，下巴耷拉在胸前，所以他只能扬起眉毛，像兀鹫那样眯缝着眼睛看我。不过他已经毁容的面孔上的双眼，透出睿智和绝望。

——哦，上帝啊，我说，我正要俯身帮他。慢着，慢着——我停下动作，不知所措。他的下半身弯拧着，就像一堆丢在地上的脏衣服。

他用双臂搂着自己的身体，看起来颇为坚毅地翕动着嘴唇，竭力想要抬起身体。他身上散发着烧焦的头发和羊毛料子的臭味。只是他的下半身跟上半身似乎失去了联系，他咳嗽着，惨兮兮地重新倒回去。

我环顾四周，想弄清自己所处的方位，上面传来的爆裂声令我快要发疯了，我弄不清此刻是什么时间，甚至弄不清眼下是白天还是黑夜。这片地方的恢宏和破败令我迷惑不解——这里的顶层显得高大宏伟，不同寻常，散布着浓淡不一的烟尘，原本应该是天花板（或天空）的地方，像帐篷似的鼓了起来，看上去乱糟糟的。不过虽说我弄不清自己身在何处，弄不清事情的前因后果，但这片废墟满像被人遗忘的地方，刺目的应急灯透出一种电影里的氛围。我在网上看过一部短片，那部短片拍的就是沙漠里一家旅馆被爆破的经过，那些蜂巢状的房间在倒塌的瞬间，就是被锁定在这种耀眼的强光里。

这时我想起了那瓶水。我后退几步，环顾四周，终于看到那一抹蒙尘的蓝色，心脏猛地一跳。

——瞧，我说（缓缓退开），我只是要——

那个老人望着我的眼神既充满希望，又充满失望。他就像一只饿得走不动路的狗。

——不——等一下。我会回来的。

我像醉汉一般，从垃圾堆里步履蹒跚地走过。我颇为吃力地迂回前进，把腿抬得老高，踩着各种东西，行走在砖头、水泥、鞋子、手袋中间。有好多烧黑的碎块，我不愿细瞧。

瓶里的水还剩四分之三，摸上去烫手。不过我咽下第一口时，喉咙就不由自主地连连吞咽起来。我一口气喝了半瓶——有股塑料味，像洗碗机里的水一样温——才回过神来，强迫自己盖上瓶盖，把水放进包里，拿回去给那个人。

我在他身边跪了下来。石块硌疼了我的膝盖。他簌簌发抖，呼吸粗重、深浅不一。他的目光没有望向我的眼睛，而是迷失在上方，怔怔地瞧着我看不到的某样东西。

我正要把水摸出来，他的手伸向我的脸。他用瘦骨嶙峋、衰老而干瘪的手指，把我的头发从眼前小心翼翼地拨开，从我的眉毛上拔下一颗碎玻璃碴，然后拍了拍我的脑袋。

“没事，没事。”他的声音十分微弱、沙哑、友善，还带出一阵阵从肺里传出的可怕哨音。在我将来始终无法忘怀的这个奇妙的时刻，我们久久凝视着对方，就像两头动物在黄昏时分相遇。他的眼里仿佛冒出了令人愉悦的精光，我看清了他的真实面貌。我相信他也看清了我的真实面貌。有那么一瞬间，我们仿佛被电线连接在一起，身上发出嗡嗡的响声，就像同一套电路上的两台引擎。

然后他又软塌塌地倒下去，我还以为他死了。“来，”我说道，有些笨拙地把手伸到他的肩膀下面，“很好。”我尽力扶起他的脑袋，帮他喝下瓶里的水。他只能喝进去一点，大部分都流到了下巴上。

我有些力不从心。他又倒了回去。

“皮帕。”他口齿不清地说。

我俯视着他烫伤、通红的脸庞，他那双明澈而无神的眼睛里我有种熟悉的东西，让我感到不安。我见过他。我也见过他说的这个叫皮帕的女孩，一幅犹如快照的画面掠过我的脑海，像秋叶般明晰：棕黄色的眉毛，蜜棕色的眼睛。从这个老人的脸上能看出女孩的面容。她去哪儿了？

他想说点什么。皲裂的嘴唇翕动着。他想知道皮帕去哪儿了。

他呼呼直喘。“别动，”我不安地说，“尽量躺着别动。”

“她应该坐火车，那样更快。除非他们开车送她过去。”

“别担心，”我说，把身体俯得更低。我并不担心。很快就会有人来找我们，我能肯定。“我会留在这里等他们过来。”

“你可真好。”他的手（那份触感就像摸到了又凉又干的粉末）紧紧攥住我的手。“你变回小男孩的样子以后，我还一直没见过你呢。咱们上次交谈时，你还是个大人。”

我有些困惑地顿了顿，然后说：“我是西奥。”

“当然，”他的目光就像他手上的力道一样，既沉稳又和善，“我能肯定，你做了最好的选择。你不觉得，莫扎特比格鲁克①优美得多吗？”

我不知道该说什么。

“对你们俩来说，这没什么难的。试演的时候，那些人对你们这些孩子可严了——”一阵咳嗽。他嘴上沾着浓稠殷红的血。“不会给你们再来一次的机会。”

“听着——”他把我当成另外一个人了，这让我感觉很不对劲。

“哦，不过你们演奏得真美，亲爱的，你们俩。G大调。那旋律一直在我心里回荡着。轻轻地回旋、萦绕——”

他哼出几个不成调子的音符。是一首歌。

“我肯定跟你讲过我当年是怎么在那个美国老太太家学钢琴的吧？那儿的棕榈树上有只绿色的蜥蜴，就像水果糖一样碧绿，我就爱盯着它看……窗台上的遮雨板……花园里挂着小彩灯……圣人像……二十分钟的路，感觉就像好几英里那么长……”

他迷糊了一会儿。我能感觉到，他的神智缓缓离我远去，就像掉进小河的落叶，漂到了视野之外。然后，这枚叶子又被河水带回来，他清醒过来。

“对了！你现在多大了？”

“十三岁。”

“在法国公立中学念书？”

“不，我的学校在西区。”

“我觉得，都一样。那些法语课！那些生词，太多了，孩子们怎么学得会。名词与代词，种属和语群。就像捉昆虫一样。”

“什么？”

“格罗皮食品超市的人总说法语。还记得格罗皮吗？记得那儿的条纹伞和开心果冰淇淋吗？”

条纹伞。我头痛得无法思考。我无意间瞥见他头上长长的伤疤，上面凝结着

---

① 格鲁克（1714—1787），德国歌剧作曲家。

血块，黑乎乎的，就像被斧头劈过。我越来越觉得，四周有些可怕的人形深陷在废墟里，那些黑乎乎的形体模糊不清，从四周默默逼近，到处都黑魆魆的，那些人形就像布偶一般，不过这种黑暗可以让人躺在上面漂走，它叫人昏昏欲睡，泛着泡沫，翻腾着，消失在冰冷黑暗的海面上。

突然，出了什么事。他醒了过来，摇晃着我的身体，用双手拍打着我。他有事。他呼哧呼哧地呼吸着，颇为吃力。

“怎么啦?”我说，甩了甩头，让自己清醒过来。他惶惶不安地喘着粗气，拽着我的胳膊。我惊恐地坐了起来，环顾四周，想看清有什么新的危险正在逼近：电线脱落、起火，或者房顶要塌。

他抓住我的手，牢牢攥着。“别丢在那儿。”他吃力地说。

“什么?”

“别把它丢下。别。”他望着我身后，想指着什么东西，“把它从那儿带走。”

——拜托，躺下吧。

“不！绝不能让他们看到。”他像发狂一般，抓着我的胳膊，想要坐起身来，“他们偷走了地毯，他们会把它拿到海关的货棚——”

我看到他正指着一块蒙着灰尘的长方形木板，光线太暗，四周还有那么多垃圾，根本看不清那是什么，木板的尺寸比我家的笔记本电脑还小。

“那个吗?”我说着，仔细望去。木板上沾着一滴滴蜡，还粘着一团形状不规则的标签。“你要那个?”

“求你了。”他两眼紧闭，咳得厉害，因为难受，几乎说不出话来。

我走过去，抓着木板的边，把它提了起来。这么小的东西，分量居然沉得惊人。边框碎了，角上有根长长的木刺。

我用袖子抹了抹蒙尘的表面。白色的灰尘下面，那只黄色的小鸟依稀可辨。

《解剖课》也收录在那本书里，不过它把我吓得要死。

嗯，我懒洋洋地答应着，转过身来，把画拿给她看，这时我才发现她不在。

或者说——她既在这儿，又不在这儿。她有一部分在这儿，只是眼睛看不到这部分而已。看不到的部分才是最重要的。我原先一直不明白这个道理。不过我想把这些话一股脑大声说出口时，猛然意识到自己的想法是错的：这两部分不能彼此分离，必须合在一起才行。

我用胳膊擦了擦额头，眨巴着眼睛，想把沙砾从眼里挤出来。我像拎着过于沉重的东西似的，竭力将思绪转向应有的方向：母亲去哪儿了？方才，我们还三个人在一起来着，其中一个——我很肯定——就是母亲。可现在，这里只有我们俩。

在我身后的老人又咳嗽和颤抖起来，他的神态中有种无法克制的急切，他想要说点什么。我回到原地，想把那幅画递给他。“给，”我说，然后我望着母亲似乎待过的地方说，“我很快就回来。”

可他要的并不是这幅画。他焦急地把画推给我，含糊不清地说着什么。他的脑袋右侧糊满鲜血，我几乎看不到他的耳朵。

“什么？”我说，心里还在记挂着母亲——她去哪儿了？“你说什么？”

“把它带走。”

“瞧，我会回来的。我得去——”我有些无法启齿，我母亲让我赶紧回家，我应该回家见她，她这样吩咐过，说得很清楚。

“把它带走！”他把画按在我胸前，“走吧！”他试着坐起身体。他的目光明亮而狂乱，他的激动不安让我觉得害怕。“他们取走了所有的灯泡，他们摧毁了街上一半的房子——”

一滴血流到他的下巴上。

“拜托了，”我说，手足无措，不敢碰他，“拜托，你躺下吧——”

他摇摇头，想说些什么，却力不从心地咳嗽起来，那声音透着湿意，我听了难受。他擦了擦嘴，一抹殷红的鲜血留在他的手背上。

“会来人的。”我并不怎么相信这句话，可我不知道还能说些什么。

他直勾勾地望着我的脸，寻觅着理解的痕迹，见我并不明白他的意思，又挣扎着要坐起来。

“起火了，”他说话时发出咕噜咕噜的声音，“马阿迪区①的那栋别墅。所有的东西都毁了。”

他又咳嗽起来，鼻孔冒出泛红的血泡。我身处不真实的场景，置身于石堆和破碎的巨型石料中间，有种做梦般的感觉，就好像没能完成他的嘱托。我因为笨拙和无知，搞砸了童话故事里一桩生死攸关的任务。尽管在碎石瓦砾中间看不到

① 埃及首都开罗的一个区。一九四〇年十月十九日，该区遭到意大利空军轰炸，当时有许多欧洲人居留此地。

一丝明火，我还是爬过去，把那幅画塞进尼龙购物袋，免得再让他看到，那幅画叫他心烦得厉害。

“别担心，”我说，“我——”

他平静下来，把一只手放在我的手腕上，目光坚定而明晰，我的脑海里萌生出一个荒唐的念头：我做了我应该做的事。一切都会好起来的。

我正要享受这个想法带来的慰藉，他捏了捏我的手，让我放心，就好像我把自己的想法说了出来似的。我们会离开这里的，他说。

“我知道。”

“把它包在报纸里，塞到行李箱最底下，亲爱的。把别的古董也带上。”

我见他平静下来，感到如释重负，头痛令我精疲力竭，跟母亲有关的各种记忆渐渐淡去，变得影影绰绰，就像飞蛾忽闪的翅膀。我在他身边躺下来，闭上眼睛，感到莫名的舒适和安全。我心不在焉，迷离恍惚。他轻声细气地嘟哝着：外国人的名字，算术和数字，少许法语词，不过还是英语居多。有人要来看家具。阿卜杜因为丢石头惹出了乱子。不知怎的，我都能听懂，我仿佛看到了那个种着棕榈树的花园、钢琴、树干上的绿蜥蜴，就像浏览相册一般。

你自己走，能平安到家吗，亲爱的？我记得他问了这么一句。

“当然。”我躺在他身边的地上，脑袋跟他佝偻、衰老的胸骨平齐，所以我能听到他一呼一吸的声音。“我每天都自己坐地铁。”

“你刚才说，你现在住在哪儿来着？”他把手轻轻放在我的头上，就像在爱抚一条招人喜欢的狗。

“东五十七街。”

“哦，对！靠近‘金牛犊’？”

“嗯，离那儿还有几个街区。”“金牛犊”是一家餐厅，我们还有钱的时候，母亲喜欢去那儿。我第一次吃蜗牛就是在那儿，我还从母亲的酒杯里第一次品尝了白兰地。

“你是说，靠近公园？”

“不，离河更近。”

“是挺近，亲爱的。蛋白甜饼和鱼子酱。当初，我第一次看到这座城市就爱上了它！不过，它现在跟以前不一样了，不是吗？我真怀念它从前的样子，你没有这样的感觉吗？那阳台，那……”

“花园。”我扭过头来望着他。那里的花香和琴声。我思绪混乱，把他当成了一位我记不起来的亲朋好友，母亲的某个许久不曾来往的亲戚……

“哦，你母亲！那个可爱的人！我永远也忘不了她第一次来演奏的时候。她是我见过的最漂亮的小姑娘。”

他怎么知道我想到了她？我正要问他，结果他睡着了。他双眼紧闭，呼吸急促而嘶哑，就像在奔逃。

我渐渐意识迷糊，耳朵嗡嗡作响，嘴里有种空洞的嗞嗞声和金属的味道，就像在牙医诊所似的。我大概是昏了过去，要不是他使劲摇晃我的身体，我恐怕会一直昏迷下去，结果我猛地惊醒过来。他对着自己的食指嘀嘀咕咕，从食指上往下拉扯着什么。他摘下自己的戒指，是一枚沉甸甸的金戒指，上面有颗精雕细琢的宝石；他想把戒指给我。

“嘿，我不要，”我说着，躲开了，“干吗给我这个？”

可他把戒指摁进我手里。他的呼吸透出咯咯的声音，不怎么中听。“霍巴特与布莱克威尔，”他说，听声音，他好像快要被自己体内的液体淹死了，“按绿色的门铃。”

“绿色的门铃。”我有些迟疑地重复道。

他前后晃悠着脑袋，身体东倒西歪，嘴唇颤抖着。他涣散的目光从我身上掠过时似乎并未看到我，他的眼神令我不寒而栗。

“叫霍比从店里滚出去。”他粗声粗气地说。

我难以置信地望着鲜血从他的嘴角缓缓流下。他猛力拉扯着领带，把领带弄松。“来。”我说道，伸出手想帮忙，可他把我的手拍到一边。

“他必须关上收银机，滚出去！”他用刺耳的声音说，“他父亲派人来揍他了——”

他两眼上翻，眼皮发颤。然后他倒在地上，平躺着，垮掉了似的，仿佛呼吸不到一丝空气。他这副样子保持了三四十秒，他看上去就像一堆旧衣服，可紧接着他的胸膛鼓了起来，发出拉动风箱般的挫擦声，声音十分刺耳，我不由缩了缩身体。他猛地咳出一大口血，喷了我一身。他竭尽全力，用双肘撑起身体——有四十秒左右的时间，他像狗一样呼呼直喘，胸膛激烈地起伏，他怔怔地瞅着我看不到的某个东西，还一直抓着我的手，仿佛他只要抓得够紧，就会安然无恙。

“你还好吗？”我惊慌失措地说，快要哭出来了，“你能听到我讲话吗？”

他的身体翻来覆去地扭动着——活像离开水的鱼。我尽量扶起他的头，但不知道该怎么办，我生怕伤到他。与此同时，他一直攥着我的手，仿佛他正悬在一座楼外面，眼看便要坠落下去。每一下呼吸都伴着清晰可辨的咕噜声，就像一块沉重的石头被拼命举起，却又一次次地掉落在地。有那么一刻，他直勾勾地望着我，鲜血涌到嘴里。他好像想说话，但那些话变成鲜血，流到他的下巴上。

后来——我感到如释重负——他平静下来，安静多了。他松开我的手，那份握力仿佛熔化了，他的身体好像在下沉，在旋转，在水面上漂浮着，越漂越远。好些了吗？我问。然后——

我小心翼翼地往他嘴上滴了一点水——他的嘴唇动了动，我看见他的嘴唇动了。然后我像故事里的侍童那样跪下来，用他衣兜里的佩斯利花呢手帕，擦去他脸上的些许血迹。他的身体一点点陷入沉寂，我站起身来，紧盯着他伤痕累累的脸。

哈啰？我说。

他一边的眼皮半睁半闭，看上去像纸一般，蓝色的经脉清晰可见，他的眼皮抽动了一下。

“你要是能听到我的话，就捏捏我的手。”

但他的手软塌塌的，搁在我的手里。我坐在那儿，望着他，不知所措。我应该走了，时候不早了——母亲之前把话说得一清二楚——可我找不到出去的路。实际上，光是想象一下自己不再待在这里，而是去了别的什么地方，都怪不容易的。很难想象在这个世界之外还有别的世界。我觉得自己仿佛从未经历过跟眼下的景况不同的生活。

“你能听到我的话吗？”我最后一次问他。我弯下腰，把耳朵凑到他血迹斑斑的嘴巴旁边，但没有听到任何声音。

6

说不定他只是在休息，我不想打扰他，便悄悄站起来。我浑身上下都疼。有那么一会儿，我站在那儿，低头望着他，在校服夹克上擦了擦手——他的血沾了我一身，把我的双手弄得黏糊糊的。然后我望着像月球表面一般荒凉的瓦砾堆，试图弄清自己所处的方位，不知道从哪里离开为好。

我有些费力地朝这片场地中央，或者像是场地中央的地方走去。这时我看到，在垂挂下来的碎石瓦砾后面，隐隐有一扇门的轮廓，于是我转身朝这扇门走去。没错，门框塌了，地上堆着一堆砖块，几乎跟我一样高，只留下一个烟尘滚滚的空洞，顶部很宽，几乎可以让一辆车开过去。我吃力地攀爬上去，翻过和绕过大坨的水泥块儿。不过我没走多远就意识到，我还是得从另一边走。微弱的火苗在原先的展销商店远处的墙壁底端蔓延，在暗处迸溅出火花，有些火苗所在的位置，比原先的地面还要低得多。

我不喜欢另一扇门的样子（泡沫砖上沾有红色的痕迹；一个男人的鞋尖从一堆瓦砾中伸出来），不过挡在门前的那些东西，大多不怎么结实。我趺趺撞撞地走回去，低下身子，从在天花板上洒落火星的电线底下钻过去。我把背包举过肩膀，深吸一口气，冲进那片废墟。

一时间，飞扬的尘土和一股浓烈的化学气味险些令我窒息。我一边咳嗽着，一边暗自祈求，别再有通电的电线掉下来。我在黑暗中拍打着、摸索着，各种碎屑稀里哗啦地往我眼上洒落下来：沙砾、灰泥渣、布条，还有些天知道是什么的大块的玩意儿。

这座建筑使用的建材，有些是轻质的，有些就不那么轻了。我越往前走，里面就越黑，越热。我的去路时常变窄，或者被意外截断，人群的喧嚣在我的耳畔回荡着，我弄不清这阵声音是从哪儿传来的。我不得不钻来钻去，时走时爬。我主要是凭借触觉而非视力行动，不过还是在废墟里发现了不少尸体。他们从我的身子底下传来一股令人不安的柔和压力。不只如此，那股气味更是糟糕：烧煳的布料味、烧焦的头发和肉味，还有浓烈的鲜血味，还有铜、锡和盐的气味。

我的双手和膝盖都划破了。我从一些东西底下钻过去，从另一些东西旁边绕过去，摸索着往前走。有个长长的东西挨着我的屁股，好像车床或者梁木。最后我发现自己被一大片硬邦邦的东西挡住了去路，摸起来像一堵墙。我费力地转过身——那地方很窄——把手伸进包里，掏手电筒。

我想找那个钥匙环手电筒——它在包的最里面，在那幅画底下——结果摸到了手机。我把手机按亮，结果手一抖，没拿住，因为借着那团光亮，我看到两个水泥块中间伸出一只手来。我当时吓得不轻，但记得自己还是大为庆幸，幸好只是一只手，不过我永远也忘不了那些手指肉鼓鼓、黑乎乎的样子。如今，遇到街上的乞丐朝我伸出这样一只浮肿、指甲里嵌着黑色泥垢的手，我有时还会骇然后退。

手电筒在包里，不过我宁愿用手机。手机在我身边的这片空间里散发出微弱的光亮，刚缓过神来，正要弯腰把手机捡起来，手机屏幕一下子变暗了。黑暗中，一片淡绿色的耀斑悬浮在我的眼前。我跪下来，在黑暗中匍匐着，在石头和玻璃中间摸来摸去，决心一定要找到它。

我觉得自己知道它在哪儿，或者它方才大约在什么位置，结果找了好久才找到。我要放弃又懒得再次起身时，发现自己钻进了一处低矮的地方，直不起腰来，头顶上方只有三寸的空间，上方的表面硬邦邦的。我无法转身，也无法后退，只好向前爬去，但愿前面畅通无阻。很快，我发现自己在一点点地往前挪，身上疼痛不已，心里充满崩溃、绝望的感觉，我的脑袋明显地偏向一边。

我四岁时住在第七大道上的那座老公寓里，有一次，我的身子被一张墨菲床①给卡住了，听起来像是搞笑的窘境，其实倒也没那么滑稽。我觉得，要是我们那时候的管家阿拉梅达没有听到我窒闷的哭喊声，把我拖出来，我恐怕已经窒息身亡。在这片气闷的地方挪动身体，跟那次多少有点相似，只不过还要糟：这里有玻璃、滚烫的金属、衣服烧焦的恶臭，偶尔还有个软乎乎的东西压在我身上，我对这种东西不愿多想。沉甸甸的碎石瓦砾从上方噼里啪啦地落下来，砸在我的身上。我的喉咙灌满烟尘，咳嗽得厉害，我意识到自己能隐约看到四周那些残破的砖头粗糙的表面时，不由大吃一惊。光线——能想象得到的最微弱的光线——从左面六英寸高的地方颇为隐蔽地透射进来。

我伏低身子，看到了远处画廊那幽暗的大理石地面。一堆散乱的东西随意摊放在地上，看上去像是救援设施（绳索、斧头、撬棍，还有一只氧气瓶，上面写有“纽约消防署”字样）。

“有人吗？”我喊道。我没有等待回音，而是扭动着身子，用最快的速度穿过那个窟窿。

那个窟窿很窄，要是我再大几岁，或者再重几磅，恐怕就过不去了。我钻到一半时，背包被什么东西给别住了。有那么一瞬间，我冒出挣脱背包的念头，就像蜥蜴断尾一样，不管那幅油画了，不过我最后还是奋力一挣，背包终于出来了，带出稀里哗啦的一股灰泥碎渣。头顶上方是一根类似大梁的东西，它好像支撑着好多沉重的建筑材料。我扭动着身子，从它下面穿过时，恐惧让我感到阵阵晕眩，我生怕它滑落下来，把我的身子砸成两段。然后我看到，已经有人拿千斤顶把它

① 也叫隐壁床，可以掀起来竖着放在墙边的床，占据空间较小。

固定住了。

我钻出去之后，站起身来，浑身是汗，头晕目眩，如释重负。“有人吗？”我又喊了一声，心里不由纳闷，为什么附近摆着这么多器械，却看不到一个消防员？画廊里灯光昏暗，不过多数的灯还没坏，薄纱般的层层烟尘向高处飞扬着，变得越来越浓，不过你从那些灯和监控摄像头的样子可以看出，先前曾有一股巨大的力量掠过这个房间，它们全都偏离了原来的方向，直冲着天花板。我很高兴自己又回到开阔的地方。又过了一会儿，我才意识到，满屋子的人，只有我一个人站着，未免有些古怪。别人全都躺在地上，唯独我是例外。

地上起码躺着十来个人——他们并非全都安然无恙。他们看起来像是从很高的地方掉下来的。有三四具尸体穿着残破的消防员制服，伸着腿。其他人颇为显眼地倒在空旷的地方，身子四仰八叉，四周是爆炸的痕迹。那些迸溅的痕迹透出一股爆裂劲儿，就像打了个大喷嚏，把鲜血喷了出去，有种静中有动、歇斯底里之态。我记得格外清楚，有个中年女士穿着一条溅满血迹的短衫，上面印有复活节彩蛋图案，这件短衫像是她从博物馆的礼品商店里买的。她的双眼——画着黑色的眼线——茫然无神地盯着天花板。她的古铜肤色显然是人为炮制的，因为泛着健康的杏黄色光彩，尽管她已经没有了脑壳。

模糊不清的油画，幽暗的镀金画框。我迈着小碎步，走到展室中央，身子有点摇晃。我听到自己的呼吸声透出一种奇特的空洞感，一种噩梦般的轻飘感。我并不想看，可我非看不可。一个可怜的小个子亚洲人，身穿棕褐色的风衣，蜷缩在血泊之中。一名警卫（制服是他身上最容易辨认的物件，他的脸已经被烧得变了形）一只胳膊别在身后，少了一条腿，原本是腿的地方喷溅出大量鲜血。

不过最主要也最重要的一点，就是这些躺着的人全都不是她。我逼着自己把他们一一看了个遍，不过我没法硬逼着自己去看他们的脸。我熟悉母亲的脚、她身上的衣服、黑白两色的鞋。我确定她不在这儿之后，又待了好长时间。我站在他们中间，把头深埋在胸前，就像生了病、不愿睁眼的鸽子。

前面那条画廊里也有一些死者。三名死者。穿着亚吉尔花纹背心的胖男人，皮肤溃烂的老妇人，一个像是小白鸭的小姑娘太阳穴那儿磨破了皮，红红的，不过别的部位完好无损。不过再没有别人了。我穿过几条画廊，地上散落着救生器材。地上留有血迹，但看不到一具尸体。我走到她待过的那条看似遥远的画廊（挂着《解剖课》的那条）时，双眼紧闭，竭力许愿——画面上还是只有同样的担架和解剖器材。我从旁边走过时，在让我莫名想要放声尖叫的寂静中，画面上还是只有两名观众，还是那两个面带迷惑的荷兰人，他们先前还在墙上盯着母亲和我。此刻他们仿佛在说：你在这儿做什么呢？

一阵爆裂声。我记不清是怎么回事了。我来到另一个地方，奔跑着穿过一间间展室，展室空无一人，只有大片的烟雾将这里的富丽堂皇变得虚无缥缈。先前我觉得画廊都是笔直延伸的，彼此错落相连，但乱中有序，所有分叉都通向那家礼品商店。不过这次快速折返时，我才发现这条路根本不是直的。我一次又一次地转到白墙跟前，拐进哪里都不通的房间。那些门和入口并不在我意料之中的位置，一块块独立的柱基会突然闪现在我面前。我在转过一个拐角时跑得太急，差点迎头撞上弗兰斯·哈尔斯笔下的一伙卫兵：这些身材高大、面色红润的粗汉，因为喝了太多啤酒，搞得双眼通红，活像出席化装舞会的纽约警察。他们用严厉而滑稽的眼神，冷冷地俯视着我。我回过神来，后退几步，重新奔跑起来。

哪怕是在天气晴朗的日子，我有时也会在博物馆里迷失方向（在陈列大洋洲艺术品、图腾和独木舟的画廊里，漫无目的地游荡时），有时，我只好拜托警卫指明离开的方向。这些画廊经常重新布置，很容易让人晕头转向。我在半明半暗的阴森光线中，跑过一条条空荡荡的过道，心里的惧意越来越浓。我自以为能找到去大楼梯那边的路，可没过多久，我跑出特殊展品区的画廊，发现眼前的光景十分陌生。我晕乎乎地又跑了一两分钟，跑过我再也吃不准的一些拐角，才发现自己彻底迷了路。不知怎么搞的，我径直穿过意大利杰作区（钉在十字架上的耶稣，一脸惊讶的圣徒、巨蛇，还有严阵以待的天使们），最后竟然来到十八世纪的英国作品区，以前我没怎么来过这边，对这里的情况一无所知。一根根优雅的长线条从我面前延伸开去，迷宫般的走廊，我感觉自己就像身处闹鬼的宅邸：头戴假发的贵族、庚斯博罗①笔下的冷美人居高临下，向身陷困境的我投来鄙薄的目光。一处处富丽堂皇的景象令我抓狂，因为它们看上去并不通向大楼梯或大走廊，仅仅通向跟它们外表并无差别、同样富丽堂皇的其他画廊。我快要哭出来时，突然看到画廊的墙上有扇不起眼的门。

你得看两遍才会发现这扇门。它被漆成跟画廊的墙壁完全一样的颜色，看上去是那种长期锁住、不会打开的门。它之所以能引起我的注意，是因为它并未关

① 托马斯·庚斯博罗（1727—1788），英国著名画家。

严——门的左侧跟墙面高度不一，不知道是因为没有锁好，还是断电让门禁失灵了。不过，要打开这扇门也绝非易事——门很沉，是钢做的。我使出浑身的力气。突然，伴着一声排气的声音，它一下子变得灵巧地活动起来，我险些扑了个空。

我挤进门里，发现面前是黑黝黝的办公区。这儿的天花板低矮得多，应急灯比主画廊里的暗。又过了一会儿，我的眼睛才适应这里。

这条走廊似乎有好几英里长。我胆战心惊，悄悄向前走去，向碰巧门没关严的一间间办公室里窥探。卡梅隆·盖斯勒，登记员。藤田官子，助理登记员。抽屉敞开着，椅子被推到远离书桌的地方。在一间办公室门口，一只高跟鞋侧歪着，倒在地上。

那股遗弃之地的气氛，诡异得难以言表。我好像听到远处传来警笛声，甚至还有步话机和犬吠声，不过爆炸让我耳鸣得厉害，我还以为是自己幻听。我没看到一名消防员、警察或警卫，也没看到一个活人，我越来越心慌。

员工办公区还不算太黑，用不着取出钥匙环手电筒照明，但也不够亮，我很难看清四周的景象。我现在是在办理登记和存放展品的区域。一间间办公室里壁立着整排整排的文件柜，从地面一直堆到天花板，金属架上摆着好多塑料邮件箱和纸箱。这条狭窄的走廊让我有种焦躁不安和走投无路的感觉，我脚步的回声极响，有那么一两次，我停住脚步，转过身去，看看是不是有人一路追了过来。

“有人吗？”我试探地问道。我从那些房间门前经过时，都会朝里面瞄上两眼。有些办公室布置得既新潮又宽敞，还有一些则又脏又乱，胡乱堆放着书报。

弗洛朗·克劳纳，乐器部。莫里斯·乌拉比-鲁塞尔，伊斯兰艺术部。维多利亚·加贝蒂，纺织品部。我从一间洞窟般的黑屋门前走过，里面放着一张长长的工作台，台面上摆着花色混搭的小片布料，好似一张拼图板。屋子后面堆放着不少旋转式衣架，上面挂着很多塑料成衣袋，跟本德尔①或伯格多夫②商场里运货电梯旁边的那些衣架很像。

我来到丁字路口，左看右看，不知道该走哪边好。我闻到了地板蜡、松节油和化工原料的气味，还有一股浓烟味。三面都是一眼望不到尽头的一间间办公室和工作间，合在一起，组成一片内敛的几何状网络。看上去一成不变，毫无特色可言。

① 纽约市的高级女装商场。

② 纽约市出售奢侈品的百货商场。

左侧，天花板上的一个固定装置闪烁着灯光。灯泡嗡嗡响了几声，便顿住了，发出一阵嗞啦嗞啦的静电噪音。借着明灭不定的灯光，我看到走廊前面有台喷泉式饮水器。

我冲了过去，因为跑得太快，险些失足滑倒。我把嘴抵在龙头上痛饮。我喝了那么多凉水，一侧太阳穴像扎进了钉子似的疼起来。我打着嗝，洗掉手上的血迹，把水扑在酸痛的双眼上。小得不可察觉的玻璃碴像冰针一样，叮叮当当地落进饮水器的钢钵里。

我把身子靠在墙上。头顶的荧光灯嗞嗞作响，闪烁不定，让我心神不宁。我好不容易才重新打起精神，继续往前走。灯光闪闪烁烁，我的脚步也有些摇摇晃晃。这边的陈设物品工业化特征非常明显，木质运货托台，平板手推车，将装箱物品来回搬运存放。我走过另一个岔口，它连着一条幽暗、整洁的走廊，前端渐渐没入黑暗之中，我正要越过它继续前行时，看到那条走廊尽头有一团红色的灯光，显示着“出口”字样。

我脚下一绊，扑倒在地。我又站起身来，一边打着嗝一边沿着那条看似没有尽头的走廊跑起来。走廊尽头有扇门，门上有道金属门闩，很像我们学校的安全门。

伴着刺耳的声响，我推开门，冲进黑乎乎的楼梯间，十二级台阶，转角平台，再下十二极台阶就到底了。我的指尖在金属扶手上掠过，脚步咚咚作响，回音很重，听起来就像有十来个人在跟我一起奔跑。楼梯间底端连着一段外观单调的灰色走廊，尽头是另一扇别着门闩的门。我扑上去，用双手把门推开——大雨和震耳欲聋的警笛声像耳光一样，扑面袭来。

我想我当时放声尖叫了，能来到外面，我实在太高兴了，不过四周嘈杂一片，没有谁能听到我的声音。我的叫声毕竟比不过雷雨期间拉瓜迪亚机场停机坪上的喷气式飞机引擎的轰响。听上去，好像纽约市的五大行政区，还有新泽西州的每辆救火车、警车、救护车，还有应急车辆，都在第五大道上高声鸣笛一般。那是一种欢腾到近乎癫狂的喧嚣，就像把新年、圣诞和国庆的焰火都合在了一起。

从里面出来，穿过夹在装货平台和停车场中间的一扇无人值守的边门，就来到了中央公园。远处泛着灰绿色，条条小径空无一人。树冠在风雨中颠簸摇荡，掀起阵阵白色的水花。远处，第五大道被封锁了，大雨一阵阵地掠过街面。从我站的地方，透过倾盆大雨，只能看到颇为耀眼的大片辐射光：起重机和重型设备，一些警察把人群往后推，红灯，黄蓝两色的闪灯。在毫无规律可言的混乱中，一阵阵闪光颤动着，旋绕着，闪烁着。

我扬起胳膊肘，抹去脸上的雨水，跑过空空荡荡的公园。雨水流进我的眼睛，从我的额头滴落下来。雨水把街头的灯光融化成一团在远方悸动着的模糊光晕。

纽约警署、纽约消防署的厢式面包车停在那儿，挡风玻璃上的雨刷摇来摇去：警犬小队、救援小队、纽约市危险物质处理分队。一件件黑雨衣在风中飘拂。公园出口处，矿工门①那里，拉起一条保护犯罪现场的黄色带子。我毫不犹豫地掀起它，从底下钻过去，跑进人群之中。

在一片混乱中，没有什么人注意到我。有那么一阵子，我在街头徒劳地来回奔走着，雨水倾泻在我的脸上。举目四望，尽是像我一样仓皇失措的人匆匆跑过。四周是盲目涌动的人潮：警察、消防员、戴硬帽子的人，一个胳膊肘打着吊带的老人。一名心烦意乱的警察，把一个鼻子流血的女人往第七十九街那边轰赶。

我从未见过这么多辆消防车齐聚一地：十八小队、四十四战队、纽约七号云梯、救援一号、中心区的骄傲四号。我穿过停泊车辆和公务人员的黑雨衣汇成的海洋，看到一辆犹太救援机构的救护车：车身后面印着希伯来文字母，透过打开的车门，可以看到一间亮着灯的小病房。好几名陪从护士在一个女人身边弯着腰，试图把她按倒，而她挣扎着，想要坐起来。一只皱皱巴巴、染着红指甲的手扬到半空。

我用拳头捶打车门。“你们得回里面看看，”我喊道，“里面还有人——”

“还有一颗炸弹，”陪从护士没有正眼看我，只是这样喊道，“我们必须疏散群众。”

还没等我弄懂这句话的意思，一名身材壮硕的警察如同天降霹雳一般，朝我俯冲过来。这家伙长得笨头笨脑，像只牛头犬，双臂就像举重运动员那样浑实紧绷。他粗暴地抓住我的前臂，把我往街道另一边推。

“你他妈的在这儿干吗？”他吼道，嗓门盖过我一边努力挣扎一边发出的抗议。

“警官——”一个脸上带血的女人走过来，想引起他的注意“——警官，我觉得我的手受伤了——”

“离开那栋楼！”他冲女人嚷道，甩开她的胳膊，然后冲我嚷道，“走开！”

“可是——”

① 中央公园的多扇门中，不少是以人的职业命名。

他用双手使劲推我，我踉踉跄跄，差点摔倒。“离开那栋楼！”他吼道，双臂一扬，带起了雨衣。“快走！”他根本没正眼看我，他那双透着粗鲁的小眼睛紧盯着我头顶上方的什么东西，紧盯着街道另一端，他脸上的表情吓住了我。

我慌慌张张地东躲西闪，从一群急救人员中间穿过，来到对面的人行道上，就在刚过第七十九街的地方。我留意着母亲的身影，不过并没有看到她。救护车和医疗车来得可真不少：贝斯以色列急救、伦诺克斯山、纽约长老会、卡夫里尼急救人员①。一个血迹斑斑的男人身着商务西装，仰面平躺在第五大道上一栋大宅带篱笆的小院里一道装饰性的紫杉树篱后面。一条黄色安全隔离带横在风中，猎猎作响——不过那些被大雨彻底淋湿的警察、消防员、戴硬帽子的人，把那根带子掀起来，从下面钻进钻出，仿佛这根带子压根儿就不存在。

所有人的目光都投向市中心那边，后来我才得知个中原委。在第八十四街（相隔太远，我看不见），负责处理危险物质的警员正在“解决”一枚没有引爆的炸弹，方法是用高压水枪对着它喷射。我想找个人说说话，弄清之前发生了什么事，于是朝一辆救火车挤过去，可老有些警察在人群中穿来穿去，挥着胳膊，拍着巴掌，把人往后撵。

我拽住一名消防员的外套，是个嚼着口香糖、貌似和善的青年。“里面还有人！”我喊道。

“好啦，我们知道，”消防员没有正眼看我，便这样喊道，“他们命令我们出来，让我们休息五分钟，然后才放我们进去。”

有人从后面推了我一把。“走开，走开！”我听到有人喊道。

一个口音很重的人粗声大嗓地喊道：“把你的手从我身上拿开！”

“快点！全都闪开！”

又有人在后面推我。消防员们倚着云梯消防车，仰望着丹铎神庙②。警察们肩并肩站成密集队形，在雨里一动不动。我被人流裹挟着，跌跌撞撞地从他们身边走过，他们呆滞的眼神、点头的脑袋、下意识地敲击出倒计时读秒节奏的脚步，纷纷映入我的眼帘。

---

① 均为纽约医疗机构的简称。

② 埃及的一座古神庙，于二十世纪六十年代迁至纽约的大都会博物馆，成为其中最大的展品。

我听到那枚没有引爆的炸弹爆炸的声音，还有第五大道上响起橄榄球场里那种声嘶力竭的欢呼声时，已经被人流带到麦迪逊大道，沿着这条街走出挺长一段路了。警察们——交通警——正抡着胳膊，把目瞪口呆的人流往后推。“好了，大家都走吧，走吧。”他们拍着巴掌，从人群中穿过。“全往东走。全往东走。”有个警察——是个大个子，蓄着山羊胡，戴着一枚耳钉，很像专业摔跤手——伸出胳膊，推搡一名身穿兜帽卫衣的快递员，后者正想用手机拍照，结果歪倒在我的身上，差点把我撞翻在地。

“看着点儿！”快递员扯着高亢、难听的嗓门叫道。那警察又推了他一把，这下用力不小，快递员仰面朝天，跌进水沟。

“你耳朵聋了还是怎么的，伙计？”他嚷道，“快走！”

“别碰我！”

“想让我打爆你的脑袋？”

第五大道和麦迪逊大道中间一片混乱。头顶上方直升机螺旋桨的轰响，扩音器里模糊不清的喊话声。尽管第七十九街交通已经被封锁，却满满当当地停放着警车、救火车、水泥路障，挤满放声尖叫、惊慌失措、身上还在滴水的人。这些人当中，有些正在逃离第五大道，有些正在奋力挤回博物馆去。好多人高举着手机，试图抓拍照片。剩下的人瞠目结舌，呆站着不动，无视身边汹涌的人潮，直勾勾地盯着第五大道上空在雨幕中弥漫的黑烟，仿佛火星人就要在这里登陆。

警笛声声。地铁排风口涌出大片白汽。一名裹着肮脏毯子的流浪汉走来走去，脸上是一副急切而迷惘的神情。我满怀希望地在人群中寻找着母亲的身影，满以为会看到她。有那么一会儿，我试着从警察驱赶过来的人流中逆流而上（我踮着脚，伸长脖子朝前望去），后来我意识到，自己不可能原路返回，想在这场滂沱大雨和混乱的人群中找到母亲，更是毫无希望。*我回到家就看到她了*，我心想。我们以前做过这样的应急安排：倘若有什么不测发生，我们在家里碰头。她准是已经发觉，要在那样的混乱中把我找到，绝无可能。不过我心里还是感到一股难以名状的小小失望——我往家走时头痛欲裂，看东西都有重影。我一直在找她，反复打量着四周人们心事重重的陌生面容。当时，她已经走了，这才是最重要的。她当时的位置，跟爆炸中心隔了好几个房间。那些尸体都不是她。不过，不管我们事先做过何种约定，不管我的想法听起来有多么合情合理，不知何故，我还是不太相信，她会把我撇下，从博物馆自行离开。

第二章

解剖课

我只有四五岁的时候，最害怕的事就是母亲哪天出门上班，就再也不回来了。对我来说，加法和减法最有用之处就是能帮我掌握她的行踪。她离开办公室多少分钟了？从办公室走到地铁站需要多少分钟？我在学会数数之前，就一心想要学会看表。我拼命研究画在纸盘上的那个奇妙的圆圈，心想一旦掌握个中诀窍，我就能解开她出门和回家的时间之谜。她通常都会在她说的时间到家，但她要是晚回来十分钟，我就会感到心烦意乱。她要是再晚一些，我会像被人单独撇下太久的小羊，坐在公寓正门那儿的地板上，努力辨听电梯升到我们楼层时的辘辘声。

我上小学时，几乎每天都能在第七频道听到让我担忧的消息。母亲等六号地铁时，万一出来一个身穿又脏又破的夹克的流浪汉，把她推到铁轨上，那该怎么办？或者把她逼进黑乎乎的过道，拿刀子捅她，抢她的钱包怎么办？万一她把电吹风掉进浴缸里，或者被一辆摩托车给撞到一辆轿车前面，或者就像我同学的母亲那样，在牙医诊所误服药物中毒身亡，该怎么办？

母亲出事的念头之所以特别可怕，原因在于我父亲是个靠不住的人。依我看，“靠不住”还是比较委婉的说法。他情绪不错的时候，也会干出弄丢薪水、开着家门睡着的事来，因为他经常喝醉。他情绪不好时（这种情况居多）两眼通红，神情冷淡，外套皱皱巴巴的，仿佛穿着外套在地上打过滚。他身上向外释放出一股异乎寻常的沉静气息，他就像一种眼看就要爆炸的增压装置。

我不明白他为什么这样郁郁寡欢，但我能明显地感觉到，他的不快是我们的错。母亲和我时常令他烦躁不安。他从事着自己无法忍受的工作，也是因为我们。我们做什么都会让他恼火。他尤其不喜欢待在我旁边，也很少在我身边停留。早上我准备上学时，他鼓着眼泡，面前摆着《华尔街日报》和咖啡，一声不响地坐着，浴袍敞着怀，头发一绺绺地竖着。有时候他的手哆嗦得厉害，他端起杯子喝东西会把咖啡洒一身。我进屋时，他会用警惕的眼神把我打量一番，要是我把银器餐具或麦片粥碗弄出太多声音，他就会勃然大怒。

除了每天早晨的这段尴尬时光，我很少看到他。他不跟我们一起吃晚餐，也不参加校务活动。他在家时不陪我玩，也不会陪我多聊。其实，他很少会在我上床睡觉之前回家，有些日子里（发薪水的日子，尤其是隔周的星期五），他要到凌晨三四点钟才会回来，还会弄出一连串的声音：砸门，丢掉公文包，东倒西歪，磕磕碰碰。有时我会猛然惊醒，盯着映在天花板上在暗影中发亮的星星投影，怀疑是不是有杀人犯破门而入。好在他喝醉时步子会变慢不少，变成一种既刺耳又容易辨别的节奏——我觉得，很像是弗兰肯斯坦的脚步，谨慎而又沉重，每两次落脚中间，都有长得荒谬的停顿。一旦弄清是他在外面摸黑咚咚咚地走来走去，不是什么连环杀人犯或变态狂，我就会重新陷入烦躁不安的睡梦之中。第二天，星期六，母亲和我就会趁他还在沙发上汗涔涔地睡着时设法离开公寓。要不然，我们就得整天蹑手蹑脚地走来走去，生怕关门的声音太响，或者做了别的什么事吵到他。他呢，会拿着从外卖店买的一种中国啤酒，板着脸坐在电视机前，两眼无神地观看静音的新闻或体育节目。

因此，有一个星期六，母亲和我发现他根本不在家，我们都没怎么太担心。直到星期天，我们才开始有些不安，但这个时候我们也没像别人那样紧张。当时正是大学橄榄球队赛季之初，看几场比赛的钱，他肯定有。所以我们以为，他是不辞而别，乘大巴去了大西洋城。次日父亲的秘书洛蕾塔打来电话，因为父亲没去上班，我们这才开始觉得，情况确实有些不对头。母亲担心父亲遭遇劫匪，或者在酒吧斗殴中送命，便打电话报了警。我们紧张兮兮地等了几天，等待有人打来电话或者上门通知。后来，到了周末，父亲寄来一封短笺（盖着新泽西州纽华克市的邮戳），短笺上用连笔、潦草的字迹通知我们，他去"开始一段新生活"了，地点保密。我记得，自己当时反复琢磨过"新生活"这个说法，就好像这个说法能揭示出他的去向似的。因为我一直缠着母亲吵吵闹闹，差不多一个星期后，她终于答应拿给我看。"那好吧，"她无奈地说，打开写字台抽屉，把那封短笺摸了出来，“我不知道他想让我怎么跟你说，干脆你自己看吧。”那封短笺写在机场附近的一家逸林酒店的信纸上。当时我相信，这张信纸或许包含着极有价值的线索，可以由此查清他的下落，结果那封短笺极度简洁的行文（只有四五行字）和运笔飞快、潦草不堪的笔迹，让我大吃一惊，那仿佛是他赶着去食杂店之前草草写就的东西。

从好多方面来说，父亲的离开对我们未尝不是一种解脱。我当然不怎么挂念他，母亲似乎也不想他。不过可悲的是，她不得不让我们的管家钦齐亚离开，因为我们负担不起她的薪水了。钦齐亚哭了，她说要留在这里，免费干活。不过母亲帮她在楼上找了一份零工，给一对有小孩的夫妇干活。她差不多每个星期过来一趟，看看母亲，喝杯咖啡，她身上还穿着她清扫时套在衣服外面的那件罩衫。父亲年轻时，晒出一身古铜肤色，站在滑雪坡顶端的照片，被母亲悄悄从墙上摘了下来，换上了母亲和我在中央公园溜冰场的一张合影。晚上，母亲拿着计算器核对账单，直到深夜。尽管这套公寓的房租并无变化，但少了父亲的薪水，生活就变成了一场一个月又一个月的冒险，因为不管父亲给自己在别处找到的是什么样的新生活，其中都不包括往家寄孩子的抚养费这项内容。大致上，我们满足于在地下室洗衣服，欣赏日场而不是全价票的电影，吃放陈了的烘焙食品和便宜的中餐外卖（面条、芙蓉蛋①），数出零钱来坐公交。不过那天我从博物馆步履维艰地往家走时——身上又湿又冷，头痛得要咬紧牙关才能抵御——意识到父亲走了，这个世界上再也没有谁会为母亲和我牵肠挂肚了。再也没有谁在闲坐时纳闷我们去哪儿度过了整个上午，为什么他没听到我们的音信。不管他在哪儿过他的新生活（不管是热带、大草原，滑雪小镇还是美国大城市），他都会沉迷于看电视。不难想象，或许他还会看得有些狂热，有些激动。有时候，他看到跟自己毫不相干的重大新闻，比如远方的飓风袭击或者桥梁垮塌，就会变成这样。不过他会感到担心，打电话过来，询问我们的情况吗？或许不会，正如他不大可能给他从前的办公室打电话，了解一下那边的情况如何，不过他肯定会想起从前一起在市中心工作的同事，琢磨那些会计师和管账员在公园大道一〇一号对这次爆炸会有什么样的反应。那些秘书会不会感到害怕，收起桌面上的照片，换上便鞋回家？或者他们会不会在十四层组织一场平淡的聚会，让人送来三明治，大伙围拢在会议

① 一道类似煎蛋饼的粤菜。

室里的电视周围？

这条回家的路看似漫无尽头，却没有给我留下多少印象。我只记得，麦迪逊大道上弥漫着一股灰暗、阴冷、密雨四布的气氛。一把把雨伞上下颠动着，人行道上的人流朝市中心方向悄然涌去。那种隐没在人群之中的感觉，让我想起我看到过的记录二十世纪三十年代银行倒闭和人们排队领救济的黑白老照片。我的头痛，再加上这场大雨，我的视野收束成一个紧巴巴的小圈子，我几乎只能看到走在前面的行人弓着的后背。我头痛到几乎看不清前方去路的地步。有那么几次，我没有看信号灯就走上人行横道，差点被车撞到。似乎没人知道究竟发生了什么事，不过我听到一辆停着的出租车广播里嚷嚷着“朝鲜”云云，身边的行人嘴里咕哝着“伊朗”和“基地组织”。有个骨瘦如柴、浑身湿透、留着细长发绺的黑人在惠特尼博物馆门前来回踱步，向天空挥舞着拳头，自顾自地喊道：“系好安全带，曼哈顿！奥萨马·本·拉登又来*轰炸*我们了！”

我觉得头晕，想找地方坐下，但还是坚持往前走。我步履蹒跚，就像是局部坏掉的玩具。有些警察在打手势，有些警察在吹哨示意。雨水从我的鼻尖滴落下来。我一次又一次地眨巴着眼睛，把流到眼里的雨水挤出来，一个念头掠过我的脑海：我必须尽快回家，回到母亲身边。她在家里等我，肯定急坏了。她会忐忑不安地揪扯头发，骂自己没收了我的手机。每个人的手机都拨不通，街边寥寥无几的收费电话前全都排起了长队。*母亲*，我在心里默默想着，*母亲*。我想用心灵感应跟她沟通，让她知道我还活着。我想让她知道，我安然无恙，不过与此同时，我记得自己在想，我这样往家走，而不是跑，也未尝不可。我可不想在回家的路上昏倒在地。她在爆炸前的片刻走开了，真是幸运！她让我去的那个地方正是爆炸的中心地带。她准以为我已经死了。

还有那个救了我命的女孩。想到她，我眼前一亮。皮帕！这个古怪、简单的名字，安在一个鬼灵精怪的红发小女孩身上倒是很般配。我每次想起我们对视的情景，都会感到晕眩：是她，一个彻头彻尾的陌生人，救了我的命，她让我没有走出展区，走进卖明信片的商店，让我没有彻底完蛋。我以后会不会告诉她，是她救了我的命？还有那个老人：我刚出来没几分钟，消防员和救援人员就冲了进去，但愿有人回到那个地方，救起了他——门被千斤顶支了起来，可见他们知道里面有人。我今后还会看到他们俩当中的某一位吗？

我终于走到家时，感到寒冷彻骨，晕头转向，脚步虚浮。我的衣服湿透了，冒出氤氲水汽。从我身上流下来的雨水，在大厅地面上留下一抹弯曲的痕迹。

脱离了街上的人群，那种被人遗弃的感觉让我大为不安。尽管包裹间里的那台便携电视开着，还能听到楼道里响起步话机的噼啪声，但戈尔迪、卡洛斯、何塞这些我经常见的门卫都不在。

我再往里走，亮着灯的电梯间开着，空无一人，正在等候载人，就像魔术表演里面的道具橱柜。传动齿轮颤动着啮合在一起，珍珠般的装饰派风格数字一一闪过，电梯吱吱嘎嘎地把我送到十七楼。我走进自家门前色彩单调的过道，感到如释重负。这里粉刷着鼠褐色的涂料，散发出陈腐的地毯清洁剂气味。

钥匙开锁的声音挺响的。“哈啰？”我喊道，走进昏暗的公寓。百叶窗放了下来，家里鸦雀无声。

冰箱在寂静中嗡嗡地响起来。*上帝啊*，我惊恐万状地想，*她还没回家吗*？

“妈妈？”我又喊了一声。我的心很快沉下去，我快步穿过门厅，然后迷惑不解地在起居室中央站定。

她的钥匙没在门口的挂架上，她的包没在桌子上。我朝厨房走去，湿漉漉的鞋子在寂静中发出呱唧呱唧的声音。这里没有多少厨房的样子，只有一个双灶头的炉子，装在壁凹里面，正对着一条通风管道。厨房里摆着她的咖啡杯，从跳蚤市场买回来的绿玻璃杯，边上有个口红印。

我站在那儿，直勾勾地盯着那只杯底还剩一寸冷咖啡、还没清洗的咖啡杯，不知所措。我的耳朵嗡嗡作响，我的头痛得厉害，几乎无法思考。乌黑的波浪在我的视野边缘涌动着。之前我一直在想，母亲该有多么担心，我得赶紧回家告诉她我没事。我根本没想到，她有可能不在家。

我战战兢兢地朝父母的卧室走去。这间屋子在父亲走后没怎么变样，不过因为现在是母亲一个人住，看起来比以前凌乱了一些，女性化的气息更浓了。乱糟糟的床铺旁边的桌子上，电话答录机的灯没亮：没有留言。

我站在门口，头痛得晕乎乎的。我努力集中精力，开动脑筋。白天的劳顿颠簸在我身上沉积下来，我感觉就像坐了太久的车一样难受。

当务之急是找到我的手机，看看有没有什么短信。但我不知道自己的手机在哪儿。我被勒令休学后，母亲把它给没收了。头天晚上，母亲洗澡时我拨过那个号码，想把它找出来，结果我发现她把手机给关掉了。

我记得自己把手伸进她的写字台最上面那格抽屉，摸到了好多头巾：绸缎的，丝绒的，印第安人刺绣的。

然后我花了不少力气（虽然不算太重），把她床脚那儿的长凳拖过来，踩在上面，看了看她的衣柜顶上的那一格。后来我迷迷糊糊地坐在地毯上，把脸贴在长凳上。然后我耳边响起一阵难听的轰鸣声。

出事了。我记得自己扬起头，确信是厨房的炉灶漏气了，我会煤气中毒的。只是我并没闻到煤气的气味。

我大概走进了靠近母亲卧室的小卫生间，在药橱里找起阿司匹林，或者是别的治头疼的药，我也说不清。我唯一能确定的是，过了一会儿我来到自己的房间，我也搞不清自己是怎么过来的，我用一只手撑着床边的墙，感到自己快要吐了。然后一切又变得模糊不清，我完全理不出头绪，后来我听到开门的声音，便从起居室的沙发上坐起来，不知如何是好。

不过我家的房门并没有被打开，是走廊另一头的什么人在开门。屋里暗了下来，外面传来下午交通高峰时段车来车往的声音。在昏暗中，我怔怔地待了一会儿，分辨各种声响，台灯和七弦琴形状的椅背那熟悉的线条，在夜幕下的窗玻璃上变得越来越清晰可辨。"妈妈？"我喊了一声，声音里透出的惊慌，我自己都听得出来。

原来我穿着湿漉漉、带沙砾的衣服睡着了。我躺在沙发上睡的，把沙发也弄湿了，还留下一个又湿又冷的人形凹窝。寒风把威尼斯百叶窗吹得哗啦哗啦响，从母亲早晨没有关严的窗户吹进来。

钟表显示的时间是晚上六点四十七分。我怀着越发浓重的恐惧，迈着僵硬的步子，在家里转来转去，打开所有的灯。连起居室头顶的吊灯也打开了，平时我们不开这盏灯，因为它太亮太刺眼了。

我站在母亲卧室门口，看到黑暗中有个红灯在闪烁。一股轻松感像浪潮般袭来。我冲到床边，摸索着找到答录机的按钮，过了几秒钟，我才意识到，这根本不是母亲的声音，而是母亲一个女同事的声音，听起来莫名的欢快。"嗨，奥德丽，我是普鲁，只是问候一下。今天的事真够疯狂的，不是吗？听着，帕雷亚先生的长条校样要进入出版流程了，我们需要谈谈，不过好在截止时间延后了，所以不用担心，起码最近没事。希望你撑得住，爱你，有空回电话。"

留言结束，答录机发出"哔"的响声。之后我站了好长时间，低头瞅着这部机器。然后我掀起百叶窗的边儿，望着外面的车流。

现在是下班时间。街上传来汽车的鸣笛声。我还是头痛欲裂，还有一种宿醉之后醒来的感觉（那时候还觉得新鲜，不幸的是，如今我对这种感觉再熟悉不过），似乎忘记了什么重要的事情没做。

我回到母亲的卧室，用颤抖的双手按下她的手机号，因为按得太快，结果输错号，只好重新再拨。不过她没有接听，接听的是服务台。我留了言。*妈妈，是我，我很担心你，你在哪儿？*然后我双手抱头，在床边坐下来。

楼下飘来饭菜的香气。附近的公寓传来模糊不清的声音：没有实质感的重击声，打开又关上橱门的声音。天色已晚，人们纷纷下班归来，丢下公文包，问候家里的孩子和猫狗，打开电视收看新闻，准备出门吃晚餐。母亲在哪儿呢？我试着设想耽搁了她的种种事情，结果什么想不出来。不过谁知道呢，说不定是因为哪条路封锁了，所以她才回不来。可她不会往家打电话吗？

也许她把手机弄丢了？我心想。也许她把手机摔坏了？也许她把手机给了更需要用它的人？

家里的寂静令我大为不安。只能听到水管里的水声和微风吹拂百叶窗的咔嗒声。我无所事事地呆坐在母亲的床边，后来觉得自己应该做点什么，我重拨了她的电话，又一次留言，这次没能把话里的颤音憋回去。*妈妈，我忘说了，我回家了。拜托，一有时间就打电话给我，好吗？*然后我又给她办公室的语音信箱留了条口信，以防万一。

一股要命的寒意在我的胸口缓缓扩散，我又回到起居室，在那儿站了一会儿，然后来到厨房的留言板跟前，看母亲有没有留什么话，不过我心里很清楚，她没留。我回到起居室，眺望着窗外车水马龙的街道。她会不会是怕吵醒我，于是去了药店或熟食店？我有点想出门找她，不过我要是自以为能从高峰时段的人群中找出她来，无异于发疯，再说，我又怕出门会错过她的电话。

这时已经过了门卫换班时间。我往楼下打电话，希望接听的人是卡洛斯（他是门卫里最年长也最威风的一位），要是何塞更好。何塞是个快活的大个子，多米尼加裔，是我最喜欢的门卫。结果根本没人接听，我等了好长时间，才听到一个尖细、吞吞吐吐、带外国口音的声音说："你好？"

"何塞在吗？"

"不在，"那个声音说，"你回头再打吧。"

我知道了，是那个戴着护目镜和胶皮手套、模样怪吓人的亚洲人，他负责给地板打蜡，收拾垃圾，还在楼上干些别的零活。那些门卫（他们跟我一样，搞不清他姓甚名谁）管他叫“新来的”，抱怨上级派来的勤杂工居然既不会英语，也不会西班牙语。这栋楼里出了什么问题，他们都推到他的身上：新来的没干好铲除积雪清理走道的活儿，新来的没把邮件放对地方，新来的没有保持庭院清洁，这可是他的分内事。

“你过些时候再打。”新来的说，话音里透着希望。

“别，等等！”他正要挂断电话，我说了一句，“我要找人谈谈。”

一阵困惑的沉默。

“拜托，那边再没有别人了吗？”我说，“情况紧急。”

“好吧。”那个声音小心翼翼地说，他的口吻有些松动，让我多了几分希望。我能听到他在寂静中略显沉重的呼吸声。

“我是西奥·德克尔，”我说，“7C 的。我在楼下经常看到你。我母亲没有回家，我不知道该怎么办。”

不知所措的长时间沉默。“七号。”他重复道，就好像整句话里，他只听懂了这一部分。

“我母亲，”我重复了一遍，“卡洛斯去哪儿了？他们都不在？”

“抱歉，谢谢。”他惊慌失措地说，挂了电话。

我也焦虑不安地挂上电话，在起居室中间呆站了一会儿，然后打开电视。城里乱了套，通往周边区域的大桥统统封锁，难怪卡洛斯和何塞没来上班，不过我并没从电视上看到，有什么事耽误了母亲回家。我看到，电视上有个报告失踪人员的电话。我把号码抄在一小块报纸上，跟自己约定，要是母亲再过一个半小时还没回家，我就打这个电话。

记下这个电话号码，我感觉舒服了一些。不知何故，我深信不疑：只要记下这个号码，就能十分神奇地让母亲走进家门。结果四十五分钟过去了，一个小时过去了，母亲还是没有露面。我终于忍无可忍，拨打那个号码（我等待对方接听的时候，来回踱着步子，始终紧张兮兮地瞅着电视：床垫广告、音响广告，免费快递送货，不需要信用卡）。最后，一个语气轻快活泼的女人接起电话，说话时完全是一副公事公办的口吻。她记下母亲的名字，还有我的电话号码，说母亲不在她的“失踪者名单”上，不过要是母亲的名字出现了，她就给我打回来。我挂上电话才想起，应该问问她说的是什么名单。我就这样忧心忡忡地等了不知多久，苦苦地兜着圈子，转遍四个房间，打开抽屉，拿起书来又放下，打开母亲的电脑，看看能从谷歌搜索到什么内容（什么也搜不到），于是我又打回去问。

“她不在死亡人员名单上，”第二个接电话的女人说，口吻平淡得出奇，“也不在受伤人员名单上。”

我安下心来。“这么说她没事？”

“我是说，我们完全没有她的消息。你先前有没有留下电话号码，回头我们再打给你？”

留了，我说，他们说会给我回电话。

“免费送货安装，”电视上说，“我们提供为期六个月的免息贷款服务，欢迎咨询详情。”

“那祝你好运。”那个女人说完便挂了电话。

家里的寂静有些异乎寻常，就连电视机里的大声播报也无法驱散寂静。二十一人死亡，“数十人”受伤。我徒劳地尝试用这个数字安慰自己：二十一人，不算太严重，不是吗？在电影院，哪怕是在公交上，二十一个人都不能算多。比我们英语课上的学生还少三个。但新的疑虑和恐惧很快又包围了我。强忍冲出家门的冲动，不放声高呼母亲的名字，就是我能做到的一切了。

我很想上街找她，但我知道自己应该安安稳稳地待在家里。我们应该回家碰头。这是从我上小学起我们就做好的严格约定。当时，我从学校带回家一本灾难预防手册，手册封面上，佩戴防尘面具的卡通蚂蚁正在收集物资，为应对某种没有确切指明的紧急情况做好准备。我做完填字游戏和傻里傻气的问卷调查（“预先放入灾难应急工具包里的衣物，何种为好？ A. 泳装 B. 多层衣物 C. 草裙 D. 铝箔”），然后跟母亲一起设计了一种家庭应急方案。我们设计的方案很简单：我们回家碰头。要是我们当中，有一方没法回家，那就打电话。不过时间缓缓流逝，电话还是没有响，新闻上的死亡人数升至二十二人，然后是二十五人。我再次拨通本市的应急事务处理电话。

“喂，”接电话的女人强压怒火平静地说，“我注意到，你已经来过电话了，我们已经记下她的名字了。”

“可是——她会不会在医院之类的地方？”

“有可能。不过我也无法确认这一点。你说你叫什么名字来着？你要不要跟我们这里的顾问谈谈？”

“他们会把伤者送进哪家医院？”

“抱歉，我确实不能——”

“贝斯以色列？伦诺克斯山？”

“你瞧，这要看伤者受的是哪一类伤。有眼部受伤，有烧伤，各不一样。全市各家医院都有正在接受手术治疗的伤员——”

“前几分钟刚报道的死亡人员里面，没有她吧？”

“你瞧，我明白，我也愿意帮助你，不过我们这儿的名单上没有奥德丽·德克尔这个人。”

我的眼睛在起居室里焦急不安地乱瞄。母亲的书（芭芭拉·皮姆写的小说《简和普鲁登丝》）正面朝下，扣在沙发背上。母亲的一件开司米薄羊毛衫搭在椅子扶手上。她有各种颜色的羊毛衫，这件是浅蓝色的。

“也许你应该到军械库来。这里设了一个点儿，招待附近的家庭——有食品，足量热咖啡，还有人说话做伴。”

“不过我想请问，你那儿有没有无名的死者？或者伤者？”

“听着，我明白你在担心什么。我真心希望自己能帮到你，可我帮不上忙。我们一收到什么特殊消息，就给你打回去。”

“我要找我母亲！拜托了！也许她正在哪家医院。你能不能出出主意，该去哪儿找她呢？”

“你多大了？”那个女人用怀疑的口吻问道。

我一阵惊愕，继而沉默，然后挂断了电话。我在片刻的恍惚中，直愣愣地瞅着电话，感到心头一阵轻松，不过也有些内疚的成分，就好像我把什么东西碰翻在地，给摔坏了。我低头看手，发现它们在哆嗦，这才想起自己一直没有吃饭，不过这一发现并未影响我的情绪，似乎我注意到的只是 iPod 的电池用完了。我这辈子，除了有一回患上胃病以外，还从没饿过这么长时间的肚子。于是我到冰箱那儿，找出那盒我昨晚没有吃完的捞面，站在台面旁边，在头顶那枚灯泡刺目的照射下，狼吞虎咽地吃了起来。不过冰箱里的芙蓉蛋和米饭，我都给母亲留下了，说不定她回家时也会感到饥肠辘辘。这时已经临近午夜，再过一会儿熟食店就打烊了。我吃完捞面之后，洗干净叉子和早晨用过的咖啡杯，又擦干净台面，这样母亲回家后就不需要收拾什么了。我很肯定地告诉自己，她看到我替她把厨房收拾干净准会大为开心。她看到我救出了她喜欢的画也会十分开心（至少我是这样觉得的)。她也许会抓狂。不过我会解释清楚。

电视上说，现在他们已经知道应该由谁来为此次爆炸负责：新闻上轮番采用的称呼是“右翼极端分子”或“本土恐怖分子”。这伙人跟一家储运公司合作，博物馆内部也有他们的同伙，具体身份尚未查明。他们把爆炸物藏在博物馆商店中空木质展台里面，那些展台是陈列明信片和艺术类图书的。部分暴徒已经死亡，部分已被抓获，部分仍然逍遥法外。他们还会进一步播报详情，不过我已经听不进去了。

我忙着收拾厨房里那个难搞的抽屉，早在父亲离家出走之前，这个抽屉就卡得死死的，拽不出来了。抽屉里没有什么要紧的东西，只有几套饼干模子，几把吃奶酪火锅用的旧叉子，我们从没用过的柠檬剥皮器。母亲一直尝试在楼里找人修理这个抽屉（还有坏掉的球形门把手，拧不严的水龙头，外加五六样叫人心烦的小玩意儿)，前前后后试了一年有余。我找出一把切黄油的刀，沿着抽屉边缘戳进去，留意着别扎到以前已经扎出不少痕迹的漆面。爆炸的余威还在我的骨头里面作祟，我的耳道深处还在嗡嗡作响。不过更糟的是，我还能闻到血的气味，嘴里还能尝到血的盐味和金属味。之后好几天，我还能闻到这种气味，不过当时我还不知道。

我不知道拿抽屉怎么办时，忽然想到，自己是不是应该给谁打个电话，如果应该打，那打给谁合适。母亲是独生女。不过严格说起来，我是有祖父母的——父亲的父亲和继母在马里兰州——但我不知道怎样跟他们取得联系。我父亲跟他的继母多萝西彼此保持着距离，多萝西是从民主德国来的移民，在跟我爷爷结婚之前，为了谋生，做过写字楼保洁员。父亲学什么都惟妙惟肖，他模仿多萝西时有些残忍地把她变成了一个活脱脱的滑稽人物：像一个靠电池驱动的家庭主妇，总是紧闭着嘴唇，动作就像抽搐，那副口音活像《不列颠之战》里面的演员库尔德·于尔根斯。父亲尽管不喜欢多萝西，但他的敌意主要还是冲着德克尔爷爷去的：他是个又高又胖、样子很凶的男人，面膛红润，头发乌黑（我觉得是染的)，爱穿马甲和招摇惹眼的格子花披风，相信惩罚孩子就应该用皮带抽。我一想起德克尔爷爷，就会想起“可不像吃野餐那么轻松”这句话来——用我爸的话来说，就是“跟那个杂种一起生活，可不像吃野餐那么轻松”，还有“相信我，在我们家，晚餐时间可不像吃野餐那么轻松”。我这辈子只见过德克尔爷爷和多萝西两次，两次见面都弥漫着紧张的气氛。我母亲穿着外套，坐在沙发上，身体前倾，把包搁在膝头，几次三番鼓起勇气挑起话头，可惜所有努力转眼便付诸流水。给我印象比较深的就是硬挤出来的笑容，樱桃木烟斗发出的呛人烟味，还有德克尔爷爷不甚友好的警告，他让我别用黏糊糊的小手碰他的火车模型组合。那是一个缩微的高山村落，占去了他们家的整整一个房间，据他说，那玩意儿值上万美元。

我往卡住的抽屉边儿上戳黄油刀，因为用力过猛，把刀子给弄弯了。这是母亲少有的几柄好刀之一，是她母亲传给她的一柄银刀。我不肯放弃，想把它掰回来，我紧咬着嘴唇，把全部意志力都集中到刀上。这时，白天发生的一幕幕丑陋的情景不断掠过我的脑海，就像扑面袭来一般。要制止这股思绪，无异于让自己不再去想一头紫色的奶牛，偏巧这头紫色的奶牛，还是你能想到的唯一一样东西。

那个抽屉出人意料地蹦了出来。我望着脚下乱七八糟的一堆东西：锈迹斑斑的电池，破损的奶酪擦子，雪花形状的饼干模子。自从我上了一年级，母亲就再没用过这个模子，这些东西跟美食坊、顺利宫和代尔莫尼克餐馆破旧的外卖菜单挤在一起。我任由抽屉大开着——这样母亲一回家，首先便会看到它——转悠到沙发那儿，拿毯子裹住自己，倚在沙发上，这样一来，我就能好好盯着正门了。

我的思绪在不断地兜兜转转。我打着哆嗦，两眼通红，在电视机照出的光亮中坐了好长时间，屏幕上，一团团蓝色的暗影闪现又消失，令我不安。其实并没有什么新闻。画面不断回到博物馆的夜景。这时的博物馆看起来并无异常，只是黄色的警用隔离带依然拦在人行道上，全副武装的警卫在正门站岗，屋顶偶尔会冒出一团烟雾，飘向强弧光灯照亮的天空。

母亲去哪儿了？为什么还不回家？她会给出可信的解释，她会大事化小小事化了。那时，我的这番担心看起来就是十足的犯傻。

为了把注意力从母亲身上移开，我尽可能专注地看了一场重播的采访，首播时间还是傍晚时分。一名戴着眼镜、穿着粗花呢夹克、系着蝶形领结的博物馆管理员（他显然还在发抖）在电视上说，警方不让专家进入博物馆保护艺术品，实在可耻。“不错，”他说，“我明白，那里是犯罪现场，可那些油画对空气质量和温度的变化十分敏感。只要沾到水、化学物质和烟雾，它们就有可能损坏。就在我们说话的时候，它们也许正在毁损。允许馆员和管理员进入关键区域，尽快评估损失，至关重要——”

突然，电话响了。铃声大得反常，就像将我从毕生最糟糕的噩梦中唤醒的闹钟。我心头涌起的那股如释重负的感觉，委实难以言表。我扑过去抓电话，结果差点脸朝下绊倒在地。我确信电话是母亲打来的，结果来电者的身份信息令我大为错愕：NYDoCFS。

这是纽约什么部？我迷茫片刻后，一把抄起电话。“喂？”

“你好，”一个沉静、温柔得几乎叫人毛骨悚然的声音说，“你是？”

“西奥多·德克尔，”我惊讶地说，“你是哪位？”

“你好，西奥多。我叫玛乔丽·贝丝·温伯格，是儿童与家庭服务部的社工。”

“哪儿？你打电话来，跟我母亲有关系吧？”

“你是奥德丽·德克尔的儿子，对吧？”

“是我母亲！她在哪儿？她还好吗？”

长长的沉默——可怕的沉默。

“出什么事了？”我喊道，“她在哪儿？”

“你父亲在吗？我可以跟他通话吗？”

“他不能过来接电话。出什么事了？”

“抱歉，不过情况紧急。我要马上跟你父亲通话，这很重要。”

“我母亲怎么啦？”我站起身来问道，“拜托！告诉我她在哪儿！出了什么事？”

“不是只有你一个人在家吧，西奥多？你身边没有大人吗？”

“没有，他们出去喝咖啡了。”我一边说，一边四处打量起居室。芭蕾舞鞋斜放在椅子后面。紫色的风信子生长在包着锡箔的花盆里。

“你父亲也去了？”

“没有，他睡着了。我母亲去哪儿了？她受伤了吗？发生了什么事？”

“恐怕你得把你父亲叫起来，西奥多。”

“不！我不能那么做！”

“这件事恐怕非常重要。”

“他不能过来接电话！你为什么不直接告诉我，出什么事了？”

“既然你父亲不能接电话，也许我最好还是把我的联系方式留给你。”在我听来，那副透着同情的温柔口吻，就像《2001：太空漫游》里电脑哈尔的声音。“请你让他尽快跟我联系。让他务必回电。”

我挂上电话，一动不动地坐了好长时间。从我坐的地方可以看到壁炉上的钟，它显示的时间是凌晨两点四十五分。平日里的这个时候，我从未独自待在家里，也早就睡着了。平时母亲在家时，起居室总是洋溢着轻松愉快的氛围，但此刻这里变得幽暗阴冷、令人不适，就像冬季里的度假屋：纤薄的织物，质地粗糙的西沙尔麻小地毯，从唐人街买来的纸质灯罩，太小太轻的椅子。所有的家具都显得细长纤弱，就像踮脚而立，透出一股紧张。我能感觉到自己的心跳，能听到在我身边安睡的这栋高大老楼里的咔嗒声和窸窣声。每个人都睡着了。就连第五十七街远远传来的卡车鸣笛和隆隆声，听起来也模糊不清，仿佛从外星传来的凄凉的杂音。

我知道，很快夜空就会变成暗蓝色。四月那温柔、带着寒意的第一抹曙光，会悄悄溜进房间。运垃圾的卡车从街上轰然驶过；春天的燕雀开始在公园里啼啭；全城卧室里的闹钟都会响起。待在卡车后厢里的人，会把大捆《纽约时报》和《每日新闻报》扔到人行道上的报摊外面。整座城市的爸爸妈妈头顶乱发，穿着内衣和浴袍，在屋里走来走去，热上咖啡，把面包片塞进烤面包机，叫醒要上学的孩子。

我该怎么做？绝望攫住了我，让我动弹不得，就像那些在实验中失去了希望、躺在迷宫里挨饿的老鼠。

我试着打起精神。有那么一会儿，我觉得，只要我坐着不动，多等一些时间，事情就会自行解决。我太过疲惫，觉得家里的物品看上去像是在摇摇晃晃：台灯周围的一道道光圈闪闪烁烁，壁纸上的条纹像在震颤不已。

我把电话簿拿起又放下。报警的念头折磨着我。警方又会怎么做呢？我看过电视，知道得很清楚，失踪二十四小时后才可以报警。我正要说服自己，不管这时候是不是深更半夜，都应该去市中心找她，让我们的家庭应急方案见鬼去吧，这时一阵震耳欲聋的嗡嗡声（门铃）打破寂静，我的心充满喜悦，就像飞起来了。

我爬起身，冒冒失失地冲到门口，笨手笨脚地打开锁。“妈妈？”我喊道，拉开最上面的插销，把门一把推开。然后我的心沉了下去，就像从六楼坠落一般。站在门前擦鞋垫上的，是我从没见过的两个人：一个胖乎乎的韩国女人，留着一头钉子一般的短发，一个拉丁裔男人，穿着衬衫打着领带，看起来像极了《芝麻街》里的路易斯。他们身上没有丝毫凶恶的地方，恰恰相反，他们穿戴得就像代课老师，体型矮胖，中年年纪，颇能让人安心。不过尽管他们俩脸上挂着和善的表情，我还是在看到他们的那一刻就意识到，我的生活结束了。

第三章

公园大道

1

两名社工把我塞进他们的紧致型轿车后座，载着我来到市中心的一家餐馆，他们工作的地方就在附近。这家餐馆有意布置出豪华的气派，倾斜放置的镜子和唐人街出售的廉价枝形吊灯亮闪闪的。我们一走进用餐的小隔间（他们俩坐在一侧，我坐在他们对面），他们就从公文包里取出写字夹板和钢笔，准备在我吃早餐时，一边喝咖啡一边向我提些问题。外面天还没亮，这座城市刚刚醒来。我记得自己既没哭，也没吃东西。尽管事隔多年，我还是能回忆起他们给我点的炒鸡蛋散发的香气。记忆中的那盘热气腾腾、分量十足的炒蛋，如今依然牵动着我的食欲。

餐馆里的顾客寥寥无几。睡眼惺忪的小工们在柜台后面拆开一盒盒硬面包圈和松饼。一伙面色苍白、眼线晕染的夜店青年拥进旁边的隔间。我记得自己就像在绝望中要抓住什么东西似的，紧盯着他们看。有个大汗淋漓、身穿马褂的青年，还有一个头发染着粉色条纹、衣衫凌乱的姑娘。还有个化着浓妆、穿着毛皮大衣的老太太，那身大衣按当时的天气来看，未免太过暖和。她独自坐在柜台旁边，吃着一块苹果派。

两名社工为了让我看着他们，摇晃我的身子，在我眼前打响指，使出了各种办法。他们似乎明白，我根本不想听他们打算告诉我的事。他们轮番趴在桌子上，重复我不想听的话。我母亲死了。飞溅的瓦砾击中她的头部，她当场死亡。带来这样的噩耗，他们也觉得遗憾，这是他们的工作中最糟糕的一环，不过他们的确需要让我明白发生了什么事。我母亲死了，尸体存放在纽约医院。我听明白了吗？

长时间的沉默，我意识到他们想让我说点什么，于是便“嗯”了一声。他们一再毫不避讳地提到“死”和“死了”，这些字眼跟他们那通情达理的口吻、涤纶工作服、广播里的拉美流行歌曲和柜台后面醒目的招牌（新鲜水果沙冰，低脂蔬菜三明治，尝尝我们的土耳其汉堡包吧！）掺杂在一起，叫人怎么听都觉得别扭。

“薯条[①]？”侍者高举着一大盘炸薯条，到我们这一桌跟前问道。

两名社工吃了一惊。其中那个男的（我只知道他的名字叫恩里克）说了句西班牙语，指了指几张桌子开外的位置，那边的夜店青年正招呼侍者过去。

我两眼通红、惊惶不安地坐在那盘凉得很快的炒蛋后面，简直没法从现实层面理解自己的处境。与已经发生的事相比，他们关于我父亲的问题根本就无关紧要。我不明白他们为什么对我父亲的事刨根问底。

“你最后一次见到他，是什么时候？”韩裔女士说，她好几次让我直呼其名（我怎么记不住她的名字）。不过我如今还能回忆起，她那双胖乎乎的手扣在一起，放在桌上，还有她的指甲油那令人不安的颜色：一种银亮、泛灰的颜色，介于淡紫和蓝色之间。

“不妨大致估计一下。”恩里克催问道。

“不用太准确，差不多就行，”韩裔女士说，“你还记不记得最后一次见到他，是什么时候？”

“嗯，”我说，这很难回忆，“去年秋天？”这时，我还是觉得，母亲的死似乎只是一个错误，只要我打起精神，跟这些人周旋下去，就能把这个错误纠正过来。

“十月？还是九月？”韩裔女士见我不吭声，轻轻提示道。

我只要稍微一扭头，就痛得想哭，不过头痛是眼下最无足轻重的问题。“我记不清了，”我说，“当时已经开学了。”

“那就是说，是九月？”恩里克往写字夹板上记了一笔，抬头瞄了一眼，问道。

---

① 原文为西班牙语。

他的相貌有些粗犷，他就像发福的体育教练，被西装领带的装束搞得不大舒服，但他的语气透出一种令人安心的朝九晚五上班族的感觉。我不免想起办公档案系统、工业地毯、曼哈顿区的常规事务。“从那以后，你们就再没接触和联系过吗？”

“他有没有什么关系密切的朋友或兄弟，知道怎么跟他联系？”韩裔女士像慈母般凑过来问道。

这个问题让我大为惊讶。我不认识这样的人。就连这层言外之意——我父亲有关系密切的朋友（且不说“兄弟”）都表明，问话的人对我父亲的个性一无所知，我一时居然不知道该怎样回答。

直到服务员将餐盘收走，在用餐完毕却无人起身离开、令人心烦意乱的间歇，我才猛然醒悟，他们问起我父亲，我的德克尔爷爷和奶奶（他们住在马里兰州，我想不起是在哪个镇了，那个地块有几分乡野气息，前面有一家家得宝建材超市），我那些并不存在的叔伯婶姨，这些看似无关紧要的问题究竟是什么意思。我变成了无人监护的孩子。我很快就会被人从家（或者用他们一直在用的说法，“这个环境”）带走。他们联系上爷爷奶奶之前，市政部门会先行接手。

“你们要拿我怎么办？”我往椅背上一靠，又问了一遍，我的声音里透出一丝惊慌。之前我关掉电视，跟他们一起离开家时，完全是一副寻常的模样。他们说要带我去吃东西。那时候谁也没说要把我从家里带走。

恩里克低头看了看写字夹板。“嗯，泰奥，”他一直错误地把我的名字念成泰奥，两人都是如此，“你还是个孩子，需要有人贴身照顾。我们要给你安排紧急托管。”

“托管？”这个词搞得我胃里一阵翻涌。它让人联想起法庭、上锁的寝室、围着刺网篱笆的篮球场。

“嗯，说是*看护*也行。等找到你爷爷奶奶就结束——”

“等等。”我说。事情这么快就变得无法控制，他说*爷爷奶奶*这个词时，并不了解情况，流露出温情和亲昵的语气。这一切让我发懵。

“我们联系到他们之前，只需要做一些临时性的安排。”韩裔女士凑过来说。她的呼吸有股薄荷味，不过也有点大蒜碎屑的气味。“我们知道，你肯定很难过，不过没什么可担心的。我们的工作就是确保你安然无恙，直到我们联系上爱你和在乎你的人，好吗？”

这简直太糟了，这不可能是真的。我望着隔间对面这两张陌生的面孔，在灯光下咽了口唾沫。德克尔爷爷和多萝西居然会在乎我，这个说法本身就很荒唐。

“以后我会怎么样？”我问。

“最主要的，”恩里克说，“就是你现在正处于符合收养条件的状态。会有人跟社会福利部门合作，一起执行你的看护方案。”

他们合起伙来安慰我。他们的声音镇定自若，他们的表情流露出同情和通情达理，这越发让我抓狂。“打住！”我说着，从韩裔女士那儿挣开身子，她从桌上伸过手来，想要握住我的手，一副充满关爱的样子。

“你瞧，泰奥。我来解释一下吧。我们说的可不是拘留或少管所之类的——”

“那你们是什么意思？”

“临时托管。意思是，我们送你去一个安全的地方，那儿的人会代表政府，充当你的监护人——”

“要是我不想去呢？”我说，我的声音太大，餐厅里的人纷纷转过身来看我。

“听我说，”恩里克说，把身子往后一靠，示意侍者添咖啡，“这座城市给有这方面需要的年轻人，准备了符合标准的应急住所。都是些蛮不错的地方。眼下我们只有这一个选择。因为有很多跟你情况一样——”

“我不想去寄养家庭！”

“孩子，你当然不想去。”邻桌那个把头发染成粉色的夜店女孩用不难听到的声音说。不久前，《纽约邮报》用不少篇幅刊登了有关十一岁的双胞胎乔恩泰和凯肖恩·戴文斯的报道，他们遭到养父的强奸，还差点被饿死。这件事就发生在晨边高地①那里。

恩里克假装没有听到。“你瞧，我们是来帮忙的，”他说着，在桌面上重新抄起手来，“我们也可以考虑别的办法，只要能确保你安然无恙，能满足你的需要。”

“你们从没跟我说过，我再也不能回家了！”

“嗯，市政部门已经忙不过来了——好的，谢谢②，”他对过来续杯的侍者说，“不过有时候，只要能得到临时许可，我们也可以做一些别的安排，尤其是像你这种情况。”

“他是什么意思？”

① 纽约市曼哈顿的一个社区。

② 原文为西班牙语。

韩裔女士用指甲敲了敲丽光板桌面，引起我的注意。“也不是非要按规矩来，只要有人肯过来陪你一会儿就行。你到他那儿去也可以。”

“一会儿？”我重复道。整句话我只听懂了这一部分。

“也许你可以跟什么人舒舒服服地待上一两天？我们可以给他打电话。比方说，老师？或者全家人的朋友？”

我不假思索地报出了老朋友安迪·巴伯的电话号码——这是我想到的第一个号码。之所以如此，或许是因为，除了我自己的手机号，这是我背过的第一个电话号码。不过虽说我和安迪读小学时是好朋友（一起看过电影，在对方家里留宿，一起在中央公园上过教你使用地图和罗盘的暑期班），我还是弄不清自己为什么首先想到了他的名字，因为我们的交情已经大不如前了。一上初中，我们就分开了。我有好几个月没见到他了。

“巴伯，里面有个‘u’，”恩里克一边说，一边写下这个名字，“这家是什么人？朋友吗？”

对，我回答说，我认识他们好多年了。巴伯一家住在公园大道。从读三年级起，安迪就是我最好的朋友。“他爸爸在华尔街担任要职。”我说，然后闭口不言了。我刚想起来，安迪的爸爸因为太“疲劳”，在康涅狄格州的一家精神病院待过不知多长时间。

“他母亲呢？”

“她和我妈妈是好朋友。”这话有真实成分，但不尽然。虽说她们交情不错，但母亲不够富有，也没有那么广阔的交际圈，跟经常登上名流版面的巴伯太太不是一路人。

“不，我是说，她靠什么工作谋生？”

“做慈善，”我说，有些迷惑地沉默片刻之后，又说，“比如在军械库办古董展览。”

“这么说，她是个家庭主妇？”

我点了点头，为她找出这样一个现成的说法感到高兴。这个词其实相当贴切，但任何认识巴伯太太的人都不会这样形容她。

恩里克大笔一挥，签上名字。“我们会调查的。不过不能保证什么，”他按了一下笔，把它装回衣兜，“不过接下来的几个小时，要是你愿意去他们那儿待着，我们可以把你送过去。”

他离开隔间，走出店门。透过前窗，我能看到他在人行道上一边来回踱步，一边用一根手指塞着一只耳朵打电话。然后他又拨了一个号码，这次通话要短得多。我们在我家作了短暂停留。前后不到五分钟，我刚好来得及抓起书包和几件衣服，这几件衣服的挑选未免感情用事，考虑不周。然后，我们又回到车上（“你系好后座的安全带了吗？”），我把脸颊贴在冰凉的车窗上，望着黎明时分峡谷般的公园大道上亮起一路绿灯。

安迪住在公园大道六十来号，一栋古老而整洁的大宅。门厅就像是从迪克·鲍威尔[①]的电影里照搬过来的，门卫如今依然是爱尔兰裔居多。他们一直待在这里，我想起在门口迎接我们的那个守夜的门卫，肯尼斯。他比绝大多数门卫年轻：面色惨白，胡子拉碴，在下夜班的黎明时分，他总是有点反应迟钝。尽管他是个招人喜欢的家伙——有时他会给我和安迪修补足球，还会亲切地教我们怎么对付学校里欺负人的家伙——但整栋大宅的人都知道，他多少有点嗜酒的毛病。他让到一边，招呼我们走进大门时，向我投来了“上帝啊，孩子，真是遗憾”的眼神。之后的几个月里，我还会收获好多这样的眼神，我闻到他身上有股喝了啤酒之后睡觉捂出来的酸气。

“他们在等你们呢，”他对两名社工说，“来吧。”

2

开门的是巴伯先生：他先是打开一道缝，然后才将门完全敞开。“早上好，早上好。”他一边说一边向后退让。巴伯先生长得有点怪，皮肤有点苍白，带点银亮的色泽，似乎他在康涅狄格州的“叮农场”(这是他的叫法）接受的治疗，让他拥有了白炽灯的某些特点。他的眼珠是一种怪异、不甚稳定的灰色，满头白发让他显得比实际年龄苍老，不过要是你注意到他那张年轻而粉润的脸庞——甚至可以说是少年般的脸庞——就不会这样想了。那红扑扑的脸颊和老气的长鼻子，还有那头未老先衰的白发，让他看上去像是一位和蔼可亲、排名靠后的开国元勋，大陆会议的一名地位略逊的成员，穿越到了二十一世纪。他穿的那身衣服，看起来像

① 迪克·鲍威尔（1904—1963），美国歌手、演员、导演。

早些年的职业装：皱巴巴的礼服衬衫，看上去价格不菲的西装裤，这身衣服好像他刚从卧室地板上抓起来穿上的。

“进来吧，”他用拳头揉着眼睛，轻快地说道，“你好啊，亲爱的，”他对我说。我正处于不知所措的状态，听到他说出“亲爱的”，吃了一惊。

他赤着脚，吧嗒吧嗒地走在前面，穿过大理石门厅。我走进前面装饰奢华的客厅（到处是轧光花布和中国罐子），感觉这时不像清晨，倒像午夜：蒙着绸缎灯罩、开得很暗的台灯，色调阴暗、描绘海战场面的大幅油画，遮挡阳光的帘子。巴伯太太站在小型三角钢琴和货箱大小的一堆插花旁边，穿着一件曳地家居服，正在往摆在银托盘上的杯子里倒咖啡。

她转过身来招呼我们，我能感觉到，那两名社工在打量着这个家，还有巴伯太太这个人。巴伯太太出身名门，拥有古老的荷兰姓氏，为人沉静，皮肤白皙，嗓音单调，有时候，看起来就像失血过多似的。她一向镇定自若，从来没有什么事能扰乱她的心境或者令她烦恼不安。她不是什么美人，但这份冷静的特质，却像美貌一样，有着磁石般的吸引力。她这份不动声色的本事威力不凡，她走进一个房间之后，似乎能将四周的分子都肃整一新。她就像一幅活过来的时装画，不管走到哪儿，都是众人瞩目的焦点，而她飘然走过，对身后留下什么样的骚动浑然不觉。她的双眼离得挺远，两只耳朵小小的，高高的，紧贴在脑袋上，她腰肢纤长，就像优雅的鼬的腰部。安迪也有这样的特征，只是比例搭配得有些笨拙，没有她那种线条优美的白鼬般的优雅。

以前，她的矜持（或者冷淡，要看你如何理解）有时候让我感觉不太自在，不过这天早晨，她的这份冷静让我大为感激。“嗨，我们安排你去安迪的房间吧，”她开门见山地对我说，“不过他还没有起床做好上学的准备。要是你想躺一会儿，可以去普拉特的房间。”普拉特是安迪的哥哥，在外求学。“当然，你知道在哪儿，对吧？”

我说我知道。

“你饿吗？”

“不饿。”

“那好吧。跟我们说说吧，我们可以为你做些什么。”

我发现大家都在盯着我看。我的头痛简直大过屋里的一切。从巴伯太太头顶上方的凸面镜里，我可以看到，整个场景都缩小了，怪模怪样地映在镜子里：中国罐子、咖啡托盘、有些尴尬的社工，所有的一切。

最后是巴伯先生打破了沉默的魔咒。“那就来吧，我带你去收拾一下，”说完，他拍了拍我的肩膀，十分坚决地带我走出房间，“不对——在这边——向后转，向后转。就是这边。”

我只进过普拉特的房间一次，那是好几年前的事了。普拉特是曲棍球高手，多少有点心理变态。他威胁说要把我和安迪揍出屎来。他在家里住时，总是把自己锁在屋里(抽大麻，这是安迪告诉我的)。现在，他贴的那些海报全都没了，屋里看起来既干净，又空荡荡的，因为他去了格罗顿市。屋里有哑铃、一摞摞的旧《国家地理》杂志、一只空鱼缸。巴伯先生把一个个抽屉打开，关上，嘴里咕哝着：“咱们看看这里有什么东西，好吗？床单……还是床单。请原谅，我以前从没进来过。啊，游泳裤！今天早晨可用不上这些，不是吗？”他翻到第三个抽屉时，总算抽出一件新睡衣，上面还带着标签，难看得要死，靛蓝色法兰绒材质上印有驯鹿图案，难怪一直没人穿过。

“好了，”他说，用一只手理了理自己的头发，有些焦虑地望了望房门，“我要走了。上帝啊，之前发生的事，实在是太糟了。你肯定很难受。好好睡一觉，对你再好不过。你累不累？”他亲切地望着我，这样问道。

我累吗？我虽然神志清醒，但也有些迷糊和麻木，就像要昏厥一般。

“你想要人陪着吗？要不要我在另一个房间生上火？告诉我，你想要怎么样。”

听到这个问题，我感到一阵绝望。我感觉很糟，但他不能为我做什么，我根据他的表情，觉得他自己也明白这一点。

“我们就在隔壁房间，如果你要找我们——我是说，我很快就会出门上班，不过会有人在的……”他那黯淡无神的目光在屋里扫视了一圈，又回到我身上。“也许我说得不对，不过照现在的情况来看，我看不出这有什么坏处，用我父亲的话来说，就是不妨喝点儿烈的。如果你想要来一点儿。当然，你不想，”他注意到我有些迷惑不解，连忙又说，“是我唐突了。别介意。”

他走近了一些，我一时觉得有些不适，我以为他要碰我，或者拥抱我。结果他拍了拍手，又搓了搓手。“不管怎么说，我们很欢迎你过来，我希望你能尽量待得舒服一些。如果你有任何需要，尽管开口，好吗？”

他前脚刚出门，门外就响起低语声。然后是敲门声。“有人来看你了。”巴伯太太说完就离开了。

安迪迈着沉重的步子走进来，眨巴着眼睛，摸索着自己的眼镜。显然，是他们叫醒了他，把他从床上拽了下来。他在我身边坐下来，普拉特床里的弹簧吱嘎响了一声。安迪没有看我，只是望着对面的墙。

他清了清嗓子，推了推鼻梁上的眼镜。然后是一阵长长的沉默。很快，暖气片发出当啷当啷和嘶嘶的响声。他的父母走得太快，就像听到了火灾警报一般。

“哇噢，”过了一会儿，他用他那副怪异、平板的嗓音说，“够让人烦心的。”

“可不是嘛。”我说。我们肩并肩坐着，沉默不语，望着普拉特房间里刷成深绿色的墙壁，原先张贴海报的地方留下的粘性方格。还有什么好说的呢？

3

哪怕是现在，回想起那段时间的经历，我心里还是充满窒息、无望的感觉。一切都糟透了。人们给我拿来冷饮、多余的毛衣、我不想吃的食物：香蕉、杯形蛋糕、俱乐部三明治①、冰淇淋。别人跟我说话，我就说是或不是。我久久地盯着地毯，这样别人就看不出我哭过了。

按纽约的标准来衡量，巴伯家十分宽敞，但房子位置偏低，虽然地处公园大道，屋里却照不到多少阳光。家里从来没有十足的夜晚或白昼的感觉，但灯光照在磨光的橡木上，带来一股欢宴和安逸的氛围，让这里好似一家私人会所。普拉特的朋友们管它叫“畸人馆”，我父亲以前来过一两次，那时候，我在这里留宿，父亲过来接我，他管这里叫“弗兰克·E. 坎贝尔堂”，这是殡仪馆的名字。但我从这股丰沛、厚重、战前风格的昏暗中获得了不少安慰。你要是不想说话，或者不想被别人盯着看，在这里很容易躲进阴暗的角落。

人们纷纷前来探望我——当然少不了那两名社工，市政部门还派来一名无偿服务的心理医生，不过也有我母亲的同事（其中有些人，比如玛蒂尔德，当初为了逗母亲开心，我学他们学得很像），还有母亲在纽约大学读书和做时装模特时认识的好多朋友。一个小有名气的男演员，名叫杰德，有时候，他来跟我们一

① 用烤面包片、鸡肉片、咸猪肉片、生菜、番茄、蛋黄酱做成的三明治。

起过感恩节（“据我所知，你母亲是大学校园里的女王”），还有一个身穿橙色外套、多少有些颓废、名叫基卡的女人告诉我，当年她和我母亲——待在东村，一文不名——只花了不到二十美元，就举办了一场十分成功的晚宴，招待了十二个人（其中有些招待客人的东西，是从一家咖啡吧顺走的奶油和糖包，还有从邻居的阳台花箱里偷偷采摘的食用植物）。安妮特——一名消防员的遗孀，年逾七旬，以前跟我母亲在下东区做过邻居——来的时候，带来一盒饼干，这盒饼干是她和我母亲从前住处附近的意大利面包房做的，以前她来萨顿街探望我们时，带的是同样的松子黄油饼干。还有我们以前的管家钦齐亚，她一看到我就泪流满面，她向我讨一张母亲的照片，放在钱包里。

如果这样的会面拖得时间太长，巴伯太太就会出面打断，说我容易感到疲劳。不过我怀疑，她这样做，也是因为受不了钦齐亚和基卡这样的人长时间霸占她家的客厅。会客进行到大约四十五分钟时，她就会走过来，不声不响地站在门口。要是来客没有领会到她的暗示，她就会开口感谢他们的到来。她说得彬彬有礼，却能让人意识到时候不早了，情不自禁地站起身来。她的声音很像安迪，既空洞又杳渺；哪怕她就站在你的身边，她说话的声音也像是从阿尔法星团中转发射过来的。

一家人的生活在我身边，在我的头顶上方持续上演着。门铃每天都会响很多遍：管家、保姆、食品采办商、家庭教师、钢琴教师、社交名媛，还有穿着流苏休闲鞋、跟巴伯太太的慈善机构有来往的商人。安迪的弟弟妹妹，托迪和凯西①，跟他们在学校里交的朋友一起，在阴暗的走廊上赛跑。下午，经常有散发着香水味、拎着购物袋的女人过来喝咖啡或茶；傍晚，一对对衣冠楚楚、来参加晚宴的男女拿着红酒和汽水，在客厅齐聚一堂，那里布置的花束是每星期从麦迪逊大道一家颇为时髦的花店订购的，最新的几期《建筑文摘》和《纽约客》，总是呈扇形摆放在咖啡桌上。

巴伯夫妇一下子多了个孩子，也许感到颇为不便，但他们表现得十分得体，从不把不满表露出来。安迪的母亲佩戴着朴素的首饰，脸上挂着不甚亲切的笑容。她是那种需要帮助时能给市长打电话的女人。她做起事来，似乎完全不受纽约市官僚机构的辖制。我内心充满迷惘和悲伤，但还是能感觉出，她在幕后做了

① “凯瑟琳”的简称。

不少安排，让我少受公益服务机构的折磨——还有媒体的打扰，如今我对后一点确定无疑。来电从响个不停的座机转移到她的手机上。她常常低声跟人交谈，向门卫下达指示。恩里克不厌其烦地多次追问我父亲的下落。他的质问经常搞得我哭哭啼啼，仿佛他在审问我巴基斯坦的导弹基地位于何处。有一次他质问我时被巴伯太太撞到，她让我离开房间，然后用克制的平淡口吻，叫停了这样的盘问。“嗯，我的意思是，这孩子显然不知道他在哪儿，他母亲也不知道……对，我知道你想找到那个人，不过那个人显然不想让人找到，为此还采取了一些措施……他没打算支付这孩子的抚养费，还撇下了不少债务，他几乎是不声不响地远走高飞了，所以坦白说，我不明白你联系这位杰出家长和优秀公民，是想实现什么目的……对，对，你们是出于好意，不过既然这个人的债主找不到他，你们那个部门也找不到他，那你们缠着这孩子不放，又能得到什么？我们能不能说定，这件事到此为止？”

自从我来到他们家，他们家就采取了一些类似军事管制的措施，给他们自己带来了不少不便：比方说，女用们干活时再也不准听“1010胜利①”新闻台了。有个清洁工想把收音机打开，厨师埃塔用警告的眼神瞥了我一眼，忙说：“不行不行。”早晨，他们会把《纽约时报》直接送到巴伯先生身边，不会留给别的家庭成员阅读。显然，这不是平时的规矩——“又有人把报纸拿走了。”安迪的妹妹凯西抱怨道，她母亲瞥了她一眼，便让她陷入了内疚的沉默中。我很快便意识到，报纸之所以会转移到巴伯先生的书房，是因为报上有些内容，他们觉得我还是不看为妙。

好在安迪在我上次遭遇不幸时陪伴过我，他明白我最不想做的就是跟人说话。头几天，他们让他不去上学，留在家里陪我。他的彩色格子花房间泛着霉味，里面摆着双层床。我上小学的时候，在这里度过不少周六的夜晚。我们坐在棋盘旁边，安迪在替我们俩下棋，因为我迷迷糊糊的，都快忘了走棋的规则。“好吧，”他推了推鼻梁上的眼镜，说，“你确定要那样走吗？”

“哪样走？”

“嗯，我明白，”安迪用令人懊恼、尖声细气的声音说，多少年来，他这副嗓音

---

① 纽约市的一家广播电台，全名为“世界国家新闻服务”（“WINS”系其缩写），其占用的波段为1010兆赫。

搞得那么多爱欺负人的家伙，把他推到我们学校门前的人行道上，“你的车处境危险，这没错，不过我建议你仔细看看你的后——不，不对，你的后。在D5格。”

他得叫我的名字，才能引起我的注意。我在脑海中一遍遍回忆母亲和我跑上博物馆台阶的那一刻。她那把条纹伞。雨水纷纷扬扬地洒落在我们脸上。我明白，发生过的事情已经无可挽回了，可与此同时，似乎总有什么办法，能让我回到那条下雨的大街上，让一切沿着不同的轨迹走下去。

“有一天，”安迪说，“有个人——我想应该叫马尔科姆什么的，总之应该是个备受尊敬的作家——在《科学时报》上花了不小的篇幅，指出可能存在的棋类游戏的数量，要比全世界的沙粒都多。一位给重要报刊撰稿的科普作家，居然非要大发宏论，喋喋不休地阐明这样一个再明显不过的事实，真是荒唐。”

“嗯。”我有些费力地回过神来，应了一声。

“就好像有谁不知道，这个星球上的沙粒再怎么多，终归数量有限似的？这样一件无关紧要的事，居然也会有人特意说明，就像这是什么特大新闻一样！你知道吗，其实只要把它当成一则貌似神秘的事实，直接抛出来就可以了。”

我和安迪在小学时，多少是在同病相怜的处境里交上朋友的：当时我们都在测验中考了高分，跳了一级。如今似乎每个人都承认，对我们俩来说，跳级安排有失妥当，不过理由有所不同。那一年——我们跌跌撞撞地周旋于比我们年长和高大的男生们中间，他们把我们绊倒在地，对我们推推搡搡，把寄物柜的门甩在我们手上，撕烂我们的家庭作业，往我们的牛奶里吐口水，管我们叫“蛆虫”“同性恋”和“白痴”。可悲的是，有了德克尔这个姓氏，我很难摆脱最后那个绰号①。在整整一年的时间里（安迪用郁闷的纤细嗓音，说这是我们的巴比伦囚禁②期），我们并肩挣扎前行，就像放大镜下面的一对虚弱的蚂蚁：挨过拳脚，受过排挤，猫在最远的角落里吃午餐，免得别人拿番茄酱包和鸡块扔我们。在将近两年的时间里，他是我唯一的朋友，反之亦然。我只要一回想起那段时光，就会感到沮丧和困窘：我们的汽车人战争和乐高太空船，我们照着经典的《星际迷航》（我是柯克，他是斯波克）给自己取了秘密代号，尽量把我们遭受的苦难变成一场游戏。*船长，这些外星人扣留我们的地方，很像你们地球上教育儿童的学校。*

---

① 指其姓氏德克尔与“白痴”（dickhead）的读音有些相似。

② 原指公元前五世纪，犹大王国被征服后，大批犹太人被掳往巴比伦尼亚。

在别人给我的脖子贴上“天才”标签，把我丢进一群气势汹汹、不甘落后的大孩子中间之前，我在学校从未遭到出格的谩骂与侮辱。不过可怜的安迪——甚至在跳级之前——就一直是常年受气的孩子：他骨瘦如柴，紧张兮兮，乳糖过敏，皮肤白得近乎透明，喜欢在对话中不经意地说出“有毒害”和“冥界”这样的字眼。头脑聪明，举止却颇为笨拙；他那平板的嗓音，他因为长年鼻塞而养成的用嘴巴呼吸的习惯，让他看上去傻乎乎的，而不是聪明过人。站在他那些像小猫般顽皮、牙齿尖利、活泼好动的兄弟姐妹中间——他们在朋友们中间、体育队里和有奖课外活动中大出风头——他看起来就像是一个不慎走进曲棍球场的傻瓜。

尽管我从灾难般的五年级生活中多少恢复了过来，安迪却始终没有走出那片阴影。周五和周六的晚上，他待在家里，从来没有人邀请他参加派对或逛公园。据我所知，我还是他唯一的朋友。尽管拜他母亲所赐，他的穿着没有什么不对头的地方，跟普通孩子一样——甚至有时候，他还戴隐形眼镜——但没有人被他的外表骗过：那些富有敌意的壮小子们一直记得他，他们还是把他推来搡去，管他叫“3PO”①，因为他很久以前，错误地穿了一件《星球大战》的T恤去上学。

安迪始终不怎么健谈，就算小时候也是一样，遇到压力会偶尔爆发一下（我们有不少友好时光，是在默默翻看漫画书中度过的）。在学校里常年遭受骚扰，让他变得越发沉默寡言和不善交流。他渐渐不再频繁使用洛夫克拉夫特②的词汇，专心致志地钻研起数学和科学预修课程③。我对数学始终兴趣寥寥，我是人们说的那种长于辞令的人。我各科成绩都达不到原先预期的水平，也没有刻苦学习的兴趣，而安迪学了不少预修课程，成绩在班里名列前茅。当然，家里人原先准备打发他去格罗顿市上学，跟普拉特一样。从三年级起，他就对这样的前景满怀恐惧。他的父母要不是对饱受同学骚扰的儿子深感担忧，他们就把他送走了。有一次，安迪在课间休息时，差点被扔到他头上的一个塑料袋给闷死。他们还有一些别的担忧，也正是由于这个原因，我才得以听说，巴伯先生在“叮农场”待过一段

① 电影《星球大战》中的角色，是一个彬彬有礼的机器人。

② H.P.洛夫克拉夫特（1890—1937），美国作家，以其奇幻与恐怖题材的克鲁苏神话系列闻名。

③ 美国教育制度中的一种特殊安排，允许课业优秀的学生在中学开始学习大学课程，获得大学学分。

时间。安迪用十分平常的口气告诉我，他的父母生怕他遗传了某种同样脆弱的特质。这是他的原话。

安迪在家陪我时，向我道歉说，他必须得学习了。“只不过不幸的是，这样用功确有必要。”他说着吸了吸鼻子，用袖子擦了擦鼻涕。他的课业安排得很满（“预修课程就像地狱战车”），落下一天课这样的后果他承担不起。他忙着完成无穷无尽的作业（化学、微积分、美国史、英语、天文、日语）时，我坐在地上，倚着他的衣柜，在心里默默数着数：三天前的这个时候，四天前的这个时候，一星期前的这个时候，母亲还活着。我回忆着她去世前，我们一起吃过的那些饭：我们最后一次去希腊餐馆，我们最后一次去顺利宫，她给我做的最后一顿晚餐（奶油培根意大利面），还有倒数第二顿晚餐（印度咖喱鸡，这道菜是她在堪萨斯州时跟她母亲学的）。有时候，为了装作有事可做，我会翻看他屋里的旧《钢之炼金术师》或者插图版的H.G.威尔斯作品选，不过我连那些图画也看不进去。多数时间里，我望着在外面窗台上扇动翅膀的鸽子，而安迪在填写着平假名练习册上的无数方格。他学习的时候，膝盖在书桌底下一颠一颠的。

安迪的房间——原先是一间大卧室，后来巴伯家的人把它从中间隔开了——正对着公园大道。交通高峰时段，人行道上鸣笛声不断，阳光把对街的窗户照得金灿灿的，车流渐渐稀稀落落，阳光也渐渐黯淡下来。夜色渐渐深浓，街灯一一点亮，城里的午夜是紫色的，从来不会彻底变成黑色。我在床上辗转反侧，双层床上方低矮的天花板，沉甸甸地压在我身上。有时候我半夜醒来，当真以为自己躺在床下，而不是床上。

人的思念之情，怎么能像我对母亲的思念那么深？我那么想她，真希望自己也能死去：那是一种如有实质的持久渴望，就像落入水中的人，迫切需要呼吸到空气一样。我醒着躺在床上，努力回想着跟母亲有关的最美好的回忆——我想把她深深铭记在心，这样就不会忘掉她了。不过我反复回想起的，不是过生日之类的快乐时光，而是这类事情：比如就在她去世的前几天，她在家门口拦住我，从我的校服夹克上摘下一根线头。不知何故，这是我对她最清晰的回忆之一：她皱起的眉毛，她把手向我伸过来时那精准的动作，一切的一切。还有好几次，我心神不安地游离于睡眠和梦境之间时，清楚地听到母亲在我的头脑里说话的声音，我在床上猛地坐了起来。她说的都是某些时候她会说起，可我已经记不太清的话，比如“丢个苹果给我，好吗”，还有“不知道这个是前扣式的，还是后扣式的”，还有“这个沙发实在没法看了”。

街头的灯光照在地板上，留下一道道黑影。我有些绝望地想起我的卧室，它就坐落在几个街区开外的地方，里面空无一人。我想起自己的窄床，床上放着被虫子蛀蚀的红色棉被。天象模型在黑暗中投影出亮闪闪的星星，一张詹姆斯·惠尔执导的《弗兰肯斯坦》题材的电影明信片。鸟雀纷纷回到公园，黄水仙发芽了。一年里的这个时节，天气渐渐转暖，有时候我们醒得特别早，就干脆不坐公交，一起步行穿过公园，前往西区。要是我能回到过去，改变发生过的事情，让它不曾发生，那有多好。为什么我没坚持去吃早餐，反而去了博物馆？为什么比曼先生不让我们星期二或星期四过去？

母亲过世后的第二天夜里，也可能是第三天夜里——起码是在巴伯太太带我去看过头痛之后——巴伯一家准备在家举办一场大型派对，这时他们已经来不及取消了。我隐约能听到人们轻声细语和忙来忙去的声音。“我觉得，”巴伯太太来到安迪的房间说，“你和西奥或许还是留在这里为好。”她语气轻松，但这话显然不是什么建议，而是命令。“这派对没什么意思，我觉得你们不会感兴趣的。待会儿我让埃塔给你们拿两盘吃的。”

安迪和我并排坐在他的下铺上，吃着纸盘子盛的开胃虾和洋蓟花头开胃薄饼——确切地说，是安迪在吃，而我把盘子搁在膝头，一动不动。他在放一张DVD，是一部动作片，画面上有爆炸的机器人，飞溅的金属碎片和火焰。从客厅传来酒杯叮当作响的声音，蜡烛和香水的气味，时不时地响起一声大笑。钢琴师快速弹奏的《现在全都结束了，忧郁宝贝》活力四射，仿佛在平行宇宙中悠悠飘荡。一切都完了，我沦落到了可悲的境地：迷失在错误的住所、错误的家庭里，这让我感到身心俱疲，头晕眼花，摇摇欲坠，就像遭受审讯、好多天被禁止睡觉的犯人，眼泪似乎随时都会夺眶而出。我心里反复想着，*我得回家*，然后又第一百万次想到，*我回不成家了*。

4

过了四天，也可能是五天，安迪把书本塞进抻长的背包，返回学校。那天和第二天，我一直坐在他的房间里，把他的电视调到特纳经典电影频道，这是母亲下班回家之后看的频道。电视上演的是格雷厄姆·格林的小说改编成的电影：《恐惧部》《人性的因素》《倒掉的偶像》《出租的枪》。第二天晚上，我正等着看《第三个人》，巴伯太太（穿着一身瓦伦蒂诺，正要出门去弗里克收藏馆参加活动）来到安迪的房间，说我第二天就要回学校了。“在这儿一个人待着，”她说，“不管是谁，都开心不起来。这样对你没好处。”

我不知道该说什么好。一个人坐着看电影，是我在母亲去世以后，做过的唯一一件还算正常的事。

“是时候让你回归正常生活了。明天。我知道，尽管看起来并不是这样，西奥，”见我没做声，她说，“不过在这个世界上，保持忙碌是唯一能让你感觉好一些的做法。”

我倔强地盯着电视。从母亲去世的前一天起，我就再没去过学校。不知怎么搞的，我总感觉，只要我远离学校，母亲的死就好像尚未坐实。一旦我返回学校，母亲的死就会变成众所周知的事实了。更糟的是，恢复常规生活，这种想法似乎并不对头，就像背叛了什么。我每次想起母亲不在了，都会感到震惊，就像刚刚挨了一记耳光。今后，我每做一件事，每度过一个母亲不在的日子，我和母亲的距离就会变得更远。在我余生的每一天，她都会渐行渐远。

“西奥。”

我吃了一惊，抬头望着她。

“要摆脱眼下的苦恼，没有别的办法，只能一步步走出去。”

第二天，电视上会播一连串的“二战”间谍片（《开罗》《隐藏的敌人》《代号祖母绿》），我真想留在家里看完。结果，巴伯先生探进头来叫醒我们（“行动了，重甲步兵们！”）时，我下了床，跟安迪一起往公交站走去。这天下雨，还怪冷的，巴伯太太非让我在衣服外面再套一件普拉特的旧粗毛呢外套，我穿着这件衣服觉得怪难为情的。安迪的妹妹凯西，穿着粉色的雨衣在我们前方蹦蹦跳跳，越过一个个水洼，装作不认识我们。

从我踏进明亮的大厅，闻到旧校舍的熟悉气味——柑橘味消毒水和类似旧袜子的气味——的那一刻起，我就知道，接下来的滋味肯定很不好受，果不其然。大厅里挂着各种手写的报名字牌：有参加网球课和烹饪课的，有参加《古怪的一对》选角的，有参加去埃利斯岛的旅行考察的，还有卖音乐会《走进春天》门票的。真叫人难以置信：世界都完蛋了，这些荒唐的活动居然还在照常进行。

真是奇怪，我上次置身校舍时，母亲还活着呢。我反复琢磨着这件事，每次都有新的发现：我上次打开这个寄物柜时，我上次拿起这本愚蠢、该死的《生物学探析》时，我上次看到林迪·梅塞尔用那根塑料棒搽润唇膏时，母亲还活着。我竟然无法循着这些时刻，回到母亲不曾死去的世界，这真叫人难以置信。

"很遗憾。"认识的人这么跟我说，从没跟我说过话的人也这么跟我说。另一些人——在走廊里说笑的人——在我从旁边走过时，也会陷入沉默，向我投来严肃或困惑的目光。其他人依然对我视而不见，就像嬉闹的狗会忽略他们当中生病或受伤的成员一样：他们不看我，在我经过的过道里嬉戏玩耍，就好像我压根就不存在。

汤姆·凯布尔一直躲着我，似乎我是被他甩掉的姑娘。吃午餐的时候，我怎么都找不到他。在西班牙语课上，开始上课了，他才慢慢溜达进来，错过了每个人都板着脸围在我周围说遗憾的尴尬一幕。他没有像往常一样坐在我身旁，而是坐在我前面，无精打采地把双腿伸到一边。雨水敲打着玻璃窗，我们接二连三地翻译着古怪的句子，这些句子恐怕会让萨尔瓦多·达利①感到自豪：说的全是龙虾和沙滩阳伞如何如何，长着长睫毛的玛丽索尔搭乘柠檬绿色的出租车上学。

下课之后，我在往外走时特意上前和他打招呼，他正在收拾课本。

"哦，嘿，最近怎么样，"他说，有些淡漠地把身子往后一靠，像机灵鬼那样扬起眉毛，"我都听说了。"

"嗯。"我们一向如此，玩着同样的把戏，表现得比任何人都酷。

"运气不好。这种事确实叫人难受。"

"谢了。"

"嘿——你应该装病的。告诉你吧！那件事也搞得我妈妈勃然大怒，大发雷霆！嗯，呃。"他说道。他随即愕然了片刻，微微耸了耸肩，看看上面，看看下面，看看四周，露出一副"谁？我吗？"的表情，好像他刚刚丢出去一个夹了石头的雪球。

"话说回来，"他用那种重拾话头的口吻问，"这件衣服是怎么回事？"

"什么？"

---

① 萨尔瓦多·达利（1904—1989），西班牙超现实主义画家。

“嗯，”他不无挖苦地后退一小步，打量着这件格子花粗毛呢外套，“你要是参加普拉特·巴伯模仿秀里，稳拿冠军。”

我情不自禁——这的确令我惊讶，在惊惶和麻木中度过好些天之后，我就像图洛特氏综合征①患者突然痉挛发作一般——笑了起来。

“说得好，凯布尔。”我用普拉特那种慢吞吞、讨人嫌的调子说。我们俩都很擅长模仿别人，我们经常用别人的嗓音完成正常对话：傻乎乎的新闻播音员，爱发牢骚的女生，油腔滑调、自以为是的老师。“明天我要穿和你一样的衣服。”

不过汤姆没有正儿八经地接腔。他没了兴致。“呃——还是算了，”他说道，略一耸肩，挤出一丝假笑，“回头见。”

“好的，回头见。”我有些恼火。他在搞什么鬼？不过这也是我们正在表演的黑色喜剧的一部分，我们用侮辱彼此的方式自娱自乐。我确定他会在英语课结束之后过来找我，或者在回家的路上追上我，从我身后冲上来，用他的代数练习册敲我的脑袋。但他没有那么做。第二天上午，第一节课上课之前，我跟他打招呼时，他连看都不看我，他从我身边挤过去时脸上毫无表情，我顿时怔在原地。寄物柜旁边的林迪·梅塞尔和曼迪·奎夫面面相觑，有些惊讶地咯咯笑了起来，像是在说：“哦，上帝啊！”坐在我身边的试验搭档萨姆·温加滕摇了摇头。“真是个混蛋，”他大声说，因为声音太大，走廊里的人全都转过头来，“你真是个混蛋，凯布尔，你知道吗？”

不过我并不在乎，或者说，我并没有受到伤害或沮丧的感觉。相反，我勃然大怒。我和汤姆的友情总有癫狂的成分，总有狂热和危险的成分。尽管原先那种亢奋的能量还在，但流向已经掉转，电压在嗡鸣声中涌向相反的方向，所以这时我并不想跟他在自习室里跑来跑去，而是想把他的脑袋按进小便池里，把他的胳膊从腋窝拽下来，在人行道上把他揍得满脸是血，让他吃掉马路牙子旁边的狗屎和垃圾。我越想越恼火，有时甚至会在狂怒之下在卫生间里一边来回踱步，一边自言自语。要是当初，凯布尔没有向比曼先生指证我（“我现在知道了，西奥，那些烟卷不是你的。”）……要是凯布尔没有害得我停学……要是我妈妈那天没有请假……要是我们没有在错误的时机去博物馆……就连比曼先生都说了类似于道歉的话。不错，我的成绩是有些问题（还有很多别的事，比曼先生并不知情），不过

① 一种罕见的神经系统疾病，可造成患者的运动性及发音性抽搐反复发作。

作为导火索的那件事，让我被老师盯上的那件事，在院子里抽烟的事——那是谁的错？凯布尔。我倒不指望他能道歉。其实，我永远都不会跟他说起这件事。只不过——莫非如今的我变成了贱民？不受欢迎的人？他连跟我说话都不肯吗？我的身形虽然不如凯布尔壮硕，但也差不了多少，每次他忍不住在班上说出俏皮话时，或者跟他新交的好朋友比利·瓦格纳和萨德·伦道夫在走廊里从我身边跑过时（我们以前也这样跑过，速度总是飞快，怪危险、怪疯狂的）——我心里只有一个念头，那就是把他揍出屎来，让女生们笑呵呵地看着他含泪躲闪的样子。"哦，汤姆！啊哈哈！你哭了吗？"我尽可能地撩拨他跟我打上一架，我故意把卫生间的门甩在他的鼻子上，把他推到饮料售货机上，让他那坨恶心的奶酪炸薯条掉在地上，但他并没有朝我扑过来——我倒希望他能这样做——他只是露出假笑，一言不发地走开了。

当然，也不是所有人都躲着我。很多人在我的寄物柜里留下字条和礼物（包括同年级最受欢迎的女生伊莎贝拉·库欣和马丁娜·利希特布劳），从五年级就跟我不对付的温·坦普尔过来就给了我一个熊抱，让我吃惊不小。不过多数人对我的态度，是那种小心谨慎、有些担惊受怕的客气。我并没有四处号哭，也没有表现出心烦意乱的样子，不过吃午餐时，要是我在他们身边坐下来，他们就会把话头打住。

大人们则相反，他们付出太多的关怀，让我有些难以适应。他们建议我写日记，跟朋友聊天，做一幅"记忆拼贴画"。我感觉最后这个建议有些怪异。不管我表现得多么正常，身边的孩子总感到心神不安，我最不愿意做的，就是分享自己的感受，让别人关注我，或者在美术教室里制作有助于恢复身心健康的工艺品。我有不少时间是站在空荡荡的教室和办公室里度过的。我望着地板，下意识地点着头，身边是关怀备至的老师，他们让我课后留堂，或者把我拉到一边说话。我的英语老师诺伊斯皮尔先生，坐在办公桌边上，讲了好一通他母亲在一场失败的外科手术中送命的可怕经历，还拍了拍我的后背，给了我一本写东西用的空白笔记本。辅导员斯旺森夫人教我练习两种呼吸方式，还叫出门走动，往树上扔冰块，这样可能有助于排解忧伤。就连博罗夫斯基先生（他是教数学的，远不像多数老师那么精明）都把我带到走廊里。他说话时声音压得很低，他的脸离我的脸只有两寸左右。他告诉我他的兄弟在一起车祸中丧生之后，他有多么内疚。在这类谈话中，老师们经常会提到内疚什么。莫非我的这些老师跟我一样，相信我为自己害得母亲死去而心怀愧疚？显然如此。博罗夫斯基先生的兄弟在那天晚上的派对上喝得醉醺醺的，开着车往家走，博罗夫斯基先生没有制止他，他为此愧疚不已，甚至一度想要自杀。或许我也考虑过自杀。不过自杀并不能解决问题。

我客客气气地接受所有忠告，脸上挂着呆滞的笑容，流露出明显的迷糊。许多大人似乎把我这种麻木的反应理解为一种好现象。我记得特别清楚，比曼先生（一个头发剪得太短的英国人，戴着傻傻的粗花呢兜风帽，尽管他对我颇为关心，我还是有些不合情理地记恨他，觉得他也是害死母亲的诸多因素之一）夸我成熟懂事，还说我似乎"恢复得相当不错"。也许我的确恢复得相当不错，我也说不清。当然，我没有号啕大哭，没有用拳头打破窗户，也没有做我觉得跟我抱有同样感情的人或许会做的其他事。不过有时候，悲伤会出人意料地阵阵袭来，让我喘不过气来。悲伤的浪潮退去后，我发现眼前是一片咸涩的残骸，照亮它的是一束明亮、消沉、空洞的光线，我很难回想起，这个世界除了一片死寂，还曾有过什么别样的面貌。

5

老实说，那时候我压根儿就没想到德克尔爷爷和奶奶，毕竟仅凭我提供的那点情况，社会福利部门一时也找不到他们。但巴伯太太一天敲了敲安迪的房门，说："西奥，我们可以聊一会儿吗？"

从她的举止神态里明显可以看出，她有坏消息要说。不过鉴于当时的情况，我很难想象事情还能恶化到何种地步。我们在客厅里坐下——身边是花店刚送来的一大捧花艺装饰，底端是三条腿的支架，上面是高高的褪色柳和开花的苹果树枝。她交叠双腿，说："我接到社会福利部门打来的电话。他们联系到了你的爷爷奶奶。只不过，你奶奶好像身体不好。"

有那么一瞬间，我有些茫然。"你是说多萝西？"

"如果你是那样称呼她的，那没错。"

"哦。其实她不是我的亲奶奶。"

"我明白了，"巴伯太太说，那副口吻就像她原先并不知情，也不想弄明白似的，"不管怎么说，她好像身体不舒服——我相信，是背疼——你爷爷在照顾她。

所以，我相信他们肯定很难过，不过他们说，你不能现在就过去。反正不能到他们家住。”见我没有开口，她又说：“他们提出，你可以暂时住在他们家附近的一个假日酒店里面，由他们出钱，不过这好像有点行不通，不是吗？”

我耳朵里响起一阵讨厌的嗡鸣。我坐在她那冰灰色眼眸平视的目光下面，感到莫名的羞惭。我生怕要到德克尔爷爷和多萝西家去，所以一直以来干脆完全不去想他们，不过知道他们不想要我，又是另一种滋味。

她脸上掠过一抹同情的神色。“你知道这件事，心里肯定不好受，”她说，“不过你用不着担心。接下来的几个星期，你就住在我们这儿好了，起码读完这个学年再说，都已经安排好了。大家都觉得，还是这样最好。顺便说一句，”她凑到近前说，“那枚戒指真可爱。是祖传的吗？”

“嗯，是的。”我说。不知何故，我觉得它的来历很难解释清楚。我不管走到哪儿都戴着那个老人的戒指。多数时候，我把它放在夹克口袋里面把玩，不过我时不时会把它戴在中指上，不过戒指有点大，戴在手指上有点松。

“有意思。是你母亲家的，还是你父亲家的？”

“我母亲家的。”我停顿片刻后说道，我不喜欢话题的走向。

“给我看看行吗？”

我摘下戒指，放在她的手心。她把戒指举到灯下端详着。“真可爱，”她说，“红玉髓。这里还有阴雕。是希腊罗马文字吗？还是家族纹章？”

“嗯，我觉得是纹章。”

她端详着那只张牙舞爪的神兽。“看起来是狮身鹰首兽。也可能是有翼狮子，”她把它斜对着光线，看着戒指内侧，“这里刻的字是？”

她见我一脸迷惑，皱起眉头。“可别告诉我，你从来都没注意到。等一下。”她站起身，走到写字台那儿，那张写字台有很多排列复杂的抽屉和格子。她拿着放大镜走了回来。

“这比我看书时戴的眼镜管用多了，”她说着，透过放大镜观察着戒指，“这里刻的字还是很难辨认。”她把放大镜移近又拉远。“布莱克威尔。有印象吗？”

“啊——”确实有印象，只是无法诉诸语言，还没等我抓住那股感觉，它就烟消云散了。

“我还看到了希腊字母。真有意思。”她把戒指放回我手中。“是一枚古老的戒指，”她说，“可以从宝石的光泽和戒指磨损的程度判断出来——这里，看到了吗？在亨利·詹姆斯那个时代，美国人常常去欧洲购买这类古典风格的阴雕宝石，做成戒指，作为游历欧洲的纪念品。”

“他们要是不想要我，那我去哪儿？”

有那么一瞬间，巴伯太太看上去有些惊愕。但她几乎马上就回过神来，说：“嗯，换作是我，我现在不会担心这件事。不管怎么说，你最好还是在这里多住些日子，读完这个学年再说，你看呢？”她扬了扬下巴。“小心收好这枚戒指，千万别弄丢了。我看得出戒指戴在你手上会很松。你最好还是把它放在安全的地方，别这样戴着到处走。”

6

不过我还是一直戴着。更确切地说，我对她妥善保存的建议置之不理，照旧把它揣在兜里到处走。我用手掌掂量过它的分量，沉甸甸的。我要是用手指把它攥住，黄金戒身会被手掌焐热，但那枚雕琢过的宝石清凉如故。它那份沉甸甸、古老的质感，它对肃穆与欢快的兼收并蓄，令人感到莫名的安慰。我全神贯注地盯着它看时，它会释放出一股奇特的魔力，让我从浑浑噩噩中静下心来，将周遭的世界全然屏蔽。尽管如此，我不愿回想它的来历。

我也不愿思考我的未来——尽管我对乡土气息浓郁的马里兰州和德克尔爷爷和奶奶冷漠关照下的新生活并不怎么期待，但未来究竟如何，还是让我感到忐忑不安。住在度假酒店的主意似乎让每个人都备感震惊，就好像德克尔爷爷和多萝西建议我搬进他们后院的窝棚似的，不过我倒觉得，这个安排还算不赖。我一直想尝尝住酒店的滋味，哪怕假日酒店并不是我心仪的那种酒店，我也可以将就一下：客房服务附送的汉堡包、付费电视，夏天还有游泳池，能差到哪儿去？

每个人（社工、心理医生戴夫、巴伯太太）都一次次地跟我说，我不可能一个人住在马里兰州郊区的度假酒店里，无论如何，这种事绝不会落到我头上——他们好像并未意识到，他们本想安慰我的话，实际起到的效果，只是把我的焦虑放大了一百倍。“你要记住，”市政部门指派给我的心理医生戴夫说，“无论如何，都会有人照顾你的。”他三十来岁，穿着深色衣服，戴着相当时尚的眼镜，看起来总像是刚参加完某座教堂地下室举办的诗歌朗诵会。“因为有很多人在关注着你，他们都想让你过上最好的生活。"

陌生人一旦说起怎样安排对我来说才算最好，我心里就会犯嘀咕。当初那两名社工说起寄养家庭时，就说过类似的话。"我并不认为爷爷奶奶的安排很出格。"我说。

"什么出格？"

"度假酒店。或许那里挺适合我住的。"

"你是说，你住在爷爷奶奶家不好吗？"戴夫满有信心地问。

"不是！"我很烦他的这一点——他总是歪曲我的意思。

"那好吧。或许我们可以换一种说法。"他抄起手来，想了想。"为什么你宁愿住酒店，也不愿意跟爷爷奶奶一起住？"

"我可没那么说。"

他把脑袋偏向一边。"你是没说，不过你老是说起度假酒店，就好像那是个可行的选择，我听得出，你更喜欢住在那儿。"

"住在那里，要比住在寄养家庭好得多。"

"没错，"他把身子凑过来，"不过请你听听我的看法。你只有十三岁。刚刚失去你的首要监护人。目前来看，还不能让你独立生活。我想说的是，很遗憾，你爷爷奶奶正在处理健康问题，不过相信我，一旦你奶奶好起来，我能肯定，我们可以做出一种更好的安排。"

我什么也没说。显然，他根本没见过德克尔爷爷和多萝西。虽然我跟他们也没有多少接触，但我还记得，我们之间完全没有那种骨肉亲情的感觉，他们看我的那种晦暗的眼神，就好像我是在商场里走丢的孩子。跟他们一起生活的情景简直无法想象，我绞尽脑汁地回想着我上回去他们家的情景——那时我才八岁，能回想起来的内容并不多。屋里有些手工缝制的谚语布艺，装裱好了，挂在墙上，厨房台面有个塑料装置，多萝西用它给食物脱水。做客期间——是在德克尔爷爷冲我吼，让我别用黏糊糊的小手碰他的火车模型之后——爸爸出门抽烟（时值冬季），再也没有回屋。"上帝啊。"我们一走出来，钻进车里，母亲就这样说道（去做客是母亲的主意，她觉得我应该了解父亲的家人）。从那以后，我们再也没有去过。

收到去住度假酒店的提议几天后，巴伯家收到一张寄给我的问候卡。卡片上的署名是鲍勃和多萝西。难道他们就不能给我打个电话？或者亲自开车过来看我？这两样他们都没做——我倒也没巴望着他们能赶到我身边，一掬同情之泪，不过倘若他们能一反常态，表露出些许爱意，那该有多好啊。

其实，那张卡片是多萝西寄的。“鲍勃”的签名显然出自她的手，被她自己的签名挤到了一边，显然是事后补写的。有意思的是，那个信封看上去也是用蒸汽烫开以后，又重新粘死的——是巴伯太太干的？是社工干的？——不过卡片上的字显然是多萝西那呆板生硬、高低错落的欧洲字体，跟我们有一年收到的圣诞卡如出一辙。用我父亲的话来说，那种字体应该用在饕餮客餐厅的黑板上，书写每日特色鱼鲜。卡片正面是一支枯萎的郁金香，底下是一句印上去的谚语：终结并不存在。

凭我对多萝西的少许印象，她不是个多话的人，这张卡片也是如此。在热忱的开头——对我的丧亲之痛表示慰问，在这个悲伤的时刻想起了我云云——后面，她提出给我寄一张前往马里兰州伍德布莱尔的大巴车票，同时含糊其辞地提到，因为健康方面的原因，她和德克尔爷爷难以“满足”照顾我的“需要”。

“需要？”安迪说，“她说得就好像你想要一千万没做记号的现钞。”

我沉默不语。说来也怪，让我感到困扰的，是问候卡上的那幅画。这种问候卡在药店的贺卡货架上就能见到，十分普通，不过上面画的毕竟是一朵枯萎的花——不管画得多美——把它寄给刚刚丧母的人，好像不太合适。

“我觉得，既然她病了，干吗还要由她来写卡片？”

“我哪里知道。”我也觉得奇怪。我的亲爷爷竟然什么都没写，甚至懒得签自己的名字。

“也许，”安迪闷闷不乐地说，“你爷爷患了老年痴呆症，她把你爷爷软禁在家，准备弄到他的钱。你要知道，老夫少妻常有这种事。”

“我觉得，他没那么多钱。”

“也许没有，”安迪有些夸张地清了清嗓子，说，“不过人无法消除对权力的渴望。‘自然界充满血腥的争斗。’也许她不想让你参与遗产分配。”

“朋友，”安迪的父亲突然从《财经时报》上抬起头，说，“我觉得这可不是什么好话。”

“好吧，老实说，我不明白西奥为什么不能住在咱们家，”安迪说出我的心里话，“我喜欢有西奥做伴，我的房间也够大。”

“当然，我们都想让他留下，”巴伯先生说，这话似乎有些言不由衷，“不过他的家人会怎么想？就我所知，绑架可是犯法的。”

“嗯，依我看，爸爸，这跟绑架好像不是一回事吧。”安迪用他那让人气恼、像是心不在焉的声音说。

巴伯先生突然站了起来，他手里拿着苏打水。他要吃药，不能喝酒。“西奥，我忘了问你。你会开船吗？”

过了一会儿，我才弄明白他问的是什么问题。“不会。”

“哦，这太糟了。去年，安迪在缅因州的航海营里度过了最美好的时光，不是吗？”

安迪沉默不语。他跟我讲过好多次，那是他一生中最糟糕的两个星期。

“你知道怎样辨别航海旗语吗？”巴伯先生问我。

“什么？”我说。

“我的书房里有一本很棒的图册，我很乐意拿给你看看。别摆出那副脸色，安迪。这是非常实用的技巧，所有男孩都应该懂。”

“当然，如果他需要叫停一辆驶过的拖船的话。”

“你的这些无礼言论真让人厌烦，”巴伯先生说，不过他看起来并不生气，更像是心烦意乱，“另外，”他扭头冲我说，“我想你会惊讶地发现，航海旗语经常出现在游行队伍里、电影里，我说不准，可能还有舞台上。”

安迪拉长了脸。“舞台。”他嘲弄地说。

巴伯先生扭头望着他。“没错，舞台。你觉得这个词好笑？”

“我觉得这个词太浮夸了。”

“嗯，我没看出这个词会有什么让你觉得浮夸的地方。你曾祖母肯定会这样讲。”因为巴伯先生的祖父娶了二流电影演员奥尔加·奥斯古德，这个女人后来被社会名人录给除名了。

“我就是这个意思。”

“那你觉得我应该用什么词？”

“说真的，爸爸，其实我想知道，你最后一次在随便哪出戏里看到航海旗语，是什么时候。”

“看《南太平洋》时。”巴伯先生马上回答。

“《南太平洋》不算。”

“我不需要再举别的例子了。”

“我不相信你和母亲真的看了《南太平洋》。”

“看在上帝的分上，安迪。”

“好吧，就算你们看过。一个例子说明不了什么问题。”

“我拒绝继续这场荒唐的谈话。跟我来吧，西奥。”

7

我从此以后格外努力，尽量做一名好客人：早晨收拾床铺，嘴边总是挂着谢谢和请，做母亲应该希望我做的各种事。只可惜巴伯家不是那种你可以通过帮忙看孩子或刷盘子表达谢意的家庭。除了照料花草的女人——这个活儿可不好做，因为家里光线太暗，花草基本活不下去——还有巴伯太太的助理，这个助理最主要的任务似乎是重新布置衣橱和收藏的瓷器，他们雇了差不多有八个帮忙干活的人。我问巴伯太太洗衣机在哪儿时，她看我的那副眼神，好像我问的是煮肥皂用的碱液和猪油似的。

他们并不需要我做什么，可我还是为努力融入这个优雅而复杂的家庭煞费苦心。我努力让自己隐藏在背景之中：不引人注意地融入中国风的装饰陈设里面，就像鱼钻进珊瑚礁一样。可结果呢，我每天都会事与愿违地引起他们的注意：每样小东西都得跟他们要，不管是洗澡巾、创可贴，还是削笔刀。我没有钥匙，进出家门得按门铃。我早晨好心好意整理床铺似乎也在给他们添麻烦。巴伯太太解释说，这种事最好还是交给伊伦卡或埃斯佩兰萨做，她们干惯了这种活，能把边角叠得更整齐。我因为开门太猛，把衣架顶端的饰物给碰下来摔坏了。还有两次，我不小心关掉了防盗报警器。还有一天晚上，我在找卫生间时冒冒失失地闯进了巴伯夫妇的房间。

好在安迪的父母在家的时间不多，所以我大概并没给他们带来太多不便。巴伯太太要是不在家接待来客，就会在上午十一点左右出门，晚餐前两小时，她回家待上一会儿，喝一杯杜松子酒兑酸橙汁，再“稍微洗个澡”（用她自己的话说），就又出门了，直到我们上床睡觉之后才回家。至于巴伯先生，我平时看到他的次数更少，但周末除外。到了周末的下班时间，他手拿一杯外面包着餐巾纸的苏打水，悠闲地坐在那儿，等待巴伯太太打扮停当，晚上一起外出。

到那时为止，我面临的最大难题，就是安迪的兄弟姐妹。尽管堪称幸运的是，普拉特远在格罗顿市，不会在家恐吓比他小的孩子，但凯西和最小的男孩托迪（只有七岁）显然恨我篡夺了他们从父母那里领受到的少许关爱。凯西经常大发脾气、噘嘴、翻白眼、发出带有敌意的笑声。还有一件让我感到困扰的麻烦事始终没能得到解决：她总跟朋友和做家务的工人，还有任何愿意听她说话的人抱怨，说我进过她的房间，把她放在书桌上方书架上的小猪存钱罐翻得乱七八糟。至于托迪，他见我过了好几个星期还不走，感到日益不安。吃早餐时，他大胆地瞪着我，向我频频发问，搞得他母亲只好从桌子底下伸过手去拧他。我以前住在什么地方？我还要跟他们一起待多久？我有爸爸吗？他在什么地方？

“问得好。”我说。这话惹得凯西发出可怕的笑声，她在学校里很受欢迎，九岁的她皮肤白皙、金发碧眼，她的美貌就像安迪的直言不讳一样令人难以招架。

8

专业的搬家人员要来打包母亲的物品，将它们存放起来。在他们来之前，我得回家挑出我想保留或者需要用到的东西。我想起那幅画，隐隐有些心烦，只是这股情绪的重量，跟这幅画真正的重要程度完全不成比例，仿佛它只是一份我没完成的作业而已。我原本打算把它交还给博物馆，只不过我不知道应该怎样做，才不致惹出乱子。

我已经错过了一次把它还回去的机会。当时有些调查员过来找我，被巴伯太太给打发走了。我是听那个威尔士姑娘凯琳——她负责照顾年幼的孩子——说，来的人是调查员，甚至有可能是警察。当时她刚从日托把托迪接回家，那些陌生人便出现了，问起我的情况。“他们穿着制服，你明白吗？”她说，意味深长地扬起一侧的眉毛。她是个说话很快的胖姑娘，脸颊红扑扑的，就像站在炉火旁边烤出来的。“从他们那副模样也能看出来者不善。”

我有些胆怯，不敢问她说的“那副模样”是什么意思。我小心翼翼地走进屋里，看看巴伯太太对此有什么要说的，她正忙得不可开交。“抱歉，”她说，没顾得上看我，“这件事我们能不能过些时候再谈？”再过半小时，客人们就要到了，其中有一位知名建筑师，还有纽约市芭蕾舞团的一位著名舞蹈演员。巴伯太太正在为自己的项链不好搭配犯愁，不能正常运转的空调害得她心烦意乱。

“我有麻烦了吗？”

我不假思索地脱口而出。巴伯太太搁下手头的事。“西奥，别说傻话，”她说，“他们很友好，也很体谅人，只是眼下我可不能让他们留在这里。他们没打电话就过来了。不管怎么说，我告诉他们，眼下时机不合适，当然，他们自己也看得出来。”她指了指那些来回奔忙、置办食品的人，还有站在梯子上、拿着手电筒观察空调通风口的工程师。“走吧。安迪去哪儿了？”

“他再过一个小时就会到家。他的天文课挪到天文馆去上了。”

“好吧，厨房里有吃的。水果小馅饼剩得不多了，不过那些手指三明治可以随便吃。等蛋糕切好了，也可以吃一些蛋糕。”

她那副毫不在意的态度让我忘记了那些来客，直到三天之后，他们出现在校园里，出现在几何课的课堂上，我才想起这回事来。他们一个年轻些，一个年长些，穿着同样的服装，彬彬有礼地敲了敲开着的门。“我们来找西奥多·德克尔。”那个看起来像是意大利裔的年轻人对博罗夫斯基先生说，那个年长一些的用友善的目光打量着教室里面。

“我们只想跟你谈谈，可以吗？”那个年长者问，我们来到那间可怕的会议室，母亲死去那天，我们本来要在这里跟比曼先生面谈的。“别害怕。”他是黑人，留着灰色的山羊胡，看起来既强硬又和善，就像电视剧里那种很酷的警察。“我们只想把那天的很多情况凑一凑，希望你能帮助我们。”

起初，我蛮害怕的，不过他说“别害怕”之后，我相信了他——直到他推开会议室的门为止。屋里坐着我那位头戴粗花呢帽子的老对头比曼先生，他穿着马甲，系着表链，那副打扮跟平时一样招摇；还有社工恩里克；学校的辅导员斯旺森夫人，正是她告诉我朝大树扔冰块，或许会感觉好一些；心理医生戴夫像往常一样，穿着黑色李维斯牛仔裤和高领毛衣。在座的人当中，居然还有巴伯太太，她穿着高跟鞋和珍珠灰色西装，那身西装看上去要比满屋子人一个月赚的钱还要贵。

我的惊恐准是明明白白地写在脸上。我要是明白下面这一点，或许不会那样惊慌失措，可我当时并不清楚：我是未成年人，在出席正式面谈时，应该有父母或监护人在场，所以每一个多少能为我说话的人都被叫了过来。但我看到所有这些人的面孔，还有摆在桌子中间的一台录音机，我只知道，各路官方人马齐聚一堂，是要对我的命运做出裁决，他们要按照自己的想法处置我了。

我动作僵硬地坐下来，忍受着他们热身式的提问（我有没有什么爱好？有没有从事什么运动?），最后每个人都看得出，闲聊并没让我放松下来。

下课铃响了。寄物柜砰砰作响，走廊里一片喧哗。“你完蛋了，塔尔海姆。”有个男生开心地喊道。

那个意大利裔的家伙（他说他叫雷）拖过一把椅子，在我正对面坐下来。他年纪轻轻，但身材肥硕，仿佛一个脾气不错的豪车司机。他那双向下耷拉的眼睛透出水汪汪、睡眼蒙眬的感觉，就像酒鬼的眼睛。

“我们只想知道你记得哪些事，”他说，“我们要把你记得的事情调查一番，好对那天上午的事有个大致的了解，你明白吗？因为你回想起来的某些小事，或许对我们大有帮助。”

他坐得太近，我能闻到他身上喷过除臭剂。“比方说?”

“比方说你那天早晨吃的是什么。这是个好的开端，不是吗?”

“嗯——”我直勾勾地望着他手腕上的金手链。我没想到他们会问我这个。其实我们整个上午没吃早餐，因为我在学校惹出祸来，母亲大为恼火，不过这件事太难为情，让我无法启齿。

“你不记得了?”

“薄煎饼。”绝望之下，我脱口而出。

“是吗?”雷用精明的目光打量着我，“你母亲做的?”

“对。”

“她在里面加的是什么料？蓝莓，还是巧克力板?”

我点了点头。

“两样都有?”

我能感觉出，每个人都在看着我。这时比曼先生说（他那副庄严的语气，跟他在社会道德课上如出一辙）：“你要是想不起来，没必要硬编出一个答案。”

那个黑人——坐在角落里，拿着笔记本——给了比曼先生一个犀利的警告眼神。

“实际上，他好像有些失忆。”斯旺森夫人小声插话道，她摆弄着用链子挂在脖子上的眼镜。她已经是做祖母的人了，平时穿着飘逸的白衬衫，留着长长的花白辫子。去她的办公室接受辅导的孩子管她叫“上师”。我在学校里接受她的辅导时，她除了给出丢冰块的建议，还教了我有助缓解情绪的三步呼吸法，她还让我画一幅曼荼罗，描绘出我受伤的心灵。“他撞到了头。不是吗，西奥？”

“是真的吗？”雷用坦率的目光望着我问道。

“对。”

“有没有找医生看过？”

“没有马上看。”斯旺森夫人说。

巴伯太太叉起双腿。“我带他去纽约长老会医院的急诊室看过，”她冷静地说，“他来我家时，抱怨说自己头疼。我们去医院时，这种情况已经持续了一天左右。似乎没人想到问问他有没有受伤。”

社工恩里克开始辩白，不过那名年长的黑人警察（我刚想起来，他叫莫里斯）看了他一眼，他便不作声了。

“你瞧，西奥，”雷拍了拍我的膝盖说，“我知道你愿意帮助我们。你愿意帮助我们，对吗？”

我点了点头。

“好极了。不过你如果不知道我们问你的事，你说不知道就好。”

“我们会提很多问题，看看能否从你的记忆里了解到一些情况，”莫里斯说，“你能接受吗？”

“你需要点什么吗？”雷说，密切留意着我，“来杯水？苏打水？”

我摇了摇头——校园里不允许带入苏打水——这时，比曼先生开了口：“抱歉，校园里不允许带入苏打水。”

雷露出“饶了我吧”的神色，不知道比曼先生有没有看到。“抱歉，孩子，我试过了，”他转回头来对我说，“过些时候，你要是想喝水，我跑去外面的熟食店，给你拿一杯苏打水，怎么样？好了。”他拍了拍巴掌。“你觉得你和你母亲在第一次爆炸之前，在那栋楼里待了多长时间？”

“差不多有一个小时，我觉得。”

“你觉得，还是你知道？”

“我觉得。”

“你认为是一个多小时？还是不到一个小时？”

“我认为是不到一小时。”我过了好半天才回答。

“给我们讲讲你对整件事的回忆吧。”

“当时我并不知道出了什么事，”我说，“原本一切正常，后来突然有了很响的闪光，砰的一声——”

“很响的闪光？”

“我不是那个意思。我是说，那砰的一声很响。”

“你说有砰的一声，”莫里斯上前一步，问道，“你能不能给我们详细描述一下，那砰的一声听起来有什么特点？”

“我说不清。就是……很响。”他们一直盯着我看，希望我能多讲讲，我只好说了这么一句。

在随后的寂静中，我隐隐听到一阵嘀嘀声：是巴伯太太在低着头，小心翼翼地查看黑莓手机上的短信。

莫里斯清了清喉咙。“那气味呢？”

“抱歉，我没听明白。”

“在此之前，你有没有注意到什么特殊的气味？”

“没有。”

“一点也没闻到？你确定吗？”

提问继续进行着。同样的问题被一再问起。他有时为了迷惑我，会稍微变变花样，时不时抛出新的说法。我鼓足勇气，绝望地等待着他们问起那幅画的事。我愿意直截了当地承认，面对种种后果，不论是什么后果。说不定很恐怖，因为我正在变成受政府监护的人。我因为害怕，两次差点就主动交代了。不过随着他们提出的问题越来越多（我是在哪儿碰到头的？我下楼时有没有看到什么人，有没有跟什么人说过话？），我渐渐意识到，他们对我那天的遭遇一无所知。不知道炸弹爆炸时我在哪个房间，也不知道我是从哪个出口离开那栋楼的。

他们拿出楼层设计图；那些房间上标的是编号，而不是名字，19A 画廊和 19B 画廊，数字和字母呈迷宫般排列，一直排到二十七。“第一次爆炸发生时，你是在这儿？”雷指着图纸问，“还是这儿？”

“我不知道。”

“慢慢来。”

“我不知道。”我有些烦躁地重复道。画满房间的图纸就像计算机生成的图表，看得我稀里糊涂，像电子游戏里的东西，或者我在历史频道看到的修复后的希特勒的地堡。老实说，我完全看不懂那张图纸，看不出它怎么能代表我记忆中的那个地方。

他指着另一处位置。“这个方格？”他说，“这是一根展示立柱，上面挂着画。我知道这些房间看起来都很像，不过你说不定能回想起来，你当时所在的地方在它的哪一边？”

我不抱任何希望地盯着那张图纸，没有回答。图纸之所以看起来那样陌生，有一部分原因是他们把发现母亲尸体的位置指给我看了——那儿跟炸弹爆炸时我所在的位置隔了好几个房间，不过这是我后来才意识到的。

“你出去时没看到任何人。”莫里斯用鼓励的口吻，重复我已经跟他们说过的事。

我摇了摇头。

“你全都不记得了？”

“呃，我的意思是，遍地都是尸体和设备。”

“没有人从爆炸区域进出。”

“我没看到任何人。”我顽固地重复道。这一段我们已经说过了。

“这么说，你没看到消防员或救援人员。”

“没有。”

“我认为我们可以由此确认，你出来时他们已经接到命令，撤出了大楼。所以我们说的这段时间，在第一次爆炸之后的四十分钟到一个半小时之间。可以这样假设吧？”

我无力地耸了耸肩。

“这代表对，还是不对？”

我盯着地面。“我不知道。”

“你不知道什么？”

“我不知道。”我又说了一遍，随后是一段令人不舒服的漫长沉默，我觉得自己可能会忍不住哭出来。

“你还记不记得听到第二次爆炸的声音？”

“请原谅我这么问，”比曼先生说，“不过真有必要这样吗？”

询问我的警察雷转过头去。“你说什么？”

“我不太明白这样盘问他，目的何在。”

莫里斯以谨慎的中立态度说："我们正在调查犯罪现场的情况。弄清当时发生了什么，是我们的职责。"

"没错，不过你们肯定有别的办法处理这样的常规问题。我认为，那里有各种各样的监控摄像头。"

"当然有，"雷语气尖锐地说，"只不过摄像头没法透过浮尘和烟雾看到东西。它们要是被爆炸给炸得直冲着天花板，也看不到。好了，"他说着，叹了口气，坐回椅子上，"你刚才说到了烟雾。你是闻到的，还是看到的？"

我点了点头。

"哪一种？看到，还是闻到？"

"都有。"

"你认为是从哪个方向传过来的？"

我正要继续说我不知道，但比曼先生还没发表完他的观点。"请原谅，不过如果监控摄像头无法在紧急状态下工作，我完全看不出安装它们意义何在，"他对屋里的所有人说，"现如今技术这么发达，而且那里还有那么多艺术品——"

雷转过头去，正要说些气愤的话，这时站在角落里的莫里斯扬起一只手，发了话。

"这孩子是重要的目击证人。监控系统的设置，不是为了经受这样的意外。好了，很抱歉，不过你要是不能停止发表这样的言论，我们只好请你离开，先生。"

"我是作为这孩子的辩护人列席的。我有权利提问。"

"除非关系到这孩子的权益。"

"真是奇怪，我怎么觉得我的问题关系到了。"

这时坐在我面前的雷把身子转了过去。"先生，如果你继续妨碍这场法律程序，"他说，"你只得离开房间。"

"我没打算妨碍你们，"比曼先生在随后的一阵紧张的沉默中说道，"我跟你们保证，我根本没有这样离谱的打算。请继续吧，"他恼怒地挥了挥手说，"我哪儿能阻止得了你们呢。"

盘问继续进行。烟是从哪个方向传过来的？闪光是什么颜色？在此之前，有谁进出过那里？爆炸前后，我有没有注意到任何异常情况？任何情况都行。我看了他们展示的照片——都是些无辜的度假者的面孔，我一个人也不认识。亚洲游客、老年公民、做母亲的人、长着青春痘的少年人的护照照片，他们在摄影馆蓝色背景前面露出微笑。都是些普普通通的面孔，没有什么值得记住的地方，但不知怎的，全都散发着悲惨的气息。然后我们重新辨认图纸。我能不能再试试，在这幅图上指出我当时的位置？是这儿，还是这儿？这儿呢？

“我不记得了。”我说了一遍又一遍。部分原因是确实拿不准，部分原因是我心里既害怕又焦虑，盼着这场问话能尽快结束。不过还有一个原因，那就是会议室里充斥着烦躁不安和明显不耐烦的气氛。其他大人似乎都已经默认：我什么都不知道，他们不应该再盘问下去了。

然后，还没等我发觉，这场盘问就结束了。“西奥，”雷站起身来，把胖乎乎的手搭在我的肩膀上，“我想向你道谢，伙计，谢谢你尽力帮助我们。”

“不用谢。”我说，一切结束得太突然，令我大为惊愕。

“我知道这对你来说有多不容易。谁也不愿意再经历一遍这样的事。这种事就好像，”他用手比划出一个画框，“拼拼图，尽量弄清那里究竟发生过什么事，也许你有一些小块的拼图，是别人没有的。你肯跟我们谈，已经帮了我们很多了。”

“要是你想起什么事来，”莫里斯说，弯下腰递给我一张名片（巴伯太太飞快截下，塞进自己包里），“给我们打电话，好吗？你会提醒他的，是吗，小姐？”他对巴伯太太说，“他要是有话要说，就打给我们，好吗？办公室里的电话号码就在名片上，不过，”他从兜里掏出一支圆珠笔，“可以把名片还给我吗？”

巴伯太太一言不发地打开包，把名片递还给他。

“好的。”他把圆珠笔的笔头按出来，在名片背面草草写下一行数字。“这是我的手机号。可以随时给我的办公室留言，不过要是在办公室找不到我，就打我的手机，好吗？”

众人在门口盘桓之际，斯旺森夫人飘然走来，用胳膊搂住我，像往常一样亲切。“嘿，”她满怀自信地说，仿佛是我最铁的朋友，“感觉怎么样？”

我别开目光，露出“我觉得还行”的表情。

她抚摸着我的胳膊，就好像我是她心爱的猫。“那就好。我知道，肯定很难挨。你愿意来我的办公室待一会儿吗？”

我心里有些沮丧，我注意到心理医生戴夫在不远处转来转去，恩里克就在他后面，双手掐腰，脸上带有一丝希冀的笑容。

“拜托，”我说，从我的话里肯定能听出绝望的腔调，“我想回课堂。”

她捏了捏我的胳膊（我注意到了），朝戴夫和恩里克瞥了一眼。“没问题，”她说，“这节课你在哪儿上？我送你过去。”

9

当时上的是英语课，是当天的最后一堂课。我们正在学沃尔特·惠特曼的诗：

木星还会出现，耐心些吧，换个晚上再看，昴星团还会出现，它们是不朽的，所有那些金色和银色的星星还会再次闪耀。一张张没有表情的面孔。下午，教室里热乎乎的，大家恹恹欲睡，窗户开着，车来车往的声音从西区大道传过来。孩子们用胳膊肘支着脑袋，在螺线笔记本的页边上涂鸦。

我朝窗外望去，望着对面屋顶上脏兮兮的储水罐。那场审讯（我心里是这么看的）搞得我大为不安。它在意想不到的时刻激发出纷纭错杂的感觉，这些感觉朝我一股脑地涌过来。散发着化学气味的呛人烟雾、火花、电线、应急灯发白的冰冷色调，让我陷入了头脑一片空白的失神状态。这种事时有发生，不论我是在学校里，还是在外面的大街上。我正走着路，那种感觉就会再度袭来，我仿佛又回到了这个世界分崩离析之前的那个怪异、扭曲的瞬间，再一次跟那个女孩凝眸对视。有时，我回过神来，弄不清别人刚跟我说了什么，发现跟我一起做实验的搭档正在盯着我看，或者我站在韩国超市里的冷饮柜前面，挡住别人的路，那人跟我说：“看着点儿路，孩子，闪开，我可没有一整天的闲工夫。”

最亲爱的孩子，莫非你只是为木星感到悲伤？莫非你在群星的葬礼上感到孤独？他们拿给我看的照片里，没有那个女孩——也没有那个老人。我把左手悄悄伸进夹克的衣兜，摸那枚戒指。前几天，我们从生词表上学到了“血亲”这个词，意思是血脉相连的人。那个老人的脸伤得厉害，血肉模糊，我甚至说不清他的长相，但我清楚地记得，他的血在我手上留下的那种温热、粘滑的触感。我还总觉得，那些血如今还留在我的手上，我还能闻到那股血腥，嘴里还能尝到血的味道。这种感受让我明白了人们所说的兄弟间的血脉亲情是怎么回事，还有血缘是如何将人们联系在一起的。去年秋天，我们在英语课上读过《麦克白》，不过直到这时，我才体会到，麦克白夫人为什么总也洗不掉手上的血迹，为什么她洗过之后，那血迹仍在。

10

显然，因为我有时候会在睡梦中手脚乱舞，大喊大叫，吵醒安迪，所以巴伯太太开始给我服用一种名叫伊拉维尔①的绿色小药片，她说这种药能防止我夜间惊醒。这可真叫人尴尬，因为我并没有做真正的噩梦，只是一些让我感到困扰的短梦。梦里，母亲加班到深夜，因为坐不上车而进退维谷——有时是困在北方的某个荒芜地带，四处停放着报废的轿车，院子里拴着吠叫的狗。我在运货电梯和废弃的大楼里不安地寻找她，在陌生的公交站的黑影里等着她，隔着驶过的地铁车窗窥看长得像她的女人。还有她往巴伯家给我打电话时，我刚好没有接到。失望和功亏一篑的遗憾充斥着我的胸膛，让我在尖锐的吸气声中惊醒过来，大汗淋漓、心神不宁地躺在晨光之中。最糟的不是我在梦里一心想要找到她，而是我醒来之后想到她已经死了。

服下绿色药片之后，那些梦变成了一片凝滞的昏黑。我以前还没觉得，直到如今才意识到，在心理医生戴夫给我开的黄色胶囊和橙色小橄榄球之外，巴伯太太竟然还给我服用非处方药物，实在离谱。药效发作后，我感觉就像跌进一口深井，到了早晨，我常常很难醒来。

"你需要喝点红茶，"一天早上，我在吃早餐时直打瞌睡，巴伯先生这样说道，他用他那把饱受烟熏火燎的茶壶给我倒了一杯，"这是阿萨姆邦的特等红茶。跟我妈妈泡的一样浓。它会把你体内的药物成分冲刷一空。知道朱迪·加兰在演出之前会怎么做吗？我奶奶跟我讲过，制片人锡德·勒夫特②经常给中餐馆打电话，要一大壶茶水，把她体内的安眠药冲刷干净，我记得那是在伦敦的帕拉斯神像剧院，只有浓茶管用。你知道的，有时候，他们很难叫醒她，让她穿上衣服——"

"他不能那样喝，那跟电池里的酸液没什么两样，"巴伯太太说，她往杯里丢了两枚糖块，又倒进去一大泡奶油，然后才把杯子递给我，"西奥，我也不想整天唠唠叨叨，不过你确实得吃点东西。"

"好，"我睡眼蒙眬地说，却没有动摆在我面前的蓝莓松饼。食物味如嚼蜡，我已经有好几个礼拜不觉得饿了。

---

① 系抗抑郁药阿米替林的商标名称。

② 锡德·勒夫特（1915—2005），美国电影制片人，与朱迪·加兰有一段婚史。

“或者你更愿意吃肉桂烤面包？燕麦粥？”

“你们不让我们喝咖啡，根本是荒唐可笑的做法，”安迪说，在上学路上和每天放学回家的路上，他总爱给自己买一大杯星巴克咖啡，他的父母对此一无所知，“你们在这方面真是跟不上时代。”

“也许是吧。”巴伯太太冷淡地说。

“哪怕半杯也行。你们既想让我在上午八点三刻学习预修化学课程，又不让我摄入咖啡因，这根本不合情理。”

“呜呜。”巴伯先生说，他埋首读报，连头也没抬。

“你摆出这样的态度也无济于事。别人都可以喝。”

“我刚好知道，不是这么回事，”巴伯太太说，“贝齐·英格索尔告诉我——”

“也许英格索尔太太是不让萨拜因喝咖啡，不过要想让萨拜因·英格索尔学习预修课程，光喝咖啡可不够。”

“这话说得没头没脑，安迪，也不厚道。”

“哼，这是实话，”安迪冷冷地说，“萨拜因笨得像木头桩子。我看，她之所以那么在乎健康，就是因为没有别的事情可想。”

“脑瓜聪明并不是一切，亲爱的。要是埃塔给你煮鸡蛋，你能吃一个吗？”巴伯太太扭头问我，“煎蛋呢？炒蛋呢？或者你喜欢吃别的？”

“我喜欢吃炒蛋！”托迪说，“我能吃四个！”

“你吃不下那么多，朋友。”巴伯先生说。

“我吃得下！我能吃六个！我能吃一整盒！”

“我要的又不是德太德林①，”安迪说，“不过就算是这个，我要是想要，也能从学校里弄到。”

“西奥？”巴伯太太问。我注意到，厨师埃塔就站在门口，“你觉得吃鸡蛋怎么样？”

“从来没有人问过我们早晨想吃什么。”凯西说。她的声音很大，但别人都装作没有听到。

① 神经兴奋药物。

11

一个星期天的早晨，我从沉重而复杂的睡梦中爬出来，天光大亮，那个梦只留下了一阵耳鸣，还有某种东西从我手中滑落、摔碎、让我再也无缘得见的心痛感觉。但不知怎么搞的——从深沉的遗忘、断裂的线头、消失后无迹可寻的碎片里——突然冒出一句话来，它就像电视屏幕底端掠过的一条文字新闻一样，穿过黑暗，来到眼前：霍巴特与布莱克威尔。按绿色的门铃。

我躺在那儿，盯着天花板，不想起床。这两句话十分清晰，就像有人写在纸条上，递给我看过似的。而且颇为奇妙的是，之前想不起来的好多事，也跟它们一起浮现出来，就像唐人街卖的那些小纸团一样，把它丢进一杯水里，它就会膨胀开来，变成一朵花的模样。

尽管我沉浸在“事关重大”的感觉里，但怀疑还是涌上心头：这究竟是真实的回忆（那个老人当真跟我说过这些话?），还是我做梦梦到的？母亲去世前没多久，我有一天醒来时，相信有一位名叫马尔特夫人的老师（其实并无此人）因为我不遵守纪律，便往我的饭里放圆玻璃。在梦里，这样的前因后果完全讲得通。我带着这股担忧，迷迷糊糊地躺了两三分钟才清醒过来。

“安迪?”我喊了一声，然后俯身朝下铺望去，下铺没人。

我大睁着眼睛盯着天花板，躺了一会儿后从床上爬下来，从校服夹克里取出那枚戒指，拿到光下，看着刻在上面的字。然后我赶紧把它收好，穿好衣服。安迪已经起床了，在跟家人一起吃早餐。对他们来说，星期天的早餐十分重要，我能听到，他们都在餐厅，巴伯先生在含糊不清地说着什么，他有时就爱这样高谈阔论。我在大厅里站了一会儿，朝另一边的家庭娱乐室走去，我从电话底下的小橱里，取出包着刺绣封皮的电话黄页。

霍巴特与布莱克威尔。找到了——显然是一家商号，不过列表上没说它是做什么生意的。我有点晕眩的感觉。看到白纸黑字的这两个名字，我产生一阵古怪的惊栗，好像有些看不到的纸牌刚好落在恰当的位置。

地址是格林威治村西十街。我犹豫片刻之后，焦虑不安地拨了那个号码。

等待音响起时，我站在那儿，拨弄着放在家庭娱乐室桌子上的一只黄铜旅行钟，咬着下唇，望着摆在电话桌上的装裱好的水鸟图画：黑燕鸥、汤森鸬鹚、鱼鹰、小秧鸡。我拿不准应该如何解释自己的身份，应该如何询问我想了解的情况。

“西奥？”

我吓了一跳，满心内疚。巴伯太太穿着纤薄的灰色开司米羊绒衫，端着咖啡走了进来。

“你在做什么？”

等待音还在响着。“没什么。”我说。

“那快点吧。你的早餐要凉了。埃塔做了法式烤面包。”

“谢谢，”我说，“我马上过去。”这时，电信公司机械的声音在电话里说：请稍后再拨。

我心事重重地来到巴伯一家中间。我原本以为那边起码会有电话答录机自动接听。我意外地看到普拉特·巴伯（他的脸盘比我上次见到他时大得多，红润得多）坐在我平时的位置上。

“啊，”巴伯先生说，断开说了半截的话，用餐巾擦了擦嘴，跳了起来，“你来了，你来了。早安。你还记得普拉特吧？普拉特，这是西奥多·德克尔——安迪的朋友，记得吗？”他走开，拿了一把备用椅子回来，有些笨拙地把我安顿在餐桌的一个尖角上。

我在他们的外围坐下来，一下子比别人矮了那么三四英寸。这把纤巧的竹椅跟别的椅子不搭。普拉特对我打量他的眼神兴味索然，移开了目光。他是从学校回家参加派对的，他看上去一副宿醉未消的样子。

巴伯先生重新坐下，继续谈他最喜欢的话题：航海。“正像我说的。那都是因为缺乏自信。你对自己在龙骨船上的表现没有把握，安迪，”他说，“这根本毫无道理，除非你缺乏独自驾船的经验。”

“不是这样，”安迪用飘忽的嗓音说，“其实是我对船不感兴趣。”

“瞎说，”巴伯先生说，他朝我挤挤眼睛，就好像我对他的意思了然于胸，其实根本不是那么回事，“你那副无精打采的态度可说服不了我！看看挂在墙上那张照片吧，是两年前的春天在萨尼贝尔岛拍的！那个孩子可没有觉得蓝天、大海、星星叫人厌烦，先生。”

安迪坐在那儿，端详着枫糖瓶子上雪花飞舞的图案，而他父亲用他那令人困惑、很难完全听明白的调子，满腔热忱地讲述着航海何以能够锻炼男孩的纪律性和警觉心，何以能够把他们的性格培养得像从前的海员一样。安迪跟我说过，从前，他不介意频频出海，因为那时候他可以待在下面的船舱里，看书，跟弟弟妹妹打牌。可现在他大了，要给船上的人帮忙——这意味着他要在甲板上长时间地吃苦受累，承受着重重压力和烈日的暴晒，还要忍受爱欺负人的普拉特。他们的父亲大呼小叫地下达命令，在咸滋滋的水花中感到欢欣鼓舞时，他蹲在船帆的下桁后面，完全不知所措，尽量不让缆绳把自己绊倒，尽量不让什么东西把自己撞到海里去。

“上帝啊，还记得那次萨尼贝尔岛航程的阳光吗？”安迪的父亲往椅背上一靠，眼珠上翻，望着天花板，“是不是很壮观？那些橘红色的晚霞？像不像大火和灰烬？像不像原子弹爆炸？纯净的火焰撕裂天空，倾泻而出！还记得那轮圆滚滚、轻盈、四周环绕着蓝色迷雾的月亮吗，就在哈特拉斯岛附近——我当时是不是想到了马克斯菲尔德·帕里什①，萨曼莎？”

“什么？”

“马克斯菲尔德帕里什。我喜欢的那个画家。他经常描绘壮丽的天空，你知道的，”他扬起双臂，“天上飘着高耸的云彩。抱歉，西奥，不小心打到了你的鼻子。”

“康斯特布尔爱画云彩。”

“不，我没说他，虽然他的画更让人满意。不管怎么说——唉，那天晚上，我们在水面上看到的，是什么样的天空啊。如梦似幻。就像田园牧歌。”

“哪天晚上？”

“别告诉我你不记得了！那绝对是那次旅程的亮点。”

普拉特懒洋洋地靠在椅子上，不怀好意地说：“对安迪来说，那次旅程的亮点是我们把船停下，到快餐吧吃午餐时。”

安迪用无力的声音说：“妈妈也不热衷航海。”

“对，不是疯狂热衷，”巴伯太太说，伸手去拿另一颗草莓，“西奥，我真希望你能吃点儿早餐。你可不能再这样饿下去了。你看起来都快瘦得脱相了。”

尽管巴伯先生在书房里给我上过辨认旗帜图案的即兴课程，但我对航海话题同样兴趣寥寥。“因为我从我父亲那里收到的最棒的礼物，”巴伯先生十分热切地说，“就是大海。就是对大海的热爱——对大海的那份感觉。爸爸把大海送给了我。对你来说嘛，安迪，你可真是损失惨重。安迪，看着我，我在跟你说话呢。你

① 马克斯菲尔德·帕里什（1870—1966），美国画家。

要是决定放弃航海，那可是你的重大损失，正是它给了我自由，给了我——”

“我以前尝试过喜欢航海。我对它有种天生的反感。”

“反感？”巴伯先生目瞪口呆，“反感什么？反感星星和风？天空和太阳？自由？”

“只要是跟跑船有关的东西，都反感。”

“嗯，”巴伯先生环顾餐桌四周，请求众人做出裁决，还把我也纳入其中，“他只不过是倔脾气犯了。至于航海，”他对安迪说，“不论你怎么否认，它是你与生俱来的权利，航海的因子就在你的血液里流淌，可以一直追溯到腓尼基人、古希腊人——”

巴伯先生讲起麦哲伦、崇高的航海和《比利·巴德》①。“他沉入水中的时候，我想起了威尔士人塔夫，他的脸颊就像布丁一样粉嘟嘟的。”而我的心思转到了“霍巴特与布莱克威尔”上：我真想知道霍巴特与布莱克威尔是什么人，他们是做什么生意的。这两个名字听起来就像是一对过气的老律师，登台表演的魔术师，在黑暗中借着烛光曳步而行的商业伙伴。

那个号码还能打通，这似乎是个好兆头。我家里的号码已经打不通了。我在第一时间找到机会，从早餐餐桌和没有动过的盘子跟前溜走，回到家庭娱乐室的电话旁边，伊伦卡在我的周围忙来忙去，用吸尘器吸地，给四周的摆件掸尘，凯西在房间对面的电脑那儿，她态度坚决地不肯正眼瞧我。

“你要给谁打电话？”安迪问。他跟他家其他人一样，走到我身后时悄然无声，我都没听到他过来。

我本可以什么都不告诉他，不过我知道，他能保密，我信得过他。安迪从不跟别人说什么，尤其是他的父母。

“这些人，”我小声说，向后退了一小步，这样别人从门口经过时，就看不到我了，“我知道这话听起来有些奇怪，不过你知道我那枚戒指吧？”

我解释了那个老人的事，我正在想，应该如何解释那个女孩的事，如何解释自己觉得她跟我是有联系的，我多么希望重新见到她。但不出我所料，安迪挑过这件事的私人层面，想到了更远的地方。他看了看电话桌上那本摊开的黄页。“他们在本市吗？”

“在西十街。”

① 美国作家赫尔曼·麦尔维尔所著航海题材中篇小说。

安迪打了个喷嚏，擤了擤鼻子。春天，他的过敏反应相当严重。“既然你打电话联系不上他们，”他说着，叠起手帕，放进衣兜，“那你干吗不过去看看？”

“真的吗？”我说。不打电话就直接出现，感觉怪怪的。“你真这么想？”

“换作是我，就会那么做。”

“我不知道那样合不合适，”我说，“也许他们不记得我了。”

“他们见到你本人，更容易想起来，”安迪说得蛮有道理。“你要是打电话，他们会以为你只是一个打电话冒充别人的怪人。别担心，”他说着，扭头看了看身后，“你要是不想让别人知道，我就谁都不说。”

“怪人？”我说，“冒充什么？”

“嗯，我是说，不是有很多奇怪的人打电话过来找你嘛。”安迪语气平淡地说。

我默不作声，不知道应该如何理解这句话的意思。

“再说，他们不接电话，你还能怎么办？你要是现在不去，就得等到下个周末才能过去了。再说，你想就这样在电话上说话吗——”他用眼睛瞄了瞄走廊，托迪正在走廊里蹦蹦跳跳，他穿的那双鞋上装了弹簧，巴伯太太正在盘问普拉特莫莉·沃尔特比克家举行的派对情况如何。

他说得不错。“确实如此。”我说。

安迪推了推鼻梁上的眼镜。“你要是愿意，我陪你去。”

“不用了。”我说。我知道，安迪下午还要做体验日本文化的功课，赚取额外的学分。他们那个学习小组在虎屋茶舍集合，然后去林肯中心观看宫崎骏的新片。倒不是安迪需要额外的学分，而是参加校外课程，基本就是他全部的社交生活。

“那好吧，”他说着，从口袋里掏出手机，“拿着这个。说不定能用上。给，”他在屏幕上按了一通，“我替你把保护密码取消了。你可以用了。”

“我不需要这个。”我说。我看了看这只时尚的小手机，锁屏画面是虚拟女孩亚希的动画剧照。她赤身裸体，穿着带色情意味的过膝长靴。

“说不定能用得上，谁知道呢，好啦，”见我犹豫不决，他说，“拿着吧。”

12

于是，十一点半左右，我搭乘第五大道上的公交前往格林威治村，我把“霍巴特与布莱克威尔”的地址写在巴伯太太放在电话旁边、带有花式签名的一张便笺纸上，揣在兜里。

我在华盛顿广场下车，兜兜转转地寻找那个地方，走了差不多有四十五分钟。格林威治村的格局毫无规律可言。有的街区呈三角形，有些彼此交叉的街道是死路，很容易让人迷路。我不得不停下来，再三跟路人打听方向：一次是在一家摆满水烟枪和男同性恋色情杂志的新闻商店[①]，一次是在一家高声播放歌剧、人满为患的面包店，第三次是跟一个身穿白色贴身背心和工装裤的姑娘打听，她当时正拿着橡皮滚子和水桶，在一家书店外面清洗橱窗。

最后，我终于找到冷冷清清的西十街。我数着门牌号，一路前行。我所在的路段有点破旧，两侧以民宅居多。前面，有一群鸽子神气活现地走在湿漉漉的人行道上，它们三个一排，就像一伙威风凛凛、身材矮小的行人。许多门牌号并没有清清楚楚地贴在外面，我正琢磨着自己是不是看漏了，是不是应该折返，却突然发现，眼前那行字正是“霍巴特与布莱克威尔”，这行字是用油漆刷在整洁、老式的拱门上，拱门下方是店面的橱窗。透过蒙尘的窗户，我看到店里的斯塔福郡犬，锡釉陶器猫，蒙着灰尘的水晶，黯淡无光的银器，古董椅子和长靠背椅，长靠背椅套着用柳黄色旧缎子做的沙发套。还有一只精美的彩釉鸟笼，微型的大理石方尖碑，摆在一张大理石面的展示桌上，一对用雪花石膏做的凤头鹦鹉。这正是母亲会喜欢的那种商店——格局紧凑，稍显破旧，地上堆着一摞摞旧书。不过卷帘门拉了下来，尚未开门迎客。

大多数商店要到正午或者一点，才会开门营业。为了消磨时间，我溜达到格林威治大道的大象与城堡餐厅，以前我和母亲到市中心来，有时会在这里用餐。不过就在我走进餐厅的那个瞬间，我意识到自己不应该来。那些不怎么搭配的陶瓷大象，甚至就连身穿黑色T恤衫、扎着马尾辫、笑着朝我走来的女服务员，都让我不堪承受。我看到上次我和母亲来吃午餐时坐的角落里的那张桌子，我只好咕哝一句抱歉，退回门外。

我站在人行道上，心怦怦直跳。鸽子从灰暗的天空中低飞而过。格林威治大道几乎空空荡荡：一对两眼通红的男人，看起来像是打了一夜的架；一个头发乱蓬蓬的女人，穿着尺码太大的高领毛衣，牵着一只达克斯猎犬，朝第六大道走去。

① 指出售新闻台等媒体推销的家庭用品的商店，兼营书报杂志。

独自待在格林威治村感觉有点怪异，因为周末的早晨，在这种地方可看不到多少孩子；这里更适合世故老练、稍有几分醉意的成年人。每个人看上去都是一副刚刚起床、或者宿醉未消的样子。

开门营业的店铺不多，再加上心里有些失落，不知道还有什么事情可做，我只好朝霍巴特与布莱克威尔的方向原路返回。对我这个不在中心区居住的人来说，格林威治村里的一切都显得那么小，那么旧，常春藤和葡萄藤爬满房屋，临街的桶里种着药草和番茄。酒吧的招牌都是手绘的，就像乡下酒馆一样：有马有猫，有鸡有鹅，还有猪。但那种私密的氛围，那种狭小的格局，也让我有种受排斥的感觉。我发现自己低着头，从那些向客人敞开的小门前面匆匆走过。我很清楚，那种星期天上午开怀饮宴的生活，就在四周秘密进行着。

“霍巴特与布莱克威尔”的卷帘门还没拉上去。我感觉这家店有一阵子没营业了。这里又冷又暗，跟街上的别家店面不同，没有什么生气。

我朝窗户里面望去，正琢磨着下面该怎么办，这时突然看见店里有动静：店堂后面有一大团影子晃了一下。我大吃一惊，怔在原地。它动作轻盈，就像鬼影一般，没有朝这边看，从另一边的门口一闪而过，没入黑暗之中。

然后就什么也看不到了。我手搭凉棚，朝黑咕隆咚、堆满物品的店堂深处望去，然后敲了敲窗户。

“霍巴特与布莱克威尔。按绿色的门铃。”

门铃？哪有门铃？门口是一道紧闭的铁门。我走到隔壁门口，十二号是一栋朴素的住宅。然后我又折回八号，一栋褐砂石房屋。有条门廊直通一楼，不过这次，我看到了刚才没看到的东西：一个细长的门铃，夹在八号和十号中间，被一排老式的锡制垃圾桶给挡住了。四五级台阶下面，是一扇样式普通的门，要比人行道的高度矮三英尺左右。门上没有标牌，也没有字号。不过一抹鲜艳的黄绿色引起了我的注意：那是一块绿色的电工胶带，粘在墙上的一个按钮下面。

我走下台阶，按响门铃，铃声大作，响得有些疯狂（险些把我吓跑），我不由缩了缩身子。我做了几次深呼吸，鼓起勇气。这时，门突然开了，把我吓了一跳，我发现眼前的人身材高大，外表出乎我的意料。

他起码有六英尺四五英寸高①：面容憔悴，下巴庄重，身材笨重。他的仪表不

---

① 即一点九五米左右。

免让我想起挂在市中心一家酒吧里的爱尔兰诗人和职业拳击手的老照片，爸爸喜欢在那家酒吧喝酒。他的头发多半已经花白，应该剪剪了。他的皮肤透着病态的苍白，眼圈呈深紫色，看上去就像鼻子被人打破了似的。他在衣服外面披了一件带丝绸翻领、佩兹利涡旋纹花呢料子的华丽睡袍，这条睡袍几乎一直垂到脚踝，在他身周飘拂着，就像三十年代老电影里那些重要人物的穿着：上面有虫蛀的痕迹，不过依然令人印象深刻。

我大为惊讶，完全忘了该说什么。他丝毫没有不耐烦的迹象。刚好相反，他用眼皮发乌的眼睛面无表情地望着我，等我开口。

"抱歉——"我咽了口唾沫，喉咙干涩得厉害，"我不是有意要打扰您——"

在随后的沉默中，他轻轻眨了眨眼睛，仿佛他完全明白：你才不会无缘无故打扰我呢。

我在衣兜里摸索着，掏出那枚戒指，放在手掌上递给他。他那张苍白的大脸松弛下来。他看看那枚戒指，又看看我。

"你从哪儿弄到这个的？"他说。

"是他给我的，"我说，"他让我送过来。"

他站起身，仔细打量着我。一时间，我还以为他要告诉我，他听不懂我在说什么。然后他一言不发地退回去，打开了门。

"我是霍比①，"我正犹豫不决，他开了口，"进来吧。"

---

① 系姓氏"霍巴特"的简称。

第四章

吗啡棒糖

1

蒙尘的玻璃窗映出一片光灿灿的废墟：镀金的丘比特像、镀金的洗脸台、落地灯。在旧木头味的掩盖下，还能闻到松节油、油画颜料和清漆的刺鼻气味。我跟在他后面，沿着从锯木屑中打扫出来的一条走道穿过作坊，走过一块块木钉板和各种工具，散架的椅子和带爪形脚的桌子东倒西歪地散放在地上，桌椅的腿脚伸展在空中。这人身材高大，但仪态颇为优雅。母亲会说他“动作飘忽”，他走起路来毫不费力，有如行云流水。我望着他穿着拖鞋的双脚，跟着他登上一段狭窄的楼梯，来到一个光线昏暗、铺满地毯的房间，黑色的大瓮立在基座上，带流苏的窗帘拉上了，挡住了阳光。

在这片寂静中，我的心凉了下来。枯死的花朵在巨大的中国花瓶里腐烂，屋里弥漫着能让人缄默不语的凝重气氛：陈腐的空气令人难以呼吸，当初巴伯太太带我回萨顿街的家里，去拿我需要的东西时，我们家给我的感觉就是这样，令人窒息。我很熟悉这种沉寂的滋味；要是谁家有人过世，他家就会变成这样。

突然之间，我真希望自己没有过来。不过那人——霍比——似乎察觉了我的疑虑，因为他突然转过身来。他已经不再年轻，但有着青年般的面容。他的眼睛是孩童般的蓝色，清清亮亮，透着惊讶。

“怎么了？”他说，“你没事吧？”

他的关心让我感到难为情。我不大自在地站在这片被古董包围、死气沉沉的黑影里，不知道该说什么好。

他好像也不知道该说什么，欲言又止。然后他摇了摇头，像是要把头脑里的念头清理一空。他看上去有五六十岁，胡子拉碴，长着一张腼腆、讨人喜欢、五官分明的面孔，既不丑也不俊。他看上去比绝大部分人身材高大，不过显得有些病恹恹的，有种冷汗涔涔、难以言喻的病态。他的黑眼圈和苍白肤色，让我想起学校组织我们去蒙特利尔游学参观时，看到的教堂壁画上的殉教耶稣会士：他们都是些身材高大、本领高强、肤色惨白的欧洲人，被绑缚在休伦族①营地的木桩上。

“不好意思，我这里有点乱……”他环顾四周，神情中有些莫名的焦急，和我母亲找不到东西时一样。他的声音有些粗鲁，不过能听得出，他受过良好的教育，就像我的历史老师奥谢先生一样。奥谢先生在波士顿的一个无法无天的社区长大成人，后来去了哈佛读书。

“我可以改天再来，要是那样更合适的话。”

他听了这话，有些慌张地看了看我。“别，别。”他说。他的袖扣滑了出来，袖子松了，脏兮兮地裹在手腕上。“稍等片刻，让我想想，抱歉——这边，”他拨开挡在眼前的花白乱发，心不在焉地说，“过来吧。”

他领我走向一张难看的窄沙发，那张沙发配有涡卷形扶手和雕花沙发背。不过上面扔着枕头和毯子。我们似乎同时发现，沙发上有这些乱糟糟的寝具在，不太方便落座。

“啊，抱歉，”他喃喃地说着，往后退了一步，因为动作太快，我们差点撞到一起，“如你所见，我把铺盖放在了这里，算不上是最好的安排，不过我只能这样将就一下，因为我有些耳背……”

他转身走开(所以我没听清后面的话)，绕过倒扣在地毯上的一本书，还有一个内壁有褐色污渍的茶杯，把我带到一把加装了椅垫的华丽座椅跟前，椅垫打着褶，配有流苏，座位上还配有繁复的装饰扣——后来我才知道，这是一把土耳其座椅。他知道怎样给这样的椅子加装椅垫，纽约懂这个的人已经寥寥无几了。

带翼的青铜器，银质饰品。落满尘埃的灰色鸵鸟羽毛插在一只银质花瓶里。我有些迟疑地坐在椅子边上，打量着四周。我倒宁愿站着，那样我要是想离开，

① 北美洲的印第安人部族。

会更方便一些。

他把身子凑过来，把双手夹在膝间。不过他一言未发，只是望着我，等待着。

“我叫西奥。”一阵漫长的沉默之后，我赶忙说。我的脸热辣辣的，都快烧起来了。“西奥多·德克尔。大家都叫我西奥。我住在上城。”我有些拿不准地补充道。

“嗯，我是詹姆斯·霍巴特，不过大家都叫我霍比。”他双眼黯淡无神，颇能打消别人的戒备。“我住在市中心。”

我不知所措地移开目光，拿不准他是不是在打趣我。

“抱歉。”他把眼睛闭了一会儿，又睁开。“别在意我。韦尔蒂——”他朝手里的戒指瞥了一眼，“原先是我的生意伙伴。”

原先是？那只月相盘表面的钟表——它的齿轮和链条呼呼地运转起来，就像内莫船长①的古怪装置——在寂静中发出响亮的嗡鸣，然后敲响一刻钟的钟点。

“哦，”我说，“我刚知道。我还以为——”

“真是抱歉。你还不知道吗？”他仔细望着我说。

我别开目光。我原先并没发觉，自己满以为还能见到那位老人。尽管我目睹了当时的情景——尽管我那时就知道——但不知怎的，我还是成功孕育出一个幼稚的希望，我希望他奇迹般地撑了过去，就像电视里遭遇谋杀的受害者，在插播广告演完之后，观众才发现，原来他还活着，正在医院里悄悄休养。

“你怎么会拿到这个？”

“什么？”我惊讶地说。我注意到，那只钟表指示的时间根本不对：不管是上午十点，还是晚上十点，都跟准确的时间相去甚远。

“你是说他把它交给了你？”

我坐得不舒服，所以换了个姿势。“对，我——”他的死给我带来了全新的震撼，就好像他再一次在我眼前死去一般。只不过这次，我是从截然不同的角度见证了这一过程。

“他当时神志清醒吗？他跟你说过话？”

“嗯。”我刚要开口，又沉默下来。我感到十分痛苦。置身于那个老人的世界，置身于他的物品中间，我强烈地觉得他活着回来了：这个房间有种浸没在水下一

① 法国作家儒勒·凡尔纳的小说《海底两万里》和《神秘岛》中的人物。

般的梦幻情调，房间里装点着红褐色的天鹅绒，既华丽又宁静。

“我很高兴他当时能有人陪伴，”霍比说，“他不喜欢孤单。”他攥住那枚戒指，把拳头放在嘴边，望着我。

“天哪。你还只是个小年轻，不是吗？”他说。

我有些不自在地笑着，不知道应该作何反应。

“不好意思，”他用更正式的口吻说，我听得出来，他是想要安慰我，“不过——我知道当时的情况很糟。我看过。他的尸体——”他似乎在斟酌词句，“他们在让你过去之前，会尽可能把尸体清理干净，他们还会告诉你，看过之后，你会觉得不好受，这一点你当然明白，只不过——那样的事，你没法做好心理准备。几年前，我们店里进过一套摄影师马修·布雷迪拍摄的照片——都是内战时期拍的，怪瘆人的，我们好不容易才把照片卖掉。”

我什么也没说。大人说话，我不习惯搭腔，除非别人问我，我才说“是”或“不是”。不过我被他的话惊呆了。我母亲的朋友马克是医生，是他去确认了我母亲的尸体，谁也没跟我说过她的尸体如何。

“我记得以前读过一篇报道，有一名士兵，是在希洛？”他在跟我说话，只是有些心不在焉，“还是在葛底斯堡？有一名士兵因为受惊，发了疯，开始埋葬战场上的小鸟和松鼠。打仗时会有很多小动物丧命。他挖了好多小小的坟墓。”

“在希洛战役中，两天就死了两万四千人。”我脱口而出。

他的目光警觉地落回我的身上。

“在葛底斯堡死了五万人。是采用新式武器的缘故。米涅弹和连发步枪。所以死亡人数才那么高。美国早就有堑壕战了，比第一次世界大战早得多。这一点大多数人并不知道。”

我看得出，他不知道该如何接腔。

“你对内战感兴趣？”他小心地沉默了片刻，然后问我。

“嗯——没错，”我直接承认道，“算是吧。”我对联邦军队的野战炮知之甚详，因为我写过这方面的论文，我当时用了太多的技术资料和史料，结果老师让我重写，我也知道布雷迪在安提塔姆拍摄的阵亡者照片。我在网上看过那些照片，那些青年目光凝滞，口鼻溢出乌黑的鲜血。“我们在学校里学过六个星期的林肯。”

“布雷迪有个摄影棚，就在附近。你看过没有？”

“没有。”我刚才想到那些面无表情的阵亡士兵时，有个十分重要却难以说清的念头正要破茧而出。此刻，我脑海中的那个念头已经消散一空，只留下这样的画面：那些死去的青年四肢蜷曲，仰望着天空。

随后是一段恼人的沉默。我们俩似乎都不知道接下来应该怎么办。最后，霍比重新叉起双腿。"我想说的是——很抱歉，我得问你一些事。"他支支吾吾地说。

我局促不安地扭动着身子。我到市中心来，原本充满好奇，根本没想到别人还指望着我能回答什么问题。

"我知道，要说起那件事，肯定很难。只不过，我从未想过——"

我的鞋。有趣的是，我竟然从未认真看过自己的鞋。鞋尖有点磨损。鞋带磨破了。咱们礼拜六去布鲁明代尔百货公司，给你买双新鞋。只是这个承诺永远无法兑现了。

"我不想让你为难。不过——他当时还有意识吗？"

"可以说有。我是说——"他那副警觉而忧虑的面容，让我心里的某个遥远的角落想把他不愿知道、我也不该告诉他的各种事情和盘托出。四溅的内脏、反复闪现的丑陋画面，即便在我清醒时，也会闯入我的脑海。

模糊不清的肖像画，壁炉台上的陶瓷长毛垂耳犬，金色的钟摆摆来摆去，咔嗒，咔嗒。

"当时，我听到他在呼唤，"我揉了揉眼睛，"在我醒来之后。"感觉就像在解释一场梦。太难了。"我来到他的身边，陪着他——其实没那么糟。或者说，情况并不像你想的那样。"我又说，这话一听就不像是真的。

"他跟你说过话？"

我费力地咽了口唾沫，点了点头。深色的桃花心木，盆栽棕榈树。

"他当时神志清醒吗？"

我又点了点头，嘴里泛起苦涩的味道。那种事没法总结出来，没法合情合理地讲述出来。飞扬的尘土，阵阵响起的警报声，他握着我的手，我们俩似乎在那里度过了一生一世。混乱不堪的话语，还有我从未听过的人名和地名。断裂的电线直冒火花。

他还在望着我。我感到喉咙发干，有点恶心。时间仿佛停了下来，我一直等着他提出更多的问题，什么问题都好，可他没有再问。

最后，他摇了摇头，似乎要清空自己的思绪。"这个——"他好像跟我一样困惑。那身晨袍，还有那头披散的花白头发，让他看上去就像儿童剧里的无冕之王。

“抱歉，”他说着，又摇了摇头，“这完全是新消息。”

“你说什么？”

“嗯，你瞧，只是——”他把身子凑了过来，不安地快速眨巴着眼睛，“这跟我之前听说的情况大不一样，你明白吗？他们说他是当场死亡。说得非常肯定。”

“可是——”我惊讶地开了口。莫非他觉得，这是我编出来的？

“不，不，”他赶忙说，他抬起一只手，让我安心，“只是——我相信，他们跟所有人都是这么说的。‘当场死亡’？”他沮丧地说，而我还在盯着他看。“‘毫无痛苦’？‘根本不知道是什么砸中了他’？”

忽然间，我恍然大悟，不由打了个激灵。母亲也是“当场死亡”。她走得也“毫无痛苦”。社工们一再这样说，我从未怀疑过他们怎么会那样肯定。

“不过我得说，很难想象他是那样走的，”霍比打破突如其来的沉默，这样说道，“转眼间，就毫无知觉地倒下了。有时候你会觉得，情况并不像他们说的那样，你明白吗？”

“什么？”我抬起头来。我被自己贸然发现的崭新可能搞得晕头转向。

“能在门口道个别，”霍比说，他更像是在自言自语，“他更愿意这样。临别时可以凝眸回望，就像那首描写死亡的俳句。他不喜欢不辞而别，更愿意停下来，跟路上的人说说话。‘樱花间的茶舍，开在黄泉路上。’”

他沉湎在自己的思绪里，忘记了我的存在。在这个幽暗的房间里，一抹阳光像刀锋似的，从窗帘中间穿过，落在房间另一头，把那边托盘里的雕花玻璃细颈水瓶照得晶莹透亮，折射出的闪光在墙壁的高处浮动着，就像显微镜下的草履虫。尽管屋里烧木头的烟味很浓，但黑乎乎的壁炉里没有火，炉栅堆满炉灰，看起来已经有一阵子没生火了。

“那个女孩。”我怯生生地说。

他的目光回到我的身上。

“当时还有一个女孩。”

有那么一瞬，他好像没有听懂我的话。然后他把身子往椅背上一靠，快速眨巴着眼睛，就好像有人在往他的脸上弹水。

“怎么？”我惊讶地说，“她在哪儿？她还好吗？”

“不好，”他摩挲着鼻梁，“不好。”

“不过她还活着吗？”我简直不敢相信。

我读懂了他扬起眉毛的意思，她还活着。“她很幸运。”不过他的声音和神态表达出的，却是相反的意思。

“她在这儿吗？”

“呃——”

“她在哪儿？我可以见见她吗？”

他叹了口气，看上去有些懊恼。“她需要静养，不能见客，”他翻弄着衣兜说，“她不是原来的她了——很难说她会作何反应。”

“不过她会好起来，是吗？”

“嗯，但愿如此。不过她目前还‘没有好转’。这是医生们一直采用的含糊说法。”他从浴袍的衣兜里摸出香烟，用颤抖的手点上一根，然后一扬手，把那包烟扔在我们中间的日式漆案上。

“怎么？”他说。他挥手驱散眼前的烟雾，看到我直勾勾地盯着那个皱皱巴巴的烟盒，那是法国烟，像是老电影里的人抽的那种。“可别告诉我，你也想来一根。”

“不用，谢谢。”一阵不安的沉默之后，我说。我觉得他是在开玩笑，只是不能百分之百肯定。

他眯起眼睛，用锐利的眼神透过烟雾望着我，脸上是一副担忧的神情，就好像他刚想起来一桩跟我有关的要紧事。

“是你，对吗？”他出人意料地说。

“你说什么？”

“你就是那个孩子，是吗？你母亲也在那儿丧生了？”

一时间，我瞠目结舌，说不出话来。

“什么？”我词不达意地说，我想问的是“你怎么知道”。

他不大自在地揉了揉眼睛，往后猛地一坐，就像他正在吃饭，有人碰洒了餐桌上的酒水。“对不起。我不是——我是说——我不应该那样说。上帝啊。我——”他做了个含糊的手势，像是在说我太累了，头脑不太清醒。

我不太礼貌地移开目光，一股令我不快的情感奔涌而出，扑面袭来。母亲去世以后，我几乎没有哭过，更没当着别人的面哭过。就连在她的追悼仪式上，我也没哭，但跟她并不怎么熟悉的人（其中还有那么一两位，比如玛蒂尔德，好像正生活在地狱中一般）在我周围哭得涕泪横流。

他看出我心里难过，思考了一会儿后开口说话。

“你吃饭了吗？”他出人意料地说。

我吃了一惊，一时答不出话来。我压根儿就没考虑过吃饭的问题。

“啊，我看你是没吃，”他说着站起身来，大脚板把地板踩得吱嘎作响，“咱们去弄点吃的吧。”

“我不饿。”我说得不大礼貌，心里颇为惭愧。自从母亲去世以后，所有人满脑子想的似乎都是把食物填进我的喉咙里。

“你当然不饿，”他用空着的手把烟雾扇开，“不过还是来吧，拜托。就当是迁就我好了。你不是素食主义者吧？”

“不！”我有些不高兴地说，“你怎么会那么想？”

他笑了，笑声短促而尖利。“放松点！她的不少朋友都吃素，她也是。”

“哦。”我小声说，他用一种充满活力、从容不迫的愉悦神态俯视着我。

“嗯，告诉你吧，我也不是素食主义者，”他说，“各种老式的古怪花样，我都能吃。所以我觉得咱们能搞定。”

他推开一扇门，我跟着他穿过一条堆满物品的走廊，墙上挂着光泽黯淡的镜子和老照片。他在前面走得挺快，但我想慢慢地看过去：三五成群的家庭成员、白色的圆柱、游廊和棕榈树。一个网球场；铺在草坪上的波斯地毯。身穿白衣的男仆们表情肃穆地站成一排。我的目光落在布莱克威尔先生身上。他风度翩翩，鹰钩鼻颇为显眼，一身白色衣装十分整洁，那时他还年轻，不过已经有些驼背。他在某个长满棕榈树的地方，倚在堤坝上；到了上幼儿园年龄的皮帕站在他身边的堤坝上，把一只手搭在他的肩头，比他高出一头，满面笑容。虽说她那时还小，不过跟他还是很像：面色，眼睛，跟他以同样角度歪着的脑袋，头发也跟他的一样红。

“那是她，对吗？”我问。我话一出口就意识到，那不可能是她。这张照片的颜色已经变淡，照片上的人穿着过时的服装，准是早在我出生以前好多年拍的。

霍比转过身，回来看了看。“不是，”他背着手，低声说，“那是朱丽叶。皮帕的母亲。”

“她在哪儿？”

“朱丽叶吗？去世了。癌症。到今年五月就满六年了。”这时，他似乎意识到自己说得太简单：“韦尔蒂是朱丽叶的哥哥。确切地说，他们有一半的血缘关系。

同父异母，他们的年龄相差三十岁。不过韦尔蒂就像拉扯自己的孩子一样把朱丽叶养育成人。”

我走到近前仔细观看。她靠在他身上，把脸颊亲昵地贴在他的夹克袖子上。

霍比清了清喉咙。“她出生时他们的父亲已经六十多岁了，”他低声说，“他年事已高，对小孩子已经不感兴趣了，而且他没有那种亲近孩子的好脾气。”

走廊对面有扇门半掩着，他把它推开，站在门口，往黑乎乎的屋里瞧去。我踮着脚，从后面伸长脖子张望，可他紧接着就退了回来，带上房门。

“是她吗？”屋里很黑，看不清多少东西，但我还是看到一双动物的眼睛露出凶光，那种绿光蛮吓人的。

“现在还不行。”他的声音压得那么低，几乎听不见。

“是什么在屋里陪着她？”我在门口徘徊着，不愿离开，小声问道，“是猫吗？”

“是狗。看护不让，但她愿意让狗留在床上陪她，老实说，我也没法不让它进去。它老是挠门，还呜呜叫。这边走。”

他像老人那样身子前倾，缓步前行，脚下的地板吱嘎作响。他打开一扇门，里面是堆满杂物的厨房，天花板上有一盏日光灯，屋里有一只圆鼓鼓的老炉子：番茄红色，那副线条就像二十世纪五十年代的宇宙飞船。好多书堆在地上：有菜谱、辞典、旧小说、百科全书；架子上密密麻麻地摆放着六种古董瓷器。窗畔，火灾逃生通道旁边，有一尊木雕圣人像，它擎着一只手掌，正在散播祝福；旁边的餐具柜上摆着一套银器茶具，一对对上过油彩的动物纷纷登上诺亚方舟。不过水槽里摞满盘子，台面上和窗台上摆满药瓶、用脏的杯子，还有一大堆没有拆封的信件。从花店里买来的一盆盆盆栽已经枯黄。

他让我在桌子旁边坐下，把电费账单和旧的《古玩》杂志推到一边。“茶。”他说，好像刚刚想起购物清单上的一样东西。

他在炉边忙碌着，我直勾勾地瞅着咖啡杯在桌布上留下的圆形污渍。我有些烦躁地往椅背上一靠，打量着四周。

“呃——”我说。

“怎么？”

“过些时候，我可以看看她吗？”

“或许可以。”他背对着我说。打蛋器在蓝色瓷碗里嗒嗒作响，“如果她睡醒了。她疼得厉害，药物让她昏昏欲睡。”

“她怎么了？”

“嗯——”他的声调既轻快又克制，我马上想到，别人问起我母亲时，我也是这副口吻，“她的头部有一处严重裂伤，颅骨骨裂。老实说，她昏迷过一段时间，她的左腿支离破碎，差点就保不住了。‘就像装了一袜子的弹子球’，”他忧郁地笑着说，“这是医生看X光片时的原话。十二处骨折。做了五次手术。就在上个星期，”他说着，半转过身子，“她体内的不锈钢钉已经取出来了，她一直央求着要回家，医院里的人同意了，前提是我们得雇一位兼职看护。”

“她能下地行走吗？”

“上帝啊，不。”他说着，拿起香烟吸了一口。他居然能一手做饭，一手吸烟，就像老电影里的拖船船长或者伐木营厨师。“她能坐起来的时间，几乎不超过半个小时。”

“不过她会好起来的。”

“嗯，但愿如此，”他用不抱多少希望的语气说，“你知道吗，”他回头瞥了我一眼，说，“你当时也在里面，最后能平安无事，实在不简单。”

“嗯。”人们总说我“平安无事”时，我始终不知道该怎样回应。

霍比咳了一阵子，熄灭香烟。“嗯。”我从他的表情可以看出，他知道自己的话弄得我心烦，有些过意不去。“我想，他们也找你谈过了吧？那些调查人员。”

我望着桌布。“谈了。”我觉得还是少说这个话题为妙。

“嗯，我不知道你对他们印象如何，不过我觉得他们蛮不错的，很有见识。那个爱尔兰人见过很多类似的事，他给我讲了发生在英国、巴黎机场、丹吉尔①某个路边咖啡馆的手提箱炸弹袭击。你知道吗，死了好几十个人，紧挨着炸弹的那个人却安然无恙。他说他们处理过一些非常古怪的爆炸事件。你知道吗，老建筑里发生爆炸时尤其古怪。封闭的空间、不平整的地面、有反射效果的建筑材料，这些因素会导致爆炸结果很难预料。那个爱尔兰人说，就像音响效果一样。爆炸的震荡波跟声波十分相似，都会反弹和转向。有时候会把数英里之外的商店橱窗震碎。但有些时候，”他用手腕拨开眼前的头发，“会把旁边的玻璃震碎。他说有一种屏蔽效应，爆炸源附近的东西可能完好无损。爱尔兰共和军的小屋爆炸时，屋里的茶杯完好无缺，还有你也是。大多数人是被飞溅的玻璃和瓦砾害死的。你知

① 摩洛哥的北部城市。

道吗，这些东西往往能飞出很远。一粒石子或者一片玻璃一旦有了那样的速度，杀伤力不亚于一颗子弹。”

我用大拇指摩挲着桌布上的花纹。“我——”

“抱歉。也许这个话题不太合适。”

“不不。”我赶忙说。我听到他直言不讳地对别人唯恐避之不及的话题侃侃而谈，有种如释重负的感觉。“不是这么回事。只不过——”

“怎么？”

“我想知道，她是怎么出来的？”

“哦，纯属侥幸。她被困在一大堆垃圾底下。要不是有一条警犬示警，那些消防员也不会发现她。他们打开通道，用千斤顶顶起房梁。还有一点很神奇，她当时神志清醒，还一直跟他们说话，不过她现在一点儿也想不起当时说过什么了。他们刚把她救出来，就接到了撤退的指示。你当时昏迷了多久？”

“我不记得了。”

“嗯，你也很走运。要是他们当时不得不撤离，就这么把她撇在底下——据我了解，有些人确实遇到了这种情况——啊，好了。”他说，水壶响起哨音。

他搁在我面前的那盘食物，样子惨不忍睹：烤面包上堆着一坨圆鼓鼓的黄东西。不过闻起来很香。我小心翼翼地尝了尝。原来是融化的奶酪加了切碎的番茄和辣椒面，还有一些我尝不出来的东西。很好吃。

“不好意思，这是什么？”我又小心地吃了一口，问道。

他看起来有点尴尬。“呃，这东西其实没有名字。”

“很好吃。”我说，我对自己竟然会饿成这样感到有些惊讶。冬天礼拜日的晚上，母亲有时会给我做类似的奶酪吐司。

“你喜欢吃奶酪？我应该先问问你。”

我点点头，因为嘴里塞满食物，没法回答。尽管巴伯太太常让我吃冰淇淋和甜点，不过自从母亲去世以后，我总觉得，自己几乎没吃过一顿正常的饭——起码不是我和母亲以前吃的那种饭。母亲做炒菜、炒蛋、通心粉、盒装奶酪，而我坐在厨房的梯凳上，给她讲我白天过得如何。

我吃东西时，他就坐在桌子对面，用一双白皙的大手支着下巴。“你擅长什么？”他突然问，“体育？”

“什么？”

“你对什么感兴趣？消遣娱乐之类的？”

“嗯——电子游戏。比如《征服时代》《黑帮狂徒》。”

他好像有些困窘。“那你在学校里最喜欢什么科目呢？”

“我想，是历史吧。还有英语，”他还没答话，我又说，“不过接下来的六个星期，英语课会很没意思——我们不讲文学了，又回过头去讲语法，现在我们正在用图解的方式分析句子。”

“文学？英国的还是美国的？”

“现在学的是美国文学。或者应该说前不久还在学。今年学的历史也是美国史。不过近代史很没劲。我们刚摆脱大萧条，不过等到进入“二战”，又会变得十分精彩。”

这是一段时间以来我聊得最开心的一次。他问我各种有意思的问题，比如我读过什么文学书，中学跟小学有何不同；我觉得最难的课是什么（西班牙语），我最喜欢的历史时期是什么时候（我说不准，反正不是讲《尤金·德布斯①和劳工史》的那个时期，我们在这部分内容上花了太多时间，我长大以后想做什么（不知道）。都是些普普通通的问题，不过能跟一个对我的不幸遭遇意外的事感兴趣的大人交谈，还是让我精神一振。他的提问既不是刺探消息，也不是跟调皮捣蛋的孩子例行公事般的问答。

我们聊到了作家——我们从 T.H. 怀特和托尔金，聊到埃德加·爱伦·坡，这又是我最喜欢的作家之一。“我爸说坡是二流作家，”我说，“是美国文学里的文森特·普赖斯②。可我觉得这样说不公平。”

“是不公平，”霍比严肃地说，给自己倒了一杯茶，“就算是不喜欢坡，也不能那样说。毕竟是他开创了侦探故事和科幻小说。其实二十世纪文学，很大程度上就是他发明出来的。我是说——说实话，如今我也不像小时候那样看重他了，不过就算不喜欢他，也不能把他贬低成一个怪人。”

“我爸爸就那样。他经常走来走去，怪声怪调地朗诵《安娜贝尔·李》，让我抓狂。因为他知道我喜欢那首诗。”

“这么说，你爸爸是作家。”

---

① 尤金·德布斯（1855—1926），美国劳工领袖和政治家，曾多次参与总统竞选。

② 文森特·普赖斯（1911—1993），美国演员，曾出演多部恐怖片。

“不是。”我不知道他怎么会那样想。“他以前当过演员。”那时我还没出生，他在几部电视剧里演过配角，他从未演过主角，只演过主角性格顽劣的花花公子朋友，或者道德败坏、被人杀害的生意伙伴。

“我会不会听说过他？”

“不会。现在他是个上班族。确切地说，以前是。”

“那他现在做的是哪行？”他问。他把那枚戒指套在小指上，还不时用另一只手的拇指和食指夹着它转来转去，就像要确认它还在。

“谁知道呢？他抛弃了我们。”

让我惊讶的是，他笑了起来。“你是不是觉得，他走得好？”

“嗯——”我耸了耸肩膀，“——我也说不清。有时候他还不赖。我们一起看体育节目和警匪片时，他会给我讲他们如何制作飙血的特效之类的。不过，那种感觉就好像是——我说不清。比如，有一次，他去学校接我，结果喝得醉醺醺的。”我从未跟心理医生戴夫、斯旺森夫人或别人说起过这件事。“我当时不敢告诉母亲，不过别的同学的母亲告诉了她。后来——”说来话长，我感到尴尬，于是便长话短说，“——他在一家酒吧跟人打架，弄伤了手，他喜欢那家酒吧，每天都去，只是我们一开始并不知道，因为他说他是在加班，他有一大帮我们不认识的朋友，这些人去维京群岛之类的地方度假时，会给他寄明信片，寄到我们家里。所以我们才发现了这件事。我母亲试过让他去戒酒互助会，可他不去。有时候，那些门卫会到我家门外，弄出一些声音来，好让我爸爸听到——让他知道他们就在门外，你明白吗？好让我爸爸别太出格。”

“出格？”

“经常有大吵大闹什么的。主要是他在大喊大叫。不过，”我有些不自在地意识到，我把自己不想说的事也说出来了，“主要是他弄出各种噪声。比如——嗯，我也说不清，比如母亲必须出门上班，他不得不跟我待在家里时。他总是情绪不佳。他看新闻或体育节目时，不许我跟他说话，这是规矩。我想说的是——”我闷闷不乐地截住话头，觉得自己的话就像走进了死角，“不管怎么说，都是很久以前的事了。”

他靠在椅背上，望着我：这个男人身材高大，性情谨慎，不轻易流露感情。不过此时，他那双有些孩子气的蓝眼睛流露出担忧。

“那现在呢？”他问，“你喜欢和你一起生活的那些人吗？”

“呃。”我满嘴食物，停止咀嚼，不知道该如何解释巴伯一家都是些什么样的人。“我觉得他们挺好的。”

“那就好。我的意思是，我不能说我熟悉萨曼莎·巴伯，不过我以前给她家干过活。她眼光不错。”

我听了这话，停止进餐。“你认识巴伯夫妇？”

“不认识巴伯先生，认识巴伯太太。不过巴伯先生的母亲是个不简单的收藏家。不过据我了解，那些藏品都转到了当哥哥的那儿，因为某些家庭纠纷。韦尔蒂要是还在，会告诉你更多情况。倒不是说，他是个爱传闲话的人，”他连忙补充说，“韦尔蒂言行非常谨慎，很能保守秘密，不过人们会向他吐露心声，他就是那种人，你明白吗？陌生人也会向他敞开心扉——客户，几乎不怎么认识的人。人们有什么伤心事，都爱找他倾诉，他就是这种人。”

“不过，没错。”他抄起双手，“纽约的每个画商和古玩商都认识萨曼莎·巴伯。她结婚之前是范德普莱恩家族的人。她不是出手豪阔的大买家，不过韦尔蒂有时候会在拍卖会看到她，她确实弄到了一些优美的作品。”

“是谁告诉你我住在巴伯家的？”

他很快地眨了眨眼睛。“报上登了，”他说，“你没看吗？”

“报纸？”

“《纽约时报》。你不看这份报吗？”

“报纸上专门写了我的事？”

“不不，”他连忙说，“不是专门写你的。那篇报道写的是在博物馆失去亲人的孩子们。他们大多是游客。有个小女孩……还是个婴儿……是南美洲的一个外交官的孩子——”

“报上是怎么写我的？”

他做了个鬼脸。“哦，孤儿的困境……热心慈善的社会名流伸出援手……就是这类东西。你都能想象得到。”

我盯着眼前的盘子，感到十分困窘。孤儿？慈善？

“那篇报道写得不错。我记得，你保护她的一个儿子，不让别人欺负他，对吧？”他说，垂下头发花白的大脑袋，迎上我的目光，“在学校里？另一个孩子很有天分，跳了级？”

我摇了摇头。“你说什么？”

“萨曼莎的儿子？你在学校里保护他，不让一伙大孩子欺负他？你替他挨了揍——就是这一类的事。”

我又摇了摇头——毫无头绪。

他笑了。“你可真谦虚！用不着不好意思。”

“可是——事情并不是这样，”我困惑地说，“我们俩都被大孩子盯上了，我们都挨了揍。这种事每天都有。”

“那篇报道是那样说的。既然是这样，你还能为他挺身而出，就更难能可贵了。还记得那个碎瓶子吗？”他见我没有反应，又说，“有个孩子想拿碎瓶子划伤萨曼莎·巴伯的儿子，而你——”

“哦，那件事，”我有些困窘地说，“那不算什么。”

“你想帮他，结果你被划伤了。”

“其实不是那么回事！卡瓦诺扑到我们两个人身上！结果人行道上有一块碎玻璃。”

他又笑了起来——那是大人的笑声，浑厚而粗犷，跟他受过良好教育的发音并不一样。“嗯，不管事实真相究竟怎样，”他说，“你走进了一个很有意思的家庭。”他站起来走到碗橱那儿，取出一瓶威士忌，往一只不太干净的玻璃杯里倒了两指高的酒。

“萨曼莎·巴伯看起来不像个热心肠的好心人——起码给人的印象是这样，”他说，“可她凭借基金会和募捐活动，在全世界做了很多善事，不是吗？”

我没有做声，他把酒瓶放回碗橱。透过天窗，可以看到上方灰蒙蒙的天色，细雨纷纷洒落在玻璃上。

“你还会重新开店吗？”我问。

“唉——”他叹息道，“各种事都是韦尔蒂张罗打点——客户啦，销售啦。我呢——我是做橱柜的，不是做商人的料。他是旧货商，我是修缮员。我很少上去——总是在楼下，打磨，上光。现在他走了——这才没多久。人们打来电话，询问他卖出去的东西，还有新的货物运进来，我都不知道他进过这些货，我不知道账本在什么地方，也不知道账本是记给谁看的……我有无数的事情需要他拿主意，要是能让我跟他再说五分钟的话，要我付出什么代价都行。尤其是——尤其是皮帕的事。她的医疗护理问题，还有——唉。”

“是啊。”我说，我知道自己的声音听起来有多无力。再这样下去，我们就要说到母亲的葬礼这个不妥的话题了。漫长的沉默，生硬的笑容，这是语言失去作用的场合。

“他是个招人喜欢的人。像他那样的人不多。彬彬有礼，富有魅力。人们总是为他驼背感到惋惜，不过我从未见过有谁能像他那样，天生就有那样乐观的性格。顾客们当然很喜欢他……他总是热情洋溢，和蔼可亲……‘世界不会走到我身边来，’他过去总是这样说，‘所以我只好过去。’”

突然，安迪的苹果手机响起来：来短信了。

霍比正要把玻璃杯举到嘴边，粗声粗气地说：“什么声音？”

“等一下，”我说，我在衣兜里翻着。是菲尔·莱夫科发来了短信，他是安迪的日语班同学：嗨，西奥，我是安迪，你还好吗？我赶紧把手机按灭，塞回衣兜。

“抱歉，”我说，“你刚才说到哪儿了？”

“想不起来了。”他朝远处看了一会儿，然后摇了摇头，“我还以为我再也见不到这个了，”他低头看着戒指说，“让你把它送来给我，这的确是他的作风。我——我虽然没有跟别人说起，不过一直以为，肯定有人在停尸间把它给拿走了——”

手机那恼人、高亢的铃声又响了起来。“啊，抱歉！”我说，手忙脚乱地掏出手机。只见安迪的短信写道：

只想确认你没有被人干掉！

“抱歉，”我说，一直按着关机键，确保它不会再响，“这次真的关掉了。”

不过他只是笑了笑，望着自己的杯子。雨水滴滴答答地落在天窗上，把影子投在墙上，一绺绺水汪汪的影子从墙上滑落下来。我因为腼腆，没有主动开口，等着他重新拾起话头。他不说话时，我们就安静地坐着，我小口喝着渐渐变凉的茶（正山小种，有种特别的烟熏味），感到自己的生活，自己的处境，颇有些怪异。

我把盘子推到一边。“谢谢，”我礼貌地说，一边东张西望地打量着房间，“真的很好吃。”我以前一直对母亲讲这句话，这已经成了我的习惯。

“哦，你可真客气！”他说。虽然他笑我，但并无恶意，声音里反而透出几分友善，“喜欢吗？”

“什么？”

“我的诺亚方舟。”他朝那个架子扬了扬下巴。“我还以为刚才你在看它呢。”那些被飞虫蛀蚀过的动物木雕（大象、老虎、牛、斑马……最后是一对小老鼠）耐心地排着队，等候登船。

我看得入了迷，沉默片刻之后，问道："这是她的吗？"因为那些动物摆放得那么招人喜欢（那两只大猫彼此视而不见；雄孔雀背对着雌孔雀，欣赏着自己映在烤面包机里的身影），我能想象得出，她会花上好几个小时的时间，把它们排列得恰到好处。

"不，"他在桌面上拢起手，"这是我三十年前买的第一批古董里的一件。是从美国民间艺术品拍卖会上买到的。我对民间艺术并不十分热衷。这件作品品质并不出众，跟我的其他收藏品也不是一种风格。不过别具一格、不落俗套的东西才是最宝贵的，不是吗？"

我往椅背上一靠，都快坐不住了。"我现在可以看看她吗？"我问。

"只要她醒了就可以，"他噘起嘴唇，"嗯，看不出会有什么坏处。不过要注意，只能见一会儿。"他站起身来，腰板微弯的高大身形再次让我感到惊讶。"不过我要告诫你，她的脑筋有点不清不楚。哦——"他在门口转过身，"最好别提起韦尔蒂。"

"她还不知道吗？"

"哦，她知道，"他用轻快的口吻说，"她知道，只不过有时候，听人提起韦尔蒂的事，她又会难受起来，问别人那是什么时候发生的，为什么没有人告诉她。"

2

他一打开门，大片黑影立即映入我的眼帘，我的眼睛过了一会儿才适应。屋里有股香喷喷的香水味，隐约还能闻到病人和药物的气味。床头挂着装裱过的《绿野仙踪》电影海报。一支香味蜡烛在红色玻璃杯里滴着蜡油，四周放着小饰品、念珠、散页乐谱、纸巾叠成的花朵，还有旧的问候卡片，再旁边好像还有几百张祝愿康复卡，用橡皮筋扎在一起。不少银色的气球悬在天花板上，给人以不祥之感，一根根亮闪闪的细线垂落下来，就像水母的触须。

"有人来看你了，皮帕。"霍比用愉快的口吻大声说道。

我看到被单活动起来。一只胳膊肘扬了起来。"嗯？"一个睡意蒙眬的声音说。

"这里太黑了，亲爱的。我拉开窗帘好吗？"

"不，千万别，光线照得我眼睛疼。"

她的个子比我记忆中要娇小，她的面容十分苍白，在黑暗中难以看清。她剃了光头，只保留前面的一绺头发。我有点害怕地凑到跟前，看到她的鬓角那儿闪着金属的光芒。我起初以为是发夹，后来才看清，原来是医用钢钉，套在她一边耳朵上的一只可怕的线圈里。

“我刚才听到你在走廊里。”她把目光从我身上移到霍比身上，用刺耳的声音小声说道。

“你听到什么了，鸽子？”霍比说。

“听到你在说话。科斯莫也听到了。”

起初我没看到那条狗，这时我才看到。是一条灰色的梗犬，蜷缩在她身旁，夹在枕头和填充玩具中间。它抬起头时，我从它灰白的脸庞和生有白内障阴翳的眼睛看出，它已经很老了。

“我还以为你睡着了呢，鸽子。”霍比说着，伸出手去，挠了挠那只狗的下巴。

“你总是那么说，不过我一直都醒着。嗨。”她抬头望着我说。

“嗨。”

“你是谁？”

“我叫西奥。”

“你最喜欢哪首曲子？”

“我不知道，”我说，然后为了不让自己显得像个傻瓜，我又说，“贝多芬的曲子。”

“太好了。你看起来就像爱听贝多芬的人。”

“是吗？”我说，感到有些不安。

“我说的是好话。我现在不能听音乐了。因为我头疼得厉害。别，”她对霍比说，后者正在清理床边椅子上的书、纱布、盒装面巾纸，好让我坐下，“让他坐这儿吧。你过来坐吧，”她对我说，她在床上稍微挪了挪身子，给我腾出地方。

我回头瞧了霍比一眼，确认可以这样，便小心翼翼地坐下来。我只把一边屁股搁在床上，生怕惹毛那条狗。它抬起头，朝这边怒目而视。

“别担心，它不咬人。嗯，有时候咬。”她用昏昏欲睡的眼睛望着我。“我认得你。”

“你想起我来了？”

“我们是朋友吗？”

“是啊。”我不假思索地说，然后回头看了看霍比。说谎让我感到困窘。

“对不起，我想不起你的名字了。不过我还记得你的长相。”然后，她摸摸狗头，说：“我回家时不记得我的房间是什么样了。我还记得我的床，还有我的各种东西，不过房间变得不一样了。”

这时我的眼睛已经适应了黑暗，我看到了角落里的轮椅，床头柜上的药瓶。

“你喜欢贝多芬的哪首曲子？”

“啊——”我正在看她的胳膊，那条胳膊搭在被单上，十分柔嫩，臂弯里贴着一块邦迪创可贴。

她在床上撑起身子，望向我身后的霍比，霍比的身子在亮堂的门口留下了剪影。“我不能说太多话，是吗？”她问。

“不能，鸽子。”

“我不觉得自己很累。不过我也说不准。你白天会感到疲劳吗？”她问我。

“有时候会。”母亲去世后，我很容易在课堂上睡着，放学后，我又会在安迪的房间昏睡过去。“我一直不习惯。”

“我也是。现在我总觉得困。不知道是为什么。我觉得这样太烦人了。”

我往亮堂的门口望去时，发现霍比暂时离开了。尽管这并不像我的作风，但不知怎的，我一直很想伸出手去，牵着她的手。既然现在这里只有我们两个人，我便这么做了。

“你不介意吧？”我问她。一切似乎都慢了下来，就像在深水中行走一般。握着别人的手——女生的手——感觉很怪，却又出奇地正常。我以前从未做过这样的事。

“一点也不。我觉得这样很好。”我们沉默，我能听到那条小小的梗犬在打鼾。然后她说：“你不介意我闭一会儿眼睛吧？”

“不介意，”我说，用拇指摩挲着她的指节，勾勒骨头的轮廓。

“我知道这样怪没礼貌的，不过我没有办法。”

我低头望着她灰暗的眼皮、皲裂的嘴唇、苍白的肤色和青肿的部位，还有挂在一边耳朵上的那个难看的金属“徽章”。她身上令我激动的地方，跟一些不该存在的东西奇怪地糅合在一起，让我感到既晕眩又迷惑。

我心虚地看了看身后，只见霍比站在门口。我踮着脚回到走廊上，悄悄关上身后的房门，为走廊里光线这么暗感到庆幸。

我们一起往回走，朝店堂那边走去。“你觉得她情况如何？”他说，声音压得很低，我几乎听不见。

我该怎么回答？“我觉得，还好吧。”

“她变得跟以前不一样了。”他闷闷不乐地顿住话头，双手在浴袍的衣兜里摸索着。“就是说——她还是从前的她，但又有所不同。很多跟她亲近的人，她都不认得了，她跟他们说话时，非常拘谨，可是有时候，她又跟素未谋面的陌生人很合得来，非常健谈，一点也不见外，就像招呼老朋友似的。大夫说，这种情况很常见。”

“她为什么不能听音乐？”

他扬起一边的眉毛。“哦，她有时候能听。不过有时候，尤其是傍晚时，音乐会让她心烦意乱。她会觉得，她得练琴了，她得把去学校演奏的曲子练好，她会烦躁不安，变得很难相处。以后她还是有可能做到业余水平的演奏，大夫是这么告诉我的——”

突然门铃响了，我们俩吓了一跳。

“啊。”霍比说，有些苦恼地看了看表。我注意到，那是一只非常漂亮的老式腕表。“她的看护来了。”

我们面面相觑。我们还没聊完，还有那么多话要说。

门铃又响起来。那条狗在走廊另一端叫起来。“她来早了。”霍比说，有些焦急地朝外面跑去。

“我还可以再来吗？过来看她？”

他站住了。我问出这样的话来，似乎让他大为惊讶。“你当然可以再来，”他说，“一定要来——”

门铃又响了。

“只要你愿意，可以随时过来，”霍比说，“一定要来。我们随时欢迎。”

3

“后来呢？”安迪问。我们在穿衣服，准备出门吃晚饭。“气氛奇怪吗？”普拉特坐火车去学校了，巴伯太太去参加什么慈善组织的委员会晚宴，巴伯先生要带我们去游艇俱乐部吃饭（只有巴伯太太另外有约时，我们才会去）。

“他认识你妈妈，那家伙。”

安迪系着领带，做了个鬼脸：所有人都认识他妈妈。

“是有点奇怪，”我说，“但能去还是挺好的。喏。”我从夹克口袋里掏出电话，“谢谢你的手机。”

安迪查看短信，随即关机，把手机塞进口袋。然后他保持着双手插兜的姿势，抬起头来，并没正眼看我。

“我知道这一切挺难熬的，”他突然说，“很遗憾看到你的生活糟成这样。”

他的语气和答录机上的机械声音一样平淡，我一瞬间没反应过来他想说什么。

“她人可好了，”他说，还是没有看我，“我是说——”

“是啊，嗯。”我喃喃道，不希望他继续说下去。

“我是说，我也很想她。”安迪说，用带着些许惊恐的目光瞥了我一眼，“我认识的人里还没人去世。哦，我姥爷范·德普莱茵去世了。但从没有哪个我喜欢的人去世。”

我什么也没说。我母亲一直很喜欢安迪，会耐心地问他话，听他讲家里的气象站，揶揄他在《星球大战：银河战场》游戏里拿到高分，直到他开心得满脸通红。我妈妈年轻、爱玩、有趣、感情充沛，完全是他自己母亲的反义词。她会在公园里陪我们一起扔飞盘，和我们聊僵尸电影，周六早上让我们躺在她床上，吃着幸运符牌麦片看卡通片。我看到他在她面前那副乐不可支的傻样，跟在她身后滔滔不绝地讲着某个游戏的第四关，在她弯腰去冰箱里拿东西时紧盯着她的腰身看，我有时会恼火。

“她最酷了，”安迪语气怀念地说，“你记不记得，她带咱们坐大巴去新泽西参加那个恐怖片粉丝大会？那个怪人利普一直跟着我们，想让她参演自己的吸血鬼电影。”

我知道，他说这些是出于好意。但我不愿谈起母亲，谈起之前的一切。我转过头去。

“我不相信他真的是恐怖片粉丝，”安迪用恼人的低声说，“我觉得他大概是个恋物癖。什么地窖啊，把女孩绑在实验室桌上啊，跟束缚三级片没什么区别。你记不记得，他还求她把吸血鬼獠牙戴上试试？”

“嗯。然后她就去找保安了。”

“他穿皮裤，扎了那么多耳洞。谁知道呢，他就算真的在拍吸血鬼电影，也是个大变态。你注意到了吗？他的笑容鬼鬼祟祟的，他还一直往你母亲的上衣里偷瞄。”

我对他竖了中指。“好了，走吧，”我说，“我饿了。”

“哦，真的？”母亲死后，我瘦了有九、十磅，看起来非常明显，以至于斯旺森太太开始在办公室里给我称体重，像对待患有厌食症的女生一样，让我相当丢脸。

“怎么，你不饿？”

“饿，但我还以为你在节食。为了能穿上毕业舞会的小裙子。”

“滚你的蛋。”我温和地说，打开门，一头撞上巴伯先生。他就站在门外，不知道是在偷听，还是正好走过来要敲门。

我惊恐地结巴起来——巴伯家严禁说脏话。但巴伯先生似乎并没生气。

“哦，西奥。”他淡淡地说，望着我的头顶，“很高兴听说你感觉好些了。走吧，去吃饭了。”

4

下一周，所有人都注意到我的食欲明显增强了，包括托迪。“你的绝食抗议结束了？”一天早上，他好奇地问我。

“托迪，吃你的饭。”

“我以为一个人不吃饭，就表明他是在绝食抗议。”

“不，绝食抗议指的是监狱里的人。”凯西淡淡地说。

“凯西。”巴伯先生用警告的语气说。

“嗯，可是他昨天吃了三块松饼，”托迪说，目光热切地来回看着缺乏兴趣的父母，想获得他们的关注，“我只吃了两块。今天早上，他吃了一碗麦片、六块培根，你们却说我吃五块就已经太多了。凭什么我就不能吃五块？”

5

“哦，你来了，你好啊。”心理医生戴夫关上门，坐到我对面。他的办公室里铺着基里姆波斯地毯，书架上摆满陈旧的教科书（《药物与社会》《儿童心理学：另一种角度》），按个按钮，窗边的米色垂帘就会嗡嗡地向两侧打开。

我尴尬地笑了笑，环视着房间，目光经过盆栽棕榈和佛祖的铜像，就是不看他。

“好了。”第一大道的车流声隐约飘上来，衬得我们之间的沉默更加庞大，仿佛跨越整个银河，“今天过得怎么样？”

“嗯——”每两周，我都要来见戴夫一次。每次我都相当不情愿，感觉和去看牙医差不多。我不太喜欢他，这让我心存愧疚，因为他一直都很努力。他总是问我喜欢什么电影，喜欢看哪些书，给我烧 CD 听，还从《电玩帮》杂志上剪下他以为我会感兴趣的文章。有时候，他甚至还会带我去怡洁快餐吃汉堡。但只要他开始问问题，我就会全身僵硬，仿佛没背好台词就被人推上了舞台。

“你好像有点心不在焉。”

“嗯……”我注意到，戴夫书架上有几本书出现了“性”这个字眼：《青少年性取向》《性与认知》《性偏离中的规律》，还有我最喜欢的一本，《走出阴影：理解性瘾》。“还好，我想。”

“你想？”

“不，我很好。一切都挺好的。”

“是吗？”戴夫靠回椅背上，匡威帆布鞋上下摆动。“那就好。”然后又是一句：“不如给我讲讲最近的情况吧？”

“哦——”我挠了挠眉毛，转开目光，“西班牙语还是好难——我得参加一个补进度的小测验，可能周一考。不过我的斯大林格勒论文得了优。所以历史的良减应该能变成良。”

他看着我沉默了很久，直到我觉得走投无路，迫切地思索着下一个话题。然后他问：“还有吗？”

“呃——”我低头看着自己的大拇指。

“你的焦虑状态如何了？”

“好点了。”我说，心里则想着对戴夫一无所知是多么让我不安。他手上的结婚戒指看起来完全不像结婚戒指——也许那就不是结婚戒指，只是他对自己凯尔特后裔身份特别自豪的象征。要我猜，我会猜他新婚不久，孩子刚出生。他身上隐约有种初为人父累坏了的气色，好像总要半夜起身换尿布。但谁又知道他下班之后到底干了些什么呢?

“你吃的那些药呢?副作用有没有减轻?”

“啊——”我挠了挠鼻子,“可以说好些了吧。”我已经不再吃药了,那些药丸让我疲惫不堪,整天头疼,所以我把它们都吐进了洗手间的水池里。

戴夫沉默了片刻。“所以——是否可以说,整体上你感觉好多了?”

“大概可以。”一段沉默后我说,盯着他脑后的挂画。那幅画看起来像个用陶珠和绳结做成的挂歪了的算盘,我近期的生活里有一大部分是盯着它看。

戴夫微微一笑。“你好像觉得自己应该因此而羞愧。但感觉好些并不表示你忘掉了妈妈,也不表示你没以前那么爱她了。”

我从来没这么想过,也不喜欢他的假设。我转开目光,望向窗外街对面令人压抑的白色砖墙。

“你知不知道自己为什么会感觉好些?”

“不,不清楚。”我简短地说。我的感觉并不能用“好些”来形容。没有哪个词可以形容。都是些小到不值一提的瞬间——学校走廊里的大笑,蜥蜴在科学实验室的水缸里来回游动。这些事会让我开心一瞬间,下一秒我又觉得想哭。有时候,到了晚上,就在晚高峰期的车流逐渐变弱,城市开始变空时,从公园大道的方向会吹来一阵裹挟着沙粒的湿润的风,敲打在窗户上;这个季节雨水很多,树木都在萌发枝叶,春天逐渐加深转为夏季;车辆彷徨的鸣笛声和人行道潮湿的气味里含有如静电般的张力,让人想起人群,僵坐不动的孤独秘书,带着公文包出门的胖男人,那种推搡挣扎着生活的笨拙与悲哀无处不在。一连几周,我整个人都是僵硬的,与世隔绝;到了现在,淋浴的时候,我会把水流开到最大,然后无声地号叫。一切都那么赤裸而痛苦,令人困惑,完全错误,我像是被人从冻僵的水里拉了出来,拖过冰层的缝隙,暴露在阳光和耀眼的寒冷中。

“你这是跑到哪儿去了?”戴夫说,想要捕捉我的目光。

“抱歉,什么?”

“你刚才想什么呢?”

“没什么。”

“是吗?要什么都不想可是挺难的。”

我耸了耸肩。除了安迪,我没告诉任何人坐车去皮帕家的事。这秘密给其他一切都染上了颜色,仿佛一场梦的余韵:餐巾纸做成的罂粟花,摇曳烛火的昏暗光芒，她的手的黏稠热度。这是很久以来我所有过的意义最深远、感觉也最真实的经历，但我不想对别人谈起，生怕毁了这些回忆。我尤其不想告诉戴夫医生。

我们坐了片刻。然后戴夫表情担忧地俯过身来，说：“你看，西奥，我问你沉默时在想什么，并不是想欺负你，让你难堪什么的。”

“哦，当然！我知道。”我不安地说，扯着沙发扶手上的斜纹软呢布罩。

“我想和你谈谈你想谈的东西。或者——”他动了动身体，椅子吱呀作响，“——我们不说话也可以！我只是好奇你在想什么。”

“嗯。”又过了一阵无边无尽的沉默，我说，抑制住看手表的冲动。“我大概只是——”我们还要在一起待多久？四十分钟？

“因为你身边的大人告诉我，你最近明显好多了。你在课堂上更积极了。”他见我不回答，继续说，“也会和别人社交。吃饭也正常了。”在一片静谧中，急救车的警笛隐约飘过来。“所以我在想，不知道你能不能帮我弄明白，到底是哪里发生了变化。”

我耸耸肩，挠了下脸颊。这种东西要怎么解释？光想想都觉得愚蠢。记忆开始模糊，充满不确定，就像一场梦，你越是想抓住，那些细节就变得越遥远。更重要的是感觉，那种丰富甜蜜的情绪如此强烈而鲜明。不管是在教室里，校车上，还是躺在床上，努力想着安全而令人愉悦的东西，想着能让胸口不要如此紧张揪痛的环境或假设，我都可以随时潜入那条血液般温暖的河流，让它带我旋转着回到那个一切安好的秘密地点。肉桂色的墙面，打在窗上的雨滴，庞大的静谧，带着深度和距离，仿佛十九世纪油画背景上的清漆。磨到露出线头的地毯，绘制的日本折扇，烛光下摇曳的陈旧情人节礼物，皮埃罗小丑，鸽子和饰满花朵的心。黑暗中皮帕苍白的脸。

6

几天后，我和安迪放了学，正走出一家星巴克。我对他说：“听着，下午能帮我做个掩护吗？”

“没问题，”安迪说，贪婪地喝了一大口咖啡，“要多久？”

“不知道。”这取决于我在第十四街换乘地铁去下城需要多久，可能要四十五分钟。但在工作日坐公交车时间更久。“三小时？”

他做了个苦脸。他母亲如果在家，会问的。“我该对她说什么呢？”

“告诉她我得留在学校。”

“她会觉得你惹了什么麻烦。”

“那又怎么样？”

“是不怎么样，可我不希望她给学校打电话。”

“那就告诉她我去看电影了。”

“那她会问为什么我没去。不如说你去图书馆了吧。”

“这也太傻了。”

“那好。不如跟她说，你和假释官有急事要见面。不然就说你要去四季酒店喝两杯古典鸡尾酒。”

他把他父亲模仿得惟妙惟肖。我笑了起来。“妙极了，”我用哈伯先生的声音说，“太好笑了。”

他耸耸肩。“主馆今天开到七点。”他用自己有些飘忽的平淡嗓音说，“但你没有告诉我你在哪个馆，我也没有必要知道。”

7

我正望着街道走神，门开了，比我想象中的快。这次他刮净了胡子，身上传来肥皂的气味，灰白的长发整齐地向后梳去，拢在耳后。他穿得很正式，和我当初见到的布莱克威尔先生一样。

他挑起眉，显然没想到我会来。“你好啊！”

“我来的不是时候？”我说，偷瞄着雪白的衬衫袖口。上面绣着中国红色的大写字母，排列得相当精美，但小到几乎难以分辨。

“没有。我正希望你能过来呢。”他戴着一条刺有淡黄色标志的红领带，脚蹬一双黑色的牛津粗革皮鞋，身上是一套制作精良的海军蓝西装。“来吧！请进。”

“你这是要出门吗？”我说，有些胆怯地上下打量着他。西装让他变了个人，不再那么忧郁和心不在焉，显得更加能干，完全不像我第一次见到的霍比，那时的他像只饱经磨难、优雅但狼狈的北极熊。

“呃——是。但不是现在。说实话，我们正被堵在死角里呢。不过没关系。”

这是什么意思？我跟着他进了门，穿过工作间里桌腿和椅背的丛林，穿过阴沉的客厅，进了厨房。梗犬科斯莫在里面哀叫着兜圈子，爪子在石板上啪嗒作响。我们进去时，它向后退了几步，抬头威胁地怒瞪着我们。

“它怎么在这儿？”我说，蹲下身想摸它的头，但它躲开了，我抽回了手。

“嗯？”霍比说，似乎在想别的事。

“科斯莫。它不是喜欢陪着皮帕吗？”

“哦。是她姨妈。她姨妈不想让它进去。”他走去给水壶灌水。我注意到，水壶在他手里颤抖不止。

“姨妈？”

“对。”他说，把水壶拿去烧，然后弯下身挠了挠梗犬的下巴。“可怜的小东西，你都不明白到底发生了什么事，对吧？玛格丽特强烈反对让狗进病人的房间。当然了，她是对的。然后你就来了，”他格外愉快地回头看了我一眼，“又被海浪冲到岸上来了。你上次走后，皮帕经常提起你。”

“真的？”我很高兴。

“‘那个男孩去哪儿了’，‘之前那个男孩呢’，她昨天跟我说你会来，结果呢，”他发出温暖而年轻的笑声，“你就来了。”他站起身来，膝盖咯吱作响，抬手用手腕背面抹了抹凸起的白色眉毛。“你等一会儿就能进去看她。”

“她怎么样了？”

“好多了，”他轻快地说，没有看我，“发生了很多事。她姨妈要带她回得克萨斯。”

“得克萨斯？”我被惊呆了，沉默了一会儿后说。

“是啊。”

“什么时候？”

“后天。”

“不！”

他做了个苦脸，但未等我看清就恢复了原本的表情。“是啊，我一直在帮她收拾行李。”他说，语气相当轻快，与之前做出刹那愁苦表情的那个他判若两人。“来了好多人。学校里的朋友——说起来，今天是我们这阵子第一次这么安静。这周一直挺热闹的。”

“那她什么时候回来？”

“嗯——恐怕要有一段时间。玛格丽特要带她去那里生活。”

“永远？”

“哦，不！不是永远。”他说，语气却表明就是永远，“又不是离开这个星球，”他瞥见我的脸，又补充一句，“我肯定会过去看她。她也肯定会回来看看的。”

“可是——”我觉得天花板要塌了，“我以为她在这儿生活。和你一起。”

“嗯，是啊。一直到现在都是。但我想她在那边会生活得更好，”他说，但这话毫无说服力，“这对我们来说都是很大的变化，但长远来看，我相信这是最好的安排。”

我能看出他根本不相信自己说的这些话。“为什么不能让她留在这儿？”

他叹了口气。“玛格丽特是韦尔蒂同父异母的妹妹，”他说，“有一半血缘关系的妹妹，是与皮帕血缘最近的亲属。总之是亲戚，而我不是。她觉得皮帕去得克萨斯会过得更好，她现在也已经恢复到可以上路了。”

“我可不想去得克萨斯生活，”我震惊地说，“那儿太热了。”

“我也觉得那儿没什么好医生，”霍比说，掸了掸手，“但玛格丽特并不这么想。”

他坐下来看着我。“你的新眼镜，”他说，“我挺喜欢的。”

“谢谢。”我不想谈论我的新眼镜，我根本就不想配什么眼镜，虽然戴上确实看得更清楚了。我没通过学校的视力测验，巴伯太太去 E.B. 梅罗维兹眼镜店给我挑了镜框。这是圆海龟壳做的圆框，看起来有点太成熟、太昂贵了，周围的大人抢着告诉我这副眼镜戴在我脸上有多么好看。

“上城情况如何？”霍比说，“你简直想象不到你上次来引起的轰动。说实话，我正想自己去上城看看你呢。但我不想离开皮帕，毕竟她很快就要走了。这一切都发生得太快了。玛格丽特安排了这些事。她很像她父亲布莱克威尔老先生——她想到什么就会去行动，马上就完成。”

“它也会去得克萨斯吗？科斯莫？”

“哦，不——它待在这儿没关系。它三个月大的时候就生活在这栋房子里了。”

“它不会不高兴吗？”

“我希望不会。嗯——说实话，它也会想皮帕的。科斯莫和我关系还不错，但韦尔蒂死后，它一直闷闷不乐。它其实是韦尔蒂的狗，最近才和皮帕亲近起来。韦尔蒂养的这些小梗犬都不太喜欢小孩——科斯莫的母亲切茜看到小孩后简直要发疯。”

“可是为什么皮帕非得搬走呢？”

“这个嘛，”他揉着眼睛说，“因为只能这样。从法律上来说，玛格丽特是皮帕最近的亲属。虽然韦尔蒂活着时，玛格丽特和他基本不怎么说话——至少近几年是这样。”

“为什么？”

“嗯——”我看出他并不想解释，“说来话长。玛格丽特很不喜欢皮帕的母亲。”

他说话时，一位身材高挑的女士走了进来。她鼻梁挺拔，看起来非常能干，年龄相当于一位比较年轻的祖母。她的脸形瘦削，长得像个贵族女妖，铁锈色的头发有些花白。她的套装和鞋让我想起了巴伯太太，不过是巴伯太太永远不会穿的橙绿色。

她看了看我，又看向霍比。“这是怎么回事？”她冷冷地问。

霍比发出一声叹息，看起来很无奈。“别在意，玛格丽特。这是韦尔蒂死时陪在他身边的那孩子。”

她越过眼镜边缘瞥我，然后发出尖锐的大笑，声音高而不自然。

“你好啊。”她说，态度突然变得和蔼可亲。她向我伸出小而红润的手，她的手上戴满了钻石。“我是玛格丽特·布莱克威尔·皮尔斯，韦尔蒂的妹妹。一半的妹妹。”她见我垂下眉毛，目光越过我瞥了霍比一眼，如此纠正道。“我和韦尔蒂拥有同一个父亲。我母亲叫苏茜·戴拉斐尔德。”

她的语气好像我该知道这名字。我望向霍比，想知道他的看法。玛格丽特见我这样，尖锐地看了霍比一眼，接着又目光闪亮地望着我。

“你真是个可爱的孩子。”她对我说。她的鼻子很长，尖端略略发红。“能见到你我太高兴了。詹姆斯和皮帕给我讲了你的上一次来访，你能那样做真是太棒了。我们都特别开心。还有，”她握住我的手，“我从心底感谢你把我爷爷的戒指还回来。这枚戒指对我很重要。”

那是她的戒指？我再次困惑地望向霍比。

“对我父亲也非常重要。”她的友好态度有些做作（用巴伯太太的话说就是

“成桶的热情”），但她铁锈色的头发与布莱克威尔先生和皮帕的那么相似，我还是忍不住开了口：“你知道它之前是怎么丢掉的吧？”

水壶嗞嗞作响。“要喝杯茶吗，玛格丽特？”霍比说。

“好的，谢谢，”她轻快地回答，“加点柠檬和蜂蜜，再加一点点苏格兰威士忌。”她又用友好的语气对我说：“非常抱歉，我们还有些大人的事要处理。我们马上就要出门去见律师，等照顾皮帕的护士一来就走。”

霍比清了清嗓子。“我想完全可以——”

“我能进去看看她吗？”我问，焦急得等不到他说完。

“当然。”不等玛格丽特姨妈阻止，霍比飞快地回答，随即富有技巧地转过身，躲开她烦恼的表情。“还记得怎么走吧？从这儿穿过去就是。”

8

她对我说的第一句话是：“能把灯关上吗？”她靠坐在床上，戴着耳机听 iPod，在吊灯下看上去像个盲人。

我关上灯。房间比之前空荡了许多，墙边靠着很多纸箱。春季细雨敲打着窗户。在外面昏暗的庭院里，梨树开着泡沫般的白花，在潮湿墙砖的映衬下显得无比苍白。

“你好。”她说，放在床罩上的双手攥紧了些。

“嗨。”我说，声音比我希望的呆滞。

“我就知道是你！我听见你在厨房里说话来着。”

“哦，是吗？你怎么知道那是我？”

“我是个音乐家！我的耳力很灵敏。”

我的眼睛适应了昏暗。她看起来没有上次那么虚弱了，头发稍微长出了一些，钉子也都消失了，但皱皱巴巴的伤痕还在。

“你感觉怎么样了？”我问。

她微微一笑。“好困。”睡意蔓延在她的声音里，粗糙而又甜蜜。“要一起吗？”

“一起什么？”

她偏过头，拔出一边的耳塞递给我。“一起听。”

我坐到她身边，戴上耳塞：轻盈的和弦，不带感情，直刺人心，仿佛天堂里的电台播放出来的音乐。

我们面面相觑。“这是什么？”我说。

“嗯——”她看了 iPod 一眼，“帕莱斯特里纳。”

“哦。”我并不在乎这是什么音乐。我之所以会听它，完全是因为雨雾下的光芒，窗外的苍白树木，雷声，还有她。

我们之间的沉默幸福又奇怪，由耳机线与轻声和唱的冰冷声音相连。“你不用非得说话，”她说，“如果你不想说。”她的眼皮沉重，声音充满睡意，仿佛一个秘密。“大家都想说话，但我喜欢沉默。”

“你在哭吗？”我说，仔细看了看她。

“没有。呃——就一小会儿。”

我们就那么坐着，什么也没说，但并不觉得尴尬。

“我要走了，”她突然说，“你听说了吗？”

“嗯。霍比告诉我了。”

“真讨厌。我不想走。”她身上有着盐、药水和其他什么东西的气味，就像我母亲在格利斯超市买的茉莉花茶，一种带着植物香气的芬芳。

“你姨妈看起来人还不错，”我小心翼翼地说，“我觉得。”

“我也觉得，”她闷闷不乐地回答，用指尖拂过床罩的边缘，“她说那里有游泳池。还有马。”

“那应该挺好玩的。”

她困惑地眨了眨眼。“也许吧。”

“你骑过马吗？”

“没有。”

“我也没有。但我母亲骑过。她很喜欢马。在中央公园南路上，她总会停下来和那些拉车的马说说话。感觉——”我不知道该怎么形容，“感觉那些马真的在对她说话。她走过去的时候，它们好像会转过头去看她，就算是在被蒙着眼睛的时候。”

“你母亲也死了吗？”她小声问。

“嗯。”

“我母亲已经死了有——”她想了想，“我不记得有多久了。是寒假结束的时候。我过完寒假，又请了新学期第一周的假。我们本来要去春游的，去植物园，结果我没去成。我很想她。”

“她是怎么死的？”

“她生病了。你的母亲也是生病吗？”

“不。是场意外。”我不想再冒险谈这个话题了，就说：“反正她特别喜欢马，我母亲。她小时候养过一匹马，她说那匹马有时候会觉得孤单，然后它就会走到房子旁边，把头抵到窗户上，看着屋里。”

“它叫什么名字？”

“颜料盒。”我很喜欢听母亲讲堪萨斯马厩的故事：房梁上住着猫头鹰和蝙蝠，马儿嘶叫，喷着响鼻。我知道她养过的所有马和狗的名字。

“颜料盒！它是彩色的吗？”

“差不多吧，它身上有好多斑点。我见过它的照片。有时候——夏天我母亲睡午觉的时候，它会跑过来看她。她躺在窗帘里面，都能听见它的呼吸声。”

“真好！我喜欢马。只是——”

“什么？”

“我更想留在这儿！”她突然快哭了，“我不明白我为什么非走不可。”

“你应该告诉他们，你想留在这里。”我们的双手是什么时候握到一起的？她的手怎么这么热？

“我说了！可是所有人都觉得我去那边更好。”

“为什么？”

“我不知道，”她气呼呼地说，“更安静，他们说。但我不喜欢安静，我喜欢有很多声音可以听。”

“他们也会让我离开这儿。”

她用手肘支着身体坐起来。“不要！”她惊慌地说，“什么时候？”

“不知道。估计快了。我得去和爷爷奶奶一起生活。”

“哦。”她有些渴望地说，重新靠到枕头上，“我没有爷爷奶奶了。”

我伸出手指与她的手指交缠，“我的爷爷奶奶不太友善。”

“抱歉。”

“没事。”我尽量用平静的语气说，心脏却跳得如此剧烈，连指尖都能感觉到它的鼓动。她的手被我握在手里，柔软而滚烫，稍微有点黏。

“你没有其他家人了吗？”在窗外照入的微光中，她的眼睛颜色很深，看起来几乎是漆黑的。

“没了。嗯——”我父亲算吗？“没了。”

一阵漫长的沉默。我们之间还有耳机线相连，一边在她的耳朵里，另一边在我的耳朵里。贝壳的歌声。天使的合唱和珍珠。一切突然都慢了下来，我似乎忘记了要怎么呼吸，只是一次又一次发现自己屏住了气，然后又憋不住了猛吐出来。声音太吵了。

“你说这音乐是什么来着？”我问，只为了开口说点什么。

她困倦地微微一笑，伸手从床头柜上的锡纸上拿过一只棒棒糖。棒棒糖是三角形的，看起来一点也不好吃。

“帕莱斯特里纳，”她叼着棒棒糖说，“大弥撒，或者之类的什么。它们听起来都差不多。”

“你喜欢她吗？”我问，“你姨妈？”

她望着我沉默了好几秒。然后她把棒棒糖小心地放回包装纸上，说：“我觉得她看起来人还不错。但我也不太了解她。这是一种挺奇怪的感觉。”

“为什么你——非走不可？”

“是钱的问题。霍比什么也做不了——他并不真的是我叔叔。我姨妈说他是我的假叔叔。”

“我希望他是你的真叔叔，”我说，“我想让你留下来。”

她突然一下子坐起身，伸手抱住我，还吻了我。血液从我的头顶直冲下来，我好像跳下了悬崖。

“我——”我突然惊慌起来。在慌乱中，我反射性地伸手抹掉了那个吻——但那儿一点也不湿，也不恶心，我能感觉到手背上留下的一丝余韵，发着光。

“我不想让你走。”

“我也不想走。”

“你还记得之前见到我的时候吗？”

“什么时候？”

“就在那之前。”

“不记得。”

“我记得你。”我说。我的手不知怎么摸上她的脸，我笨拙地收回手，将握紧的拳头藏在身后，强迫双手待在那里不动。“我那时也在。”我说完才意识到，霍比已经走进了房间。

“你好啊，宝贝。”他声音里的温柔大部分都是对她的，但我能听出也有一小部分是冲着我的。“我就说他还会再来的。”

“你是这么说了！”她说，坐起身来，“他来了。”

“嗯，下次你能听我说话了吧？”

“我听你说话了。我只是不相信罢了。”

透明窗帘拂过窗棂。我隐约听见街道上车水马龙的合唱声。坐在她床边的感觉就像在梦境与日光交汇时醒来的那一瞬间，一切都融合混杂在一起，停在这流动着欢愉的一刻，改变发生前的那一刻：雨中昏暗的光线，皮帕坐在床上，霍比站在门边，我的唇上还残留着她那个吻的黏稠触感（现在想起来，我相信那是吗啡棒棒糖的奇特味道）。但我怀疑吗啡并不能解释我当时轻飘飘的状态，不能解释我为什么不停地微笑，沉浸在幸福与美好里不能自拔。我们有些晕乎乎地道了再见（没人承诺要写信，她恐怕还没康复到能动笔），然后我就站在走廊里了，护士到了，玛格丽特姨妈大声说着令人困惑的话，霍比把手安抚地搭在我肩上，强有力而令人安心，仿佛是一只船锚，让我相信一切都很好。母亲死后，我从没感受过这样的安抚——那么友好，在令人困惑的漩涡中让人安心。我怀着流浪狗对温暖情感的渴求，感到自己和他建立起了坚不可摧的同盟关系，如血缘般深沉，让我难为情又有些想哭，同时坚定不移地相信：这地方很好，这个人很安全，我可以相信他，在这儿没人能伤害我。

“哦，”玛格丽特姨妈喊道，“你哭了？看见没有？”她问旁边的年轻护士（护士点着头微笑，急切地想要讨她欢心，显然已经臣服于姨妈），“这孩子真贴心！你会想念护士的，是不是啊？”她的笑容充满自信，对自身的正确性毫无怀疑，“你可得过来看看她，一定得来。我随时欢迎别人来家里做客。我父母……他们以前住的是得克萨斯最大的都铎老屋……”

她喋喋不休地说着，友善得像只鹦鹉。但我的忠诚已经献给了别人。我摇摇晃晃、睡意蒙眬地坐公交车回上城时，皮帕那个吻的奇特味道——又苦又甜——一直跟着我。悲伤与孤独慢慢融化，化作一种布满繁星的隐痛，将我如风筝般举到天上，飘到风声呼啸的城市上空。我的头在乌云里，我的心在天上。

9

我不愿去想她的离开。我受不了。在她走的那一天，我从梦中醒来，从心底感到悲痛沮丧。我望向公园大道上方，咄咄逼人的墨蓝色天空仿佛是从一幅耶稣受难画上截下来的。我想象着她坐在飞机上，透过舷窗望着同一片天空。我和安迪一起走向公交站时，行人低垂的目光和街上肃穆的气氛似乎都是我心情的写照，映衬出我的悲伤。

“嗯，得克萨斯是挺无聊的。”安迪打着喷嚏说。他有花粉过敏症，此刻眼睛红红的，不停流鼻涕，比平日更像只实验用的小白鼠。

“你去过？”

“嗯——去过达拉斯。哈利叔叔和苔丝婶婶在那里生活过一阵子。那儿没什么可干的，只能看看电影。走路的话哪儿都去不了，必须开车或者让别人开车送你。他们那儿还有响尾蛇，有死刑。我认为死刑在百分之九十八的情况下都太野蛮、太不人道。但她生活在那儿应该对身体有好处。”

“为什么？”

“主要是因为气候，”安迪说，用每天早上都会从抽屉里拿出一条带上的方正棉手帕抹了抹鼻子，“温暖的气候对病人恢复很有好处。所以我的范德普莱因爷爷才搬到了棕榈海滩。”

我没说话。我知道，安迪是个很忠诚的人。我相信他，也很看重他的意见，但他有时候就会说这样的话，让我觉得说话的不是人，而是模拟人类反应的电脑程序。

“如果她是去达拉斯，那她一定会去自然科学博物馆吧。不过我猜她会嫌那儿太小，也太落后。我在那儿看过 IMAX 电影，但连 3D 效果都没有。那儿的天文馆跟海登天文馆根本没法比，居然还要额外收钱。”

“哈。”有时我会好奇，到底发生什么事才会让安迪离开他的理科狂人堡垒：潮汐巨浪？霸天虎入侵？哥斯拉踏平第五大道？他简直是颗没有大气的星球。

10

还有谁体验过如此孤独的感觉吗？我回到巴伯家，在这个不属于我的家庭里体验着他们的喧闹生活，觉得前所未有的孤独。暑假越来越近，我仍然不是很清楚（说来安迪也一样不确定），他们去缅因州度假会不会带上我。即便是在满地的纸箱和旅行箱中，巴伯夫人也以一贯的谨慎态度避开了这个话题。哈伯先生和弟弟妹妹都显得很兴奋，但安迪却只觉得可怕。"顶着大太阳疯玩，"他厌恶地说，把眼镜往鼻梁上推了推（和我的款式一样，但镜片要厚多了），"你要是去爷爷奶奶那儿，至少还能留在陆地上。还有热水喝。有网可上。"

"我可不会为你觉得遗憾。"

"嗯，你要是跟我们一起去就知道了。简直就像电影《绑架现场》里主人公在船上被人卖去当奴隶那一段。"

"难道不是在哪儿都不认识的地方去投奔吓人的亲戚那一段？"

"嗯，我也在想那一段，"安迪认真地说，坐在椅子上转头看着我，"至少他们不会想杀了你——又没有遗产纠纷什么的。"

"嗯，确实没有。"

"想知道我有什么建议吗？"

"什么？"

"我的建议就是，"安迪用铅笔顶端的橡皮挠了挠鼻子，"到了马里兰州，你就拼了命好好学习。你有优势——你比他们多学了一年。这样你毕业时是十七岁。如果你努力，四年就能离开那儿，说不定三年就够了，然后拿着奖学金想上哪儿就上哪儿。"

"我成绩没那么好。"

"是没有，"安迪认真地说，"但只是因为你不努力。另外我觉得你的新学校竞争应该没这么激烈，不管那所学校到底在哪儿。"

"上帝保佑，但愿如此。"

"我是说——公立学校嘛，"安迪说，"马里兰。我可不是看不起马里兰。我是说，应用物理实验室就在他们那儿，还有约翰·霍普金斯大学的太空望远镜科学研究所，还有格林贝尔特的戈达德太空飞行中心。NASA 在那个州投了不少项目。你初中的排名是多少？"

"不记得。"

"嗯，不告诉我也无所谓。我想说的是，你可以在十七岁时拿着优异成绩毕业——也许十六岁就行，如果你特别勤奋的话——然后你就可以去任何一所大学了。”

“三年感觉好长。”

“对我们来说是。但长远来看——一点也不长。我是说，”安迪理智地说，“你想想那些蠢蛋，萨宾·英格索尔啊，詹姆斯·维利尔斯啊，还有他妈的弗雷斯特·朗斯特。”

“这些人又不穷。我在《经济学家》的封面上见过维利尔斯他爸。”

“是，可他们笨得像沙发靠垫。我是说——萨宾连好好走路都不会。要不是她家有钱，用不着她自己谋出路，她恐怕得去——怎么说呢，去当妓女了。至于朗斯特——他大概只会缩在墙角里饿死。像只没人喂的仓鼠。”

“你的话真让人郁闷。”

“我想说的是——你很聪明。大人都喜欢你。”

“什么？”我怀疑地反问。

“本来就是，”安迪用他那种有气无力又不耐烦的声音说，“你总是记得别人的名字，遵守眼神接触什么的那套礼节，该握手的时候就握手。学校那帮人为了你而前仆后继。”

“嗯，可是——”我不想说那是因为我母亲死了。

“别傻了。你就算是杀了人也能逃脱。你很聪明，一定能想出办法来。”

“那你怎么还没想明白航海这码事？”

“哦，我想明白了，”安迪严肃地说，回头看着日语假名练习册，“我算过了。在最坏的情况下，这样的地狱暑假我还要过四次。如果我爸爸能让我在十六岁时去上大学预科，那就是三次。如果我在高三时去山区学校参加夏令营，学习有机农业，硬着头皮挺过去，航海就只有两次了。之后我就再也不会登上任何一艘船了。”

11

“在电话里跟她说话挺难的，唉，”霍比说，“我没想到会这样。她的情况不太好。”

“不太好？”我说。她离开还不到一周。我没想回来见霍比，但不知怎么还是来了。我坐在他的厨房餐桌边，吃着第二盘食物。他做的这东西第一眼看上去像是一盘黑黝黝的花园土，但其实是非常好吃的姜拌无花果，上面还浇了鲜奶油，点缀着略苦的橘皮刨花。

霍比揉了揉眼睛。我来的时候，他正在地下室修椅子。“一切都太让人沮丧了。”他说。他把头发绑在脑后，眼镜用链子挂在脖子上。他将黑色的工作围裙脱下来挂到墙上的木钉上。他穿着沾满矿油精和蜂蜡的陈旧灯芯绒长裤，上身的棉衬衫已经洗得变薄，衣袖卷到肘部。“玛格丽特说，皮帕上周日晚和我打完电话，一连哭了三个小时。”

“她为什么不能回这儿来？”

“说实话，我也不知道该怎么办才好。”霍比说。他看起来沉稳而悲痛。他把指节粗大的苍白双手按在桌上，耷拉着肩膀，很像一匹好脾气的挽马，或是累了一整天、到酒吧去喝上一杯的工人。“我想飞过去看看她，但玛格丽特说不行。说我要是在，她就更难适应那边的生活了。”

“我还是觉得你应该去。”

霍比扬起眉。“玛格丽特请了位咨询师——好像挺有名的，专门研究用马匹治疗受伤的儿童。是啊，皮帕很喜欢动物。但就算她很健康，她恐怕也不会想整天都出门骑马。之前她一直在上音乐课，在练习厅里弹琴。玛格丽特对她们那儿教堂的音乐课很有信心，但那个儿童合唱团里都是些业余的孩子，恐怕没法让皮帕满意。”

我把玻璃盘吃了个一干二净，推到一边。“为什么皮帕以前不认识她？”我小心地问，但他没回答。“是因为钱吗？”

“不完全是。不过——嗯，你说得对。钱总是个问题，”他说，大手按在桌上，向前俯过身，“韦尔蒂的父亲有三个孩子。韦尔蒂，玛格丽特，还有皮帕的母亲朱丽叶。三个人的母亲都不一样。”

“哦。”

“韦尔蒂是老大。我是说，他既是老大，又是男孩。他六岁时染上了脊椎结核，那时他的父母远在阿斯旺，保姆又没意识到情况有多危急，送他去医院时已经晚了。就我所知，他是个很聪明的孩子，也很有教养，但布莱克威尔老先生是个无法容忍弱点和不足的人。他把韦尔蒂送到美国让亲戚抚养，之后就没再把他放在心上。”

“真差劲。”我说，为这样的不公正行为感到吃惊。

“是啊。我是说——当然了，玛格丽特肯定不会这样讲——韦尔蒂的父亲是个很严苛的人。总之，后来布莱克威尔家被人赶出了开罗——‘赶出’这个词可能不是很准确。纳赛尔上台后，所有外国人都必须离开埃及——韦尔蒂的父亲在那儿做石油生意，但幸好在别处还有财产和土地。外国人不能从埃及带走任何钱财和值钱的东西。

“总之，”他又掏出一根烟，“我有点跑题了。总之，玛格丽特比韦尔蒂小了整整十二岁，所以韦尔蒂没怎么见过她。玛格丽特的母亲是位得克萨斯千金小姐，自己也很有钱。那是布莱克威尔老先生最后一次、也是持续时间最久的一次婚姻——轰轰烈烈的婚外情，玛格丽特是这么形容的。他们夫妇在休斯敦很有名，经常喝酒聚会，包下飞机出游，到非洲狩猎旅行。韦尔蒂的父亲热爱非洲，就算已经被迫离开了开罗，也总是找机会回去。

“总之——”他点着火柴，吐出一阵烟雾，咳嗽了两声，“玛格丽特是父亲的小公主、心头肉什么的。不过在这场婚姻里，他还是会到处留情，衣帽间的女侍啊，餐厅里的服务员啊，朋友的女儿啊。他在六十多岁时和给他理发的姑娘生了个孩子。那个孩子就是皮帕的母亲。”

我什么都没说。我在二年级时有个同学叫艾丽，她父亲和不是她母亲的一个女人有了孩子，引起了一阵轰动，《纽约邮报》的八卦专栏连续追踪报道了好多天。很多同学的母亲都选择支持其中某一方，下午去学校接孩子时不再和立场相对的人说话。

“玛格丽特当时在瓦萨学院上大学。”霍比继续说。他用的口气好像我也是个大人（我很喜欢他这样），不过他的声音听起来有些不自在。“我想她应该有好几年没跟父亲说过话。布莱克威尔老先生想给那位理发师付钱，让她息事宁人，但最终他还是显露出吝啬的本性，至少他在涉及子女时一向如此。你再听我讲讲玛格丽特。玛格丽特和皮帕的母亲朱丽叶从没私下见过面，她们第一次相见是在法庭上，那时朱丽叶只是个襁褓里的婴儿。韦尔蒂的父亲开始仇恨那个理发师，恨到立下遗嘱，除了法律规定的那一点点抚养费，不让理发师和朱丽叶得到一分钱。可是韦尔蒂，”霍比碾灭了烟头，“对于韦尔蒂，布莱克威尔老先生经过思考后，在遗嘱里给他留了他应得的那一份。这些法律程序走了好多年，遗嘱对于那个婴儿的排斥和忽略让韦尔蒂逐渐不安。朱丽叶的母亲不想要朱丽叶，其他亲戚也一样。老布莱克威尔显然从来都没想要过她，玛格丽特和她母亲呢，老实说，见她流落街头也只会开心。而那个理发师平时工作时会把朱丽叶一个人丢在公寓里……情况很糟。

“韦尔蒂没有插手的义务，但他富有同情心，身边没有家人，还很喜欢小孩。朱丽叶六岁时的那个暑假，韦尔蒂请她过来玩，那时她的昵称是‘朱利安’。”

“过来玩？到这座房子里来？”

“对，就是这儿。暑假结束，该送她回家了，她哭着不想走，她母亲也不接电话，韦尔蒂就取消了机票，到处打电话，看哪儿的小学能收她。这从来都不是什么正式的书面安排——大家都说，他是怕把事情闹大，搞得天翻地覆——大多数人也不会深究，都以为朱丽叶就是他的小孩。那时韦尔蒂大概三十五六岁，在年龄上也足够当她父亲了。事实上，他也的确充当了父亲的角色。

“不过，这都不重要了。”他抬起头，换了种语气，“你说想参观一下我的工房。想现在下楼看看吗？”

“好的，”我说，“那就拜托了。”之前我来的时候，他正把椅子倒过来修理，见我来了就停下手，站起来伸了个懒腰，说他正好要休息。但我其实并不想上楼，工房里满是东西，充满魔力，就像个藏宝山洞，内部比外表看起来要大得多，高高的窗外有灯光倾泻而入，窗上有浮雕和金银丝作为装饰，屋里尽是些我不知道名字的神秘工具，充满了清漆和封蜡尖锐而迷人的气味。就连他修的那把椅子——两条前腿做成了山羊腿，底下是分趾蹄——也不像家具，而是被魔法变形的生物，仿佛随时会转过身来，蹦跳着逃出工房，在街上蹄声嗒嗒嗒地跑远。

霍比拿回围裙套上。他脾气温和，沉默寡言，但身材魁梧得像个靠搬冰箱和装车为生的工人。

“喏，”他说，领着我下楼，“店中店。”

“什么意思？”

他笑了起来。“店铺的里间。顾客看见的是舞台——是面向公众的门脸——这儿才是真正进行重要工作的地方。”

“原来如此。”我说，低头看着楼梯下方的迷宫：蜂蜜般的亚麻色木头，糖浆般的深色木头，黄铜、镀金和银在昏暗的灯光下闪烁着。和诺亚之舟一样，这里每一种家具都和自己的同族待在一起：椅子和椅子，沙发和沙发；钟和钟，桌子、橱柜和高脚柜在另一侧僵硬地排成队。餐桌摆在工房中间，隔出了迷宫般狭窄的过道。房间深处的墙面上挂满失去光泽的旧镜子，框对框地紧密排列着，映照出旧时舞厅和烛光沙龙的银色光影。

霍比回头看我，显然看得出我有多开心。“你喜欢旧东西？”

我点了点头——没错，我很喜欢陈旧的东西。虽然之前我从来没意识到过这一点。

“那巴伯家对你来说一定很有意思。他们那些安妮女王风格和切宾代尔样式的家具恐怕不逊于博物馆的收藏。”

“是，”我犹豫地说，“但这里不一样。这里更棒。”我补充道，生怕他不明白。

“怎么个棒法？”

“我的意思是，”我紧紧闭上眼睛，想要整理思绪，“这里，感觉更棒，这么多椅子，这么多不同的椅子……能看见那么多不同的风格，你明白吗？我是说，看上去——”我不知道该用什么词，“呃，有点傻，但是褒义的那种傻——傻得很舒服。那张椅子让人很兴奋，那么长的纺锤形椅子腿——”

“你很有看家具的眼光。”

“呃——”我不习惯受人称赞，每次听了都不知道该不该假装没听见，“它们摆在一起，很容易就能看出到底是怎么制作的。在巴伯家——”我不知道该怎么解释，“怎么说呢，感觉更像到了自然博物馆的动物标本展。”

他大笑起来，暗沉紧绷的气氛瞬间消失了，他好脾气的本性显露无遗。

“不，我是说真的，”我说，决定继续说下去，摆明自己的观点，“巴伯太太布置房间的方式，比如桌子上一定要有盏灯啦，所有东西都要摆整齐，让人觉得什么都不能碰。就像在牦牛周围摆上立体模型，表明那里就是它的栖息地。那样是不错，但我觉得，”我挥手示意墙边的那些椅背，“那是把竖琴，那个像把勺子，那个——”我用手比划出扫帚。

“盾形椅背。不过，我得告诉你，那把椅子最棒的地方是那些带流苏的长条板。你可能没这么考虑过，”他说，我没来得及问长条板是指哪部分，“但每天看见巴伯太太的那些家具，就是一种教育——看它们在不同灯光下的样子，想摸还可以随时伸手去摸，”他往眼镜上哈了口气，用围裙角擦了擦，“你急着回上城吗？”

“不急。”我说，虽然时间已经有些晚了。

“那就来吧，”他说，“让你也干点活。我正好需要个帮手弄这把小椅子。”

"那把山羊蹄?"

"对,山羊蹄。那边的木钉上有条围裙——我知道,对你来说太大了,但我刚给这把椅子上过亚麻油,可不想毁了你的衣服。"

12

心理医生戴夫不止一次说过,他希望我能发展下业余爱好。我讨厌这个建议,因为他提出的那些爱好都庸俗透顶(壁球,乒乓球,保龄球)。如果他以为打两盘乒乓球就能让我从母亲的死中振作起来,那他就是个彻头彻尾的蠢货。但是,很多大人显然都有同样的想法:英语老师努斯佩尔先生送了我一个笔记本;斯旺森太太建议我放学后去上美术课;恩里克想带我去第六大道的球场去看篮球比赛;连巴伯先生都不时想要引起我对航标和航海旗语的兴趣。

"那你平常都喜欢干点什么呢?"斯旺森在她的办公室里问我。那间浅灰色的屋子很吓人,闻起来像是草药和山艾树混合的气味,阅读桌上摊着《十七岁》和《青少年》杂志,室内还小声播放着忧伤的亚洲管弦乐。

"不知道。我喜欢读书。看电影。玩《征服世纪 II》和《征服世纪:白金版》。我不知道。"她仍然盯着我看,我只好又说了一遍。

"嗯,这些东西也不错,西奥,"她说,看起来很担心,"但最好还是参加些团体活动。可以和其他孩子一起,进行团队协作。你想没想过参加什么体育运动?"

"没。"

"我会一种叫合气道的武术。不知道你听没听说过。这种武术会借对手的动作来进行自卫。"

我移开目光,望向她脑后陈旧的镶板,上面挂着画作《瓜达卢佩圣母》。

"或者摄影也行,"她把戴着绿松石戒指的双手交叠按在桌上,"如果你对美术不感兴趣的话。不过我得说,薛克夫太太给我看了你去年画的几幅画——就是那个系列,你记得吗?画了屋顶啊,水塔啊,画室窗外的风景。你的观察力很强——我熟悉那片景色,你捕捉的线条和能量非常有意思,我想她用的词是'跃动',非常美妙的速度感,逃生通道那些互相交错的有趣的平面和夹角。我想说的是,具体做些什么并不重要。我只是希望能找到一种方法,促进你的交流。"

“和什么的交流？”我说，语气比预想中更恶劣。

她似乎有些难以置信。“和其他人！还有，”她挥手示意窗户，“和你周围的世界！听着，”她用非常温柔、几乎有点催眠效果的安抚声音说，“我知道，你和你母亲的关系非常亲密。我和她说过话。我见过你们在一起的样子。我知道你有多想她。”

你知道个头。我心想，没礼貌地直盯着她的眼睛。

她奇怪地瞥了我一眼。“你会吃惊的，西奥，”她说，向后靠到挂着披肩的椅子上，“吃惊于最终让人振作起来的事物是多么渺小、多么平庸。但没人能代替你。能找到出口的只有你自己。”

我知道她是出于好意，但我离开办公室时还是垂着头，泪水在眼眶里打转。这个老女人自以为了解些什么？斯旺森太太的家族相当庞大——根据她挂在墙上的照片来看，她大概有十个孩子，三十个孙子孙女；斯旺森太太在中央公园西街上有套公寓，在康乃狄格州还有栋别墅。她根本想象不到一块木板断裂后，整艘船沉得有多快。她整天舒服地坐在嬉皮士风格的扶手椅里，唠唠叨叨地说着兴趣班和户外运动，说得倒是容易。

然而，出人意料的是，确实有一扇门打开了，而且是在最不可能的地方：霍比的工房。我上次给他“帮忙”后（其实我只是站在一边，看着他拆开那把椅子，让我观察内部惨不忍睹的虫蛀、马马虎虎的修补和其他的可怕情况），很快就习惯了每周去他那儿两三次，每次都出奇投入地耗上一整个下午：给储物罐贴标签，混合兔皮胶水，整理成箱的抽屉零件（“繁琐的小东西”），或者只是在一旁看着他在车床上打磨椅子腿。楼上的店面一片漆黑，铁门紧闭。但在店中店里，立地座钟滴答作响，红木闪闪发光，灯光在无数的桌面上积成金色的水池，仿佛一座悄然运转的地下动物园。

全城的房屋中介都给他打电话，除此之外他也有不少私人客户，苏富比、克里斯蒂、多伊尔和泰珀画廊四家拍卖行都托他保管家具。我放学后，在令人昏昏欲睡的立地钟的滴答声里，他会教我分辨不同木头的气孔和光泽，学会看它们的颜色——虎纹枫木那波纹般的图案和闪闪发亮的质感，树瘤胡桃木如泡沫般的纹路。我要用手去感觉它们的重量，还要去闻不同的木香：“有时候，如果你不太确定那到底是什么木头，最简单的办法就是闻一下。”有点刺鼻的红木，灰尘气味的橡木，特征鲜明、气味强烈的黑樱桃木，如花朵般有着琥珀树脂气息的花梨木。

锯子、锪孔、木锉、曲锉、弯刀、勺状刻刀、木钻、斜锯架。我了解了木饰面和镀金，知道了什么是榫眼和榫舌，能分出仿制和真正的黑檀木，分辨出新港、康涅狄格和费城风格的椅子，明白为什么短小结实、桌面低矮的齐本德尔书桌比不上另一张同时期的桌子，后者有托脚，有带凹槽的四分之一古典雕柱，霍比称抽屉与桌子的比例“完美”。

楼下灯光昏暗，地面上满是刨花。在这里仿佛身处一座马厩，四周站满耐心的巨兽。霍比教会我欣赏高档家具那如同生物般的活力。他的语气总是像在说人，用的是“他”“她”，而不是“它”。有些家具带着动物般的野性，有些则线条僵硬，形状矮胖，气质更有教养。他会充满感情地伸手摸着餐柜和短脚橱，像爱抚宠物一样抚过它们富有光泽的深色木板。他是个很棒的老师。在他的示范下，我很快就学会了通过观察和比较来鉴定仿造品：看磨损是否过于对称（真正的古董总是有一侧磨损得更厉害）；看边缘是机器切割还是手工打磨（就算光线不好，只要手指够敏感，一摸就能判断出机器切割的做工）；最重要的是看木头是否死气沉沉、毫无活力，缺乏那种特殊的光泽——只有经过几个世纪的触摸、使用和传承，经过无数人的手，木头才能拥有那种光泽。就这样，我欣赏着那些古老而富有尊严的高脚柜和秘书桌，感受着它们比人类更长久、更温柔的生命力，整个人都沉静下来，仿佛一块石头落入深深的水底。每次要回家时，我总是呆呆地眨着眼，无法适应第六大道明亮的光线，茫然不知身在何处。

比起工房（霍比称它为“医院”），更让我开心的是霍比这个人。他总是带着有些疲惫的笑容，高大的身躯优雅而放松，衣袖卷到肘部，待人随和，爱开玩笑，习惯用手腕内侧去擦额头上的汗，耐心而亲切，判断力一流。我们之间的谈话轻松随意，但却并不单纯。就连一句普通的“你好吗”都饱含深意，虽然从语调什么也听不出来。他也总能轻易读懂我一成不变的回答（“挺好的”），无需我多做解释。他几乎从不向我发问，可我还是觉得他比其他大人都更理解我，用恩里克的话来说，他更能“读懂我的心思”。

我最喜欢他的一点是，他对我的态度就像对一位真正的同伴、真正的谈话对象。有时他会谈起做了膝盖手术的邻居，或者在上城听的一场古典音乐会。而当我谈起在学校发生的滑稽事时，他也会专注而认真地聆听。他不像斯旺森太太（我一开玩笑，她就会僵在原地，显得很震惊）或戴夫（他听了会笑，但是笑得很尴尬，还总是慢一拍），本来就很爱笑。他还会给我讲自己的往事，我也很爱听：

小时候身边那些嗓音沙哑的晚婚叔伯，爱管闲事的修女；靠近加拿大边境的三流寄宿学校，所有老师都是酒鬼；他父亲在北边买的大房子，冷得窗户内侧都会结冰，在灰蒙蒙的十二月下午，他会在那儿读塔西佗或马特利的《荷兰共和国的兴起》。“我可喜欢他写的故事了，从小就喜欢。另一条没走的路！我童年时的理想是去诺特丹大学当历史教授。不过我现在的工作也可以算作是和历史打交道。”他给我讲了小时候从伍尔瓦斯商店里救下的一只独眼鹦鹉，它每天早上都会唱着歌把他叫醒；一场风湿性高烧让他有半年卧床不起；他喜欢去一家社区图书馆，那是座古老的奇异建筑，天花板上画着壁画（“现在都拆掉了，唉”）。还有孤独的德佩斯特老太太，他放了学总是去找她玩。她曾是奥尔巴尼市选美比赛冠军，熟知本地历史，总是对着霍比念念叨叨，拿出从英国买来的罐装丹地蛋糕给他吃，对着橱柜给他讲里面的瓷器，站着讲上好几个小时。她有不少古董家具，其中有张红木沙发，据说曾是赫基默将军的所有物。霍比对家具的兴趣就从这张沙发开始。（“不过我很难想象赫基默将军靠在那么一张希腊风格的旧沙发上。”）他的母亲和妹妹；妹妹刚出生三天就死了，母亲紧随其后，家里只剩下霍比一个孩子。还有那位年轻的父亲，耶稣会的神父，橄榄球队的教练。他接到爱尔兰女仆惊慌失措的电话，听说霍比的父亲正用皮带把霍比抽得差点“成了碎片”，他立刻就冲到霍比家，卷起袖子，把霍比的父亲打翻在地。“基根神父！风湿性高烧那次，是他到家里来，带了圣餐给我。我是他的祭台助手——他知道我家的情况，见过我背上被皮带抽出来的伤。最近这几年，有太多神父对小男孩做些下流勾当的丑闻，但他一直对我很好——我总在想，不知道他现在怎么样了。我想找他，可是找不到。我父亲给总主教打电话，还没等我回过神来，事情就结束了。他们把他送回了乌拉圭。”这里的一切都和巴伯家那么不同。在巴伯家，尽管气氛一直相当友好，我仍然会在众人的包围下觉得自己微不足道，要么就是被他们严肃的询问搞得坐立难安。现在有霍比在，我觉得好多了。坐辆车，顺着第五大道下去就能找到他。在夜里，我从梦中惊醒，爆炸的冲击再次席卷全身，有时候我只要想着他的房子，就能让自己重新睡着。在那里，你会在不知不觉中回到一八五〇年，进入一个时钟滴答、地板吱呀作响的世界，旁边摆着铜壶，厨房的篮子里放着萝卜和洋葱，敞开的屋门和高高的玻璃窗之间吹起穿堂风，吹得烛火纷纷向左倾斜，如舞会长裙般颠簸摇晃，房间凉爽而安静，古老的物品沉睡其中。

要解释我到底去了哪儿越来越困难了（而且我越来越少回去吃晚饭了），安迪的想象力逐渐贫瘠。“要不要我跟你一起回家，和她谈谈？”某天下午，霍比这么说。我们正坐在厨房里，吃着他从农贸市场买来的樱桃馅饼。“我很愿意去见见她。你也可以请她到这儿来。”

“也许吧。”我想了一会儿后说。

“她也许会有兴趣看看那件齐本德尔的双层柜——你知道吧，费城风格，上层可以拉动的那件。不是要让她买，只是让她过来看看。或者，如果你愿意，我们可以请她去青蛙餐厅吃法国菜，”他笑了起来，“或者去这边让她感兴趣的哪家小饭店也行。”

“让我考虑考虑。”我说。然后我早早就坐车回了家，一路都情绪不佳地想着这件事。抛开这么长时间以来我对巴伯太太撒的那些谎不谈——总是在图书馆待到很晚，并不存在的历史作业——我更不想让霍比知道，我对巴伯太太说布莱克威尔先生的戒指是我的家族遗产。但只要巴伯太太和霍比见面，我的谎言就必定会被揭穿。没有其他可能。

“你去哪儿了？”巴伯太太口气尖锐地问。她穿好了出外就餐的衣服，还没穿鞋，端着配青柠的琴酒从房间里走了出来。

她的语气让我感觉到了陷阱。“其实，”我说，“我去下城拜访了母亲的一位朋友。”

安迪转过头，茫然地盯着我。

“哦，是吗？”巴伯太太怀疑地说，瞥了安迪一眼，“安迪刚跟我说，你又去图书馆学习了。”

“今天没有。”我说，语气轻松得让自己吃惊。

“好吧，我得说，那我就放心了，”巴伯太太淡淡地说，“主馆周一不开门。”

“我可没说他去的是主馆，母亲。”

“我想你可能认识他，”我说，急于将她的注意力从安迪身上移开，“至少听说过他。”

“听说过谁？”巴伯太太说，目光转到我身上。

“我去拜访的那位朋友。他叫詹姆斯·霍巴特。他在下城开了一家家具店——呃，不算他开的。他是负责修理家具的。”

她垂下目光。“霍巴特？”

“他在城里有很多顾客。有时候还给苏富比拍卖行做活儿。”

“你不介意我给他打个电话吧？”

“当然不，”我有些辩解地说，“他说想请我们一起出去吃个饭。或者请你有时间的时候去他店里看看。”

“哦。”巴伯太太惊讶地沉默了一两秒后说。这下猝不及防的人是她了。我不知道她有没有去过比第十四街更往南的地方，不管为了什么原因。“好吧。回头看吧。”

“不用买什么。只是去看看。他那儿有些东西挺不错的。”

她眨了眨眼睛。“自然。”她无所适从，目光飘忽而专注。这有点奇怪。“嗯，很好。能见到他，我一定会很高兴的。我见过他吗？”

“不，我想没见过。”

“无所谓了。安迪，抱歉。我应该向你道歉。你也是，西奥。”

我？我不知道该说什么。安迪一直在偷偷吮吸大拇指，对此只是耸了下肩。巴伯太太转身出了屋子。

“怎么了？”我小声问他。

“她心情不太好。跟你没关系。普拉特回来了。”他补充道。

听他这么一说，我才注意到从房子深处隐隐传出音乐声，伴随着深沉的震动。“为什么？”我说，“怎么了？”

“学校里出了点事。”

“很严重吗？”

“谁知道。”他语气平淡地说。

“他惹麻烦了？”

“我想是。谁都不肯谈。”

“到底怎么回事？”

安迪做了个鬼脸：谁知道。“我们放学回来时他就在了——我们听见了他放的音乐。凯西很开心，跑过去想跟他打招呼，结果他大叫起来，在她面前撞上了门。”

我做了个苦脸。凯西相当崇拜普拉特。

“然后母亲回来了。她进了他的房间，然后打了一会儿电话。我猜爸爸应该快回来了。他们本来要去和蒂克纳夫妇吃饭，我想现在应该是取消了。”

“那晚饭怎么办？”沉默了片刻后，我说。在上学的日子里，我们一般会看着电视，写着作业吃饭——但现在普拉特在家，巴伯先生快回来了，晚上的计划又取消了，我们恐怕要在餐厅里一起就餐了。

安迪推了推眼镜，动作一如既往地繁琐，像个老太太。我的头发颜色很深，他的很浅。但因为巴伯太太给我们挑的这两副眼镜，我看起来就像他的双胞胎——在学校，我曾听某个女生说我们是“乡下兄弟”(还是“蠢蛋兄弟”？无所谓了，反正不是什么好话)。

“我们走路去奇缘餐厅，买个汉堡包吃吧，”他说，“爸爸到家的时候，我可不想待在这里。”

“把我也带上。”凯西突然跑进来，差点撞到我们身上。她的小脸通红，喘得上气不接下气。

安迪和我面面相觑。凯西就连在车站都不想和我们一起排队。

“拜托了，”她哀求道，来回看着我们两人，“托迪要上足球课，我自己有钱，我不想跟他们待在一起，拜托了。”

“哦，一起去呗。”我对安迪说。凯西感激地看了我一眼。

安迪把手插进兜里。“好吧。”安迪面无表情地对她说。我心想，他们看起来就像两只小白鼠——不过凯西是棉花糖般的公主老鼠，而安迪则是面无血色、倒霉透顶的宠物店老鼠，用来喂蟒蛇的那种。

“带好你自己的东西。快去。”见凯西站在原地呆瞪着自己，他说，“我可不会等你。别忘了拿钱，我也不会帮你付的。”

13

为了安迪，之后几天我都没去找霍比，虽然家里的紧张气氛让我很想去。安迪说得对，完全无法判断普拉特到底做了什么，因为巴伯先生和巴伯太太假装什么事也没发生(但你知道肯定出了什么事)，而普拉特自己一句话也不说。他只在吃饭时出现，阴沉地坐在桌边，头发垂下来挡住了脸。

“相信我，”安迪说，“你在场时气氛会好得多。他们会说话，会努力假装一切正常。”

“你觉得他到底干了什么？”

“说真的，我不知道，也不想知道。”

“你肯定想知道。”

“好吧，我承认，”安迪让步了，“但我真的猜不出来。”

“你觉得他是不是考试作弊？偷东西了？在教堂里嚼口香糖？”

安迪耸耸肩。“上次他惹麻烦，是用长曲棍打了别人的脸。但当时可不像现在这样。”然后他突然冒出一句：“母亲最喜欢普拉特了。”

“你这么觉得？”我含糊地说，虽然我知道这是事实。

“爸爸最喜欢凯西。而母亲最喜欢普拉特。”

“她也很爱托迪。”我说，话一出口才意识到这可不是什么好话。

安迪做了个苦脸。“要不是我长得这么像母亲，”他说，“我准会以为是他们抱错了。”

14

不知道为什么，在这气氛紧张的插曲里，我突然觉得也许该告诉霍比那幅画的事（也许是因为普拉特那不知道是什么的麻烦让我想起了自己惹的祸）。至少我可以语焉不详地提起这个话题，看看他反应如何。问题是要如何开这个话头。画还在公寓里，在我放下它的位置，和我从博物馆拿走时一样，在袋子里原封未动。那个阴沉的下午，我回去取一些学校要用的东西。我看见它靠在前厅的沙发边时，直接从旁边走了过去，绕得远远的，仿佛在躲人行道上伸手乱抓的流浪汉。与此同时，巴伯太太正交叠着胳膊站在门口，我能感觉到她那冷淡的浅色眼睛盯着我，盯着我们的公寓，盯着我母亲的遗物。

说来复杂。我每次想起它，胃部都会一阵翻搅，本能的反应是狠狠按紧盖子，去想其他事情。遗憾的是，我对提不提这件事思考得太久，以至于觉得无论说什么都太迟了。和霍比待得越久——还有那些残缺的海普怀特和齐本德尔，那些他精心照料的老家具——我就越觉得沉默是一种错误。如果有人发现了那幅画怎么办？我会怎么样？房东说不定已经进去过了，他有钥匙。就算他进去了，我也不认为他会发现它。但我知道，如果再这么把它留在那儿，迟迟下不了决定，我就是在拿自己的命运开玩笑。

我并不是不想把它还回去。如果有什么魔法能让我光凭意念就把它还回原处，我会毫不犹豫地这么做。但我不知道有什么方法，能在把它还回去的同时保证它和我的安全。自从爆炸案发生之后，城里到处都贴着警告，说无人看管的包裹会被直接销毁。我那些匿名返还的计划全都没用。可疑的行李箱和包裹都会被直接炸掉，不管里面是什么。

在我认识的所有大人里，我只考虑过对两个人和盘托出：霍比和巴伯太太。当然了，霍比显然是更富有同情心，更不吓人的那一个。要解释我为什么会把画带出博物馆，对霍比说要容易多了。可以说，那是个错误。我当时是听从了韦尔蒂的指示，还有些脑震荡。我没好好思考自己到底在干吗。我不是故意要把它留在身边那么久。但是我处于无家可归的尴尬状态，要我挺身坦白太难了。何况我知道，很多人都会将此视为非常严重的行为。结果，在机缘巧合之下——就在我意识到自己必须快点行动时——我在《泰晤士报》的商业专栏里看见了那幅画，黑白照片，印得很小。

也许是普莱特惹的麻烦打乱了家里的安宁，报纸不知怎么溜出了巴伯先生的书房，一页两页地分批出现。那几页马马虎虎地折在一起，丢在厅里的咖啡桌上，旁边是裹着餐巾、装着苏打水（巴伯先生的喜好）的玻璃杯。那篇报道写得又长又无聊，位置在商业专栏的最末处，主题是保险业，讲的是在不乐观的经济情况下，举办大型艺术展所面临的经济困难，特别是运输艺术作品在保险上所面临的难题。但真正吸引住我的是照片下面的那行字：金翅雀，卡雷尔·法布里蒂乌斯一六五四年名作，现已烧毁。

我毫不犹豫地坐到巴伯先生的椅子里，开始在排版紧密的字里行间寻找有关我的画的消息。我已经将它认作“我的”画了，这想法牢牢地扎根在脑子里，仿佛它从来就是我的。

此类针对文化的恐怖事件牵涉国际法。此次事件震惊的不只是金融界，还有艺术界。“哪怕只是失去一幅这样的名作，损失都是无法估量的。”常驻伦敦的保险风险评估师莫里·特威切尔如是说，“除了现已失踪、很可能已经烧毁的十二幅画，还有二十七件作品遭到严重破坏，其中只有一部分也许还有修复的可能。”尽管被很多人认为是徒劳无功的举动，失踪艺术品数据库——

报道转向下一页。巴伯太太走进房间，我不得不放下报纸。

“西奥，”她说，“我有件事要问你。”

“嗯？”我有些警惕。

“你愿意和我们一起去缅因州度假吗？”

一瞬间，我开心得头脑一片空白。“愿意！”我说，“哇哦。太棒了！”

她也忍不住微笑起来。“那就好，”她说，“到了船上，钱斯会很高兴让你帮忙干活的。今年我们走得大概要比往年早——嗯，钱斯会带着你们早走几天。我还要留在城里办些事情，过一两周再去。”

我高兴得想不出该说什么。

“不知道你喜不喜欢航海。也许会比安迪好一点。但愿如此吧。”

“你以为会很有趣。”我跑回卧室（是跑，不是走）宣布了这个好消息，安迪阴沉地说，“但根本不是这么回事。你也会觉得讨厌的。”他虽然这么说，但我看得出他很高兴。那天晚上，在睡觉之前，他坐在我的下铺上，跟我聊着要带哪些书，带哪些游戏，还讲了晕船的症状，让我到时候假装晕船，逃避劳动。

15

这两条消息——都是好消息——让我因放心而浑身瘫软，愉悦得简直不敢相信。如果官方认为我的画已经被烧毁了，那我还有大把时间可以思考到底该怎么办。在同样的魔法作祟下，巴伯太太的邀请似乎超越了这个暑假，一路伸展至遥远的天边，仿佛整个太平洋都挡在我和德克尔爷爷之间。运气好到直飞云霄的感觉让我晕眩，我无法自抑地陶醉在这样的特赦中。我知道，我应该把画交给霍比或巴伯太太，任凭他们处置，把一切和盘托出，恳求他们帮帮我。在头脑某个荒凉、清醒的角落，我知道，如果我不这么做，将来一定会后悔。但我满心都是缅因州和航海，难以容下其他东西。我开始觉得，就这么留着那幅画也未尝不可，在未来三年里让它保佑我不必去投奔德克尔爷爷和多萝西。我甚至想到，到了实在万不得已的时候，我还可以找机会卖掉它。这念头简直是座里程碑，证明了以前的我有多么天真无知。于是我什么也没说，和巴伯先生一起看地图和记号笔画出的记号，跟着巴伯太太去了趟布鲁克斯兄弟店，买了两双甲板鞋和几件轻便的棉绒衫，以抵御海上寒冷的夜晚。我一个字也没说。

16

“我的问题在于，我上学上得太多了，”霍比说，“至少我父亲是这么想的。”我们待在工房里，我帮他翻看樱桃木板。无数块樱桃木板有些偏红，有些偏棕，都是从旧家具上拆下来的。我们寻找着颜色最合适的那一片，用来修理他手头那座落地钟的挡板。“我父亲开了家卡车公司。”这他已经讲过了。这家公司非常有名，连我都听说过。“一到暑假，还有寒假以及圣诞节期间，他就会叫我去装车——我先学装车，再学怎么开卡车，他这么说。我一到那里，装卸站台上的工人们就会瞬间变得鸦雀无声。老板的儿子嘛，你也知道。不能怪他们，我父亲是个超级混蛋的老板。总之，他让我从十四岁开始装货，放学去，周末也去——在雨里搬箱子。有时候我也会坐办公室——那地方又黑又脏，特别阴沉。冬天冻死人，夏天热得像火炉。排气扇吵得要命，说话都得扯着嗓子喊。一开始，我只有暑假和圣诞节才去。到了我大二的时候，他宣布以后不再给我付学费了。”

我找到一块颜色和碎掉的挡板很相近的木板，递到他身边。“你成绩不好吗？”

“不——我成绩还可以。”他说，拿起木板凑到灯光下，然后放到待选的木板堆里。“问题是，他从来没上过大学，结果混得也还可以，是吧？难道我以为自己比他强？更重要的是——唉，他就是那样，总要找机会去欺负身边的人，你也知道那种类型的人吧。我猜他大概打定主意要把我控制在他的指掌之间，给他免费干活。还有什么比这更好的事？一开始，”他认真检查另一块木板，过了一会，把它也放到了待选的木堆里，“一开始他叫我休学一年——四年，五年，不管多久——自己干苦工把学费挣出来。但我以前挣的那些工资，我可连一个子儿都没见过。我住在家里，而他说已经把我的钱都存到了一个特殊账户里，你明白吧，说是为了我好。虽然有点严格，不过倒也算公平，我那时是这么想的。可是后来——我全职给他工作了快三年——一切就都变了。突然，”他笑了起来，“啊，我以前怎么就不明白呢？我那是在还大学前两年的学费。他根本就没给我存钱。”

“太差劲了！”我震惊地沉默了片刻后说。我无法理解他怎么还能笑出来。

“唉——”他揉了揉眼睛，“我那时还很幼稚，但我也想明白了，再那么下去，我会在原地待到老，哪儿也去不了。可是我身上没钱，也没有可以去的地方，能怎么办呢？我绞尽脑汁想着办法，结果，嘿哟，你猜怎么着，那天韦尔蒂来了办公室，正好撞上父亲在骂我。他可喜欢在工人面前骂我了，我爸爸像黑帮老大似的摇摆着身体，说我欠他的钱，他要从我所谓的‘薪水’里面扣钱，所以先留着我从未见过的什么支票，以弥补我根本没犯下的什么错，诸如此类的话。

“那不是我第一次见到韦尔蒂。他到办公室来安排房产出售后家具的物流事宜。他总说自己背不好，想给人留下好印象就得工作得再努力点，让别人忘了他的残疾。我一开始就挺喜欢他的。大部分人对他的第一印象都不错——就连我父亲也是，我父亲可不是个轻易对别人产生好感的人。总之，韦尔蒂看见他这么骂我，第二天就给我父亲打了个电话，说他买下了一座房子里的所有家具，叫我去帮他装货。我是个挺强壮的大块头，干起活来也努力，完全符合他的要求。嗯——”霍比站起身，举起双臂伸了个懒腰，“韦尔蒂是个不错的顾客。我父亲呢，不知道为什么，就同意了。

“我帮他装货的那座房子就是德佩斯特家的老别墅。凑巧，我跟德佩斯特老太太挺熟。我从小就喜欢一个人去她家玩儿——她是个挺滑稽的老太太，总是戴着顶亮金色的假发，知识可渊博了，家里到处都是书籍，对本地历史了解得一清二楚，特别会讲故事——总之，那房子可了不得，到处都是蒂芬尼玻璃器皿，还有不少很棒的十八世纪家具。对于里面大部分家具的历史，我都能说出个一二来，比德佩斯特太太的女儿知道得还多，她对麦金莱总统坐过的椅子一点兴趣也没有。

“等我帮他装完了货——差不多是晚上六点了吧，我从头到脚都盖着一层灰——韦尔蒂开了瓶红酒，我们坐在装好的箱子上就喝了起来。你能想象吗，空荡荡的地板，空荡荡的有回音的房子。我累坏了。他直接把工钱给了我，是现金，没通过我父亲。然后我对他说了声谢谢，问他还有没有类似的工作，他就说，你瞧，我刚在纽约开了家店，你想找工作的话，直接来干就行了。我们碰了杯，我回家整理行李，装了个箱子——主要是书——然后跟女用说了声再见，第二天就搭了辆卡车来到纽约。再也没回去过。”

我们陷入一阵安宁的沉默，继续翻找各种木块。薄如纸张的木片磕碰在一起发出轻响，仿佛中国古代某种游戏的计数器，声音轻得有些诡异，让人恍惚觉得是迷失在一片更为广博的静默里。

“嘿。”我说，把发现的一块木头捡起来，骄傲地递给他：一模一样的颜色，比他那堆待选品都合适。

他伸手接过去，在灯下查看。“还行吧。”

“有什么问题？”

“嗯，你看——”他把木板放到落地钟的挡板旁边，“这种活呢，你要找的其实是一样的纹路。那才是重点。这块呢——”他拿起另一块木板，它的颜色明显差了好几个色度，“上点封蜡，再抹点色——也许就行了。重铬酸钾，用凡戴克棕染一下——有时候，如果实在找不着一样的纹路——有几种核桃木特别难找，我会用氨水把新木头弄黑点。不过那只是万不得已时才用。最好还是用同样年份的木头来修，如果你手头有的话。”

“你是怎么学会这些的？”我敬畏地沉默片刻后问。

他笑了起来。“和你现在一样！站在一旁观察，有机会就帮把手。”

“是韦尔蒂教你的？”

“哦，不是。他懂这行——知道该怎么弄。干他这行得什么都懂。他的眼光很准，我要是想找人帮我出出主意，就会上楼去找他。但在我过来之前，他一般都把修理的活转给别人。因为这种活计很费时间和精力——他没这耐性，体力上也坚持不了。他更喜欢去采购——就是去参加拍卖会——或者守在店里，游说顾客买东西。每天下午五点，我都会上楼去喝杯茶。他会说：‘从你的地牢里出来放风啦’。以前这儿是挺不舒服的，湿气特别重。我刚过来给韦尔蒂工作时，”他笑了起来，“他手下还有个老家伙，名叫阿布纳·莫斯班克。他腿不好，双手都有关节炎，眼睛几乎看不见了。有时候，他要一年才能修好一件家具。我就站在他后面，看着他工作。他干起活来像个外科医生。他不许我问问题。一定要完全保持安静！但他无所不知。这是一门其他人不知道该怎么弄、也没兴趣学的手艺，快要失传了，只能靠个人一代一代传下去。”

“你爸爸没把你挣的那些钱给你？”

他发出温暖的大笑声。“一个子儿都没有！他再也没跟我说过话。愤世嫉俗的老头——后来心脏病发作。他正要开除一个老工人呢，话说到一半就死了。没有比那更凄凉的葬礼了。天上下着雨夹雪，殡仪队一共只有三把黑伞。让人忍不住想起埃比尼泽·斯克鲁奇①。”

“你没有再回去上过学？”

“没。不需要了。我已经找到了自己喜欢做的事。就这样——”他把双手按

① 狄更斯名作《圣诞颂歌》中的吝啬鬼。

在后颈上，仰起头来伸展脖子。他的外套袖子卷到肘部，整件衣服松松垮垮的，有点脏，衬得他看起来像一位好脾气的马夫，正要回自己的马厩去。“这个故事讲的是，谁知道一切会把你带到哪儿去呢?”

“一切什么?”

他笑起来。“比如你这次出海。”他说，走到架子旁边。那上面摆满装染料的小瓶子，像药剂房里的药水。黄土色，毒绿色，用煤炭和焦骨磨出的粉。“说不定就能决定今后的命运呢。大海有这样的魔力。”

“安迪晕船。他得带呕吐袋去。”

“嗯——”他伸手拿起灯黑色的小罐，“我得承认，大海的魔力对我没起效果。我小时候——《老水手之歌》，多雷的那些插画——嗯，大海让我害怕，不过我倒是也没经历过你这样的冒险。谁知道呢。毕竟——”他皱起眉，掸着罐子，往调色盘里倒了一点点柔软的黑色粉末，“我也没想到，德佩斯特太太的那些旧家具会决定我的未来。也许你会对寄居蟹感兴趣，跑去学海洋生物学。或者去造船，去画大海，写出关于‘卢西塔尼亚’号的权威著作。”

“也许吧。”我背着手说。我没敢把愿望说出来。光是想象就会让我一阵战栗。现在的情况是这样：凯西和托迪对我的态度友善了很多，仿佛有人把他们推到了我这边；我也见过巴伯夫妇某些眼神和微妙的暗示，那让我心怀期望——很高的期望。其实，真正让我有这个想法的是安迪。“他们觉得你待在这儿对我有好处，”之前某天的上学路上，他这么说，“你会让我走出自己的小圈子，变得更外向。等到了缅因州，我想他们会找机会宣布的。”

“宣布什么?”

“别这么蠢。他们都挺喜欢你的——特别是母亲。父亲也一样。我看他们是想让你永远留下。”

17

我坐在回上城的公交里，昏昏欲睡，舒服地前后摇摆着身体，望着潮湿的周六街道在眼前呼啸而过。我进了门，因淋雨走路而全身冰冷。凯西奔到门廊里盯着我看，眼睛瞪得老大，眼神充满好奇，仿佛我是只迷路的鸵鸟。她盯了我几秒，又拔腿跑到厅里，凉鞋在木地板上咣咣作响。她喊道："妈妈，他回来了！"

巴伯太太走了出来。"你好，西奥。"她说。她的仪态无懈可击，但态度有些紧绷，我无法判断出了怎么事。"进来吧。你会感到惊喜的。"

我跟着她走进巴伯先生的书房。在这个下雨的下午，书房里相当阴暗，装裱好的航海图摆在一边，雨水从外面拍打着灰窗，衬得这里仿佛是风暴中的船长室。在房间另一头，一个身影从扶手皮椅上站起身来。"嗨，伙计，"他说，"好久不见。"

我僵在门口。我不可能听错那个声音：是我父亲。他向前走了两步，窗外传入的微弱光线照亮了他的脸。的确是他，虽然他与上次见面时相比，变了不少：体重增加了，皮肤晒得黝黑，原本瘦削的脸颊鼓了起来，身上穿了套新西装，头发也刚剪过，看起来像是下城的酒保。我无助地回头看了巴伯太太一眼。她对我明朗却无奈地一笑，仿佛在说：我知道，可我也没办法。

我站在原地，震惊得说不出话。这时另一个身影站了起来，挤开我父亲，站到他前面。"你好啊，我是赞卓拉。"她用低沉的嗓音说。

我面前站着一个奇怪的女人，肤色黝黑，身材相当健美。没有生气的灰色眼睛，出现皱纹的黄铜色皮肤，向内凹陷的牙齿，牙齿中间还有道裂缝。她的年纪比我母亲大，至少看起来是这样，但她的穿着要年轻得多：红色的高跟凉鞋，低腰牛仔裤，宽大的腰带，很多金色首饰。她的头发就像焦糖色的吸管，拉得非常直，末梢分了叉。她嚼着口香糖，一闻就知道是"黄箭"牌。

"是 X 开头的赞卓拉。"她的嗓音低而严肃，双眼淡而清澈，睫毛上涂着厚厚的黑色睫毛膏，目光自信有力，一眨不眨。"不是 S 开头的桑卓拉。对了，看在上帝的分上，可别叫我桑迪。好多人都这么叫我，但我真的受不了。"

我听着她说话，震惊有增无减。她的方方面面我都无法理解：那粗糙低沉的嗓音，满是肌肉的胳膊，大拇趾上的汉字刺青，又长又方、顶端画了图案的指甲，海星形状的耳环。

"呃，我们两小时前刚到拉瓜迪亚机场。"爸爸说，清了清嗓子，仿佛这能解释一切。

爸爸为了这个女人抛弃我们？我难以置信地回头望向巴伯太太，可她已经消失了。

"西奥，我现在住在拉斯维加斯。"父亲说，目光越过我的头顶。他接受过表演训练，他的声音仍然富有自信、控制得当。他的口气和以前一样威严，但我能看出，对于这个场面，他和我一样觉得不自在。“也许应该先打个电话，但我想还是直接过来接你更省事。”

“接我？”我沉默了一会儿后，说。

“告诉他啊，拉里。”赞卓拉说。然后她转向我：“你应该为你老爸而骄傲。他戒酒了。多少天没喝过了？五十一天？纯靠自己——根本没去戒瘾所——就坐在沙发上，吃一篮复活节糖果，喝瓶安定，戒了。”

我尴尬得不想看她，也不想看父亲，于是又转头望向门口——结果看见凯西·巴伯站在门廊里，睁大眼睛听着这一切。

“因为，你要知道，我可受不了他那样。”赞卓拉说，口气暗示是我母亲纵容了我爸爸酗酒，甚至我爸爸酗酒就是她造成的。“要知道——我妈妈那人可是就算吐在酒杯里，也要把剩下的加拿大威士忌喝掉。那天晚上，我对他说：拉里，我不会叫你‘再也别喝了’，说实话，以你这种情况，我觉得匿名戒酒会有点过了——”

父亲清了清嗓子，用一般只对陌生人使用的和蔼表情对着我。也许他真的戒酒了，但他脸上还有那种浮肿、闪亮、有点不知所措的表情，好像过去八个月他一直靠朗姆酒和夏威夷拼盘过活。

“呃，儿子，”他说，“我们刚下飞机就过来了，因为——我们想马上见到你，当然了……”

我等着他说下去。

“……我们需要公寓的钥匙。”

这一切发生得太快了。“钥匙？”我说。

“我们进不去，”赞卓拉突兀地说，“已经试过了。”

“事情是这样的，西奥，”我爸爸说，语调清晰而亲切，像正在做生意似的抬手捋了把头发，“我得去萨顿街处理一下那里的事情。那儿肯定乱成一片，总得有人进去，把东西都处理好。”

都是你他妈的把东西到处乱放……父亲曾这样对母亲喊，那大概是他消失前两周的事。那时他们吵了有史以来最激烈的一架，因为我外婆传下来的钻石翡翠耳环不见了，而它们本来就摆在床头柜的小盘子里。父亲满脸通红，用假音嘲讽母亲，说全是他的错，大概是我们的管家钦齐亚拿走了，要不就是别的什么人，反正不该把首饰就那么摆在外面，也许她会吸取教训，学会好好看管自己的东西。

而我母亲气得脸色发白，用冰冷的声音指出，她是在周五晚上摘下耳环的，之后钦齐亚根本没来过。

你他妈想说什么？父亲吼道。

沉默。

你想说我是个贼，是吗？你要指控丈夫偷了你的首饰？你他妈得有多病态，有多不正常啊？你需要帮助，知道吗？真的，你需要专业帮助——

可是消失的不只是那对耳环。他自己消失的时候，随之不见的还有现金、我外公留下的古董硬币。母亲换了门锁，警告钦齐亚和门卫，万一她上班时他回来了，别放他进去。当然了，现在不一样了，没人能阻止他进门，去整理她的遗物，随意处置它们。我站在那里看着他，拼命想着该说什么。我的头脑里同时闪过五六个念头，其中最主要的就是那幅画。之前好几个礼拜，我每天都告诉自己，我会想出什么办法，把它妥善处理好。但我一直拖啊拖啊，现在他回来了。

父亲还在对我微笑。“好吗，伙计？能帮帮我们吗？”也许他是戒了酒，可声音里那种一到下午就想喝酒的焦躁情绪还在，和砂纸一样沙沙作响。

“我没钥匙。”我说。

“没关系，”爸爸迅速接口，“叫个锁匠就行。赞卓拉，把电话给我。”

我急速思考着。我不想让他们自己回去。“何塞或戈尔迪可能会帮我们开门，”我说，“如果我跟你们一起去的话。”

“那行，”我爸说，“走吧。”我根据他的口气猜测，他知道我撒了谎（钥匙就藏在安迪的房间里）。我也知道他不想找门卫。楼里大部分员工都不太喜欢父亲，他们见过太多次他喝多的样子。但我平静地看着他的眼睛，最后他耸耸肩，转过了身。

18

“哟，何塞！”

“哇哦！”看见我站在人行道上，何塞叫了一声，快乐地向后退了一步。他是所有门卫里最年轻、最活泼的，总是找机会提早下班，去公园踢球。“西奥！你怎么样了，小子？”

他单纯的笑容让我一瞬间回到了过去。一切都没变：绿色的遮阳篷，灰黄色的阴影，人行道上凹陷处积水里长出的棕色苔藓。我站在百乐门前——门和镍币般明亮，上面洒满抽象的阳光斑纹，仿佛随时会有三十年代电影里戴着软呢帽的新闻记者突然推门而出——我一直记得母亲那天走进门，浏览信件、等待电梯的样子。她刚刚下班，穿着高跟鞋，拉着手提箱，还拿着我送去祝她生日快乐的花。*哦，你知道吗，我的神秘仰慕者又行动了。*

何塞向我身后望去，看见了落后几步的父亲和赞卓拉。"你好啊，德克尔先生。"他用更正式的语气说，绕过我去握父亲的手：很礼貌，但没什么感情。"很高兴见到你。"

父亲露出风度翩翩的笑容。他想要回答，但我太过紧张，插了嘴。"何塞，"在过来的路上，我一直绞尽脑汁想着西班牙语，在脑中来回练习，"我爸爸想进公寓，你得给他开门。"然后我迅速补上在路上想出的那句话："你能跟我们一起上去吗？"

何塞迅速望向父亲和赞卓拉。他来自多米尼克共和国，是个英俊的大个子，身上有些特质很像年轻的默罕默德·阿里——好脾气，爱开玩笑，但你可不敢跟他作对。有一次，他一时冲动，拉起制服外套，给我看他肚子上的刀疤，他说那是在迈阿密街头斗殴时留下的。

"乐意效劳。"他用英语随和地说。他看着他们，但我知道他这话是对我说的。"我带你们上去。还好吧？"

"嗯，我们挺好的。"爸爸简单地说。他坚持要我选择西班牙语作为外语学习，而不是德语。"这样家里至少能有个人跟那帮该死的门卫沟通。"

赞卓拉紧张地笑了起来，我开始觉得她真的是个蠢货。她语速飞快、有点结巴地说："嗯，我们挺好的，不过飞过来可是够呛。从拉斯维加斯过来真远，我们还有点——"她翻了个白眼，晃动手指，表示晕眩。

"哦，是吗？"何塞说，"今天飞来的？在拉瓜迪亚降落的？"和所有门卫一样，他也是个与人闲聊的天才，特别擅长讨论交通和天气，还有在高峰期去机场的最快路线。"听说今天机场好多航班延迟，行李线那边有点问题，工会什么的，是吗？"我们坐电梯上楼，赞卓拉一直有点紧张地滔滔不绝：比起拉斯维加斯，纽约有多脏啦（"是啊，我承认，西边哪儿都挺干净的，我大概是被惯坏了"），飞机上的火鸡三明治有多难吃啦，买红酒时乘务员是如何"忘了"(赞卓拉伸手用指尖在空中画出引号）找给她五元钱。

“哦，女士！”何塞走出电梯，假装严肃地摇着头，“飞机餐最难吃了。现在坐飞机，有吃的就不错了。纽约有一点好。你能吃到不错的东西。不错的越南菜、古巴菜、印度菜——”

“我不喜欢吃辣。”

“那就随便什么你喜欢吃的。我们都有。稍等。”他说，举起一根手指，在钥匙圈上找着万能钥匙。

门锁结结实实地响了一声，打开了。那声音与众不同，正确无虞，一直传到我的血液里。房子里久未开窗，气息相当沉闷，但家的气味还是迎面扑来：书、旧地毯、柠檬味地板清洁剂，她在巴尼杂货店买的没药味黑蜡烛。

我从博物馆拿来的袋子就靠在沙发边上，自从我放下后就一动没动。有几个星期了？我有些头重脚轻地跑过去一把抓起了它。而何塞将双臂抱在胸前，站在门口听着赞卓拉说话，不动声色地挡住不耐烦的父亲。他专注的表情里有一点心不在焉。让我想起以前一个寒冷的晚上，他就是带着这样的表情，把爸爸扛上了楼。当时爸爸醉得连大衣都丢了。谁家都会遇到这样的情况，他带着心不在焉的微笑说，拒绝了爸爸使劲往他脸上按的二十元钱。父亲当时口齿不清，西装外套上挂着呕吐物，脸上有好几道划痕，全身脏得好像在马路上打过滚。

“其实我是东海岸的人，”赞卓拉说，“佛罗里达算东海岸吧？”她又发出那种紧张的断断续续的笑声，唾沫飞溅。“再具体点说，是西棕榈滩市。”

“你说佛罗里达？”我听见何塞评论道，“那儿可真是漂亮。”

“是啊，可美了。在拉斯维加斯至少能晒到太阳——我不知道能不能受得了这边的冬天，我会冻成冰棒的——”

我一拿起袋子就知道它太轻了，里面几乎是空的。画到底去哪儿了？我恐慌得几乎看不清东西，但还是继续往里走，机械地穿过门廊，走进卧室，脑袋里天旋地转……

翻阅过关于那晚的支离破碎的记忆，我突然想起来了。袋子淋湿了。我不想把画留在湿袋子里，怕它发霉、碎掉什么的。所以我——我怎么能忘了呢？——把它放到了母亲的书桌上，这样她一回家就能看到。我脚下不停，把袋子扔在卧室紧闭的房门外，快步拐进母亲的房间，恐惧得头重脚轻。我怕父亲就跟在后面，但又不敢回头看。

我听见赞卓拉在厅里说:“你在这街上应该见过不少名人吧,嗯?”

“哦,是啊。勒布朗①,丹·艾克罗伊德②,塔拉·雷德③,杰斯④,麦当娜……”

母亲的卧室昏暗凉爽,隐约漂着她香水的气味,我差点就崩溃了。画就摆在那儿,周围是装在银色相框里的照片——她父母,她自己,各个年纪的我,马和狗:她父亲的母马“黑板”和丹麦大猎犬布鲁诺;她的腊肠犬“派皮”,派皮在我上幼儿园的时候死了。书桌上还有其他上百种让人心碎的物品——她的老花镜,晾硬了的黑色裤袜,布满她字迹的日历。我控制着自己不去碰它们,拿起画夹到腋下,快步穿过走廊,进了自己的房间。

我的房间和厨房一样对着通风井,不开灯就一片黑暗。那天上午,我洗过澡就把浴巾扔到床上。浴巾还皱巴巴地躺在原地,下面是一堆脏衣服。我拿起浴巾(浴巾的气味让我皱起眉),打算把它盖在画上,再找个地方藏起来,比如——

“你干吗呢?”

父亲站在卧室门口,被身后的光芒照成一个黑影。

“没干吗。”

他弯腰捡起我丢在走廊上的袋子。“这是什么?”

“我的书包。”我顿了顿才说,但那显然是某位母亲的可折叠购物袋,不是小孩会带到学校去的东西。

他将袋子扔进门,被气味熏得皱了皱鼻子。“呼,”他说,抬手扇了扇,“闻起来像没洗过的曲棍球袜。”他伸手摸索着,按了电灯开关,而我以痉挛般迅速而复杂的动作用浴巾盖住了画,(希望)没让他看见。

“那是什么?”

“海报。”

“好吧,你可别带太多废品去拉斯维加斯。冬天的衣服都不用带了——穿不上,除了滑雪的衣服。塔霍湖那儿的雪可棒了,不像北边这些全是冰的小山。”

① 勒布朗·詹姆斯,篮球运动员。

② 加拿大裔演员。

③ 女演员。

④ Jay-Z,歌手。

我觉得应该说点什么，这大概是他出现后对我说的最长、也最友善的一句话。但我还是回不过神来。

父亲突然说："要知道，你母亲不是个好相处的人。"他从我的桌上拿起一张以前的数学卷子，看了看又扔回去。"她老是紧张兮兮的。你也知道她什么样。一句话都不说。冷冰冰的，不理我。高高在上。这是权力的问题，知道吗——非要控制别人不可。说实话，我不想这么说，可我真的没法再跟她待在一间屋子里了。我的意思是，她不是个坏人。只是上一秒还没事呢，下一秒，砰！我又干什么了，她又非要跟我冷战……"

我什么也没说，只是尴尬地站着，拿有些发霉的浴巾遮着画，任凭灯光射进眼睛里，暗自希望自己身在别处（西藏，塔霍湖，月亮）。我不敢开口回应他，怕自己会泄露什么。他说的话千真万确：我母亲经常不理人，她不高兴时很难判断她在想什么。但我一点也不想和他讨论母亲的缺点，何况母亲的缺点和他的问题相比，根本不算什么。

父亲还在说："……因为我没什么要证明的，明白吗？任何事情都有两面。不是谁对谁错的问题。是，我承认，我也有错，但我得说，你应该也很清楚，她很擅长重写历史，将过去的事改成对她有利的说法。"和他待在一个房间里感觉很奇怪，这主要是因为他整个人都变了，连身上的气味都不一样了。他整个人的重量感也变了，皮肤看上去滑溜溜的，仿佛全身都贴上了半寸厚的光滑的脂肪。"我想大多数夫妇都会遇到我们这样的问题——可她太刻薄了，你懂吗？而且那么不爱理人。说实话，我就是觉得没法再和她一起生活下去了，虽然上帝在上，她不该遇上这样的事……"

确实不该，我心想。

"你知道到底是因为什么吗？"爸爸说。他把一只胳膊靠到门框上，眯起眼睛看我。"我为什么要走？我就是从银行里取了点钱去交税，她就发了疯，好像我偷了钱一样。"他小心翼翼地看着我，观察着我的反应。"那是我们的联名账户。我是说，说到底，她不信任我，不信任自己的丈夫。"

我不知道该说什么。这是我第一次听说交税的事，但凡是涉及钱财的事，母亲确实一直都不信任我爸。

"上帝啊，她可会记仇了，"他说，半开玩笑地皱了皱眉，伸手抹了一下脸，"以牙还牙。总要找机会报复。说真的——她一点小事都不会忘。就算要等二十年，也非得扳回来不可。所以啊，看起来总是我的错，也许确实是我的错……”

画很小，但它变得越来越沉。我觉得为了不让他看出来，自己的脸都僵住了。我为了不听他的话，开始在心里用西班牙语数数。一二三，四五六……我数到二十九时，赞卓拉进来了。

“拉里，”她说，“你和你老婆把这个地方弄得不错嘛。”她的语气让我有点可怜她，但并没增加我对她的好感。

爸爸伸手揽住她的腰，用一种揉面般的姿势将她拉到身边。我看着有点想吐。“这个嘛，”他谦虚地说，“大部分都是她弄的。”

说得一点没错，我心想。

“到这边来。”我爸说，握住她的手，领她走向母亲的卧室，完全遗忘了我的存在。“有东西给你看。”我转身看着他们走远。想到赞卓拉和父亲会一起翻找母亲的遗物，我感到一阵恶心。但我实在太高兴看到他们走开，无暇顾及其他。

我警惕地盯着没人的门口，走到床的另一侧，把画藏了起来。地上扔着一份过期的《纽约邮报》——是她扔给我的，那是我们一起度过的最后一个周六。接着，小孩儿，她说，从门外探进头来。挑个电影看。有好几部我们都会喜欢的电影，但最后我挑了《盗尸者》，波利斯·卡洛夫电影节的日场。她毫无异议地接受了我的意见。我们去了电影论坛剧院，看了电影，之后走到月舞餐厅吃了汉堡包——那是个完美的周六下午，可那也是她人生最后一个周六下午。现在每次想到那个下午，想到（因为我）她看的最后一场电影是部充满尸体和盗墓情节的老式粗俗恐怖片，我就觉得无地自容。如果我选了我知道她会爱看的那部电影——讲的是一战时巴黎的儿童，观众反响很好——她会不会还活着？我的思绪经常会突然走上这样迷信而阴郁的小径。

这份报纸似乎非常神圣，很有历史意义，但我还是打开中页，将整份报纸撕成两半。我肃穆地用一张张报纸把画包好，用胶带粘好。几个月前，我为母亲准备圣诞节礼物时，用的是一样的胶带。真完美！她说，穿着浴袍，坐在一堆五颜六色的包装纸中间，俯过身来亲我。我送给她的是一套水彩组合，可她永远也不可能在夏天的周六清晨带它去公园画画了。

我的床是从跳蚤市场买来的黄铜行军床，很结实，有种军队的气质。对我来说，要想藏些什么东西，它一直是世上最安全的地方。但现在，我环顾四周（陈旧的书桌，日本电影《哥斯拉》的海报，从动物园买来的企鹅马克杯被当成了笔筒），突然深深体会到世事无常。我晕眩地想象着家里的一切飞出这座公寓。家具，银器，母亲的所有衣物：还没摘掉商标的特卖会连衣裙，色彩缤纷的芭蕾舞鞋，袖口上刺有她名字缩写的订制衬衫。椅子，中式台灯，她从乡村音乐行买来的黑胶爵士旧唱片，冰箱里罐装的橘子酱、橄榄、味道浓烈的德国芥末酱。浴室里让人眼花缭乱的小瓶，香精油、润肤露、彩色泡泡浴盐、都已半空的昂贵沐浴乳（科颜氏、寇罗兰、卡诗，母亲总是同时用五六种不同的牌子），在浴缸边一字排开。这公寓不过是个临时搭建的舞台，穿制服的搬家工人随时都有可能将其打包扛走。为什么它以前显得那么结实可靠，好像可以持续到永久？

我走进客厅。迎接我的是母亲放在椅子上的毛衣，天蓝色的幽魂。我们在韦尔弗利特海滩捡的贝壳。她死前几天在韩国市场买的风信子，腐烂变黑的茎垂到花盆之外。废纸篓里扔着多佛尔书店和比利时鞋店的商品目录，还有新英格兰糖果糕点公司的一块威化糖包装纸，她最喜欢的糖。我捡起包装纸闻了闻。我知道，如果我拿起毛衣闻，同样也能闻到她的气味。但我光是看着那件毛衣就无法忍受。

我走回卧室，爬上椅子，取下旅行箱。它的两侧用的是可变形的柔软材料，体积也不算大。我往里装了干净的内裤、干净的校服，还有洗衣房里叠好的衬衫。然后我把画放进去，又在上面铺了一层衣服。

我拉好行李箱的拉链（上面没有锁，箱子是帆布的）一动不动地站了一会儿。然后我走了出去。母亲的卧室里传来抽屉开关的响声，咯咯的笑声。

“爸爸，”我大声说，“我下楼去跟何塞聊会儿天。”

他们的声音突然停住。

“没问题。”父亲隔着关紧的房门说，声音和蔼得不自然。

我回屋拉上行李箱，走出公寓，给大门留了条缝，以便我还能再进去。然后我坐电梯下了楼，一直盯着电梯里的镜子，尽量不去想赞卓拉在母亲的房间里随意翻动她的东西。他离家之前就和她好上了吗？他任由她在母亲的遗物里翻来翻去，就一点也不觉得难受？

我正要往何塞值班的前门走，旁边突然传来一个声音：“等一下！”

我转过身，看见戈尔迪从包裹间快步走了出来。

“西奥，天啊，我很抱歉。”他说。我们站在原地，犹豫地对视着，然后——他大概想着“管他呢”，俯过身来抱住我，笨拙得简直有些滑稽。

“真的很抱歉，”他重复，摇了摇头，“上帝啊，真够呛。”

戈尔迪自从离婚后，经常在夜里和节假日值班。他会脱了手套站在门口，指间夹支没点燃的烟，眺望远处的街道。圣诞节早上五点，四周一个人也没有，只有点了灯的圣诞树和电子烛台，他就翻着当天的报纸，一个人在大堂里站岗。在这种时候，母亲会派我给他送点咖啡和甜甜圈下来。现在他脸上的表情让我想起那些死气沉沉的假日清晨。他的眼神空洞，脸色发白而茫然，毫无防备，但下一秒看到我，就会露出非常友善的微笑。

“我一直都在想你和你母亲，”他说，抹了一下眉毛，“上帝保佑。我——我没法想象你是怎么过来的。”

“嗯，”我说，转开目光，“是挺难的。”不知道为什么，每当别人对我说很抱歉，我都会用这句话来回答。我重复了太多遍，现在觉得这句话听起来油腔滑调，有点假惺惺的。

“真高兴你回来了，”戈尔迪说，“那天早上是我在值班，记得吗？我们在门外碰上了。”

“当然记得。”我说，不明白他为什么这么急切地说这件事，好像我会忘了似的。

“哦，上帝啊。”他伸手抹过额头，眼神有些狂野，仿佛自己刚逃过一劫。“我每天都在想。我还能想起她的脸，就是她坐进那辆出租车的样子。挥手跟我说再见，那么开心。”

他有些神秘地俯过身来。“听说她去世之后，”他说，仿佛要告诉我一个惊天秘密，“我给前妻打了个电话。我就是难过到那种程度。”他直起身，挑着眉看我，似乎怕我不相信。戈尔迪和前妻总是吵得地动山摇。

“跟你说，我们基本不搭理对方，”他说，“可我还能给谁打电话？我总得找个人说说，你懂吧？所以我就给她打了个电话，跟她说：‘罗萨，你肯定不相信。我们楼失去了一位美丽的女士。’”

何塞瞥见我，迈着一贯的轻快步伐从前门走进来，加入谈话。“德克尔太太，”他说，非常遗憾地摇着头，好像从来没见过她这么好的人，“总是跟我打招呼，总是笑得那么开心。特别会体谅人，真的。”

“不像楼里有些人，”戈尔迪说，回头瞥了一眼，“跟你说——”他凑过来做了个口型，“势利眼。空手站在这儿，又没有包裹要收，就等着你给他开门。”

“她可不那样，”何塞说，还在夸张地左右摇头，像小孩在严肃地说不，“德克尔太太是 A 级的。”

“对了，你能在这儿等一下吗？”戈尔迪说，向上伸出手，“我马上就回来。别走。别让他走了。”他对何塞说。

“要我给你叫辆出租车吗，伙计？”何塞说，瞥着我的行李箱。

“不用，”我说，回头看了电梯一眼，“听着，何塞，你能帮我存着这箱子，等我回来取吗？”

“当然，”他说，拿起箱子掂了掂分量，“乐意效劳。”

“我会自己来取的，行吗？别让别人领走。”

“当然，我明白。”何塞愉快地说。我跟着他走进包裹间，他给箱子挂上号码牌，摆到最高的架子上。

“瞧见没？”他说，“放得远远的，宝贝。我们只在上面放签字才能拿的包裹，还有我们自己的东西。没有你的签字，谁也拿不走那箱子，明白吧？你叔叔不行，表哥不行，谁也不行。我会告诉卡洛斯和戈尔迪他们，这箱子只能给你，不能给别人。好吗？”

我点点头，刚想谢谢他，他清了清嗓子。

“听着，”他压低声音说，“我不想让你担心，但最近有些家伙到这里来，问起你爸爸。”

“有些家伙？”我无措地沉默了一会，重复道。何塞嘴里的“有些家伙”只有一种意思：父亲的债主。

“别担心。我们什么也没说。你爸爸走了多久了，有一年吗？卡洛斯跟他们说，你们谁也不住这里了，他们就没再过来。可是，他瞥了电梯一眼，“你爸到这儿来，应该不想在楼里待太久，明白我的意思吗？”

我对他表示感谢。戈尔迪回来了，拿着在我看来相当可观的一大卷纸钞。“这是给你的。”他有点忧郁地说。

一时间我以为自己听错了。何塞咳嗽了两声，转开目光。包裹间小小的黑白电视上（屏幕只有 CD 盒那么大）出现一个美女，美女戴着叮叮当当的长耳坠。她挥舞着拳头，冲一个畏畏缩缩的牧师骂着西班牙语。

“这是怎么回事？”我对戈尔迪说。他还拿着那卷纸钞。

“你母亲没跟你说？”

我迷惑不解。“跟我说什么？”

事情好像是这样的：圣诞节前一天，戈尔迪订了台电脑，叫人送到楼里来。这电脑是给戈尔迪儿子买的，是学校的要求。但戈尔迪没付钱，或者只付了一部分，或者本来应该是他前妻付钱（这部分他语焉不详）。总之，送电脑的人又抬着电脑往外走，我母亲正好下楼来看看出了什么事。

“她出了钱，那位美丽的女士，”戈尔迪说，“她问清怎么回事，打开自己的包，拿出支票簿。她跟我说：‘戈尔迪，我知道你儿子需要电脑写作业。让我付吧，朋友，你有了钱再给我。’”

“你瞧？”何塞说，突然激动起来，又瞥了电视一眼。之前的女人站在墓地里，和一个戴墨镜的大亨吵架。“这就是你的母亲，”他冲那叠钱点点头，几乎有点生气，“对，没错，她就是A级的。她关心人，你知道吗？其他女人呢？她们会拿这钱去买金耳环啊香水啊什么的。”

我接过这笔钱时感觉很不自在，原因有很多。我虽然很震惊，但仍然觉得这故事有点说不通。什么商家会没收到钱就送电脑？后来我经常想：我看起来是不是太可怜，所以几个门卫凑了点钱给我？我至今也不知道那笔钱是哪儿来的，真希望当时多问了几句。但那天实在发生了太多事（特别是我父亲和赞卓拉的出现），我一直恍恍惚惚。戈尔迪就算给我一块从地上刮下来的口香糖，我也会伸出手，听话地接下来。

“这不关我事，说真的，”何塞说，目光向我身后望去，“但要是我，我就不会把钱的事告诉别人。你懂我的意思吗？”

“就是，快装到兜里，”戈尔迪说，“别拿在手里走来走去的。街上有很多人会为了这点钱杀了你。”

“这栋楼里好多人也会！”何塞说，突然爆发出一阵大笑。

“哈！”戈尔迪忍不住笑了，随即用西班牙语说了句我听不懂的话。

“小心点，”何塞说，假装严肃地晃着脑袋，脸上还挂着笑容，“他们不让戈尔迪跟我在同一层干活，”他对我说，“总是把我们分开。我们太会找乐子了。”

19

父亲和赞卓拉出现后，事情进展得无比飞快。当晚吃饭的时候（在一家面向游客的餐厅，我没想到爸爸会选那里)，他接了个电话，是母亲的保险公司打来的。我多年后想起这件事，仍然希望当时能听得更清楚些。餐厅太吵了，赞卓拉大口喝着白葡萄酒（也许他确实是戒了，但她没有），一会儿抱怨餐厅禁烟，一会儿又漫不经心地给我讲起她在劳德代尔堡某个高中上学时，在图书馆借了本书，学习巫术的经历。"那玩意还有个名字，叫威卡，是一种地球宗教。"如果讲这话的是别人，我会问当女巫具体要做什么。念咒语，祭祀？和恶魔打交道？但其实我并没有机会开口，她马上换了话题，讲起自己是怎么错过了上大学的机会，现在有多么后悔。"告诉你我喜欢什么吧。英国历史那些东西。亨利八世，苏格兰的玛丽女王。"但她至今也没有去念大学，因为她迷上了这个男人。"迷上了。"她强调，几乎没有颜色的眼睛尖锐地盯着我。

为什么迷上这男人就不能去上大学，赞卓拉没机会告诉我。爸爸挂了电话，点了瓶香槟（这让我觉得有点滑稽）。

"我可喝不完这么一大瓶，"赞卓拉喝着第二杯葡萄酒后说，"我会头疼的。"

"唉，反正我也不能喝香槟，你就喝点吧。"父亲说，向后靠到椅背上。

赞卓拉冲我点点头。"让他喝点吧，"她说，"服务生，再拿个杯子过来。"

"抱歉。"服务生说。他是个轮廓鲜明的意大利人，看起来好像很会处理不守规矩的游客。"十八岁以下的人不能喝酒。"

赞卓拉在钱包里翻来翻去。她穿着棕色的露背连衣裙，颧骨上涂了腮红，也许是古铜粉，或者别的什么棕色粉末，线条强烈得让我想伸手去把她的颧骨抹开。

"咱俩出去抽根烟吧。"她对父亲说。他们互相凝视着沉默了一会儿，痴痴地笑着，令我坐立难安。然后赞卓拉向后推开椅子站起来，途中把餐巾掉到椅子上。她转头寻找服务生。"哦，好了，他走了。"她说，伸手拿过我的基本喝空了的水杯，往里灌了些香槟。

等到菜上齐了，我又偷偷喝了一大杯香槟，他们才回来。"好香！"赞卓拉说，整个人显得闪闪发光。她拽了拽短裙，没把椅子完全拉开，而是侧过身从椅子和餐桌的缝隙间挤进去。她把餐巾重新铺到腿上，伸手拉过自己那一大盘亮红色的意大利袖筒面。"看起来真好吃！"

"我的也是。"父亲说。他对意大利菜很挑剔，经常会抱怨面条里加了太多西红柿和番茄酱，比如他面前这盘。

他们吃了起来（他们离开了那么久，面应该都凉透了），接着之前的话题说下去。

“唉，总之，没成，”他说，靠到椅背上，吊儿郎当地玩着一根没法抽的烟，“就这样。”

“你肯定很棒。”

他耸耸肩。“就算是在我年轻的时候，”他说，“这一行也挺难做的。不仅是天赋的问题，主要还是看长相和运气。”

赞卓拉用餐巾裹着手指抹了抹唇角。“但你仍然去当了演员。我能想象出你演戏时的样子。”半路夭折的演艺生涯是我爸最爱聊起的话题之一。虽然她一副很感兴趣的样子，我还是能看出，这已经不是她第一次听到这个故事。

“唉，要是你问我后不后悔没干下去……”我爸盯着无酒精啤酒（也许是三度啤酒？我离他太远，看不清），“我得说，确实后悔。这就是那种会后悔一辈子的事情。我本来应该利用自己的天赋有所成就，结果没那么幸运。生活总要来掺一脚。”

他们聊得浑然忘我，对我置若罔闻，就算我去了爱达荷州他们也不会注意到。但我无所谓，这故事我早就听过了。爸爸上大学时是个小有名气的演员，一段时间里甚至靠表演为生：给广告配音，在电视剧和电影里演几个微不足道的龙套（被谋杀的花花公子，黑帮老大被宠坏了的儿子）。后来，在他娶了母亲之后，这些工作逐渐销声匿迹。对于为什么没能出名，他能举出一长串的理由，但我最常听到的抱怨是：如果我母亲当模特能再成功一点、工作再努力一点，他也许不必去找全职工作，而是专心追求演艺事业。

爸爸把盘子推到一边。我注意到，他没吃多少——对于爸爸来说，这一般意味着他喝了酒，或者正要开始喝。

“到了那一步，我只能接受现实，抽身而退。”他说，把餐巾揉成一团扔到桌上。我心想，不知道他有没有给赞卓拉讲过麦奇·鲁尔克。在爸爸眼里，除了母亲和我，麦奇就是毁掉他演艺生涯的另一罪魁祸首。

赞卓拉喝了一大口葡萄酒。“你想过再回去干吗？”

“我想过，当然。可是——”他摇了摇头，仿佛在拒绝不近人情的要求，“不。答案是不。”

香槟流过我的口腔——遥远，冒着泡，带着尘土气息的芳香，酿造于一个快乐的年份，那时我母亲还活着。

“我是说，他见到我的第一眼，我就知道他不喜欢我。”爸爸对赞卓拉轻声说。看来他给她讲过麦奇·鲁尔克。

她仰起头，喝光杯子里的酒。“那种家伙最受不了跟别人竞争。”

“所有人都在说麦奇这个，麦奇那个。麦奇想见你。可我一走进去，就知道完了。”

“那家伙是个变态。”

“那时候还不是。跟你说实话，那时候我们确实有相像之处——不只是外表，表演风格也很像。或者这么说吧，我接受的是传统教育，能驾驭好几种风格。我能演出麦奇那种静态感，你知道吗，那种静悄悄的耳语——”

“哦，你简直让我起鸡皮疙瘩。耳语。你刚才就是这么说的。”

“就是啊，可麦奇是明星。容不下第二个明星了。”

我看着他们像广告里的甜蜜情侣一样分着乳酪蛋糕，头脑晕乎乎的，任由思绪驰骋。这种感觉很陌生。餐厅的灯光太亮了，我的脸在酒精作用下又热又红。我想着母亲，思绪乱成一团，情感又无比强烈。我想着她在父母死后去投奔贝丝婶婶，住在火车道边的房子里，墙上贴着棕色的墙纸，家具上都罩着塑料布。贝丝婶婶无论做什么吃的都用起酥油炸，还用剪刀剪碎了我母亲的一条裙子，说上面的迷幻图案让她心烦。她是个爱尔兰美国混血老处女，胖乎乎的，性格刻薄，脱离天主教后加入了一个疯狂的小教派，那里面的人相信喝茶和服用阿司匹林都是错误的。在我见过的唯一一张照片里，她的眼睛和我母亲一样，都是让人悚然的银蓝色，但她的眼眶周围发红，眼神有些疯癫癫的，在土豆一样平凡的脸上尤为突出。母亲说过，和贝丝婶婶住的那十八个月是她人生里最悲惨的时候——马都卖了，狗都送了人，每次她都站在路边哭着目送它们，抱着“四叶草”“黑板”“颜料盒”和布鲁诺的脖子不肯放手。回到房子里，贝丝婶婶会骂我母亲是个被宠坏了的孩子，而不对上帝心怀敬畏的人迟早要得到惩罚。

“还有那个制作人，你知道吗——他们都知道麦奇是个什么样的人，所有人都知道，他很难相处，这已经传开了——”

“她不该得到这样的结局。”我说出声来，打断他们的谈话。

爸爸和赞卓拉闭上嘴，转头看着我，好像我突然变成了毒蜥怪兽。

“我说，为什么会有人那样说？”我不该说出声来，可词句不受控制，从我的嘴中源源不断地流了出来，仿佛有人按下了什么开关，“她人那么好，为什么大家对她都那么差劲？她不应该被人这么对待。”

爸爸和赞卓拉对视了一眼。爸爸随即招手买单。

20

离开餐馆时，我的脸热得像烧了起来，耳朵里轰轰作响。我回到巴伯家时时间并不算太晚，但我不知怎么绊到了雨伞架，进门弄出了巨大的动静。巴伯夫妇见到我时，我终于意识到自己醉了。不是感觉到了，而是看到了他们看我的表情。

巴伯先生按遥控器关了电视。“你去哪儿了？”他用稳定温和的声音说。

我扶住沙发背。“跟我爸爸还有——”但我想不起她的名字，只记得她的名字中有个X。

巴伯太太冲丈夫扬起眉，好像在说：我说什么来着？

“嗯，去床上醒酒吧，小家伙。”巴伯先生高高兴兴地说。尽管发生了这些事，他的语气让我觉得生活也没那么糟。“尽量别吵醒安迪。”

“你想吐吗？”巴伯太太问。

“不想。”我说，但其实有点想。那天晚上，我躺在上铺翻来覆去，难受得折腾了大半夜。我看着房间在眼前旋转，还有两次惊跳起来，心脏咚咚作响，以为赞卓拉进屋来跟我说话了：我听不清具体的字词，但那断断续续的粗糙声音毫无疑问是她发出来的。

21

“昨天，”第二天早上吃饭时，巴伯先生拉开我身边的椅子，一手拍上我的肩，“跟你老爸吃了顿不错的晚饭啊？”

“是，先生。”我头疼欲裂，法式烤面包的香味让我胃中一阵翻搅。埃塔悄悄倒了杯咖啡给我，在咖啡碟上放了两片阿司匹林。

“你说，现在他在拉斯维加斯？”

“对。”

“他靠什么糊口？”

“什么?”

“他平时都忙什么呢?”

“钱斯。”巴伯太太语气平淡地说。

“呃,我的意思是……就是说,”巴伯先生说,意识到措辞有点不妥,“他在那边做什么工作?”

“嗯——”我说,然后住了口。爸爸是干什么的?我毫无头绪。

巴伯太太似乎很不喜欢谈话的方向,眼看就要说些什么;但坐在我身边的普拉特突然生气地开了口。“我得给谁吹箫才能有杯咖啡喝?”他对他母亲说,一手推着桌子,向后挪了挪椅子。

一片死寂。

“他已经喝上咖啡了,”普拉特说,冲我点了一下头,“他喝醉了才回家,现在却有咖啡喝?”

又是一阵可怕的沉默。然后巴伯先生用足以让巴伯太太惭愧的冰冷声音说:“够了,伙计。”

巴伯太太的眉毛快皱到一起去了。“钱斯——”

“不,你别替他打圆场。回你的房间去,”他对普拉特说,“现在。”

我们都低头盯着自己的盘子,听着普拉特愤怒的脚步声咣咣走远,他的门发出震耳欲聋的巨响。过了几秒,吵人的音乐传出来。之后再也没有人说话。

22

我爸喜欢快速解决所有事情。用他自己的话说,他总是急着“散场上路”。他宣布会尽快处理纽约的一切事宜,让我们三人下周就回拉斯维加斯。他说到做到。周一早上八点,搬家工人出现在萨顿街,开始把整个公寓解体装箱。二手书交易商跑来看我母亲的艺术书籍,另外的什么人跑来看她的家具——没等我回过神来,我的家就在眼前以让人虚脱的速度逐渐消失。我看着窗帘一条条撤走,照片一张张摘掉,地毯也卷起来搬出屋门,想起以前看过的动画片。那部电影的主角用橡皮依次擦掉了自己的桌子、台灯、椅子,外面是美丽风景的窗户,擦掉整个温馨舒适的办公室,最后橡皮悬在空中,周围只剩下一片令人不安的白色。

我受不了眼前的景象，却又无力阻止，只能到处转悠，看着公寓一片一片地消失，像蜜蜂看着自己的蜂巢逐渐毁灭。母亲的书桌上方挂着很多她度假和上学时的照片，里面有一张黑白照，是她做模特时在中央公园拍的。照片印得非常清晰，连最不起眼的细节也清楚得几乎能刺痛双眼：她脸上的雀斑，外套的粗糙质地，左眉上的水痘疤痕。她高高兴兴地从照片里望着这一切，望着厅里混乱一片的景象，看着我爸扔掉她的画纸和画具，把她的书装起来捐给慈善机构。这大概是她做梦也没见过的情景，至少我希望她没有梦见过。

23

在巴伯家的最后几天一眨眼就过去了，关于这几天，我几乎什么都不记得。洗衣机和烘干机连续运转。我去乐克斯街上的葡萄酒店跑了好几趟，拿搬家用的纸箱。我用黑色的记号笔在纸箱上写下新家的地址，那个地址看上去富有异国风情：

内华达州，拉斯维加斯

沙漠尽头路，6219

赞卓拉·特雷尔转交西奥·德克尔

安迪和我闷闷不乐地站在一起，望着堆在他和我卧室里的纸箱堆。“感觉你要搬到外星球去了。”他说。

“差不多吧。”

“我是说真的。那个地址像木星上的煤矿殖民地。不知道那儿的学校是个什么样。”

“天知道。”

“我是说——也许是书里读过的那种地方。有黑帮，金属探测器。”安迪在我们（理论上）开明又进步的学校里过得太差劲，以至于觉得公立学校和监狱差不了多少。“如果学校真是那样，你会怎么办？”

“也许会剃个光头，再弄个刺青。”对我的离开，他没有故意做出乐观期待的样子，这让我觉得很高兴。斯旺森太太和戴夫对此很高兴，戴夫不必再去和我爷爷奶奶交涉，显然松了一口气。公园大道的其他人都没说什么，但巴伯太太每次提起我父亲和他的“朋友”，都会露出紧绷的表情，所以我对他们的态度能猜个八九不离十。与爸爸和赞卓拉一起生活不能说很糟糕，也不让人害怕，只是难以理解、难以想象，仿佛远处地平线上的一滴墨。

24

“嗯，换换环境也许对你有好处。”我离开前去见了霍比，他这么说。“就算那环境并不是你自己选的。”这次我们没在厨房吃晚饭，而是挪到了厅里，一起坐在餐桌的尽头。这张桌子长得足以坐下十二个人，银水罐和装饰品一直摆到浓重的黑暗里。但不知为何，这个餐桌让我想起了我们在第七大道住的老公寓。在搬家前的那个晚上，母亲、父亲和我坐在打好包的纸箱上，吃着中餐外卖。

我什么都没说。我觉得很痛苦，但已决定暗自忍受，所以变得沉默寡言。在之前紧张焦虑的一周里，我看着公寓逐渐变空，母亲的遗物折叠装箱、运走卖掉，我一直都渴望能回到霍比这里，待在宁静的黑暗中，在摆满家具的房间里闻着旧木头、茶叶和烟草的气味，橱柜里的碗里盛满橘子，蜡烛烧得缺了口，融化的蜡在底部流成一摊。

“我是说，你母亲——”他顿了顿，“这是个新的开始。”

我盯着自己的盘子。他做了咖喱羊肉，柠檬色的酱尝起来不像印度菜，更像法餐。

“你不害怕吧？”

我抬起头。“怕什么？”

“跟他一起生活。”

我想了想，越过他的头顶望着后面的阴影。“不，”我说，“不算吧。”爸爸这次回来后显得放松了许多，没以前绷得那么紧了，虽然我不知道原因。我并不认为这是因为他戒了酒。以前他每次戒酒都会变得很沉默，显然正在忍受折磨，随时可能暴跳如雷。我总会小心地绕开他走。

“你有没有把跟我说的事告诉别人？”

“什么事？”

我尴尬地低下头，吃了口咖喱。只要接受它其实并不是咖喱这件事，它其实还挺好吃的。

“我想他已经不喝酒了，”我在沉默了一会儿后说，“如果你是指这个的话。他看起来好多了。所以……”我不知道该怎么说下去，“嗯。”

“你喜欢他的女朋友吗？”

我还是头一次思考这个问题。“不知道。”我老实说。

霍比体贴地没说话，专注地盯着我，伸手拿过葡萄酒杯。

“呃，我不是很了解她。她大概还行吧。我不明白爸爸喜欢她什么。”

“为什么？”

“嗯——”我不知道从何说起。爸爸在他自己口中的“女士们”中一直都很有魅力。他会主动为她们开门，然后会轻轻碰一下对方的手腕。我见过女人被他迷得神魂颠倒。我总是冷冷地看着她们，不明白为什么会有人被这么浅显无聊的技巧哄骗到手。我感觉自己就像看着小孩被廉价魔术表演迷得目不转睛。“不知道。她没有我想得漂亮什么的。”

“只要她人好，漂亮不漂亮不重要。”霍比说。

“嗯，可她也没那么好。”

“哦，”他说，“他们在一起开心吗？”

“不知道。嗯——可能吧，”我承认，“比如，他不像以前那样总是生气了。”我感受到霍比无言的发问，补充：“而且，他还来接我了。我是说，他不必非得来。他们如果不想要我，只要不出现就行了。”

我们在这个话题上已经没有什么可说的了。我们闲聊着，吃完晚饭。我要告辞时，我们走过挂满照片的走廊，经过皮帕的房间。房间里面亮着盏夜灯，科斯莫躺在她的床脚睡觉。霍比为我打开前门，说：“西奥。”

“是？”

“你知道这儿的地址，还有我的电话。”

“嗯。”

“好，”他和我一样不自在，“祝你旅途愉快。好好照顾自己。”

“你也是。”我说。我们对视了一会儿。

“嗯。”

“嗯。晚安。”

他推开门，我走了出去——最后一次，我心想。我以为从此再也见不到他了，但我错了。

第二部

当我们都是最强者——谁先后退？
最开心的时候——谁笑倒在地上？
当我们做了坏事——他们能拿我们怎么样？

——阿瑟·兰波

第五章

白德尔丁

1

我已经决定把行李箱留在旧家门卫的包裹室，也相信何塞和戈尔迪会看好它。但离开的日子越来越近，我越来越紧张，临走前还是决定回去一趟，而我回去的理由回头想来傻得可以：当时我急着把画带出公寓，往箱子里扔了好多其他东西，包括我的大部分夏装。所以，在爸爸来巴伯家接我的前一天，我赶回第五十七街，打算拉开箱子拉链，拿出几件摆在最上面的衬衫。

何塞不在，值班的是个体格壮士的新人（看名牌，他叫马可·V）。他站在我面前，摆出无法撼动的阻挡架势，更像保安，而不是门卫。"抱歉，我能帮上你吗？"

我解释了行李箱的事。但他检索了存储记录，用粗重的食指抚过日期那一列，并没有要帮我拿箱子的意思。"你为什么要放这儿？"他怀疑地说，挠了挠鼻子。

"何塞让我放的。"

"有收据吗？"

"没有。"我迷惑地愣了片刻，说。

"呃，帮不了你。没记录。再说，我们只给这儿的住户存包。"

我在这栋楼里住了那么多年，早就知道事实并非如此，但我可不会跟他争。

“听着，”我说，“我以前住这儿。我认识戈尔迪和卡洛斯他们。我是说——拜托了。”我又僵硬地顿了顿才说，他已经开始不耐烦。“你带我进去，我告诉你是哪个箱子。”

“抱歉。只有员工和住客能进去。”

“是帆布箱，中间绑着带子。上面有我的名字，你瞧见了吗？德克尔。”

我指着还贴在我们信箱上的名牌，戈尔迪午休回来了。

“嘿！这是谁回来了！这是我家小孩，”他对马可·V说，“我认识他的时候，他才这么高。怎么了，我的朋友西奥？”

“没怎么。我是说——呃，我要走了。”

“哦，是吗？这么快就要去拉斯维加斯了？”戈尔迪说。因为他的声音，因为他把手搭在我的肩膀上，一切又变得轻松舒适。“那可是个疯狂的地方，是吧？”

“也许吧。”我不确定地说。大家一直都在跟我说拉斯维加斯是个疯狂的地方，但我不明白这和我有什么关系，我又不会经常去赌场啊俱乐部什么的。

“也许？”戈尔迪翻了个白眼，用一贯的诙谐态度摇摇头，我母亲有时候会模仿他逗乐，“哦，天哪，我跟你说，那地方……他们那些工会……餐厅，宾馆……随便哪儿薪水都好得很。还有天气，晴朗极了——一年到头。你会爱上那里的，朋友。你什么时候走？”

“呃，今天。我是说明天。所以我想——”

“哦，你来取箱子了？嘿，没问题。”戈尔迪用西班牙语严厉地对马可说了句什么，后者冷淡地耸耸肩，转身进了包裹室。

“这家伙还成，马可，”戈尔迪低声对我说，“不过呢，他不知道你箱子的事，因为我和何塞没写下来，明白吗？”

我明白。进出大楼的行李都必须记录下来。他们没有在我的箱子上贴标签，也没有写进正式记录，这样就不可能有别人跑来把它领走。

“嘿，”我笨拙地说，“谢谢你们照顾……”

“别客气，”戈尔迪说，“嘿，谢了，哥们儿。”他大声对拿着箱子出来的马可说。“我刚才也说了，”他继续低声说，为了听清他的话，我紧紧跟在他身边，“马可这家伙还不错。不过有好多住客跟我们投诉，说这栋楼人手不够，特别是在那时候，你懂吧？”他意味深长地瞥了我一眼，“比如说，卡洛斯那天没法过来上班，要我说那不是他的错，可他被开除了。”

“卡洛斯？”卡洛斯是门卫里年纪最大、最安静的一个，像一位上了年纪的墨西哥演员，留着八字胡，鬓角有些发白，黑色的皮鞋擦得闪闪发亮，手套比任何人的都要白。“他们开除了卡洛斯？”

“是啊——难以置信。三十四年了，就这么——”戈尔迪伸出大拇指往身后一撇，“嗖。现在呢——管理层特别注重安保，新员工，新规矩，进出的人都得签到什么的——”

“总之，”他后退两步靠上前门，用身体推开门，“给你叫辆车吧，朋友。你要直接去机场吗？”

“不——”我说，抬起一只手想要阻止他。我一直心不在焉，没注意到他在干什么，但他挥手将我推到一边。

“不，不，”他说，一边把箱子拖到人行道上，“别担心，朋友，包在我身上。”我惊愕地意识到，他以为我想阻止他搬包，以为我没钱付小费。

“嘿，等一下。”我说。就在我说话时，戈尔迪吹了声口哨，抬起手冲到街上。“嘿！出租车！”他喊。

我不知所措地站在门口，出租车拐弯开了过来。“好啦！”戈尔迪说，打开后排车门，“这时机掌握得怎么样？”我还没想出要怎么礼貌地拒绝他，就被他挥手送进后座，然后箱子被摆进了后备厢。戈尔迪友好地拍拍车顶。

“一路顺风，伙计，”他说，看着我，又抬起头来看看天，“替我享受那儿的阳光。你知道我有多么喜欢太阳——我是只热带鸟儿，知道吗？我真想赶紧回波多黎各，跟蜜蜂说说话。嗯嗯……”他哼起曲子，闭上眼，把一只手举到耳边，“我姐姐养了一窝听话的蜜蜂，我会给它们唱歌，哄它们睡觉。拉斯维加斯有蜜蜂吗？”

“不知道。”我说，偷偷摸口袋，想知道自己有多少钱。

“你要是看见蜜蜂，跟它们说，戈尔迪向它们问好。告诉它们，我很快就去。”

“嘿！等一下！”是何塞。他还穿着足球服，一看就是在公园踢完球直接来上班了。他高举着手，一蹦一跳地向我走来。

“嘿，朋友，你要走了？”他说，弯下腰把头探进车窗，“给我寄照片，我会挂在地下室里！”门卫都在地下室换衣服，那里有面墙上挂满了明信片和拍立得照片，都是这栋楼的住客和门卫多年来从迈阿密、坎昆、波多黎各和葡萄牙各地寄来的。

“是啊！”戈尔迪说，“给我们寄照片！别忘了！”

“我——”我会想念他们的，但说出这句话似乎太像同性恋了。最后我只是说：“好。别着急。”

“你也是，”何塞说，举着手向后退开，“离二十一点的牌桌远点儿。”

“嘿，孩子，”出租车司机说，“你到底想不想让我载你？”

“嘿，嘿，悠着点儿，完事了。”戈尔迪对他说。然后他又对我说：“你没问题的，西奥，”他最后拍了一下出租车，“祝你好运，伙计。回头见。上帝保佑你。”

2

“你可别告诉我，”第二天早上，爸爸坐出租车来巴伯家接我时说，“你要把那堆垃圾都带上飞机。”除了装画的那个箱子，我还有一个行李箱，我本来打算只带一个箱子的。

“我看你的行李要超重了。”赞卓拉有点过于兴奋地说。在人行道火辣辣的炙热空气中，我大老远就能闻到她的发胶的气味。“行李有限重的。”

巴伯太太出门来送我。她自然地接口道：“哦，他带这两件行李没问题。我每次都会超重。”

“嗯，可是要额外付钱。”

“其实不需要多少钱。”巴伯太太说。时间还很早，她没戴首饰，也没化妆，穿着拖鞋和一件朴素的棉裙，但整个人仍然显得仪表端正，无懈可击。“可能要在托运柜台那儿多付二十元，这应该不成问题吧？”

她和爸爸像两只猫一样互相瞪视，然后爸爸转开目光。他穿着一件运动外套，样子很像《每日新闻》里的诈骗嫌疑犯，让我觉得有点丢脸。

“你应该事先告诉我有两个箱子。”在巴伯太太话音落下后的沉默中（我很欢迎这阵沉默），爸爸阴沉地说，“我可不知道后备厢塞不塞得下。”

我站在人行道上，看着出租车的后备厢打开，考虑着要不要把箱子留给巴伯太太，之后再打电话告诉她里面有什么。但我还没下定决心，体格宽厚的俄国司机就把赞卓拉的旅行袋从车里拿出来，把我的第二个箱子扔进去。他一阵碰撞摸索，把后备厢的行李都摆好了。

“瞧，没有多沉！”他说，撞上后备厢的门，抹了把额头，“两边都是软布！”

“可我的手提行李！”赞卓拉语气恐慌地说。

“没问题，太太。放在前座好了。放在后座你的脚下也行，随你挑。”

“那就没问题了。”巴伯太太说。她俯下身轻轻吻了我一下，这还是我来到她家之后第一次。那是上流女士的吻，带着薄荷和栀子花的香气。“再会了，你们几个，”她说，“祝你们旅途愉快。”安迪和我前一晚就告别过了。我知道他不舍得我走，但他没来送我，而是和其他人一起去了缅因州那座他讨厌的房子，这让我很伤心。巴伯太太和我告别时并未显得有多么难过，可我已经紧张得有些反胃。

她用那双灰色的眼睛看着我，眼神清晰而平静。“非常感谢你，巴伯太太，”我说，“感谢你们为我所做的一切。替我向安迪说再见。”

“我会的，”她说，“你是个非常不错的客人，西奥。”在公园大道热气升腾的薄雾中，我握着她的手站立片刻，心里暗自希望她会叫我保持联系。但她只是说：“祝你好运。”然后她又轻轻地吻了我一下，放开我的手。

3

我不敢相信我要离开纽约了。以前我没怎么离开过这座城市，最长的一次也只有八天。在去机场的路上，我望着脱衣舞俱乐部和人身伤害律师的广告牌，不知道自己什么时候会再见到这些景象。然后我突然全身冰冷地想到：我怎么过安检？我没怎么坐过飞机（只坐过两次，第一次是在我上幼儿园时），不清楚安检是怎么回事。X光？开箱检查？

“机场会把所有行李箱都打开吗？”我用虚弱的声音问道，结果谁都没听清，我不得不又问了一遍。为了不去打扰爸爸和赞卓拉的浪漫私人空间，我坐在副驾驶的座位上。

“哦，当然。”司机说。他是个人高马大的俄国人，五官粗糙，脸颊红润，容易流汗，整个人看起来像是发胖的举重运动员。“他们要么打开行李箱，要么用X光。”

“就算是托运行李？”

“哦，是啊，”他安抚地说，“他们要查爆炸物，什么都查。安全得很。”

“可是——”我不知道怎么问才能既不暴露自己、又能问清想知道的事。

“别担心，”司机说，“机场有好多警察。三四天以前吧，还设了路障。”

“哎，我得说，我他妈的真是等不及要离开这儿了。”赞卓拉用低哑的嗓音说。我僵硬了片刻，以为她在对我说话。但我回过头，看见她正转头看着我父亲。

爸爸把手放到她的膝盖上，低声说了句什么，我没听见。他戴着墨镜，懒洋洋地把头向后靠在靠背上，平淡的声音显得放松而年轻。他一边说一边捏了一下赞卓拉的腿。后排座位间散发出仅弥漫于两人之间的亲密气氛。我转回头，看着窗外呼啸而过的无人之地：低矮的长条建筑，酒厂和护肤品店，清晨阳光下闪闪发光的停车场。

“你看，我不介意航班号里都是七，”赞卓拉轻声说，“八就很吓人了。”

“嗯，可八在中国是个幸运数字。等我们落在麦卡伦机场，你去看看国际航班牌。那些从北京来的飞机全都是八八八。”

“又是你那些中国的智慧之道。”

“数字规律。那都是能量。天地交融。”

“‘天地交融’。你好像在说魔法似的。”

“就是魔法。”

“真的？”

他们的声音几近耳语。在后视镜里，他们的脸看起来相当呆滞，离得也太近了。我意识到他们就要接吻（不管我看见多少次，这件事仍然会让我震惊不已），于是转头直视前方。我突然想到：我要不是知道母亲是怎么死的，这世上恐怕没有任何东西会让我相信他们不是凶手。

4

我排队领登机牌时，害怕得全身僵硬，想象着安保人员打开我要托运的行李，发现那幅画。接待我的是位头发粗硬的暴躁女士，我至今还记得她的脸（我一直暗自祈祷不要排到她的窗口）。她连看都没看我的箱子，直接把它抡到传送带上。

我看着箱子摇摇晃晃地远去，飘向下一道未知的关口和检查程序。在喧闹的陌生人群中，我感到满心恐惧，无路可逃，仿佛已经被人盯上。母亲死后，我还是第一次来到如此拥挤的地方，周围又有那么多警察。身着迷彩服的军人端着步枪，沉稳地站在金属探测门旁边，冰冷的目光来回扫视人群。

我的视野里挤满背包、行李箱、购物袋、推车和左右摇晃的人头。我在安检队伍里慢慢向前挪动着，突然听见有人喊了一声——我的名字。我僵住。

“走了，走了。”爸爸说，在我身后单脚跳着，想甩掉懒汉鞋。他用手肘顶了顶我。“别就这么站着，你把整个该死的队伍都堵住了——”

我走过金属探测门时，低头盯着地毯，仍然怕得浑身僵硬，提防着有哪只手拍到我的肩上。婴儿在哭。老年人坐着电动小车缓慢经过。他们会对我怎么样？我能否解释清楚事情并不是看起来那样？我想象着电影里那种空心砖砌成的房间，大门紧闭，生气的警察卷起袖子：别想了，你出不去的，小子。

我过了安检，在到处都是回声的走廊里听见身后传来目标坚定的脚步声。我又站住了。

“你可别告诉我，”爸爸说，不耐烦地翻着白眼转过身，“你有什么东西忘带了。”

“没有，”我说，转回身去，“我——”我身后没人。其他旅客纷纷绕过我，继续前进。

“天啊，他白得像他妈的一张纸。”赞卓拉说。她问我父亲：“他没事吧？”

“哦，没事，”父亲说，继续往前走，“只要上了飞机就没事了。这周大家过得都很累。”

“唉，我要是他，我也会被吓得够呛，”赞卓拉直白地说，“毕竟出了这么多事。”

父亲拉着随身的旅行箱，那是我母亲几年前送给他的生日礼物。他又停住脚。

“可怜的小子，”他说，同情的目光让我吃了一惊，“你害怕吗？”

“不。”我立马回答。我可不想引起任何人的注意，不想让内心的惶恐流露出哪怕四分之一。

他冲我皱起眉头，转过身去。“赞卓拉？”他叫她，扬起下巴，“给他吃一颗那什么吧。”

“行。”赞卓拉心领神会地说，停住脚，在手提袋里掏了掏，拿出两颗子弹形状的白色大药丸。她把一颗放到父亲伸出的手里，把另一颗递给我。

“谢了。”爸爸说，把药丸塞进外套口袋里，“去找点喝的把药吃了吧？先收起来。”他对我说。我用拇指和食指捏着药丸，正惊异于它的体积。

“他不用吃一整颗。”赞卓拉说，抓住爸爸的胳膊，侧身弯下腰，调整高跟凉鞋的绑带。

“也是。”我爸说。他拿过我的药丸，非常专业地一把掰成相等的两半，把其中一半丢进运动外套的口袋里。他们在我前面继续往前走，拽着各自的随身行李。

5

药丸没能让我一头昏过去，但足以让我一直眩晕而飘然，吹着空调在梦与现实之间来来去去。周围的乘客喃喃低语，一位不见其真身的乘务员朗读着机内抽奖的奖品：金银岛上的双人晚餐，含饮品。她温柔的承诺声将我送入梦境。我在深绿色的水里游到深处，在火把的光芒中和日本小孩比赛潜水，奖品是满满一枕头的粉色珍珠。贯穿整个梦境的是飞机如海涛般持续不断的轰鸣声，但后来梦境出现了奇怪的转折点：我紧紧裹在深蓝色的飞机毯里，在沙漠上空做着梦，引擎关掉了，周围安静下来，我被安全带固定在椅子里，身体却因失重而向上飘着。不知什么时候，我的座位脱离了邻座，在机舱里自由漂浮着。

飞机着陆的冲击让我醒过来，回到自己的身体里。飞机呼啸着停下来。

“好了……欢迎来到内华达州的拉斯维加斯，输光工资之城，”机长在广播里说，“现在罪恶之城的时间是上午十一点四十七分。”

耀眼的阳光、玻璃和各种反射强烈的平面晃得我几乎半盲。我跟着爸爸和赞卓拉穿过机场大厅，震惊于这个时间就有老虎机闪着光嗒嗒作响，不合时宜的音乐震耳欲聋。这个机场像是缩小版的时代广场：高耸的棕榈树，到处都是巨型屏幕，天上放着烟火，旁边摆着凤尾船，四周都是歌舞演员、歌手和杂技演员。

我的第二个箱子过了很久才出现在传送带上。我咬着指甲，死盯着一块广告牌。广告牌里面画着一只微笑的科莫多巨蜥，代表赌场里的动物园：“两千多只爬行动物期盼您的光临。”

等待行李的人群像是三流酒吧门外形形色色的流浪汉：太阳晒伤的疤痕，迪斯科衬衫，戴着巨型名牌墨镜、一身珠宝的娇小亚洲女性。传送带转着圈，大部分都空荡荡的。爸爸（我能看出他非常想吸烟）已经开始伸懒腰，来回踱步，用指关节抹过脸颊，就像他每次想喝酒时那样。最后箱子终于来了，是这趟航班的最后一件行李，卡其帆布上贴着红色的标签，把手上拴着我母亲系上的彩色绸带。

不等我迎上去，爸爸一步跨上前把箱子拿下来。“终于来了，”他快活地说，把箱子扔到行李车上，“走吧，赶紧离开这鬼地方。”

我们穿过自动门，迎面撞上令人喘不过气的热浪之墙。四面八方都是人们停的车，一直排到几英里之外，在车篷下一动不动。我机械地瞪着前方——汽车上的铬镀层如刀刃般刺眼，地平线和弯曲的玻璃一样闪闪发光。我觉得我只要回头看一眼，或者迟疑片刻，就会有不请自来的制服人士拦住我们。但没人揪住我的领子，也没人吼着叫我们站住。没人多看我们一眼。

我被耀眼的亮光晃得无所适从。爸爸站到一辆全新的银色雷克萨斯面前，说：“哦，到了。”我脚下绊了一下，差点摔倒在马路牙子上。

“这是你们的？”我说，来回看着他们两人。

“怎么了？”赞卓拉风情万种地说，踏着高跟鞋艰难地绕到副驾驶门外，爸爸按钥匙打开车锁。“你不喜欢？”

雷克萨斯？每天都会有大大小小的事让我惊异，让我迫不及待地想要告诉母亲。现在我呆呆地站在路边，看着爸爸把大包小包往后备厢里扔，脑袋里的第一个念头是：哇哦，不知道她听说了会作何感想。难怪他从来没往家里寄过钱。

爸爸手势夸张地扔掉只抽了一半的总督牌香烟。“好了，”他说，“上车吧。”沙漠里的空气给他整个人增添了一种吸引力。在纽约，他显得有点疲惫和不修边幅。但在这里一阵一阵的热浪中，他白色的运动外套和邪教领袖般的墨镜显得浑然天成。

我爸按一下按钮，车就无声无息地发动了，安静得我都没发现它已经在移动。车子滑出车位，驶入无边无际的远方。我习惯于在出租车后座上随着车身左右摇晃，而这辆车过于平稳光滑，有种封闭感，甚至有点让人毛骨悚然。棕色的沙，凶狠的目光，出神和静默，被风吹起的垃圾抽打着铁链串成的栅栏。药丸的作用还没过去，我仍然头脑麻痹，浑身轻飘飘的。我们在赌城大道上开过，一路经过无数高层建筑，天空与沙丘在远处连为一体，在酷热中有些模糊。我觉得自己仿佛到了外星球。

赞卓拉和爸爸一直在前面聊天。现在赞卓拉转向我，阳光而充满活力地嚼着口香糖，首饰在强光下闪闪发亮。“哎，你觉得怎么样？”她说，强有力地呼出一口气，气息中满是黄箭的芳香。

“很狂野。”我说，望着一座金字塔在窗外掠过，然后是一座埃菲尔铁塔。这一切让我来不及消化。

“你现在就觉得狂野了？”爸爸说，用指甲敲着方向盘。我很熟悉他这种态度，这往往代表着神经紧绷，下班回家后的深夜争吵。“等你见过这儿晚上点灯后的样子再说吧。”

“瞧那儿——快看，”赞卓拉说，伸手指向爸爸那边的窗户，“那是火山。真的会冒火哦。”

“听说他们正维修呢。在理论上的确能冒火，冒出灼热的岩浆。准点的时候，每个小时冒一次。”

“零点二英里后下左侧出口。”女性的机械声音说。

狂欢节般的五颜六色，巨大的人偶头，XXX的标志。陌生的一切让我激动，同时又让我有点恐惧。在纽约，一切都让我想起母亲——每一辆出租车，每一处街角，每一片被遮住阳光的云。但在这片灼热的沙漠旷野中，我感觉她就像从来没有存在过。我完全无法想象她的灵魂会在这里俯视着我。她的一切痕迹都在稀薄的沙漠空气中蒸发了。

我们继续往前开，高到让人难以置信的天际线逐渐变为杂乱无章的停车场和百货商店，一家又一家毫无特点的购物中心、电器城、玩具反斗城、超市和药店，全都二十四小时营业，没有开始也没有终点。天空广渺无垠，就像水天一色的海边。我挣扎着保持清醒，对着强光使劲眨眼，有些晕乎地打量着车内昂贵的皮具，回想起母亲经常讲的故事：她和爸爸约会时，他会开着从朋友那里借来的保时捷讨她欢心。他们结了婚，她才知道车不是他的。她觉得这件事很滑稽——但是如果加上其他那些同样婚后才得知的并不好笑的事（比如他未成年时的犯罪记录，具体罪行无从得知），我不明白她为什么能如此轻松地把这当成笑谈。

“呃，这车你买了多久？”我压过他们的聊天声问道。

“哦——呼——一年多了，是吧，赞？”

一年？我反复想着这件事——这说明爸爸在消失前就买了车（也有了赞卓拉）。然后我抬起头，看见大道边已经不是购物中心，而是一眼望不到尽头的住宅区，大部分小房子上都涂了灰泥。房子成行排列，仿佛墓地里的石碑，有种拘谨而惨淡的一致性。但有些房子涂着节日般的彩色（薄荷绿，牧场粉，沙漠乳蓝），轮廓清晰的阴影和浑身是刺的沙漠植物都散发着浓郁的异国风情。我是在城市长大的，从来没见过这么空旷的地方，不禁有些惊喜。住在有后院的地方对我而言是一种新颖的体验，即便后院里只有棕色的岩石和仙人掌。

“这儿还是拉斯维加斯吗?”我试图分辨房子之间的不同之处作为消遣：这座有扇拱门，那座有个游泳池和一棵棕榈树。

“这儿是另一片区域了，”爸爸说，使劲吐了口气，碾灭第三根百乐门，“游客不会来这里。”

我们在住宅区里开了一阵子，但周围没有任何标志性建筑，我完全不知道这是在往哪个方向或什么地方走。天际线始终保持同一高度，毫无变化。我开始担心我们会抛下这些蜡笔画般的小房子，驶入后方的废碱处理厂，停到一个破旧不堪的房车公园里，像电影里那样。结果，出乎我的意料，两侧的房子逐渐变大了，有了二楼和围着栅栏的仙人掌园，游泳池也变多了，车库也变得能停下好几辆车。

“好了，到了。”爸爸说，拐进一条小路。路口挂着一块巨大的花岗岩石牌，上面的铜制字母写着：峡谷阴影牧场。

“你住在这儿?”我深感佩服，“真有峡谷吗?”

“不，只是个名字而已。”赞卓拉说。

“是这样，这儿有好几处开发区。”爸爸说，捏了捏鼻梁。他以前的嘶哑嗓音又回来了，嗓音里满是对酒精的渴望。我知道他累了，心情也不好。

“这儿叫牧场社区。”赞卓拉说。

“对。管他的。哦，给我闭嘴。”爸爸不耐烦地说，伸手调低了导航的音量，导航里的女士又在指路了。

“这些地方有不同的主题，”赞卓拉说，用小拇指匀口红，“有‘普韦布洛风’，‘鬼魂岭’，‘舞蹈小鹿别墅’。‘精神旗帜’好像是高尔夫球社区?‘恩坎塔达’是最高级的，有好多投资房——嘿，在这儿拐弯，甜豆。”她说，抓住爸爸的胳膊。

爸爸继续往前开，没理她。

“靠!”赞卓拉转过身看着飞掠而过的街道，“你为什么每次都绕远?”

“别跟我说什么抄近道。你和雷克萨斯太太一样差劲。”

“是，可走那边更快。能快十五分钟呢。这下我们得绕过整个‘舞蹈小鹿’了。”

爸爸不耐烦地吐了口气。“听着——”

“直接穿过吉塔娜小路，左拐两次再右拐不好吗？那样就到了。如果在德萨托亚——”

“听着。你想过来开车，还是想让我好好开他妈的车？”

爸爸用这种口气说话时，我知道最好还是不要和他争辩。赞卓拉显然也知道。她怒气冲冲地转过头，想要惹恼他似的把音响开得很响，开始在静音和广告中不停换台。

音响的效果很好，我能在后座的白色皮椅上感受到它的震动。“假期，我想要的一切……”狂野的沙漠云背后散出一片亮光。冰蓝色的天空没有尽头，像是电脑游戏里的画面，又像试飞员的精神幻觉。

“维加斯九九，为您播放八十和九十年代的音乐。”广播里激动的声音语速飞快地说，“接下来是我们的八十年代女士大腿舞午餐时间，下面是佩·班娜塔。”

我们开进德萨托亚农场庄园，沙漠尽头路六二一九号，院子里堆着木材，街道上吹着扬沙。然后我们拐入一条车道，来到一座西班牙风情的大房子前面。也许是摩尔人风格？刷成米色的墙壁，百叶窗，拱形的山墙，粘土屋瓦，屋顶好几处耸成令人吃惊的角度。我惊叹于它的巨大和缺乏统一，它的飞檐和石柱，还有舞台布景般花纹繁复的铁门。这房子仿佛是西班牙语电视台那些肥皂剧的布景，就是门卫总在包裹室里看的那种。

我们下了车，拖着行李走向车库门口。我突然听见一阵令人不安的惊悚喊声，是从房子里传来的，不知道是尖叫还是痛哭。

“天啊，那是什么？”我说，惊得松开手，行李掉到地上。

赞卓拉侧身站着，穿着高跟鞋有点不稳，四处寻找钥匙。“哦，闭嘴，闭嘴，给我闭嘴。”她喃喃道。她还没把门完全打开，一只歇斯底里的拖把状物体就窜了出来，尖叫着上蹿下跳，在我们周围蹦来蹦去。

“下去！”赞卓拉喊。半开的门内传来非洲音乐（跺脚的大象，叽叽喳喳的猴子），声音响得我在车库外能听个一清二楚。

“哇哦。”我透过门缝望着室内说。里面的空气又热又闷：没散去的烟，新地毯，还有毫无疑问的狗屎臭气。

“大型猫科动物对饲养员是巨大的挑战，”电视里的声音响亮地说，“让我们跟随安卓拉和她的手下进行早班巡逻。”

“嘿，”我说，提着箱子进门站住，“你忘了关电视。”

“是啊，”赞卓拉快步经过我的身边，“是《动物星球》，我特意留给它看的。给波帕。给我下去！”她冲狗吼道，狗正用爪子扒她的膝盖。她踏着高跟凉鞋艰难地移动，关掉电视。

“它自己在家待着？”我压过小狗的尖叫声说。它是条长毛狗，身上干净时应该是毛茸茸的白色。

“哦，有自动喂水器，”赞卓拉说，用手背抹了一下额头，抬腿迈过狗，“还有那种很大的喂食器。”

“它是什么品种？”

“马尔济斯。纯种的。我抽奖赢的。我知道得给它洗个澡，要保持干净可麻烦了。是啊，我的裤子，你看你干的好事，”她对狗说，“这可是白色牛仔裤。”

我们站在一间巨大的开放的屋子里，天花板很高，旁边有一道楼梯，通往围着扶手的夹层。我从小长大住过的所有公寓加起来，大概也只有这个屋子这么大。但等我的眼睛适应了室内的阴暗，里面的空荡让我吓了一跳。墙面如骨头般惨白。伪猎人小屋风格的石头壁炉。医院等候室里的那种沙发。玻璃落地门对面是入墙储物柜，大部分都空着。

爸爸钻进来，把箱子扔到地毯上。“老天，赞，这里有一股狗屎味。”

赞卓拉俯身放下手袋。狗蹦跳着用爪子扒手袋，赞卓拉皱了皱眉。“嗯，珍妮特应该过来把它放出去的，”她在高声犬吠中说，“她拿着钥匙呢。天啊，波帕，”她皱起鼻子扭过头，“你好臭。”

这个空无一物的地方让我震惊不已。在此之前，我从未想过他们为什么要卖掉母亲的书本、地毯和古董收藏，没想过为什么要把一些东西送给慈善机构或者直接扔掉。我长大的公寓里有四间屋子，柜子里全都得满满当当，每张床底下也都放满纸箱，锅碗瓢盆都挂在天花板下面，因为橱柜里已经没地方了。可是——我们完全可以带一些她的东西过来，比如她母亲传下来的银盒或者那副风格很像斯塔布斯的栗色母马画，或者她童年时的那本《黑神驹》！他这儿并不是放不下她父母传下来的好画和家具。他处理掉她的东西，只是因为他恨她。

“老天啊，”父亲说，生气地提高声音压过犬吠，“这条狗把这地方毁了。完全毁了。”

“呃，我不知道——这里是挺乱的，可珍妮特说——”

“我早就说过，你应该把它送到狗场去。或者，我也不知道，野狗收容所什么的。我不喜欢它待在这儿。它不该待在屋里。我也告诉过你这样会出问题的，珍妮特是个他妈的废物——”

“它是在地毯上拉了几次，那又怎么样？而且——你他妈的看什么呢？”赞卓拉愤怒地说，抬腿跨过尖叫的狗。我突然回过神来，意识到她怒瞪的对象是我。

6

我的新房间也空空荡荡，非常冷清。我为了能看看衣橱里挂的衣服，整理好行李后没关上衣橱的滑动门。我还能听见爸爸在楼下吼叫着关于地毯的事。遗憾的是，赞卓拉也吼了起来，这让他更生气了。这样对付爸爸是错的（如果她问我，我会告诉她的怎么正确地对付爸爸）。母亲很清楚该如何平息爸爸的怒火：她闭上嘴，不发一言，散发出微弱却坚定的蔑视之火，燃尽屋内的所有氧气，让他说的一切都显得荒谬可笑。最后他会跺着脚大步离开，临走如雷鸣般狠狠撞上门。几个小时后，他会随着钥匙转动的轻响走进门来，在公寓里转一圈，装作什么也没法发生过。他会去冰箱拿瓶啤酒，用自然完美的声音询问有没有他的信。

楼上有三个空房间。我选了最大的那间，这个房间像宾馆房间一样，有独立卫生间。地上铺着厚厚的钢青色长绒地毯，床垫光秃秃的，床脚边放着塑料袋包裹的床单。波盖勒经典款。八折。墙上隐约传来机械振动的嗡嗡声，仿佛水族箱过滤器发出的声音。这个房间就像电视剧里应召女郎或空中小姐的被害现场。

我留一只耳朵注意着爸爸和赞卓拉的动静，坐到床垫上，把裹着报纸的画放到腿上。房间门锁着，可我生怕他们会上楼来，还是不想拆掉报纸。但我实在太想看看这幅画了，最后还是用指甲一点点、一点点地小心刮开胶带，撕开了报纸。

画立即就从报纸里滑了出来，我连忙忍住已到嘴边的惊喜的呼喊。这还是我第一次在亮光下看见这幅画。在这个只有雪白石膏板的干燥房间里，那些静默的颜色满溢生机。画面上染了一层薄灰，但画散发出的气息饱含光线与空气，好像墙上的一扇窗户完全打开了。斯旺森太太赞不绝口的沙漠里的光就是此刻照在画的光吗？她总是滔滔不绝地讲起新墨西哥的“旅居地”——广袤的地平线，空荡的天空，清净的灵魂。也许是因为光线的魔法，这幅画变得更美了。在母亲的房间里，在夏季风暴来临之前的傍晚，窗外的水箱有时会投下奇怪的阴影，阴影会在室内停留一小段时间，轮廓如带了静电或镀金般。

“西奥？”爸爸说，轻轻敲了一下门，“你饿吗？”

我站起来，暗自希望他不会直接伸手开门，结果发现我锁了门。新屋子和监狱一样空荡，但衣柜里有些很高的隔板，高过爸爸的视线范围，里面也很深。

“我去买中餐外卖。你要吃点什么吗？”

爸爸如果看到这幅画，能认出来吗？我本来以为不能。但在白天看着画，看着它发出的光芒，我意识到：连白痴都能认出来。“呃，马上就来。”我喊道，声音粗糙而虚假。我把画塞进备用的枕套里，藏到床下，然后快步走出房间。

7

拉斯维加斯新学期开始前的几周里，我基本都在楼下乱晃，戴着iPod的耳机，但没开声音。我就这样了解到几件有趣的事。首先：爸爸之前的工作用不着他去芝加哥和凤凰城出差，至少不用他让我们相信得那么频繁。在母亲和我浑然不觉的情况下，他一连几个月都以出差为由飞到维加斯来，也正是在维加斯，在贝拉吉奥宾馆的亚洲主题酒吧，他遇到了赞卓拉。爸爸人间蒸发之前，他们已经约会了好一阵子——根据我听到的信息判断，大概有一年多。我母亲死前不久，他们刚庆祝过“纪念日”，先在德尔莫尼科牛排店吃晚饭，然后去米高梅大花园球馆听了邦乔维的演唱会。（邦乔维！在我想告诉母亲的事情里——就算没有上百万，也有上千件吧——无法给她讲这件滑稽事最让我觉得可惜。）

我在沙漠尽头路上住了几天后，还发现一件事：赞卓拉和爸爸都说爸爸“戒了酒”，但他们真正的意思是，他不喝苏格兰威士忌（他的心头好）了，而是转向了科罗娜淡啤和维柯丁片。他们经常会对彼此做出表示和平或胜利的V字手势，让我困惑了很久，因为那手势不分场合地出现。要不是爸爸以为我没在听，直接开口管赞卓拉要维柯丁片，我会继续困惑下去。

我对维柯丁片一无所知，只知道我喜欢的一个电影明星老是因为它上小报。他从奔驰车上蹒跚下来，背后闪着警车的车灯。过了几天，我偶然看见一个塑料袋，塑料袋里面装了大概三百颗药丸。袋子就摆在厨房的料理台上，旁边是爸爸的生发药和一叠待付的账单。赞卓拉一把抓过塑料袋，扔进自己的手袋里。

“那是什么？”我说。

“呃，维生素。”

“为什么装在那种袋子里？”

“我从同事那儿拿的，他是个健身教练。”

最诡异的是——我真希望能告诉母亲——这个嗑药的新爸爸比旧爸爸要和蔼可亲多了，行动也更容易预测。旧爸爸喝多了总是神经过敏，开着不合适的玩笑，以富有攻击性的方式释放精力，直到他晕过去为止——但他不喝酒时更糟。在人行道上，他会领先母亲和我十几步，对自己喃喃自语，拍打着西装口袋，仿佛在寻找武器。他会买回我们既不需要、也买不起的东西，比如送给母亲的马诺洛牌鳄鱼皮鞋（她讨厌高跟鞋），不过连尺码都没买对。他从办公室搬回成摞的白纸，在家里喝着冰咖啡坐到深夜，在计算器上使劲按着数字，身上大汗淋漓，仿佛刚在台阶器上锻炼了四十分钟。他还会决定参加远在布鲁克林区的什么宴会，对其重要性夸大其词“‘也许我不该去’是什么意思？你觉得我就该他妈活得像个隐士，是吧？”他会把我母亲也拽到那么遥远的地方去，但他在宴会上待不到十分钟就开始骂人，或者当面羞辱母亲，再怒气冲冲地甩手走人。他嗑药以后，充沛的精力变了性质，他没以前那么难相处了：懒散与明朗各半，呆滞而快乐，四处飘来飘去。他走路的姿势更放松了，经常不耐烦但好脾气地点着头，吵着吵着就忘了说到哪里，半敞着浴袍赤脚漫步。听他温和地咒骂，看他总是不刮胡子，叼着烟松松垮垮地走路，我感觉他就像在演一个角色，五十年代黑白电影里的帅哥，或者《十一罗汉》里身无分文、安于现状的帮派成员。但就算在这种焕然一新的放松状态里，他也仍然保持着以前那种有些疯狂、有些英雄主义的傲慢学生气质，甚至比以前更令人不安，因为这个学生正步入暮年，有点自暴自弃，早已放弃了谨慎。

沙漠尽头路的房子里收得到漫天要价的有线电视，以前母亲一直不肯给家里装有线电视。爸爸拉上百叶窗，将炽热的阳光挡在室外，坐在电视前抽着烟，和吸鸦片的瘾君子一样呆滞无神。他关着声音看 ESPN 电视台，没追哪项特定的体育赛事，只是有什么就看什么：板球、回力球、羽毛球、壁球。室内的空气有些寒冷，散发着冰箱散发出的那种憋闷气味。他坐在那里，一连几个小时一动不动，百乐门牌香烟如烧香般向天花板飘去。不知道他脑袋里是在想佛祖、达摩、僧伽，还是像考虑高尔夫美国巡回赛的排名那样，把他们放在一起思考。

我不清楚爸爸到底有没有工作，如果有，具体又是什么工作。电话不分昼夜地响。爸爸拿着分机站在厅里，背对着我，一边说话一边将胳膊抵在墙上，低头盯着地毯，好像一场激烈球赛后训话的教练。他一般都把声音压得很低，但就算没压低，我也不明白他在说些什么：佣金、独盘赢、最高赔率，直投还是让分。他大部分时间都不在家，从没解释过具体是去干什么，经常和赞卓拉彻夜不归。“美高梅经常招待我们。”他揉着眼睛解释，疲累地叹了口气，靠到沙发垫子里。我又感觉到他在扮演八十年代的花花公子，总是很情绪化，很容易就觉得无聊。“你别介意。她值晚班时，我们直接在赌场大道过夜更方便些。”

8

“这些纸是做什么用的？”某一天，赞卓拉在厨房里做她的白色健身饮料时我问。房子里到处都是印好的卡片，让我困惑不已：上面都是铅笔画出的格子，写满一排又一排的单调数字。看起来有点像科学研究，仿佛是 DNA 序列或用二进制打出的绝密情报。

她关掉搅拌机，撩开眼前的头发。

“什么？”

“这些数据表似的东西。”

“百家乐！”赞卓拉说。她把“乐”的音发得很长，弹了个响亮的响指。

“哦。”我愣了一会儿后说。我从来没听说过这个词。

她用手指蘸了点饮料，舔了舔。“我们经常去米高梅的百家乐沙龙，”她说，“你爸爸喜欢把玩过的牌都记下来。”

“能带我去吗？”

“不。呃——我想也可以，”她说，仿佛我问的是去某个动荡的家度假怎么样，“不过他们赌场不太欢迎小孩。你应该不能进去看我们玩。”

那又怎样，我心想。站在一边看爸爸和赞卓拉赌博可一点都不好玩。我说：“我以为他们那儿有老虎啊海盗船啊什么的。”

“哦，嗯。应该有吧。”她伸手去拿架子上的玻璃杯，露出T恤和低腰牛仔裤之间四个中文字刺青。“他们几年前出了一个面向家庭的套票，结果没卖起来。”

9

如果在另外的际遇下，也许我会喜欢赞卓拉——虽然这就像说我会喜欢那个打我的孩子，只要他不打我。她让我明白，女人超过四十也可以很性感，就算本来长得并没有多好看。她的脸算不上美（子弹般锐利的眼神，呆板的小鼻子，小小的牙齿），但她经常健身，胳膊和腿上的皮肤润泽光滑，是健康的小麦色，看起来好像还泛着水珠，仿佛涂了好多油膏。她总是穿着高跟鞋，摇摇欲坠，但走路飞快，扯着超短裙身体前倾，姿势有股奇异的吸引力。她的某些方面让我感到厌恶——沙哑的嗓音，写着“嘴唇玻璃”的小管子里厚重闪亮的唇蜜，耳朵上的那些洞，她总用舌头去舔的门牙豁口——但她身上同时也存在着某种热烈强悍、激动人心的东西。她没穿高跟鞋走路时，总会散发出潜行猫科动物般强壮与优雅。

香草可乐，香草味唇膏，香草味健身饮料，香草味伏特加。不工作的时候，她穿得好像喜欢打网球和嘻哈音乐的年轻母亲，白色超短裙，浑身上下挂满金饰。就连她的网球鞋也崭新雪白。在游泳池边阳光浴时，她穿着白色的钩针比基尼。她的背部宽而瘦，露出很多肋骨，不穿裙子时体格像个男人。“哦不，衣柜罢工了。”她说，从安乐椅上坐起身来，忘了拉紧比基尼上衣。我看到她的胸部和其他地方一样，是健康的小麦色。

她喜欢看真人秀节目：《生存者》《美国偶像》。她喜欢去盖璞旗下的混搭店和橘滋专卖店买衣服，喜欢给朋友考特尼打电话，“发泄一下”。遗憾的是，她发泄的大部分内容都关于我。“你相信吗？”某天爸爸不在，我听见她在电话上说，“我可没答应这个。孩子，你再说一遍？

“是啊，确实挺烦的，没错。”她继续说，懒懒地抽着万宝路淡烟，停在通往游泳池的玻璃门边，低头看着脚上刚涂好的蜜瓜绿指甲油。“不，”她听了一会儿后说，“不知道要多久。我是说，他以为我会怎么想？我可不是什么带孩子去踢球的中产阶级妇女。”

她的抱怨听起来例行公事，并未带太多内心感情。我不知道怎么才能让她喜欢我。以前我以为这个年纪的女人会喜欢小孩走过去和她们搭话，但我很快就发现，赞卓拉并不喜欢我找她开玩笑，或者在她心情不好时向她问好。有时候，当家里只有我们两个人时，她会把电视从 ESPN 换到别的台，我们坐在电视前吃着水果沙拉，平和地一起看着生活频道上的电影。但如果她嫌我烦，不管我说什么，她都会特别冷淡地说“显然”，让我觉得自己很蠢。

“呃，我找不着开罐器了。”

“显然。”

“今天晚上有月食。”

“显然。”

“你看，墙上的插座在冒火。”

“显然。”

赞卓拉上夜班。她一般会在下午三点半出门，穿着显露曲线的工作制服：黑色的夹克，用延展性良好的紧身材料做的黑裤子，衬衫最上面的扣子敞开着，能看到长着雀斑的胸骨。西装外套上的名牌上用大写字母写着赞卓拉，下方有行小字：佛罗里达。在纽约出去吃饭的那天晚上，她告诉我她想进入房地产行业。据我所知，她目前的工作是在赌城大道的一家赌场里管理名叫“镍币”的酒吧。有时候她会带着一盘用玻璃纸包好的酒吧小吃回家，比如肉丸和照烧鸡块，然后她和爸爸就会坐在没开声音的电视前一起把食物吃掉。

他们像两个和我不太合得来的室友。他们在家时，我待在房间里，把门锁好。他们出门时——他们总是出门——我就去房子里的其他地方游荡，想让自己熟悉这个宽敞的地方。大部分房间都没有家具，或者只有一两件，全都是裸露的地毯和相互平行的平面。这种开放空间和毫无遮挡的灿烂光线让我有些无所适从。

但与巴伯家比起来，这里更让人舒心些。我不必时刻提防着有人问起私人事宜，也不会成为众人的焦点。天空总是无边无际的丰厚的湛蓝色，就像冠冕堂皇的并不会兑现的诺言。没人在乎我换没换衣服，有没有去看心理医生。我可以懒散度日，整天躺在床上，一连看上五部罗伯特·米彻姆的电影也没问题。

爸爸和赞卓拉总是锁着他们的卧室——这对我而言是坏消息，因为赞卓拉的笔记本电脑也在里面，只有她在家时她才会将电脑拿下楼让我用。我趁他们不在时探索整座房子，发现了很多房地产小广告，箱子里有没拿出来过的新玻璃酒杯，一叠过期的电视预告册，一纸箱破破烂烂的二手简装书：《你的月亮星座》《南海滩饮食计划》《卡洛教你扑克玩家的身体语言》，还有杰姬·柯林斯写的《情人与玩家》。

我们没有邻居，周围的房子都空着。在马路对面过去五六座房子的地方停着一辆旧庞蒂亚克。车主是位神色疲惫的女人，胸部很大，头发凌乱，有时会在傍晚光着脚站在门前，手里抓着一包烟，用手机打电话。我第一次见到她时，看见她的T恤上印着“别恨玩家，恨这个局”。从那之后，我想到她时总是以“玩家”来代指她。除了“玩家”，我在这条街上只见过一个活人。那是个穿着黑色运动衫、大腹便便的男人，在死胡同的尽头把垃圾桶往街上拽。我想告诉他：没人来我们街收垃圾。我们家要倒垃圾时，赞卓拉会叫我拿着垃圾袋偷偷溜出去，扔在几扇门外烂尾房子前的废物堆里。到了晚上，除了我们的房子和“玩家”的房子，整条街上漆黑一片。这里荒僻得让我想起三年级读物里去内布拉斯加大草原探险的孩子，只是这里没有兄弟姐妹，没有友好的农场动物，也没有爸爸妈妈。

最让我难以忍受的是，我被困在这个哪儿也不挨的地方，四周没有电影院、图书馆，街角连家便利店都没有。“就没有公交车什么的吗？”某天晚上我问赞卓拉，她在厨房里打开当晚的小吃盘：辣鸡翅和蓝纹奶酪酱。

“公交车？”赞卓拉说，舔掉手指上的烧烤酱。

“这儿没有公共交通吗？”

“没有。”

“那大家怎么去别的地方？”

赞卓拉歪起头。“开车。”她说，仿佛我是个从没听说过汽车的弱智。

这里有一点好：有游泳池。我第一次下水的时候，不到一个小时，整个后背就被晒成了砖红色，当晚在新床单上辗转难眠。之后我学乖了，等太阳下山才去游。这里的暮色灿烂而忧郁，大片大片的橘黄，深红，《沙漠中的劳伦斯》描绘的那种朱赤色，然后浓重的黑暗就会如大门瞬间撞上般迅速来临。我仰面飘在水里的时候，赞卓拉的狗波帕——大部分时间，它都待在篱笆边阴影下的棕色塑料小屋里——会在池边来回奔跑，嗷嗷直叫。我仰面躺着，想从无数的白色亮点里辨认出我知道的星星：天琴座，仙后座，尾巴上有两个倒刺的天蝎座。小时候，在纽约的卧室里，这些星座都在夜光天花板上冲我眨眼，伴我入眠。现在它们都变了模样，光辉而冰冷，仿佛是神祇卸去了伪装，从天花板脱身飞回天上，回到了它们真正的天空之家。

10

新学期开始于八月第二周。学校四周围着栅栏，栅栏里是许多座又长又低的沙色建筑，建筑由带遮顶的走道连接起来。从远处看，学校很像一座安保宽松的监狱。但我一迈进校门，色彩鲜艳的海报和充满回声的走廊就让我觉得好像回到了梦里熟悉的校园：挤满人的楼梯井，低低嗡鸣的灯管，生物教室钢琴大小的水缸里养着鬣蜥，摆满储物柜的走廊熟悉得像是看过多次的电视剧。虽然这里与我以前读的学校只是看上去相似，但我还是感觉到了某种程度的真实和安心。

另一个英语高阶班在读《远大前程》，我所在的班读的则是《瓦尔登湖》。我把自己藏在书里的寒冷宁静之中，远离沙漠打在金属板上的耀眼亮光。上午休息的时候（老师把所有学生召集起来，然后赶到室外自动贩卖机旁边一块拦着铁链的空地上活动），我站在自己能找到的离阳光最远的地方，带着批量生产的简装书，用红色铅笔划出一些特别令人鼓舞的句子："大多数人在默默绝望中生活。""即使是在人类所谓的游戏和娱乐背后，也隐藏着固定的、传统的、不知不觉的绝望。"梭罗如果看到拉斯维加斯，看到它的灯光和骗局，垃圾和白日梦，对未来的预测和空洞的假象，会作何感想？

学校里充满令人不安的暂时性气氛。学生里有很多军人子弟、外国人，很多外国学生的父母是公司高管，来拉斯维加斯做高级管理和建设工作。有些同学在十年间辗转过九、十个州，还有好多人去过海外：悉尼、加拉加斯、北京、迪拜、台北。有些学生内向腼腆，他们的父母逃开乡村的辛苦生活，跑到这里当酒店的餐馆杂工和招待员。在这套新的生态系统里，钱财和长相都不能决定一个人的受欢迎程度。我逐渐明白，真正的决定因素是待在拉斯维加斯的时间长短。所以墨西哥来的美女和建设工程的继承人在午餐时间独自进食，而本地房地产经纪人和车行老板的平庸子女则当上了拉拉队队长和班长，组成了学校无可置疑的精英群体。

每天的天气都晴朗怡人。九月逐渐过去，令人憎恨的刺眼光芒变得柔和明亮，带上了风尘仆仆的金色。有时我会去西班牙语桌吃午饭，练习西班牙语；有时我会去德语桌吃午饭，虽然我不会说德语。选修德语 II 的学生里有几位是在纽约长大的，父母在德意志银行或汉莎航空工作。在所有课程里，我真心期待的只有英语，但班上很多同学都不喜欢梭罗，甚至出言抨击，仿佛他不是朋友，而是敌人（当然，梭罗的确说过从年长者身上学不到任何有价值的东西）。他对商业活动的蔑视让我觉得亲近，却触怒了英语高阶班里很多喜欢畅所欲言的学生。“哈，是啊，”一个自命不凡的男生说，他的头发打了很多发胶，梳得像个《龙珠 Z》里的人物，“要是大家都放弃社会，在森林里闲逛，这世界会是个什么样——”

“*我我我*。”后面有个声音哼唧道。

“这太反社会了。”在随之而来的笑声中，一个大嘴巴女生急切地插话。她在座位上动了动，转向老师（斯皮尔太太，身材修长的老好人，总是穿着棕色凉鞋和土色的衣服，一副重度抑郁的神情）。“梭罗就喜欢坐在罐头上，说他过得有多好——”

“*所以啊*，”龙珠 Z 男生说，兴致勃勃地提高声音，“如果所有人都像他说的那样不干了，会怎么样呢？如果所有人都学他，我们的社区会变成什么样？我们就不会有医院什么的了。也不会有道路。”

“蠢货。”一个直爽的声音低声道，声音刚好只能让周围的人听见。

我转头去看是谁：过道对面一个无精打采的男生。他懒懒地趴在桌上，用手指拍打桌面。发现我在看他，他扬起眉毛，表情生动：*你能相信这帮家伙居然这么白痴吗？*

“后面有谁说了什么吗？”斯皮尔太太说。

“梭罗才不在乎道路呢。”无精打采的男生说。他的外国口音让我吓了一跳，我不知道他来自哪里。

“梭罗是有史以来第一位环境学者。”斯皮尔太太说。

“也是第一位素食者。”后排一个女生说。

“显然，”另一个同学说，“喜欢吃脆的食物。”

“你们都没听懂我要说的话，”龙珠 Z 男生兴奋地说，“总得有人修路，大家不能都坐在森林里，整天观察蚂蚁和蚊子。这就叫文明。”

我的邻座发出一声不屑的大笑。他脸色苍白，身材瘦削，整个人有点脏兮兮的，稀疏的黑发垂下来搭在眼前，浑身有股流浪汉般破烂不堪的疲惫感，手上起了老茧，黑乎乎的指甲被啃秃了。他不像我以前上的西区学校那些头发油亮、滑雪时晒得黝黑的浑小子，仗着老爸是公司总裁和公园大道外科医师就横行霸道，他看起来更像是牵条流浪狗坐在人行道上的乞丐。

“嗯，要得到这些问题的答案，大家把书翻到第十五页，”斯皮尔太太说，“梭罗在讲自己对生活所做的试验。”

“怎么个试验法？”龙珠Z说，“住在森林里和山顶洞人有什么区别？”

黑发男孩皱起眉，在座位上往下滑得更深了。他让我想起圣马可之家那些看起来无家可归的孩子，那些孩子总是聚在一起分烟抽，比较着身上的伤疤，向过路人索要零钱——一样破破烂烂的衣服，骨瘦如柴的胳膊，手腕上黑色的皮环。他们对别人的态度非常复杂，但大体上他们是这样想的：我们不是一类人，别傻了，我太酷了犯不上理你，别过来搭话。这就是我对邻座的第一印象，而他是我在拉斯维加斯交上的唯一一个朋友，也是我这辈子最好的朋友之一。

他叫鲍里斯。不知怎的，那天放学时，我们很自然就站在一起等校车。

“哈。哈利·波特。”他打量着我说。

“滚。”我有气无力地说。在维加斯，这已经不是第一次有人叫我哈利·波特。我还穿着从纽约带来的那一身衣服：卡其布长裤，白色牛津衬衫，不戴就看不清东西的玳瑁壳眼镜。学校大部分人都穿着无袖上衣和夹脚凉鞋，所以我看起来像个怪人。

“你的扫把呢？”

“落在霍格沃兹了，”我说，“你呢？你的板子呢？”

“啊？”他说，向我凑过身来，伸手搭在耳后，做出表示耳聋的夸张动作。他比我高了一头，穿着马丁靴和膝盖破洞的旧衣服，黑色T恤看起来像是二手货，上面用白色的歌德字体印着滑雪板商标：永非夏季。

“你那件衣服，”我点了下头，“沙漠里滑不了几次雪吧。”

“没有，”鲍里斯说，把挡住眼睛的刘海拨开，“我不会滑雪，只是讨厌阳光而已。”

我们一起上了校车，坐在离车门最近的座位上。其他孩子涌向车的后部，我们坐的显然不是好座位。但我以前没怎么坐过校车，他显然也一样，我们都自然地找了最近的空位坐。一开始谁都没说话，但坐车的时间很长，我们不知不觉就交谈起来。我得知他也住在峡谷阴影里，但比我远得多，在即将被沙漠吞噬的居住区尽头。那儿有很多房子没有建完，街上到处都是沙子。

“你来这儿多久了？”我问。在学校里，所有人都会互相这么问，好像我们是狱友。

“不记得了。两个月？”他的英语很流利，带有浓厚的澳洲口音，但底下还有别的什么，有点像德古拉公爵或克格勃特工的腔调。“你是从哪儿来的？”

“纽约。”我说，满意地看他惊讶地沉默了片刻，垂下目光，好像在说：真酷。“你呢？”

他做了个苦脸。“嗯，让我想想，”他说，靠到椅背上，伸出手指比划着，“我在俄国、苏格兰住过，还算酷吧，可我不记得那些日子，还在澳大利亚、波兰、新西兰住过，在得克萨斯住了两个月，在阿拉斯加、新几内亚、加拿大、沙特阿拉伯、瑞典、乌克兰也住过——”

“老天。”

他耸耸肩。“主要还是澳大利亚、俄罗斯和乌克兰这三个地方。”

“你会说俄语吗？”

他做了个手势，我理解为会一点。“也会乌克兰语和波兰语。但我都忘得差不多了。前两天我还在想蜻蜓用这些语言怎么说，但就是想不起来。”

“说两句听听。”

他说了，听起来满是喉音，口水四溅。

“什么意思？”

他咯咯地笑了起来。“‘我操’。”

“哦？俄语？”

他笑得露出了不像美国人的有点发灰的牙齿。“乌克兰语。”

“我还以为乌克兰人说俄语。”

“嗯，乌克兰有些地方的人是说俄语。这两种语言挺像的。呃——”他咂了一下舌头，翻了个白眼，“也没那么像。数字不一样，但周一到周日用词都一样。我的名字在这两种语言中拼法不同，但在北美洲用俄国拼法更方便，所以是带I的鲍里斯，不是Y。西部人都知道鲍里斯·叶利钦……”他歪过头，“鲍里斯·贝克尔①——”

“鲍里斯·巴德诺夫——”

“呃？”他语气尖锐地说，转过头看我，好像我侮辱了他。

“波波鹿，鲍里斯和娜塔莎，没听过？”

“哦，对。鲍里斯王子！《战争与和平》。我和他名字一样。不过鲍里斯王子的

① 网球运动员。

姓是德鲁别茨科伊，不是你说的那个。”

“那你的母语是什么？乌克兰语？”

他耸耸肩。“大概是波兰语吧。”他说，靠回椅背上，摆头甩了下头发。他的眼睛严厉而狡黠，瞳孔很黑。“我母亲是波兰人，来自靠近乌克兰边境的热舒夫。俄语，乌克兰语——乌克兰是苏联的卫星国嘛，所以我两种都会说。俄语说得没那么多，它适合用来骂人。对于斯拉夫语——俄语、乌克兰语、波兰语，还有捷克语——只要会一种，其他就都差不多能懂。不过现在还是英语用起来最容易。以前是反过来的。”

“你觉得美国怎么样？”

“所有人都笑得这么夸张！呃——大多数人。你不算。我觉得这很傻。”

他和我一样是独生子。他父亲（在西伯利亚出生、诺沃干斯克长大的乌克兰公民）从事矿产勘探工作。“很重要的工作——他会去世界各地出差。”鲍里斯的母亲，他父亲的第二任妻子，已经去世了。

“我母亲也是。”我说。

他耸耸肩。“她去世很多年了，”他说，“她酗酒，一天晚上喝醉了，从窗户摔下去死了。”

“哇。”我说，震惊于他可以如此轻易地说出来。

“是啊，挺惨的。”他不在乎地说，望向窗外。

“那你是哪国人？”我沉默了片刻后说。

“啊？”

“呃，你母亲是波兰人，你爸爸是乌克兰人，你是在澳大利亚出生的，那你——”

“印度尼西亚。”他狡猾地笑着说。他的眉毛很黑，在他说话时动来动去。

“怎么回事？”

“嗯，我护照上的国籍是乌克兰。我在波兰也有部分公民权。但印度尼西亚才是我想回去的地方，”鲍里斯说，又撩了一下头发，“呃，我最想回去的地方是——PNG。”

“哪儿？”

“巴布亚新几内亚。在我去过的地方里，我最喜欢那儿了。”

“新几内亚？我以为他们会捕猎人头。”

“现在不了。至少没那么多了。这条手链就是从那儿来的。”他说，指向手腕上众多黑色皮环中的一条，“我朋友拜米给我做的。他是我们在那儿的厨师。”

“那儿怎么样？”

“挺好的，”他说，斜眼瞥了我一眼，似乎觉得这个问题有点好笑，“我养了只鹦鹉，还有只宠物鹅。还学了冲浪。但六个月以前，爸爸又把我带到阿拉斯加的一个小镇里。苏厄德半岛，好像就在北极圈下面。五月中旬，我们又坐螺旋飞机去了费尔班克斯，然后又来了这儿。”

“哇。”我说。

“阿拉斯加无聊透顶，”鲍里斯说，“成堆的死鱼，网络信号可差了。我应该跑掉的——真希望我早就跑掉了。”他苦涩地说。

“跑去哪里？”

“就待在新几内亚，住在海滩上。不管怎样，谢天谢地，我们没在阿拉斯加待完一整个冬天。几年前我们在加拿大北部阿尔伯塔省待过，整个镇只有一条街，好像就在普斯库普河旁边。整个冬天天都黑着，从十月到三月，什么事都做不了，只能看看书，听加拿大广播。要洗个衣服都得开出五十公里。不过——”他笑了起来，“比乌克兰好多了。和乌克兰一比，加拿大的那个地方简直就是迈阿密海滩。”

“你爸爸是干什么的来着？”

“大部分时间在喝酒。”他不开心地说。

“那他真该见见我爸爸。”

他又突然大声地笑起来，简直就像在往人身上吐唾沫。“是啊。真棒。那他找妓女吗？”

“找了我也不惊讶。”我愣了一下后说。爸爸不管干什么都不会让我震惊，但我没想象过他会去高速路旁边“现场女郎”和“绅士俱乐部”那样的地方。

车里越来越空，离我家只有几条街了。

“嘿，我到站了。”我说。

“想到我家来看会儿电视吗？”鲍里斯说。

“呃——”

“哦，来吧。没人在家。我有《冰山营救》的 DVD。”

11

校车不会一直开到峡谷阴影最深处，也就是鲍里斯家。要从终点站走二十分钟才能到他家，路上得完全暴露在灼热的阳光下，穿过满是沙尘的道路。我所住的街道上很多都是丧失赎回权的房子，也挂了很多待售的牌子（晚上，车内广播的声音能传出好几里地），但我还是没想到峡谷阴影的最尽头能瘆人到这种地步：像可怖天空下的一座玩具城，在沙漠边缘逐渐消失。大多数房子看起来从来没人住过。有些房子没建完，窗户上没有玻璃，到处都是被沙尘吹得发灰的脚手架、成堆的混凝土和发黄的建筑材料。木板封起的窗户让房子显得盲目斑驳，失去了平衡，仿佛遭殴打后裹了绷带的脸。我们走着，我被人遗弃的感觉越来越强，越来越不安，仿佛是走在辐射或瘟疫后荒芜一人的星球上。

“他们建得太往外了，”鲍里斯说，“现在沙漠要抢回它的地盘。至于发放房贷的银行，”他笑了起来，“去他的梭罗，嗯？”

“这座城就像是在对梭罗说去你的。”

“跟你说，真正倒霉的是买下这些房子的人。好多房子里连自来水都没有。他们付不起钱，银行就收回去了——所以爸爸才能这么便宜就把房子租下来。”

“哈。”我顿了顿说。我从没深究过爸爸怎么负担得起那么大的房子。

“我爸爸会挖矿。”鲍里斯毫无预兆地说。

“什么？”

他拨开浸满汗水的黑发。“不管我们去哪儿，大家都讨厌我们。因为他们承诺挖矿不会破坏环境，结果挖出来的矿还是破坏了环境。可是在这儿——”他以俄国式听天由命的态度耸了耸肩，“老天，这里就是个见鬼的沙坑，有谁在乎？”

“哈，”我说，突然注意到我们的声音在无人的街道里传出老远，“这儿可真空啊。”

“嗯。跟个坟场似的。只有一家人住在这儿——在那边。房子前面停着一辆卡车，看见了吗？我猜他们是非法移民。”

“你和你爸爸是合法过来的吧？”这在我们学校也是个问题。有些学生是偷渡过来的，走廊里还有相关的海报。

他噗的一声笑了。“当然了。矿上的那些人负责这些事。也可能是别人。但那边住的那些人——可能有二三十个吧——都是男人，住在一座房子里。说不定是毒贩。”

“真的？”

“肯定在做什么不法勾当，”鲍里斯阴沉地说，“我对此很确定。”

鲍里斯住的地方两侧都是空房，空房里面堆满了垃圾。他住的房子很像爸爸和赞卓拉住的地方：铺满地面的地毯，崭新发亮的家电，一样的房间布局，没什么家具。但他家室内太热了，游泳池里没有水，底部积了几寸厚沙子，根本没有所谓的后院，连棵仙人掌也看不见。所有表面——家电，料理台，厨房地板——都落了一层细沙。

“喝点什么？”鲍里斯说，打开冰箱，冰箱里面是一排闪亮的德国啤酒瓶。

“哦，哇，谢了。”

“我住在新几内亚的时候，”鲍里斯说，用手背抹了一下额头，“发了场好大的洪水。好多蛇……非常危险，吓人……院子里漂过来‘二战’留下的没引爆的矿下炸弹……死了好多鹅。总之——”他打开一瓶啤酒，“所有的水都不能喝了。会得斑疹伤寒。我们只有啤酒——百事可乐喝完了，葡萄酒喝完了，碘片也吃完了，整整三周，爸爸和我只能喝啤酒！午餐也喝，早餐也喝，只有啤酒。”

“听起来倒也没那么糟。”

他做了个鬼脸。“一直头疼。新几内亚当地的啤酒味道糟透了。这才是好啤酒！冷冻室里还有伏特加。”

我想说好，给他留个好印象，但我想了想外面的热度和回家要走的路，最后说：“不用，谢了。”

他拿起酒瓶和我碰了一下。“我同意。喝烈酒太热了。爸爸喝得太多，脚上的神经都没知觉了。”

“真的？”

“叫什么来着——”他皱起脸使劲回想，“外周神经病变。”他把重音落在“周”字上。“他在加拿大住过院，医生教他怎么走路。他站起来，倒在地上，鼻子都出血了——笑死人了。”

“听起来很逗。”我说，回想起我曾经看见父亲手脚并用，爬到冰箱旁边拿冰。

“可逗了。你家的喝什么？你爸爸？”

“苏格兰威士忌。以前。他现在大概是戒了。”

“哈，”鲍里斯说，好像觉得这句话一点也不新鲜，“我爸爸也爱喝——这边的高档威士忌很便宜。对了，要不要看看我的房间？”

我以为他的房间会和我的差不多，结果吃了一惊。他打开门，出现在我面前的是用各种东西拼起来的帐篷。屋内满是沉闷的万宝路烟味，到处都堆着书，四处散落着不知道从何时留下的啤酒瓶和烟灰缸，地毯上堆着成山的毛巾和脏衣服。墙上铺着大片印花布，红的，绿的，蓝的，紫的。床垫上垂着布料，床头挂着一面印有锤子与凿子的红色旗帜。好像俄国宇航员坠落在丛林里，用国旗和四处搜集来的本地织物给自己搭了个庇护所。

“这都是你做的？”我问。

“我能把它折起来放进箱子，”鲍里斯说，一头扑倒在色彩斑斓的床垫上，“只要十分钟就能再搭起来。要看《冰山营救》吗？”

“好啊。”

“很棒的电影。我看过六次了。我很喜欢她钻进飞机去冰上救人那一幕。”

但那天下午，我们最后还是没看《冰山营救》，可能是因为我们一直在说话，没来得及下楼打开电视。鲍里斯是我认识的同龄人中经历最丰富的一个。他上的是最差劲的学校，而其实他很少上学。在他爸爸工作的那些偏远地区，往往根本没有可以让他去的学校。“有教学视频，”他说，一边大口喝啤酒一边瞥我，“还可以根据视频做测验。不过得有网才行，如果是在加拿大和乌克兰北部，那就没网可用了。”

“那你怎么办？”

他耸耸肩。“读好多书呗。”他说得克萨斯州有个老师从网上给他下了一份教学大纲。

“在艾丽斯泉总有学校吧。”

鲍里斯笑了起来。“当然有，”他说，吹开脸上一缕汗津津的发丝，“不过妈妈死后，我们去北领地生活了一阵子，在阿纳姆地，那镇子好像是叫卡姆梅瓦拉戈？方圆几英里内什么都没有——只有给矿工住的拖车，有个加油站，加油站后面是个酒吧，卖啤酒啊威士忌啊三明治啊什么的。嗯，管酒吧的是米克的老婆，好像叫朱迪？我每天——”他仰脖灌了一大口啤酒，“我每天就是和朱迪一起看肥皂剧，晚上和她一起在吧台后面待着，看爸爸和他手下那帮人喝得烂醉。台风季节，连电视信号都收不到。朱迪把录像带藏在冰箱里，免得被毁掉。”

“录像带为什么会被毁掉？”

“太潮湿了，到处都发霉。鞋和书都发霉，”他又耸耸肩，“那时我没现在这么能说，因为我的英文还不太好。特别内向，老是一个人坐着，不太搭理别人。可是朱迪会跟我说话，特别亲切，就算我根本听不懂她在说什么。我每天早上都去找她，她给我做一盘同样的炒菜。不停下雨。我会帮她打扫酒吧，扫地，洗盘子。她不管去哪儿，我都在后面跟着，像刚孵出来的鹅。这是杯子，这是扫帚，这是吧椅，这是铅笔。酒吧就是我的学校。还有电视——放杜兰·杜兰和乔治男孩的录像带——全英文。她最爱看《牧场姐妹》。我们总是一起看，要是我哪儿没看懂，她就给我解释。我们会聊剧里那几个女儿的事，克莱尔出车祸死了时我们还哭了。她说她要是能拥有一个德里弗那样的地方，她会带我去那儿，一起快乐地生活，像麦克勒德家那样，让所有女人都给我们工作。她年轻又漂亮。金色的鬈发，眼睛蓝蓝的。她老公说她是个婊子，不是个东西，但我觉得她就像电视剧里的乔迪。她会和我说一整天的话，给我唱歌，教我唱点歌机里的歌。‘城里一片漆黑，夜晚活力四射……’我很快就能流利地说话了。说英语啊，鲍里斯！我在波兰学过一点英语，你好、抱歉、谢谢你之类的。我跟她待了两个月，就可以滔滔不绝地说话了！之后就没停下来过！她人很好，对我总是很亲切。不过她每天都会躲到厨房里哭，因为她实在太讨厌卡姆梅瓦拉戈了。”

时间已经很晚了，但外面仍然阳光灿烂，空气灼热。“我快饿死了。”鲍里斯说，站起来伸了个懒腰，肚子从工装裤和破衬衫之间露了出来：向内凹陷的惨白色皮肤，好像是饥饿的圣人的。

“有什么吃的？”

“面包和糖。”

“开玩笑。”

鲍里斯打了个哈欠，揉了揉红红的眼睛。“你没吃过撒糖的面包？”

“没别的东西了吗？”

他有点疲惫地耸肩。“我有披萨优惠券。一大堆好吃的脂肪。不过他们不会送到这么远的地方来。”

“我以为你家有厨师。”

“嗯，以前有过。在印度尼西亚的时候，在沙特阿拉伯时也有。”他抽起了烟。他问我抽不抽，我拒绝了。他看起来有点颓废，在房间里走来走去，仿佛听着音乐一样蹦蹦跳跳，虽然周围很安静。“我们在沙特的厨师很酷，名叫阿卜杜勒·法塔赫。这名字的意思是‘营养之门守门人之仆’。”

“呃，这样吧，去我家好了。”

他一屁股坐到床上，双手搭在两膝之间。“别告诉我那婊子还会做饭。”

“不，但她在酒吧工作，那里有自助餐。她会带吃的回家。”

“那太好了。”鲍里斯说，摇摇晃晃地站起来。他已经喝光了三瓶啤酒，正在喝第四瓶。我们走到门边，他拿了把雨伞，也递给我一把。

“呃，这是？”

他撑开伞，出了门。“这样走起来凉快些，”他说，在阴影里的整张脸都是蓝色的，“不会晒伤。”

12

在认识鲍里斯之前，我一直坚强地忍耐着独处的时光，甚至都没有意识到自己有多孤独。如果我们中的任何一人生活在一个哪怕只有一半正常的家庭里，有门禁，要做家务，有大人看着，我们就不会这么快就熟稔起来，以至于形影不离。从那天开始，我们总是待在一起，一起寻找食物，一起分享仅有的一点零花钱。

在纽约，我周围有很多久经世故的小孩——他们在海外生活过，会说三四种语言，在海德堡大学参加夏令营，度假时去的都是里约、因斯布鲁克和安提布岬这种地方。可与鲍里斯比起来，那都只是小菜一碟。他像个久经风霜的老船长：骑过骆驼，吃过木蠹蛾幼虫，打过板球，得过疟疾，在乌克兰街头流浪过（“但也就两周而已”），独自点燃过炸药，在满是鳄鱼的澳洲河流里游过泳。他用俄文读过契诃夫，用乌克兰语和波兰语读过好多我没听说过的作品。他体验过俄国黑暗的冬季，当时气温是零下四十度，没完没了地下着冰雹、雪和黑冰。他父亲喜欢去的地方酒吧里有棵二十四小时亮着的绿色霓虹灯棕榈树，那就是当地唯一令人精神振奋的景致了。虽然他只比我大一岁——十五岁——但已经有了性经验，第一次是在阿拉斯加。在便利店的停车场里，他向那个女人要了根香烟。那个女人问他要不要到她的车里坐一会儿，结果他们就做了。（“不过，你知道吗？”他说，嘴角吐出烟雾，“我觉得她不太享受。”

“你呢？”

“老天，当然了。不过我得告诉你，我知道自己做得不太对。大概是因为车里太挤了。”）

我们每天都一起坐车回家。德萨托亚庄园的社区中心只建了一半，大门紧锁，盆里的棕榈树都死了，枝叶变成棕色。中心里有片废弃的操场，我们在自动贩卖机里买了日益减少的饮料和热化了的糖果条，坐在操场的秋千上抽烟聊天。他脾气不好，经常郁郁寡欢，但总是很快就会虚弱地纵声大笑。他狂野又忧郁，有时能把我逗得笑到两肋发痛。我们总是有无数可聊的事，经常忘了时间，一直聊到天黑。他在乌克兰亲眼见过一位通过选举上台的政要在走向汽车的路上被人一枪射中腹部——他只看到了被害者，没看到开枪的人。他看着那个肩膀宽大的人跪倒在黑暗的雪地里，身上的大衣显得太紧太小。在加拿大艾伯塔省靠近齐佩瓦保护区的地方，他在一家有着锡屋顶的学校上过学。他给我唱了波兰语的摇篮曲。“在波兰，我们的作业经常是背诵一首诗，或者唱一首歌，也可能是背诵祷告词，诸如此类的东西。”他还教我用俄语骂人。“这可是真正的俄国黑话——从古拉格传下来的。”“他还讲了他在印度尼西亚时如何被朋友兼厨师拜米说服，信了伊斯兰教，从此不吃猪肉，在斋月禁食，每天面向麦加祈祷五次……”

“‘阿拉伯的鲍里斯’听起来还挺顺耳的。”

“去你的吧，”他有点生气地说，“我信伊斯兰教是出于政治上的考虑。”

“什么？”

他嗤笑一声。“伊斯兰教并不推崇暴力。”

“那是为了什么？”

他跳下转椅，警觉地瞥了我一眼：“你说‘为了什么’是什么意思？你想说什么？”

“你至于这样吗！我只是问个问题。”

“那你继续问吧。”

“你既然改了信仰，那之前你相信什么？”

他仰起头吃吃地笑起来，好像觉得我放过了他，“相信？哈！我什么也不相信。”

“啊？你是说现在？”

“从来就什么也没信过。嗯——圣母玛利亚，有点信吧。安拉和上帝？不太信。”

“那你为什么想成为伊斯兰教徒？”

“因为——”他伸出双手，他不知道如何表达自己时总是这样，“那些人那么好，对我又那么热情！”

“这也能算理由啊。”

“嗯，开始真是因为这个。他们给我取了个阿拉伯名字——白德尔丁。白德是月亮，这个名字的意思是忠诚之月。可他们说，‘鲍里斯，你叫白德是因为你现在是伊斯兰教徒了，你无论去哪儿，宗教会照亮你去过的所有地方，宗教会照亮这个世界。’我很喜欢当白德。而且清真寺也很棒。倒塌的宫殿——晚上有好多星星，屋顶上住着鸟群。有个爪哇老头教我们可兰经。他们让我吃饱饭，对我很亲切，确保我身体干净，也有干净衣服穿。有时候我会在祈祷垫上睡着。礼拜时临近清晨，鸟群都醒了，总能听到翅膀扇动的声音！”

虽然他的澳洲—乌克兰口音很奇怪，但他说英语几乎和我一样流利。考虑到他在美国生活的时间并不长，他说话的方式也已经够美国化的了。他总是翻着一本破破烂烂的口袋词典。词典的封面上用斯拉夫字母写着他的名字，底下是仔细写上去的同样内容的英语：鲍里斯·弗洛迪米洛夫维奇·帕夫利科夫斯基。我总能看见他在 7-11 便利店的纸巾和其他废纸片涂写词句：

马辔和驯养
敏捷度
小餐馆
智者
亲缘关系
失职行为

词典帮不到他时，他会问我。“二级生是什么？”他看着学校大厅里的公告板问我，“家政学？政治学？”食堂里的好多食物他都没听说过：墨西哥肉卷、鹰嘴豆饼、烤鸡脆皮面。他热爱电影和音乐，但他的口味已经远远落后于时代；他对体育、游戏和电视一无所知，除了像奔驰和宝马这样的欧洲大品牌，也分不清其他牌子的汽车。美币让他困惑不已，有时候美国地理也一样：加利福尼亚属于哪个州？我能不能告诉他新英格兰的首都是哪座城市？

他习惯了独来独往。他会开开心心地自己起床上学，自己搭车，自己填写学校报告卡，自己购买食物和学习用品。每隔一两周，我们就会在令人窒息的热度中多走出几里路，像印度尼西亚部落民族那样打着伞，坐上绰号大猫的本地狭小公交。就我所知，坐这种车的只有醉汉、买不起汽车的穷人和小孩。公交的时间总是不准，如果我们错过一辆，就只能站在原地等下一辆。但公交会停靠在一家购物中心的门口，里面的超市冷气很足，灯火通明，员工人手不足。鲍里斯会偷来两人份的牛排、黄油、成盒的茶叶、黄瓜（对他而言是奢侈品）、袋装培根，在我感冒时甚至还偷过咳嗽药水。他会把这些东西都藏在一件难看的灰色雨衣的衬里（成年男人尺寸的雨衣，对他来说太大了，肩膀处总是下滑，看起来有种肃穆的东方氛围，让人想起食品定量分配和苏联时代的工厂，比如利沃夫或敖德萨的工业建筑群）。他四处闲逛时，我就在货架尽头望风，紧张得有时候担心自己会晕过去。但没过几次，我就开始往口袋里装苹果和巧克力（也是鲍里斯的最爱），然后明目张胆地走到收银台前去买面包、牛奶和其他没法偷的大件。

在纽约，我大概十一岁时，母亲给我报了夏令营里的厨艺课，我学了几道简单的菜：汉堡包、烤奶酪（母亲加班时，我有时会做给她吃），还有鲍里斯所说的“鸡蛋吐司”。我做饭时，鲍里斯就坐在料理台上晃着腿，踢着柜子跟我聊天。我们吃完后他会洗碗。他告诉我，他在乌克兰曾经为了吃的去偷钱。“被人追了一两次，”他说，“但都没被抓住。”

“我们什么时候去赌城大道吧。”我说。我们站在我家的厨房灶前，拿刀叉直接吃着煎锅里的牛排。“如果要干，就得去那儿干。我从没见过那么多的醉汉，而且都不是这儿的人。”

他停止咀嚼，表情震惊。“为什么？在这儿偷多容易，商店那么大！”

“说说而已。”门卫送我的钱还能支撑一段时间。鲍里斯和我一次只花几元钱，不是花在自动贩卖机上，就是在学校旁边的 7-11 店里，鲍里斯把那家店称为“杂志摊”。但这钱不可能一直用不完。

“哈！如果你被抓起来了，我该怎么办，波特？”他说，从牛排上撕下较肥的一块，扔给狗吃。他已经训练它学会用后腿站起来跳舞。“谁来做晚饭？谁来照顾卡扣？”对赞卓拉的狗波帕，他叫过“戊完基”“硝铵”“鸡米花”和“卡扣”，就是不叫原先的名字。我不该把狗带进屋，但我还是放它进来了，因为我已经受不了再看它使劲拽着链子往玻璃门里瞧，头都快断了。它只要进屋，它就会变得格外安静。

它总是跟在我们身后，紧张地小步跑着，楼上楼下寸步不离，极度寻求关注。鲍里斯和我在我的房间里读书、争吵、听音乐时，它就在地毯上蜷起来睡觉。

“说真的，鲍里斯，”我说，撩了一下眼前的头发（我急需剪头发，但又不想花这个钱），“我看偷钱包和偷牛排也没什么差别。”

“差别可大了，波特，”他拉开双手，向我展示差别有多大，“偷上班族的钱和偷剥削人民的大公司的钱的差别。”

“好市多可没剥削人民。它是家廉价超市。”

“那好吧。你的聪明点子是偷私人的生活必需品。嘘。”他对狗说，后者正大声吠叫着，想要更多牛排。

“我不会偷辛苦工作的穷人的东西，”我说，扔了块牛排给波帕，“但维加斯有好多不正经的人，兜里装满了钱。”

“不正经？”

“会骗人、不诚实的人。”

“啊，”他扬起深黑的眉毛，“那也行。可是你如果偷不正经的人的钱，比如帮派成员，他们就会跑来伤害你，不是吗？”

“你在乌克兰就不怕被伤到？”

他耸耸肩。“有可能会被打一顿。但至少不会枪毙。”

“枪毙？”

“对，枪毙。别那么惊讶。这里可是牛仔之国，谁知道会发生什么事呢？是个人就有枪。”

“我又不是说去偷警察。我是说喝醉的旅客。周六晚上到处都是喝醉的游客。”

“哈！”他把煎锅放到地板上，让狗去舔，“你会进监狱的，波特。毫无道德心，钱财的奴隶。你这个公民可真不怎么样。”

13

到了十月份，我们几乎每天都在一起吃晚饭。鲍里斯一般在饭店会喝三四瓶啤酒，所以吃饭时改喝热茶。他饭后会再来一小杯伏特加，我很快也染上了这个习惯。“能帮助消化。”他这么解释。然后我们读书做作业，有时吵架，经常在电视机前喝着酒和衣而眠。

“别走！”鲍里斯说。这天我们在他家，我站起身要走时，《豪勇七蛟龙》正播到尾声——最后一场枪战，尤尔·伯连纳正在召集各路高手。“你会错过最精彩的部分。”

“嗯，可是快十一点了。”

鲍里斯躺在地上，用胳膊撑着身体。他留着长头发，身材狭窄，看起来瘦弱得不堪一击，与尤尔·伯连纳截然相反。但他们身上又有种奇异的相似性：他们都狡猾而机警，总是好笑地看着一切，有点冷酷，斜眼瞥人时有点蒙古人或鞑靼人的气质。

“叫赞卓拉来接你，”他打着哈欠说，“她几点下班？”

“赞卓拉？别逗了。”

鲍里斯又打了个哈欠，因伏特加而睡眼蒙眬。“那就睡在这儿吧，”他说，翻了个身，抬手挠了挠脸，“他们会找你吗？”

他们会回家吗？有时候不。“我想大概不会。”我回答。

“嘘，”鲍里斯说，坐起来伸手拿烟，“好好看着。坏人要出场了。”

“你看过这部电影？”

“我看过带俄语字幕版的，你相信吗？不过是文绉绉的俄语。娘娘腔。‘娘娘腔’这个词用得对吗？反正不像枪战片，更像教学视频。”

14

我在巴伯家时满心悲恸，过得非常痛苦，现在再想起来，公园大道就像迷失的伊甸园，让我深深憧憬。学校有电脑可用，但安迪不擅长写电子邮件，他写给我的信平淡得让我沮丧。*你好，西奥。希望你暑假过得还好。爸爸买了艘新船，叫“押沙龙”号。母亲不肯上船，遗憾的是，我没有选择。日本语II让我有些头疼，其他一切都好。*巴伯太太尽责地回复着我寄去的实体信件，总是在登普西·卡罗尔文具店带有店标的定制信笺上写下寥寥数行，但信里毫无私人内容。她总以“*你好吗？*”开头，以“*时刻想起你*”结尾，但从没提过“*我们想你*”或“*真*

希望能再见到你”。

我给得克萨斯的皮帕写信，不过她应该还很虚弱，无法回信——这样正好，毕竟大多数信我都没有寄出去。

亲爱的皮帕：

你好吗？你喜欢得克萨斯吗？我经常想你。你去骑那匹你喜欢的马了吗？我在这边一切都很好。这儿太热了，不知道你那边如何。

这样的信也太无聊了。我扔掉信，重新写起。

亲爱的皮帕：

你好吗？我一直在想你，希望你过得还好。希望得克萨斯一切都还可以棒极了。我挺讨厌这里的，不过我交了些朋友，已经有点习惯了。

不知道你会不会想家？我会。我很想纽约。真希望我们住得更近一些。你的头怎么样了？希望好多了。很遗憾——

“你女朋友？”鲍里斯嚼着苹果问，站在我身后看我写信。

“滚。”

“她怎么了？”他见我没有回答，又问，“你打她了？”

“什么？”我心不在焉地说。

“她的头。你打了她，所以现在写信道歉？”

“哈，对啊。”我说。我看到他真诚专注的表情，发现他是认真的。

“你以为我会打女生？”我说。

他耸耸肩。“也许是她活该呢。”

“呃，在美国，我们不打女人。”

他皱起眉，吐出一颗苹果核。“嗯。美国只会迫害那些和他们信仰不一样的小国。”

“鲍里斯，闭嘴，别理我。”

但他的反应让我心生不安。我不再给皮帕写信，转而给霍比写。

亲爱的霍伯特先生：

嗨，你好吗？希望你还好。我还没写信感谢你在纽约最后几周亲切的招待。希望你和科斯莫都还好，我知道你们都很想皮帕。她怎么样了？希望她能回去弹琴。希望——

但我也没把这封信寄出去。所以，我收到霍比写来的一封名副其实的长信后高兴坏了。

“你拿的是什么？”父亲怀疑地说。他瞥到纽约的邮戳，从我手里一把拿过信。“是什么？”

爸爸已经撕开信封。他迅速扫了一眼，随即失去兴趣。“喏，”他说，把信还给我，“抱歉，孩子。我的错。”

信本身就漂亮得像件艺术品：质地良好的信纸，优雅的笔迹，就像安静的房间和钱发出的低语。

亲爱的西奥：

我很想收到你的消息，但也很高兴至今没收到，希望这意味着你过得快乐而忙碌。这里的叶子已经变色，华盛顿街湿漉漉的，一片金黄。天气开始变冷了。周六早晨，科斯莫和我四处漫步，进奶酪店时我会把它抱起来。不知道这样是否合法，但店里的女孩子会把碎奶酪收集起来给它吃。它和我一样思念皮帕，也和我一样喜欢食物。现在有霜精出动了，我们有时会在壁炉边就餐。

希望你在那边已经安顿下来，也交了朋友。我和皮帕打电话时，感觉她并不喜欢那边，但身体无疑是好多了。感恩节时我会飞过去看她。不知道玛格丽特会不会欢迎我，但皮帕想让我去。如果可以带科斯莫上飞机，我就也带它过去。

我随信附了一张照片，希望你会喜欢。那是最近刚过来的奇彭代尔书桌，状态很糟，听说之前一直放在纽约瓦特弗利特的工具棚里，没有暖气。到处都是伤痕和缺口，上层断成了两半。不过，你看它的抓球爪式脚，看那承重的后掠式鸟爪！照片里的桌脚不太清楚，但你应该可以看清那鸟爪承受了多大的压力。这是件大师级作品，真希望他们能更爱护一些。不知道你能不能看清桌面上的花纹——棒极了。

我每周都会开几次店门，接待事前预约的客人。大部分时间，我还是在楼下忙碌，打理那些私人客户送来的物件。斯科尼克太太和其他几位邻居问起你来着。这边没什么变化，不过韩国超市的赵太太中风了（非常轻，她已经回来上班了）。哈德森街上我特别喜欢的那家咖啡馆停业了，好伤心。今天早上我散步过去，他们好像要把那儿改装成——嗯，我不知道你会怎么称呼——某种日本新式店铺。

我又说得太多了，都快没地方写了。希望你过得快乐，一切都好，希望你在那儿的生活没有你想得那么寂寞。如果我能为你做什么或者替你帮忙，说一声就好。

15

那天晚上，我在鲍里斯家喝醉了，躺在铺着蜡染布的床上，努力回忆皮帕的模样。月亮从没挂帘子的窗户直射进来，又大又清楚，我分了心，回想起母亲曾讲过她小时候坐在老别克车的后座上，跟着父母去参加马术表演。“要走很久——在土路上开十个小时。摩天轮，铺着锯末的马术场，到处都是爆米花和马粪的气味。有天晚上，我们住在圣安东尼奥，我有点崩溃了——想要自己的房间，你知道吗，想要我自己的狗，自己的床。爸爸在训练场上把我抱起来，叫我抬头看月亮。‘想家的时候，’他说，‘你就抬头看。你不管走到哪儿，月亮都是一样的。’他去世后，我去和贝丝姑姑一起住——即便是现在，在纽约城，我每次看见满月，就感觉他好像在叫我不要回头，不要悲伤，我在哪儿家就在哪儿，”她吻了一下我的鼻子，“或者说，你在哪儿家就在哪儿，宝贝。我的星球是绕着你转的。”

我身边传来响动。“波特？”鲍里斯说，“你还醒着吗？”

“能问你个问题吗？”我说，“印度尼西亚的月亮长什么样？”

“你想说什么？”

“或者哪儿的月亮都行，比如俄国。和这儿一样吗？”

他用指节轻弹一下我的太阳穴。我已经很熟悉这个手势了，他的意思是“白痴”。“哪儿的月亮都一样。”他打着哈欠说，用戴着皮环的纤细手腕把自己支起来，“怎么了？”

“不知道，”我说，然后紧张地沉默了片刻，“你听见了吗？”

有扇门撞上了。“什么声音？”我说，转过身去面对着他。我们互相瞪视，竖起耳朵听着。楼下传来声响，有笑声，有人四处走动，有什么东西掉到地上。

“是你爸爸吗？”我说，坐起身来，随即听到女人的声音，高亢而醉意浓重。

鲍里斯也坐了起来，在月光下显得瘦骨嶙峋，脸色苍白。楼下又传来扔东西和四处挪动家具的声音。

“他们在说什么？”我小声问。

鲍里斯静静听着。我能看见他脖子上所有的青筋和凹陷。“我怎么知道？”他说，“他们喝醉了。”

我们两人坐在那里听着，鲍里斯比我更专注。

“和他在一起的是谁？”我说。

“某个妓女。”他皱着眉又听了一会儿，五官在月光下显得异常突出。然后他又躺下了。“有两个。”

我转过身看了一眼 iPod。凌晨三点十七分。

“妈的，”鲍里斯低声说，挠了挠肚子，“他们怎么还不闭嘴？”

“我渴了。”我顿了顿说。

他嗤了一声。“哈！相信我，你现在要过去的话肯定会后悔。”

“他们在干吗？”我问。有个女人刚才尖叫了一声，听不出她是在笑还是受了惊。

我们如木板般僵硬地躺着，盯着天花板，听着楼下不祥的碰撞声。

“乌克兰人？”过了一会儿后我说。我连一个字都听不懂，但我在鲍里斯身边待了很久，已经能分出乌克兰语和俄语在音调上的区别。

“满分，波特，”他说，“帮我点根烟。”

我们在黑暗里抽着烟，你一口我一口，直到又传来门撞上的声音，人声逐渐小下去。最后鲍里斯呼了口气，一声满是烟雾的叹息。然后他转过身，把烟摁到床边堆满烟头的烟灰缸里。“晚安。”他低语。

“晚安。”

他几乎立刻就睡着了，我能从他的呼吸声听出来。但我又躺了一会儿，嗓子很痒，抽过烟后有些恶心，头重脚轻。我是怎么跑到这种奇怪的新生活里来的？喝醉的外国人半夜在我身边吼叫，我身边没有一件干净衣服，也没人爱我。鲍里斯呼呼大睡。临近黎明时我终于睡着了，梦见了母亲。我们面对面坐在地铁六号线上，身体随车身轻轻摇摆。闪烁的灯光下，她表情平静。

你在这儿干吗呢？她说，快回家！马上！公寓见。可是她的声音不太对。我仔细望去，发现对面坐着的不是她，只是假装成她的某个人。我惊吸一口气，被吓醒了。

16

鲍里斯的父亲是个神秘角色。鲍里斯说过，他总是到荒无人烟的地方出差，在矿上和工队的人一待就是好几个星期。“根本不洗澡，”鲍里斯严厉地说，“脏兮兮的醉鬼。”厨房里破破烂烂的短波收音机是他的。“是从勃列日涅夫时代传下来的，”鲍里斯说，“他不肯扔。”我有时在房子四处发现的俄语报纸和《今日美国》也是他的。鲍里斯家的洗手间没人打扫，淋浴间没有帘子，马桶也没有座垫，楼上楼下的洗手间全都这个德行，水槽里长着黑色的霉菌。有一天我走进洗手间，被他父亲挂在里面的西装吓了一大跳。西装湿答答、臭烘烘的，像尸体一样挂在淋浴间帘轨上摇晃。成块的棕色羊毛已经被穿得不成形，质地粗糙，颜色和草根一样黯淡，落下的水一滴一滴落在地板上，像是以色列传说里能呼出湿气、有生命力的假人，或者警察用网从河里捞上来的衣服。

“怎么了？”鲍里斯见我又回去了，问。

“你爸爸自己洗西装？”我说，“在那儿的水池里？”

鲍里斯靠在门框上，咬着大拇指的指甲，不置可否地耸了一下肩。

“你一定是在开玩笑。”我见他无动于衷地看着我，于是说，“怎么回事？俄国没有干洗店？”

“他有很多金银珠宝，”鲍里斯咬着指甲嘟囔，“劳力士表，菲拉格慕鞋，但他想怎么洗衣服就怎么洗。”

“哦。”我说，然后换了话题。之后几周，我都没再想到过鲍里斯爸爸。但之后某一天，在英语高阶课上，鲍里斯迟到了，一边眼睛下面出现了暗红色的淤青。

“啊，被橄榄球打的。”斯皮尔太太（鲍里斯称她为“普列谢斯卡娅”）怀疑地问起是怎么回事时，他高高兴兴地回答。

我知道他在说谎。之后全班无精打采地讨论着拉尔夫·沃尔多·爱默生时，我一直斜眼瞥着隔了一条过道的他，想知道他这淤青是从哪儿来的。前一天晚上，我离开他家是为了回家遛波帕。赞卓拉总是把它拴在户外，我开始觉得对它负有责任。

“你干吗了？”课后我追上他问。

“嗯？”

“那是怎么搞的？”

他眨了一下眼。“哦，你说呢。”他顶了我的肩一下。

“什么？你喝醉了？”

“我爸爸回来了，”他说，见我没回答后又说，“还能是怎么回事，波特？你以为呢？”

“老天，为什么？”

他耸耸肩。“幸亏你已经走了，”他说，揉揉完好的那只眼睛，“他回来时我都不敢相信是他。我正在楼下的沙发上睡觉呢。一开始还以为是你。”

“发生了什么事？”

“啊。”鲍里斯说，夸张地叹了口气。他在上学的路上抽过烟了，我能闻出来。“他看见地上的啤酒瓶了。”

“他打你是因为你喝酒？”

“因为他他妈的醉得够呛，跟块木头似的。我觉得他根本不知道他打的人是我。今天早上，他一看见我的脸，就哭了起来，说他很抱歉。不过，他会有一段时间不会再回来了。”

“为什么？”

“他说工地上有好多事情。之后三周他都回不来。煤矿在某个国有妓院所在地附近，你知道吗？”

“那东西可不是国有的。”我说，但随即就不那么肯定了。

“嗯，你知道我的意思。不过有一点好——他给我钱了。”

“多少？”

“四千。”

“开玩笑。”

“不，不——”他拍了一下额头，“想成卢布了，抱歉！大概两百美元吧，那也是钱。我应该再要点的，不过没那胆子。”

我们走到走廊交叉口，我要拐弯去上代数，鲍里斯则要拐弯去上美国政府简介：他目前状态的祸根。那是门必修课，但即便在我们学校宽松的标准里也算得上容易，但要让鲍里斯明白《权利法案》和美国国会无数心照不宣的默认权力可不容易，那让我想起有一次给巴伯太太解释网络服务器。

“嗯，放学见，”鲍里斯说，“最后再给我解释一遍，联邦银行和联储银行有什么区别？”

“你告诉别人了吗？”

“告诉什么？”

“你知道。”

“怎么，你要举报我？”鲍里斯笑着说。

“不是你。他。”

“为什么？有什么好处？告诉我啊。让他们遣返我？”

“对啊。”我不舒服地沉默了片刻后说。

“所以——咱们今晚出去吃！”鲍里斯说，“去餐厅吃饭！墨西哥菜应该不错。”鲍里斯经过最初的怀疑和抱怨，已经爱上了墨西哥菜。俄国没得吃，他说，习惯了味道还不错，但是如果太辣他还是不会碰。“坐公交车去。”

“中国餐馆更近。味道也更好。”

“嗯，可是——记得吗？”

“哦，嗯，也是。”我说。我们上次去中国餐厅吃饭时，没付钱就走。“我忘了。”

17

鲍里斯对赞卓拉的喜爱程度比我高多了。她回家时，鲍里斯会跳起来去开门，说他喜欢她的新发型，主动帮她搬东西。有一次她俯身去拿厨房台面上的手机，他往她的领口里瞥，被我发现了。从那以后，我就一直开他的玩笑。

“老天，她真性感，”鲍里斯回到我的房间后说，“你爸爸会介意吗？”

“大概根本不会注意到。”

“不，说真的，你爸爸会把我怎么样？”

“什么会把你怎么样？”

“如果我跟赞卓拉。”

“不知道，报警吧。”

他嘲弄地嗤笑一声。“为什么？”

“不是叫警察抓你，而是抓她。在法律上，这算强奸。”

“我倒希望如此。”

“你尽管去上她好了，”我说，“我不介意让她去坐牢。”

鲍里斯翻身趴下，狡黠地看着我。“她抽可卡因，你知道吗？”

“什么？”

“可卡因。”他模仿用药的动作。

“开玩笑。”我说。但他只是对我咧嘴一笑。“你怎么知道的？”

“我就是知道。根据她说话的方式。她还磨牙。你以后可以仔细观察看看。”

我不知道该观察什么。后来某天下午爸爸不在家，我和鲍里斯走进门，看见赞卓拉吸着鼻子从咖啡桌上直起身，一手把头发按在脖子后面。她仰起头，目光落到我们身上。一瞬间里，谁也没说话。然后她转开头，仿佛我们并不存在。

我们继续往前走，上楼进我的房间。我从没见过谁吸食毒品，但她的样子一目了然。

“老天，真性感，”我关上门，鲍里斯说，“不知道她平时都把毒品放哪儿。”

“不知道。”我说，一屁股坐到床上。赞卓拉要出门了，我听见她的车开出了车道。

“她会分给咱们吗？”

“也许会给你点。”

鲍里斯坐到床边的地板上，蜷着腿靠到墙上。“你觉得她平时当不当卖家？”

“不可能。”我说，震惊地沉默了片刻，“你觉得呢？”

“哈！如果她是，你就美了。”

“为什么？”

“家里到处都是钱！”

“我美个头。”

他斜眼上下打量我。“这儿的账单都谁付，波特？”他说。

“嗯。”我还是第一次考虑这个问题，但随即就意识到这个问题的答案很重要。

“不知道。大概是我爸爸。不过赞卓拉也付一部分。”

“你爸爸的钱是从哪儿来的?”

“不知道,”我说,“他经常跟人打电话,要不就出门。”

“见过支票簿吗?现金呢?”

“没,从来没见过。偶尔见到过赌场筹码。”

“和现金一样。”鲍里斯说,把被他咬掉的一小块指甲吐到地上。

“是啊。但未满十八岁可不能拿着筹码去赌场换钱。”

鲍里斯咯咯地笑起来。“得了吧。咱们总能想出点什么办法的。给你穿件娘娘腔的学校制服,上面绣着盾徽,派你去窗口。‘打扰一下,小姐——’”

我翻过身,使劲掐了一下他的胳膊。“去你的。”我说。他慢吞吞地模仿我的语调,声音里充满势利,让我很恼火。

“可不能那么说话,波特,”鲍里斯兴致勃勃地说,揉着胳膊,“他们一个子儿都不会给你。我想说的是,我知道爸爸把支票簿放在哪儿,万一有紧急情况——”他摊开双手,“对吧?”

“嗯。”

“我是说,我如果必须开空头支票,那我就开空头支票,”鲍里斯睿智地说,“有这个选项就好。我可没说让你闯进别人的屋子,乱翻东西。不过请注意,想条后路很重要,对吧?”

18

鲍里斯和他父亲不过感恩节,赞卓拉和爸爸则在米高梅的法国餐厅里预定了一桌浪漫节日汇演。“你想去吗?”爸爸问。我正看着餐台上的宣传小册子:爱心烟火,烤火鸡上的三色彩旗。“还是你另有安排?”

“不用,谢了。”他态度很好,但在浪漫节日什么插在爸爸和赞卓拉之间,我光是想想都觉得紧张。“我有安排。”

“什么安排?”

“我和别人一起过。”

“和谁?”爸爸说,难得展现出家长的关怀,“朋友?”

“让我猜猜。”赞卓拉说。她光着脚，穿着睡觉时穿的迈阿密海豚队球衣，打开冰箱盯着里面看，“把我拿回来的橘子和苹果都吃掉的那个人。”

“哦，得了，”爸爸睡眼蒙眬地说，走到她身后抱住她，“你喜欢那个俄国小家伙——他叫什么来着——鲍里斯。”

“我当然喜欢他。我幸亏喜欢他，他可是无时无刻不到这儿来。妈的，”她说，挣开他的怀抱，拍着赤裸的大腿，“谁把蚊子放进来的？西奥，我不明白你怎么就不记得把游泳池的门关紧。我说过好多遍了。”

“嗯，听着，我随时都能更改安排，和你们一起过感恩节，如果你们愿意的话。”我干巴巴地说，靠到餐台上，“这样也好。”

我说这话是为了惹恼赞卓拉，很高兴看到目的达到了。“可我们订的是两人位。”赞卓拉说，撩开头发，看着我爸。

“嗯，加个人没什么问题。”

“得提前打电话才行。”

“好啊，打吧。”爸爸说，带着点醉意拍了一下她的背，溜到厅里看橄榄球比赛结果了。

赞卓拉和我站在原地对视了片刻。她转开目光，仿佛正看着不堪一击的惨淡未来。“我得喝点咖啡。”她无精打采地说。

“不是我把门打开的。”

“我不知道是谁。我只知道那些卖安利产品的搬走时忘了放掉喷泉的水，现在到处都是蚊子——哈，又来了一只，妈的。”

“我说，别生气。我不是非得跟你们去。”

她放下咖啡滤纸盒。“那么，你到底是什么意思？”她说，“我还要不要改人头？”

“你们俩在说什么呢？”父亲的声音从隔壁房间隐约传来。那里是他的小窝，到处都是带着啤酒杯印记的杯垫，抽光的烟盒和写满标记的百家乐记分单。

“没什么。”赞卓拉大声说。过了几分钟，咖啡壶开始嘶嘶作响。她揉了揉眼睛，用睡意浓厚的声音说：“我没说不想让你去。”

“我知道。我也没说你那么说，”然后我说，“我就是想告诉你一声，开门的不是我。是爸爸，他出去打电话时没把门关好。”

赞卓拉伸手到柜子里去够好莱坞星球酒店的咖啡杯，回头看了我一眼。“你不会真去他家吃饭吧？”她说，“我是说那个俄国小家伙。”

“不。我们就在这儿看电视。”

“要我们带点什么回来吗？”

“鲍里斯喜欢你拿回来的那些小香肠。我喜欢鸡翅。辣的那种。”

“还有吗？牛肉馅小春卷怎么样？你也爱吃那个吧？”

“有就太好了。”

“行。我给你们带回来。但别碰我的烟。我不介意你抽烟，”她说，抬手让我闭嘴，“我可不是在揭发你，不过如果有人在这儿偷烟抽，我每周要多花二十五元钱。”

19

自从鲍里斯带着淤青出现后，在我脑海里，他父亲就变成了一个脖子粗壮的苏联人形象，眼睛通红，平头。但我真的见到他时，意外地发现他又瘦又苍白，像个长期饥饿的诗人。他萎靡不振，胸口下陷，不停地抽烟，穿着洗到发灰的廉价衬衫，一杯又一杯地喝着加了糖的茶。但你只要看看他的眼睛，就知道虚弱的外表只是假象。他结实得像根金属丝，神经紧张，浑身都散发出暴躁的气息。他和鲍里斯一样骨架很小，脸颊瘦削，但发红的眼睛散发出邪恶的光芒，小而发黄的牙齿相当锋利。我觉得他就像一只得了狂犬病的狐狸。

虽然我瞥见过他匆忙来去的身影，也听过他半夜在房子里四处乱撞的声音(至少我认为那是他)，但我真正见到是在感恩节前几天。放学后，我和鲍里斯说笑着回到他家，发现他父亲缩在餐桌边，手边是酒瓶和酒杯。他身上的衣服都很破旧，但穿着一双昂贵的皮鞋，戴着很多金饰。他抬头用发红的眼睛看着我们，我们立马噤声。他个头很小，身材也瘦，但脸上的神情让人不敢靠近他。

“你好。”我说了句。

“好啊。”他表情冷淡地说，口音比鲍里斯还重。然后他转向鲍里斯，用乌克兰语说了句什么。他们随即来回说了会儿话，我饶有兴致地观察着他们。鲍里斯说另一种语言时整个人都变了，似乎更有生机，更警觉，更干脆利落。

然后帕夫利科夫斯基先生突然向我伸出双手。“谢谢你。”他口齿不清地说。

我不太敢接近他，因为我会感觉自己就像在接近野生动物。但我还是向前走了两步，笨拙地伸出双手。他拉住我的手，他的手冰冷而粗糙。

“你是个好人。”他说。他的眼中布满血丝，目光炯炯。我想转开目光，但又感到羞愧。

“愿上帝陪伴你，保佑你，”他说，“你就像我的第二个儿子。谢谢你接纳我儿子成为家人。”

家人？我疑惑地瞥了鲍里斯一眼。

帕夫利科夫斯基先生也望向鲍里斯。“你把我的话告诉他了吗？”

“他说你也是我们家的人，”鲍里斯语气平淡地说，“如果他能帮上什么忙……”

让我吃惊地是，帕夫利科夫斯基先生把我拉过去，紧紧地抱住我。我闭上眼睛，尽量不去闻他身上的气味：发胶、体味清新剂、酒精，还有种特别刺鼻的古龙水。

“他为什么会变成这样？”我低声问。我们已经来到鲍里斯的房间，关上门。

鲍里斯翻了个白眼。“相信我，你不会想知道的。”

“他一直都这样吗？那他还怎么工作？”

鲍里斯笑了起来。他说：“他是公司高层之类单位吧。”

我们待在鲍里斯铺着蜡染布的昏暗房间里，直到听见他父亲的卡车发动。“他短时间内不会回来了。”鲍里斯说，我放下窗帘。“他对放任我不管觉得很抱歉。他知道要过节了，还问我能不能去你家。”

“嗯，反正平时你也老去。”

“这他也知道，”鲍里斯说，撩开眼前的头发，“所以他才要谢谢你。不过，希望你别介意——我告诉他的你家地址是错的。”

“为什么？”

“因为——”不等我提出要求，他就挪了挪腿，给我腾出地方坐下，“我想你大概不愿意他半夜喝醉了之后去你家，吵醒你父亲和赞卓拉。还有——万一他问起来——就说你姓波特。”

“为什么？”

“这样比较好，”鲍里斯冷静地说，“相信我。”

20

鲍里斯和我躺在我家的电视前，吃着薯片，喝着伏特加，看着梅西感恩节游行。纽约在下雪。好多气球经过——史努比、唐老鸭、海绵宝宝、花生先生。一群夏威夷舞者绑着腰带，穿着草裙，在先驱广场上跳舞。

“还好不是我，”鲍里斯说，“他们的屁股都快冻掉了。”

“是啊。”我说，但我无心看气球和舞蹈。我在电视上看见先驱广场，觉得自己仿佛身处离地球几百万光年之外的地方，正接收广播刚刚发明时的信号，主持的声音和掌声都属于一个已经消失的文明。

“白痴。干吗要穿成这样？这些姑娘会被冻得进医院的。”鲍里斯一直抱怨拉斯维加斯太热，但又坚持相信各种“寒冷”会让人生病：未加热的游泳池，我家房子里的空调，就连加冰饮料都算。

他翻身仰躺，把酒瓶递给我。“你和你妈妈参加过这游行吗？”

“没有。”

“为什么？”鲍里斯说，给波帕喂了片薯片。

“没文化，”我用跟他学到的俄语说，“旅客太多了。”

他点燃一根烟，又递给我一根。“觉得伤心吗？”

“有一点。”我说，俯身凑到他的火柴上点燃香烟。我忍不住回想起去年的感恩节，当时的情景像电影片段一样在我的头脑里不断重放。母亲穿着膝盖磨破了的旧牛仔裤，赤脚在屋里走来走去，开了瓶红酒，用香槟杯给我倒了些姜麦酒，摆出一些腌橄榄，放大音响的音量，戴上节日专用的笑话围裙，撕开去中国城买来的烤火鸡胸，结果火鸡胸的气味让她皱了皱鼻子，退后一步：“哦老天，西奥，这东西坏了，帮我把门打开。”她被氨味刺激得满眼泪水，伸手把鸡肉使劲举远，仿佛捧着手榴弹，快速奔下逃生楼梯，跑向街上的垃圾桶，而我从窗口探出身去，发出快乐的呕吐声。我们吃了顿朴素的饭，有罐头豆角、罐头红莓，加了烤杏仁的糙米，她称之为“我们的素食感恩节”。我们之前没做什么计划，因为她工作上有个项目要交。明年再过吧，她承诺道（我们都笑得浑身无力，坏掉的火鸡肉让我们乐不可支），明年我们租辆车，开到福蒙特的朋友家去，要不就去个好地方定位子，比如格拉梅西酒馆。但那个未来最终并没实现，此刻我只是和鲍里斯一起坐在电视机前，喝着酒吃薯片。

“咱们吃什么啊，波特？”鲍里斯挠着肚子问。

“怎么？你饿了？”

他左右摆着头：一般般。“你呢？”

“不太饿。”我的上颚因吃了太多薯片而刺痛，香烟开始让我有些恶心。

鲍里斯突然大笑起来，随即坐起身。“你听，”他说，踢了踢我，指向电视，“听见了吗？”

“什么？”

“新闻播报员。他刚祝自己的孩子节日快乐。‘小杂种和凯西。’”

“哦，不可能。”鲍里斯总是误听英语词汇，有时候很逗，有时候烦人。

“‘小杂种和凯西’！真够呛啊！凯西还算好，可他在电视节目上管他的孩子叫小杂种？”

“他说的不是这个。”

“哦，那好，你什么都知道，他说的是什么？”

“我他妈的怎么知道？”

“那你跟我争什么？你凭什么觉得自己比我更明白？这个国家到底出了什么问题？这么蠢的国家怎么还这么自大，这么富有？美国人……电影演员……电视界人士……给自己孩子起名叫什么苹果、毯子、小蓝，小杂种，一堆乱七八糟的词。”

“你想说什么——”

“我想说，只要拿民主做借口就他妈的干什么都行。暴力……贪婪……愚蠢……只要是美国人就没问题。对吧？我说得没错吧？”

“你真是一分钟都不肯闭嘴啊。”

“我知道我听见了什么，哈！小杂种！这么说吧，如果我觉得我的孩子是个杂种，那我他妈的一定会给他取个别的名字。”

冰箱里有赞卓拉带回来的鸡翅、牛肉馅小春卷和小香肠，还有从爸爸喜欢去的单排商业区的中国餐馆拿回来的饺子。等我们真正坐下来吃饭时，那瓶伏特加（是鲍里斯拿过来过节的）已经空了一半，我们再喝一会儿就要吐了。鲍里斯醉了之后有时会变得非常严肃，像个爱好沉重话题和无解问题的俄国人。他坐在大理石台面上，拿着戳有小香肠的叉子挥来挥去，有点狂热地谈论着贫穷、资本主义、气候变化和这个世界有多么糟。

我不记得具体是什么时候，他为了证明自己的某个观点，去我的房间拿了作为教科书的《瓦尔登湖》，开始朗读一段很长的原文。我说："鲍里斯，闭嘴。我不想听。"

书扔了过来，幸好只是简装本。书打中我的颧骨。

"滚！滚出去！"

"这是我家，你他妈个自大狂。"

还插在叉子上的小香肠掠过我的头顶，险些打中我。但我们都哈哈大笑起来。下午刚过去一半，我们已经彻底醉了，在沙发上打着滚，绊在彼此身上，大笑着骂着脏话，手脚并用地爬行。电视里在放橄榄球赛。我们都觉得烦人，但都懒得去找遥控器换台。鲍里斯醉得一直在对我说俄语。

"说英语，要不就闭嘴。"我说，想抓住旁边的扶手，随即低头躲过他挥来的胳膊，笨拙地直接摔倒在咖啡桌上。

"你烦死了！滚开！"

"咕噜咕噜咕噜。"我用女孩似的尖声回答，趴在地毯上不动。地面像船舱甲板一样旋转起伏。"三弦琴拍手谣。"

"他妈的蠢货，"鲍里斯说，在我身边倒下，滑稽地冲电视踢着脚，"不想看这垃圾了。"

"我说，妈的，"我也翻了个身，按着胃部，"我也不想。"我的眼睛没法看清东西，周围的一切都出现了一圈轮廓模糊的光晕。

"看看天气吧，"鲍里斯说，跪在地上向厅里爬行，"想看看新几内亚天气如何。"

"你得自己找，我不知道在哪个频道。"

"迪拜！"鲍里斯喊，手脚并用地爬回来，随即吐出一长串模糊不清的俄语，我只能听懂一两个骂人的词。

"英语！说英语。"

"那儿会不会下雪？"他摇晃我的肩膀，"他说下雪呢，疯子，看见没？！迪拜下雪！奇迹啊，波特！你瞧！"

"那是都柏林，你个蠢货。不是迪拜。"

"你给我出去！滚！"

然后我应该是晕了过去——只要鲍里斯带酒过来，我基本都会这样。我回过神来时，周围的光芒完全变了。我正跪在拉门旁边，身边的地毯上有一摊呕吐物，我的额头正抵在玻璃上。鲍里斯在我身边睡熟了，脸埋在地毯里，快乐地打着鼾，一条胳膊从沙发上垂下来。卡扣也睡着了，满足地把头枕在鲍里斯的头上。我觉得难受透了。游泳池水面上飘着一只死蝴蝶。机器震动，发出轰鸣。淹死的蟋蟀和甲虫在塑料过滤桶里绕着圈飘荡。即将落山的太阳发出华丽但虚假的光芒，血红色的云层好像灾难片里末日来临的景象：太平洋环礁爆炸，野生动物在大片的火焰前四散奔逃。

要不是鲍里斯在，我恐怕会哭出来。但我只是进洗手间又吐了一次，对着水龙头喝了点水，拿纸巾回去擦净了地毯。我头疼欲裂，简直看不清东西。含着烧烤鸡翅的呕吐物呈橘黄色，很难抹掉地毯上的污迹。我用洗碗液使劲抹着，尽力回想一些令我开心的关于纽约的回忆——巴伯家的中国瓷器，友好的门卫，霍比房子里永恒的静谧，旧书和大声滴答的钟，古老的家具，天鹅绒窗帘，四处沉淀的历史，安静的房间，所有东西都那么冷静，那么容易理解。晚上，每当我对所处的环境感到无比陌生，我都会想着他的工房让自己入睡，想着蜂蜡和玫瑰木屑沉厚的香味，想着通往客厅的狭窄楼梯，灰尘漂浮的阳光照在东方风格的地毯上。

不如给霍比打个电话吧，我心想，为什么不呢？我仍然醉得可以，觉得这是个好主意。但铃声响了好久也没人接。我打了两三次，中间孤零零地坐在电视前等了半小时，想吐，浑身出汗，胃里难受得要命，电视停留在天气频道，到处都是冻冰状态下的道路情况，冷锋一直蔓延到蒙大拿。最后我决定给安迪打个电话。为了不吵醒鲍里斯，我拿着电话进厨房。接电话的是凯西。

“没时间说话，”听到是我，她飞快地说，“我们要迟到了。我们正要出去吃饭。”

“去哪儿？”我眨着眼说。头还疼得够呛，我连站都站不直。

“和梵奈斯一家，在第五大道上。是妈妈的朋友。”

我听见后面传来托迪的哭叫和普拉特的怒吼：“滚开！”

“能让我和安迪打个招呼吗？”我盯着厨房的地板说。

“不，真的，我们已经——妈，我来了！”我听见她大喊。然后她对我说：“感恩节快乐。”

“你也是，”我说，“帮我向大家带好。”但她已经挂掉了。

21

我对鲍里斯父亲的反感多少因为他握住我的手、感谢我照顾鲍里斯而消减了。帕夫利克夫斯基先生（“先生！”鲍里斯吃吃笑道）虽然看起来确实很吓人，我还是觉得他没外表看起来那么糟。感恩节后两周，我们放学后回鲍里斯家，看见他站在厨房里。我和他彼此低声打了个招呼，没说别的。他坐在桌边一杯一杯喝着伏特加，用纸巾抿着潮湿的额头，发白的头发用某种油油的发胶擦成深色，破破烂烂的收音机里大声放着俄国新闻。之后某天晚上，我们带波帕坐在楼下（我把它从家里带来了），看彼得·洛一部名叫《五根手指的野兽》的老电影。前门突然狠狠撞上了。

鲍里斯拍了一下额头。“妈的。”我还没反应过来，他就把波帕塞到我的怀里，揪住我的领子，把我拉起来推向后门。

“怎么——”

他挥了一下手——快跑。“狗，”他低声说，“爸爸会杀了它。快走。”

我跑过厨房，尽量不发出声音，钻出后门。外面非常黑。波帕这辈子还是第一次悄无声息。我把它放到地上，知道它会紧跟着我，然后绕个圈，走到客厅的窗边，窗户没挂窗帘。

他爸爸拄着拐杖，我从没见过他拄拐杖。他把身体的重量都靠在拐杖上，一瘸一拐地走进明亮的客厅，像舞台剧里的一个角色。鲍里斯站着，双臂交叉抱在瘦弱的胸口，环抱住自己。他和父亲吵了起来，或者说是他父亲生气地冲他吼。鲍里斯低头盯着地板。他的头发遮住眼睛，我只能看见他的鼻尖。

然后鲍里斯突然扬起头，喊了句语气尖锐的话，转身要走。然后——一切都发生得太快，我根本来不及反应——鲍里斯的父亲提起拐杖，像蛇出击一样打中鲍里斯的后肩，把他打倒在地。他手脚并用地趴在地上，还没来得及爬起来，帕夫利克夫斯基先生就一脚踢得他失去平衡，然后抓住他衬衫的后背，拉着他摇摇晃晃地站起来。帕夫利克夫斯基先生用俄语叫喊咒骂着，伸出戴戒指的发红手掌扇了鲍里斯一巴掌，又反手扇了一下。然后他把鲍里斯一把推到房间中央，拿起拐杖带钩的一端，使劲打中他的脸。

我震惊地向后退去，茫然不知方向，跌倒在一堆垃圾上。波帕被我吓了一跳，前后跑来跑去，用高亢的声音叫唤着。我恐慌地挣扎起身，碰到一大堆易拉罐和啤酒瓶，发出一阵巨响。门一把被推开了，黄色的灯光在混凝土上照出一个长方形。我飞快地站起身抱起波帕，转身跑了。

但追来的人是鲍里斯。他追上我，抓住我的胳膊，拽着我沿街跑远。

“老天，”我说，稍微落在他身后回头张望，“怎么搞的？”

在我们身后，鲍里斯家房子的大门开了。帕夫利克夫斯基先生的身影出现在灯光里，他用一只手撑着身体，挥着另一只拳头喊着俄语。

鲍里斯拽我。“快走。”我们在黑暗的街道上继续向前跑，脚步踏在沥青上，他父亲的声音最终远去、消失了。

“妈的。”我说。绕过街口，我放慢脚步，转为走路。我的心脏狂跳，头脑一阵晕眩。波帕叫唤着挣扎着要下地，我把它放到沥青马路上，它开始绕着我们转圈。“出了什么事？”

“啊，没事。”鲍里斯说，语气莫名其妙地很高兴。他抹了一下鼻子，又吸了吸鼻子，“波兰人的说法是‘一杯水里的风暴’。他就是很生气。”

我弯下腰，把双手放在膝盖上，大口喘气。“有理由的生气还是喝醉了的生气？”

“都有。幸好他没看见卡扣，否则——我也不知道会怎么样。他觉得动物就该留在户外。喏，”他说，举起伏特加酒瓶，“看我拿了什么！出来时顺手捞的。”

我没看见他身上有血，但很快就闻到了血味。天上挂着一轮月牙，不算明亮，但足以让我们看清道路。我直起身，好好地看了看他，发现他鼻血四溢，衬衫上有一大片暗色。

“天哪，”我说，还在喘粗气，“你还好吗？”

“咱们去操场吧，喘口气。”鲍里斯说。他的脸糟透了：眼睛肿了，前额上的一个钩状的伤口也在不断流血。

“鲍里斯！我们应该回家。”

他扬起眉。“家？”

“我住的地方。随便吧。你看起来惨透了。”

他咧嘴一笑，露出染血的牙齿，然后用胳膊肘捅了我的肋骨一下。“不行，我得喝一杯才能去见赞卓拉。走吧，波特。都这样了，你就不想喝两口压压惊？”

22

在被人遗弃的社区中心，操场的滑梯在月下闪着银光。我们坐在没有水的喷泉旁边，双脚在空荡荡的水池里晃着，你一口我一口地喝着酒，忘记了时间。

“那可是我见过的最诡异的情景。”我说，用手背抹了一下嘴。星星旋转起来。

鲍里斯仰起头来望着天空，用手撑住身体，用波兰语唱起歌来。

“他绝对他妈的疯了，”我说，“你爸爸。”

“是啊，”鲍里斯高高兴兴地说，侧头在染血的衬衫上抿了一下嘴，“他杀过人。在矿上，他打死过一个人。”

“骗人。”

“不，是真的。在新几内亚。他努力伪装现场，让那个人看上去是被石头砸死的，但我们还是马上就走人了。”

我想了一会儿。“你爸爸不是特别，呃，结实，”我说，“我是说，我不明白——”

“哦，不是用拳头。用那个，叫什么来着，”他做出击打地面的动作，“管子扳手。”

我沉默了。鲍里斯砸下想象中的扳手时带有几分真实。

鲍里斯摸索着点了根烟，呼出满是烟雾的叹息。“来一根？”他把烟递给我，又给自己点了一根，用指关节抹了抹下巴。“啊。”他说，上下来回抚摸。

“疼吗？”

他睡意蒙眬地笑起来，捶了我肩膀一拳。“你觉得呢，白痴？”

不久我们就摇摇晃晃地大笑起来，手脚并用地在砂砾上爬行。我醉了，但感觉高亢、冰冷而清醒。我们在地上滚爬得满身尘土，然后在彻底的黑暗中醉醺醺地回家，旁边是成排的废弃建筑，沙漠的夜晚深不可测，高空中的星星发出明亮的光芒，卡扣跟在我们身后一路小跑。我们左右摇摆，笑得喘不过气，险些在街边呕吐。

他用尽力气大声唱着之前唱的歌。

我踢了他一脚。“英语！”

“来来，我教你。啊啊啊，啊啊啊——”

“告诉我歌词是什么意思。”

“好啊，我告诉你。‘以前有两只小猫……’”鲍里斯唱道：

都是灰棕色的毛。
啊啊啊——
“两只小猫？”

他想打我，差点摔倒。“滚！我还没唱到最棒的部分呢。”他抬手抹了一下嘴，仰头唱起来：

哦，睡吧，亲爱的，
我会给你天空上的星星，
所有孩子都睡熟了
所有人，包括那些坏孩子，
所有孩子都睡着了，除了你。
啊啊啊，啊啊啊——
以前有两只小猫——

我们回我家，一路上都很吵，彼此不停地叫对方闭嘴。车库里空荡荡的，家里没人。“感谢上帝。”鲍里斯热情地说，扑倒在混凝土上，向上帝致敬。我抓住他的衬衫衣领。“起来！”

灯光下，他的样子一团糟：身上到处是血，眼睛肿成一团，只剩下一条光滑的缝。“等会儿。”我说，把他放在客厅的地毯中央，摇晃着去洗手间找东西处理他的伤口。但那里什么也没有，只有浴液和赞卓拉在永利赌场赢的绿色香水。在醉意中，我想起母亲说过香水有一点杀菌作用。我回到厅里，鲍里斯摊成一个大字，波帕紧张地嗅着他染血的衬衫。

“听着，”我说，把狗推到一边，用湿布在他前额的伤口上按了按，“别动。”

鲍里斯皱着眉躲开了。“你他妈的要干吗？”

“闭嘴。”我说，撩开他眼前的头发。

他用俄语喃喃说了什么。我尽量小心，但我和他醉得一样厉害。我往他伤口上喷了点香水，他尖叫起来，一拳打在我嘴上。

“妈的！”我说，摸了摸嘴唇，手指上染了血，“看你干的好事。”

“婊子，”他说，咳嗽着用手扇风，“真臭。你往我身上喷了什么，你个婊子？”

我难以自制地笑了起来。

“混蛋。”他吼道，使劲推了我一把，我摔倒在地。但他也笑了起来。他伸手要拉我起身，我踢开他的手。

“起开！”我笑得都说不出话了，“你闻起来好像赞卓拉。”

“老天，我都要窒息了。我得把这东西洗掉。”

我们蹒跚着出了门，一路脱着衣服，单腿蹦着踹掉裤子，跳到游泳池里。落入水中的那一瞬间，我终于意识到这可不是什么好主意。我们都醉得辨不清方向，身体瘫软得走不了路。冷水狠狠撞上我，我一瞬间喘不过气。

我扑腾着浮上水面，眼睛刺痛，鼻腔里都是氯水的味道。一股水流打中我的眼睛，我也撩水泼向他。在黑暗中，他是一片模糊的白色，脸颊下陷，黑发紧紧贴在头上。我们笑着扭打躲闪，但我冷得牙齿打架，醉得太厉害，也太难受了，感觉自己不该在八英尺深的水里瞎闹。

鲍里斯潜入水中。一只手抓住我的脚踝，把我拽下去。我睁开眼睛，眼前只有充满气泡的黑暗。

我挣扎着想要逃脱。我感觉自己就像回到了博物馆，被困在黑暗的空间里无路可逃。我扭动挣扎，恐慌中吐出的气泡在眼前掠过。水下的铃铛，一片黑暗。最后我在咽下一大口水前挣脱出来，浮出水面。

我抓住游泳池边沿，咳嗽着使劲喘气。视野清晰后，我看见鲍里斯咳嗽着、咒骂着向阶梯游去。我愤怒得难以呼吸，半游半跳地挪到他身后，伸脚勾住他的脚踝，让他向前跌倒，砰的一声落了水。“混蛋。”等他回到水面上，我骂道。他想说话，但我往他脸上一次又一次地打水，然后揪住他的头发把他按回水里。“你个倒霉的混蛋。”我大喊，他喘着气重新站起来，池水从脸上滑落。“永远别再对我那么做。”我用双手抓住他的肩，想游到他上面，把他压到水里待上一段时间。但他伸手抓住我的胳膊，我发现他脸色惨白，浑身颤抖。

“够了。”他喘着气说。我突然意识到他的眼神毫无焦点，看起来古怪极了。

“嘿，”我说，“你还好吗？”他使劲咳嗽，没有回答。他的鼻子又开始流血，手指间流出深色液体。我扶他站起身来，两人一起倒在游泳池的阶梯上，半身在水里，半身在水外，累得没法爬到岸上。

23

明亮的阳光照醒了我。我们正躺在我的床上，头发湿乎乎的，衣服穿了一半，都在空调的冷气里发着抖，波帕在我们中间打着鼾。床单都湿了，一股氯水味。我头痛欲裂，嘴里有股难闻的金属味，好像之前吃了很多硬币。

我一动不动地躺着，生怕挪动哪怕四分之一寸就会吐出来。然后我非常小心地坐了起来。

“鲍里斯？”我说，伸手揉了揉脸颊。枕套上有棕色的血渍。“你醒了吗？”

“哦，老天。”鲍里斯呻吟，脸色惨白，满脸都是汗。他转身爬过去抓着床垫，除了席德·维瑟斯式手环和一条看起来是我的内裤，什么都没穿。“我要吐了。”

“别在这儿，”我踢了踢他，“起来。”

他嘟囔着走开了。我听见他在我的卫生间里呕吐。那声音让我有点恶心，但也有点想笑。我转过身冲着枕头笑了一会儿。他捂着头摇摇晃晃地走回来，眼睛上的淤青、鼻孔里的淤血和额头上的痂让我吓了一跳。

“天啊，”我说，“你看起来糟透了。你得去缝针。”

“你知道吗？”鲍里斯说，一头趴倒在床垫上。

“知道什么？”

“我们上学要他妈的迟到了！”

我们翻身仰面躺着，一起大笑起来。我虚脱又想吐，但感觉永远都不会停止笑。

鲍里斯侧过身，伸手摸索着捡起地板上的什么东西。他一瞬间就抬起了头。“啊！这是什么？”

我坐起来，渴望地伸手去够那杯水，我觉得那是水。他把杯子递到我的鼻边，里面的气味让我一瞬间憋住了呼吸。鲍里斯号叫起来，一瞬间就压到我的身上：尖锐的骨头和虚弱的肌肉，带着汗水和呕吐物的气味，除此之外还有灰尘般刺鼻的什么东西，很像池塘里的死水。他使劲捏住我的脸颊，对着我的脸倾斜杯子。“该吃药了！乖，乖。”他说。我一把敲掉杯子，一拳打中他的嘴，但力道只是擦边而过。波帕兴奋地叫起来。鲍里斯卡住我的喉咙，抓过我昨天穿的脏衬衫想堵我的嘴，但我飞快地回过身把他按到床上，他的头磕到墙上。“嗷，妈的。”他说，睡眼蒙眬地揉着脸，吃吃地笑着。

我不知所措地站着，全身冷汗。我走进洗手间，把头抵在墙上，对着马桶剧烈地吐了两次。我听见他在隔壁大笑。

“把两根手指伸到喉咙里。”他冲我喊。我又吐了一次，没听到他后来又说了什么。

我吐完以后，又吐了两口唾沫，用手背抹抹嘴。洗手间乱成一片，淋浴头滴着水，柜门开着，湿浴巾和染血的毛巾摊在地上。我恶心得全身发抖，打开水龙头掬了些水喝，又往脸上泼了些水。镜子里的我光着上身，弓着背，脸色苍白，前一晚被鲍里斯打中的嘴唇肿了起来。

鲍里斯还躺在地上，浑身瘫软，头靠在墙上。他见我回去，睁开完好的那只眼睛，冲我咯咯地笑。“好多了？”

“去你的！别他妈的跟我说话。”

“你活该。我叫你别把杯子乱放了。”

“我？”

“你不记得了，是吧？”他伸出舌头舔舔上嘴唇，舌头左右试探着嘴唇有没有出血。他光着上身，肋骨间的皮肤清楚地显现着好多以前殴打留下的伤痕，胸口泛起红潮。“把玻璃杯放在地上可不行。真遗憾！我叫你别放那儿的！它会给我们带来噩运！”

“那你也不用浇到我的头上。”我说，四处摸索着找眼镜，在地上的脏衣服堆里拿了看见的第一条裤子穿上。

鲍里斯捏了捏鼻梁，笑起来。“只是想帮你，喝点酒会让你好受点。”

“啊，那还真是多谢。”

“真的。别吐出来就行。能像魔法一样治头疼。我爸爸帮不上我什么忙，但这是他告诉我的最有用的东西。质量好的冰啤酒是最棒的，如果你有的话。”

“嘿，你过来。”我说。我站在窗边，低头望着游泳池。

“呃？”

“过来。你好好看看。”

“你告诉我就行，”鲍里斯躺在地上说，“我不想起来。”

“给我过来。”楼下的情景好像谋杀现场。通往游泳池的石子路上淌着一串血迹，鞋、牛仔裤和染血的衬衫乱扔在四处，鲍里斯的一只靴子躺在深水区的池底，已经毁了。更糟的是，浅水区阶梯边的水面上漂着一层油乎乎的呕吐物。

24

我们用专用吸尘器打扫游泳池，期间拿吸尘器打闹了几次。然后我们坐在厨房台面上，抽着爸爸的百乐门聊天。时间快到中午了，不可能再去上学。鲍里斯模样邋遢，看起来疯疯癫癫的，衬衫从一边的肩头落下去。他使劲关着柜门，抱怨没茶可喝。最后他用俄国方式做了点模样难看的咖啡：用锅在炉子上煮咖啡粉。

“不，不。”他见我倒了满满一杯，说，“特别浓，喝一点点就行。”

我尝了一口，做了个苦脸。

他拿手指蘸了一点，舔舔。“有饼干就好了。”

“开玩笑。”

“面包和黄油呢？”他乐观地说。

我跳下柜台——动作很轻，因为头还在痛。我四处找了一通后，发现抽屉里有些糖包，还有赞卓拉从酒吧拿回来的玉米片。

“真疯狂。”我看着鲍里斯的脸说。

“什么？”

“你爸爸干的这事。”

“算不了什么，”鲍里斯喃喃地说，侧头把完整的玉米片塞进嘴里，“他曾经打断过我的肋骨。”

我们沉默了一会儿。我不知道该说什么，就说：“肋骨断了也没什么。”

“不，很疼。这根。”他说，拉起衬衫指给我看。

“我还以为他要杀了你。”

他拱了一下我的肩。“啊，我是故意惹他的。顶了嘴。这样你就能带卡扣跑掉了。嘿，没事，”见我一直盯着他看，他让了步，“昨天晚上他的嘴角都有白沫了，但我下次再见到他，他会觉得很抱歉的。”

“也许你应该在这儿住几天。”

鲍里斯用胳膊支住身体，对我露出不屑的笑容。“用不着这么大惊小怪。他就是有时候有点抑郁。”

“哈。”爸爸曾经猛喝尊尼获加黑方，经常吐在西装衬衫上，愤怒的同事会给我家打电话。那时他也说自己狂怒是因为“抑郁”(有时还含着泪)。

鲍里斯笑了起来，似乎也觉得这样的说法很滑稽。“怎么了？你就不会偶尔觉得伤心？”

“他应该去坐牢。”

“哦，拜托。”鲍里斯受够了难喝的咖啡，去冰箱里拿了罐啤酒，“我父亲脾气是不好，但他爱我。他离开乌克兰的时候，完全可以把我扔给邻居照顾。我朋友麦克斯和谢廖扎就被留了下来，结果麦克斯成了流浪汉。再说了，如果你要这么想，那我也得去坐牢。”

“什么？”

“有一次我想杀了他。真的！”他见了我的神情，说，“我真的想。”

“我不信。”

“不，是真的。”他放弃似的说，“我觉得很后悔。在乌克兰的最后一个冬天，我骗他走到门外去——他喝醉了，就走出去了。然后我把门锁上了。我以为他一定会被冻死在雪里。还好没有，啊？”他大笑道，“否则我就得一辈子待在乌克兰了。老天啊，捡垃圾吃，睡在地铁站里。”

“后来发生了什么事？”

“不知道。不是晚上。有人看见他，让他搭了车——我猜是个女人吧，谁知道呢？总之他又喝了点酒，过了几天回来了。幸运的是，他不记得发生什么了！还给我买了个足球，说他从此以后只喝啤酒。大概坚持了一个月吧。”

我抬起眼镜揉了揉眼睛。“你要跟学校那帮人怎么说？”

他打开啤酒罐。“啊？”

“呃，你懂的。”他脸上的淤青红得像片生肉。“大家会问的。”

他咧嘴一笑，顶了我一下。“我会说是你干的。”他说。

“不，说真的。”

“我是说真的。”

“鲍里斯，这不好笑。”

“哦，就那些呗。橄榄球，滑板。”他的黑发如阴影般遮住脸，他抬手撩开。“你不希望他们把我赶走吧？”

“是啊。”我不安地沉默了片刻后说。

“我会回波兰，”他把啤酒递给我，“我想他们要遣返我的话，我会回波兰。不过波兰——”他大笑了一声，“比乌克兰要好多了，老天！”

“他们不能把你送回去吧?”

他对着自己的手皱眉。手很脏，指甲里塞满干掉的血渍。“不,”他语气激烈地说,“我会先自杀。”

“哦，好吓人哦。”鲍里斯总说要自杀，为了各种各样的原因。

“我是认真的！我去死！我还不如死了。”

“你才不会呢。”

“我会的！那儿的冬天——你可没见过。空气都不干净。全是灰色的混凝土，还有风——”

“嗯，那儿总有夏天吧。”

“啊，老天。”他伸手拿过我的烟，使劲吸了一口，冲天花板呼出一阵烟雾。“蚊子。臭泥。所有东西都发霉。我在那儿时饿得快死了，又很孤独——跟你说，有时候我饿得简直——我会走到河岸上，想直接跳下去淹死。”

我头疼。鲍里斯的衣服（其实是我的衣服）在烘干机里翻来覆去。户外的阳光明亮而恶毒。

“不知道你怎么想,”我说，拿回烟,“我可得吃点正经东西。”

“那咱们怎么办?”

“我们本来应该去上学。”

“哈。”鲍里斯表达得很清楚：他去上学只是因为我在，除此之外无事可做。

“不，我是说真的。应该去。今天有披萨吃。”

鲍里斯皱起眉，露出真心后悔的表情。“妈的。”这也是学校的好处之一，至少给饭吃。“现在太晚了。”

25

有时候，在夜里，我会大哭着醒过来。那场爆炸最差劲的地方就在于它留在了我体内——那股热量，那阵撼动骨头的巨震。在梦里，我总会面对一条明亮的路和一条黑暗的路。我必须走黑暗的路，因为明亮的路太热了，到处都烧着火。可是尸体都堆在黑暗的路上。

还好，每次我惊醒鲍里斯，他都没显得特别惊讶，也不觉得烦，仿佛来自一个半夜的痛苦哀号毫不出奇的世界。有时他会抱过在床脚打鼾的卡扣放到我怀里，它睡眼蒙眬地蜷成一团。我感受着它的重量，感受着他们的温暖，用西班牙语在心里数数，或者回忆着所有我会的俄语词（大部分都是骂人话），直到重新进入睡眠。

我刚到维加斯的时候，为了振作心情，会想象母亲还活着，在纽约进行一天的日常生活——和门卫聊天，去餐厅买咖啡和松饼，站在报亭旁边等待六号地铁。但这办法很快就失效了。现在我把脸埋到陌生的枕头里，没有她的气息，也没有家的气息。我会想公园大道上巴伯家的公寓，或者霍比在西村的联排独栋住宅。

很抱歉你父亲卖掉了你母亲的遗物。我如果早知道，会买下几件帮你保管。人在悲伤的时候——至少我是这样——如果身边有几件熟悉的物品，就会得到极大的安慰，因为东西不会变。

你形容的沙漠，那种像大海一样无边无际的强烈阳光，听起来很可怕，但也很美。也许那种狂野和空荡自有魅力。很久以前的光和现在的光是不一样的，但在这里，在这座房子里，我每次回头都会想起过去。我想起你的时候，感觉你好像出海航行去了——走在一片明亮的异国土地上，那里没有道路，只有星星和天空。

这封信夹在一本旧硬皮版圣埃克絮佩里的《风沙星辰》里。我把书读了又读，一直把信留在书里，直到书页都卷曲而肮脏。在维加斯，我只对鲍里斯讲过母亲是如何去世的。他的厉害之处在于，听了之后很平静。他自己的生活那么动荡激烈，这故事并没能让他震惊。他在父亲的矿上（包括巴都希贾和其他我没听说过的地方）见过大型爆炸，甚至能相当精确地猜出爆炸物类型。他那么多话，但也有缄口如瓶的一面，我不用问就知道他不会把我的事告诉别人。也许是因为他同样失去了母亲，也同样和没有血缘的他人形成过亲密关系，包括拜米、他父亲的“中尉”叶甫根尼和卡姆梅瓦拉戈的酒馆老板娘朱迪，他也并不觉得我对霍比的感情有什么奇怪之处。“大家都承诺要写信，但从来不写，”我们坐在厨房里读着霍比最近的一封信，他说，“可这家伙一直给你写信。”

“是啊，他人很好。”我已经放弃对鲍里斯解释霍比了：那房子，地下的工房，他沉思着聆听的模样，和我父亲是那么的不同。更重要的是，霍比产生的那股让人愉悦的气氛：雾气般的静谧感，像秋天一样温和亲切，让我觉得安全而舒适。

鲍里斯把手指探进桌上的瓶装花生酱里，拿出来舔了舔。他喜欢上了花生酱，在俄国没吃过（不像他同样爱吃的棉花糖霜）。“同性恋大叔？”他问。

我吃了一惊。“不是，”我立即说，然后又改口，“不知道。”

“无所谓，”鲍里斯说，把花生酱递给我，“我认识几个挺不错的同性恋大叔。”

“我想他应该不是。”我不太确定地说。

鲍里斯耸耸肩。“管他呢，只要他对你好就行。我们在这世上总是得不到足够的温情，不是吗？”

26

鲍里斯很喜欢我父亲，我父亲也喜欢他。他比我更明白我父亲到底以什么为生。不用人教，他就懂得在爸爸输钱时绕着他走，但同时也明白我父亲需要某种我不愿意给他的东西——赢了时的观众。在这种时候，爸爸会在厨房激动地走来走去，挥着拳头，希望有人能在旁边听他讲故事，夸奖他干得有多棒。每当我们听见他在楼下跳起身来，发出赢家的大喊，快乐地蹦来蹦去，发出各种声音，鲍里斯就会放下书下楼，耐心地听着爸爸从头讲述他当晚在百家乐牌桌上出的每一手，经常还会令人（令我）痛苦地讲起以前的其他胜局，一直讲到他上大学的日子和半途而废的演艺事业。

“别告诉我你爸爸演过电影！”鲍里斯端着已经变冷的茶，回到楼上对我说。

“没几部。也就两部。”

“可是那一部——那可是个大电影，就是警察电影，你知道吧，讲警察接受贿赂那一部。名字叫什么来着？”

“他演的又不是什么大角色，戏份也就那么一秒。他演了一个在街上被枪打死的律师。”

鲍里斯耸耸肩。“那又怎样？真有趣。如果他去乌克兰，人们会把他当成大明星。”

“那他就去啊，带着赞卓拉去。”

鲍里斯喜欢的那些“智慧讨论”也有了爸爸这个听众。我对政治不感兴趣，对爸爸的看法更加不屑一顾，根本不愿意和他就全球问题进行毫无意义的争论，哪怕我知道他爱好这种讨论。但鲍里斯很乐意，不管醉了还是醒着。在这些讨论中，父亲经常会挥舞着手臂模仿鲍里斯的口音，那样子让我牙齿发酸。但鲍里斯完全不在意，甚至表现得好像根本没发现这一点。有时他下楼去烧水，然后就没再回来。我出去找他，结果发现他们两人在厨房里愉快地争论着，像在舞台剧里演对手戏，讨论苏联解体之类的问题。

“啊，波特！”他上了楼，“你爸爸真是个好人！”

我拿下 iPod 的耳机。“随便你怎么想吧。”

“我是说真的，”鲍里斯一屁股坐到地上，“他很健谈，又那么智慧！而且他爱你。”

“不知道你是怎么看出来的。”

“拜托！他想弥补你，但又不知道该怎么做。他希望是你下楼去跟他说话，而不是我。”

“他这么对你说的？”

“没有。但这是真的！我能看出来。”

“我差点就信了。”

鲍里斯不理解地看着我。“你为什么这么恨他？”

“我不恨他。”

“他伤了你母亲的心，”鲍里斯笃定地说，“他离开了你们。但你得原谅他。那些都过去了。”

我瞪着他。爸爸是这么告诉别人的？

“那是胡说，”我说，坐起来把漫画扔到一边，“我母亲——”该怎么解释？“——你不明白，他对我们可混了，他走的时候我们都很开心。我是说，我知道你觉得他是个很棒的人——”

“那你为什么说他混？因为他在和其他女人约会？”鲍里斯说，手心向上摊出手，“这也难免。他有自己的生活。这和你有什么关系？”

我难以置信地摇摇头。“哇，”我说，“他把你完全给蒙住了。”爸爸让陌生人着迷的能力一直让我大开眼界。他们会借钱给他，推荐他升职，给他引荐重要人士，邀请他去自己的度假别墅住，彻彻底底地迷倒在他的咒语之下——然后他的焦点转移到别人身上，原有的一切就轰然瓦解。

鲍里斯用胳膊环住膝盖，把头向后靠到墙上。“好吧，波特，”他好脾气地说，

“你的敌人就是我的敌人。既然你恨他，那我也恨他。不过——”他一歪头，“我在这儿呢，住在他的房子里。我应该怎么做？是和他友好地交谈，还是冒犯他？”

“我可没这么说。我只是说，别相信他说的一切。”

鲍里斯吃吃地笑起来。“不管是谁说的话，我都不会照单全收。”他说，友善地踢了我的脚一下，“也包括你。”

27

虽然爸爸这么喜欢鲍里斯，我还是一直尽力引开他的注意力，不让他发现鲍里斯基本是在我家住下了。这并非难事，爸爸忙于赌博和嗑药，就算我在卧室里养了只山猫他恐怕也发现不了。赞卓拉更难对付，总要抱怨多余的开支，尽管鲍里斯带了很多偷来的零食过来。她在家时，鲍里斯总是躲在楼上，对着俄文版的《白痴》皱眉，用我的便携式音箱听音乐。我从楼下给他带来啤酒和食物，学会了用他喜欢的方式做茶：用壶把茶煮开，加三袋糖。

快到圣诞节了，但从天气根本看不出来：夜晚很凉爽，白天依然明亮炎热。风吹来时，游泳池边的遮阳伞会发出开枪般的声音倒下。夜里有闪电划过，却不下雨；有时沙子会卷在旋风里飞起来，在街上四处飘洒。

节日让我抑郁，鲍里斯则态度轻松。“那都是给小孩玩的，”他不屑地说，在我的床上支起胳膊，“树啊，玩具啊。我们在圣诞夜会召开自己的‘普莱兹尼基’。你觉得怎么样？”

“‘普莱兹尼基’？”

“哎，就是节日聚会。没有圣餐那么隆重，就是做点好吃的，特别的食物——也许可以请你父亲和赞卓拉一起来。你觉得他们会愿意跟我们吃饭吗？”

出乎我的意料，父亲听了很高兴，赞卓拉也一样（我猜我父亲只是喜欢‘普莱兹尼基’这个词，也喜欢听鲍里斯大声念出来时的声音）。到了二十三号，鲍里斯和我拿着爸爸给的钱出去购物（还好他给了钱，我们一般去偷的超市挤满了节日采购的人，我们没法随心所欲偷东西），买回的东西包括土豆、一只鸡，一堆看起来并不好吃的材料（德国酸菜、蘑菇、青豆、酸奶油），给鲍里斯去做他自称会做的波兰节日菜肴；还有裸麦粉粗面包卷（鲍里斯坚持要黑麦面包，说白面包根本不适合这顿饭)、一磅黄油、泡菜，一些圣诞糖果。

鲍里斯说我们应该在天空上出现第一颗星星时吃饭，那是伯利恒星。但我们不习惯给自己之外的人做饭，结果晚了。圣诞夜晚上八点，德国酸菜那道菜做好了，鸡十分钟后就能从烤箱里拿出来(我们是看包装说明做的)。这时爸爸吹着《欢度节日》的口哨走过来，快活地敲了敲橱柜，吸引我们的注意。

“好了，小子们!”他说。他的脸色红润发亮，语速飞快，带着一种我熟悉的断断续续的紧张感。他穿着从纽约带来的杜嘉班纳旧西装，没打领带，衬衫皱巴巴的，脖子下的扣子开着。“去把头发梳梳，打扮打扮。我带大家出去吃饭。你还有更正式的衣服吗，西奥？肯定有吧。”

“可是——”我恼火地盯着他。爸爸就是这样，总在最后一秒突然冒出来，改变计划。

“哦，走吧。烤鸡回头再吃。可以吧？当然可以，”他一秒钟能说出十句话，“把其他东西都放冰箱里吧，明天当圣诞节午餐吃——这样还算‘普莱兹尼基’吗？还是只有在圣诞夜吃才算？我搞混了？啊，好吧，那在我们这儿就是——圣诞节当天。新传统。反正剩菜更好吃。听着，这样才好。鲍里斯——”他已经开始赶着鲍里斯往外走了，“你穿几号衬衫，伙计？不知道吗？我有几件布鲁克斯兄弟牌的旧衬衫，真应该都给你，很棒的衬衫，别误会，可能会长过你的膝盖，但脖子这儿对我来说有点紧，你只要把衣袖卷起来，应该就没问题……”

28

我来拉斯维加斯已经快半年了，但这只是我第四次或者第五次来到赌场大道，而鲍里斯则根本没好好逛过维加斯(他只要在学校、购物中心和家里转转就满足了)。我们惊奇地看着霓虹灯做成的瀑布，灯光在我们周围照耀着、闪动着，在泡泡里四处流淌。在疯狂的光流中，鲍里斯仰起的脸先红后金。

到了威尼斯人酒店里面，贡多拉船夫划着桨驶过一条真正的运河，里面流淌着散发化学气味的真正的水。盛服打扮的歌剧家在人造天空下唱着《平安夜》和《福哉玛利亚》。鲍里斯和我紧张地跟在后面，觉得自己非常寒酸，来回看着周围的一切，不情愿地挪着脚步。爸爸在一家铺着橡木的高级意大利餐厅里订了座——这是纽约那些著名的意大利餐厅的内地版。“你们想吃什么就点什么，”爸爸说，为赞卓拉拉开椅子，“我请。尽情享受吧。”

我们随了他的好意。我们吃了浇了葱油醋汁的芦笋馅饼、熏三文鱼、烟烤生牛肉片、配莱蓟和黑松露的通心面、洒了藏红花和蚕豆的脆皮黑鲈鱼、烤裙牛排、焖牛仔骨，甜点是意式奶冻、南瓜蛋糕和无花果冰淇淋。这是我几个月来吃的最棒的一顿饭，远远超过其他任何一餐，也许是这辈子最棒的一顿饭。而鲍里斯一个人就吃了两份生牛肉片，开心极了。“啊，真棒，”他第十五次如此感叹，几乎发出猫一样的呼噜声。漂亮的年轻女侍端出一盘配咖啡的糖果和饼干。“谢谢你！谢谢你，波特先生，赞卓拉，”他又说了一遍，“太好吃了。”

比起我们，爸爸没吃多少（赞卓拉也是）。爸爸把盘子推到一边，太阳穴上的头发已经湿了，脸上红得直发光。“谢谢那个戴着芝加哥小熊队帽子的小个子中国人吧，下午他在沙龙里一直给银行下注，”他说，“老天。感觉我们不可能输。”在车里，他已经给我们看过当天的成果了：一捆用皮筋绑着的百元大钞。“好牌简直源源不断。水星退行，月亮上升！我说——那简直就是魔法。要知道，有时候牌桌上有道光芒，能看见的光晕，那就是你，明白吗？你就是那道光。我们的庄家也很棒，迭戈，我爱迭戈——我是说，可逗了，他跟画家迭戈·里维拉长得一模一样，只不过穿着他妈的更高级的燕尾服。我给你们讲过迭戈吗？来这儿四十年了，从弗拉明戈时代就在了。结实，挺矮的，很有气势。墨西哥人，知道吗。双手滑溜溜的，动作可快了，大戒指——”他挥舞手指，“百，家，乐！老天，我真爱这些在百家乐房间里的老式墨西哥人，他们真他妈的有格调。有点发霉的老家伙，可优雅了，走起路来仪态特别端正，知道吗？总之，我们坐在迭戈的桌上，我和这个小个子中国人，他是个游客，戴角质架眼镜，一句英语都不会，知道吗？只会嚷‘三饼！三饼！’喝着他们那边喝的什么人参茶，喝起来跟灰尘似的，不过我喜欢那个气味，幸运的气味，简直太棒了，我们顺利得一塌糊涂，所有中国女人都挤到我们后面来，我们跟她们击掌庆祝——你觉得，”他对赞卓拉说，“我能不能带他们到百家乐沙龙去见见迭戈？他们肯定都特喜欢迭戈。不知道他还在不在值班。你觉得呢？”

“他不在。”赞卓拉打扮得很美，明亮的眼睛一闪一闪的。她穿着天鹅绒紧身短裙，脚上一双带珠宝的凉鞋，嘴上涂着一贯的红色口红。“现在走了。”

“他有时候会在节日期间值两次班。”

“哦，他们不会想去的。挺远的。要走半小时，穿过赌城再回来。”

“嗯，可我知道他会想见孩子们的。”

“嗯，应该吧。”赞卓拉好脾气地表示赞同，用手指摸着红酒杯沿，项链上小小的金鸽子在灯下发着光。“他是个好人。可是拉里，我是说真的，我知道你听不进去，可是你要是跟庄家走得太近，总有一天会被保安盯上。”

爸爸笑了起来。“老天！”他快活地说，拍了一下桌子，声音响得我惊缩了一下。“我要不是知道不可能，肯定会以为迭戈今天在牌桌上帮了我一把呢。嗯，也许他是帮了。心灵感应的百家乐！让你们苏联的研究人员都来研究一下，”他对鲍里斯说，“这样就能拯救你们的经济系统了。”

鲍里斯清了清嗓子，举起水杯。“抱歉，能让我说两句吗？”

“演讲时间到了？我们也要讲吗？”

“感谢你们的陪伴。愿所有人都能健康、快乐，活到下一个圣诞节。”

我们惊讶地沉默了一会儿。厨房里传来香槟酒开瓶的声音，随即是一阵笑声。时间刚过午夜，圣诞节刚过了两分钟。爸爸向后靠到椅背上，大笑起来。“圣诞节快乐！”他大声说，从口袋里掏出个首饰盒，递给赞卓拉，又拿出两沓二十元纸钞（一共伍佰元！每沓！）扔给鲍里斯和我。在这恒温控制、没有钟表的赌场里，节日和圣诞都是毫无意义的人造产品，但在杯盏碰撞的声响中，快乐听起来没那么阴沉而致命。

第六章

风沙星辰

1

第二年里，我忙着把纽约和以前的生活都抛于脑后，几乎没有感觉到时间的流逝。在没有季节变化的刺眼阳光里，每一天都过得毫无不同：宿醉的早上坐校车上学，后背因为睡在游泳池边而晒得粉红刺痛，伏特加所带的汽油味，波帕湿哒哒的狗味和氯水味，鲍里斯教我用俄语数数、问路、请人喝酒，和教我骂人时一样耐心。好，我很愿意。谢谢，你真好。你会说英语吗？我会一点点俄语。

无论冬夏，户外的光芒都如此耀眼夺目，沙漠的空气炙烤着鼻孔，刮得喉咙发干。一切都很滑稽，一切都能让我们大笑不止。有时候，在太阳下山之前，看着天空的蓝色逐渐变成紫色，天边出现马科斯菲尔德·帕里斯画作上的那种狂野云层，半白半金，滚滚飘入沙漠，仿佛领着摩门教徒一路往西的圣谕。*说慢点*，我说，*请重复一遍*。我们太熟悉彼此了，如果没必要开口，只要扬一下眉或翘一下嘴角，就能让彼此狂笑起来。夜里，我们盘腿坐在地上，在作业本里留下油腻的指印。我们吃的东西营养不足，胳膊和腿上都出现了柔软的棕色瘢痕——学校的护士说这是缺乏维生素的表现，在我们的屁股上扎了很疼的一针，给了我们一罐儿童口嚼维生素片。“我的屁股好疼。”鲍里斯在校车上说，揉着屁股诅咒金属座椅。我们经常游泳，我全身从头到脚都晒出了雀斑，头发（比以前任何时候都要长）因池水漂白剂而出现颜色发淡的几缕。总的来说，我的感觉很好，虽然胸口还有一种不肯消失的沉重压力，因为吃糖多而出现了蛀牙。除此之外，我过得很好，还算快活，然后——在我十五岁生日刚过不久——鲍里斯认识了一个名叫考特库的姑娘，一切就都变了。

考特库这名字听起来很特别，但她的人并没有那么特别。这也不是她的真名，只是鲍里斯用的昵称（在波兰语里是“小猫”的意思）。她姓哈钦斯，真名不是凯拉就是凯蕾，之前一辈子都住在内华达州的克拉克郡。她在我们学校上学，只比我们高一级，但年龄要大得多，比我整整大了三岁。鲍里斯显然已经注意她一段时间了，但我一直没发现有这么个人存在，直到某天下午，他一屁股坐到我的床脚，说：“我恋爱了。”

“哦？跟谁？”

“公民学班上的姑娘。我向她买过大麻。而且她已经十八岁了，你信吗？老天，她可真美。”

“你有大麻？”

他半开玩笑地猛扑过来，抓住我的肩。他知道我的弱点，把手指按到我的肩胛骨下面，我叫了一声。但我没有玩耍的心情，就狠狠打了他一拳。

“嗷！混蛋！”鲍里斯滚到一边，揉着下巴，“你干吗？”

“疼就对了，”我说，“大麻呢？”

之后我们没再谈起他的恋爱，至少当天没谈。过了几天，我上完数学课出来，看见他在储物柜边俯视一个女生。鲍里斯不算高，但那女生特别矮小，虽然年纪明显超过我们不少：平胸，屁股干巴巴的，颧骨很高，额头和三角形的脸颊都闪闪发亮。她穿了鼻环，身上穿着一件黑色背心，黑色的指甲油不太整齐，头发挑染成橘黄和黑色相间，平庸而明亮的蓝眼睛周围画了浓厚的黑色眼线。她长得是挺可爱的，甚至可以说是个辣妹，但她瞥我的眼神让我紧张，像个心怀不满的快餐店员工或虐待婴儿的保姆。

“你觉得如何？”放学后，鲍里斯赶上我，激动地问。

我耸肩。“挺可爱的，大概。”

“大概？”

“鲍里斯，我的意思是，她看起来好像已经，嗯，二十五了。”

“我知道！多棒啊！”他说，眼睛亮晶晶的，“十八岁！合法的成年人！随时可以买酒！她在这儿生活了一辈子，对哪家店不查身份证简直了如指掌。”

2

美国历史课上我的邻座叫哈德莉，她总是穿一件带字母的夹克，人很健谈。当我谈起鲍里斯的老女人，她皱了皱鼻子。

“她？”她说，“彻头彻尾的荡妇。”哈德莉的大姐詹妮和那位凯拉还是凯蕾一个年级。“还有，我听说她母亲是个妓女。你朋友最好小心点，别染病。”

“呃。”我说，惊讶于她的恶意，虽然也许我早该想到。哈德莉是个从小娇生惯养的军人之后，加入了游泳队和学校合唱团。她有个正常的家庭，三个兄弟姐妹，还从德国带来一条名叫格鲁琴的威尔猎犬。如果她超过门禁时间回家，她爸爸就会冲她怒吼。

“我没开玩笑，”哈德莉说，“她会和其他女生的男朋友亲热，也和女生亲热——跟谁都行。听说她还抽大麻。”

“哦。”在我看来，这些都不是讨厌凯莉还是谁的理由，毕竟鲍里斯和我在过去几个月里也深深地沉迷于大麻。但让我烦恼的是，考特库（我就用鲍里斯给她取的名字叫她吧，因为我不记得真名了）毫无预兆地就这么加进来，抢走了鲍里斯。

一开始他说周五晚上有事。然后是整个周末——不仅是晚上，白天也没空。很快他说的话里就尽是考特库了，当我回过神来，我只能和波帕一起吃晚餐、看电影了。

“她很棒吧？”鲍里斯第一次带她回我家后，又这么问我。那是个毫无亮点的晚上，我们仨抽大麻抽高了，基本没怎么动过，然后他们俩在楼下的沙发上滚来滚去，我则背对着他们坐在地板上，尽量集中精力看着重播的《迷离档案》。“你觉得呢？”

“呃，我想——”他想让我说什么？“她挺喜欢你的。嗯。”

他不安分地动来动去。我们坐在游泳池边，天气太冷、风太大，不适合游泳。“不，说真的！你觉得她怎么样？说实话，波特。”他见我犹豫，补充道。

“我不知道，”我迟疑地说，但他就那么一直盯着我看，“说实话？我不知道，鲍里斯。她看起来有点走投无路。”

“嗯？这很糟糕吗？”

他的语调是真心好奇，不生气也不讽刺。“呃，”我没想过这个问题，“也许不吧。”

鲍里斯因伏特加而脸色粉红。他抬手按在心脏上。“我爱她，波特。我是说真的。这是迄今为止发生在我身上的最真实的事。”

我尴尬得只能转开头。

“瘦瘦的小女巫！”他快乐地叹了口气，“在我怀里，她那么轻，全身都是骨头！像空气一样。”神奇的是，鲍里斯崇拜考特库的很多理由，正是我不喜欢她的原因：流浪猫般瘦骨嶙峋的身体，老成、贫穷。“那么勇敢睿智，心地宽厚！我只想好好照顾她，保护她不受迈克那个家伙的伤害。你知道吗？”

我默默地给自己倒了杯伏特加，虽然我已经喝多了。考特库的存在之所以如此让我困惑不解，是因为鲍里斯用毫无疑问的骄傲对我强调，考特库已经有男朋友了——一个名叫迈克·麦克奈特的二十六岁男人。他有辆摩托车，在游泳池清洁公司上班。“太好了，”鲍里斯告诉我时我说，“叫他来帮咱们洗洗池子吧。”我已经受够了要清洁游泳池（大部分活都落到了我身上），特别是因为赞卓拉买回来的化学品从来都不对。鲍里斯用掌心抹了抹眼睛。“说真的，波特。我觉得她是怕死那家伙了。她想和他分手，可是又不敢。她想说服他去应征入伍。”

“你最好小心点，那家伙说不定会来找你。”

“我！”他嗤笑一声，“我担心的是她！她那么瘦小！只有八十一磅！”

“是，是。”考特库自称是个“准厌食症患者”，她每次说自己一整天没吃东西，都能让鲍里斯担心得团团转。鲍里斯拍了一下我的头。“你老是一个人在这儿坐着，”他说，坐到我身边，把脚伸到池水里，“哪天去考特库家吧。带个人过来。”

“比如？”

鲍里斯耸耸肩。“历史课上那个金发辣妹怎么样？头发剃得像男生，会游泳的那个？”

“哈德莉？”我摇摇头，“不可能。”

“当然可能！你应该上！她很性感啊！她一定会去的！”

“相信我，这不是个好主意。”

“我去帮你问！来嘛。她对你一直很友好，总是和你聊个不停。给她打个电话怎么样？”

“不是这么——站住。”我见他要起身，抓住他的衣袖。

“胆小鬼！”

“鲍里斯，”他已经往屋里走了，“别。我是说真的。她不会去的。”

“为什么?”

他揶揄的声音惹怒了我。“说实话? 因为——”我想说因为这是显而易见的事实,因为考特库是个荡妇。但我最后还是说:“听着,哈德莉在优秀学生名单里。她不会去考特库家的。”

“什么?”鲍里斯说,愤怒地快步往回走,“那个婊子说什么了?”

“没什么。只是——”

“她肯定说了!”他快步走回池边,“你最好现在就告诉我。”

“喂,什么都没有。冷静,鲍里斯,”我发现他非常生气,“考特库比她大多了。她们不在一个年级。”

“傲慢自大的婊子。考特库怎么惹她了?”

“冷静。”我的目光落在伏特加酒瓶上,一道干净利落的白色阳光如光剑般照亮它。他喝得太多了,我不想和他打架。但我也醉了,想不到转移话题的轻松滑稽的话。

3

很多更好、年龄也和我们相仿的女生都喜欢鲍里斯,其中最显眼的是萨菲·卡斯佩森。她是个丹麦姑娘,说话时语调高亢,带着点英式口音,曾在太阳马戏团里演过配角,是我们年级当之无愧的级花。她和我们一起上英语高阶班(对《心是孤独的猎手》说过些很有意思的评论)。大家都说她待人冷淡,可她喜欢鲍里斯。谁都看得出来。她会在他开玩笑时大笑,在他所在的学习小组里有点呆呆的,我还见过她在走廊里热情洋溢地和他说话——鲍里斯也同样热情洋溢地回话,像俄国人那样辅以各种手势。奇怪的是,他似乎对她一点都不感兴趣。“为什么?”我问他,“她可是咱们班上最漂亮的女生。”我一直以为丹麦人骨架很大,一头金发,但萨菲身材娇小,头发是棕色的,身上有种童话般的气质,化了亮闪闪的舞台妆时这种气质更为突出。我见过她演出的履历照片。

“是挺好看的。但还不够火辣。”

“鲍里斯,她辣得都要冒烟了。你疯了吗?”

“哎,她太勤奋了。”鲍里斯说,一手拿着啤酒坐到我身边,另一手伸出来拿我的烟。“太正直了。总在学习啊排练什么的。考特库——”他吹出一股烟雾，把香烟还给我，“她和咱们一样。”

我没说话。我已经从全科优秀学生沦为考特库这种弃儿的同类了？

鲍里斯拱了拱我。“我看是你自己喜欢萨菲吧。”

“不，没有。”

“肯定有。去约她啊。”

“嗯，也许吧。”我说，但我知道自己没这个勇气。在以前的学校里，外国学生和交换生都会自觉而礼貌地站到犄角旮旯去，像萨菲这样的女生还算容易接近。但在维加斯，她太受欢迎了，周围总是围满了人。而且最大的问题是，我约她出来要干什么？在纽约就简单了，我可以带她去滑冰、看电影，去天文馆。但我可想象不出萨菲·卡斯佩森嗑药吸胶毒，在操场里喝纸袋裹着的啤酒，或者做鲍里斯和我在一起时会做的任何事。

4

我还能见到鲍里斯，只是没以前那么频繁了。他越来越经常去双 R 公寓，与考特库和她母亲一起过夜。那座公寓其实也是临时宾馆，本来是五十年代的汽车旅馆，位处于机场和机场大道之间。总有样子好像非法移民的人站在院子里，对着干涸的游泳池争论汽车配件的话题。“双 R？”哈德莉说，“你知道这两个 R 代表什么吧？‘老鼠和蟑螂’。”值得庆幸的是，考特库不经常陪鲍里斯来我家。但就算她不在，他也会不停地提起她。考特库的音乐口味可棒了，还给他烧了盘超火辣的嘻哈碟，我可一定得听听看。考特库只喜欢加了绿辣椒和橄榄的披萨。考特库特别想要个电子键盘——还想要一只暹罗猫，雪貂也行，可双 R 公寓不让养宠物。

“说真的，你应该经常和她多待待，波特，”他说，撞了我的肩膀一下，“你会喜欢她的。”

“哦，得了。”我说，想起她在我面前那假惺惺的模样——总是带着些恶意不合时宜地笑起来，老叫我去冰箱给她拿啤酒。

“不！她喜欢你！真的！她觉得你就像她的弟弟。她是这么说的。”

“她从来不跟我说话。”

“因为你不理她。”

“你们上床了吗？”

鲍里斯发出不耐烦的嘟囔，他不能如愿以偿时总会发出这种声音。

“思想肮脏，”他说，撩开眼前的头发，又说，“干吗？你以为呢？要我给你做张地图吗？”

“画张地图。”

“啊？”

“那句话的动词，‘要我给你画张地图吗’。”

鲍里斯翻了个白眼。他挥了挥手，又说起考特库有多聪明，“聪明得要命”，有多睿智，经历过多少事，我根本不了解她就评头论足有多不公平。我坐在旁边，一半心思听着他的话，一半心思看着电视上的黑白老电影（《堕落天使》，达纳·安德鲁斯），暗自想着他可是在公民补习班上遇见考特库的——那门课专门为头脑不太好的学生（而且是以我们学校那么宽松的标准）开设，让他们不用请家教也能及格。鲍里斯学起数学不费吹灰之力，外语课更是好过我认识的任何人。他之所以去上这门白痴补习课，完全是因为他是外国人——他非常抗拒学校的这项安排。“为了什么？好像我会有一天给国会投票似的。”可是考特库——十八岁了！在克拉克郡出生长大的！美国公民，警察的后代！她可没有任何借口。

我反复想着这样阴暗的念头，无法做到不想。我到底在乎什么？是，考特库是个婊子；是，她笨得连普通的公民课都过不了，戴着从药房买的廉价耳环，耳环老是钩到东西；是，她只有八十一磅那么瘦，但还是让我害怕，仿佛她只要认真起来就能用尖头靴踢死我。“她打起架来可是顶个小黑鬼。”鲍里斯说，四处跳来跳去，展示身上的帮派符号，至少是他以为的帮派符号，然后又给我讲了一遍考特库揪掉另一个女生一缕头发、头发上面还带着血的故事——考特库总会卷入吓人的女生之战，大多数对手都是和她一样的底层白人女生，但有时她也会惹上真正的帮派女生，肤色黝黑的拉丁美洲人。可我为什么要这么在意鲍里斯喜欢的对象？我们不还是朋友吗？最好的朋友？基本可以说是兄弟？

但这些词都不太适合鲍里斯和我。考特库出现之前，我从来没有好好想过这个问题。我们的关系主要包括空调房里昏昏欲睡的下午，懒洋洋、醉醺醺的，百叶窗遮挡了外面的刺眼光线，地毯上散落着空了的糖包和干掉的橘核，背景里放着披头士《白色专辑》(鲍里斯最爱这张）里的《亲爱的普鲁登斯》，或是听过无数遍的哀伤的电台司令：

一时间
我迷失了自我，迷失了自我……

吸过胶毒后会听到一阵机械般暗沉的轰隆声，仿佛螺旋桨掀起了风：引擎全开！我们仰天倒在床上，沉入黑暗，仿佛跳伞员背对着大地跃下飞机——在那么高、那么不受控制的状态下，一定要小心脸上的袋子，否则回头清醒过来，头发和鼻孔上就会沾满一团团干掉的胶水。疲惫至极的沉睡，脊骨抵着脊骨，脏兮兮的床单上满是烟灰和狗味，卡扣仰着肚皮打鼾，排气扇吹来的风声里夹杂着使劲听才能注意到的喃喃低语。一整个月飞逝而过，风声从不间断，被吹起的沙子打在窗户上噗噗作响，游泳池里的水面总是皱着，显得有些不祥。早上的茶很浓，配着偷来的巧克力。鲍里斯一把抓住我的头发，踢了我的肋骨一下。醒醒，波特。起床开工了。

我告诉自己我不会想他，可我想。我自己一个人嗑药，看成人频道和花花公子台，读《愤怒的葡萄》和《七个尖角阁的老宅》，感觉它们简直就是史上最无聊小说的并列冠军。我自己在街上玩一块破破烂烂的滑板，是鲍里斯和我在附近一家抵债赎回的弃房里找到的，感觉玩了有上千个小时——我要是愿意，都可以拿这个时间学个丹麦语或者吉他了。我跟哈德莉参加了游泳队的聚会——没酒喝，好多父母也在，周末则跟着不太认识的人去参加没有大人的聚会，吃着安定片喝着野格利口酒，半夜两点坐嘶嘶作响的大猫公交回家，醉得紧紧抓住前面的座位才没倒在过道里。放学后，我如果觉得无聊，就去赌场大道，在墨西哥快餐店或儿童商店找群无精打采的嗑药人士，和他们混在一起。

但我仍然觉得孤单。我想念鲍里斯，他富于激情的整个人：阴沉，鲁莽，易怒，不顾后果得让人吃惊。苍白瘦削的鲍里斯，啃着偷来的苹果看着俄语小说，指甲啃得很短，鞋带拖在沙地里。鲍里斯，年轻的酗酒者，会用四门语言流利地骂人，总会从我的盘子里抢吃的，喝醉了躺在地板上点着头睡过去，脸上红得仿佛刚被人扇过耳光。他总是不问我就拿走东西，我的好多物品都消失不见，比如我学校储物柜里的DVD和文具。我不止一次发现他在我的衣袋里找钱。但他一点也不看重身外之物，以至于这些行为都算不上真正的偷窃。他自己如果有了钱，会直接和我对半分，其他东西也一样。只要我问，他都会开开心心地分给我。我有时候都不用问，比如他父亲的金打火机，我只是随口说了句赞美的话，后来它就出现在我背包的外侧口袋里了。

滑稽的是，我一直担心鲍里斯会太过多愁善感，如果这个词确切的话。他睡觉时会翻过身，伸出胳膊搭到我的腰上。第一次的时候，我半睡半醒地躺了片刻，不知道该怎么办，只好盯着地板上没洗的袜子，空荡的啤酒瓶，我的轻装本《红色英勇勋章》。最后我尴尬地假装打了个哈欠，想要翻身离开，但他叹了口气，带着睡意把我拉得更近一些，仿佛打算和我相拥而眠。

嘘，波特，他对着我的后颈低语，*是我*。

这很诡异。诡异吗？确实；但又没什么奇怪的。我很快就睡着了，闻着他的浑身酒气，听着他的轻声呼吸。我知道，不管我怎么解释，听起来都会很复杂，而这一切其实都很单纯。当我在恐惧中从梦中惊醒，他总是在旁边，把惊坐而起的我拽回去，让我重新躺在他身边，嘟囔着不明意义的波兰语，低哑的声音睡意蒙眬。我们会听着我iPod上的音乐（塞隆尼斯·蒙克，地下丝绒乐队，都是我母亲喜欢的），在彼此的怀抱中重新睡过去，有时醒来时还互相紧抓着不放，像是被流放的难兄难弟，或是年纪很小的儿童。

但还有一些更令我困惑和混乱不堪的夜晚（这才是我最搞不清的、真正让我烦扰的部分）。我们半裸着扭打在一起，卫生间昏暗的灯光从门下溜进来，我没戴眼镜看到的世界摇摇晃晃，模糊不清。我们互相抓着，动作粗鲁而迅速，被我们踢到的啤酒在地毯上冒着泡沫——当时我看着总是觉得很有趣，没什么了不起，而且我会翻起大大的白眼，他配合地惊吸一口气，然后我就忘了一切。但到了第二天早上，我们趴在床垫两边呻吟着醒来，之前的夜晚就褪色成一系列不连贯的碎片，仿佛由转瞬即逝的火苗照出的背光的轮廓，模糊得像部试验电影。鲍里斯的五官摆在我不熟悉的位置，已经在记忆里褪去，对实际生活的影响还比不上一场梦。我们从来不谈发生了什么，那一切并不真实。我们洗漱着准备去上学，互相扔着鞋，泼着水，咀嚼阿司匹林治疗宿醉后的头痛，说笑着一路走到校车站去。我知道，我如果告诉别人，他们一定会产生错误的想法。我不想让任何人知道，我知道鲍里斯也不想。他显得如此潇洒自如，毫不困扰，我相信那一定只是逗着玩的，用不着认真或大惊小怪。有那么一两次，我想着要不要鼓起勇气说点什么：划下一条界限，把话说清楚，同时确保他没有误会我的意思。但我一直找不到恰当的时机，再想说时又觉得那样只会搞得两人都很尴尬，除此之外没有意义。但我并未安心。

我讨厌自己这么想他。我家那两位总在不停地喝酒，特别是赞卓拉。总有人重重地摔门。“哈，既然不是我，那肯定就是你。”我听见她这么喊。没有了鲍里斯（他在的时候，他们俩都会收敛一些），我觉得更加难熬。一部分原因在于赞卓拉的酒吧工作时间变了。日程表换来换去，她压力很大，以前的同事要么辞了职，要么不和她在同样的时间工作了。周一和周三，我起床准备上学的时候，经常会撞上她下班回来，独自坐在电视前看着她最喜欢的晨间节目，累得不想去睡觉，直接从瓶子里喝水杨酸铋。

“累死我了。”她见我站在楼梯上，说道，努力想要微笑。

“你应该去游个泳。游完就困了。”

“不用了，谢谢。我就在这儿喝我的抗酸剂吧。多棒的发明。真是了不起的泡泡糖味饮料。”

爸爸在家的时间更多了。他会和我一起待着，我很喜欢这一点，但他的情绪总是阴晴不定，让我相当疲惫。橄榄球赛季开始了，他连走路都蹦蹦跳跳的。他拿黑莓手机查完结果，跟我击了个掌，在厅里四处跳舞。“我是不是天才？是不是？”他会仔细阅读让分详解、预测报告，有时还看一本简装书：《天蝎座：本年体育前景》。“总得找到那一点点优势。”他说。我看见他浏览着图表，按着计算器，仿佛在计算收入税。“只要能达到百分之五十三、五十四，就能靠这东西活得不错了——百家乐完全是为了玩，毫无技巧，我给自己设了一些限制，从不玩过头。可体育这边呢，只要好好用心就能赚大钱。得像投资人一样好好考虑。不是粉丝，不是赌徒，因为这其中的秘诀就是，水平高的队伍往往会赢，制定赔率的人一般不错出过。不过制定赔率的人有个劣势，那就是大众的意见。他预测的不是谁会赢，而是大众觉得谁会赢。对球队的感情和事实之间有一点点差距——操，你看看底线区那个接球手，还有旁边匹兹堡队的那个大个子，咱们需要他们赶紧得分，就像需要在头上开个洞那么迫切——总之，就像我刚才说的，我如果好好坐下来研究，而喜欢吃牛肉堡的乔随便看个五分钟体育新闻就挑好自己心仪的队伍。结果会怎么样？谁占上风？跟你说，我不是那种无论输赢、一听到巨人队的名字就满眼放光的球迷——妈的，但你妈妈可能这么告诉过你。天蝎座掌控欲极强——我就是这样。竞争心可强了。为了赢不惜任何代价。我以前表演时所有的演技都是从这儿来的。太阳是天蝎，上升是狮子。都在星盘里写着呢。你是巨蟹座，寄居蟹，神神秘秘地躲在壳里，整个思考模式都不一样。说不上谁好谁坏，反正就是这样吧。总之，我一般是进攻侵略型的人，但在比赛当天，也得注意着点行运和太阳弧推进——"

"是赞卓拉给你讲的这些吗？"

"赞卓拉？维加斯的体育赛程表里有一半都写着占星师的直拨号码。反正，就像我说的那样，如果其他东西都一样，星球的运行有影响吗？有。我得说有。比如，哪个队员状态很好，或者状态很差，不在状态，诸如此类的。说真的，有那点优势是最好的，特别是如果你有点，怎么说呢，哈哈，紧张，不过——"他拿出一卷厚厚的纸钞给我看，钞票被橡皮筋捆着，看起来都是百元大钞，"今年相当不错。百分之五十三,一年玩了一千局。中魔法大奖了。"

周日是他所谓的大头球票日。我起床下楼，看见他绕着一堆散落的剪报踱步，情绪高昂，坐立不安，仿佛到了圣诞节早上。他不停地开关橱柜，对着黑莓手机上的球票说话，直接从包装袋里掏玉米片吃。有重要球赛时，我如果下楼在他旁边待上一会儿，他就说要给我"分一杯羹"，如果赢了就给我二十元，五十元。"鼓励鼓励你的兴趣，"他解释，坐在沙发上向前俯身，紧张地搓着手，"你看——我们需要小马队在上半场就彻底出局，一点希望也不留。牛仔队和淘金队呢，下半场得分加起来要超过三十——好啊！"他大喊，扬着拳头狂喜地跳了起来，"掉球！红皮队抢到球了。局势大好！"

这一切很令我困惑，因为掉球的是牛仔队。我以为牛仔队至少得赢个十五分才行。在比赛中，他支持的对象总是变来变去，快得让我跟不上，我经常不小心给敌方加了油。我在球赛和让分标准之间跌跌撞撞，享受着他的喜悦心情，享受一整天的油腻食物，如接受天赐之物般接住他扔给我的二十元和五十元。有时候他赢到巅峰，但随即又因为过于激动而盲目乐观，跌入谷底，他身上就会出现一种隐约的紧张感。在我看来，那种紧张感和比赛的结果并没有什么直接联系。我不知道他为什么在屋里走来走去，双手叠在头顶，盯着电视机，仿佛公司随时有可能倒闭的商业人士。他对球员和教练隔空喊话，问他们到底他妈的怎么回事，到底他妈的哪根筋不对。有时他会跟着我走进厨房，态度里不知道为何带了丝恳求。“我要死了。”他幽默地说，靠到台面上，姿势夸张而滑稽，弓着背模仿受了枪伤的银行劫匪。

X栏。Y栏。跑动距离，刨除让分。比赛日，在下午五点之前，白色的沙漠之光将周日的惨淡气氛遮挡在外——秋日逐渐转入冬季，孤独的十月暮色，第二天就要上学。但在下午球赛就要结束之前，总会出现一段漫长的时刻，人群的情绪变了，一切都变得荒凉缥缈。电视上和电视下面，露台门玻璃反射的金属亮光变弱成金色，又变成灰色，长长的阴影和夜晚落入沙漠的寂静之中，我产生了一股无法言说的哀愁，沉默的人群涌向体育馆出口，冷雨落在东边的大学城里。

我不知该怎么解释心头席卷而来的恐慌。比赛日结束得如此飞快，就像贫血症，就像看着纽约的公寓被打包搬空：脚下空落落的，上下颠簸，没有什么可以被紧抓着不放。我回到楼上，关紧房门，打开屋里所有的灯，如果有大麻就抽上两口，用便携音箱放音乐。都是我之前没有听过的音乐，肖斯塔科维奇，艾瑞克·萨蒂，是我为母亲导入iPod，后来又一直没机会删掉的。我读着从图书馆借来的书，大部分都是艺术书籍，因为它们会让我想起她。《荷兰绘画大师作品》《戴夫特：黄金时代》《伦勃朗、匿名学徒和崇拜者的画集》。

我在学校的电脑上查阅，看见他们有一本关于卡雷尔·法布里蒂乌斯的书（只有一百页的小书），去图书馆找却找不到，学校电脑又受到严密监控，我心虚得不敢上网去查——之前我无心地点击了一个链接（《小取水者》，《金翅雀》，1654），结果被带到一个正式得吓人的网站，名叫遗失艺术品数据库，还要我输入姓名和地址登录。我被国际刑警组织和遗失艺术品的字眼吓得一下子关掉电脑电源，而这是错误的操作方法。“你干吗呢？”图书馆馆员奥斯特鲁先生问，我还没来得及重启。

“我——”我虽然很慌张，但还是暗自庆幸自己看的不是色情片，否则他回顾浏览记录时就有得瞧了。我本来想用爸爸在圣诞节给的五百元买台廉价笔记本电脑，但那笔钱不知怎么就花没了。“遗失”艺术品，我告诉自己，没必要惊慌，烧毁的艺术品还是遗失艺术品，对吧？我虽然没输入地址什么的，还是担心会不会在那网站上留下了学校的IP地址。据我所知，以前找过我的那些警察还在注意我的行踪，也知道我来了维加斯。两件事的联系细微，却很真实。

画藏得很好，至少我这么觉得。我把它裹在一条干净的棉枕套里，再用胶带贴到床头板的背后。在霍比那儿那段时间，我知道了古董必须精心保存（他有时会戴上白色棉手套拿特别珍贵的艺术品)，从来没有徒手碰过画，只拿着它的边角。只有当爸爸和赞卓拉都出了门，而且知道他们有一阵子不回来，我才会把画拿出来。但就算没法看到画面，我也喜欢知道它就在那儿。它的存在能给周围的一切带上深度感和坚实感，让世界的基础骨架变得更结实。那种眼睛看不到、却如基石般坚不可摧的正确性让我安心，就像我知道遥远的波罗的海里有鲸鱼无忧无虑地游泳，在某个神秘的地方有僧侣为救赎世界而无休止地诵经。

我不愿随意地把画拿出来观赏。我就连伸手去床后够它，都觉得自己正在延展、漂浮、升华。我如果看了太久，眼睛会因变冷的沙漠空气而干涩，一切空间都会在我眼前消失。我抬起头，觉得自己已经不存在，只有那幅画在。

法布里蒂乌斯生于一六二二年，卒于一六五四年，出生于教师之家。真正能确定出自他笔下的画作寥寥可数。根据代尔福特历史学家冯·布雷斯维克的说法，火药厂爆炸时，法布里蒂乌斯正在画室里画着代尔福特的老教堂。事后，邻居们从画室废墟里拖出画家法布里蒂乌斯的尸体，“带着悲恸的心情。”书里说，“费了好大劲”。在这些简短的记述中，最让我着迷的是一切的偶然性：偶然的灾难，我的和他的，在一个无法预见的点上融为一体，也就是我父亲所称的大爆炸。这巧合中没有讽刺，不含轻蔑，有的只是对主宰人生的命运之手充满尊敬的致礼。一个人可以一连数年研究这些冥冥中的关联，结果什么也无法发现——那都是巧合，是走向滑坡的败局和时间的轮回。我母亲站在博物馆前，时间闪动了一下，光线变得很微妙，各种不确定在一片广袤的明亮边缘蠢蠢欲动。那一丝可能性也许会改变一切，也许不会。

楼上洗手间水龙头流出的水氯味太重，不能喝。晚上，干燥的风将垃圾和啤酒罐吹到马路另一边。霍比告诉过我，水分和湿度是古董最大的敌人。我离开时他正在修一座高高的落地钟，他向我指出里面因湿气腐朽的木头。“有人经常冲洗石头地板。你看这木头腐朽得多厉害？”

时间轮回：同一件事发生了两次，甚至更多次。正如爸爸要遵守一系列的仪式，使用固定的下注系统，声称通过感知隐形的规律，可以预测所有神谕和魔法，代尔福特的爆炸也被一系列复杂事件裹挟，对现实持续产生影响。多重叠加的影响足以让人头晕目眩。“钱不重要，”爸爸说，“钱代表的是能量，懂吗？你追求金钱，就是追求流转的几率。”《金翅雀》用一成不变的闪亮双眼持续凝视着我。木框很小，像艺术书籍上描述的那样：“只比A4纸略大一点”，但那些关于日期和尺寸的描述，那些死气沉沉的教科书知识，和画本身比起来都不值一提，就像你读了半天体育报纸上的统计数字时，包装工队已经在第四节领先两分，一层冰冷的薄雪降临在球场上。这幅画，包括它所有的魔力和活力，就像雪花飘落的那个奇妙时刻，泛绿的光芒和雪花在镜头前飞舞着，你已经不在乎比赛，不在乎谁赢谁输，只想在这个风声拂过的静默瞬间喝上一杯。我看着这幅画，感到一切都合流到一点，阳光下光芒闪烁的那个时刻转瞬即逝，又永远存在。我很少会注意金翅雀脚上的铁链，很少去想这个小家伙过得是多么残酷的生活——只能短暂展翅，然后一遍又一遍地落回毫无希望的老地方。

5

让我高兴的是，爸爸现在对我非常好。他会带我出去吃饭，至少一周一次。都是些相当不错的餐厅，桌子上铺着白色桌布，就我们俩。有时他会邀请鲍里斯一起去，鲍里斯也总会毫不犹豫地接受——一顿好饭的诱惑力比考特库如重力般的吸引还大。但奇怪的是，我觉得只有爸爸和我去餐厅时我吃得更开心。

我们吃着甜点，迟迟未离开饭店，聊着学校和其他各种事（这个崭新的无微不至的父亲是从哪儿冒出来的？！）。“听着，西奥，你来这儿以后，我很高兴能逐渐了解你。”

“嗯，啊，是啊，我也是。”我说，有点尴尬，但说的话都是真心的。

“我是说，”爸爸捋了一下头发，“谢谢你给我第二次机会，孩子。我以前犯了大错。我不该让我和你母亲之间的关系影响咱俩的关系。不不，”他举起手，“我不是埋怨你妈妈，我已经过了那个阶段。她就是太爱你了，我老觉得自己像个电灯泡。自己家的陌生人什么的。你们那么亲近——”他悲伤地笑了笑，“已经没有能容下我的地方了。”

“呃——”母亲和我在公寓里蹑手蹑脚，低声耳语，尽量避开他。小秘密，笑声。“我是说，我只是——”

“不不，我没想让你道歉。我是爸爸，本该明白的。不过变成恶性循环了，你懂我的意思吗？我觉得被你们孤立、排挤，喝酒喝太多。我不该让事情变成那样。我错过了，嗯，你人生里非常重要的一部分。所以我必须自己承担后果。”

“呃——”我歉疚极了，不知道该说什么。

“不是想让你为难，伙计。只是想说，很高兴现在能跟你做朋友。”

“嗯，是啊，”我说，低头看着已经被吃干净的舒芙蕾餐盘，“我也是。”

“还有啊，嗯——我想弥补你。你瞧，我今年在体育这块赚得不错——”爸爸呷了口咖啡，“我想给你开个存款账户。嗯，稍微存点。因为，你也知道，我对你所做的真比不上你妈妈，是吧，又离开了那么久。”

“爸爸，”我不知所措，“用不着。”

“哦，可我愿意！你有社保号吧？”

“有。”

“嗯，我已经准备好了一万元。就从这一万元开始吧。我们回家后你把社保号给我，我下次去银行时用你的名字开个账户，行吧？”

6

除了在学校，我很少能见到鲍里斯，除了一个周六下午，爸爸带我们去米拉奇的卡内基速食店，吃酥饼和碎洋葱面包卷。但就在感恩节几周前，他突然毫无预兆地大步上楼来找我，说：“你爸爸最近运气很差，知道吗？”

我放下了学校要求读的《织工马南传》。“什么？”

“嗯，他一直在两百元的牌桌上玩——两百元一手，”他说，“五分钟就能输掉一千元，太快了。”

“一千元对他来说不算什么，”我说，鲍里斯没回应我，“他说输了多少？”

“没说具体的，”鲍里斯说，“很多。”

“你确定他不是在逗你玩？”

鲍里斯笑了起来。“也许吧，”他说，坐到床上用手肘支着身体，“你什么都不知道？”

“嗯——”就我所知，上周比尔队赢了之后爸爸就收手了，“我想应该不会太糟。他还带我去小酒塞这种高级店吃饭。”

“嗯，但这也许是有原因的。”鲍里斯睿智地说。

“原因？什么原因？”

鲍里斯想说什么，又改了主意。“哎，谁知道，”他说，点了根烟猛吸一口，“你爸爸是半个俄国人。”

“是吗。”我说，也拿了根烟。我经常听见鲍里斯和父亲挥着手臂进行“智慧交流”，讨论俄国历史上有名的赌徒：普希金、陀思妥耶夫斯基，还有好多我没听过的名字。

“嗯，非常有俄国风格，知道吗，总是抱怨情况有多差劲！就算生活其实很不错，也只埋在心里不说出来，免得招魔鬼上门。”他穿着我父亲一件不要的礼服衬衣，已经洗得几乎半透明的衬衣太大了，在他身上飘飘荡荡，像件阿拉伯或印度长袍。“有时候真不知道他是开玩笑还是认真的，”他谨慎地看着我，“你在想什么呢？”

“什么都没想。”

“他知道我会告诉你，所以他才告诉我。他如果不想让你知道，就不会告诉我。”

“嗯。”我很确定事实并非如此。爸爸是那种只要心情好，对着上司老婆和别的什么不当对象也能讨论私人生活的人。

“他会自己告诉你的，”鲍里斯说，“但他觉得你可能不想知道。”

“听着。你也说了——”爸爸有些大男子主义，也相当喜欢夸张。我们共度周日时，他喜欢对自己的不幸夸大其词，歪着身体呻吟，大声抱怨自己“一无所有”或“一败涂地”，即使他只输了一局却赢了五六局，还拿计算器算过总利润。“有时他会夸大其词。”

“嗯，是啊，没错，”鲍里斯明智地说。他拿过我的烟抽了一口，然后又友好地递给我，“你都抽了吧。”

“不用了，谢谢。”

一阵沉默。我们能听见爸爸正在看的球赛里人群的吼叫声。然后鲍里斯又用胳膊支住身体，说：“楼下还有什么吃的？”

“什么都他妈的没有。”

“我以为还有剩下的中餐呢。”

“没了。吃光了。”

“该死。我也许应该去考特库家看看，她妈妈有些冻披萨。你要一起去吗？”

“不了，谢谢。”

鲍里斯笑起来，比划着一些看起来很假的帮派手势。“随你的便吧，哟。”他用“帮派”腔说（除了手势和那句“哟”，和他平常的声音并没什么不一样），站起身摇摇晃晃地出了门，“兄弟总得吃饭。”

7

鲍里斯和考特库的关系的奇怪之处在于，他们在一起时很快就开始激烈争吵。他们还是不停地亲热，几乎停不了手，但一旦有人张嘴说话，你会觉得就像在听一对结婚五十年的老夫妇说话。他们为了一点小钱也能吵个不停，比如上次在美食广场吃饭是谁付的钱。根据我听到的，他们一般是这样对话的：

鲍里斯：“怎么了！我是想好好说话！”

考特库：“嗯，但你说得不怎么样。”

鲍里斯跑上去追她：“我是说真的，考特库！我真的只是想好好说！”

考特库：（噘嘴）

鲍里斯想亲她，没成功：“我怎么了？有什么问题？你为什么觉得我没有好好说话？”

考特库：（沉默）

游泳池修理员迈克，鲍里斯的情敌，去参加海岸警卫队了，问题极其简单地解决了。考特库每周仍然和他打上好几个小时的电话，但不知为何，鲍里斯一点都不介意（“她只是想鼓励他啊”）。但他在学校表现得非常嫉妒，让人心生不安。他背得出她的课程表，我们这边一下课他就会飞奔而出，仿佛怀疑她会在工作用西班牙语课上出轨。某一天放学后，我和波帕独自在家，他打来电话问我：“你认识一个叫泰勒·奥洛乌斯卡的家伙吗？”

“不认识。”

“他和你一起上美国历史。”

“抱歉。课上人很多。”

“嗯，听着。能帮我了解一下他的情况吗？比如他住在哪儿。”

“他住在哪儿？和考特库有关吗？”

门铃突然响了起来，把我吓了一大跳。庄重的铃声整整响了四次。这是我来到维加斯后第一次有人按我家的门铃。鲍里斯在电话里也听到了。

“什么声音?”他说。狗在旁边跑着圈，叫得头快掉了。

“有人按门铃。”

“门铃?”我们荒芜的街上没有邻居，没有垃圾车，连街灯都没有。这可是件大事。“你觉得是谁?”

“不知道。我回头打给你。”

我抱起歇斯底里的卡扣，好不容易（它在我胳膊里尖叫扭动，拼命想要下地）用一只手打开门。

“你瞧瞧，”一个新泽西口音的悦耳声音说，“真是个可爱的小家伙。”

我在下午炫目的阳光里眨着眼，发现自己正看着一个非常高、非常黑、非常瘦的男人。我无法判断他的年龄。他看起来有点像斗牛士，又有点像沦落街头的表演艺人。他的飞行员式墨镜的金边上有紫色条纹，红色的牛仔衬衫外罩了一件白色运动夹克，夹克的扣子是珍珠做的。下身穿着黑色牛仔裤。最吸引我注意力的是他的头发：一部分是假发，一部分要么是喷了太多的真发，要么是植发，看上去像棕色的纤维玻璃，又像锡罐装鞋油。

“去吧，把它放下!”他说，冲波帕点点头。它还在挣扎。他的声音很低沉，态度冷静友好。要不是因为口音，他看起来就是个完美的得克萨斯人，靴子什么的都齐了。“让它随便跑吧！我不介意。我喜欢狗。”

我放下卡扣，它侧身掸了掸头顶，姿势好像篝火边懒洋洋的牛仔。这个陌生人看起来无比怪异，但我还是不禁欣赏起他表现出来的自然和舒适。

“嗯，嗯，”他说，“可爱的小家伙。说的就是你!”他黝黑的脸颊上有好多细纹，让我想起干瘪的苹果。“我家养了三只，迷你杜。”

“什么?”

他站在那里对我微微一笑，露出整齐的牙齿，牙齿白得让人炫目。“迷你杜宾犬，”他说，“一群神经过敏的小杂种，我不在家时会把整座房子都咬成碎片，但我可爱它们了。你叫什么名字，孩子?”

“西奥多·德克尔。”我说，猜不出他是谁。

他又微微一笑，半透明墨镜后面的眼睛小而发亮。“嘿！纽约老乡！听你的声音就知道。没说错吧?”

“嗯。”

“我猜你是个曼哈顿男孩。对吗?”

“对。”我说,不禁好奇他在我的声音里听出了什么。从来没人光听我说话就知道我是曼哈顿人。

“嗯,嘿——我是卡纳西人。从小生长在那儿。能遇到东边的人太好了。我叫纳曼·西尔弗。”

“很高兴认识你,西尔弗先生。”

“先生!”他开心地笑起来,“我喜欢有礼貌的孩子。现在像你这样的孩子可不多了。你是犹太人吗,西奥多?”

“不是,先生。”我说,随即后悔,觉得应该说是。

“嗯,跟你说吧。在我看来,纽约来的人都是名誉犹太人。我就是这么想的。你去过卡纳西吗?”

“没有,先生。”

“嗯,以前那儿可是个不错的地方,不过现在——”他耸耸肩,“我家四代人都在那儿。我祖父索尔开了美国最大的犹太人洁食餐厅。餐厅可有名了,不过在我小时候就关了。我父亲死后,母亲带着全家搬到新泽西,因为我叔叔哈利一家在新泽西。”他把手放在干瘪的臀部上,低头看着我。“你爸爸在吗,西奥?”

“不在。”

“不在?”他的目光越过我看了看屋内,“那可太遗憾了。你知道他什么时候回来吗?”

“不知道,先生。”我说。

“先生。我喜欢你这样。你是个好孩子。跟你说吧,你让我想起那个时候的自己。刚从神学院毕业——”他举起双手,多毛的黝黑手腕上挂着金手镯,“这双手当时雪白雪白的,跟牛奶一样。就像你的手。”

“呃——”我还站在门口,“你想进来吗?”我不知道该不该邀请陌生人进家门,但我觉得孤单又无聊,“你可以进来等他。但我不知道他什么时候回来。”

他又微微一笑。“不用了,谢谢。我还要去其他好几个地方。不过我要跟你说实话,因为你是个好孩子。你爸欠我五个点。你知道这是什么意思吗?”

“不知道,先生。”

“嗯,老天保佑你。你不需要知道,我也希望你永远都不知道。但是我要告诉你,这可不算什么好的经营方针,”他友好地伸手搭上我的肩,“不管你相不相信,西奥多，我很会和人打交道。我不喜欢上门来找人，结果却只见到要找的人的孩子，像这样跟他说话。我一般会去你爸爸工作的地方找他，跟他面对面谈一谈。不过他可是个很难找的人，你大概也清楚。”

我听见电话在响。应该是鲍里斯。“你去接电话吧。”西尔弗先生友好地说。

“不，没事。”

“去吧。我想你应该接。我在这儿等着就好。”

我越来越不安，还是回去接了电话。果然是鲍里斯。“是谁啊？”他说，“不是考特库吧？”

“不是。听着——”

“我觉得她是跟那个泰勒·奥洛乌斯卡回家了。我有种奇怪的预感。嗯，也许她没跟他回家。但他们放学时是一起走的——她在停车场里跟他说话来着。因为最后一节课他们是一起上的，木工技巧什么的——”

“鲍里斯，抱歉，我现在没空跟你说话。回头给你打，行吗？”

“听着不像是你爸爸打来的。”我回到门边时，西尔弗先生说。我望向他身后，看见路旁停着一辆凯迪拉克。车里有两个人，一个是司机，另一个坐在副驾驶上。“不是你爸爸打来的吧？”

“不是，先生。”

“如果是，你会告诉我的，对吧？”

“是的，先生。”

“为什么我不相信呢？”

我沉默了，不知道该说什么。

“没关系，西奥多，”他又俯下身挠了挠波帕的耳后，“我迟早会找到他的。你会记得告诉他吧？告诉他我来过？”

“会的，先生。”

他伸出长长的手指指着我。“我叫什么来着？”

“西尔弗先生。”

“西尔弗先生。没错。就是考你一下。”

“你想让我告诉他什么？”

“告诉他我这么说：赌博是给游客的消遣，”他说，“不是给本地人玩的。”他伸出瘦削的棕色手掌，非常非常轻地碰了下我的头顶，“老天保佑。”

8

半小时后，鲍里斯出现在我家门口。我想给他讲讲西尔弗先生的来访，但他只是心不在焉地听着，主要精力都被用来对考特库生气上，气她和别的男生调情。这个泰勒·奥洛乌斯卡是个富家小子，抽大麻很凶，比我们高一年级，还参加了高尔夫队。“去她妈的，”他带着喉音说，我们坐在一楼的地板上抽着考特库的大麻，“她不肯接电话。我知道她跟那小子在一起，我就是*知道*。”

“行了，”我担心西尔弗先生的事，也受够了再聊考特库，“他可能只是想买点大麻。”

“嗯，但他们还做了别的事，我*知道*。她不想再让我去她家过夜了，你注意到没有？总是有事要做。她都不戴我送的项链了。”

眼镜歪了，我伸手将它推回到鼻梁上。那根愚蠢的项链根本就不是鲍里斯买的，而是他在购物中心偷的。当时他一把抓过去就跑了，而我（模样正直的公民，穿着学校制服）转移售货员的注意力，礼貌地问着各种傻问题，比如爸爸和我该送妈妈什么生日礼物。“哈。”我说，尽量用同情的口气。

鲍里斯皱起眉，眉毛像片暴雨云。“她是个婊子。前几天，她在课上假装哭了——想让那个奥洛乌斯卡小子*可怜*她。真是个骚货。”

我耸了耸肩，并不想反驳他。我把大麻卷递给他。

“她就是看上他有钱。他家有两辆梅塞德赛，E级。”

“老太太开的车。”

“胡说。在俄国，那是黑帮开的车。而且——”他使劲抽了一口，憋了会儿气，挥舞着双手，眼睛里溢出泪水。他的表情似乎在说：*等会儿，等会儿，这才是最棒的部分，等一下，听着，你听着啊。*“知道那小子管她叫什么吗？”

“考特库？”鲍里斯坚持叫她考特库，学校的人都开始叫她考特库了，有些老师也这么叫。

“没错！”鲍里斯愤怒地说，嘴角冒着烟，“我起的名字！我给她的昵称。还有啊，我之前在走廊里看见那小子揉蹭她的头发。”

爸爸放在咖啡桌上的大衣口袋里有些发票和零钱，还有两块半融化的薄荷糖。我剥开一块放进嘴里。大麻让我高得像个伞兵，糖的甜味如火焰般瞬间蹿满全身。“揉蹭？”我说，糖块大声碰撞着牙齿，“再说一遍？”

“像这样，”他说，用手做了个揉乱头发的动作，抽了最后一口大麻，把大麻卷按熄，“不知道怎么说。”

“我觉得不用担心，”我说，把头靠到沙发上，“哎，你也来尝尝这个薄荷糖。味道好极了。”

鲍里斯伸手抹了把脸，像出水的狗一样使劲晃头。“哇哦。”他说，用双手捋了捋缠在一起的头发。

“是啊。我也是。”我在沉默中任由全身震动了一会儿后说。我的思绪浩广又黏稠，我要很久才能浮到表面来。

“是什么？”

“我完了。”

“哦？”他笑了起来，“怎么个完法？”

“基本已经出去了，哥们儿。”舌尖上的薄荷糖味道浓郁，冲击强烈，大得像块石头，我把它含在嘴里，都没法说话了。

一阵安宁的沉默。下午五点半，光线仍然纯粹而荒凉。我的几件白衬衫挂在游泳池旁边，反射出耀眼的光芒，如船帆般飘飘荡荡。我闭上眼睛，看着眼睑里的一片红色，沉入小船一样上下起伏的沙发里（沙发突然变得特别舒服），想着英语课读到的哈特·克兰。《布鲁克林大桥》。我在纽约读过这首诗吗？当时我每天都会经过那座桥，怎么就没多看两眼呢？海鸥，让人防不胜防的鸟粪。我想着电影院，想着万花筒的全景……

“我真想掐死她。”鲍里斯突然说。

“什么？”我吓了一跳，只注意到掐死这个词和鲍里斯恶狠狠的语调。

“他妈的小宾特。她气死我了，”鲍里斯用肩拱拱我，“你说呢，波特。你不想让她脸上那股冷笑彻底消失吗？”

“嗯……”我愣了一会儿后说。这可是个棘手的问题。“宾特是什么意思？”

“和婊子差不多。”

“哦。”

“你说，她以为她是谁啊。”

“嗯。”

之后是一阵诡异又漫长的沉默，我考虑着要不要起来放点音乐，但不知道该放什么。放欢快的音乐似乎不太对，但我更不想放阴沉愤怒的音乐，免得火上浇油。

“嗯，”我觉得沉默持续的时间差不多了，“《世界之战》还有一刻钟就开始了。”

“我就给她个世界之战。”鲍里斯阴沉地说。他站了起来。

“你去哪儿？”我说，“去双R？”

鲍里斯皱着眉。“好啊，你笑吧。”他不高兴地说，披上灰色的苏联雨衣。“你爸爸如果不还那个家伙的钱，那就是三R了。”

“三R？”

“左轮手枪，路边，或屋顶。”鲍里斯说，发出斯拉夫式的阴沉笑声。

9

那是电影名吗？我心想。三个R？他怎么想到的？我尽量不去想下午发生的事，可鲍里斯临走说的这句话把我吓得够呛。我在楼下浑身僵硬地坐了一个多小时，看着没开声音的《世界之战》，听着造冰机的喀拉声和露台遮阳伞下的风声。波帕感染了我的情绪，和我一样高度紧张，不停高声吠叫，从沙发上跳下去检查各处的响动。天黑后不久，一辆车拐入我们家的车道，波帕冲到门边尖声叫喊起来，差点把我吓死。

结果是我父亲回来了。他的衣服皱巴巴的，眼神呆滞，看起来心情不太好。

“爸爸？”我还没从嗑完药后的状态中完全走出来，声音大得不自然。

他在楼梯处站住脚，抬头看着我。

“有人来过了。西尔弗先生。”

“哦，是吗？”爸爸说，语气轻松。但他一动不动，手紧握着楼梯扶手。

“他说他在找你。”

“什么时候的事？”他说，走进厅里。

“大概四点吧。”

“赞卓拉在吗？”

“我今天没见过她。”

他伸手搭上我的肩，想了一会儿。

“嗯，”他说，“你最好别提起这件事。”

我想起鲍里斯的大麻烟卷还在烟灰缸里。他看见我瞥了烟卷一眼，拿起来闻了闻。

“我之前就闻到了，”他说，把大麻烟卷放进口袋里，“你身上也有气味，西奥。你们从哪儿搞到的？”

“你没事吗？”

爸爸的眼睛有点发红，焦距不稳。“当然，”他说，“我上楼去打几个电话。”他身上有股浓郁的烟草味，还有人参茶的气味。他从百家乐沙龙的中国商人那儿学会了喝这个。人参茶让他身上的汗味带上了明显的异国气息。我看着他走上楼。他从口袋里拿出刚才没收的大麻卷，心不在焉地又放到鼻端闻了闻。

10

我回到房间锁好门，波帕仍然紧张地到处走来走去。我的思绪转到画上。我一直觉得把它包在枕套再塞进床头板后面是个绝妙的主意。但现在我意识到，把它留在这座房子里本身就是个错误。但我没有多少选择。将它藏到两三座房子之外的垃圾站（我在维加斯生活了这么久，从来没见到垃圾箱被清理过）？或藏到街对面废弃的房子里？鲍里斯家并不比我家安全多少，而我对其他人不够信任。另一个选项是学校，但这个主意也不怎么样。我知道一定还有更好的办法，但就是想不出来。学校经常抽查储物柜，而我现在经常和鲍里斯、考特库混在一起，恐怕已经成了他们会怀疑的那种垃圾货色。不过，就算他们在我的储物柜里发现它——不管是校长或吓人的篮球教练迪特马斯，还是他们不时会从安保公司雇来吓唬学生的业余警察，都比爸爸或西尔弗先生发现它要好得多。

我在把画放进枕套之前，在画外面用胶带裹了好几层画纸——质量很好的高档书写纸，是我从学校的画室拿来的。画纸里面还裹了一层干净的白色棉质洗碗巾，这是为了画不受画纸里的酸性物质腐蚀（画纸里其实应该没有这种物质）。但我经常把画拿出来欣赏，总是撕开胶带的上端让它滑出来。画纸已经被撕开一道口子，胶带也不黏了。我躺在床上盯着天花板看了几分钟，然后起身找出搬家时剩下的大卷打包胶带，把枕套从床头板后取出来。

画的诱惑力太大了，拿着它却不看它实在太难熬了。我迅速让它从包装材料里滑出来。它的光芒立刻包裹了我，我感到一股恍若音乐的甜蜜感，那是一种无法解释的深层鼓动，让人血液沸腾得和谐而自然，心脏跳得又慢又自信，仿佛面对着让人安心、充满爱意的伴侣。它蔓延出一股力量，一种光芒，一阵新鲜的气息，如纽约公寓里射入我卧室的晨光，神圣而让人心生喜悦，将一切照得无比清晰，但又让一切比平时更加温柔可亲，更加美丽可爱——因为它来自于不可追的往昔。墙纸发着光，地球仪一半明亮，一半笼罩在阴影里。

小小的鸟儿，黄色的鸟儿。我从呆呆凝望的状态里回过神来，把画重新放进洗碗巾里，再用两三页（四五页？）爸爸的过期体育报纸裹住，然后激动又投入地用胶带裹了又裹，直到报纸上的所有字都被胶带盖住，超大卷的胶带也用完了。没人能随意拆开这个包裹。用质量上好的小刀也不行，用剪刀也不行。要打开这个包裹可得费好一番工夫。画已经被裹得像科幻小说里的茧。我把木乃伊似的小包、枕套什么的都塞进书包，然后把书包塞到腿边的被窝里。波帕不耐烦地哼唧一声，动了动身体让开。它虽然个子很小，样子也滑稽，但其实是条凶猛爱吠的狗，非常在乎自己的领地。如果有人在我睡着时打开卧室门，它一定会跳起来把我惊醒，哪怕开门的是赞卓拉或爸爸——它并不喜欢他们。

我这么做本来是让自己安心，结果想象力继续膨胀，我想到了破门而入的陌生人。空调的冷风让我浑身发抖。我闭上眼睛，感到自己逐渐升高，离开身体，像个断线的气球一样迅速攀升。我睁开眼睛，使劲一抖，又回到原地。然后我就一直闭着眼睛，尽量回忆哈特·克兰的诗，结果想不起来多少。但即便像海鸥、交通、骚动和黄昏这样零散的字眼，也裹挟着什么东西，从高空中扫到地面上。我睡着之前，陷入一阵强有力的感官记忆中，想着旧公寓旁边的公园，公寓离狭窄多风的东河很近，东河带着汽车尾气的气味，空中隐约传来车流涌动的声音，蜿蜒的河水卷着看不清的急流，有时似乎同时流向两个方向。

11

那天晚上我没怎么睡。我第二天上学后，把画藏到储物柜里，感觉筋疲力尽，都没注意到考特库的嘴唇肿了。她贴在鲍里斯身上，仿佛什么都没发生过。后来高年级的混混艾迪·里索说："撞卡车了？"我才发现有人狠抽了她一巴掌。她有点紧张地笑着，说是不小心撞到车门上了，但她那尴尬的样子说明事实并非如此（至少我看得出来）。

"你干的？"英语课上，我和鲍里斯单独相处时（算是吧）问。

鲍里斯耸耸肩。"我本来不想的。"

"你'本来不想'是什么意思？"

鲍里斯露出震惊的表情。"她逼我的！"

"她逼你的。"我重复。

"听着，你不能因为嫉妒她——"

"去你妈的，"我说，"我根本不在乎你跟考特库——我还有别的事情要担心。你打烂她的头我也不在乎。"

"哦，天哪，波特，"鲍里斯说，突然严肃起来，"那家伙回来了？"

"没有，"我顿了顿后说，"还没有。嗯，我是说，妈的，"鲍里斯一直盯着我看，"那是他的问题，不是我的。他得自己想办法。"

"他欠了多少？"

"不知道。"

"你不能帮他弄到那笔钱吗？"

"我？"

鲍里斯移开目光。我戳了戳他的胳膊。"喂，你什么意思，鲍里斯？我给他弄钱？你说什么呢？"我见不回答，追问道。

"没什么。"他语速飞快地说，靠到椅背上。我没来得及再问下去，因为普丽赛茨卡娅走了进来，准备好了讨论《织工马南传》。这话题就到此为止。

12

那天晚上，爸爸带着他最喜欢的中餐外卖回来了，还点了份我喜欢的辣饺子。他心情大好，西尔弗先生仿佛是我臆想出来的。

"所以——"我说，又住了嘴。赞卓拉吃完春卷，正在水池边洗杯子。在她面前，我能放心谈论的话题不多。

爸爸对我露出父亲笑容。因为这样的笑容，乘务员有时会免费把他升级到头等舱。

“所以什么？”他说，推开四川炒虾，伸手去拿幸运饼干。

“呃——”赞卓拉开大水龙头，“你搞定了？”

“什么，”他轻松地说，“你是说波波·西尔弗？”

“波波？”

“听着，我可不想让你担心那件事。你没在担心吧？”

“呃——”

“波波——”他笑起来，“大家都叫他‘法官’。他其实是个好人，对了，你跟他说过话——我们只是有点矛盾，就这样。”

“五个点是什么意思？”

“听着，那只是个误会。我是说，”他说，“他那种人必须扮演好自己的角色。他们有自己的语言，自己的办事方法。不过呢，嘿——”他笑起来，“你听着，我在恺撒宫见他的时候——波波的‘办公室’就在那儿，你知道恺撒宫的游泳池吗——总之，我见他时，你知道他一直在说什么吗？‘你儿子可真不错，拉里。’‘真是个小绅士。’我不知道你对他说了什么，反正这次我欠你的。”

“哈。”我用平淡的语气说，又加了点米饭。但他情绪好转让我在心里高兴得像喝醉了酒。我小时候感受过同样的欣喜：家里的沉默最终被打破，他的脚步声又轻盈起来。他不时发出大笑，边刮胡子边哼歌。

爸爸打开幸运饼干，笑了起来。“你瞧，”他说，把饼干包装里的小纸条团起来扔给我，“真不知道是谁在中国城整天想出这玩意儿的。”

我大声念了出来：“你在命运上别具天赋，请小心利用！”

“别具天赋？”赞卓拉说，走到他背后搂住他的脖子，“听起来有点下流。”

“啊——”爸爸转过头去吻她，“思想肮脏。我的青春之泉啊。”

“那是当然。”

13

“我上次也打肿了你的嘴唇。”鲍里斯说。他显然为考特库的事感到内疚，坐在校车上时突然打破惯有的沉默，来了这么一句。

“嗯，我他妈的还把你的头撞到墙上了呢。”

“我不是故意的！”

“什么不是故意的？”

“打肿你的嘴！”

“但对她是故意的？”

“算是吧，嗯。”他吞吞吐吐地说。

“算是吧。”

鲍里斯不耐烦地吐了口气。“我跟她道过歉了！我们现在没事了，好得很！再说了，这跟你有什么关系？”

“是你提起来的，不是我。”

他怪异地盯着我看了片刻，笑起来。“跟你说吧？”

“说什么？”

他凑到我的耳边。“考特库和我昨晚试了迷幻剂，”他轻声说，“来了场迷幻之旅。可棒了。”

“真的？从哪儿搞到的？”在学校里很容易搞到快乐丸——鲍里斯和我至少试过五六次。我们会沉默着度过魔法般的夜晚，有点神志不清地走到沙漠里去看星星。但我们没嗑过迷幻剂。

鲍里斯揉揉鼻子。“啊。这个嘛。她妈妈认识一个挺吓人的老家伙，叫吉米，老吉米在枪店里工作。他给我们搞了五份——我不知道为什么只买了五份，要是有六份就好了。不过我手里还有点。老天，棒极了。”

“哦，是吗？”我仔细看着他，发现他的瞳孔放大了，看起来很奇怪，“你还高着吧？”

“可能有点。我只睡了大概两小时。总之我们亲热了一阵子，感觉就像——就连她妈妈床单上的印花都很热情。而我们和那些花是用一种东西做的，我们知道自己有多爱对方，有多需要对方。之前那些看起来似乎出自仇恨的举动其实都是出于爱。”

“哇哦。”我说，声音大概比我预想的还要伤感，因为鲍里斯皱起眉头看我。

“嗯？”他盯着我，“怎么了？”

他眨了眨眼，摇摇头。“哎，我能看见。悲伤之雾飘在你的头上。你像个士兵，像从历史中走出来的人，带着深沉的情感走在战场上……”

“鲍里斯，你根本还没醒呢。”

“不完全是这样，”他用梦幻般的语气说，“我一会儿清醒，一会儿又高了。我如果斜着眼睛看，只要角度没错，还能看见五颜六色的火花。”

14

之后的一周波澜不惊，爸爸和鲍里斯、考特库都没什么新闻。我安下心来，把塞得满满的枕套带回家。我从储物柜里将它拿出来的时候，才注意到它鼓得（而且重得）有多不自然。我回家后上楼打开枕套，才明白了为什么。我之前包来包去时头脑显然不清醒。那么多层报纸，外面又裹了整整一大卷纤维加强型专用封箱胶带。当时我嗑药嗑高了，又被吓得半死，以为这是个好主意。但现在，我回到自己房间，处在下午清晰的光线下，觉得这包裹看起来仿佛是疯子或流浪汉的杰作，完全就是一具木乃伊。胶带太厚，整个包裹毫无形状可言，四个角都是圆的。我找了把最锋利的厨刀，锯开一个角。我的动作一开始很谨慎，我生怕不小心拿刀戳坏了画，但随即我就开始使劲。我刚把一块三英寸厚的胶带层锯开一半，双手正发酸，就听见赞卓拉在楼下进了家门。我把画放回枕套里，又塞到床头板后面，等待他们下次长时间出门。

鲍里斯承诺过，只要他的头脑恢复平常状态（这是他的原话），他就会过来跟我分享剩下的两份迷幻剂。他坦诚自己还感觉有点飘忽，上学时能在课桌的人造木纹上看出奇怪的图案，而且前几次抽大麻时，迷幻效果又出现了。

“药效似乎很强。”我说。

“不，我没事。我要是愿意，随时可以停止幻想。咱们可以去操场吸，”他补充道，“在感恩节假期吸怎么样？”我们每次嗑快乐丸，都会去那个废弃的操场。除了第一次，当时赞卓拉跑来敲我的门，叫我们帮她修洗衣机。我们当然修不好，结果就跟她一起在洗衣房里站了四十五分钟，药效最棒的部分就那么过去了，我们相当失望。

“比快乐丸厉害很多吧？”

“不——呃，算是吧，可棒了，相信我。我一直想叫考特库到门外去，可她那儿离公路太近了，车啊，车灯啊什么的——这周末怎么样？”

这倒是值得期待。但就在我感觉良好、甚至重拾希望时——家里有一周没放过体育台了，这可是破天荒的纪录——我一回家，发现父亲正等着我。

“我要跟你谈谈，西奥，”我一踏进家门，他就说，“有空吗？”

我顿了顿。“嗯，好，当然。”厅里看起来被人洗劫过，纸张落了一地，沙发上的垫子都乱了。

他本来在屋里走来走去，动作有点僵硬，仿佛膝盖痛。他听到我这么说，站住了。“你过来，”他语气友好地说，“坐下。”

我坐下了。爸爸吐了口气，坐到我对面，伸手捋捋头发。

“那个律师，”他说，向前俯下身，把交叠的双手搭在两膝之间，直盯着我的眼睛。

我等着他说下去。

“你妈的律师。我是说——我知道这么提出来很唐突，但我需要你帮我给他打个电话。”

外面起风了，棕色的沙子打在玻璃门上，遮阳棚发出旗帜翻卷的声音。“什么？”我谨慎地沉默了片刻后问。在他离开之前，妈妈说过要去找个律师，我猜是咨询离婚事宜。但后来她找到律师没有，我就不知道了。

“嗯——”爸爸深吸一口气，抬头看着天花板，“是这样的。你应该发现了吧？我没在赌球。嗯，”他说，“我想戒了。趁我还领先的时候，可以这么说吧。不是——”他顿了顿，似乎思考了一会儿，“我是说，说实话，我做了那么多研究，又很自律，现在已经算挺擅长的了。我总是细细咀嚼数字，从不冲动下注。而且啊，我也说了，我现在的状态挺好。过去几个月，我挣了一大笔钱。不过——”

“嗯。”在随后降临的沉默中，我犹疑地说，不知道他想说什么。

“我是说，何必挑战命运呢？因为——”他伸手捂住心口，“我酗酒。我会在别人指出这一点之前就承认。我根本不能沾酒，一杯都嫌多，但一千杯都不够。戒酒是我做过的最明智的决定。至于赌博，就算我有上瘾倾向，但我的情况和别人不太一样。我只想稍微挣点钱，从来没像那些人，怎么说呢，那样投人，侵吞公款啊毁掉家庭、企业什么的。不过——”他笑了起来，“你如果不想理发，那就趁早别在理发店来回晃悠，对吧？”

“所以呢？”我小心地说，又等着他说下去。

“所以——呼，”爸爸用双手捋过头发，看起来有些孩子气，不知所措又犹疑不决，“是这样。我现在想做出一些巨大的改变。因为我有个机会，在一家很棒的企业入伙。我哥们开了家餐馆。我是说，我觉得这对我们大家都是件大好事——一生只有一次的机会，真的。明白吗？赞卓拉工作得太苦，她的老板糟糕透了，而且怎么说呢，我觉得这样日子会过得平稳一些。”

我爸爸？开餐馆？“哇——好棒，”我说，“哇。”

“是啊，”爸爸点点头，“是很棒。不过问题是，要开这么一家——”

“什么样的餐馆？”

爸爸打了个哈欠，揉了揉红肿的眼睛。“哦，你知道——就是简单的美国食品。牛排啊汉堡什么的。特别简单，一切都准备好了。不过问题是，你爸爸要把这地方开起来，得先付掉餐馆税。”

“餐馆税？”

“哦，老天，是啊，你肯定不相信他们要收多少钱。餐馆税、酒证税、责任险——要开这么一家餐厅，可得投入一大笔钱。”

“哦，”我知道他想说什么了，“你如果需要从我的储蓄账户里取钱——”

爸爸露出吃惊的表情。“什么？”

“你知道的。你给我开的那个账户。你如果需要钱，尽管拿好了。”

“哦，是啊，”爸爸沉默了一会儿，“谢了。真的多谢，伙计。不过——”他站起来，开始绕着圈子踱步，“问题是，我想出了一个聪明的解决办法。只是个短期办法，让这生意先做起来，明白吗？只要几周就能赚回来——我是说，这样的生意，地段又那么好，就像拿到了印钞票的执照。只是为了首期投资。这地方的税和各项费用都高得要命。我是说——”他带着歉意笑起来，“要知道，我如果不是万不得已，是不会向你的——”

“什么？”我困惑地沉默了片刻后问。

“我是说，之前也说了，我真的需要你帮我打这个电话。号码在这儿。”他递给我一张纸。我注意到，上面的号码开头是纽约州的区号二一二。“你给这个人打电话，跟他谈谈。他的名字叫布雷斯哥德尔。”

我看看纸条，又抬头看看爸爸。“我不明白。”

“你用不着明白。只要照我的话说就行。”

“为什么要我打？”

"听着，你打就是了。告诉他你是谁，说你有事找他，公事，诸如此类的——"

"可是——"这个人是谁？"你想让我说什么？"

父亲深吸一口气。他在控制脸上的表情，他很擅长这一套。

"他是个律师。"他说。吸气，呼气。"你母亲的律师。你让他安排一下，把这些钱——"他指出一个数字给我，我一下子瞪圆了眼睛：六万五千元。"打进这个账户里——"他挪动手指指着下面一行数字，"告诉他，我决定送你去上私立学校。他会问你的名字和社保号。就这样。"

"私立学校？"我无所适从地愣了片刻，问道。

"嗯，这个，是为了税务方面的事。"

"我不想去上私立学校。"

"等一下——等一下——听我把话说完。只要这些钱都是花在你身上的，符合官方的规定，那就没问题。反正开餐馆就是为了你，明白吗？也许，到了最后，会变成你的餐馆呢。我是说，我也可以自己打，可是如果方式得当，我们能省下三万元钱，要不然就要把这笔钱付给政府。哎，如果你想去私立学校，那我就送你去。寄宿学校。有那么多钱，我送你去安杜弗学院都行。我只是不想让那么多钱中的一半都给了税务局，你懂吗？还有——我是说，根据现在的制度，你上大学时是要交学费的，因为有那么多钱在，你没法申请奖学金。大学的经济援助部门一看这账户，就会把你放到另一种收入级别里，第一年就拿走其中的百分之七十五，呼。而这样做的话，你至少能用到所有的钱，懂吗？现在就用到。趁着这笔钱还能对你有点好处的时候。"

"可是——"

"可是——"假声，吐舌，傻兮兮的眼神，"哦，得了，西奥，"他见我一直盯着他看，用正常的声音说，"我向上帝发誓，我没时间跟你搞这个。我需要你现在就打这个电话，趁着东部还没下班。他如果让你签什么文件，你就叫他快递过来。传真也行。我们需要尽快搞定这些，好吗？"

"可是为什么要我打？"

爸爸叹了口气，翻了个白眼。"听着，别给我来这套，西奥，"他说，"我知道你知道比赛结果，我见你去翻信箱了——没错，"他的声音压过我的抗议，"别狡辩，你每天都窜出门去看信，快得跟颗枪子儿似的。"

我困惑得不知道该怎么回答。"可是——"我低头看着纸条，又看到了上面的数字：六万五千元。

爸爸毫无预兆地猛然伸出手扇了我一耳光，又快又狠，我一瞬间都不知道发生了什么事。还没等我来得及眨眼，他又打了我一拳。我的身体像动画片中那样发出咚的一声，我眼前炸开如闪光灯一样明亮的白光。我双膝发软，摇摇欲坠，除了一片白什么也看不见。他猛然伸手揪住我的喉咙往上提，我只有脚尖沾地，喘不过气。

“给我听着。”他对着我的脸大吼，鼻子离我的鼻子只有两寸。但波帕在旁边蹦跳着狂吠，我耳中的嗡嗡声也逐渐变高变尖，所以他的叫嚷声几乎被淹没在广播般的沙沙声中。“你给这家伙打电话——”他对着我的脸抖动纸条，“我告诉你什么你就他妈的说什么。别在这儿捣乱了，因为我会逼你打的，西奥，我说真的，我会折断你的胳膊，把你他妈的打得屁滚尿流。你现在就给我就打电话。知道吗？知道吗？”他在令我头晕目眩的耳鸣声中说，“听见没有？给我说话。”

我抬胳膊抹了把脸。眼泪流下我的脸颊，但那是自发的生理反应，就像水龙头里的水，不带任何感情。

爸爸紧紧闭上眼睛，又睁开，然后摇了摇头。“听着，”他用轻快的声音说，仍然喘着粗气，“抱歉。”我头脑里某个清醒又冰冷的角落注意到，他的口气一点都不抱歉，他好像还想再暴揍我一顿。“不过，我发誓，西奥。相信我的话。你得帮这个忙。”

周围的一切都模糊不清，我伸出双手扶正眼镜。我的呼吸粗重极了，是房间里最吵的声音。

爸爸把手撑在后腰上，转头看着天花板。“哦，赶紧的，”他说，“行了吧。”

我什么都没说。我们就这么站着僵持了一会儿。波帕不再叫唤，只是忧心忡忡地来回看着我们，好像在问到底出了什么事。

“只是……你明白的吧？”他突然又变得理智起来，“抱歉，西奥，我发誓我很抱歉，但我真的走投无路了，我们需要这笔钱，现在就要，真的。”

他一直想让我看他的眼睛。他的目光很坦率，也很清醒。“这个人是谁？”我说，没看他，目光越过他的头顶看着后面的墙，声音不知为何很奇怪，嗓子好像烧伤了。

“你母亲的律师。我得告诉你多少遍？”他揉着指关节，好像打我时也受了伤。“你看，事情是这样的，西奥——”他又叹了口气，“我是说，我很抱歉，不过我发誓，事情如果不是真的很重要，我不会像这样发火的。因为我真的，真的是凶多吉少。这只是暂时的，明白吗——只要撑到生意做起来就好。因为这整件事很可能一下子就垮掉——”他打了个响指，“除非我先打发掉一部分债权人。至于剩下的钱——我会送你去更好的学校。私立学校也行。你想去的吧？”

他一边说话一边拿来电话，直接拨了号码。他把电话递给我，然后赶在对方接起来之前冲到厅的另一侧，拿起分机听着。

“你好，”我对接电话的女士说，“呃，打扰一下，”我的声音断断续续，很不平稳。我依然不敢相信发生了什么事。“我想找一下，呃……”

爸爸伸出手指戳着纸条：布雷斯哥德尔。

“呃，布雷斯哥德尔先生。”我大声说。

“请问您是？”我和她的声音听起来都格外响亮，因为爸爸在听分机。

“西奥多·德克尔。”

“哦，对对，”一个男人的声音说，“你好啊！西奥多！你怎么样？”

“我还好。”

“听你的声音，你好像感冒了。告诉我，你是不是有点感冒？”

“呃，是啊。”我犹豫地说。爸爸在房间另一头用口型无声地说：喉炎。

“那可真遗憾，”带回音的声音说，响得我不得不把电话拿得稍微远一点，“我还以为住在你们那座阳光之城的人不会感冒呢。不管怎样，很高兴接到你的电话——我一直没找到方式和你直接联系。我知道，你过得大概仍然很辛苦。但我希望情况比我上次见到你时好一点。”

我没说话。我见过这个人？

“那时候可真难挨啊。”布雷斯哥德尔先生说，得体地打断我的沉默。

天鹅绒一般平滑的嗓音唤起了我的回忆。“是啊，哇哦，”我说，“还有那场暴风雪，记得吗？”

“没错。”母亲去世大概一周后，他出现过，是个满头白发的老人，衣着时髦，穿着条纹衬衫，打着领结。他和巴伯太太好像互相认识，至少他认识巴伯太太。他坐在离沙发最近的扶手椅里，对我说了很多令我困惑的话，我记得最清楚的是他和母亲相遇的经过：一场剧烈的暴风雪，街上一辆出租车也看不见，一大片雪水从街上掀起来，一辆出租车在第八十四街和公园大道的拐角处猛然停下来。车窗摇下来，我母亲（“可爱极了！”）说她要去东五十七街，问出租车司机是不是去同一个方向。

“她经常谈起那场暴风雪。”我说。父亲听着电话，眼神尖锐地瞥了我一眼。“那时整个城市都瘫痪了。”

他笑了起来。“好一位可爱的年轻女士！那时我刚开完会，出来去见公园大道和九十二街拐角处的一位老年客户。那位先生是航运公司继承人，现在已经去世了。哎，我从房子里走到街上，当然啦，还带着诉讼用的公文包——雪已经下到一英尺厚了。四周静极了。小孩在公园大道上滑雪橇。哎，地铁最远只开到第七十二街，我就在齐膝的雪里艰难跋涉，然后，哇！你母亲坐的黄色出租车开了过来！嘎吱嘎吱地停住了。好像是专门来救我的。‘上来吧，我送你一程。’市中心空无一人……雪花旋转着飘下来，到处都开着灯。我们慢慢往前挪着，大概每小时能开个两英里吧，还不如坐雪橇呢——遇到红灯也往下开，没必要停。我记得我们聊起费尔菲尔德·波特，那时纽约刚开过他的展览——然后又聊起弗兰克·奥哈拉啊，拉娜·特纳啊，霍恩与哈达特自助快餐厅是哪年关掉的啊。然后我们发现，我们在同一条街上工作！拿他们的话说，这就是一场美好友情的开端。”

我瞥了爸爸一眼。他表情滑稽，紧抿着嘴唇，仿佛马上就要吐在地毯上。

“我和你谈论过你母亲的财产，不知道你还记不记得？”电话那头的声音说，“就说了一点点。那时不太方便谈。我希望你准备好了之后能来见见我。我当时如果知道你要去那儿，肯定会在你离开前给你打电话的。”

我看了父亲一眼，又看了手里的纸条一眼。“我想去上私立学校。”我脱口而出。

“真的？”布雷斯哥德尔先生说，“这太棒了。你想去哪儿？回东部？还是在那儿的学校？”

我们没商量过。我望向父亲。

“呃，”我说，“啊。”父亲冲我皱眉，使劲挥手。

“西边应该也有不错的寄宿学校吧，虽然我不太了解，”布雷斯哥德尔先生说，“我上的是米尔顿高中，那是非常不错的一段经历。我的大儿子也在那儿念书，读了一年，但后来他觉得自己不太适合——”

他从米尔顿讲到肯特，介绍起朋友和熟人子女上过的几所寄宿学校。爸爸潦草地写了张纸条，扔给我。*给我打钱*，纸条上面写着，*一次付清*。

“呃，”我说，不知道该怎么换话题，“母亲给我留下钱了吗？”

“嗯，不算是吧，”布雷斯哥德尔先生说，语气稍微冷淡了一点，也许只是因为我生硬地打断了她，“她临终前遇到了一些财务问题，我想你也知道。不过你有五二九财政计划。她还在临终前给你设了个 UTMA。”

“这两样东西是什么？”爸爸盯着我，听得非常认真。

“未成年人统一转让账户。用来付你的学费。不能用于其他用途——至少在你还没成年时不行。”

“为什么？”我顿了顿后问，他似乎很强调最后这一点。

“这就是法律，”他简单地说，“不过你如果不想去上学，我们总能想出办法的。我认识的一个客户从大儿子的五二九计划里拿出钱来，让小儿子上了所特别高级的幼儿园。我可不觉得在幼儿园阶段就一年花两万是个很明智的决定——他们用的一定是曼哈顿最贵的蜡笔吧！不过，是啊，你明白了吧？可以这么用。”

我望向爸爸。“所以你能不能，呃，直接给我打个六万五千元？”我说，“如果我现在需要的话？”

“不！绝对不可能！断了这个念头吧，”他的态度变了，显然重新评价了我这个人——不再是母亲的儿子、好孩子，而是一个贪得无厌的小变态，“顺便问一句，你是怎么算出这么具体的数字的？”

“呃——”我瞥了父亲一眼，他抬手捂着眼睛。妈的，我心想，然后才意识到自己已经大声说出了这句脏话。

“嗯，无所谓了，”布雷斯哥德尔先生从容地说，“反正这不可能。”

“绝对？”

“绝对，百分之百。”

“嗯，那好吧——”我努力思考着，但头脑乱得像同时往两个方向奔跑，“那你能不能给我一部分？比如说那个数字的一半？”

“不行。我只能直接去找你选中的大学或高中。换句话说，我得亲眼看到学费账单，然后再付这个账单。有很多文件要签。万一你决定不上大学……”

他继续解释母亲给我设的资金账户，讲着令我困惑的财务进出（每一项都有很多限制条件，爸爸和我不可能马上拿到实际可花的现金）。爸爸拿开分机，脸上露出类似惊怖的表情。

“嗯，呃，能了解这些太好了，谢谢你，先生。”我说，极力想要结束谈话。

“把你的账户设成这样，当然还有一些税务上的好处。不过她真正的目的是保证你父亲永远也碰不了这笔钱。”

一段漫长的沉默，然后我不太确定地回应："哦？"

他的语气让我怀疑，他也许知道像维达大师一样在线上粗声喘气的就是我父亲（我听得很清楚，不知道他能不能听得见）。

"还有其他一些考虑。我的意思是——"礼貌的沉默，"不知道该不该告诉你这个：曾有未经授权的第三方两次试图从这个账户取出大量现金。"

"什么？"我有些窒息地沉默片刻后说。

"你看，"布雷斯哥德尔说，声音遥远得仿佛是从海底传来的，"我是这个账户的监护人。你母亲死后大概两个月，有人在工作时间走进曼哈顿的银行，拿着我的假签名。嗯，银行的人都认识我，马上就给我打了电话，但他们正和我说话呢，那个男人就溜出了门，保安没来得及管他要证件。那是，老天，大概两年以前了吧。后来呢——就在上周——你收到我的信了吗？我在里面写到了这件事。"

我终于意识到自己得说点什么，就回了句："没。"

"嗯，细节就不讲了，总之有个很奇怪的电话，有人说他是你的代理人，要求转账。我们调查之后，发现居然有人知道你的社保号，还用你的名义申请并收到最高限额的信用贷款。你知道这件事吗？

"哎，不用担心，"他没听到我说话，继续说，"我有你的出生证明副本，已经发传真给那家银行，立即叫他们把贷款取消了。我也通知了可飞公司和其他信贷机构。你是未成年人，在法律上没法签这样的合同，但你的名下如果出现欠债，你还是要负责任的。总之，我提醒你，以后要小心自己的社保号。理论上可以申请一个新号，不过申请过程实在太繁琐，让人头疼，我不建议……"

我挂上电话，发现自己出了一身冷汗，但随即被父亲发出的号叫声惊跳起来。我以为他很愤怒，在冲我发火，但他只是握着电话站在原地。我更仔细地看了他一眼，发现他在哭。

太可怕了。我不知道该怎么办。他号得仿佛被人从头上浇了一盆开水，仿佛下一秒就要变成狼人，仿佛正在遭受虐待。我把他留在那儿，自己走了，卡扣抢在我前头上了楼梯，它显然也不想听那个声音。我进房间锁上门，躺到床沿上，双手抱头，想吃阿司匹林又不想去洗手间拿，暗自希望赞卓拉能赶紧回家。楼下传来的尖叫不成人声，仿佛他正被人架在火堆上受刑。我翻出 iPod，想找点吵人又不抑郁的音乐听（最后选了肖斯塔科维奇的《第四交响曲》，不过古典音乐总有点让人抑郁）。最后我塞着耳机，躺在床上盯着天花板。波帕站在一旁，支着耳朵盯着上锁的门，脖子上的毛根根直立。

15

“他说你有好大一笔钱。”当天夜里，我们坐在操场上等药效上来，鲍里斯说。我暗自希望能另找一天吸，但鲍里斯坚持说这样能让我感觉好点。

“你相信我有好大一笔钱，却从不告诉你？”我们在秋千上坐了有永远那么久，我不知道自己在等什么。

鲍里斯耸耸肩。“我不知道。你有好多事情都没告诉我。我如果是你，就会告诉你。不过没关系。”

“我不知道该怎么办。”我注意到脚边的沙土上开始浮现出万花筒般灰色的图案——脏兮兮的冰块、钻石、碎玻璃，“有点可怕。”

鲍里斯拱了拱我。“我也有事没告诉你，波特。”

“什么事？”

“我爸爸要走了。为了工作。他要回澳洲几个月。然后大概去俄国。”

沉默大概只持续了五秒钟，但我感觉有一个小时那么久。鲍里斯？要走了？一切都冻住了，整个地球仿佛停止运转。

“哎，*我*可不走。”鲍里斯平静地说。月光下，他的脸染上了一层令我不安的仿佛还带着电的光晕，仿佛黑白无声电影。“去他妈的。我要离家出走。”

“去哪儿？”

“不知道。你想一起来吗？”

“想，”我不假思索地说，又问，“考特库去吗？”

他做了个鬼脸。“不知道。”身处电影中的感觉变得明亮凸出，一切鲜活的生命感都消失了；我们的存在变得中立、抽象、平面；我的视野被箍上了一个黑色的长方形；他说着话，我能看见长方形下方的字幕。几乎是在同一瞬间，我的胃开了一个大口子。哦，*老天*，我心想，双手捋过头发，不知道该怎么解释感受到的这一切。

鲍里斯还在说话。我意识到，我如果不想永远迷失在这片颗粒状的吸血鬼世界里，只看见尖锐的阴影和黑白两色，最好还是专心听他说话，别太在意周围事物的虚假纹路。

“……我是说，我也明白，”他悲哀地说，大小各异的斑点在他周围上下起舞，“对她来说，这都不算离家出走，因为她已经成人了，你知道吧？但她以前在街头流浪过，不太喜欢那种生活。”

“考特库在街头流浪过？”我突然对她感到一阵同情，哀伤感那么真切，头脑中差点响起交响乐。

“嗯，我也体验过，在乌克兰的时候。但那时我有朋友，麦克斯和谢廖扎——每次也不过只有几天。有时候挺有趣的。我们挤在废弃建筑的地下室里，喝酒，吃布托啡诺，有时还烧堆篝火。但只要爸爸清醒过来，我都会回家。考特库不一样。她母亲之前的男朋友总是对她动手动脚。所以她就走了，挤在别人家门口睡觉，上街讨点零钱，或者给男人口交挣钱。她辍学过一段时间——发生了那么多事，她能回来继续上学挺不容易的，还要努力毕业。因为，毕竟，总会传开的。你明白的。”

我们沉默了一会儿，想着那种处境有多糟糕。我觉得从鲍里斯这几句话里感受到了考特库和鲍里斯整个人生的重量。

“我很抱歉自己不喜欢考特库！”我真诚地说。

“嗯，我也觉得很遗憾。”鲍里斯理智地说。他的声音似乎绕过了我的耳朵，直接传到了我的大脑里。“不过她也不喜欢你。她觉得你被宠坏了，根本经受不了我们俩受过的那些苦。”

这评价听起来很公平。“没错。”我说。

时间沉重，时明时暗，不知道走了多久。阴影颤动着，看不见的电影放映机发出嗡嗡的低响。我伸出手，低头看着手，手上满是灰尘，亮得像被腐蚀了部分的胶片。

“哇，我也看见了。”鲍里斯说，转向我。他歪着头，动作很慢，每秒十四帧。他的脸白如粉笔，瞳孔又大又黑。

“看见什么？”我小心地问。

“你知道的，”他挥了一下黑白色的手，“一切都是平的，像电影一样。”

“可是你——”不止是我？他也看得见？

“当然了。”鲍里斯说，他时时刻刻都在变得更不像真人，而越来越像从二十世纪二十年代留下来的变质了的硝酸盐溶液。有看不见源头的光从他背后射过来。“我还是希望能有点颜色啊，像《欢乐满人间》那样。”

他这么一说，我难以自抑地笑了起来，从秋千上掉了下去。我相信他确实看到了我看到的东西。不仅如此，我们一起创造出了这幅景象。不管嗑药让我们看见了什么，那都是我们一起创造出来的。我想到这一点后，虚拟现实的模拟器一下子让一切变成彩色，这个变化在我们俩眼前同时发生了，啪！我们对望一眼，捧腹大笑起来。一切都滑稽得让人歇斯底里。就连操场的滑梯也在对我们微笑。后来，在夜半的某个时刻，我们挂在攀登架上晃荡着，嘴里飞出水流般的火花。我突然灵光一闪：笑声就是光，光就是笑声，这就是整个宇宙的秘密。在之后的几个小时里，我们凝望云彩变幻成有意义的图案，在沙地里打着滚，深信沙子都是海草（！），仰面躺在地上，冲友好而善解人意的群星唱《亲爱的普鲁登斯》。那是个非常愉快的夜晚——无论后来发生了什么，那都是我人生中最棒的夜晚之一。

16

鲍里斯跟我回了家，因为我家离操场比他家近一些，而他又“噶布纳”（他最喜欢的含蓄说法）了，也就是烂醉如泥、状态烂透了的意思。总之，他不可能自己摸黑回到家。幸好他跟我回去了，因为这就意味着第二天下午三点半，西尔弗先生再度来访时，我并不是自己一个人在家。

我们几乎没怎么睡觉，手脚都有点不稳，但一切还是显得奇妙无比，充满光芒。我们喝着橙汁看动画片（真是个好主意，动画让我们保持住了前一晚身处彩色电影中似的开心过头的情绪），又一起抽了第二根大麻——这个主意可不怎么样。我们刚抽完，门铃就响了。卡扣一直紧张不安。它能感觉到我们有点不对劲，一直冲我们叫，仿佛觉得我们被什么东西附体了。它听到门铃，马上狂吠起来，好像已经预想到会这样。

一瞬间，我的记忆全回来了。“完蛋。”我说。

“我去吧。”鲍里斯说，把卡扣夹到胳膊底下。他光着上身、光着脚，摇摇晃晃地走向门口，好像什么都不在乎。但他没过一秒钟就回来了，脸色灰白。他什么都没说，也不必说。我站起身，套上球鞋、系好鞋带（这是每次出去偷东西时养成的习惯，为了随时逃跑)，走到门口。是西尔弗先生——白色的运动外套，鞋油般光滑的头发。这次他身边还有个大个子，大个子胳膊上刺满模糊的蓝色刺青，手里拿着一根铝制球棒。

“哦，西奥多！”西尔弗先生说，似乎真的很高兴见到我，“你还好吗？”

“还行，”我说，惊异于自己突然这么清醒，“你呢？”

“没什么可抱怨的。你的淤青可是够厉害的，伙计。”

我反射性地抬手摸了一下脸。“呃——”

“最好抹点药。你哥们告诉我，你爸爸不在家。”

“嗯，确实。”

“你们俩还好吗？今天下午在这儿遇到什么困难了吗？”

“呃，不，没有。”我说。他旁边那家伙并没挥舞球棒，也没做出任何威胁的动作，但我还是不禁绷紧神经。

“如果你们有什么事，”西尔弗先生说，“遇到了什么困难，我能帮你们解决。”

他在说什么呢？我向他身后的街道望去，望向他的车。车窗涂了一层黑，但我能看见有几个人在车里等着。

西尔弗叹了口气。“你没困难真好啊，西奥多。真希望我也能这么说。”

“什么？”

“事情是这样的，”他说，好像我根本没开口，“我遇到了一个问题。很大的问题。和你父亲有关。”

我不知道说什么，只是盯着他的牛仔靴。他的靴子是用鳄鱼皮做的，后面是叠跟，鞋头非常尖，鞋面亮得让我想起那种非常女性化的女士牛仔靴。和我母亲在一家公司上班的时髦发型师露西・罗波总是会穿那种鞋。

“你看，事情是这样的，”西尔弗说，“我拿着你爸爸价值五万元的球票呢。这对我来说可是个很大的问题。”

“他在四处凑钱，”我笨拙地说，“如果，嗯，如果你能再给他点时间……”

西尔弗先生看着我，推了推墨镜。

“听着，”他平静地说，“你爸爸愿意冒险，把身家全部押在一群争一个该死的球的蠢货身上——原谅我这么说。我很难对他这种人产生同情。他一点都不尊重自己的承诺，佣金拖了三周没交，也不接我的电话——”他一边说一边用手指数着数，“跟我约好今天中午见面，结果连个人影都没有。你知道我坐着等这个混蛋等了多久吗？一个半小时。好像我无事可做似的，”他歪起头，“是你爸爸这样的人让我和尤尔科有生意可做。你以为我喜欢开这么远的路跑到你家来？”

我以为他这句话只是反问——没有哪个正常人愿意开车到我们家这么远的地方来。但一阵漫长的沉默过后，他还盯着我看，仿佛在等一个答案。最后我不安地眨了眨眼，说：“不。”

“不。没错，西奥多。我一点都不喜欢。我们还有别的事要忙，我和尤尔科。相信我，我们不想浪费一整个下午的时间来找你爸爸这样赖账的废物。所以你帮我个忙吧，行吗，告诉你爸爸，他只要愿意好好坐下来和我把一切算清楚，我们还可以用文明的方式搞定这件事。”

“把一切算清楚？”

“他得把欠我的东西还给我。”他在微笑，但飞行员墨镜顶部的灰色给他的双眼增加了令我不安的遮蔽效果。“我要你替我这么告诉他，西奥多。因为我如果还得跑到这儿来，相信我，我可就没这么客气了。”

17

我走回厅里。鲍里斯安静地坐着，关掉了动画片的声音，一边抚摸着波帕一边盯着电视机看。波帕之前叫得那么凶，现在却在他的腿上睡着了。

“太过分了。”他只说了这么一句。

他的声音很怪，我过了片刻才听懂他说的是什么。“是啊，”我说，“我跟你说过了，他是个变态。”

鲍里斯摇摇头，向后靠到沙发背上。“我不是说戴假发的那个里奥纳德·科恩式老头。”

“你觉得那是假发？”

他做了个“谁知道？”的鬼脸。“他也过分，不过我说的是那个俄国大个子，拿着铁——怎么说来着？”

“球棒。”

“那就是表演用的，”他蔑视地说，“他就是想吓唬你，那混蛋。”

“你怎么知道他是俄国人？”

他耸耸肩。“我就是知道，美国人不会有那种刺青。俄国人，绝对的。他也知道我是俄国人，我一开口他就知道了。”

过了一会儿，我才意识到自己刚才坐在那儿瞪着眼出了神。鲍里斯将卡扣提起来放到沙发上，动作轻柔，没惊醒它。“想出去待会儿吗？”

“老天。”我说，使劲摇摇头。我刚刚发觉自己被吓到了，不知道反应为什么推迟了好久。“妈的，真希望爸爸刚才在家。你明白吗？希望那家伙能揍他一顿。真的。他活该。”

鲍里斯踢了我的脚踝一下。他的脚上满是沙土，脚趾甲上还涂了黑色的指甲油，一看就是考特库干的。

“你知道我昨天吃了什么吗？”他闲聊似的说，“两条雀巢，一罐百事可乐。”在鲍里斯看来，所有糖果棒都叫雀巢，所有碳酸饮料都叫百事。“知道我今天吃了什么吗？”他用拇指和食指摆了个圆圈，“什么都没吃。”

“我也是。这东西让人一点都不饿。”

“是啊，可我得吃点什么。我的胃——”他做了个苦脸。

“要不要吃煎饼？”

“好啊，随便吃什么，我无所谓。你有钱吗？”

“我去找找。”

“好。我可能还有五元钱。”

鲍里斯四处找鞋和衬衫，我往脸上泼了点水，在镜子里看了看瞳孔和下巴上的淤青，重新扣好扣错了的衬衫纽扣，回屋把卡扣放出门，扔着网球陪它玩了一会儿。我知道它觉得憋闷极了，但我们今天没时间遛它。我们回屋，鲍里斯已经穿好衣服。我们在厅里四处找了一圈，说笑着把零钱凑到一起，讨论着要去哪儿吃、怎么走最快。然后我们突然发现赞卓拉站在门口，脸上的表情很滑稽。

我们立刻住了嘴，沉默地继续整理硬币。赞卓拉一般不会在这个点回家，但她的日程安排有时很不规律，以前也曾经这样突然出现过。但她突然语气犹疑地喊了我的名字。

我们数硬币的动作僵住。一般赞卓拉会叫我“小子”、“嘿，你”，但从没叫过西奥。我注意到，她还穿着工作制服。

“你爸爸出车祸了。”她说。我感觉她好像在对鲍里斯说话。

“在哪儿？”

“大概两小时之前。我还在上班，医院给我打了电话。”

鲍里斯和我互看一眼。“哇，”我说，“怎么回事？他的车报废了？”

“他血液里的酒精含量是零点三九。”

这个数字对我没有意义，但他酒后开车也不是什么新鲜事。“哇，”我说，把零钱装到兜里，“那他什么时候回来？”

“回来？”

“从医院回来。”

她飞快地摇摇头，四处找椅子，然后在一张椅子上坐下。“你不明白，”她的脸色奇特而空洞，“他撞死了。他死了。”

18

之后的六七个小时一晃就过去了。赞卓拉的几个朋友跑了过来：她最好的朋友考特尼，同事珍妮特，还有斯图尔特和丽莎夫妇——他们比赞卓拉平时请来的朋友友善得多，也正常得多。鲍里斯慷慨地献出考特库给的大麻，所有人都感激地接受了。谢天谢地，有人打电话定了披萨（大概是考特尼）。我不知道她是怎么说服多米诺披萨大老远送货上门的。之前一年多，鲍里斯和我苦苦哀求，把所有能想到的借口和招数都用上了，他们都没送过一次。

珍妮特坐在赞卓拉身边搂着她，丽莎轻拍赞卓拉的头，斯图尔特在厨房里煮咖啡，考特尼在咖啡桌上卷大麻，手势几乎和考特库一样老练。鲍里斯和我坐在一旁，呆若木鸡。我很难相信爸爸已经死了，他的香烟还摆在厨台上，白色的旧网球鞋还放在后门边。赞卓拉的讲述顺序混乱，我只能在头脑里把所有事情拼接起来。事情大概是这样的：下午两点多，爸爸在公路上撞毁了那辆雷克萨斯。他开到公路另一侧，一头撞上一辆大型货柜车，当场死亡（幸运的是，货车司机没死，从后面撞上货车的那辆车里也无人伤亡，不过那辆车的司机断了条腿）。血液酒精浓度这件事既令我惊讶，又在情理之中——我一直怀疑爸爸又喝上了，虽然没亲眼看见过。但最令赞卓拉难以理解的并不是他喝醉了这件事（他开车时基本已经不省人事），而是出事的地点——在维加斯西边的沙漠里。“他可以告诉我的，他可以告诉我的。”考特尼问了某个问题，她伤心地回答道。我坐在地板上用手捂着眼睛，心里冷冷地想：她凭什么觉得爸爸会在任何问题上说实话呢？

鲍里斯伸臂搭在我的肩上。“她还不知道吧？”

我知道他在说西尔弗先生的事。“我该不该——”

“他这是要去哪儿？”赞卓拉问考特尼和珍妮特，语气有点激烈，仿佛怀疑她们隐瞒了什么信息，“他跑到那么远的地方干什么？”她穿着工作制服看上去很奇怪，平时她总是一进门就换衣服。

“他没能按时去见那家伙。”鲍里斯低声说。

“我知道。”他可能是想去见西尔弗先生。可是——根据母亲和我对他的了解，他有个致命的习惯：他为了安抚紧张的情绪，会在路上停下来喝了一两杯。谁知道他当时在想些什么？现在再告诉赞卓拉这些也没用。而他以前的确经常为了逃避约定而远走高飞。

我没哭。难以置信和恐慌的冰冷海浪一阵又一阵席卷过我的身体。但这一切似乎太不真实了。我不停地转头寻找他的身影，一遍又一遍在喧哗中寻找他的声音，那轻松亲切、深厚到位、和阿司匹林广告旁白一样的声音。有五分之四的医师……他会压过其他所有人的声音。赞卓拉一会儿平静务实，一会儿又失去冷静。她抹干眼泪，给大家分发披萨，倒上不知道从哪儿来的红酒，下一秒又泪流满面。只有卡扣感到开心，家里很少有这么多人。它依次扑向每个人，无论被拒绝了多少次依然热情不减。到了半夜的冷清时分，赞卓拉倒在考特尼怀里哭着，第二十次重复“哦，老天，他走了，我不信”。鲍里斯把我拉到一边，说：“波特，我得走了。”

“不，别走，求你了。”

“考特库会担心死的。我应该已经出现在她妈妈家了！她有四十八小时没见过我了。”

“这样吧，跟她说，如果她愿意过来就过来——告诉她出了什么事。如果你现在就走，那你可是差劲透了。”

赞卓拉忙于和客人们说话，满心悲痛，鲍里斯得以溜到她的卧室里打电话。那个房间一般都锁着，鲍里斯和我从来没有进去过。过了大概十分钟，他动作迅速地下了楼。

“考特库叫我留下，”他说，坐到我身边，“她让我转告你，她很抱歉。”

“哇。”我说，差点就要哭了。我伸手抹了一下脸，不让他看出我有多惊讶，又有多感动。

“嗯，她能理解。她爸爸也死了。”

“是吗？”

“嗯，几年前吧。也是出车祸死的。他们关系没那么近——”

“谁死了？”珍妮特摇摇晃晃地站到我们面前，头发凌乱，身上穿着丝质衬衫，散发出一股大麻和化妆品的气味，“还有别人死了？”

“没有。”我简短地回答。我不喜欢珍妮特——她就是那个说好要照顾波帕、结果却把它和喂食器独自锁在这里的人。

“没问你，问他，”她说，后退一步，朦胧的眼神聚焦在鲍里斯身上，“有人死了？你家里的人？”

“嗯，有几个。”

她眨了眨眼。“你是哪儿的人？”

“你为什么这么问？”

“你的声音很滑稽。好像英国口音——不，像英国和特兰西瓦尼亚口音的混合。”

鲍里斯蔑视地叫了起来。“特兰西瓦尼亚？吸血鬼聚集地？”他说，冲她龇牙，“想让我吸你的血吗？”

“哦，孩子们真滑稽。”她含糊地说，拿酒杯底敲了鲍里斯的头一下，走到一旁去和斯图尔特及丽莎道别。

赞卓拉好像吃了颗药。“也许不止一颗。”鲍里斯对着我的耳朵说。她看起来好像要晕倒了。鲍里斯拿走她嘴里的烟摁熄，然后帮考特尼把赞卓拉扶到楼上——这事本来该我干，可我不想干。他们扶她进了卧室，让她脸朝下趴在床罩上，门就那么开着。

我站在卧室门口，鲍里斯和考特尼脱掉赞卓拉的鞋。我好奇地看着她和爸爸一直上锁的房间。脏兮兮的杯子和烟灰缸，成摞的时尚杂志《魅力》，松软的绿色床罩，我没机会用的笔记本电脑，健身自行车——谁能想到他们的房间里还摆着健身自行车？

他们已经脱掉她的鞋，决定让她就穿着衣服睡。“需要我留下来过夜吗？”考特尼低声问鲍里斯。

鲍里斯毫不顾忌地伸懒腰，打了个哈欠。他的衬衫随之向上爬，裤腰很低，看得出他没穿内裤。“多谢你的好意，”他说，“但我看她是不会醒了。”

“我不介意。”我可能嗑药嗑嗨了——我确实嗨了——我看到她俯身凑近鲍里斯，觉得她似乎想和鲍里斯亲热。那场景好笑极了。

我肯定是发出了类似于窒息的笑声。考特尼转过头来，正好看见我对鲍里斯夸张地一挥大拇指——把她赶出去！

“你还好吗？”她冷冷地说，上下打量着我。鲍里斯也大笑起来，但考特尼回头看他时，他立马就站直，表情庄重而关切。我笑得更厉害了。

19

赞卓拉的朋友全走了，赞卓拉已经彻底睡着。鲍里斯从她的手袋里（我们已经彻底翻了一遍，寻找药丸和现金）拿出一面小镜子，放到她的鼻子底下，看她是否还有呼吸。她的钱包里有两百二十九元现金，我拿了之后并没觉得太内疚，反正她还有几张信用卡，以及一张两千零二十五元的支票。

“我就知道赞卓拉不是她的真名。”我说，摇晃着她的驾照：橘黄色的脸，和现在发型不一样的蓬松头发，桑卓拉·杰尔·特雷尔，正式驾照。“想知道这些钥匙都能开哪儿吗？”

鲍里斯坐在床沿，就像老电影里的医生。他用手指摸着她的脉搏，把镜子拿到亮光处看。“哒，哒。”他喃喃，然后说了句我没听懂的话。

“嗯？”

“她晕过去了。”他用一根手指戳戳她的肩，随即歪过身，看着我摸索床头柜抽屉里乱七八糟的杂物：零钱、筹码、唇膏、杯垫、假睫毛、指甲油去除剂、破破烂烂的简装书（《你的错误轨道》）、香水样品，旧磁带、已经过期的十年的保险卡，甲诺法律事务所发放的一堆免费火柴，火柴盒子上印着“专门针对酒后驾驶和药物相关指控”。

“嘿，这些都给我吧。”鲍里斯说，伸手拿走一串避孕套。“这是什么？”他说，又拿起一个看起来像可乐罐的东西。他轻轻一摇，罐子里叮咚作响。他侧耳听着，然后“哈！”了一声，将罐子扔给我。

“好样的。”我拧开看上去很假的盖子，把里面的东西都倒到床头柜上。

“哇，”过了一会儿，我说。赞卓拉显然把小费都存在这里，一半现金，一半筹码。除此之外还有很多其他东西，多得我一时看不过来。我的目光落在一对钻石翡翠耳环上，那是爸爸消失之前，妈妈突然找不到的东西。

“哇。”我又说了一遍，用拇指和食指把耳环拿起来。母亲会戴着这对耳环出席鸡尾酒会之类的场合。钻石和翡翠那种半透明的蓝绿色，在半夜三点发出的神秘闪光，都是她的一部分，就像她眼睛的颜色和头发上深沉的香气。

鲍里斯吃吃地笑起来。他在现金里发现一个胶卷盒，用颤抖的手打开，把小指探进去沾了沾，又拿出来舔了舔。“猜中了，”他用小指抚过牙龈，“考特库一定会后悔自己此刻不在这里。”

我把耳环放到手心里，递给他看。“嗯，真不错。”他说，几乎没瞟一眼，而是往床头柜上倒出一小撮粉末。“这些能卖个两千元。”

“这是我母亲的。”爸爸去纽约接我时卖掉了她的大部分首饰，包括结婚戒指。现在我发现，赞卓拉给自己留了一部分。我看到她的选择，莫名地感到有些哀伤——不是珍珠，也不是红宝石胸针，而是我母亲年少时买的不值钱的小玩意儿，比如初中时的魅力手链，上面挂着马蹄、芭蕾鞋和四叶草。

鲍里斯直起身来，捏了捏鼻子，把卷起来的钞票递给我。“你来点吗？”

“不了。”

“来吧。这会让你感觉好点。”

“不，谢了。”

“这儿至少有四五个‘八号球’。说不定还有呢！我们可以留一个，把其他都卖掉。”

“你以前吸过这玩意？”我怀疑地问，瞥了赞卓拉毫无知觉的身体一眼。她显然不省人事，但在她身后谈论这种事还是让我不太舒服。

“嗯。考特库很喜欢。不过很贵，”他恍惚了大概一分钟，然后使劲眨眨眼，“哇哦。来嘛，”他笑着说，“给。你都不知道自己错过了什么。”

“我已经够高的了。”我说，就着纸钞吸了一下。

“嗯，这会让你清醒的。”

“鲍里斯，我不能在这儿瞎晃。”我说，把耳环和魅力手链塞进口袋，“我们如果要走，那就现在走。趁还没人找上门来。”

“什么人？”鲍里斯怀疑地问，用手指来回抚着鼻子。

“相信我，很快的。儿童保护机构什么的。”我已经数好现金，一千三百二十一元，硬币另算。筹码的价值更高，接近五千元，但还是留给她好了。“你一半，我一半。”我说，把现金分成相等的两摞，“买两张票足够了。今晚可能已经没有航班了，但我们应该趁早离开，打辆车去机场。”

“现在？今晚就走？”

我停止数钱，抬头看着他。“我在这儿没有亲戚，一个也没有。嗯——嗯。他们会马上找个地方把我送走，快得我都不知道发生了什么。”

鲍里斯冲赞卓拉的身体点点头——那幅情景让人相当不安，她脸朝下趴在床垫上，看起来像个死人。“她呢？”

“开他妈的什么玩笑？”我顿了顿后说，“我们要怎么办？就在这儿等着，等她醒过来，发现我们抢了她的东西？”

“不知道，”鲍里斯说，迟疑地瞥着她，“我就是有点同情她。”

“啊，那就别同情。她不想要我。她醒过来要是发现我还在，会第一时间给那帮人打电话。”

“那帮人？我不明白那帮人是谁。”

“鲍里斯，我还没成年。”我能感觉到无比熟悉的恐慌在心底慢慢上升——也许现在还没到生死关头，但我感觉房子里已经满是烟雾，出口都被堵死了。“我不知道你的国家是怎么对待未成年人的，但我在这儿没有亲戚，没有朋友——”

“我！你有我啊！”

“你又能怎么办？领养我？”我站了起来，“听着，如果你想走，我们得动作快点。你的护照呢？坐飞机需要护照。”

鲍里斯举起双手，用俄国的手势表示“够了”。“等一下！这也太快了。”

我站住，一只脚已经踏出房门。“你他妈的出了什么问题，鲍里斯？”

“我出了问题？”

“是你想离家出走！是你问我要不要跟你一起跑掉！昨天晚上。”

“你要去哪儿？纽约？”

“还能去哪儿？”

“我想去个暖和的地方，”他马上说，“加利福尼亚。”

“你疯了。那儿有谁——”

“加利福尼亚！”他重复。

“呃——”我对加利福尼亚几乎一无所知，但鲍里斯恐怕知道得更少（除了他现在正在哼的《加州高于一切》)。“加利福尼亚？哪座城市？”

“管他的。”

“那可是个很大的州。”

“好极了！会很好玩的。我们每天都嗑高，读书，烧篝火。在海滩上睡觉。”

我强忍着情绪，盯着他看了一会儿。他满脸通红，嘴角被红酒染成黑色。

“好吧。”我说——我知道这是在冒险，这会是我这辈子犯下的最大的错误，后果只有小偷小摸，举个杯子讨钱，在人行道上点着头，四处流浪，永远也摆脱不了这种惨兮兮的生活。

他看起来很开心。“海滩，就这么定了？嗯？”

这就叫一失足成千古恨，一瞬间的事。“随便你想去哪儿。”我说，撩开眼前的头发。我累得要命。“但我们现在就得走。走吧。”

“什么，现在？”

“对。你要回家拿东西吗？”

“今天晚上？”

“我没开玩笑，鲍里斯。”和他争论让我的恐慌感更强烈了。“我不能就坐在这儿等着——”画也是一个问题，我不知道该怎么办，但我只要能和鲍里斯离开这里，总能想出办法。“拜托了，走吧。”

“美国的孤儿管理制度这么差？”鲍里斯怀疑地说，“你表现得像警察要来抓你似的。”

“你到底走不走？走，还是不走？”

“我需要时间。我是说，”他跟在我身后，“我们不能这样就走！真的——我发誓。稍微等一会儿。给我一天！就一天！”

“为什么？”

他有点不知所措。“呃，就是，因为——”

“因为？”

“因为——因为我得去见考特库！还有——各种事！说真的，你不能今晚就走，”他见我没说话，又说，“相信我。你会后悔的，我是说真的。去我家吧！等天亮了再走！”

“我不能等了。”我简短地说，拿起我的那份现金，走回我的房间。

“波特——”他跟在我后面。

“嗯?”

“我得告诉你一件很重要的事。”

“鲍里斯,”我转过身,“你他妈的怎么回事?什么事?”我说,我们互瞪着彼此,“你有话要说就说啊。”

“我怕你生气。”

“什么事?你干什么了?”

鲍里斯没说话,咬着大拇指。

“嗯?什么事?”

他移开目光。“你得留下来,”他含糊其辞地说,“你这样会后悔的。”

“算了,”我不耐烦地说,转开身,“你如果不想跟我走,那就别走,行了吧?但我不能留在这儿等天亮。”

我以为鲍里斯会问我枕套里是什么,毕竟它被我在狂热之下裹得臃肿又不成形。但他只是皱眉看着我把它从床头板后面拿出来,塞进旅行袋里(还有iPod、笔记本、充电器、《风沙星辰》,妈妈的几张照片,牙刷和换洗衣物),什么都没说。我从衣柜深处拿出以前学校的运动夹克(现在对我来说太小了,当初母亲买时我还嫌太大)。他点点头,说:“好主意。”

“什么?”

“这样就不像流浪汉了。”

“现在可是十一月。”我说。我只从纽约带了一件毛衣过来,现在把它也塞进袋子,拉上拉链。“会很冷的。”

鲍里斯吊儿郎当地靠在墙上。“然后呢,你要怎么办?住在街上、火车站,还是哪儿?”

“给我以前住过的朋友家打电话。”

“那些人如果想收留你,早就收养你了。”

“他们没办法!当时不可能!”

鲍里斯把胳膊叠在一起。“那家人不想要你。是你自己告诉我的,说了好多遍。还有,他们从来没给你写过信。”

“这不是真的。”我困惑地沉默了片刻后说。就在几个月前,安迪给我发了封对他而言很长的邮件,给我讲了在学校里发生的一些事,说网球教练对我们班的女生动手动脚。我读信的时候,觉得那都是些与我相隔很远、我不认识的人。

“孩子太多了?”鲍里斯说，显得有点洋洋自得，“房间不够？还记得吗？你说那对父母很高兴把你送走。”

“去你妈的。”我的头很疼。如果社会服务组织找上门来，把我扔进汽车后座怎么办？在内华达州，我能给谁打电话？斯皮尔太太？邻居“玩家”？模型商店里把模型胶水单卖给我们的店员？

鲍里斯跟着我下了楼。我们站在客厅中央，对着看起来饱受折磨的波帕。它径直跑到我们面前，坐下，抬头看着我们，好像完全明白我们要干什么。

“哦，操。”我说，放下旅行袋。一阵沉默。

“鲍里斯，”我说，“你能不能——”

“不。”

“考特库——”

“不。”

“唉，去他的，”我说，把波帕抱起来夹到腋下，“我可不会把它留在这儿，让赞卓拉把它锁起来，它会饿死的。”

“你要去哪儿?”我走向前门，鲍里斯说。

“啊?”

“走路去机场?”

“等会儿。”我说，把卡扣放回地上。我突然觉得很难受，感觉会随时把红酒吐满地毯。“他们会让狗上飞机吗?”

“不。”鲍里斯无情地说，吐出一片咬下来的指甲。

他是故意想让我不痛快，我想揍他一拳。“那好吧，”我说，“也许机场会有人愿意收留它。要不然，管他的，我坐火车也行。”

他噘起嘴唇的样子我很熟悉，他想说句讽刺的话。但他的表情突然变了。我转过身，看见睫毛膏糊成一片的赞卓拉站在楼梯顶端，瞪着眼睛，左右晃着身体。

我们僵在原地望着她。一个世纪般漫长的沉默后，她张开嘴，又合上，伸手抓住楼梯扶手稳住身体，然后声音低哑地问：“拉里是不是把钥匙忘在银行保险箱里了?”

我们惊恐地盯着她，过了一会儿才意识到她在等我们回答。她的头发乱得像稻草，看起来茫然极了，随时可能一头栽下楼梯。

“呃，是的，”鲍里斯大声说，“我是说没有。”但她还站在原地不动。“没事的，回去睡吧。”

她喃喃了一句什么，然后摇摇晃晃地走开了。我们一动不动地又站了一会儿。然后我轻轻拿起旅行袋，溜出大门，脖子后面的汗毛还竖着（这是我最后一次见到这座房子和赞卓拉，我没回过一次头）。鲍里斯和卡扣都跟着我出来了。我们三个快步走到街道尽头，卡扣的趾甲在人行道上发出嗒嗒的响声。

“好吧，”鲍里斯用每次我们侥幸从超市逃脱时有点好笑的语气说，“好吧，也许她睡得并没我想得那么熟。”

我一身冷汗，在微凉的夜晚空气中感觉很舒服。西边的黑暗里蹿出几簇无声的弗兰肯斯坦一样的火花。

“哎，至少她没死，啊？”他吃吃地笑起来，“我还担心她呢。老天啊。”

“让我用一下你的手机，”我说，披上外套，“我得叫辆车。”

他在兜里找了找，把手机递给我。那是一次性手机，他买来是为了随时了解考特库的行踪。

“不用，你留着吧。”我还给他时，他举起双手说。我打了“幸运出租车”的号码：777-7777。维加斯每个简陋的公交站都印着这个号码。然后他拿出一沓现金，是赞卓拉那堆钱里他的那一半，想要塞给我。

“别想了。”我说，紧张地回头张望，生怕赞卓拉又醒过来，跑到街上来找我们。“这是你的。”

“不！你会需要的！”

“我不想要。”我说，把双手都插进兜里，免得他找机会塞给我。“再说了，你也会需要的。”

“哎，波特！我不希望你现在就走，”他冲街上空荡荡的房子挥手，“你如果不想去我家，在这儿躲一两天也行！那座砖房里面还有家具呢。我可以给你带吃的过来。”

“嘿，我也可以打电话叫多米诺披萨，”我说，把手机塞进夹克兜里，“既然他们现在愿意往这儿送餐了。”

他皱了皱眉。“你别生气。”

“我没生气。”说实话，我没生气，只是有些头重脚轻。我感觉自己随时都有可能醒过来，发现自己不知道什么时候睡着了，脸上还盖着一本书。

鲍里斯抬头看着天空，哼着歌。我意识到，他哼的是我母亲喜欢的地下丝绒乐队的歌：“可是你如果关上门……夜晚会持续到永远……”

“你呢？”我说，揉了揉眼睛。

“嗯？”他说，微笑着看我。

“以后会怎么样？我还能再见到你吗？”

“也许吧。”他高高兴兴地说。在我的想象中，他和拜米，和卡姆梅瓦拉格的酒馆老板娘朱迪，和其他所有人都是用这种语气告别的。“谁知道呢？”

“你过两天会来找我吗？”

“嗯——”

“来找我吧。坐飞机过来——你的钱足够了。我会给你打电话，告诉你我在哪儿。别说不。”

“那好吧，”鲍里斯用同样高高兴兴的语气说，“我不会说的。”但他的语气表明，他是在说不。

我闭上眼睛。“哦，老天，”我累得头晕目眩，挣扎着不让自己直接躺倒在地，抗拒着那股拽我下沉的引力。我睁开眼时，鲍里斯正担心地看着我。

“瞧瞧你，”他说，“差点就摔倒了。”他把手伸进兜里。

“不，不，不，”我看清他手里的东西，往后退了一步，“不行。想都别想。”

“这样你会感觉好受点！”

“你在嗑其他药之前也是这么说的。”我没有精力再欣赏海草和唱歌的星星了。“真的，我不要。”

“可这不一样。完全不一样。它会让你清醒的。头脑清醒——我保证。”

“我才不信呢。”让人头脑清醒的药物似乎完全不是鲍里斯的口味，虽然他看起来确实比我清醒一些。

“你看看我。”他很有耐心地说，“对吧。”他知道他说服我了。“我在胡言乱语吗？嘴边起沫了吗？没有——只是想帮你！来，”他说，往手心里倒了些药粉，“来吧。我喂你。”

有一半的我觉得他在骗我，我会被他一拳揍晕，醒过来时已经被转移到街对面的空房子里。但我太累了，觉得就算是那样也无所谓。我凑过去，任他用一根手指按住我一侧的鼻孔。“好了！”他鼓励地说，“就这样。好了，吸气。”

我马上就觉得好多了。像发生了奇迹一样。“哇。”我说，因为一阵尖锐而令人愉悦的刺痛感吸着鼻子。

"我说什么来着?"他又往外倒了一些,"来,另一边。别喷出来。好了,吸。"

一切都更亮、更清晰了,包括鲍里斯。

"我说什么来着?"他又给自己倒了一些,"不听我的话,现在知道抱歉了吧?"

"你竟然还要把这东西卖掉,老天,"我说,抬头看着天空,"为什么?"

"这东西很值钱。好几千元。"

"这么一点点?"

"不是这么一点点!有好几克呢,大概二十克,可能更多。我如果将它分成小份,卖给 K.T. 毕尔曼,能挣一大笔钱。"

"你认识 K.T. 毕尔曼?"凯蒂·毕尔曼比我们高一个年级,开一辆属于她自己的黑色敞篷车。她远远置身于我们的社会等级之外,说她是电影明星也不过分。

"那是。K.T.,杰西卡,所有那些女生。总之——"他又给我吸了点,"我可以给考特库买她想要的键盘了。不用再担心钱。"

我们又轮流吸了几次,我觉得好多了,对未来和其他一切都乐观起来。我们揉着鼻子闲聊着,波帕好奇地抬头看着我们。纽约的美妙之处好像就在我的舌尖上,似乎随时可以一股脑讲清楚。"听着,那儿可棒了,"我说,词句从口中旋转喷出,"真的,你一定得来。我们可以一起去布莱顿海滩——那儿全是俄国人。呃,我还从来没去过,但地铁一直开到那儿,那是那条地铁线上的最后一站。那儿有很大的俄国人社区,餐厅里都是烟熏鱼和鲟鱼鱼子。妈妈和我一直在说要去那儿吃饭,她合作过的一个珠宝商跟她说过那里有哪些地方好玩,但我们从来没去过。一定很棒。还有,我说——我有上学的钱,你可以来我的学校。不,真的——你绝对可以。我有奖学金。呃,我以前有。那个人说,只要账户里的钱是用于教育就行——不管是给谁的教育。不只是我的。给咱俩用肯定够了。不过,我得说,公立学校,纽约的公立学校不错,我在那儿认识不少人,我觉得公立学校就够好的了。"

我还在滔滔不绝,鲍里斯说:"波特。"我还没来得及回答,他伸出双手捧住我的脸,亲了我的嘴唇一下。我站在原地眨着眼——我还没意识到发生了什么,他就已经退开——他举起波帕,也亲了它一下,亲在它的鼻尖上。

然后他把波帕递给我。"你的车来了。"他说,最后捋了一下波帕头上的毛。我转过身去,确实,一辆豪华轿车正在街对面缓缓挪动,寻找着门牌号。

我们对视着——我喘着粗气,还没从震惊中恢复过来。

“祝你好运，”鲍里斯说，“我不会忘记你的。”然后他拍了拍波帕的头，“拜拜，卡扣。好好照顾它，行吗？”他对我说。

后来——坐在出租车里时，还有再后来——我会在脑中重放那个瞬间，再次感叹我在不经意间告别了什么。我为什么没有抓住他的胳膊，最后一次叫他一起上车，来啊，*管他的呢，鲍里斯*，这就像逃学一样，天亮时我们已经坐在玉米地上空吃早餐？我很了解他，也知道如果在恰当的时刻用恰当的方式问他，他几乎什么都会做。我转身时就知道，我如果问了，他会向我跑来，大笑着跳进车里。

但我没问。说实话，也许这才是最好的选择——现在的我可以这么说，但那时的我着实苦涩地后悔了很久。我最庆幸的是，在那种喋喋不休的嗑药状态中，我没有一时口快，说出已经到舌尖上的那句话。我当时没在街上说出来，也从来都没有说过，但我们两个人都知道那句话是什么——当然就是，*我爱你*。

20

我太累了，药效并没持续多久，至少让我感觉良好的那部分没有持续很久。我一听出租车司机说话就知道他是个漂泊在外的纽约人，而我一上车他就知道情况不对，想递给我一张全国离家出走儿童热线的卡片，但我没接。我叫他去火车站（我不知道维加斯有没有火车站，应该有吧），但他摇摇头，说：“你不知道吗，小眼镜？美铁不让带狗上车。”

“真的？”我说，心沉下去。

“飞机嘛——也许可以吧，我不知道。”他看上去很年轻，语速飞快，婴儿肥的脸，稍微有点胖，身上的T恤印着“潘尼与泰勒真人秀：活在里约”。“得有个运输箱什么的。我看大巴是最安全的选择。但他们不让没到年龄的儿童独自坐车，除非有家长的许可。”

“我告诉你了！我爸爸死了！他女朋友要把我送到我在东部的亲戚家里，她让我一个人上路。”

“呃，嘿，那你就没什么可担心的了，不是吗？”

我没再说话。我还没能完全接受父亲的死，公路上飞闪而过的灯光有时会突然让我想起他，然后胃里一阵虚脱。车祸。在纽约，至少他不用担心酒后驾驶——更有可能发生的情况是，他会一头栽到别人的车前，或者被捅一刀，接着钱包被拿走，在某个廉价酒馆里流血而死。他的遗体会被怎么处理？我把母亲的骨灰撒在了中央公园里，虽然法律好像不允许这样做。那天傍晚，我和安迪一起走到水池西侧，找了个相对无人的地方。我让安迪在旁边望风，把整个骨灰瓮都撒空了。让我难受的不是撒骨灰这件事本身，而是包骨灰瓮的破破烂烂的色情广告页："滑溜溜的亚洲宝贝，湿热高潮。"五月的星光下，骨灰看起来像月亮上的岩石。

车里突然开了灯，出租车停下了。"到了，小眼镜。"司机说，转身一手搭在副驾驶的靠背上。我们正停在灰狗大巴站的停车场里。"你叫什么来着？"

"西奥。"我不假思索地回答，随即就后悔了。

"好，西奥·谁谁，"他越过座位跟我握了握手，"想听听我的建议吗？"

"好啊。"我说，有点畏缩。抛开其他一切不谈，一想到这家伙大概看见鲍里斯亲我了，我就觉得非常不舒服。

"这不关我的事，但你得找个东西把毛茸茸放进去。"

"什么？"

他冲我的旅行袋点点头。"它进得去吗？"

"呃——"

"你还得托运这个包。太大了，没法放进车厢里，他们会把你的包放到车厢下面。坐大巴和飞机可不一样。"

"我——"我要思考的事情太多了，"我没别的袋子了。"

"等会儿。我看看我的办公室里有什么。"他下车绕到后备厢那儿，回来时拿着一个很大的帆布购物袋，购物袋好像是一个叫"绿色美国"的健康食品超市发的。

"如果是我，"他说，"我就自己进去买票，先不带毛茸茸。为了保险起见，先把它留在我这儿，知道吗？"

我的新哥们说对了，灰狗大巴要求我出示有家长签字的《儿童独自旅行表》，但限制条件还不仅如此。窗口的售票员是个虚弱苍白的墨西哥女人，头发完全梳到脑后。她语气单调地念起长长的规矩：不能转车。单趟旅程不能超过五个小时。《儿童独自旅行表》上写明的那个接车人必须带着身份证明来接我，否则我一到目的地，就会被移交给当地的儿童保护机构或执法人员。

“可是——”

“所有十五岁以下的儿童。没有例外。”

“可我不是十五岁以下，”我说，动作夸张地出示了看起来非常正式的纽约身份证，“我已经十五岁了。你瞧。”母亲死后不久，恩里克就带我去拍了证件照，大概是预想到我总有一天会进入他口中的“系统”。我当时相当抗拒，觉得这是老大哥把爪子伸得太远。“哇，你还有自己的条形码。”安迪说，好奇地看着我的卡。但现在我十分感谢他能有这样的远见，带我跑到下城，把我像一辆二手汽车那样登记在案。我在廉价荧光灯下麻木地等待着，感觉像个难民。售票员拿着卡来回换好几个角度仔细观察，终于认定这是张真卡。

“十五岁了。”她怀疑地说，把卡还给我。

“是啊。”我知道我看起来不像。我还发现，要把狗带上车也没那么简单。售票窗旁边有张很大的告示，红色字母写着：“禁止携带狗、鸟、啮齿动物、两栖动物或其他任何动物上车。”

不过我在车次上运气还不错：坐一辆凌晨一点三刻发车的大巴可以再转车到纽约，车还有一刻钟就开了。售票机带着机械的响动吐出我的车票，我有些茫然地站在原地，思考着该拿波帕怎么办。我走出车站，有点希望司机已经开车走了，把波帕带回了安全温暖的新家——但他还在原地，正喝着红牛打电话，但波帕不见了。他见我站到他旁边，便挂了电话。“怎么样？”

“它呢？”我在后座到处翻找，“你把它怎么了？”

他大笑起来。“你现在看不见，现在……就看见了！”他动作夸张地掀开帆布袋上随便盖着的《今日美国》，波帕正惬意地蹲在一个纸盒里嚼着薯片。

“障眼法，”他说，“纸盒会把袋子撑开，从外面看，袋子里不像装着狗还能让它有地方活动活动。报纸呢——完美道具。能遮住它，让袋子看起来满满当当，又不会增加重量。”

“你觉得这样能混过去吗？”

“嗯，这个嘛，它这么小——有多重，五磅，六磅？它一直这么安静吗？”

我怀疑地看着蜷在盒底的波帕。“不算吧。”

司机用手背抹了把嘴，把薯片袋递给我。“如果它待不住了，就给它吃两片。你们每过两小时都会停下来歇歇。你尽量挑靠后的座位，记得走到离车站远一点的地方再放它出来。”

我把购物袋挎到肩上，用胳膊抱住。“看得出来吗？”我问他。

“看不出来。不知道就看不出来。我能再给你讲个小小窍门吗？魔术师的小秘密。”

“当然。”

“别老低头看袋子。看哪儿都行，就是别看袋子。外面的风景啊，你的鞋带啊——对，就是这样——很好。自信又放松，这就是窍门。你如果觉得有人怀疑你，假装呆呆地到处找隐形镜片也行。弄洒点薯片，撞到脚趾，一咳嗽把水给洒了——怎么样都行。”

哇，我心想。“幸运出租车”果然名不虚传。

他又笑了起来，仿佛听见了我的心声。“嘿，不让狗上车，这规定也太蠢了，”他说，又喝了一大口红牛，“我说，要不然你打算怎么办？就这么把它丢在路边不管？”

“你是魔术师吗？”

他哈哈大笑。“你怎么知道的？我在奥尔良赌场的一家酒吧里拿纸牌变点戏法——你要是再大一点，我会邀请你去看我表演的。总之秘诀就是，一定要让他们的注意力集中在别的什么地方。小眼镜，这就是魔术的第一条定律。误导。你可别忘了。”

21

犹他州。太阳升起后，圣拉斐尔高地在窗外向远方展开，火星般杳无人烟的风景：沙石和页岩，峡谷和锈红色的平顶山。我一直没能睡好，一部分是因为嗑了药，一部分是担心波帕吵闹。但大巴开上蜿蜒的山路，它一直非常安静，乖乖地坐在袋子里，待在我身边靠窗的位子上。我的行李袋不用托运，可以带到车上，这让我非常开心：我不仅可以伸手就拿到毛衣和《风沙星辰》，我的画也触手可及。虽然裹在包里看不见，它还是让我安心，仿佛十字军出征时随身携带的圣符。大巴后部没什么人，只有一对抱着堆塑料饭盒、模样腼腆的西班牙夫妇，和一个自言自语的老醉汉。我们平安无事地行过转来转去的山路，经过犹他州进了科罗拉多州的大中转站，在这里休息五十分钟。我把旅行包锁到投币储物箱里，在远离司机视线的车站另一侧遛了遛波帕，从汉堡王买了两个汉堡，和它一起分着吃了，又从垃圾箱里找了个快餐盒，卸下盒盖给它喂了点水。大巴从大中转站发车后我睡着了，一直睡到大巴在丹佛又停下，这次停靠一个小时十六分钟。太阳在这时下了山。波帕和我在丹佛跑啊跑啊，为终于能下车活动而轻松不已。我们在不认识的昏暗街道上跑了很远，我都开始担心会迷路，但旁边的嬉皮咖啡店相当不错，店员年轻又热情。“带它进来吧！”柜台后的紫发女孩看见拴在门口的波帕，主动对我说，“我们可喜欢狗了！”我不仅买了两个火鸡三明治（一个我吃，一个给波帕），还买了块素果仁巧克力小蛋糕，一袋油乎乎的自制素食狗饼干。

我回到车上，读书一直到半夜，奶油色的纸张被昏暗的灯光照得发黄。窗外掠过大片深不可测的黑暗，波帕满足于在丹佛的活动，快乐地在袋子里打着鼾。

不知什么时候，我睡着了，又醒过来读了会儿书。到了半夜两点，正当圣埃克絮佩里讲着在沙漠坠机的故事，我们开进堪萨斯州的萨利纳（“美国的十字路口”），停靠二十分钟。在飞蛾扑打的钠光灯下，波帕和我绕着黑暗中无人的加油站尽情奔跑。我的脑海里还满是书里的字句，但同时也在回味第一次来到母亲故乡这件事——在她的那些旅途里，她是否和父亲开车经过这座城市，冲过第九街上的州界，方圆几英里的空荡原野上只有粮仓如外星飞船般亮着光？我回到车上，觉得又困又脏，又累又冷。卡扣和我又睡了过去，从萨利纳到托皮卡，从托皮卡再到密苏里州的堪萨斯城，停车时刚好天亮。

母亲经常给我讲这里的地势有多平，平得能望见横跨草原好几英里地的飓风。但我亲眼见到时，仍然难以相信这里的广袤和宏伟。天空完全看不到尽头，大得让我觉得自己被那种无限碾碎压扁了。中午，我们在圣路易斯停靠一个半小时（足够我遛完波帕，吃个特别难吃的烤牛肉三明治当午饭。不过周围的街道太不规律，我没敢走远）。我回到车站，换乘一辆完全不同的大巴。大巴开了一两个小时，我醒了过来，发现大巴停下来，波帕安静地坐在袋子里，鼻子却探了出来。一个涂着亮粉色唇膏的黑人中年妇女站在我面前，大声说：“你不能带狗上车。”

我茫然地看着她，随即惊恐地意识到她不是什么普通乘客，而是戴着帽子、穿着制服的驾驶员。

“听见没有？”她又问，中气十足地摆了一下头。她壮得像名摔跤手，饱满的胸部上挂着名牌，名牌上写着“丹妮丝”。“你不能带狗上大巴。”然后她不耐烦地挥了挥手，仿佛在说：“赶紧把它给我塞回袋子里！”

我遮好波帕的头，它似乎并不介意。我的内心越来越沉。我们停在伊利诺伊州一座名叫埃芬厄姆的小镇上，旁边是爱德华·霍珀风格的住宅，和舞台道具似的法院，有块牌子上手写着：“机遇的十字路口！”

司机挥了一下手指。“你们后面有人反对这只动物在车上吗？”

后座上的其他乘客（留着一字胡，不修边幅的男人；戴着牙齿矫正器的成年妇女；紧张的黑人母亲带着小学生模样的女儿；插着吸氧管、长得很像W.C.菲尔兹的老头）似乎都吃惊得说不出话，只有小女孩睁着大眼睛，几乎看不出来地摇了摇头：不反对。

司机等了一会儿，看来看去，然后转回头来看着我。“好了。对你和你的小家伙来说是个好消息，小子。不过如果有一个人——”她冲我舞动手指，“有一个人抱怨你带狗上车，不管是什么时候，我都会让你下车。明白吗？”

她不会把我扔下去？我对她眨着眼，不敢动，也不敢说话。

“明白了吗？”她又问了一遍，语气更凶了。

“谢谢——”

她有点挑衅似的摇摇头。“哦，不。你可别谢我，小子。只要有一个人抱怨，我就把你赶下去。只要有一个。”

我颤抖地坐在原地，她大步走下过道，启动大巴。我们开出停车场，我连一眼都不敢看旁边那些乘客，但我能感觉到他们都在看我。

波帕在我腿边小声呼了口气，重新趴下。我很喜欢波帕，也很同情它，但从来都不觉得它这样的狗有多聪明。我一直暗自希望它是只更酷的狗，比如边境牧羊犬、拉布拉多之类的搜救犬，从狗场退下来的聪明的受伤的混血斗牛犬，会追球、会咬陌生人的好斗杂种狗——总之是它没有的一切特点。它是只给女生玩的狗，像个玩具，特别娘娘腔，我出去遛它都会觉得丢脸。不是说波帕不可爱，它是个爱叫爱跳的小毛球，喜欢它的人多的是——也许不是我，可一定会有某个小女孩，比如坐在过道对面的那个小姑娘，在路上一眼见到它就喜欢上了，然后把它带回家，往它的毛里绑缎带。

我一动不动地坐在原地，反复回味着那惊恐的一刻：司机的脸，我心里的震惊。真正吓到我的是，她如果要求我把波帕赶下车，那我也会一起下车的，就算我们下车的地方是伊利诺伊州中央某个荒无人烟的地方，但然后呢？天上下着雨，周围全是玉米地，我们一起呆站在路边。我怎么会这么依恋一只如此滑稽可笑的动物？一只赞卓拉买来的宠物犬？

经过伊利诺伊州和印第安纳州的一路上，我都非常清醒地随车摇摆，害怕得不敢睡觉。窗外的树都枯了，枝条上放着烂掉的万圣节南瓜。走道对面的母亲搂着小姑娘，轻声哼着歌：“你是我的阳光……”我除了出租车司机给我的碎薯片，没有东西吃。我把碎薯片放进嘴里，品尝着难以下咽的咸味，看着工业发达的平原和哪儿都不挨的小镇在窗外掠过。我望着荒凉的农田，觉得又冷又惆怅，默默回想着母亲很久以前给我唱过的歌。“宝宝宝贝再见啦，宝宝宝贝，不要哭。”大巴开到俄亥俄州时天黑了，间距很远的简陋小房子里亮着灯。我终于觉得安全，慢慢睡过去，随车身颠簸点着头。半夜两点，我们到了克利夫兰市。天气很冷，车站一片白亮。我又换了车。我知道应该好好遛遛波帕，但我不敢，生怕有人会看见。万一被发现了怎么办？我们难道要永远待在克利夫兰吗？波帕看起来也有点害怕。我们发着抖，在街头站了十分钟，然后我给它喂了点水，把它放回袋子里，走回车站去坐车。

时间正值半夜，所有人都半睡半醒，我很容易就转了车。第二天中午，我们在水牛城又转了一次车，大巴在车站的积雪中一步步挪动。风冷得让人皮肤刺痛，还带着尖锐的湿气。在沙漠里过了两年，我已经忘了真正的冬天有多冷，我给考特库的手机发了很多条短信，鲍里斯没给我回信，但我还是又发了一条：“水牛城，今晚到纽约。你没事吧，有赞的消息吗？”

水牛城离纽约市还很远，大巴一路开过巴达维亚、罗切斯特、雪城和宾汉姆顿。我几乎睡了一路，只在大巴在雪城停靠时迷迷糊糊地下了车，感觉有点发烧。我遛了波帕，给它喝了水，买了两块夹奶酪的丹麦面包，那儿没别的东西卖。一路上，我把脸靠在车窗上，通过窗缝感受着冰冷的空气，任凭摇晃的大巴将我带到《风沙星辰》里沙漠上方孤独的驾驶舱里。

我大概是从克利夫兰那站开始就有点生病。我在港务局客运总站下了车，时间已经是傍晚，我发烧发得很厉害。我浑身冰冷，脚步摇摇晃晃，渴望了那么久的城市看起来陌生、喧闹而冰冷，到处都是汽车尾气、垃圾和快步奔走的陌生人。

总站里满是警察。我不管往哪儿看，都能看到离家出走儿童收留中心和离家出走儿童热线的牌子。我快步往外走，一位女警察怀疑地看了我两眼。我想我在大巴上颠簸了六十几个小时，又脏又累，一定躲不过检查。但最终她并没叫住我，我头也不回地出了站。街上有几个不同年龄、不同国籍的男人冲我呼喊，声音从四面八方向我涌来："嘿，小兄弟！你要去哪儿？要坐车吗？"其中有个红头发的看起来正常又友善，年纪比我大不了多少，我似乎可以跟他交个朋友。但我是土生土长的纽约人，知道怎么忽略他热情的招呼，摆出早有安排的样子，继续往前走。

我以为放波帕出来会让它非常开心，但当我把它放在第八大道的人行道上，它太害怕了，不敢往前跑太多。它从来没在城市的街上走过，一切都让它害怕（汽车、汽车喇叭声、行人的腿、被风吹动的空塑料袋）。它不停地往前冲，冲过路口左右蹦跳，又惊恐地跑回我的身后，把狗绳绕在我腿上，我差点绊倒在一辆急着赶绿灯的货车面前。

我抱起四腿乱蹬的波帕，把它放回袋子里。它恼火地乱转了一阵，然后安静下来。我站在下班高峰期的人群中辨认方向。比起记忆里的街道要脏得多，也一点都不友善——天气比我想象中还冷，街道灰蒙蒙的，像放久了的旧报纸。"怎么办？"母亲以前经常用法语这么问我。我几乎能听见她的声音，嗓音轻快，无忧无虑。

以前父亲在厨房里走来走去，伸拳击打着橱柜，愤恨地说他想来一杯时，我经常好奇"想来一杯"是什么感觉——只想要酒精，其他什么都不想要，不管是水还是可乐。现在，我阴郁地心想，我知道了。我非常想来杯啤酒，但我知道自己没有成人身份证，最好还是不要进酒品商店冒险。我渴望地想起鲍里斯父亲的伏特加，想着我已经习以为常的一杯下肚后的那种温暖。

更重要的是，我饿坏了。我没走多远就看到一家富丽堂皇的小杯蛋糕店。我饿得直接走进去，买了我第一眼看见的小蛋糕（结果是抹茶味的，里面是香草馅，味道有点奇特，但很好吃）。糖分让我立即觉得好多了。我吃着蛋糕，舔着手指上的奶油，惊奇地望着门外目的明确的过往人群。我离开维加斯后，似乎更清楚之后会怎样了。巴伯太太会给社保组织打电话，告诉他们我出现了吗？我之前觉得不会，但现在犹豫了。波帕的问题也并没有我以前想得那么容易解决。安迪对狗（还有奶类制品、坚果、胶带、三明治里的芥末，以及另外二十五种常见物品）严重过敏——不止是狗，猫、马、马戏团里的动物、二年级时班里养的豚鼠（"豚鼠牛顿"）都让他过敏，所以巴伯家不养宠物。我在维加斯时，并没觉得这是个多么严重的问题。但现在，我站在越来越黑、冰冷刺骨的第八大道上，一切都不一样了。

我不知道还有别的什么办法，就开始朝着公园大道的方向往东走。寒风直吹着我的脸，空中雨点的气味让我紧张。纽约的天空比西部低得多，也重得多——远处有些边缘模糊的脏兮兮的雨云，像是铅笔在粗纹纸上涂抹出来的。开阔的沙漠似乎重塑了我对距离的感受，纽约的一切看起来都那么紧促和憋闷。

走路让我的双腿没那么僵硬了。我向东走到图书馆（那对狮子！我站住看了一会儿图书馆，就像退伍的士兵终于望见自己家的房子），然后拐弯走上第五大道——到处都亮着路灯，街上仍然很繁忙，但人流已经开始变得稀疏——再拐上中央公园南路。我又累又冷，但看到公园时心脏还是激动得骤停了一会儿，忍不住拔腿跑过五十七街（快乐大街!），奔进满是草木的黑暗中。植物的气味，暮色中的阴影，甚至连梧桐树斑驳的淡色树干都让我满心欣喜。但我仍然觉得眼前的公园只是表象，它的下面还有一座过去的公园，一座充满回忆的鬼魂公园，那才是我以前在学校团体出游和拜访动物园时去的地方。我走在靠近第五大道的人行道上，往公园里面望着，小径上满是树木投下的阴影，街灯围着一圈光晕，神秘又诱人，仿佛《狮子、女巫和魔衣橱》里的森林。我如果走进某一条路灯照亮的小径，从另一头出去时能否踏入另一个年份，一个不同的未来，刚下班的母亲微微喘着气，在水池边的长椅（我们的长椅）上等着我？她收起手机，站起身来吻我："你好啊，宝贝，今天在学校怎么样，晚饭想吃什么？"

我突然站住。一个身着西装的熟悉身影挤过我身边，在人行道上大步向前。他的白发在黑暗里很显眼，仿佛应该留长后用缎带扎起来。他正专心思考着什么事，比以前显得更加邋遢，但我还是一眼就认出了他。歪着脑袋时和安迪非常相似：那是刚下班的巴伯先生，正提着公文包往家赶。

我跑过去追上他。"巴伯先生？"我喊。他在低声说话，但我听不见他在说什么。"巴伯先生，是我，西奥。"我大声说，伸手抓住他的袖子。

他转身一把推开我的手，力道大得出奇。是巴伯先生没错，我无论在哪儿都能认出他。但他完全是以看陌生人的眼神在看我，明亮的目光严厉而蔑视。

"别给我发广告！"他高声喊道，"滚开！"

我本该知道他正处于躁狂情绪中。那表情完全就是爸爸在比赛日的放大版。我就算一开始没发现，他一把挣开、然后一拳打中我时也该知道了。我从来没见过没吃药时的巴伯先生（安迪当然对他父亲的"狂热状态"闭口不谈，我那时还不知道巴伯先生曾试图给国务卿打电话，还穿着睡衣去上班），他的狂怒与我记忆里那个好脾气的人相差太大，我震惊地站住了，有些无地自容。他怒瞪了我片刻，掸了掸袖子（好像觉得我脏，好像光是碰到我就被污染了），走掉了。

“你在管他要钱吗？”我呆站在人行道上，旁边突然冒出一个人问，“是不是啊？”他见我转身要走，固执地追问道。他身材低矮，穿着西装，看起来是个有家室的公司职员，但那种穷途潦倒的气质让我害怕。我想绕开他，他却上前一步挡住我的去路，还伸出一只手重重搭到我的肩上。我在恐慌中低头躲开他，跑进公园。

我向水池的方向跑去，跑下铺满湿润落叶的金黄色小径，本能地一头跑到汇合点（母亲和我对那条长椅的称呼），坐下来瑟瑟发抖。能在街上碰见巴伯先生，本来是种奇迹，让我难以相信自己有这样的好运气。我还短暂地想象，经过最初的困惑和尴尬，他会开心地向我打招呼，问几个问题，然后说：“哦，别管了，别管了，之后有的是时间问。”然后他带我一路走回家去。“天哪，好一场冒险。安迪见到你肯定很高兴！”

老天，我心想，抬手捋了捋头发，心里仍然震颤不已。在理想世界里，要说我最希望在街上碰到的人是谁，巴伯先生当之无愧——不是安迪，更不是安迪的兄弟姐妹，也不是巴伯太太，因为她说话时那些冰冷的停顿，社交上无懈可击的礼貌，我所不了解的行为准则，令人发冷、毫无表情的凝视。

出于习惯，我第一万次望向手机——结果心情一下子振作起来。我终于接到一条短信，虽然号码不认识，但短信无疑是鲍里斯发来的。“嘿！你还好吧？没特别生气。给赞打电话，她老来烦我。”

我试着给他拨过去。我在路上给他发了近五十条短信。没人接听，考特库的号码则直接转为语音信箱。赞卓拉等着去吧。我带着波帕走回中央公园南路，在马上收工的小摊上买了三份热狗（一份给波帕，两份给我）。我们坐在学者之门里面一条不起眼的长椅上吃着，我思考着接下来该怎么办。在沙漠里幻想纽约时，我有时会想象鲍里斯和我在街上流浪，在圣马可之家或汤普金斯广场上闲站着，摇晃着零钱杯，旁边就是那些曾经在安迪和我上学时起哄的滑板小子。但现在是寒冷的十一月，我一个人又发着烧，睡在街上并没有幻想中那么吸引人。

何况我和安迪家只隔着五条街。我考虑着给他打电话，让他出来接我，但随即打消这个念头。我万一真的走投无路，确实可以给他打电话。他会很高兴地偷偷溜出来，给我带几件衣服，从母亲的钱包里偷点钱，说不定还能给我带点蟹肉面包片啊鸡尾花生什么的。巴伯家经常吃这种零食。但巴伯先生那句“发广告”还让我隐隐作痛。我很喜欢安迪，但那已经是两年前了。我忘不了巴伯先生看我的眼神。他们家显然出了什么事，我不知道具体情况，但我知道，我一定应该为那件事负一部分责任。我总是羞愧自责，觉得自己一文不值，尽给别人添麻烦。我从来没有摆脱过这种想法。

我在不知不觉中望着远方发呆，偶然和对面长椅上的男人对上眼神。我立刻移开目光，但已经晚了，他站起身，走过来。

“好可爱的小家伙。”他说，弯身摸了摸波帕。他见我不回答，又说：“你叫什么名字？介意我坐下来吗？”他瘦得像杆子，身材矮小，但看起来很健壮，身上有股气味。我站起来，避开他的眼神，但没来得及走开，他伸手抓住我的手腕。

“怎么了，”他用下流的语气说，“你不喜欢我？”

我挣开他的手，跑了——波帕跟在我身后。我们飞快地跑到街上。它不太适应城市的交通，我在车轧到它的前一秒抱起它，穿过第五大道，跑向皮埃尔酒店。追我的人被红灯截在街道对面，引来一些行人的目光。我跑到酒店温暖明亮的入口前，周围都是衣着高档的情侣，门卫招呼着出租车。我觉得安全了，回头望去，发现那个人已经退回公园里。

街道比我记忆中更吵，更脏。我站在老俄国古董店所在的街口，鼻腔里充满了熟悉的市区臭气：马车的马粪，大巴的废气，香水和尿液。我一直觉得维加斯只是个临时住处，纽约才是我真正生活的地方，可是真的是这样吗？不再是了，我怏怏不乐地心想，望着古德曼百货公司门口逐渐变少的人流。

发烧让我浑身疼痛，冷得发抖。但我又往下走了十条街，想把大巴留下的颠簸感和双腿里轻飘飘的麻痹感赶走。最后我坚持不住，打了辆出租车。坐公交很方便，公交沿着第五大道半个小时就能笔直地开到西村。但我在大巴上坐了整整三天，实在不想再在公交上晃荡哪怕一分钟。

我并不愿意就这么直接出现在霍比门口——那样做会让我很不舒服，因为我们已经有一段时间没联系了。不是他的错，是我的错。不知道从什么时候起，我不再给他回信。一方面，这是信件来往的自然发展；另一方面，鲍里斯随意的猜测（“老同性恋？”）让我下意识地疏远了他，他的最后两三封信我都没回。

我觉得很羞愧，很难为情。车程不远，但我还是在后座上睡着了。司机停车，说：“是这儿吗？”我一下子惊醒过来，在原地呆坐了片刻，努力回忆自己现在在哪儿。

出租车开走了。商店关着门，里面黑灯瞎火，仿佛自从我离开纽约后这里就没开过灯，窗户上积满尘土。我向内张望，看见有些家具上盖着被单。一切都没怎么变，只是所有旧书和小古董——大理石鹦鹉、方尖石塔——上面都多了一层灰。

我的心沉下去。我在街上站了两分钟，终于鼓起勇气，按了门铃。然后我侧耳听着远处的门铃回音，感觉站了好几个世纪，实际也许根本没过多久。就在我开始觉得没人在里面时（我该怎么办？坐车回时代广场，找家便宜的旅馆，还是去找专门管离家出走儿童的警察？），门一下子打开了。出现在我面前的人不是霍比，而是一个和我年龄相仿的女孩。

是她——皮帕。她和以前一样身材瘦小（我已经比她高了很多），但比上次见面时显得健康多了：脸颊饱满，上面好多雀斑；头发也不一样了，长成了和以前截然不同的颜色和质感，不再是金红色了，而是一种更深的铁锈色，和她姑妈玛格丽特一样有点四处乱翘。她穿得像个男孩，脚上只蹬着袜子，腿上一条旧灯芯绒长裤，身上的毛衣显得太大，头上绑了块老祖母式的粉橙条纹头巾。她礼貌而沉默地皱起眉头，金棕色的眼睛茫然地看着我：陌生人。“有什么可以帮你的吗？”她说。

她忘了我。我失望地想。我怎么能期待她还记得呢？已经很久了，我的样子也完全变了。这感觉就像重新见到一个我以为已经去世的人。

她后面传来噔噔噔的下楼声。霍比穿着沾满颜料的棉布裤和袖子卷到肘部的羊毛衣，走过来站到她身后。我的第一个念头是，他剪头发了。他的头发短了很多，比我印象里也白了不少。他的表情稍微有点不耐烦。我意识到他也没认出我，整颗心沉了下去。但他随即退后一步，说了句：“我的老天。”

“是我，”我飞快地说，生怕他会关上门，“西奥多·德克尔。还记得吗？”

皮帕猛然抬头看他——她显然记得我的名字，但没有认出我这个人。出乎我的意料，他们都露出惊喜的表情，我忍不住哭了出来。

“西奥。”他给了我一个充满爱意的有力拥抱，动作激烈得让我哭得更厉害了。他的手又搭到我的肩上，沉甸甸的，代表着安全与权威，让我安心。他领我进了门，屋子里面满是我曾经梦到的昏暗灯光和浓厚的木头气味。我们上了楼，进了我好久不见的客厅，天鹅绒、茶缸和青铜家具全都没变。“真高兴再见到你。”

他说，然后是“你好像累坏了！”“你什么时候回来的？”“你饿吗？”“老天，你长大了！”“你的头发！好像丛林男孩莫格里！”然后他担忧起来，“你觉得这儿憋闷吗？我要不要开窗户？”然后波帕从袋子里探出头，“哈！这是谁？”

皮帕大笑着举起波帕，把它抱在怀里。我因发烧而头重脚轻，感觉自己整个人红润发光，仿佛电暖炉里的发热片。一切都太熟悉了，我连哭都没觉得难为情，只觉得回到这儿后释然而放松，心里情感满溢，阵阵发疼。

厨房里还有些蘑菇汤。我不饿，但我冷得要命，而汤是热的。我一边吃（皮帕盘腿坐在地上和卡扣玩着，冲它晃着头巾上的绒球。波帕—皮帕，我以前怎么没注意过这两个名字如此相似？），一边断断续续地讲我父亲的死，和其他已经发生的一切。霍比交叠胳膊听着，表情非常担忧，眉头皱得越来越深。

“你得给她打个电话，”他说，“你父亲的妻子。”

“可她不是他妻子！只是他女朋友！她根本不在乎我。”

他坚决地摇摇头。“这无所谓。你得给她打电话，告诉她你平安无事。不，你一定得打。”他的声音盖过我的抗议声，“没有什么可是。马上就打。现在。皮帕——”厨房里有个老式挂墙电话，“咱们先出去，让他自己待一会儿。”

赞卓拉大概是这个世界上我最不愿意交谈的对象，何况我还翻过她的卧室，偷走了她的小费。但能回到这里让我太安心了，不管他说什么我都会做。我拨了号码，对自己说她恐怕不会接的（一直有好多律师和追债的人给我们打电话，她从来不接不认识的号码）。但铃声刚响一次她就接了，吓了我一跳。

“你没把门关好。”她立刻就用指责的语气说。

“什么？”

“你把狗放出去了。它跑了——我找不着它。说不定它已经被车撞死了。”

“不。”我凝望着围着砖墙的黑暗后院。外面下着雨，雨点使劲打在窗玻璃上，这还是我两年来第一次见到真正的雨。“它在我这儿。”

“哦。”她似乎如释重负。然后她的语气更尖锐了：“你在哪儿呢？和鲍里斯在一起吗？”

“没有。”

“我问过他了——他的脑子好像不正常了。他不肯告诉我你在哪儿。我知道他知道。”那边时间还早，但她的声音已经相当沙哑，仿佛一直在喝酒，或者一直在哭。“我应该叫警察抓你的，西奥。我知道是你们把我的钱和那些东西都偷走了。”

“嗯，好像你没偷我妈妈的耳环似的。”

“什么——”

“那对翡翠耳环。它们是我外婆的。”

“我没偷，”她生气了，“你怎么敢这么说话。是拉里给我的，他送给我——”

“是啊。是他从我母亲手里偷走的。”

“嗯，抱歉，你妈妈已经死了。”

“对，但他偷走时她还活着。大概是她死前一年的事。她给保险公司打了电话，”我高声压过她的声音，“还报警写了失物报告。”我不知道有没有失物报告，反正都一样。

“嗯，你大概从来没听说过婚姻财产这个词。”

“是啊。我看你也从来没听说过家族遗产这个词。你和爸爸没结婚。他没有权利把耳环送给你。”

一阵沉默。我听见她的打火机响了一声，她随即疲惫地吸了口烟。“听着，孩子。能让我说句话吗？不是钱的事，真的。也不是药的事。不过，我跟你说，我像你这么大时可没吸过这些东西。你觉得自己很聪明，我也觉得你挺聪明的，但你这么走下去可不得了，你和那个家伙。是啊，是啊，”她说，压过我的声音，“我也很喜欢他，但他浑身都是麻烦，那孩子。”

“你当然什么都知道了。”

她冷冷地笑了一声。“哈，孩子，你猜怎么着？我也那样玩过几次——我确实知道。他到了十八岁就会进监狱，那家伙，而你一直跟他这么混，也会跟着一起进去。但我不是在责备你，”她又提高声音，“我爱你爸爸，虽然他这个人不值几个钱，听他告诉我的那些事，你母亲也不值几个钱。”

“行了。够了。去你妈的，”我气得浑身发抖，“我挂了。”

“不，等一下。等等。抱歉。我不该这么说你母亲。我不是那个意思。拜托了。你能等一下再挂吗？”

“我等着呢。”

“首先，你如果想知道的话——我已经把你爸爸的遗体安排火化了。可以吧？”

“随你便。”

“你从来都不觉得他有什么用，是吧？”

“没别的事了吗？”

“还有一件。说实话，我不在乎你在哪儿。但你得给我留个联系地址。”

“这又是为什么？”

“所以你别装得好像什么都懂。你的学校之类的地方总会打电话过来——”

“我觉得不会。”

“——那我总得有个，怎么说呢，有个解释，说你去了哪儿。除非你想让警察把你关到牛奶桶旁边什么的。”

“我觉得这不太可能。”

“不太可能，”她重复，拉长声音模仿我的腔调，“嗯，也许吧。但你还是给我留个地址，咱俩就万事大吉。我说，”她见我不回答，又说，“我说实话，你在哪儿都跟我无关。但是万一出点什么问题，需要跟你联系，我可不想一个人在这儿顶包。”

“纽约有个律师。他的名字叫布雷斯哥德尔。乔治·布雷斯哥德尔。”

“你有他的电话吗？”

“你自己查。”我说。皮帕进屋来给狗倒水喝。我不想看她的脸，尴尬地转过身对着墙面。

“布雷斯哥德尔？”赞卓拉说，“是这么念吗？这叫什么名字？”

“听着，你肯定有办法找到他。”

一阵沉默。然后赞卓拉说：“你知道吗？”

“什么？”

“死的可是你爸爸。你亲爹。你表现得就像，怎么说呢，我想说好像死的只是条狗，连狗都不如。如果狗被车撞死了，你一定会伤心的，至少我是这么觉得的。”

“我对他的关心程度和他对我的关心程度差不多。”

“嗯，我这么跟你说吧。你和你爸爸像得要命，比你以为的要像得多。你一定是他的儿子，一直像到骨子里。”

我内心充满蔑视，沉默了片刻后，我说：“哈，放你的狗屁。”我觉得以这句话结尾再合适不过了。可是我挂上电话后，她的最后一句话一直在我耳中回荡。我坐在温暖的浴室里打着喷嚏，发着抖，之后是一阵灯光明亮的模糊记忆（吃下霍比递来的阿司匹林，跟着他穿过客厅，走进有些发霉的客房。）“你累坏了吧，箱子里还有毯子，不，别说话了，好好睡吧。”我把脸埋进气味陌生的厚枕头里，她的话仍然挥之不去。那不是真的——她说的关于我母亲的话也不是真的。记忆中她干哑的嗓音让我觉得自己浑身肮脏。去她妈的，我睡意蒙眬地想。别再想了。她远在几百万英里之外。但我虽然累得快死了，虽然身下摇摇晃晃的黄铜床又是我睡过的最舒服的床，她的话还是如丑恶的丝线般贯穿了我整夜的梦。

第三部

我们习惯了在他人面前伪装，
久而久之，连自己也骗过了。

——弗朗索瓦·德·拉罗什富科

第七章

店中店

1

我在垃圾车叮叮咣咣的声音中醒来，感觉好像空降到了另一个宇宙。嗓子很痛。我一动不动地躺在羽绒被下面，呼吸着干花和火炉暗沉的香气，远处隐约传来松节油、树脂和清漆持久的刺鼻气味。

我在那儿躺了一会儿。以前蜷在我脚边的波帕不见踪影。我是穿着自己的衣服睡着的，脏得要命。最后，我被一阵想要打喷嚏的冲动驱使，坐了起来，把毛衣套到衬衫外面，在床下摸索了片刻，确定枕套包裹还在原地，踏着冰冷的地板去了洗手间。我的头发打成了结，我怎么使劲也没法将其梳通，把头发浇湿了，也还有一把顽固地不肯动。最后我放弃了，从抽屉里找了把生锈的指甲钳，费劲地剪掉了那缕头发。

老天，我心想，从镜子前转开脸去打喷嚏。我已经有一阵子没照过镜子了，现在几乎都认不出自己：下巴上的淤青，零星分布的青春痘，因为感冒而发红肿胀的脸——眼睛也肿了，眼皮厚重，睡意深沉，显得愚蠢又狡诈，仿佛从来没念过书。我看起来像是某个邪教组织偷偷养大的孩子，被本地执法部门从储满武器和奶粉的地下室救了出来，不知所措地眨着眼睛。

时间已经是上午九点。我走出房间，听见纽约公共电台在放古典乐，主播梦幻的声音很熟悉，他介绍着科柯尔的作品，声音里带着一种嗑药般的宁静，温暖而满足。我住在萨顿街的公寓中时，曾有无数个早晨都是听着这样的公共电台醒过来的。我走到厨房，发现霍比拿着本书坐在桌边。

但他没在读书，只是呆呆地望着房间对面。我的出现让他一下子回过神。

“哦，你起来了。”他说，站起身胡乱拨开一堆信件账单，让我有地方坐下。他穿着在工房干活时的衣服：膝盖磨损的灯芯绒长裤，灰棕色的旧毛衣到处都开了线，尽是蛀虫咬的洞。他的发际线向后退了一些，新剪短的头发露出太阳穴，给他整个人增添了一股肃穆感。“感觉如何了？”

“还好，谢了。”我的声音相当嘶哑。

他的眉毛又垂下来，看我的目光相当认真。“老天啊！”他说，“你今天早上的声音听起来像乌鸦发出来的。”

这是什么意思？我难为情地坐进他清出的椅子里，尴尬得不敢看他，就望着他面前的书。很旧的皮革封面上写着《某某某公爵的生活与信件》，一看就知道是在某处待出售房产发现的旧书。住在波基普西的哪位老太太髋骨断了，膝下无子，真可怜。他遇到的都是诸如此类的事。

他倒着茶，往我面前摆了个盘子。我为了掩盖尴尬，低下头吃了口烤面包，差点噎到。嗓子太干了，咽不下去。我立刻伸手去够茶杯，结果动作太猛，将茶泼在桌布上，然后手忙脚乱地堵着四下横流的茶水。

“不——不，没关系——来——”

我的餐巾全湿了。我不知道该拿它怎么办，最后在困惑中将它扔到烤面包上。我推开眼镜，揉了揉眼睛。“对不起。”我脱口而出。

“对不起？”他看着我，仿佛我在问路，而他也不知道该怎么走，“哦，你别——”

“请别赶我走。”

“什么？赶你走？去哪儿？”他往下推了推半月形的眼镜，目光越过镜片看着我。“别傻了，”他用略带不耐烦的调皮声音说，“我要赶也是赶你回床上。听你的声音，你简直像是得了黑死病。”

但他的态度并没能让我感到安心。我难为情得不知如何是好，又不想再哭出来，就使劲盯着火炉边被人遗忘的角落。科斯莫睡觉的篮子以前就摆在那儿。

“啊，”霍比见我盯着空荡荡的角落看，说，“是啊。就是这么回事。聋得跟条鳕鱼似的，一周能中风三四次，但我们还是觉得它能永远活下去。我哭得跟个婴儿似的。真没想到，韦尔蒂会比科斯莫早死——韦尔蒂可是有半辈子时间花在送那条狗去看兽医上了——听着，”他换了语气，向前俯过身，想要和我对视，而我仍然不知道该说什么，觉得悲伤极了。“好了。我知道你经历了很多事，但没必要现在就考虑太多。你看起来很不安——嗯，嗯，就是这样，”他语调轻快，“看起来不安极了，而且——老天保佑！”我有点畏缩，“过得很辛苦吧，肯定的。别慌张——一切都会好的。回床上去吧，再睡会儿，我们回头再慢慢聊。”

“我知道，可是——”我转过头，忍住一个喷嚏，“我无处可去。”

他向后靠到椅子上：动作谨慎，礼节周到，身上有种老式的东西。“西奥——”他用手指轻拍着一下嘴唇，“你多大了？”

“十五岁。十五岁半。”

“那——”他似乎在考虑该怎么问，“你爷爷那边呢？”

“哦。”我沉默了片刻后无助地说。

“你联系过他吗？他知道你无处可去吗？”

“哈，操。”我不由自主地说出脏话，霍比抬起一只手让我冷静。“你不明白。我是说——我不知道他是得了老年健忘症还是怎么样，但他们给他打电话时，他都没说要跟我说话。”

“所以——”霍比伸手重重地托住下巴，像老师般怀疑地看着我，“你没和他说话。”

“是的——我是没说过——有位女士，她过来帮忙——”赞卓拉的朋友丽莎热心地跟在我后面，声音温和但越来越急切地问我，有没有要通知的“家人”。然后她去墙角，打了我给她的号码。她挂掉电话时的表情让赞卓拉发出了当晚唯一的一次笑声。

“有位女士？”霍比打破沉默，仿佛在对一个精神病人说话。

“哦。我是说——”我伸手抹了把脸。厨房里的颜色太亮了，我觉得头重脚轻，无法自控。“多萝西好像接了电话，丽莎说她只说了句‘哦，你等着’——连句‘哦不！’或者‘怎么回事？’或者‘太可怕了！’都没有，就只是‘你等着，我去叫他’，然后我爷爷接了，丽莎跟他说了车祸的事，他就那么听着，然后说哦，很遗憾听到这个消息，但用的是那种语气，丽莎说。没有‘我能帮上什么忙吗’或者‘葬礼在什么时候举行’之类的。就只是，谢谢你告诉我，多谢了，再见。我是说——我就知道会这样，”霍比没回答，我紧张地继续说，“因为，毕竟，他们都不喜欢爸爸——真的不喜欢他——多萝西是他的后妈，他们从认识第一天开始就互相讨厌，但他和德克尔爷爷也从来都不对付——”

“好，好。别着急——”

“——而且，据说爸爸小时候惹上过什么麻烦，被抓起来了，但我不知道具体是什么事。这也许是他们自我记事起就从来都不想跟他扯上关系，也不想跟我扯上关系的原因之一吧，但我不知道他们这两个老人究竟为什么会这样。”

“冷静点！我没想——”

“——我发誓，我根本就没见过他们几次，根本也不认识他们，他们没必要讨厌我。我爷爷不是个好人，他一直虐待爸爸——”

“嘘——别说了！我没想给你这么大压力，我只是想知道——好了，听着，”他说，但我努力盖过他的声音，词句从口中飞舞而出，仿佛是只他想赶走的苍蝇。

“我妈妈的律师在这儿。在城里。你能和我一起去见他吗？不，”我困惑地说，他拧起了眉，“不是帮人打官司的律师，好像是管钱的？我离开维加斯之前好像给他打过电话。”

“好好，”皮帕笑着进门来，脸颊冻得红扑扑的，“这只狗怎么回事？它从来没见过汽车吗？”

亮红色的头发，绿色的羊毛帽。在明亮的白天见到她，那惊喜感就像被仰面泼了盆凉水。她走路时稍微有点瘸，大概是事故留下的后遗症，但那动作里有种蟋蟀般的轻盈，仿佛舞步前优雅的准备动作。她裹了好多层衣物，看起来像个有脚的五彩虫茧。

“它号叫得像只猫。”她说，从图案各异的围巾里解下一条。卡扣叼着狗链，在她脚边转来转去。“它一直都叫得这么奇怪吗？如果旁边过去一辆出租车——呼！扑出去了！我像放风筝似的拉着它！旁边的人笑得头都快掉了。对——”她弯腰对着狗说话，用指节抚摸它的头顶，“就是你，你该洗个澡了，是不是？它是马尔济斯犬吗？”她说，抬头望着我。

我使劲点头，用手背堵着嘴，想要忍住又一声喷嚏。

“我喜欢狗。”她光注视着我就让我忘乎所以，我几乎没听清她在说什么，“我有本介绍狗的书，我把里面所有品种都背下来了。如果要养大狗，我就养只纽芬兰犬，像《彼得·潘》里的娜娜。如果养小狗的话——嗯，我经常改主意。我喜欢所有的小狗，特别是杰克·拉西尔梗，它们在街上特别可爱，对人又友好。不过我也认识一条很不错的巴仙吉犬。之前还遇到过一条特别棒的狮子狗，特别特别小，特别聪明。在中国，只有皇家成员才能养。是个历史非常古老的品种。”

“马尔济斯的历史也很古老。”我哑着嗓子说，很高兴能有可分享的趣闻，“可以追溯到古希腊。”

“所以你挑了一条马尔济斯吗？因为历史悠久？”

“呃——”我憋住一声咳嗽。

她又说了句什么——对狗，不是对我，我忍不住连续打起喷嚏。霍比立刻抓起手边的餐巾递给我。

“好了，到此为止，”他说，“回床上去。不，不，”我想把餐巾还给他，“你拿着吧。告诉我——”他瞥着我还满着的餐盘，洒了一桌的茶和湿掉的烤面包，“早餐想吃点什么？”

我停不下喷嚏，就以从鲍里斯那里学来的俄国方式简单耸了一下肩：什么都行。

“好吧，你如果不介意，我给你煮点燕麦吃。不刺激嗓子。你还有干净袜子吗？”

“呃——”她忙着逗狗，芥末黄色的外套和秋叶般的头发相互辉映，身上的颜色与厨房明亮的色彩融为一体：带条纹的苹果在黄色的碗里闪闪发亮，霍比用来插画笔的咖啡罐上泛着明快的银色。

“睡衣呢？”霍比说，“没有吗？我去翻翻韦尔蒂的衣服。你把这身换下来，我去洗。好了，你走吧，”他说，毫无预兆地伸手拍我的肩膀，我惊跳起来。

“我——”

“你留在这儿没关系。想待多久就待多久。别担心，我会陪你去见律师，一切都会好的。”

2

我颤抖着蹒跚穿过黑暗的客厅，钻进沉重冰冷的被窝。房间闻起来很潮湿，但周围有很多有趣的东西可看：一对人面狮身像陶俑，维多利亚时代珠艺品的照片，还有个水晶球。深棕色的墙面干燥得像可可粉，我仿佛透过它听到了霍比和韦尔蒂的声音。友好的棕色让我从外一直暖到心里，对我播放着柔和而老派的交谈声。我被裹在高烧的梦境中，他们的存在让我觉得坚实而安心。皮帕的存在仿佛一片不断变换形状的彩色云朵，我感情复杂地想着紫色的落叶、黑暗中四溅的火花，还有我的画。它摆在这样昏暗吸光的丰富背景上，看起来会是什么样？黄色的羽毛。那一抹深红。明亮的黑眼睛。

我猛然惊醒，在恐惧中挥舞着双手，梦见坐公交时有人把画从我包里拿了出去。皮帕正在床脚抱起睡熟的狗，她的头发比房间里的一切都要明亮。

“抱歉，它得出去活动活动，”她说，“别冲着我打喷嚏。”

我用肘部撑着身体坐起来。“抱歉，你好，”我呆呆地说，抬手抹了一下脸，又说，“我觉得好多了。”

她灵动的金棕色眼睛扫过整个房间。“你觉得无聊吗？要不要我给你拿点彩色铅笔？”

“彩色铅笔？”我困惑不已，“为什么？”

“嗯，拿来画画——”

“呃——”

“无所谓，”她说，“你直接说不要就行。”

她迈着轻快的步子走了，卡扣紧跟在她身后，只留下一阵肉桂口香糖的香味。我把脸埋进枕头里，愚蠢得无地自容。我宁可死也不会说出嗑药的事，但我担心之前那些药物已经弄坏了我的大脑和神经系统，甚至在我毫无察觉时无法弥补地毁掉了我的灵魂。

我躺在床上满心担忧。手机突然响了：“猜我在哪儿？美高梅的泳池！！！”

我眨了眨眼。“鲍里斯？”我回了过去。

“对，是我！”

他去那儿干吗？“你还好吗？”我回复。

“当然，你肯定困死了！我们之前一直在吸那些粉，哦，老天！”

紧随其后又是一条：

“特别棒。狂欢狂欢。你呢？住地下通道呢？”

“纽约城，”我回复，“生病卧床。你为什么去了美高梅？”

“和考特库、安珀他们一起！！！”

又过了一秒：“知道‘白俄’这种饮料吗？好喝，名字不怎么样。”

有人敲门。“你还好吗？”霍比探进头，“要我给你拿点什么过来吗？”

我把手机推到一边。“不用，谢谢。”

“嗯，你饿了就告诉我。有好多吃的，冰箱都塞满了，我差点连冰箱门都合不上。我们在感恩节会请人过来吃饭——那是什么声音？”他环顾四周。

“我的手机。”鲍里斯又发了一条：“你不知道我之前几天过得多棒！！！”

“哦，那我就不打扰你了。有什么需要就叫我。”

他走后，我转身对着墙，打字回复：“美高梅？和考特库、毕尔曼在一起？！”

他几乎立刻就回了：“对！还有安珀 & 咪咪 & 杰西卡 & 考特库的姐姐乔丹，她上大学了：-D”

“什么？？？”

“你走的真不是时候！！！ ：-D”

我没来得及回复，他又紧跟了一条：“我走了，安珀要用手机。”

“回头给我打电话。”我回复。但他没再回我。我再次听说鲍里斯的消息，已经是很久很久以后了。

3

在接下来的两三天里，我穿着韦尔蒂柔软过头的旧睡衣，在床上翻来覆去，因发烧而神志不清，意识混乱，重复做着噩梦：我在客运总站四处逃窜，穿过人群，窜进滴着油腻污水的隧道；要不就是坐在拉斯维加斯的大猫公交上，穿过风声呼啸的工业园区，棕色的沙子拍打着车窗，身上没有买票的钱。时间在我身下呼啸而过，像是公路上结的冰，偶尔轮胎会猛然卡住，将我扔回现实中来：霍比给我送来阿司匹林和加冰的姜汁啤酒，洗过澡、蓬松雪白的卡扣跳上床，在我脚上走来走去。

“喂，”皮帕说，走到床边戳了戳我，让我腾出地方给她坐，“过去点。”

我坐起身，摸索着眼镜。我刚才梦见我把那幅画拿出来看了。我忍不住紧张地回头张望，想知道睡觉前有没有把它收好。

“怎么了？”

我逼自己看着她的脸。“没事。”我之前往床下爬了好几次，就为把手放在枕套上，确定它在那里。此刻我不禁担心是不是没放好，它有没有从床底下冒出来。“别往底下看，”我告诉自己，“好好看着她。”

“喏，”皮帕说，“我给你做了个小玩意儿。把手伸出来。”

“哇，”我说，盯着手心里支楞八翘的黄绿色折纸，“谢了。”

“看得出来是什么吗？”

“呃——”鹿？乌鸦？羚羊？我有点慌张地抬头看她。

“放弃啦？是青蛙！看不出来吗？喏，把它放到床头柜上。这么按它它就会往前跳，看到了吗？”

我笨拙地按着青蛙，感觉到她凝视着我——她眼睛里有种光芒，有种野性，有种小猫般天真无邪的力量。

“能给我看看吗？”她抓起我的 iPod，查看里面的歌单。“嗯，”她说，“不错嘛！磁场，迷星，妮可，涅槃，奥斯卡·彼得森。没有古典乐？”

“呃，有一些。”我有些尴尬。除了涅槃乐队，她说的都是我母亲听的。就连涅槃的某些歌其实也是妈妈选的。

“我给你烧几张 CD 吧。不过我把电脑忘在学校了。要不然给你发邮件好了——最近我在听阿沃·帕特，别问我为什么。我只能用耳机听，室友都说受不了。”

我虽然害怕被她发现，仍然直直地盯着她看，无法移开目光。我看着她低着头研究我的 iPod，耳朵和玫瑰一样红，火红色的头发隐约浮现出伤疤。侧面望去，她低垂的眼睛长而困倦，温柔得让我想起北欧经典画集里的天使和听差男孩，我曾从图书馆反复借阅那本书。

“嘿——”话语在我嘴边干涸。

“嗯？”

“嗯——”为什么和从前的感觉不一样了？我怎么想不出要说的话？

“哦——”她抬眼看我，大笑起来，笑得说不出话。

“怎么了？”

“你干吗要那样看着我？”

“哪样？”我警觉起来。

“就是——”她冲我做了个睁大眼睛的鬼脸，我不知道该如何理解。要窒息了？蒙古人？鱼？

“别生气。你显得好认真。就是——”她低头望向iPod，又笑了起来，“哦，”她说，“肖斯塔科维奇，好激烈。”

她还记得多少？我满心尴尬，但又无法自抑地看着她。这不是什么能随便问出来的话，但我还是想知道。她也会做噩梦吗？也会害怕人群吗？会一身冷汗、陷入恐慌吗？她会不会像我一样，经常灵魂出窍般地在一旁观察自己？仿佛那场爆炸将我的身体和灵魂一分为二，永远保持着六尺长的距离。她的笑声里有股不顾一切的莽撞感，我在与鲍里斯共度的那些狂野夜晚已经熟悉这种笑声。除此之外，她的声音里还有种眩晕感和歇斯底里，我一直把这种声音当成与死亡擦肩而过的后遗症（至少在我身上是这样）。在沙漠度过的某些晚上，我笑得开始恶心，抽搐着蜷起身体，一连胃痛好几个小时。为了让那种大笑停下，我宁可跑到马路上一头撞死。

4

周一早上，虽然我的身体还没恢复，我还是从疼痛和晕眩的迷雾中爬起身来，走到厨房里给布雷斯哥德尔先生的办公室打了电话。但接电话的秘书（她先让我稍等，然后又马上回来接了）说布雷斯哥德尔先生现在不在，不，她没有可以直接联系他的号码，不，她也不知道他什么时候回来。还有什么事吗？

“嗯——”我把霍比的电话留给了她。我挂上电话后，正后悔没直接跟她约个见面时间，电话就响了。

“你从纽约打电话的啊？”沉厚睿智的声音说。

“我离开了，”我笨拙地说，感冒让我声音厚重，听起来傻傻的，“我在城里。”

“嗯，我猜到了，”他的声音友好但平淡，“能帮上你什么吗？”

我把父亲的事告诉了他，他深吸一口气。“嗯，”他谨慎地说，“很遗憾听到这个消息。这是什么时候的事？”

“上周。”

他听我讲了一遍，中途没有打断我。在我讲述的五分钟里，我听见他至少推掉了两通来电。“哎呀。”我说完后，他说，“没想到会出这么多事，西奥多。”

哎呀。如果换个场合，我可能会笑起来。他无疑是个我母亲熟悉并欣赏的人。

“你过得一定很辛苦，”他说，“当然了，我对你遭受的失去深感同情。太令人伤心了。不过说实话——我觉得现在告诉你也不要紧——他冒出来时，我们都不知道该怎么办。你母亲当然说过一些事——就连萨曼莎也表示过担忧。嗯，你也知道，情况挺难办的。但恐怕没人预料到会变成这样。恶棍拿着球棒找上门来。”

“呃——”“恶棍拿着球棒找上门来”，我本来没想告诉他这个细节，“他就只是拿着，也没打我什么的。”

“哎——”他笑了起来，轻松地打消了紧张气氛，“六万五千元听起来具体得过头了。我得说，我们之前通电话的时候，我有点越界了，但基于当时的情况，希望你能谅解。我只是觉得背后有鬼。”

“什么？”我有些虚脱地顿了顿后问。

“在电话上。那笔钱。你可以取出来的，从五二九计划的账户上。税务罚款很严重，但确实能取。”

能取？我可以拿到那笔钱？一种截然不同的未来在我脑中闪过：西尔弗先生拿了钱，爸爸穿着浴袍用黑莓看比赛结果，我上着普里谢斯卡娅的课，鲍里斯就坐在过道另一侧。

“不过账户里没有那么多钱，”布雷斯哥德尔先生说，“而且都存起来了，一直在涨！但现在情况变成这样，也不是不能拿出一部分给你用，但你母亲一直很坚持不动这笔钱，自己在经济困难时也没碰过。她最不希望的就是你爸爸拿到这笔钱。哦，对了，这话我只能私下说，我觉得你能自己回来是非常明智的选择。抱歉——”他低声说，“我十一点有个会，得走了——你现在是住在萨曼莎家？”

这个问题让我心里一惊。“不，”我说，“我住在西区的朋友家。”

“哦，很好。只要你过得舒服就行。总之，我真的得走了。你回头来我办公室再谈吧？我把电话转回给帕茜，她会帮你预约的。”

“好，”我说，“谢谢你。”挂上电话后，我浑身虚脱，仿佛有人把手伸进我的胸口，从心脏周围扯出一大块湿乎乎的恶心人的东西。

“没事吧？”霍比说。他正路过厨房，看见我的表情后便站住了。

“嗯。”从客厅回房间的路相当漫长。我关上门爬回床上，随即哭了起来，脸埋在枕头里，发出难听的干涩喘息。卡扣扒着我的衬衫，在我脖子后面紧张地嗅来嗅去。

5

之前，我感觉身体好些了，但不知怎么的，电话里的消息又让我的病情加重了。当天下午，我又烧得昏昏沉沉，满心想的都是爸爸：我得给他打个电话，我心想，一边想要爬起来，一边逐渐昏睡过去。他的死亡仿佛不是真的，只是一场排练，一场实验，真正的（永久性的）死亡还没来临，还有时间阻止，只要我能找到他，只要他接了电话，只要赞卓拉能在酒吧联系上他。我得找到他，我得告诉他。天黑后，我时睡时醒，陷入不安的梦境：爸爸使劲骂我，我把定机票的事儿搞砸了。与此同时，我感觉到走廊里亮起了灯，一个小小的背光身影出现在门口——是皮帕。她蹒跚着往房间里迈了一步，后面有人在背后推她，然后她怀疑地转头看着后面，说："我该叫醒他吗？"

"等等。"我对她说，也是对爸爸说。爸爸迅速跌入一片黑暗，隐入一道高高拱门之后激动的体育场人群。我戴上眼镜，发现皮帕穿着大衣，好像要出门。

"抱歉。"我说，抬手挡着眼睛，在明亮的灯光下茫然失措。

"不，抱歉的是我。我只是——是说——"她撩开脸上的头发，"我要走了，想跟你说声再见。"

"再见？"

"哦。"她浅淡的眉毛蹙到一起。她望向先前站在身后门口的霍比（但他已经不见了），又望向我。"对。嗯，"她的声音略带恐慌，"我要回去了。今晚就走。总之，见到你很高兴。希望你一切顺利。"

"今晚就走？"

"嗯，我要去机场。她送我去读了寄宿学校，"她说，我仍然瞪大眼睛望着她，"我是回来过感恩节的。来看医生。记得吗？"

"哦，嗯。"我使劲盯着她，暗自希望这只是场梦。我好像听说过寄宿学校的事，我还以为那也是梦。

"是啊——"她也显得不太自在，"可惜你来得有点晚，我们过得可开心了。霍比做了一大桌菜——我们请了好多人过来。不过能来就已经很不错了——卡门青德医生给我开了假条。我们学校感恩节不放假。"

"那他们怎么过？"

"他们不过节。呃——他们好像会给过节的人烤火鸡什么的。"

“这是什么学校？”

她告诉了我，嘴角带着半是自嘲的微笑。我震惊不已。海费利山学校在瑞士，据安迪说质量很差，只有最笨、精神最不稳定的女生才会去。

“海费利山？真的？我听说那儿都是——”精神病人这个词太过了，“哇。”

“嗯。玛格丽特姑妈说我会习惯的。”她摆弄着床头柜上的青蛙折纸，想让它跳起来，但它只是歪向一边。“那儿的风景很像瑞士凯兰帝礼品钢笔盒上的那座山。山顶上都是雪，花瓣上好多露珠。除此之外，就像一部无聊的欧洲恐怖电影，一天到晚无所事事。”

“可是——”我觉得我一定是听漏了什么，要不就是还在梦中。我只知道一个去上海费利山的人，那就是詹姆斯·维利尔的姐姐多伊特·维利尔。据说她被送到那儿去，是因为她用小刀捅伤了男友的手。

“嗯，那是个奇怪的地方，”她说，目光无聊地巡视房间，“给疯子上的学校。但因为我的头受了伤，没有太多地方可去。他们有个附属医院。”她耸耸肩，“学校好多职员都是医生。比你想象得更严。我是说，我受伤以后是有些问题，但我又没疯，也不是惯偷什么的。”

“嗯，可是——”我还在努力抹去脑海中的恐怖电影画面，“瑞士？很冷吧。”

“可以这么说。”

“我认识一个女生，莱利·福克，她去了萝实学院。她说每天早上都有茶歇，喝热巧克力。”

“嗯，我们面包上连果酱都没有，”在黑色外套的映衬下，她的手显得特别苍白，上面的雀斑十分突出，“只有得了饮食不调的女生才有。如果想在茶里放糖，只能从护士站偷糖包。”

“呃——”听起来越来越糟糕了，“你认识一个叫多利特·维利尔的女生吗？”

“不认识。她以前在，后来被送到别的地方去了。她好像想挠谁的脸来着。他们把她锁起来关了一阵子。”

“什么？”

“他们不是这么说的，”她说，揉了揉鼻子，“那儿有个农场房子似的楼，大家都叫它农庄——你知道，管住在里面的人叫挤奶工，装修成田园风格。比宿舍楼还舒服呢。但那儿的门上装了警报，还有守卫什么的。”

“呃，我想——”我回忆起多利特·维利尔：蓬松的金发，茫然的蓝眼睛，像是圣诞树下摆的娃娃。我不知道该说什么。

“真正疯狂的女生才会住到那儿去。农庄。我住在比索内，和一群说法语的女生一起。本来是为了让我学法语，但结果没人跟我说话。”

“你应该告诉她，你不喜欢那儿！告诉你姑妈。”

她做了个鬼脸。“我说了。然后她就开始说那地方有多贵。还说我伤害了她的感情。总之——”她用“我得走了”的声音不自在地说，回头张望。

“哈。”我在晕眩中顿了顿，最后说。不论日夜，我在幻觉中总会感受到她的存在，听到她的声音和脚步身上就会涌上一股幸福的能量。我们可以用毯子搭个帐篷，她会在溜冰场等我，等我好了我们有那么多事可做，这让我兴奋得满心明亮。在幻觉中，我们也确实一起做了好多事，比如听着广播里的《美女与野兽》，用彩虹糖编项链，之后在华盛顿广场里并不存在的赌场大堂散步。

我意识到霍比安静地站在门外。“抱歉，”他说，瞥了手表一眼，“我不想催你——”

“当然，”她说，然后对我说，“再见了，希望你能好起来。”

“等等！”

“怎么？”她说，半回过身来。

“你在圣诞节还会回来吧？”

“不，我回玛格丽特姑妈那儿。”

“那你什么时候再回来？”

“嗯——”她耸了一下肩，“不知道。寒假吧，也许。”

“皮帕——”霍比说，但他其实是在对我说。

“嗯。”她说，撩开眼前的头发。

我躺在床上等着，一直等到听见前门关上的声音。然后我下了床，拉开窗帘，透过脏兮兮的窗户看着他们走下门前的台阶，皮帕裹着粉色的围巾、戴着帽子，轻快地走在一身西装的霍比身边。

他们拐弯消失后，我又站在窗前看了会儿空荡荡的街道。我头重脚轻，感到一阵被人遗弃般的寂寞，就走到她的卧室门前，忍不住把门推开一道缝。

房间里和两年前一样，只是更空荡了。《绿野仙踪》和《拯救西藏》的海报。轮椅没了。窗棱上积满白白的冰雹。房间里充满她的气味，因她的存在而温暖鲜活。我站在门口，沉浸在她的气息里，感到脸上露出快乐的笑容：她的童话书，香水瓶，装满闪亮发卡的小碟子，还有情人节的收藏品——纸蕾丝，丘比特和小鸽子，胸口捧着玫瑰花束的爱德华时代对偶。我光着脚，悄无声息地踮着脚尖走到梳妆台前，看着上面摆的银相框：韦尔蒂和科斯莫，韦尔蒂和皮帕，皮帕和她母亲(一样的头发，一样的眼睛)，旁边是年轻瘦削的霍比——

低低的咕哝声，就在房间里。我心虚地转过身——有人来了？不，只是卡扣，浑身洗得和棉花一样白，蜷在她散乱的靠枕中间，流着口水，发出无忧无虑的鼾声。虽然这样做有些可悲，仿佛小狗蜷在旧大衣里寻找安心感，我还是从她留下的物品里得到了慰藉。我爬到被窝里，靠着卡扣躺下来，傻傻地微笑着，闻着她被子的气味，感受着它盖在脸上丝滑的触感。

6

“哎呀哎呀，”布雷斯哥德尔先生说，依次与霍比和我握了手，“西奥多——我得说，你长得非常像你的母亲。真希望她能看见现在的你。”

我回视他的目光，努力不让自己显得太难为情。事实上，我虽然继承了母亲的直发和光影明显的肤色，但所有爱交谈的路人和咖啡馆里的女侍都会说我像父亲。我从来都没为此而高兴过，毕竟像的是我受不了的那一方。而现在他已经死了，在镜子里再看见那张阴沉酒驾的脸——年轻一些的版本——已经开始让我难受。

霍比和布雷斯哥德尔先生平和地聊着天。布雷斯哥德尔先生给霍比讲着他和我母亲初次认识的事，引起了霍比的回忆：“对！我记得，不到一小时就下了一尺！老天，我离开拍卖会时，一切都还正常，等我到了上城的帕克-勃内老拍卖行——”

“在麦迪逊大道上，嘉丽酒店对面？”

“对——回家的路可真是漫长。”

“你是做古董交易的？西奥说是在西村？”

我礼貌地坐着，听着他们的交谈：共同认识的朋友，画廊主和艺术品收藏家，雷克斯、伦贝里、福西特、沃格斯、米尔德伯格、德普等家族；消失的纽约地标，关闭的鲁提斯餐厅、卡拉维尔饭店、艺人咖啡馆。你母亲会怎么想，西奥多？她可喜欢艺人咖啡馆了。(我很好奇他是怎么知道的?)对于爸爸充满恶意说的关于母亲的那些话，我一秒钟也没有相信过，但布雷斯哥德尔先生确实比我想象中更了解母亲。他书架上法律以外的书似乎也在暗示他与母亲在一些话题上有过交流。艺术书籍：艾格尼·马丁，埃德温·迪金森。初版诗集：特德·贝里根，弗兰克·奥哈拉，《紧急中的沉思》。我记得她曾拿着一模一样的书回到家里，开心得脸色通红——我当时以为她是在思存二手书店找到的，因为我们没钱买这样的新书。我现在想起来了，她并没告诉过我书是从哪儿来的。

"嗯，西奥多。"布雷斯哥德尔先生说，我回过神来。他岁数很大了，但还拥有经常打网球的人那种晒黑的健康肤色，眼睛下的黑眼圈让他显得像只和蔼的熊猫。"你已经不小了，在这种情况下，法官会优先考虑你的意愿，"他说，"而且没人会来争夺你的抚养权——当然了，"他对霍比说，"对于接下来这段时间，我们可以申请临时抚养权，但我觉得没这个必要。现在的安排对未成年当事人而言显然是最好的——只要你觉得没问题。"

"我当然没问题，"霍比说，"只要他开心，我就开心。"

"你愿意担任西奥多的非正式成年监管人?"

"非正式，或者白纸黑字的正式，只要有需要，怎样都行。"

"还有上学的事要考虑。我们之前聊过寄宿学校，但现在看来还要多加考虑，是吧?"他说，注意到我震惊的表情，"让你刚来就走不太合适，而且学校也快放假了。我看不必急忙做出任何决定，"他瞥了霍比一眼，"要我说的话，你先旁听，过了这个学期我们再谈。当然了，你随时都可以给我打电话，不分日夜。"他在名片上写了个号码，"这是我家里的电话，这是我的手机——哎呀，哎呀，你咳嗽得可真厉害!"他抬头看了我一眼，"好像很严重，你有好好休息吧?这是我在布里奇汉普顿的电话。不管有什么事，只要有需要，你尽管给我打电话。"

我拼命忍住又一声咳嗽。"谢谢你——"

"这是你的希望，没错吧?"他认真地看着我，我感觉自己好像正站在证人席上，"之后几周都住在霍巴特先生家里。"

我不喜欢"之后几周"这个说法。"对，"我用拳头捂着嘴，"可是——"

"寄宿学校，"他交叠双手，靠到椅背上看着我，"长期来看，对你而言是最好的选择。老实说，根据现在的情况，我可以给巴克菲尔德学校的朋友萨姆·温格尔打个电话，马上就安排你过去。肯定可以安排的。那是所不错的学校。应该可以让你寄住在校长或某位老师家，不用住在宿舍，这样你就有家庭环境了，如果你愿意的话。”

他和霍比都鼓励地看着我。我低头盯着鞋，不想显得不知感恩，但还是暗自希望这些提议能永远消失。

“那好。”布雷斯哥德尔和霍比对视一眼——霍比的表情里似乎有一丝无奈和失望，是我看错了吗？“只要这是你的希望，而霍巴特先生也愿意负责，我想这个安排目前没什么大问题。但我希望你能好好考虑一下自己想去哪儿，西奥多，这样我们就能提前安排了，下个学期也好，暑期补习班也好。”

7

“临时抚养权”。在之后的几周里，我拼命认真学习，不去想“临时”是什么意思。我申请了市内一家学校的大学预科项目，因为万一霍比这边出了什么问题，我还可以避免被送到某个荒无人烟的地方去。每天，我从早到晚坐在房间里，就着一盏昏暗的灯。卡扣在我脚边的地毯上呼呼大睡，我做着模拟练习册，背着日期、公式、理论和拉丁语单词。我背了太多西班牙语的不规则动词，甚至梦到自己在浏览长长的变形表，绝望地想要把它们全都掌握。我制定这么高的目标，仿佛是在惩罚自己，是在以某种方式补偿母亲。我早已丢掉了做作业的习惯，在维加斯也没怎么好好学习过。而现在，光是要死记硬背的材料之多就让我觉得备受折磨，仿佛有强光打在脸上却说不出正确答案，如果不及格就会造成可怕的后果。我揉着眼睛，用冷水浴和冰咖啡保持清醒，不时提醒自己这样勤奋是件好事，虽然无休止的学习比嗑胶毒更像是种自我毁灭。我把自己逼得很紧，但到了某一点上，学习就像是另一种毒品，吸干了我的精力，让我无暇顾及周围的环境。

但我仍然感激这样的学习强度，因为这让我每天疲累不堪，无暇思考。之前折磨过我的羞耻感变得更吓人了，因为这次它并没有很清晰的根源。我不知道我为什么觉得自己如此污秽，毫无价值，连存在都像是种错误——但我就是这么觉得。我每次从书中抬起头，就会被这样无法自控的思绪淹过头顶。

一部分原因是那幅画。我知道留着它不会带来任何好处，但我也知道，我拿着它的时间已经太久，没法再告诉别人。向布雷斯哥德尔先生坦白完全是胡来。

我的处境已经岌岌可危，他一直说要把我送到寄宿学校去。我想到要向霍比坦白（我经常这样想）时，我想到了各种可能性，我觉得每种可能性发生的几率一样大。

我把画拿给霍比，他会说：“哦，没什么了不起。”然后他会想办法帮我解决（我觉得这部分有问题，特别是逻辑上），给他认识的人打电话，想出个好主意，知道该怎么做，并不在意，也不生气，然后一切就都没问题了？

或者：我把画拿给霍比，他报警了。

或者：我把画拿给霍比，他将其据为己有，然后说：“什么，你疯了吗？什么画？我不知道你在说什么。”

或者：我把画拿给霍比，他点着头，显得很同情我，告诉我这样做是正确的。但一等我走出房间，他就给自己的律师打电话，把我送到寄宿学校或少年所（在我的想象中，不管我提没提到这幅画，我的大部分结局都是如此）。

但父亲比那幅画更让我不安。我知道他的死不是我的错，但在骨子里，在毫无理智、无法改变的认知层次上，我知道那是我的错。因为在他最后绝望的时候，我冷冰冰地走开了。他撒的谎并不重要。也许他在死前知道了我有能力帮他还债——自从布雷斯哥德尔先生轻松地说出这个事实后，这个想法就一直沉甸甸地挂在我的心上。在桌灯后面的阴影里，霍比的狮身人面像陶俑用玻璃珠做的眼睛盯着我。他会不会觉得我是故意骗他的？觉得我想让他死？夜里，我梦见他在赌场停车场里被人追打，不止一次地惊醒过来，发现他就坐在床边静静地看着我，烟头在黑暗中一闪一闪。他们说你死了，我说出声来，随即才发现一切都是幻觉。

皮帕走后，房子里一片死寂。她关着门的房间里有股淡淡的湿气，仿佛死去的落叶。我看着她的东西发呆，想象着她此刻身在何处、在做什么，努力想在浴室水槽上的红发或沙发下成团的袜子上感觉和她之间的联系。虽然我很想念她，时刻能感觉到她的存在，安静的房子还是让我觉得安心：旧画像，灯光昏暗的走廊，大声滴答的钟。我就像“玛丽·塞勒斯特”号上的船舱小工。我走在凝滞的静寂里，走过成块的光影，旧地板和甲板一样嘎吱作响，第六大道的车流在耳边隐约可闻。我在楼上头重脚轻地记着不同的公式，牛顿的冷却定律，独立变量，我们根据 T 是常数排除变量，楼下的霍比像锚一样令人安心。听到他的木槌声，知道他在那儿安静地工作着，用快干胶粘着不同颜色的木头，我感到无比踏实。

在巴伯家，我一直没什么零花钱，并为此忧心忡忡。我总得找巴伯太太要午饭钱、学校的试验费和其他小笔开销，每次都紧张又焦虑，尽管她总是随意地把钱给我。现在有了布雷斯哥德尔先生那里的账户，我不再为突然借住霍比家而那么焦虑不安。我付了卡扣的兽医费，它得了蛀牙和心丝虫病，虽然情况并不严重——在维加斯，赞卓拉从来没给它驱过虫，也没给它打过疫苗。我还付了自己的牙医费，数字相当可观（我补了六颗牙，在牙医的椅子里度过了噩梦般的十个小时）；我给自己买了笔记本电脑和苹果手机，还有必需的鞋和冬衣。对于日常花销，霍比不肯收我的钱，但我还是经常去帮他买菜，花的都是自己的钱：在大联盟公司买牛奶、糖和洗衣粉，去联盟广场的农贸市场买新鲜的农产品，比如野蘑菇、晚熟苹果、葡萄面包。这些小小的奢侈品让他开心，但盒装的汰渍洗衣粉并未令他开心。他悲哀地看了洗衣粉一会儿，没说什么，将其拿到储藏室里。

这里和巴伯家人满为患、关系复杂又过分正式的气氛完全不同。在巴伯家，一切都像百老汇演出一样经过排演，有一套正式的流程和让人喘不过气的完美标准。安迪总是想要逃离，像被吓坏的鱿鱼般躲在自己的卧室里。与之相反，霍比活得像头巨大的海洋哺乳动物，自带温和怡人的气氛，泛着茶渍和烟草般的深棕色。房子里所有钟表的时间都不一样，时间也不遵守标准流程，而是悠闲地滴答漫步，遵守着摆满古董的深海的步调，远离地面上流水制造、点胶拼接的喧嚣世界。他喜欢去电影院看电影，家里却没电视；他喜欢读卷尾印有几页大理石花纹的旧小说；他没有手机；他的电脑是台史前动物般的IBM，大得像个行李箱，基本毫无用处。他总是安静而专注地埋首于工作中，用蒸汽弄弯木片或拿凿子在桌腿上雕刻螺旋线，满足而专注的气氛从工房一路飘上来，给整个房子增添了冬季火炉般的温暖。他总是心不在焉，待人和蔼，健忘又糊涂，自嘲又温和；他经常没注意到你在对他说话，有时你叫他第二次他也不会听到；他经常找不到眼镜，忘记把钱包、钥匙和干洗票放在了哪儿，总是叫我下楼，和他一起手脚并用地趴在地上，寻找掉在地上的袖珍木块和小零件。有时他会开店接待提前预约的客人，每次开店一两个小时。但在我看来，这不过是他的借口，他这是为了能拿出雪莉酒，和朋友、熟人聊天聚会。他拿出一件家具，把抽屉开开关关，引起客人一阵哦哦啊啊的惊叹，也只是为了展示而已，就像我和安迪小时候见面时会拿出各自的玩具。

我从来没见他真正把家具卖出去过。他的辖区（他是这么称呼的）就是工房，或者说“医院”，残疾的桌椅排着队等待他的治疗。他沉浸在每一件家具的质感和纹路中，寻找隐形抽屉，对木料上的伤痕感到遗憾，赞叹精细的做工，好像全神贯注地除去每一片树叶上的蚜虫的花匠。他有几件现代木工工具，包括刳刨机、无线电钻和圆锯，但很少使用它们。“我不太喜欢在干活儿时戴耳塞。”他总是一大早就下楼，如果手头有活，能在工房里一直待到天黑。在没活的时候，他也往往待到太阳快下山才上楼，在吃饭前先倒上一杯威士忌，每天都是一样的分量，小小的平底酒杯很干净。他喝着酒，显得疲惫可亲，手上满是油和灰，疲劳的神情里有种士兵般坚忍的东西。“他带你出去吃饭了吗？”皮帕发短信问我。

“嗯，三四次吧。”

“他喜欢去没什么人的餐厅。”

“没错，他上周带我去的地方像个国王陵墓。”

“这是因为他觉得店主很可怜！他怕饭店倒闭，饭店要是倒闭了，他会觉得很抱歉。”

“我更喜欢吃他做的饭。”

“让他给你烤姜饼吃，真希望我现在就能吃到。”

晚餐是我在一天中最期待的时光。在维加斯，自从鲍里斯跟考特库混在一起之后，我就只能自己觅食，坐在床边吃薯片，或者从爸爸的外卖里拿盒发干的米饭。我从来没能习惯那种孤独感。现在的日子则快乐得很，与之前形成了强烈的反差：霍比一整天的话题都围绕着晚餐进行。咱们吃什么？谁会过来做客？我做点什么菜呢？你喜欢吃肉菜汤吗？不喜欢？从来没吃过？饭是用柠檬还是番红花蒸？无花果还是杏干？要不要跟我去杰弗森市场逛一圈？周日有时会有客人，不仅有新学院和哥大的教授，歌剧合唱团和动物保护协会的太太，左邻右舍的老邻居们，还有形形色色的交易商和收藏家，有戴着无指手套在跳蚤市场卖格鲁吉亚首饰、疯癫癫的老太太，也有坐在巴伯家也不会显得格格不入的富人（我了解到，其中很多人的收藏都是在韦尔蒂的帮助下积累起来的，他提供了各种购买建议）。茶会上，大部分交谈都让我一片茫然（圣西蒙？慕尼黑歌剧节？库马拉斯瓦米？波城的别墅？），但就算房间安置得正式庄重，客人都是些“聪明家伙”，他举办的午餐会仍然轻松随意，人们很愿意自己起身盛菜，端着盘子直接吃，和巴伯家僵硬冷淡的聚会截然相反。

在这些宴会上，霍比的客人都亲切有趣，但我还是不停担心会有我在巴伯家见过的熟人突然出现。我没给安迪打电话，觉得十分歉疚。在街上偶遇他爸爸之后，我更加不想让他知道我回来却无家可归了。

还有一件不算大事的事：我仍然为来霍比家时的样子而觉得丢脸。他从来没在我面前讲过我是怎样突然出现在门口的，主要是因为他看得出这件事让我很不自在。但我不在场的时候，他会讲给别人听——我不怪他，毕竟这是上好的谈资。“你要是认识韦尔蒂就好了。”他的好朋友德福利太太说。她是十九世纪水彩画交易商。她衣服烫得挺直，总是喷很多香水，但可喜欢和别人拥抱了，说话时总是抓着你的胳膊，拍着你的手。“因为啊，亲爱的，韦尔蒂可是个聚会狂。可喜欢跟人打交道了，你知道吗，也喜欢逛市场，好像很享受走过的每一步路。交易啊，商品啊，和人聊天啊，以物换物啊。我总说，这都是因为他小时候在开罗生活的那段日子。他只要能整天穿着拖鞋，在露天剧场展示地毯，就觉得心满意足了。他很有做古董商的天赋，你知道吗——总是能看出一样东西该属于谁。客人进店本来什么都不想买，也许就是躲一躲雨。可他给人倒杯茶，和人聊完天就能把餐桌运到得梅因去。学生进来想随便看看，他顺手就拿出一幅合适但不贵的版画。最后总是皆大欢喜，知道吗？他知道不是所有人进来都想买大件——最重要的是配好对，给物件找到合适的归宿。”

“嗯，大家都很信任他，”霍比说，端着德福利太太的雪莉酒和他自己的威士忌回来了，“他总是说，是残疾把他造就成了优秀的推销员，我觉得这说法有道理。‘可怜的残废’。没什么心机。看待事物总是很客观。”

“啊，韦尔蒂可从来都不肯光是站在一边看着。”德福利太太说，接过酒杯，充满爱意地拍拍霍比的袖子，干瘪的手指上闪烁着玫瑰花形的钻石。“他总是埋头使劲往前冲——上天保佑——哈哈地笑着，一句抱怨都没有。总之啊，亲爱的，”她转向我，“你可别误会。韦尔蒂把戒指给你的时候，他很明白自己在干什么。因为这样一来，他就把你带到霍比身边了。明白了吗？”

“嗯。”我说。但他最后说的话让我坐立难安，我起身躲进厨房。因为，他给我的不仅是戒指。

8

我所住的房间以前就是韦尔蒂的房间，书桌的抽屉里还留着他的老花镜和钢笔。晚上，我躺在床上，听着街道上传来的声音，觉得心烦意乱。在维加斯，我曾想过，如果爸爸或赞卓拉发现了画，他们可能认不出那是什么，至少不会当场认出来。但霍比认得。我忍不住反复想象着某一天回到家，发现霍比拿着画在等我。“这是什么？”我不管怎么瞎说一气，乱找借口，先发制人，都无法阻止灾难性的后果。所以，每当我跪在地上，把手伸进床底，放到枕套上（我经常会突然这么做，为了确定它还在原地），我的动作都快极了，仿佛在拿微波炉里热过头了的烫手晚餐。

家中起火。灭虫公司上门。遗失艺术品数据库上大大的红字“国际刑警”。如果有人有心去查，韦尔蒂的戒指足以证明我曾和画待在一起过。我的房门很旧，铰链已经不对称了，门锁也没法好好锁上，只能用铁做的门挡卡住。万一霍比突然决定上楼来做个大扫除怎么办？当然了，这不符合我熟悉的霍比的性格。他总是漫不经心，也不太注重清洁。“不，他不在乎你脏不脏，他除了换床单和除尘，从不进我的房间。”皮帕发来这样一条信息。我立刻扯下床单，慌乱地用四十五分钟时间打扫了房间里所有的表面，用干净的T恤到处擦了一遍——狮身人面像、水晶球、床头板。除尘很快就变成了我的习惯，我甚至跑出去买了清洁抹布，虽然家里到处都是抹布。我不想让他看见我在扫灰，并暗自希望他探头进屋时永远不会想到灰尘这个词。

因为这个原因，我不敢出门，除非有他陪我。我大部分时间都待在房间里，坐在书桌前，只有吃饭时才离开房间。他出门的时候，我会跟在后面，和他一起逛艺术画廊，参加房产展销，参观样板间，在拍卖会上和他一起站在最后面（“不，不，”他见我指着前排的椅子，说，“在这儿能看清所有人举牌。”）。一开始我总是很兴奋，感觉像在电影里。过了一两个小时，一切就都变得与《微积分：概念和联系》一样无聊。

我尽量显得若无其事（有时候还算成功），装出一副无所谓的样子，跟着他在曼哈顿各处奔波。但说实话，我紧随其后的样子和卡扣在维加斯紧跟着我和鲍里斯的样子没什么不同，都是孤独得几近绝望。我和他一起去参加上流午宴，一起去给客户估价，一起去见裁缝。我跟着他去参加关于十八世纪七〇年代费城无名橱柜匠人的冷清演讲，去听歌剧合唱，虽然曲子无聊冗长，我差点就晕过去，一头栽倒在走廊上。我和他去找爱慕斯蒂斯夫妇（在公园大道上，离巴伯家近得令我不安）、沃格尔夫妇、克拉斯诺夫妇和米尔德伯格夫妇吃饭，他们的谈话要么a)

沉闷得让人直翻白眼，要么 b) 完全超出我的知识范围，我只能嗯啊两声当作回答。“可怜的孩子，你一定觉得我们的话无聊透了。”米尔德伯格太太欢快地说，没发现她的话正中靶心。他有些朋友健谈又善变，比如艾伯纳西先生——他和我父亲差不多年纪，曾经惹上过什么丑闻，但其他人对此语焉不详。他完全不把我放在眼里。“你是从哪儿弄来这小孩的，詹姆斯？”我只能傻乎乎地坐在中国古董和希腊花瓶中间，想插句话显得我很聪明，但又不敢引来任何人的注意力，舌头打了结，完全无所适从。每周我们都会去德福利太太家一两次，她的房子坐落在东六十三街上，里面到处都是古董（感觉就像霍比家在上城的孪生兄弟）。我坐在一把纺锤形的椅子里，不敢往后靠，尽量不去想有两只吓人的孟加拉猫正用爪子挠我的膝盖。“他可真是个懂礼貌的小家伙，是不是啊？”他们在房间另一头欣赏爱德华·利尔的水彩，我听见她用不算小的声音评论道。有时她会和我们一起去参加克里斯蒂和苏富比的展会，霍比仔细观察每一件拍卖品，把抽屉开开关关，将各种不同的工艺指给我看，在拍卖目录上用铅笔做笔记。展会结束后，我们会顺路去一两家画廊，然后她回六十三街，我们则去圣安布鲁斯甜品店。霍比穿着精品西装，站在柜台前喝浓缩咖啡，我则吃着巧克力可颂面包，看着店里背书包的孩子们，暗自希望不会撞见以前的同学。

“你爸爸要不要再来一杯浓缩咖啡？”霍比去洗手间时，站在柜台后面的店员问我。

“不用了，谢谢，开收据就好。”每当有人误以为霍比是我父亲，我都会带着份悲哀暗自欣喜。他的年龄足以当我爷爷了，但他身上有股活力，很像东部那些年纪稍大的欧洲裔父亲，仪表整洁，大腹便便，老成稳重，往往在第二次婚姻时才有孩子，五六十岁晚来得子。穿着去美术馆时的正式服装，呷着浓缩咖啡，平和地望着街道。霍比看起来像位瑞士工业大亨，或是在米其林评级中得到一星二星的餐馆老板，德高望重，晚婚而富有。我看着他把外套挂在手臂上走回来，悲哀地心想，为什么母亲没有嫁给像他这样的人？布雷斯哥德尔先生那样的也行啊。这样的人至少和她有共同语言，虽然年龄大一些，但也更好相处，喜欢逛美术馆，听管弦音乐会，是二手书店的常客，耐心又富有教养。这样的人一定会珍惜她，给她买漂亮衣服，带她去巴黎过生日，给她她想过的那种人生。她只要努力，一定可以找到这样的人。男人都很欣赏她，不管是门卫、学校的老师、我朋友的父亲还是她的老板塞尔吉奥（不知道为什么，他称她为时髦姑娘）。她来安迪家接我时，巴伯先生会跳起身来和她打招呼，对她露出热情的笑容，轻扶着她的胳膊领她坐到沙发上，声音低而亲切。请坐请坐，要喝点什么吗，来杯茶还是？布雷斯哥德尔先生看我的目光非常仔细，我并不认为这只是我的臆想，不完全是。他仿佛在透过我看着她，或者在我身上寻找她的踪影。但爸爸死了，他的存在变得不容置疑，我再怎么努力，也没办法把他完全抹去。他永远存在，在我的手里，我的声音里，我走路的姿势里，在我随霍比离开餐厅时左右环顾的眼神里。就连我摆头时，都很像他以前在所有反光的平面上自恋地寻找自己倒影的样子。

9

一月份，我参加了考试，科目有易有难。容易的一场安排在布朗克斯的高中教室里，我旁边都是大腹便便的母亲，三两成群的出租车司机，还有一群来自大广场餐厅、穿着短款皮夹克、指甲闪亮、嗓音低哑的同乡女孩。但考试内容没我想象得那么简单，问了好多关于纽约州政府的冷知识（奥尔伯尼的立法会每年工作几个月？我怎么知道！）。我考完试，忧心忡忡地坐地铁回家，心情相当抑郁。难度更高的那场考试则像是麻省理工学院某个隐士一抽风设计出来的（考场上锁，紧张的家长在走廊里来回踱步，四周弥漫着国际象棋巡回赛般紧张的气氛），很多多选题的选项似乎差不多，我根本不知道自己考得怎么样。

那又怎样？我对自己说，走到坚尼街坐车，双手深插在口袋里，腋下因紧张答题而汗湿。就算我进不了大学预科——那又怎么样？我得考得非常非常好，考到总名次的前百分之三十，才能有一丝机会。

“桀骜自恃”：这个词在模拟试卷里频繁出现，正式考试时却踪影全无。我和五千名申请者共同竞争三百个席位。我不知道如果没考上自己之后会怎么样，但我恐怕受不了跑到马萨诸塞州，住在布雷斯哥德尔先生不停提起的安格尔先生家。据布雷斯哥德尔的描述，这位校长人很好，家里的“成员”包括母亲和三个男孩。在我的想象中，他们都厚实得像石板，经常爬楼梯锻炼身体，一笑就露出一口白牙，就像幼儿园里那些总是开心地准时找上门来，把我和安迪暴揍一顿、再将我们按在地上吃土的贫民区小混混。我如果考试没合格（更准确地说，如果分数没高到能进预科班)，要怎样才能留在纽约？我应该选个更实际的目标的，比如城里的某所中学，这样至少有进去的可能。而布雷斯哥德尔先生一直坚决推荐我去上寄宿学校，说到新鲜空气，秋天的景色，晴朗的星空和乡村生活的种种乐趣。“施托伊弗桑特。你有机会离开纽约，何必还要留在这儿上什么施托伊弗桑特？出去多走走，呼吸得轻松一些不好吗？还有一个完整的家庭环境。”结果我干脆刨除了所有高中，包括质量好的那些。

“我了解你母亲会希望你怎么做，西奥多，”他反复这么说，“她会希望你能换个环境，有个新的开始。离开这座城市。”他说得对。但我要怎么解释才能让他明白，经过她死后这一系列混乱而毫无逻辑的事件，她的这些希望根本无足轻重？

我转过街角走向车站，沉浸在诸如此类的思绪里。我经过一家报亭，伸手去掏交通卡，眼角瞥见报纸上的一条标题：

布朗克斯发现失窃博物馆藏品

艺术品价值千万

我在人行道上站住脚，人流从我左右而过。我走过去买了一份报纸，浑身僵硬，心脏狂跳，总觉得有人在看我(对于我这样年纪的孩子，买报纸也没什么可怀疑的吧?)。然后我跑过街，坐在第六大道的长椅上开始读报。

警察根据举报，从布朗克斯的一所住宅里找回三幅画作——一幅乔治·范·德·米因，一幅魏布朗·亨德里克斯，一幅伦勃朗。三幅画都是在爆炸后失踪的。警方找到画作时，它们摆在一间阁楼里，用锡箔纸包着，旁边是中央空调系统的替换过滤器。偷走画作的嫌疑犯、其哥哥及其哥哥的岳母——她是房子的主人——都已被警方关押起来，等待保释。如果罪名成立，他们将面临累计最高二十年的监禁。

报道长达整整一页，附了时间线和图表。嫌疑犯是位护理人员。博物馆广播叫大家撤离后，他在里面多待了一会儿，把三幅画从墙上摘下来，用一条被单裹好，藏在折叠担架底下，偷偷溜出博物馆。“完全没挑，”接受采访的FBI调查员说，“看见什么就拿走了。这个人对艺术一无所知。他把画拿回家后，不知道该怎么办，就问了哥哥的意见，两人一起把画藏到哥哥的岳母家，岳母自称并不知道此事。”兄弟俩在网上查询了一番，意识到伦勃朗太有名了，卖起来太危险。他们打算卖掉另外两幅不那么出名的画，结果把调查员引到了阁楼上。文章的最后一段在我眼前尤为醒目，仿佛是用红墨水印成的。

调查人员对于其他失踪的作品重燃希望。当局正在调查几份本地情报。“把树晃得越厉害，掉下来的东西就越多，”FBI艺术品犯罪小组的联络官理查德·农纳利说，“一般来说，罪犯会马上把作品运出国去，布朗克斯的发现向我们证明，本次犯罪中有一些毫无经验的新手，他们偷窃只是出于一时冲动，并不具备出售和隐藏艺术品的相关知识。”据农纳利称，警察正在询问、联系并重新调查一些当时在场的人：“现在事情很明显了，不知道有多少遗失的画作还在市内，就在我们的眼皮底下。”

我感到一阵虚脱，起身把报纸扔进最近的垃圾桶。然后我没去坐车，只是沿着坚尼街往回走，在冰冷刺骨的中国城里闲逛了大概一个小时，看着便宜的电器和点心店门口血红的地毯，透过起雾的玻璃望着红木架上炙烤的北京烤鸭，心里想着：完了，完了。街头小贩脸颊通红，裹得像个蒙古人，站在烟熏火燎的炉前大声叫卖。地区检察官。FBI。新情报。“我们一定会在法律允许的范围内将这些案子追查到底。我们有充分的理由相信，其他失窃艺术品也很快就会浮出水面。国际刑警、联合国教科文组织和其他联邦及国际组织都会与本地当局合作。”

这新闻铺天盖地。所有报纸都登了，就连中文报纸上也有，找回的伦勃朗作品印在成行的中文字之间，从异国蔬菜和鳗鱼盖浇饭后面探出头来。

“这真让人不安。”当晚和爱慕斯蒂斯一家聚餐时，霍比焦虑地拧着眉毛说。他一整天都在谈论失而复得的三幅画。“到处都是受伤的人，好多人躺在地上流血至死，而这个人却在从墙上偷画，然后拿着画冒雨逃掉。”

“嗯，我可一点都不惊讶，”爱慕斯蒂斯先生说，喝着当晚第四杯加冰苏格兰威士忌，“母亲第二次心脏病发作时，你肯定无法相信贝斯以色列医院那帮暴徒把这儿弄成了什么样。地毯上到处都是黑色的脚印。之后好几周，我们在地上不停地发现塑料注射针帽，我家的狗差点吞了一个下去。他们还打碎了什么东西，玛莎，瓷器柜里的什么来着？”

“听着，我可不会说护理人员的坏话，”霍比说，“朱丽叶生病时，我们见到的那几位可厉害了。还好，这几幅画没被他们毁得太厉害，本来有可能——西奥？”

他突然对我说，我迅速从盘子上抬起头，“你没事吧？”

“抱歉。我只是有点累。”

“当然了。”爱慕斯蒂斯太太温和地说。她在哥伦比亚大学教美国历史。她才是霍比欣赏的朋友，爱慕斯蒂斯先生只是顺便附送的另一半。“今天过得很累吧？是不是担心考试成绩？”

“不，不太担心。”我说，随即就后悔了。

“哦，我相信他一定能考上，”爱慕斯蒂斯先生说，“你能考上的。”他又对我说，语气好像随便什么白痴都能考上。然后他又转向霍比：“大多数预科课程根本不配这个名字，是不是，玛莎？光芒万丈的高中。要进去难如登天，但只要进去，一切就跟涂鸦一样容易。现在这些孩子都是这样——他们参与了，出席了，就想得到奖赏。所有人都是赢家。你知道玛莎的学生前两天跟她说了什么？你讲吧，玛莎。这孩子上课前过来找她，想跟她谈谈。不该叫孩子了——研究生。你知道他说什么吗？”

“哈罗德。”爱慕斯蒂斯太太说。

“说他担心考试成绩，想听听她的意见。说他老是记不住东西。是不是够蠢的？美国历史的研究生？说他记不住东西？”

“哦，老天，我也老是记不住东西。”霍比和和气气地说，起身清理盘子，将话题转向别的方向。

晚上，等爱慕斯蒂斯夫妇走了，霍比也睡着了，我坐在房间里望着窗外的街道，听着凌晨两点第六大道上卡车的轰鸣声，拼命想让自己从恐慌中冷静下来。

但我又能怎么办呢？我已经在笔记本电脑前坐了好几个小时，点击浏览了上百篇报道——《世界报》《每日通讯》《印度时报》《共和报》，我不懂的语言的报纸，全世界都登了同一篇报道。除了蹲监狱，犯人还要接受天价罚款：二十万到五十万美元。更糟的是，房主岳母也受到指控，因为画是在她的房产里发现的。也就是说，霍比也会惹上麻烦——比我更大的麻烦。那位岳母是个退休的美容师，她说她根本不知道那些画在自己房子里。可是霍比，他可是个古董交易商。就算他事先完全不知情，完全是出于好心才收留我也没用。谁会相信他不知道？

我的思绪上下乱窜，来回兜圈，像座设计糟糕的嘉年华过山车。“这些嫌疑犯是冲动犯罪，没有前科，但这一点并不会阻止法律对他们提起诉讼，”伦敦的一位评论员将我的画和伦勃朗的作品放在了一起，“……让我们将注意力转向其他失踪画作，特别是卡雷尔·法布里蒂乌斯一六五四年的《金翅雀》，它在艺术史上独一无二，价值不可估量……”

我第三次或是第四次清空电脑记录，关了机，然后有点动作僵硬地爬上床，关上灯。我还拿着从赞卓拉那儿偷来的一袋药，里面有上百颗药丸，不同的颜色、不同的大小，据鲍里斯说都是止疼片。爸爸有时吃了会昏睡过去，但我也听他抱怨过有时吃完药之后整夜无法入眠。我在焦虑不安和迟疑不决中僵直地躺了一个多小时，感觉晃晃悠悠，有种晕船般的虚脱感，直盯着天花板上接连爬过的车灯。最后我重新打开灯，在床头柜的抽屉里翻了一会儿，从袋子里拿出两颗不同颜色的药丸，一颗蓝色，一颗黄色。如果一颗无法让我睡着，再加一颗总可以了吧。

价值不可估量。我转过身对着墙。找回的伦勃朗估价四千万。四千万是个明确的价值。

街上传来救火车刺耳的笛声，警笛声又逐渐变远。汽车，卡车，走出酒吧大声笑闹的情侣。我躺在床上，努力去想一些令人平静的东西，比如雪地，比如沙漠里的星星，暗自祈祷不要吃错药莫名丧命。我在心里紧紧抓住在网上浏览后唯一一条有用而让我有所安慰的信息，那条消息就像即将溺亡之人的稻草：失窃的画作很难追踪，除非犯人想卖掉或转移它。在所有失窃的艺术品中，成功破案率只有百分之二十。

第八章

店中店·续

1

画的事让我害怕又紧张，我接到录取信时并没有太过兴奋：我考上大学预科班了，春季学期开始就能去上课。而且这消息太过让我震惊，我把信藏在抽屉里，放在印着韦尔蒂首字母的信纸旁边，过了整整两天才鼓起勇气，拿出信走到楼梯口（工房里传出手锯拉动的轻快摩擦声），喊了声："霍比？"

拉锯声停止了。

"我考上了。"

霍比苍白的大脸出现在楼梯下方。"什么？"他说，还没从工作状态里走出来，精神恍惚地抹着双手，在工作围裙上留下白色的掌印。看见我手里的信，他的表情变了。"是我想的那封信吗？"

我没说话，把信递给他。他看了看信，又看了看我，然后发出一声大笑，声音尖利，充满惊喜，我一直在心里称之为他的爱尔兰式大笑。"干得好！"他说，解下围裙搭到楼梯扶手上，"我太高兴了，说真的。我可不想让你一个人跑到老远的地方去。你本打算什么时候才告诉我？开学那天吗？"

他开心的样子让我很难受，我们出去吃了庆祝晚餐，我、霍比和德福利太太，在意大利裔聚集区一家门可罗雀的餐厅。我望着旁边一对喝着葡萄酒的情侣，我们两桌是餐厅里唯一的客人。我希望自己能开心一点，结果却只觉得麻木而不耐烦。

“干杯！”霍比说，“最难的部分已经过去了。你可以喘口气了。”

“你一定很开心吧。”德福利太太说。整个晚上，她一直挽着我的手，不时开心地捏捏我。“你看起来美极了。”霍比见到她时对她说，吻了一下她的脸颊。她的白发盘在头顶，钻石项链上挂着天鹅绒丝带。

“勤奋学习的模范！”霍比对她说。听他这么对朋友表扬我有多勤奋、是个多用功的学生，我的感觉更糟糕了。

“嗯，真棒。你不觉得很高兴吗？准备考试的时间那么短！显得高兴一点嘛，亲爱的。他什么时候开学？”她问霍比。

2

让我惊喜的是，我办完折磨人的入学手续，发现预科班远没我想象中辛苦。从某些方面来讲，它是我上过的最轻松的学校：没有精英班，没人整天念叨着SAT考试和常青藤学校，没有让人学断腰的数学和语言要求——应该说，根本就没有要求。我看着我无意间闯入的这个天堂，感觉越来越迷惑不解，但也明白为什么五个行政区有那么多聪明绝伦的高中生挤破了头要来这儿上学。没有测验，没有考试，没有成绩。在某些课上，你可以动手建造太阳能板，听诺贝尔经济学奖得主的讲座；有些课的内容就只是听图帕克的磁带，或看以前的双峰直播节目。学生可以自由编纂课程大纲，学习机器人学或游戏史。我选了一些很有趣的选修课，作业只有期中可以拿回家的小论文和期末的个人项目。我知道自己有多幸运，却仍然无法快乐起来，无法对自己的好运感恩。我的心情似乎发生了化学变化，酸碱平衡整个偏掉了，好像一部分生命溜走了，再也无法修复弥补，仿佛死后硬化成骨头的珊瑚。

我只能尽力而为。我之前也是这样做的：让头脑空白，尽力前行。每周四天，我早上八点起床，在与皮帕卧室相邻洗手间的爪形脚浴缸里冲个澡（印着蒲公英的浴帘，她洗发液的草莓香气，我感受着她的存在，身上的热水蒸发成嘲笑般的蒸汽），然后低着身子冲出去，摆脱蒸汽形成的云雾，在自己房间里静静地穿好衣服，然后拽着卡扣去街上遛一圈，它在我前后来回奔跑，惊恐地高声尖叫。我回去后，探头对工房里的霍比说再见，把书包背到肩上，坐地铁往下城走两站。

大多数学生都选了五六门课，我只选了最低标准的四门：工作室艺术，法语，欧洲电影入门，俄国文学译介。我想选俄语对话，但俄语入门 101 要到秋季学期才开。我在让膝盖发抖的寒冷空气中准时到教室上课，如果有人对我说话就回答，按时做好作业，放学走路回家。有时候，我会在放学后去纽约大学附近的便宜墨西哥餐厅和意大利餐厅吃饭，店里摆着弹球机和塑料植物，宽屏电视上放着体育比赛，在打折的欢乐时间段里啤酒只卖一元一罐（但我不能喝酒。回到未成年人的生活感觉很奇怪，仿佛回到了用蜡笔画画的幼儿园）。我吃完饭后，打着免费续杯的雪碧嗝，低头听着 iPod 大声播放的音乐，穿过华盛顿广场公园回霍伯家。因为焦虑（伦勃朗失而复得的新闻仍然铺天盖地），我的睡眠很不安稳，我一听见门铃和霍比的电话声就一跃而起，仿佛听见了五星级火灾警报。

“你错过了不少东西，西奥，”我的心理咨询师苏珊娜说（我们必须互相直呼名字，表示大家都是朋友），“在城市校园中，课外活动会让学生安稳下来，特别是对年纪比较小的学生而言。在这儿很容易迷失自己。”

“嗯——”她说得对，上学很孤独。十八九岁的学生不肯和未成年的小孩玩。虽然也有不少和我年龄相仿或者比我还小的学生（甚至还有个十二岁的，据说他的 IQ 有二百六十），他们的生活单纯封闭，关心的事都不值一提，在我看来几乎有些陌生，仿佛他们所说的是种我已经忘了的中学语言。他们和父母住在一起，整天想的都是成绩曲线，意大利交换生项目和联合国的暑期实习，看你点根烟都会吓坏。他们热心学习，待人为善，从没受过伤，不经世事。我寻找与他们的共同点，还不如去第四十一公立学校找八岁的小学生玩。

“我看你选了法语课。法语俱乐部每周会聚会一次，在大学广场的法国餐厅里。每周二，他们会去法语协会看法语电影。你应该会喜欢这些活动的。”

“也许吧。”法语部主任是个阿尔及利亚老头，他已经来找过我了（吓了我一大跳——他结实的大手搭到我的肩上，我惊跳起来，以为有人要抢劫），上来就说他在教课，我感兴趣的话可以旁听。他讲的是当代恐怖主义的根源，从阿尔及利亚民族解放阵线和阿尔及利亚战争讲起——我真讨厌所有老师都知道我是谁，跟我说话时显然已经听说过“那场悲剧”，这个词是电影课老师莱博维兹太太（“叫我卢茜就好”）发明的。她读了我写的关于《偷自行车的贼》的论文，也跑来叫我参加电影俱乐部，还说我可能会喜欢哲学俱乐部，他们每周都会讨论一些她口中的“大问题”。“呃，也许吧。”我礼貌地回答。

“嗯，看你的论文，你似乎对形而上学的问题很感兴趣，原谅我没有更好的叫法。比如为什么好人也会受苦，”她说，我只是茫然地看着她，“命运是不是随机的。你的论文讲的不只是德西卡的电影技巧，还讲到了这个世界根本性的混乱和不确定。”

“我不知道。”我不安地沉默了一会儿之后说。我的论文真的写到了这种东西？我不喜欢《偷自行车的人》(也不喜欢《小孩与鹰》《海鸥》《拉孔布·吕西安》，不喜欢莱博维兹太太课上所有极度令人抑郁的外国电影)。

莱博维兹太太盯着我看了很久，直到我开始浑身不自在。然后她推了推亮红色的眼镜，说：“嗯，欧洲电影课上放的作品都比较沉重。所以我想，你也许会愿意来旁听我给电影专业的学生上的课，‘三十年代的神经喜剧’，或者‘无声电影’。我们放卡里加里博士，还放很多巴斯特·基顿和查理·卓别林——挺混乱的，你能想象吧，不过很容易跟上教学大纲，都是些振奋人心的作品。”

“也许吧。”我说。但我不想再给自己增加哪怕一点点额外作业，不管它有多么振奋人心。因为，我几乎就在迈进校门的那一瞬间，之前努力拼搏、考进预科班的那股活力已经彻底消失。我在那个过程中花了太多精力，现在似乎动弹不得，不愿意多花哪怕一分精神。我只想勉强混过去。

最后，老师们最开始的热情都逐渐变成无奈和淡淡的遗憾。我没有寻求挑战，锻炼技巧，拓展眼界，充分利用资源。正如苏珊娜客气指出的，我并没很好地适应预科班。实际上，随着学期继续进行，老师们逐渐与我疏远，对我隐隐显露出厌恶(“不管在哪门学科上，我们提供的学习机会都没能促使西奥多更加努力”)，我越来越怀疑自己能考上预科班完全是因为“那场悲剧”。有人在招生办公室里挥舞着我的报名表，递给招生主任。哦，天哪，这可怜的孩子，恐怖主义的受害者，诸如此类，学校得对他负起责任来，我们还有多少名额，能把他挤进来吗？我一定毁掉了布朗克斯某个优秀学生的生活——某个吹单簧管的可怜虫，至今还会因为代数作业做得不好被父亲暴打，最后只能在检票处检票，没法去加州理工学院教授流体物理，因为我顶替了他或她的位置。

招我进来显然是个错误。“西奥多在课上从不积极参与，似乎也没有意愿在课外拓展学习的领域。”法语教授在令我脸红的期中报告上这样写道。因为没有亲属，只有我看到这份报告。“希望他的失败能驱使他证明自己，在下半学期有所收获。”

但我并不想有所收获，更不想证明自己。我像健忘症患者一样在街上乱晃（不去做作业，也不去语言实验室，没加入任何一个邀请过我的俱乐部），坐地铁去炼狱般的线路尽头，在酒厂和植发商店间漫步闲逛。但我很快就对这种去哪儿都行的自由失去了兴趣——几百公里的铁轨，纯粹为了坐车而坐。相反，我躲在霍比的地下室里不肯出门，仿佛一块无声落入深水的石头。人行道下方的空间很舒适，令我产生睡意。地下室隔开城市的明亮灯光，办公楼和摩天大厦的丛林。我可以一边给桌面抛光，一边听纽约西区电台播放的古典音乐，一待就是好几个小时。

我何必要在乎法语动词完成时和屠格涅夫的作品？我只想蒙着被子睡到很晚，在安静的房子里逛到深夜，抽屉里有古老的贝壳，客厅秘书桌下的柳条筐里装着叠好的家具装饰织物，夕阳透过大门上面的扇形窗落下夸张的辐条状阴影。这有什么不对？很快，我来往于学校和工房之间，进入一种健忘和爱打瞌睡的状态，生活变成一连串的梦境。我走在熟悉的街道上，却活在陌生的环境里，看着陌生的脸。上学的路上，我经常会想起以前和母亲共度的生活，再也回不去的那些日子——坚尼街车站，韩国超市里被灯光照亮的花瓶，一切都能激发我的回忆。而在维加斯的那段日子，则仿佛罩上了黑色的窗帘。

有时候，在我毫无防备的时候，关于维加斯的回忆会突然回来，让我在人行道上猛然停住脚，感到一阵惊奇。所谓的现在缩减成一个更小、更无趣的地方。我现在也许清醒多了，不再是以前那个嗑药的废物，那个看什么都很美好的醉醺醺的少年，两个人在沙漠里跺着脚就能组成勇者部落；也许长大就是这么回事，虽然很难想象鲍里斯会过上我这样平静的成人预备生活（在华沙、卡姆梅瓦拉格、新几内亚或其他任何地方都不行）。安迪和我——还有汤姆·凯布尔和我——曾经常聊起长大后会做些什么。但我和鲍里斯没聊过这些，除了下一顿饭要吃什么，所谓的未来似乎从未进过他的头脑。我想象不出他好好挣钱、成为社会建设型人才的样子。但我和鲍里斯在一起时，发现生活里充满美好奇妙的可能性，远比学校告知我的可能性更大更多。我早就放弃了给他发短信或打电话。给考特库手机上发的信息都如石沉大海，我也打不通他在维加斯家里的电话。我想象不出何时还能再见到他，毕竟他的移动轨迹遍布全世界。但我几乎每天都会想他。为学校而读的那些俄国小说让我想起他，后来不只是俄国小说，《智慧七柱》和整个下东城都会让我想起他——刺青店，波兰饺子铺，空气中的大麻气息，波兰老太太提着购物袋左右摇晃，小孩聚在第二大道的酒吧门口抽烟。

有时候，我会毫无预兆地突然想起父亲，思绪来得太突然，我几乎感到身体疼痛。破旧闪亮的中国城会让我想起他，因为那儿总是湿乎乎的，气氛很难读懂：镜子和鱼缸，摆着塑料花和幸运竹的商店橱窗。有时我出门给霍比跑腿，沿着坚尼街走下去，到珍珠油漆店给他买擦光石和威尼斯松节油，路上会不自觉地走到马尔伯里街上，去一家我爸喜欢的餐厅。那儿离E路地铁线不远，走八级台阶就到了楼下，里面摆着满是油污的丽光板餐桌。我进去买香脆的韭菜馅饼和辣猪肉，菜单上全是中文，只能靠手指来点菜。我第一次提着油腻的纸袋回到霍比家时，他一脸茫然地看着我，我不禁呆住，站在房间中央一动不动，仿佛梦游者半夜突然惊醒，思考我之前一路上到底都在想什么——想的显然不是霍比，他并非那种日夜都想吃中餐的人。

“哦，我爱吃，”霍比连忙说，“只是从来没想过要买。”我们坐在楼下的工房里，直接用外卖盒吃饭。霍比坐在一张矮凳上，穿着黑色的工作围裙，袖子卷到肘部，被粗大手指捏着的筷子显得格外细小。

3

住在霍比家的那种临时感也让我担忧。霍比虽然总是一副迷迷糊糊的老好人模样，似乎并不介意让我留住，但布雷斯哥德尔先生显然觉得这只是临时安排。他和学校的咨询师都向我解释过，虽然学校宿舍主要是给年纪较大的学生住的，但我如果需要，他们可以做出安排。但他们只要提起住宿问题，我就沉默不语，低头盯着自己的脚。宿舍里总是人满为患，苍蝇飞来飞去，电梯里画满涂鸦，地板上有黏糊糊的啤酒渍。一大群学生裹着毯子，死尸般挤在电视房的沙发上打盹，模样颓废。二十岁左右的男生（在我眼里已经是大人了，都是些可怕的大个子）在厅里互相扔着四十盎司装的空罐子。“嗯，你的年纪是有点小。”当我被逼无奈，说出自己的担忧时，布雷斯哥德尔先生这么说。但我真正拒绝的原因不能说出口：我带着那幅画，怎么和别人合住？安全性怎么办？房间里有消防洒水系统吗？盗窃行为呢？我拿到的学生手册说：“学校无法保证学生个人物品的安全。如果来宿舍就住时带了价值昂贵的随身物品，建议事先购买住宿保险。”

我在持续无解的焦虑状态中，努力让自己变成霍比不可或缺的帮手：出去跑腿，清洗油漆刷，帮他记录储藏室里的物品，整理零件和橱柜木料。他雕刻着椅背木条，磨出新的椅腿替代旧的，我就在一旁用加热板融化蜂蜡和松脂：十六份蜂蜡，四份松脂，一份威尼斯松节油，再加上糖果般厚实的奶油糖味抛光剂，将抛光剂在平底锅里加热到微微沸腾。很快他就开始教我镀金工艺，在白色的底上涂红，然后用手指自然触碰，抹上一点金，然后再往背面和缝隙里抹一点暗沉的黑。“最好用的是绿锈。对于新木头，如果想做出年代感，镀上层绿锈是最简单的。”加完烟黑色，如果镀金层看起来还是太亮太新，他就教我用针尖在上面划些深浅不一、排列不整的浅痕，然后用一串旧钥匙轻轻刻划，最后再用真空吸尘器破坏一遍，让镀金层的颜色变暗。“那些修补很厉害的家具上面如果没有任何磨损和自然划痕，你就得自己往上加几处。诀窍是，”他解释道，用手腕抹着额头上的汗，“别弄得太好看。”他说的“好看”就是“规律”的意思。太过整齐的磨损看起来非常假。真正经岁月沉淀下来的伤痕总是大大小小，深浅不一，伤痕之间形成奇怪的角度，看起来是任意而为，有些伤痕仿佛在唱歌，有些则不快地皱着眉。玫瑰木的橱柜一侧会因日久天长的日照而出现条状的漂白，另一侧则和刚造出来时一样深沉。“什么东西会让木头变老？什么都会。热，冷，壁炉里的灰，家里养了好多猫——或者这个，”他说，向后退了一步，我抚过红木柜粗糙不平的表面，“你觉得这是被什么弄坏的？”

“天啊——”我蹲下身来，看着漆层上黏糊糊的黑色污渍，仿佛什么食物在烤箱里烤过了头，没人会想吃它。污渍周围的漆层清亮干净。

霍比笑了起来。“是发胶。天长日久的结果。你能相信吗？”他说，用指甲抠着污渍的边缘，一小块黑色掉了下来。“家具以前的女主人把它当成梳妆台用，经年累月，这东西就像指甲油一样积累起来。不知道里面都是些什么成分，但肯定很难擦掉，发胶是五六十年代的产品。如果她没有毁掉这块漆，这可是件非常有趣的家具。现在我们只能把这块东西，让木头露出来，也许再稍微上点蜡。不过这真是件漂亮的作品，是不是？”他语气温和地说，伸手抚过木柜侧面，“你看这柜腿的角度，还有这纹路，上面的图案——看见花朵了吗，这儿，还有这儿，雕得多精细。”

“你要把它拆了吗?”霍比并不喜欢拆卸家具，我却很享受如手术般耐心拆卸、又一块一块拼接起来的过程——一定要赶在胶水干掉之前完成，仿佛是轮船甲板上争分夺秒切除阑尾的军医。

“不——”他用指节敲了敲柜子，耳朵贴到木头上听着，“听起来挺结实的，滑轨有些坏了。”他说，拉出抽屉，里面嘎吱作响，卡住了。“老是把抽屉装得太满就会这样。我们把抽屉改装一下——”他使劲扯出抽屉，因木头摩擦的声音而皱了皱眉，“把连接的地方弄平一点。看见这儿都磨圆了吗？最好的办法是把卡槽磨平一点——这样卡槽会变大一点，但应该不用把滑轨从燕尾榫里拿出来——你还记得之前橡木那件是怎么处理的吧？不过——”他伸手用指尖抚过柜子，“红木不太一样。核桃木也是。经常会连带着把没问题的地方也磨掉。特别是红木，质地特别紧，尤其是这个年代的，能不磨就尽量别磨。给滑轨上点石蜡，它就会焕然一新。”

4

时间就这样流逝，我每天都过得差不多，等意识到，发现几个月已经过去了。春季变成夏天，气候湿热，四处弥漫着垃圾的气味，街上满是人群，臭椿树长得枝叶繁茂，一片深绿。夏天又转入秋日，带来萧瑟的寒意。晚上，我读着《尤金·奥涅金》，翻着韦尔蒂的家具书籍（我最喜欢的是一套上下两册的旧书，《奇彭代尔家具：真与伪》）或《詹森艺术史》。有时我和霍比在楼下一起干活，一干就是六七个小时，期间几乎一句话都不说。但只要有他在旁边，我从来都不觉得孤单。会有一个并非母亲的成年人如此耐心地对待我，和我如此合拍，我每次想起都觉得不可思议。巨大的年龄差让我们相处时总有些拘谨，有些正式，因年代的鸿沟而有所保留。但我们在店里干着活，有了一种心灵感应般的默契。不用他开口，我就会递过正确的平刨或凿子。他将所有以次充好的作品和廉价货都称为“树脂胶粘的东西”，给我看了好几件古董家具，这些家具的接头处过了两百多年仍平安无事。很多现代作品都把接头处做得太紧，把木头死死粘在一起，不让木头呼吸。“记住，我们真正服务的客户是一百年后还保存着这类家具的人。他们才是我们想要打动的对象。”他粘合家具时，我负责拿出所有尺寸合适的木工夹，当他把榫对准接榫摆正时，我将其递到正确的接口上。这段漫长而辛苦的准备工作完成后，真正的粘合过程只有几分钟时间。我们赶在胶水晾干之前飞快地工作，霍比的手和外科医生一样精准，总能一瞬间就拿起正确的零件。而我总是笨手笨脚的，主要任务就是扶好所有要粘合的部分，让他把木工夹都夹好（不仅有普通的G形夹和F形夹，还有他留在手边的各种代替物，比如床垫弹簧，缝衣针，刺绣用的绷圈，自行车的车胎，以及其他好多用来压重的东西——用印花布缝起来的五颜六色的沙包，淘汰的铅制门挡，铁碳做的小猪储蓄罐）。他不需要人帮忙时，我就扫掉地上的锯末，把用完的工具挂到墙上的木钉上。我如果实在无事可做，就坐在一边看着他磨凿子，或者在加热板上放一碗水，用蒸汽将木头弄弯。“老天，地下室里气味超级难闻，”皮帕给我发信息，“熏死人了，你受得了？”但我热爱那股气味，觉得那股有毒的气息令我精神振奋。我也热爱手中旧木头的触感。

5

在这几个月里，我一直小心地追踪着布朗克斯艺术品盗窃犯的消息。他们全都认了罪，包括那位岳母，得到了法律允许范围内最严重的惩罚：几十万的罚款，五到十五年不等的有期徒刑，无权假释。公众的观点是，他们如果没蠢到想把魏布朗·亨德里克斯卖给那个报警的画商，现在恐怕还快乐地生活在莫里斯高地，在岳母家吃着意大利晚餐。

但这观点并没能缓解我的焦虑。有一天我放学回家，发现楼上满是浓烟，我的房间门外挤满消防员。“是老鼠，”霍比脸色苍白、眼神狂乱地说，穿着工作衫，护目镜挂在头顶上，看起来像个疯狂的科学家，“我受不了黏鼠纸，那样太残忍了，也一直没叫灭鼠队来，可是老天，实在太过分了，我不能让它们再这么啃电线了，要不是有火警报警器，整个房子一转眼就要烧着了，这儿呢，”他对消防员说，“我带他到这儿来行吗？”他跨过灭火器材，“快过来看看……”他往后站了几步，指着护壁板里一堆冒着烟的老鼠焦骨，“你瞧！整整一窝！”霍比的房子有报警系统，系统直接连着警署和消防队——不仅是为了防火，还为了防贼。这场火并没造成太大的破坏，只烧毁了厅里的一块地板。但我还是吓得够呛（如果霍比没在家呢？如果火是从我的房间里烧起来的呢？）。考虑到两英尺长的护壁板下就有那么多老鼠，那房子里其他地方恐怕只会有更多（它们会咬坏更多的电线）。霍比也不喜欢用捕鼠夹，我考虑着要不要自己放几个。我建议他养只猫，霍比和爱猫的德福利夫人都很赞成，但他们只热烈讨论了，并没有付诸实践，最终不了了之。过了没几周，我正在想要不要再提起猫的事，就被霍比吓得差点晕过去——我走进房间，发现他正跪在床边的地毯上。我以为他在伸手摸床底，但他只是要拿地上的刮刀。他在更换窗户下层一块开裂的玻璃。

"哦，是你，"霍比说，站起身来掸掸裤腿，"抱歉！没想吓到你！你来了以后，我一直想把这块玻璃换掉。当然了，对这样的旧窗户，我更想换上波浪形的玻璃，但只随便换两块新玻璃也不错——哎，小心点，"他说，"你没事吧？"我松手让书包掉到地上，一屁股坐到扶手椅里，仿佛从战场上逃回来、患了炸弹休克症的少校。

"真是要疯了。"母亲会这么说。我不知道该怎么办。我知道霍比有时会用非常奇怪的眼神看着我，我也知道自己一定表现得有些疯癫，但我仍然时刻处于易受惊吓的警觉状态。有人走过门口，我会猛然抬头盯着外面看；电话一响，我就会像被烫到一样跳起来。有时候，我会突然产生不好的预感，浑身就像遭受电击般绷紧，甚至会在课上到一半时突然起身，一路冲回家，只为确定画还好好地藏在枕套里，没人动过外面的枕套，胶带也没有被撕过的痕迹。我用电脑四处搜寻关于艺术品盗窃的法律，但所能找到的信息七零八落，没能提供任何全面的信息。就这样，我在霍比家还算波澜无惊地过了八个月，然后解决办法自己找上了门。

我和霍比雇用的搬运工人关系都不错。他们中大多数是爱尔兰裔的纽约人，走起路来摇摇晃晃，脾气温和，想当但没能当上警察或消防员：迈克，西恩，帕特里克，小弗兰克（他一点都不小，壮得像台冰箱）。还有两个伊朗人：拉维夫和艾维。我最喜欢的是一个俄裔犹太人，他叫格里沙。"'俄裔犹太人'这个词听起来很矛盾，"他解释道，大口吐着薄荷烟，"至少在俄国人听起来是这样。对于反犹太的俄国人而言，'犹太人'就不能算是真正的俄国人——众所周知，俄国排犹很厉害。"格里沙出生于塞瓦斯托波尔，他自称对那里还有印象（"黑色的海水，盐"），两岁时随父母来到美国。他的发色很浅，脸上一片砖红，眼睛大得像知更鸟蛋，挺着个啤酒肚，不太在意自己的穿着，有时会忘了扣衬衫底最下面的扣子。但他走起路来轻松又自满，显然觉得自己很帅（谁知道呢，也许他以前确实很帅)。他和鲍里斯的父亲不同，很健谈，爱讲笑话，爱讲他自称的“个人传奇”，说起话来语速快得像打枪，语调很滑稽。“你说你很会骂人，马杰尔?”他下着国际象棋，笑呵呵地说。他和霍比有时下午会在工房角落里玩两盘。“来啊。试试能不能骂掉我的耳朵。”我吐出一长串能把人骂哭的脏话，就连一个词也听不懂的霍比都捂住耳朵，仰天大笑起来。某个天色阴沉的下午，秋季学期刚开始没多久，我一个人在家，格里沙上门来送家具。“喏，马杰尔。”他说，用带伤疤的大拇指和食指弹了弹烟头。马杰尔是他给我取的昵称，在俄语里的意思是“将军”。“来干点活，帮我把车里的垃圾搬出来。”对格里沙而言，所有家具都是“垃圾。”

我望向他身后的卡车。“是什么？沉吗?”

“如果很沉，小娃娃，我还会叫你搬吗?”

我们把家具抬进屋——包裹在填充物里、镶着金边的镜子，一盏烛台，一对餐椅。格里沙拆开包装后，靠到霍比正在修理的橱柜上(他先伸手抹了抹，确定上面不黏)，点了根酷尔薄荷烟。“想抽吗?”

“不了，谢谢。”我想抽，又怕霍比回头闻出来。格里沙抬手扇了扇烟雾，他的指甲里脏兮兮的。“你干吗呢?”他说，“下午想不想来帮忙?”

“帮你干什么?”

“把你那本裸女书(《杰森艺术史》)放下，跟我去趟布鲁克林。”

“去干吗?”

“我得把几件垃圾送到仓库去，有个人帮忙当然很好。迈克本该来的，结果他病了。哈！巨人队昨晚有比赛，还输了，他押了不少。我打赌，他一定在因伍德的家里，躺在床上宿醉头疼，眼睛还被人打肿了。”

6

装满家具的货车一路开往布鲁克林，格里沙滔滔不绝地说着话，一会儿夸奖霍比身上的优点，一会儿又说他把韦尔蒂的生意都做没了。“这么诚实的人活在这么一个不诚实的世界里，过得跟隐士似的。我看他每天把钱往窗外扔，真是心疼，这儿疼。不，不，”他见我想说话，坚决地举起一只手，“他做的事情需要时间，修复啊什么的，和以前的大师一样做手工活——这我都懂。他是个艺术家，不是商人。但你说说，你给我解释解释，他干吗要花钱付布鲁克林造船厂的仓储费，而不是把存货都清掉，把账单都付了？我是说——你看看地下室那些垃圾！都是韦尔蒂在拍卖会上买的，每周都在变多。楼上呢，店里堆满了东西！他守着那么一堆宝贝——卖上一百年也卖不完！有人到窗前来看，手里捏着钱，想要买点什么——抱歉，太太！滚开吧！店不开！他就待在楼下，拿着木匠工具，花十个小时刻上*这么小*——”他将大拇指和食指捏到一起，“一片木头，配给什么老太太的破椅子。”

“嗯，可他也会接待顾客。上周刚卖了一批东西。”

“什么？”格里沙生气地说，猛然转过头盯着我，“卖了？卖给谁？”

“沃格尔夫妇。他为他们开了店门——卖了一个书架，一个牌桌——”

格里沙皱起眉。“*那帮*人啊。他所谓的*朋友*。你知道他们为什么从他这儿买东西吗？因为他们知道能以低价钱买到好东西——‘预约见客’，哈！还是别让那帮秃鹫上门好。我是说——”他一拳打在锁骨上，“你知道我是好心。霍比就像我的家人。可是——”他伸出用拇指摸索食指和中指，和鲍里斯的手势一样，*钱*！*钱*！“商业这块儿，他做不好。随便什么油头滑脑的骗子上门，他就把最后一根火柴，最后一口饭，全都给出去。你瞧着吧——很快，要不了四五年，他就得破产，到大街上流浪去。除非找个人帮他看店。”

“比如说谁？”

“嗯——”他耸耸肩，“比如说我的堂妹莉迪亚。那个女人可以把水卖给快要淹死的人。”

“你应该告诉他。我知道他想找个人。”

格里沙讽刺地笑起来。“莉迪亚？在*那种*潮湿的地方工作？听着——莉迪亚卖的是金子、劳力士表、钻石，直接从塞拉利昂进货。每天都有林肯车来家里接她。穿着白色皮裤……貂皮垂到地上……指甲留得*这么*长。那种女人可不会整天跑到这种破店来，整天坐在灰尘和垃圾中间。”

他停了车，关掉引擎。我们到了水边一片清净的地带，面前是一幢灰色的大房子，好多没人住的房间，旁边是汽车修理厂，完全就是电影里黑帮专门杀人的地方。

“莉迪亚——莉迪亚可是个性感女人，”他沉思地说，“大长腿——大胸——可漂亮了。充满热情。但这行不能要她这种特显眼的人。”

“那该要哪种人？”

“像韦尔蒂那样的。他身上有种无辜的感觉，懂吗？像个学者或者牧师什么的。所有人的老爷爷。但同时也是非常聪明的商人。光人好不行，对谁都那么好，跟谁都是朋友，让顾客信任你，相信你这儿是最低价，这都没什么，可是最后你得把利润赚到手啊，哈！零售业就是这么回事，马杰尔。这个该死的世界就是这么回事。”

我们按了门铃，进去，一个意大利人坐在门口的桌边读报纸。格里沙在来访簿上签到，我读着架子上摆在泡沫填充物和包装胶带旁边的宣传册：

阿里斯顿艺术品仓库

世界领先标准

火灾预防，气温控制，二十四小时安保

诚信——质量——安全

满足您对艺术品保管的需求

为您保护物品安全，始于一九六八年

除了门口的职员，整个楼里空无人影。我们把家具搬入货运电梯，经过钥匙卡和人工输入密码的双重检验，坐电梯上六楼。我们走过漫长而毫无特点的走廊，走过天花板下的摄像头，经过印着不同数字的门：走廊D，走廊E。没有窗户的仿佛“死星”乐队成员的脸一般白的墙面似乎没有尽头，我们仿佛身处地下军事密道，或是走在未来墓地的骨灰安放处。

霍比租了相对较大的一间，双扇门，宽得足以开进卡车。“到了，”格里沙说，拿钥匙打开门上的大锁，咣的一声推开门，“看看里面这堆垃圾玩意儿。”硕大的空间里挤满家具和各种小物件（灯、书、瓷器、小铜器；B·阿特曼公司的袋子里装满纸张和发霉的鞋），我的第一反应是退出去，关上门。我感觉自己就像闯进某个刚去世的破烂收集狂家里。

“一个月两千元，”他阴沉地说，我们摘掉椅子上的填充物，小心地把它们摆到一张樱桃木桌上。“一年两万四！拿这笔钱买烟点着玩，也比租这破地方强。”

“那些小一点的地方租金是多少钱一个月呢？”有些仓门很小，比旅行箱大不了多少。

“疯子多得是，”格里沙无奈地说，“就汽车后备厢那么大的地方，一个月要好几百元。”

“我是说——”我不知道该怎么问，“他们怎么管理，不会有人往里面放非法的东西吗？”

“非法？”格里沙拿脏兮兮的手帕擦着眉毛上的汗，又擦脖子后面，“你指什么，枪？”

“嗯。或者，比如，偷来的东西。”

“怎么管？告诉你吧，没法管。你把东西藏在这儿，谁都找不着，除非你被抓起来了，或者死翘翘了，没人付仓储费。这里面百分之九十的东西都不值钱，什么婴儿照片啊，阁楼里的垃圾啊。不过，如果墙能说话——懂吗？你如果知道该怎么找，这里面大概藏着好几百万呢。全是秘密。枪，珠宝，谋杀案的尸体——各种疯狂的东西。这儿——”他咣当一声关上门，摆弄着门闩，“过来帮我一把。我真讨厌这地方，老天。我会觉得自己好像死了，你懂吗？”他冲没有尽头的荒凉走廊一挥手，“全都关起来，没有生命，死气沉沉！我每次过来，都觉得没法呼吸。比他妈的图书馆还憋闷。”

7

那天晚上，我拿过霍比厨房里的黄页，回房间翻找“仓库：艺术品”一栏。曼哈顿和纽约郊区有好几家艺术品仓库，大部分仓库的说明里都用庄重的字体印着：白手套，门对门运输服务！一个卡通侍者托着银盘，银盘里面有张名片：宾根与塔克维尔，始于一九二八。“我们为企业及个人客户提供世界最先进的技术，解决您的仓储需要，高度保密。”艺术技术公司。遗产在线。库存专家。“仓库有湿度温度实时监控系统。我们提供美国博物馆协会标准环境，保持华氏七十度恒温和百分之五十相对湿度。”

这些地方都太招摇。我可不想让人知道我要储存的是一幅画。我需要一个安全又不显眼的地方。规模最大、最受欢迎的连锁仓库在曼哈顿有二十家分店，其中一家在东六十街的河边。那是我所熟悉的地方，母亲和我以前住的公寓与那儿只隔了几条街。“我们的仓库有独立设计的二十四小时人工安保中心，在火警和防盗方面使用最新技术。”

霍比在厅里问了我一句什么。“什么?”我声音嘶哑地大声说，语气听起来可假了，一只手慌忙合上黄页。“莫伊拉来了。想跟我们去小店吃个汉堡吗?”他说的小店是白马酒馆。

“好啊，这就来。”我翻回刚才那一页。“为开心夏日腾出空间！轻松寄存体育休闲用品！”听起来很简单，也不需要信用卡，只要存笔押金就好。

我第二天没去上课，而是从床下拿出枕套，用胶条把枕套彻底封好，放进布鲁明戴尔百货店的棕色纸袋里，打了辆车，去了联合广场的体育用品店。我犹豫不决了一会儿，然后买了个便宜的帆布帐篷，接着打车去第六十街。

仓储公司的办公室全是玻璃，像个太空舱。我是唯一的顾客。我已经准备好一套说辞(我热爱野营，我妈妈有洁癖)，但接待员对我标签显眼的大型商品袋完全不感兴趣，哪怕帐篷的标签醒目地露了出来。他也没觉得我想用现金付一年的保管费有什么奇怪的——也许我可以付两年的保管费?“取款机在那儿。”负责收款的波多黎各人说，咬着培根鸡蛋三明治，指了一下方向，头都没抬。

这么容易？我心想，坐电梯下了楼。“把你的柜号记下来，”收款员说，“还有密码，把这组数字放到安全的地方保管好。”我把两个数字都背了下来——我看过很多007电影，知道记数字的诀窍。我一走出门，就把写着这组数字的纸条扔进垃圾箱。

我走在仓储公司的大楼外面，听着排气管里密室般的静寂和空调的嗡嗡声，开心极了，胸腔里一片舒畅。天空一片湛蓝，阳光灿烂得好像能发出声音，街道似乎比平时更加宽敞，更加美好，人群显得蓬勃明朗。这是我回到纽约后第一次离萨顿街的公寓这么近，感觉像是落回熟悉的梦里，过去和现在来回交替。人行道上是熟悉的坑坑洼洼和裂缝，我跑回家时总是跳起来俯身跃过去，想象自己正在坐飞机，飞机的翅膀微微倾斜，我要降落了，落地前的最后一程，飞速滑翔回家——很多熟悉的商店还在照常营业：熟食店，希腊餐厅，葡萄酒店。本已遗忘的熟人脸孔在我脑中闪过，花店的萨尔，意大利餐厅的巴塔利纳太太，干洗店的温尼——他总是把软尺挂在脖子上，蹲在地上用大头针把母亲的裙子钉在墙上。

我离以前的公寓只剩几步路了。我低头向五十七街走着，熟悉的小街上阳光正好，光线从两边的窗户上反射过来。我心想：戈尔迪！何塞！

我想到他们，忍不住加快脚步。现在是早上，他们应该在值班。我遵守诺言，从维加斯给他们寄了明信片。他们见到我一定会很高兴，凑过来拥抱我，拍着我的背，热切地听我讲述发生的一切，包括爸爸的死。他们会请我进包裹室，说不定会把经理亨德森也叫上，给我讲楼里的八卦。但我在停止前行的车流和鸣笛中拐过街角，隔着半条街看见我们的楼前搭起了脚手架，紧闭的窗户上贴着官方通知。

我在震惊中站住脚。过了一会儿，我难以置信地走过去，站在门口惊恐地看着。装饰艺术风格的门不见了。昏暗凉爽的门厅、擦得发亮的地板和反射阳光的木墙都不见踪影，只剩下混凝土堆和灰尘裸露的坑洞，戴着安全帽的工人推着小车运送瓦砾。

有个戴安全帽、满身灰尘的工人站在一边休息，弓着身子飞快地喝着咖啡。“这楼怎么了？”我问他。

“什么怎么了？”

“我——”我退后一步，抬头望去，发现消失的不仅是门厅。他们挖空了整座楼，从门前能一直望到后院。正面的马赛克彩砖还在，但窗户蒙了一层灰，里面什么都没有。“我以前住在这儿。这是怎么回事？”

“房主把房子卖了，”他压过门厅里钻头的声音喊，“几个月前就让房客都搬走了。”

“可是——”我抬头看着房子的空壳，又望向里面满是灰尘、被泛光灯照亮的废墟——工人呼喊着，到处都挂着电线。“他们这是在干吗？”

“高档套房。投了五百多万，房顶上要建游泳池。你能相信吗？”

“哦，老天。”

“是啊，你以为这地方会保存下来，是吧？挺不错的老建筑——昨天我们钻掉了门厅里的大理石楼梯，记得那个楼梯吗？太可惜了。真希望能整个搬走。现在很少能见到那么好的大理石了，质量很好。不过——”他耸耸肩，“这座城市就是这样。”

他大声抬头喊了什么，楼上的人用绳子放低装满沙子的桶。我有些虚弱地走开，头顶上就是我们以前的卧室窗户，或者说是窗户曾经所在的大洞。我难以接受整个事实，不敢抬头去看。不碍事，宝贝，何塞说，把我的手提箱放到包裹室最高的架子上。有些人已经在这楼里住了七十多年，比如莱奥伯德老先生。他现在去哪儿了？戈尔迪呢，何塞呢？对了，钦齐亚呢？钦齐亚总是同时做着十几份清洁工作，每周只来我们楼干几个小时。在此之前，我从来没想过钦齐亚。楼里的社交系统那么真实，似乎永远不会改变，我随时都能回来看看熟人，打个招呼，问问最近有什么新闻。他们认识我母亲，也认识我父亲。

我走得越远，心情就越糟。我又失去了一个稳定不变的港湾，我之前一直以为它的存在理所当然。熟悉的脸，热情的问候：嘿，伙计！我以为这里是过去的最后一块磐石，会一直保持我离开时的样子，等我回来。我也许再也无法对何塞和戈尔迪说声谢谢，感谢他们给我那笔钱了。这感觉相当奇怪。更奇怪的是，我也许永远也没机会告诉他们，我父亲死了。还有谁认识他？还有谁在乎呢？我走在人行道上，感觉地面随时会开裂，让我掉入第五十七街上的深坑，一直往下掉啊掉啊，永远没有尽头。

第四部

让我们成为父子的不是血肉，

而是心。

——席勒

第九章

可能的一切

1

八年后，我已经离开学校，为霍比工作。我从纽约银行出来，快快不快、心不在焉地走在麦迪逊大道上，突然听见有人喊我的名字。

我转回身去。我对声音很熟悉，却没能认出眼前的男人。他三十多岁，个子比我高，有双忧郁的灰色眼睛，淡金色的头发垂到肩头。他穿着蓬松的斜纹软呢长裤和质地粗糙、领子像披肩一样的毛衣，与城市街道格格不入，更像泥泞乡间小道上走出来的人物。他身上还有种上流人士沉沦后的颓废感，好像经常睡在朋友家的沙发上嗑药，大笔挥霍父母的金钱。

“我是普拉特，”他说，“普拉特·巴伯。”

我震惊地愣了片刻。“普拉特，”我说，“好久不见。哇。”眼前这位清醒专注的行人完全无法让我联想起那个打长曲棍球的小混混。以前的蛮横和攻击性都不见了，如今的他显得疲惫不堪，眼神局促而认命。他看起来像是郊区随处可见的不快乐的男人，因妻子出轨而心情抑郁。也像某个二流中学里臭名昭著的老师。

“呃。嗯。普拉特。你还好吗？”我尴尬地沉默了一会儿后说，向后退了一步，“你还住在市内吗？”

“对，”他说，一手摸着后颈，也显得很不自在，“刚找到一份新工作。”他的长相变了。他以前是几兄弟里头发最亮、长相最英俊的一个，现在下巴变厚了，有了啤酒肚，脸上十分粗糙，以前那种自然流露的朝气全然不见。“在一家学术出版社，布雷克–巴罗斯。他们大本营在剑桥，但在这里有分部。”

“那很棒啊，”我说，装出听说过这家出版社的样子，点着头，手在兜里胡乱摸着零钱，已经开始想要逃走，“嗯，见到你很高兴。安迪怎么样了？”

他的整张脸都僵住了。“你不知道？”

“呃——”我结巴起来，“我听说他进了麻省理工学院。一两年以前我撞见温·坦普尔，他说安迪得了奖学金——天体物理学？那个，”我紧张地说，普拉特的瞪视让我焦虑不安，“我和以前学校的同学都没什么联系……”

普拉特伸手捋捋脑后的头发。“抱歉。我们不知道该怎么联系你。现在还很混乱。我以为你肯定听说了呢。”

“听说什么？”

“他死了。”

“安迪？”他没有回答，“不。”

他做了个转瞬即逝的苦脸。“对。很抱歉告诉你这个消息，挺惨的。安迪和爸爸。”

“什么？”

“五个月前。他和爸爸溺水淹死了。”

“不。”我盯着脚下的人行道。

“船翻了。在东北港附近。我们其实没开多远，也许本来就不该出海吧，可是爸爸——你也知道他的——”

“哦，老天。”这是个怪诞的春日下午，周围不时有刚放学的孩子跑过。我站在街上，觉得无法动弹，困惑得仿佛刚被人开了个不好笑的玩笑。在之前这几年里，我经常会想起安迪，有一两次差点就跑去找他。但我自从回到纽约，我们就再也没联系过了。我总是觉得什么时候会在街上撞见他，就像撞见温、詹姆斯、马丁娜和其他同学一样。我一直想给他打个电话问声好，可是一直都没打。

“你还好吗？”普拉特说，揉着后颈，显得和我一样慌乱无措。

“呃——”我转向商店窗户，想让自己平静。半透明的影子转过来与我对视，人群在我身后快步经过。

“天啊，”我说，“我简直不敢相信。我不知道该说什么。”

“抱歉在街上告诉你这个消息，”普拉特揉着下巴说，“你的脸色有点发青。”

“脸色有点发青。”巴伯先生的口头禅。回忆一下子浮现：巴伯搜着普拉特房间里的抽屉，说要给我点堆篝火。“出这种事真是见鬼，我的老天。”

“你刚才说，”我说，茫然地眨着眼睛，仿佛刚被人从熟睡中推醒，“还有你爸爸？”

他环顾左右，扬起下巴的样子很像我记忆里那个傲慢自大的普拉特。然后他瞥了手表一眼。“我说，你有时间吗？”他说。

“嗯——”

“一起喝一杯吧。”他说，在我肩上捶了一拳，力气很大，我缩了一下。“我知道第三大道上有家安静的店。怎么样？”

2

我们坐在几乎没人的酒吧里。这里曾经是家很有名的店，地上铺着橡木板，有股汉堡包炸油的气味，墙上挂着常青藤学校的校旗。普拉特语速飞快地低声说着话，我竖起耳朵才能听清。

“我爸爸，”他说，低头看着配青柠的琴酒——巴伯太太的饮料，“我们都避而不谈。不过，我奶奶称之为‘化学成分不平衡’。躁郁症。他第一次发病，是在哈佛法律学院——大一，他没能上大二。各种狂野的计划，过度兴奋……一上课就格外激动，没轮到他也主动插话，还打算写篇关于捕鲸船‘埃塞克斯’号的史诗，但写出来的东西根本不通。他室友好像能让他平静一些，后来跟着室友去德国待了一个学期——哎。我爷爷坐火车去波士顿接他。他在联邦大道萨缪尔·埃利奥特·莫里森的雕像前放了火，警察来时还拒捕，结果就被抓起来了。”

“我知道他有精神问题，但不知道病情这么严重。”

“嗯，”普拉特又盯着酒看了一会儿，然后一饮而尽，“这是我出生之前很久的事。后来他娶了妈妈，又乖乖吃药，好长一段时间内都平安无事。但自从发生过那些事，我奶奶就再也不相信他。”

“哪些事？”

“哦，我们几个孙子孙女都和她关系不错，”他匆忙说，“但你想象不到爸爸年轻时惹过什么麻烦……费了不知道多少钱，狂怒起来可怕极了，还和未成年女孩惹了好多事……他会哭着道歉，但回头还是一样……奶奶一直把爷爷的心脏病怪在他头上。他们俩在爷爷的办公室里吵架，然后爷爷就发作了。不过，爸爸只要按时吃药，就会乖得跟只羊似的。他是个好父亲——嗯，你也知道。对我们几个都很好。”

“他是个好人。从我认识他起就是。”

“是啊，”普拉特耸耸肩，“他好起来是挺好的。他娶了妈妈之后，安分了一段时间。之后——我不知道出了什么事。他拿钱搞了几笔特别不靠谱的投资——那算是第一个信号吧。深更半夜给亲戚打电话什么的。还迷上了在他办公室里实习的女大学生——妈妈认识那个学生的父母。情况糟透了。”

不知道为什么，我听他称巴伯太太为“妈妈”，有点感动。“这些我从来都没听说过。”我说。

普拉特皱了皱眉，表情无奈而认命，一瞬间出奇地像安迪。“我们知道得也不是很详细——我们兄弟姐妹，”他苦涩地说，用大拇指在桌布上一划，“‘我爸有病’，我们就知道这么多。他住院时，我在外地上学。他们不让我给他打电话，说他病得很厉害，没法接电话。他一连几周没回家，我还以为他死了，而他们不愿意告诉我他死了。”

“我还记得。太可怕了。”

“记得什么？”

“他的，呃，精神问题。”

“是啊，哈——”他眼中突然出现的怒意让我一惊，“可我怎么知道他是‘精神问题’，还是他妈的癌症晚期？‘安迪这么敏感……安迪留在市内更好……我们觉得安迪会受不了寄宿学校……’哈，我得说，我爸妈可是一见我能自己穿鞋就把我送走了，送到一个名叫什么‘乔治王子’的破马术学校，就是个三流地方，哦，对了，还说能帮助性格形成什么的，说什么毕业就能上格罗顿。那个破马术学校招收特别小的学生，七岁到十三岁都有。你真该看看他们的宣传材料，维吉尼亚州的打猎乡村，照片上全是绿色的山，人都骑着马，可惜实际没那么美好。我在马棚里被马踩断了肩膀，结果就住在一个破地方疗养，窗外就是空荡荡的车道，但一辆车都没有。没一个人来他妈的看过我，连奶奶都没来。医生是个醉鬼，还把我的肩膀接错了，到现在都有问题。我现在还他妈讨厌马。

“*总之*——”他换了种口气，“后来他们把我从那破地方弄出去，送进了格罗顿。那时爸爸的情况糟透了，他们不得不将他送到别处去。他在地铁上惹了祸……他们说法不一，爸爸这么说，警察那么说。反正——”他挑起眉，露出要表现黑色幽默的调皮神色，“爸爸住到精神病院去了！住了八周。皮带、鞋带和所有尖锐物品都被没收了。他接受了电击治疗，好像还挺有效果的，因为他出院时整个人焕然一新。嗯——你还记得吧。简直是个年度优秀父亲。”

“所以，”我想起最后一次碰见巴伯先生的不愉快回忆，决定不告诉他，“到底是怎么回事？”

“哎，谁知道。他几年前又出问题了，只好回去住院。”

“什么样的问题？”

“哦——”普拉特大声吐了口气，“都差不多，不合时宜的电话，在公共场所发疯，这个那个的。当然，他说自己没有问题，他好着呢，可是楼里开始装修，他异常反对，不停有锤子和锯的声音。他说大公司都在毁这个城市，没有什么是真的，后来病情慢慢严重了，他觉得自己被人跟踪偷拍，写了好多内容疯狂的信，连他公司的一些客户也收到了……在游艇俱乐部里到处烦人……好多俱乐部成员都在抱怨，包括他的几个老朋友，谁能怪他们呢？

“总之，爸爸第二次出院回家时，完全变了。他发作起来没以前那么夸张，但整个人也没法集中精力了，总是觉得不耐烦。大概六个月以前，他换了个医生，向公司请了假，去了缅因州——我叔叔在那儿的一个小岛上有座房子，平时没人住，只有保姆看家，爸爸说海风能让他感觉好一些。我们几个会轮流过去陪他……安迪已经去波士顿上麻省理工，根本不想管爸爸，可是他比我们其他人离得都近，只好去了。”

“他没再回，呃——”我不想说精神病院，“以前去过的地方？”

“哎，谁又能逼他去呢？一个人如果自己不愿意，让他进去可困难了。特别是这人如果根本不肯承认自己有问题，爸爸就是这样。而我们都以为吃药就能解决问题，一旦药起作用了，他就能恢复正常。保姆会向我们报告，确保他好好吃饭，按时吃药。爸爸每天给他的心理医生打电话——我是说，医生当时说这样没问题，”他辩解道，“说爸爸开车也行，游泳也行，想出海就出吧。那天时间比较晚了，不该那么晚出海的，可是我们出发时天气还可以，你也知道爸爸那个人，风雨无阻，总想出海。老是逞强，有点英雄主义。”

“嗯。”我听过很多巴伯先生出海的故事。他扬帆驶入“略显颠簸的水域”，结果就扎进大风暴，三个州联合宣布进入紧急状态，整个大西洋沿岸都断了电，安迪晕船，呕吐，巴伯先生使劲把船上的海水往外舀。船在黑暗中左右倾斜，在瓢泼大雨中一头撞在浅滩上。巴伯先生吃着周日早上的培根煎蛋，喝着不含酒精的血腥玛丽，不止一次讲起带着孩子们出海，被台风吹得远离长岛海湾的故事。船上的广播系统失效了，巴伯太太给公园大道和第八十四街拐角处的圣依纳爵·罗耀拉牧师打电话，一整夜都坐着祈祷（巴伯太太！），直到海岸防卫队的船对岸电话打进来。（“只要吹一丝强风，她就能追踪到罗马去。是不是啊，亲爱的？哈！”）

“爸爸——”普拉特悲伤地摇摇头，“妈妈以前说过，曼哈顿如果不是个岛，他一秒也不会住在这儿。在陆地上他总是可怜兮兮的，总是向往着海水，不仅要看见大海，还得闻到它。我记得小时候和他一起开车从康涅狄格州开过来，没有直接从八十四号公路开回波士顿，而是绕了好几英里地，开到海岸线旁。他一直望着大西洋，对海边的景色非常非常敏感，说什么在离海近的地方，云的样子都变了。”普拉特闭上土灰色的眼睛，片刻后重新睁开。“你知道爸爸的小妹妹是投水自尽的吧。”他说，声音异常平淡，我还以为自己听错了。

我眨了眨眼，不知道该说什么。“不，我不知道。”

“嗯，就是那样，”普拉特不带感情地说，“凯西的名字就是为了纪念她。她在一场聚会上从东河的船上跳了下去——据说是闹着玩，他们都这么说，说是‘意外’。可是大家都知道不该那么玩，那条河水流很急，一下子就把她卷走了。另一个小孩跳下去救她，结果也死了。爸爸的叔叔文德尔头脑稍微也有点不正常，六十年代跟人打赌，想要游泳去欧洲大陆——我想说的是，爸爸总说水是他的生命之源，青春的源泉什么的——是，确实是。但对他而言，水不仅是生命，也是死亡。”

我没说话。巴伯先生讲的那些航海故事向来没头没尾，没有重点，也没有多少关于航海这项运动的实际内容，而是充满危机感，充满灾难的召唤。

“还有——”普拉特把嘴抿成一条直线，“当然了，更大的问题是他觉得自己在水里无所不能，完全是不死之身。海神波塞冬之子！不可能沉船！在他看来，海里波浪越大越好。以前一来暴雨他就很开心，你知道吗？低气压在他看来就跟笑气似的。可是那天……有些浪，不过天气很暖和，是那种阳光灿烂的秋日，让人很想到海上去吹吹风。安迪不想去，他感冒了，正在电脑上做什么特别复杂的东西，但我们谁也没觉得出海会有什么危险。我们的计划是跟他出海，让他冷静下来，然后到码头上的餐厅去，让他吃点东西。是这样的——”他来回交叉着双腿，“当时只有我们两个陪着他，安迪和我，说老实话，爸爸有点不在状态。从前一天开始他就有点激动，说话有点狂乱，躁动不安。安迪给妈妈打了个电话，因为他有好多事要做，觉得应付不过来，妈妈又给我打了电话。等我坐渡轮到了那儿，爸爸已经疯到天上去了，胡言乱语地说着扬起的浪啊，喷出来的水雾什么的——狂野的绿色大西洋。他已经失控了。安迪从来都不太会应付这种状态下的爸爸，自己躲在房间里，锁了门。在我去之前，他大概已经见爸爸闹腾了一场。

“我现在想起来，觉得确实是欠考虑，可是——要知道，我本来只用一只手也能航海。爸爸在房子里上蹿下跳，我还能怎么办，控制住他，把他锁起来？你也知道安迪，他从来不考虑食物之类的事，柜子里什么都没有，冰箱也几乎是空的，只有几块冻比萨……出去走一圈，到码头上吃点东西，当时我觉得这是个好主意，你懂吗？‘给他弄点吃的，’爸爸每次显得过于兴奋，妈妈都会这么说，‘让他胃里有点东西。’这一向是我们的第一反应。让他坐下来，吃一大块牛排，这样往往就能让他基本恢复正常。而且——我心里一直想着，如果到了大陆上他还没静下来，那我们就不去牛排店，直接把他送到急诊室好了。我叫安迪一起去只是为了保险。我觉得需要有个人照应——老实说，我前一天晚上玩到很晚才回家，用爸爸的话说，没有那么光彩照人，”他顿了顿，用手掌抹着宽松长裤的大腿部分，“嗯，你知道，安迪从来都不喜欢海。”

“我记得。”

普拉特皱了皱眉。“我见过的猫都比安迪更会游泳。老实说，安迪是我认识的孩子里最笨手笨脚的，比小儿麻痹症和弱智好不了多少……老天，你是没见过他打网球的样子，我们以前会开他的玩笑，说他应该去参加残疾人运动会，一定横扫全场。但他出海的次数也够多的了，老天在上——我觉得多个人总不是坏事，因为爸爸已经那样了，你明白吗？我们完全可以开船——水面平静，本来是很平静的，但我没好好注意天色，风吹起来了，我们收着大桅上的帆，爸爸挥着胳膊，说着星星之间的空白地带，一通胡言乱语，结果一个浪打过来，他失去平衡，掉了下去。我们想把他拽回船上，安迪和我——然后船完全偏了过来，角度非常糟糕，又一个巨浪，把你猛然往上一抬、甩到不知道什么地方去的那种浪，我们的船就砰的一声翻了。天气还不算冷，可是如果泡得久了，华氏五十三度的海水也足以让你体温过低，而我们在水里泡了很长时间。而爸爸激动得都冲天了，简直飞到了平流层——”

热情的大学生女侍从普拉特背后走来，想问我们要不要再来一杯。我捕捉到她的眼神，轻轻摇头，让她走开。

“爸爸死于体温过低。他瘦了很多，身上根本没什么脂肪，在水里挣扎了一个半小时就不行了。不好好待着，身体降温的速度会更快。安迪——”普拉特似乎感觉到女侍的存在，转头亮出两根手指：再来一圈。“安迪的救生衣，唉，后来他们发现救生衣飘在船后面，挂在救生绳上。”

“天哪。”

“救生衣大概是在他落水时从头上脱出去了。需要把一根带子绑在两腿之间——有点不舒服，没人喜欢绑着那玩意儿。总之，安迪的救生衣就在后面，还挂在救生绳上，他肯定是没穿好，小混蛋。唉，我是说，”他提高了声音，“这太像他了。你知道吧？根本就不费心把所有扣子都系好。他总是那么笨手笨脚的——”

我紧张地瞥了女侍一眼，普拉特的声音太大了。

“老天，”普拉特突然从桌边向后一退，“我以前一直那么欺负安迪。我是个混蛋。”

“普拉特。”我想说“你不是”，但那并非事实。

他抬头看我，摇了摇头。“我是说，我的老天。”他的眼睛一片空洞，仿佛安迪和我爱玩的电脑游戏《空中骑兵II：入侵柬埔寨》休伊直升机的飞行员。“我每次想起以前对他干的那些事，都没法原谅自己，永远。”

“哇。”我不自在地顿了顿，看着普拉特摊在桌上、关节粗大的双手。过了这么多年，他的手仍然显得粗暴残忍，带着以前的冷酷感。我和安迪在学校都饱受欺负，但普拉特对安迪的作为已经接近真正的折磨，花样百出，以此为乐：他在安迪的食物里吐口水，撕坏他的玩具，把从水箱里捞出的死孔雀鱼、从网上下载的尸检照片摆在他的枕头上，在他睡觉时掀开被子在他身上撒尿（然后大喊：“机器人尿床啦！”），以新闻里虐囚的方式把他按在浴缸里，在操场上把他死死压在沙坑里，直到他哭着挣扎着想要呼吸。把治哮喘的喷雾器举起来让安迪够，看着他喘不过气，求饶：“想要吗？想要吗？”最过分的一次是，在某座乡间别墅的阁楼里，普拉特拿着皮带，安迪被绑着双手，旁边还有个随便做的绞刑圈。可怕极了。我记得安迪没有感情地低声说：“要不是保姆听见我在踢地板，我已经被他杀了。”

细细的春雨敲打在酒吧的窗玻璃上。普拉特低头看着空掉的酒杯，又抬起头。

“跟我回家见见妈妈吧，”他说，“她一定很想见你。”

“现在？”我意识到他就是指此刻。

“哦，来吧。如果现在不行，那就待会儿。别只是敷衍说你会来。这对她很重要。”

“嗯——”我低头看了手表一眼。我还有几个地方要去，心里有很多事压得我快要喘不过气来。但天色已晚，伏特加让我晕晕乎乎的，下午已经在我的不知不觉中溜走了。

“走吧，”他说，挥手结账，“她如果知道我见到你了却没带你回去，一定不会饶了我。就坐两分钟，行吗？”

3

我走进巴伯家的门廊，仿佛穿过时光隧道，回到了童年：中国瓷器，打着光的风景画，丝绸罩住的台灯亮着黯淡的光，一切都和母亲死的那天，巴伯先生为我开门时一模一样。

“不，不。”我习惯性地走向凸面镜，要进客厅，普拉特阻止了我。“这边，”他领头走向公寓后部，“我们现在都很随意——妈妈平时都在后面见人，在她愿意见人的时候……”

以前我从没接近过巴伯太太的卧室。我靠近门口时，她的香水味传了过来——那是我不可能认错的气味，白色的花朵中裹挟着陌生的粉末，仿佛窗边被风吹动的垂帘。

“她没以前那么经常出门了，”普拉特低声说，“也不去参加晚宴之类的活动了。每周有一天，她会请人过来喝茶，或者和朋友出去吃饭。仅此而已。”

普拉特敲了敲门，侧耳聆听。“妈妈？”他喊了一声，听到模糊的应答，将门推开一道缝。“我带了客人回来。你肯定猜不到我在街上撞见谁了……”

卧室面积很大，墙面涂成老妇人喜欢的八十年代桃红色。门口隔出一块地方，摆了沙发和矮椅。那个小地方有很多摆设用的小玩意，绒绣靠垫，九、十幅年代久远的画：《逃往埃及》《雅各与天使》，还有几位伦勃朗同时期的画家。其中有幅很小的棕色钢笔画，画的是耶稣给圣彼得洗脚，精细得仿佛出自伦勃朗本人之手。耶稣的背影疲惫不堪，圣彼得脸上悲伤的表情茫然而复杂。

我俯过身去更仔细地看那幅画。房间另一头亮起一盏宝塔形的灯。"西奥？"我听见她说。她躺在一张大床上，靠着成堆的枕头。"是你！我真是不敢相信！"她说，向我伸出双臂，"你完全变成大人了！你到底去哪儿了？现在住在城里吗？"

"嗯。我回来有一阵子了。你看起来很精神。"我补充一句，尽管她一点都不精神。

她抓住我的双手。"而你长得这么帅了！我都不敢认了。"她比我记忆中的样子更老也更年轻了，脸色非常苍白，没涂口红，眼角出现了鱼尾纹，但皮肤仍然白皙光滑，金发中夹杂着银色（也许以前就有白发？），乱糟糟地垂在肩上。她戴着半月形的眼镜，穿着绸缎睡衣，睡衣领口别着雪花形状的钻石胸针。

"我再见到你时是躺在床上，做着针线活，像个水手的老寡妇。"她说，挥手示意腿上没做完的刺绣活儿。两条小小的约克夏猎犬睡在她脚边的开司米羊毛垫上，较小的一条注意到我，跳起来开始狂吠。

她努力安抚狗，另一条也叫了起来。我不自在地微笑着，环顾四周。特大号的床布置得很现代，床头板上盖着块布。床周围有很多有趣的古董，我小时候就算看到也不会注意这些古董。这里显然是整间公寓的马尾藻海，客厅里细心布置后不需要的东西都漂到这儿来了：不相配的小桌子，亚洲的小摆件，一堆收集起的银色桌铃。旁边有张红木游戏桌，我远远看去，觉得那可能是邓肯法夫时代的东西。桌子上面（在廉价景泰蓝烟灰缸和无数杯垫中间）有只圣路易红雀的剥制标本：已经被虫蛀过，脆弱而精致，翅膀上覆盖着厚厚的灰尘，脑袋歪向一边，眼睛是颗灰蒙蒙的可怕的黑色玻璃珠。

"叮铃叮铃，嘘，别叫了，我受不了了。这是叮铃叮铃。"巴伯太太说，抱起挣扎的小狗，"它最淘气了，是不是啊，亲爱的，一刻都不肯安静。系着粉丝带的是克莱门汀。普拉特，"她压过狗叫声喊，"普拉特，你把它带到厨房去吧。它总是在烦客人，"她对我说，"我应该雇个驯狗师……"

巴伯太太卷起针线活，将其放到椭圆形的竹篮里，竹篮的盖子上嵌着块贝雕。我在她床边的扶手椅里坐下。椅子的布面上出现了磨损，我很熟悉上面淡淡的条纹——这一定是曾经摆在客厅里的椅子。很多年前，我在巴伯家过夜，母亲来接我时，在厅里所坐的就是这把椅子。我伸手摸过椅面，仿佛看见母亲站起身来和我打招呼，穿着那天的亮绿色厚呢大衣——那时候那件衣服还很时髦，街上总有人停下来问她是在哪儿买的，但那件衣服的风格与巴伯家格格不入。

“西奥？”巴伯太太说，“你想喝点什么吗？喝杯茶？还是更带劲点的？”

“不用了，谢谢。”

她拍了拍锦缎床罩。“坐到我身边来，好吗？我想好好看看你。”

“我——”她既亲密又庄重的语调让我突然涌上一股强烈的悲伤。我们互相凝视，过去仿佛在这一瞬间被重新勾勒出来，和玻璃一样清晰，静止而复杂，好像春季下着雨的午后，昏暗客厅里的一把椅子，她的手拂过我脑后的轻柔碰触。

“真高兴还能再见到你。”

“巴伯太太，”我说，挪到床边，小心翼翼地侧身，只有一边屁股坐在床上，“老天。我都不敢相信。我刚刚才听说。真的很抱歉。”

她抿起嘴唇，仿佛忍住不哭的小孩。“是啊，”她说，“嗯。”随即是一阵阴沉而无法打破的沉默。

“我真的很抱歉。”我重复，语气更急切了些。我知道自己的声音有多尴尬，仿佛提高声音就能表达心里的哀伤。她默默眨了眨眼。我不知道该怎么办，就伸出手按到她的手上。我们就那么不自在地坐了很久。

她终于开了口。“至少——”她坚决地擦去眼中的泪水，我没能说出任何话来，“他死前三天还提到过你。他订婚了，对方是位日本姑娘。”

“不是吧，真的？”我虽然很哀伤，还是露出了微笑。安迪之所以会选日语作为选修，正是因为他对漫画里的巫女和水手服女生有种特别的迷恋，“日本来的日本姑娘？”

“没错。个子小小的，声音很尖，总是抱着个笔记本，那个本子像个填充玩具。嗯，我见过她了，”她挑起眉，“我们在皮埃尔喝了个下午茶，安迪给我们翻译。她来参加葬礼了，那个姑娘叫都子——唉，文化不同什么的，他们说日本人感情不外露是真的。”

小狗克莱门汀爬到巴伯太太的肩上，像毛领子一样蜷起来。“老实说，我正想养第三只呢，”巴伯太太说，伸手抚摸着它，“你觉得呢？”

“我不知道。”我有些慌张地说。巴伯太太可不是个习惯询问别人意见的人，更不可能问我。

“我得说，它们俩给我带来了极大的安慰。葬礼后的那个礼拜，我的老朋友玛利亚·马赛德赛·德拉·佩雷亚突然带着它们来找我，两只小狗崽装在篮子里，篮子上面还系着缎带。我一开始还很犹豫，但这真是我收到的最贴心的礼物。我们以前没法养狗，因为安迪。他过敏得很厉害，你还记得吧？”

“记得。”

普拉特进来了，还穿着猎场看守般的外套，外套两边有装死鸟和猎枪子弹的大口袋。他拉开一把椅子坐下。“嗯，妈妈。”他说，咬住下嘴唇。

“嗯，普拉特。”庄重的沉默，“今天工作怎么样？”

“挺好的，”他点点头，似乎想要说服自己，“嗯。特别忙。”

“很高兴听到你这么说。”

“好多新书。有一本写的是维也纳国会。”

“又一本？”她转向我，“你呢，西奥？”

“抱歉？”我正望着她缝纫篮上的木雕（捕鲸船），想着可怜的安迪：黝黑的海水，嗓子里全是咸味，一边呕吐挥舞手脚。死在他最讨厌的地方，如此可怕又残忍。“最大的问题是我讨厌船。”

“给我讲讲，你最近都在做些什么。”

“呃，我做古董交易。主要是美国家具。”

“不是吧！”她很高兴，“太棒了！”

“嗯——在西村。我看店，主管销售部分。我的合伙人——”对于我而言，这是个新词，我还没习惯，“我的生意合伙人，詹姆斯·霍巴特，他是真正干活的人，负责修理家具。你应该找个时间过来看看。”

“哦，太棒了。古董！”她赞叹道，“嗯——你知道我有多喜欢旧东西。真希望我家的孩子也能有这方面的兴趣。我一直希望有谁能喜欢。”

“嗯，还有凯西呢。”普拉特说。

“奇怪的是，”巴伯太太继续说，仿佛没听到他的话，“我家的孩子一点艺术细胞也没有。很奇怪吧？他们四个全是平凡人。”

“哦，拜托，”我尽量用开玩笑的语气说，“我记得托迪和凯西上过钢琴课。安迪有一把铃木小提琴。”

她挥了一下手。“哦，你懂我的意思。我家的孩子都没有艺术方面的眼光，看不出画和装修的好坏。你呢——”她又握住我的手，“你小时候，我老看见你在厅里盯着我的画看。你总是直接就走到最棒的那些画前面。弗雷德里克教堂的风景画，我的菲兹·亨利·莱恩和拉菲艾尔·皮尔，还有约翰·辛格尔顿·考普利——记得吗，那幅很小的椭圆形画像，戴着遮阳帽的女孩？”

“那是考普利的画？”

“没错。你刚才还盯着伦勃朗那幅小画来着。”

“所以那是真的伦勃朗？”

“对。只有那幅是，那幅洗脚的画。其他都是他那个流派的。我这几个孩子是看着这些画长大的，却从来都没表示过一丝兴趣，是不是啊，普拉特？”

“应该说，我们更擅长其他事情。”

我清了清嗓子。“那个，我过来只是想打个招呼，”我说，“见到你真的很高兴，见到你们两个——”我转身示意普拉特，“真希望我们是在更愉快的情况下见面的。”

“留下来一起吃晚饭吧？”

“抱歉，”我说，觉得有点走投无路，“今晚不行。但我确实想过来看看你们。”

“那你回头再来吃晚饭吧？午饭也行，喝一杯，”她笑起来，“随便你想做什么。”

“晚饭，好啊。”

她仰起头让我吻了一下脸颊。我小时候她从来没这样做过，即便是对她自己的孩子。

“你能来真是太好了！”她说，抓住我的手按在脸上，“我好像回到了从前。”

4

我出门时，普拉特用奇特的方式和我握了手，那像是黑帮、兄弟会和国际手语的混合体，我都不知道该怎么回应。我慌乱地抽回手，不知所措地跟他碰了一下拳头，觉得自己很傻。

“嗯，嘿。真高兴能遇见你，”我尴尬地沉默片刻后说，“回头给我打电话。”

“晚饭的事？哦，没问题。你如果没意见，我们就在家里吃，妈妈真的不太喜欢出门，”他把手塞进兜里，突然来了一句，“我最近经常见到你以前的朋友凯布尔。说实话，我可不想那么频繁地见到他。他也许想知道你的近况。”

“汤姆·凯布尔？”我难以置信地笑了起来，但声音里并无多少笑意。我们一起停学、母亲死后他躲开我的记忆都让我不太舒服。“你和他还有联系？”我问，普拉特没回答，“我已经有好几年没想起过汤姆了。”

普拉特嘻嘻地笑了一声。“我得说，我以前觉得那家伙的朋友不可能受得了安迪这种书呆子，”他低声说，靠到门框上，“我倒不是介意。老天在上，总得有人领安迪出门，带他嗑药什么的。”

安呆子。机器人。孬种。粉刺脸。海绵宝宝尿裤子。

“你不嗑？”普拉特轻松地说，误解了我沉默不语的凝视，“我以为你嗑呢。凯布尔可是众所周知的大麻头。”

“那肯定是我走了以后。”

“嗯，也许吧，”普拉特看着我，我并不喜欢那种眼神，“妈妈觉得你是个不可能犯错的好学生，但我知道你跟凯布尔是朋友。凯布尔可是个贼，”他高声笑起来，一瞬间又成了原来那个让人不快的普拉特，“你过来玩的时候，我叫凯西和托迪把房间锁好，免得你偷东西。”

“原来如此。”我已经多年没想起过小猪存钱罐的事了。

“嗯，我说，汤姆——”他望向天花板，“我以前和汤姆的姐姐乔伊约会过，我的天哪，她也挺够呛的。”

“哦。”我还记得乔伊·凯布尔——她当时十六岁，胸很大，在位于汉普顿明的房子里和十二岁的我擦肩而过，只穿了贴身T恤和黑色丁字内裤。

“随便的乔！她那屁股可真厉害。我还记得她老是在热水浴缸周围光着身子走来走去。对了，汤姆。在爸爸位于汉普顿俱乐部里，他被人发现在男更衣室里撬柜子，也就十二三岁吧。那时你已经走了吗？”

“肯定。”

“他在好几家俱乐部里都偷过东西。有什么大型巡回赛时，他会溜到更衣室里，能拿到什么就偷什么。后来，可能已经上大学了吧——哦，该死，上的是哪儿来着？不是美斯顿——暑假，他在会所的酒吧找了份兼职，开游艇送喝多了的老人回家。待人亲切，又健谈——哎，你知道的。他会让那些老头讲自己打仗的故事，给他们点烟，听到他们的笑话后会大笑。不过有时候他送那些老头回家后，第二天他们的钱包就找不着了。”

“嗯，我有很多年没见过他了。”我简短地说。我不喜欢普拉特的语气。“他现在在干吗呢？”

“哎，你懂的。老一套。他不时跟我妹妹约会，我希望能阻止他们见面。总之，”他说，语气稍有变化，“我说个没完，耽误你的时间了。我会告诉凯西和托迪我们见到你了——特别是托迪，他对你的印象可深了，老是提起你。他下周末会回来，我知道他肯定想见你。”

5

我没打车，而是选择步行，打算清醒一下头脑。这是个晴朗湿润的春日，雨云里刺出数道阳光，办公室白领在人行道上来回奔走。但我并不喜欢纽约的春季，它总会带回母亲去世的回忆，记忆随着水仙花、树木发芽和奔涌的血液一起而来，也带来了淡淡的幻觉与惊怖（“棒呆了！太有趣！”赞卓拉也许会这么说）。我听到安迪的消息，感觉仿佛有人按下X光的开关，将一切都变成胶片里的样子，让我在水仙花、遛狗的行人和街角吹哨的交警身上只能看见死亡：人行道上挤满死者，尸体从公交车上纷纷涌下，快步走回家里。再过一百年，这里的所有人都会踪影全无，只剩下牙齿填充物、心脏起搏器，也许还有几片破布和碎骨。

这些念头让我无法忍受。我曾无数次想过要给安迪打电话，阻止我的只是微不足道的羞耻心。我确实没有和以前认识的人保持联系，但也在街上撞见过几位老同学，而马丁娜（一年前，我和她保持过短暂而空虚的恋爱关系，在折叠沙发上偷偷摸摸地做过三次）提起过他：安迪在马萨诸塞州，你还和安迪有联系吗？哦，是啊，还是老样子，完全就是个书呆子。不过现在学会了，怎么说呢，装出复古又酷的感觉。戴着可乐瓶那么厚的眼镜，橘黄色的灯芯绒裤子，头发剪得好像达斯·维达的头盔。

哇哦，安迪，我当时心想，开心地摇着头，伸手越过马丁娜赤裸的肩膀，拿了她的一根烟。我还想，要是能见到他就好了，可惜他不在纽约。等他放假回来，给他打个电话好了。

可是我没打。我固执地不肯上脸书，也不太看新闻，但我仍然无法理解怎么至今都没听说——唯一能想到的原因是，最近几周我太担心店里的事，很少有精力去想别的。我们经济上还过得去，毫不费力就赚了大笔大笔的钱。霍比坚持要把我列为生意合伙人，因为他觉得是我拯救了他（他差点就破产了）。考虑到实际情况，我并不那么想当合伙人，但我的拒绝只让他更加坚定要让我分到利润。我越反对，他就越坚持；他出于一贯的慷慨之心，把我的拒绝归结为"谦虚"，但我其实是在害怕，怕合伙关系会让他了解店里一些上不了台面的交易。霍比如果知道，会吃惊得连脚上的约翰·罗布工靴都吓掉。但他不知道。我故意给客人卖假货，结果对方发现了，正为此事闹个不停。

我不介意给他退钱——说实话，唯一的解决办法就是以高价把东西买回来。以前这办法屡试不爽。我把经过大规模改装或完全就是仿制的家具当成真品卖出去，收藏家把东西带回家（离开了霍巴特与布莱克威尔古董店的昏暗光线），如果发现有什么地方不对（"去哪儿都要带着手电筒，"霍比很早以前就这么教育过我，"古董店灯光昏暗是有理由的"），那我就摆出非常抱歉的态度——对不起，搞混了，但我真的以为这是真品。然后我主动提出用原价百分之一百一的价格买回来，其他条件与正常交易完全一样。这让我显得像个好人，完全相信自己的商品是真的，又愿意付出代价保证客户满意。通常情况下，客户会打消怀疑，决定留下那件商品。有几次，疑心很重的收藏家都接受了我的提议。但他们没有意识到的是，家具经过这样一买一卖，有了证明其价值的价格，也拥有了一个起源地。它一旦回到我的手中，我就有了一系列的书面文件，可以证明它曾经是某位人士的藏品。我尽管提价买回了假货（对方如果不是德高望重的收藏家，那最好是爱好收藏的著名演员或服装设计师），回头我完全可以再把它卖出两倍的价钱，主要卖给华尔街上的暴发户，他们分不出奇彭代尔和伊森·艾伦的区别，却很看重有"正式文件"证明他的邓肯法夫秘书桌曾经是某某人士的藏品，而某某人士可是位声名显赫的慈善家 / 室内设计师 / 百老汇领衔演员——你随便填空好了。

至今为止，这方法都很成功。只是这一次，某某人士不肯上钩——他是上东区的一位上流同性恋人士，名叫卢修斯·里弗。让我困扰的是，他认为：A. 我是故意骗他的，这没错；B. 霍比也参与其中，他才是整场骗局的策划者，这和事实差得可太远了。我想要挽救局面，坚持说这是我自己的错误——咳咳，说实话，先生，你误解霍比了，我在这行还是新手，希望你不要怪我，他的手艺实在太好了，有时候真的让人真假不分，你能理解的吧？衣着高级、看不出年龄和职业的里弗先生（"叫我卢修斯就好"）不肯罢休。"也就是说，你不否认这是詹姆斯·霍巴特的作品？”他说。我们在哈佛俱乐部吃着让人神经紧张的午饭，他神色狡黠地靠到椅子上，用手指抚摸着苏打水的杯缘。

“听着——”我意识到自己犯了战略性错误，不该到他的地盘来见他。他认识所有的侍者，用铅笔在便笺上点了菜，我完全无法插话，让他尝尝这个那个。

“还是说，他特意把这块凤凰木雕从托马斯·阿弗莱克手里买过来——嗯嗯，我记得是阿弗莱克，反正是费城的人——安在这件同时期但毫无特别之处的叠柜上？我们说的是同一件东西吗？”

“拜托，请允许我——”我们坐在窗边，阳光直射着我的眼睛，我大汗淋漓，坐立不安——

“那你怎么能证明你们不是联手故意骗我的？”

“听着——”侍者在不远处徘徊，我想让他走远点，“是我犯了错。我说过了。我还提出加价买回来。我不明白你还想让我怎么做。”

我的语调很冷静，其实心里充满焦虑，特别是现在已经过了十二天，卢修斯·里弗仍然没有存现我给他的支票——我撞见普拉特之前，刚在银行确认过。

我不知道卢修斯·里弗想要什么。霍比一直做很多更换零件、大规模改装的工作（他称之为“狸猫换太子”），布鲁克林海军造船厂的储物间里堆满这样的改造品，有些可以追溯到三十年以前。我第一次自己进去东看西看时，完全被那些以假乱真的作品震惊了，包括赫普尔怀特和谢莱顿，像是阿里巴巴满是珠宝的山洞。“哦，老天，不是。”霍比说，他在电话里的声音断断续续的——那地方像个掩体，几乎没有信号。我兴奋地直接出门给他打了电话，站在装卸码头吹着风，一手捂着耳朵。“相信我，那些如果都是真品，我早就给克里斯蒂的美国家具部打电话了——”

多年来，我一直非常钦佩霍比狸猫换太子的技术，也动手帮忙修过几件。我第一次看见这些作品时吓傻了（借用霍比的说法），产生了一个疯狂的想法。不时会有博物馆藏品级别的古董家具被送到店里来，破坏程度太严重，没有保存价值。霍比会对着这些精致的历史遗留物衷心哀叹，仿佛它们是挨饿的儿童或被人虐待的流浪猫。对他来说，只要能力允许，他就有责任保留残品中可用的部分（这儿一对尖顶饰，那儿一双做工精良的桌腿），然后用自己在细木工方面的天赋将它们拼接成年轻漂亮的弗兰肯斯坦，有些只是好看，有些则忠实再现了那个年代的家具风格，完全可以以假乱真。

酸液，颜料，金漆和炭黑，蜡和尘土，被盐水泡得生锈的旧钉子，用硝酸处理过的新核桃木。用砂纸打磨抽屉滑轨，新木头在太阳灯下照上几周就增添了百年历史感。他用五把坏掉的赫普尔怀特餐椅做出了结结实实的八把，与真品毫无二致：拆掉真品，照着做出所有零件（用从其他旧家具上拆下的同一时期的木头），再把半旧半新的各个部件拼接起来。“椅腿——”他伸手摸着椅腿，“一般会在底部磨损弯曲，就算用旧木头，也得在新削的椅腿底下绑上链子，磨一磨，让所有椅腿保持一致……动作一定要轻，我可不是说把腿都给磨薄了……规律也很明显，前腿一般都是后侧弯一点，看出来了吗？”我见过他用散架的十八世纪餐柜重新拼接出一张桌子，桌子看起来完全就是出自于邓肯法夫本人之手。“这样可以吗？”霍比说，紧张地退后一步，完全没意识到自己创造出了怎样的奇迹。他会从伟大作品的残骸上拆下一部分，安到另一件平平无奇的同时期家具上，让它摇身一变，成为大师之作，卢修斯·里弗的“奇彭代尔”叠柜就是其中之一。

霍比如果是个更现实、或者说没那么死板的人，可以利用这个手艺赚大钱（格里沙的通俗说法是：“榨得比一次五千元的妓女还狠”）。但据我所知，他从来没想过要把这些作品当成真品卖出去，可以说根本没想过要卖。他对在店里进行的交易丝毫不感兴趣，所以我有相当大的自由，可以用各种方法把钱赚到手，付掉日常账单。我把一座“谢莱顿”沙发和一对肋条靠背椅卖给了一位投资银行家的加州年轻妻子，但是以伊斯雷尔·萨克古董店会报出的价钱，还清了联排别墅好几万元的税。另一对餐椅加上“谢莱顿”沙发卖给了另外一个客户，但是当时他人不在市内，无法亲自验货，而他很相信霍比和韦尔蒂作为古董商无懈可击的口碑。这一单让我还清了店里的所有欠债。

卢修斯·里弗愉快地说：“他把生意这些事全都交给你？这倒是个好主意啊。自己在工房里做赝品，却完全不管你怎么卖，自己洗得一干二净？”

“我已经给你提出赔偿条件了。我用不着坐在这儿听你说这些。”

“那你怎么还坐着？”

霍比如果知道我拿他的仿作当真品卖，一定会震惊不已，我对此深信不疑。他在仿作上做了很多与真品不同的地方，仿佛是给内行人讲的笑话，对制作材料也没有真正做赝品的人那么要求严格。但我发现，只要把仿作卖得比真品价格低百分之二十，就连有经验的买家也会上钩。谁都喜欢占便宜。五分之四的人会直接忽略他们不想看到的细节。我深知该如何将买家的注意力转到一件家具的亮点上：手工裁切的单板，细腻的绿锈，多年的伤痕。手指摸过精美的波状花边（霍加斯本人称之为“美之曲线”），顾客就不会注意到背部重修过的零件，虽然在强光下他们也许能看出家具上的木纹并不一样。我不会主动建议顾客检查家具底部，而霍比就不一样了。他总是热情教授关于古董的知识，即使这样会极大损害他的个人利益。我为了防止客户过于仔细，总是让家具周围的地板显得非常非常脏，手头的手电筒非常非常暗。纽约有很多有钱人，也有很多时间紧迫的装潢商，只要给他们看看拍卖册里模样相仿的家具照片，再给个似乎有利可图的低价，他们就愿意掏钱，何况那也不是他们自己的钱。对于更懂行的客人，一般手法是把待售家具藏在店面后方，用吸尘器往上面撒层灰，身价立马就上去了！让好奇的顾客自己发现它——快看，这堆积灰的垃圾底下居然有张谢莱顿沙发！我特别享受这种骗局，秘诀就是装出懵懂和无聊的表情，专注地读着书，仿佛根本不知道店里有这件好东西，让顾客觉得是他们蒙过了我，虽然他们的双手因激动而颤抖，装出若无其事的样子，当场跑到银行去取巨额现金。对方如果不巧是位非常重要的客人，和霍比很熟，我随时都可以说那件家具是非卖品。一句简单的“不卖”对陌生客人效果巨大，不仅会让他更急切地想要成交，直接付现金，也让我有了在必要时取消交易的借口。最经常出现的情况是，霍比在不恰当的时间出现在楼上。还有一次是德福利太太突然来访——我不得不在就要成交的节骨眼上撒了手，结果惹恼不想再等的电影导演妻子，她后来再也没来过。一般人裸眼看不出霍比所做的细致处理，除非用紫外线或实验室测试。他的客人里有很多专业收藏家，但也有很多一窍不通的外行人，他们不知道安妮女王的穿衣镜根本不存在。但就算有人发现有什么不对，比如某种雕刻技巧或木头种类和工匠或时期对不上，我也曾经靠三寸不烂之舌蒙混过关。我说那件家具是为一位特殊客人单独制造的，所以严格来讲，比同期普通作品还要珍贵。

我在焦虑不安的状态下，不知不觉拐进公园，走上通往水池的小路。上小学时，安迪和我在冬季下午经常坐在这里，裹着皮衣，等待我母亲来动物园接我们，或者带我们去看电影——“汇合点，下午五点整！”遗憾的是，到了现在，我到这儿来经常是为了等杰罗姆，一个骑摩托车的毒品卖家。多年以前我和鲍里斯从赞卓拉那里偷来的药丸让我走上了一条不归路：康定片，可待因，吗啡和吗啡酮——如果有货的话。我总是在街头购买这些毒品，最近几个月遵守着嗑一天、停一天的规律（大部分时间能成功遵守，不过所谓的“停一天”是指那天只嗑一点点，免得太过难受)。今天是停药的日子，但我觉得心情越来越差，和普拉特一起喝的伏特加也慢慢失去了作用。我知道身上什么都没有，但双手还是忍不住四处拍打，一次又一次地探入大衣和西装口袋。

我在大学里没有取得任何值得一提的成就。在维加斯过的那几年让我无法忍受长时间努力学习。最终，我在二十一岁毕业时 (我没能在正常的四年内毕业，拖到了六年)，我没留下任何优秀成绩。“说老实话，我看没有哪里的硕士专业会愿意收你，”咨询老师这么说，“何况你还要依赖政府补助。”

但这没关系，我知道自己想干什么。我的古董交易事业开始于十七岁。某个下午，霍比难得决定开店，而我碰巧上了楼。那时我已经注意到霍比在经济上遇到了困难，格里沙的警告千真万确，霍比总是不停买进，却没卖出多少。“他们跑来往大门上贴强令迁出通知时，他可能正待在楼下雕刻涂抹。”厅里的桌子上摆着克里斯蒂的拍卖名录和以前的音乐会节目单，但旁边开始堆积起来自税务局的信 (欠税通知，欠税提醒，第二次欠税提醒)，霍比仍然只肯一次开店半个小时，除非有朋友上门。等朋友走了，他会把真正的顾客赶出去，锁上店门。我放学回家时，总能看到店门上挂着“休息中”的牌子，顾客趴在窗外往里看。最糟的是，他哪天难得开店开几个小时，会不疑有他地走开去泡茶，店门就那么开着，收银机无人看管。他的搬运工迈克明智地锁上装银器和珠宝的箱子，但还是有几件花饰陶器和水晶饰品没了踪影。那天我上楼，刚好撞见一位小麦色皮肤、看起来仿佛刚参加完普拉提体操课的母亲把一个镇纸塞进包里。

“八百五十元。”我说。她整个人都僵住了，惊恐地抬头看我。其实那镇纸只卖两元五，但她一句话都没说，把信用卡默默地递给我，让我结了账。这也许是自韦尔蒂死后我们第一笔真正赚到钱的交易。霍比的朋友们 (他的主要客户) 都知道可以跟他讨价还价，把本来就很低的价钱压到几乎是吐血的程度。迈克偶尔也会在店里帮忙，但他总是把价格抬得很高，不肯接受任何议价，结果没卖出去几件东西。

“干得好！”我下楼把这件事告诉霍比，他这么说了一句，在工作台灯下开心地眨了眨眼。我说卖了个银茶壶，我不想让他觉得我占了那个女人的便宜，反正他对这种“小买卖”不感兴趣。但我读过很多古董书籍，发现这些小物件才是店里存货的大头。“你是个很有眼力的年轻人。韦尔蒂会像保住婴儿一样突然保住，哈！让你好好看看他收藏的那些银器！”

自此之后，每天下午，霍比在楼下工作，我拿着作业在楼上看店。我一开始完全是为了好玩——单调的学生生活一点也不好玩，在活动室里喝着咖啡，听着关于沃尔特·本杰明的课。韦尔蒂死后的这些年，霍巴特与布莱克威尔古董店显然成了窃贼眼中的宝地，能当场抓住这些衣着高档的小偷太刺激了，这几乎就是以前在超市顺手牵羊经历的翻版。

我学到了一课。我是一点一点领悟到的，那是这门生意的核心。没人会把门道教给你，你只能自己摸索出来：古董买卖并没有一个“正确”的价格。客观估价、参考价格全都没有意义。只要有懵懂的客人拿着一把钱找上门来（大多数顾客确实带着现金），书上说了什么、专家说了什么、类似作品最近在克里斯蒂卖了多少钱都不重要。你能说服别人买下的价格就是一件东西的价格。

于是我开始在店里走来走去，撤掉一些标价（这样顾客就得来问我那东西值多少钱），更改一些标价——没有全改，但也改了不少。我经过无数次尝试和失败，发现秘诀就是，让大概四分之一的商品的低价格不变，同时提高其他东西的价钱，通常是提高四到五个百分点。多年来，低廉价格已经为店里培养起一批忠实顾客，保持四分之一商品的低价格不变可以维持这种客户忠诚度，保证想找便宜的顾客只要用心，还能继续在这里发现廉价好货。但不知道是因为什么样的奇怪魔法，四分之一的低价商品会让旁边商品的价格显得很合理。不知道为什么，如果身旁有模样朴素、只卖几百元（比合理价位偏低）的相似品，有些人就愿意为一个迈森茶壶花一千五百元。

我的职业生涯就此开始。在我的苦心经营之下，挣扎多年的霍巴特与布莱克威尔古董店终于开始赚钱。但这不仅是钱的问题，我享受的是这个过程。霍比以为所有进店的客人都像他一样热爱家具，总是实事求是地指出商品的实际好坏。我则正好相反，擅长语焉不详、制造出神秘的气氛，能把做工粗糙的东西说得让人想买。卖东西需要口头推销（而不是坐在原地，等着粗心的客人自己上钩），需要好好观察客人，推断出他们想要成为的模样——不是客观实际（无所不知的装潢商，新泽西的家庭主妇，自我意识太强的男同性恋）。有些时候，一切都是幻象，所有人都在表演。诀窍就是对他们幻想中的自我做出反应——鉴定行家，精明挑剔的上流贵族——反正不要当他们是你眼前这个没有安全感的普通人。最好有所迟疑，不能过于直接。我很快就学会了应该如何打扮（保持在保守与时髦之间），如何对待单纯和老练的客人，调整礼貌和懒散的程度：假定他们都学识渊博，随时恭维，随时失去兴趣，在恰当的时刻走开。

但我在卢修斯·里弗身上搞砸了。我不知道他到底想要什么。他无视我的多次道歉，执意要把怒火全部集中在霍比身上，让我开始觉得他一定本来就对霍比怀有恨意。我不想对霍比提起里弗的名字，以免可能太早穿帮。他为什么会对霍比有这么强烈又固执的恶意？霍比总是充满善意，又如此不谙世事。我在网上搜索卢修斯·里弗的名字，结果没找到什么有用信息，只有社会版发布过几次与他相关的不值一提的告示。他没有加入哈佛相关的组织或俱乐部，只有一个值得尊重的第五大道的地址。我没能找出与他的家人、工作或收入来源有关的信息。开支票给他是一步错棋——我太贪心了，想为那个叠柜造出来源证明。到了现在这一步，我就算把装满现金的信封塞在餐巾底下推过去，也无法保证他会就此罢休。

我把握紧的双拳塞进大衣兜里，透过被春季湿气弄得雾蒙蒙的眼镜片，闷闷不乐地注视着浑浊的池水。水池里有几只悲伤的棕色野鸭，芦苇里挂着几只塑料袋。大多数长椅上都刻着捐款者的名字，纪念露丝·克莱恩什么的。但我们的汇合点、我母亲的那条长椅与众不同。匿名捐款者的留言神秘而温馨："为可能的一切"。

在我出生之前，这就是她的长椅了。她刚到纽约那几年，会在没课的下午捧着从图书馆借来的书坐在这里，剩下午饭钱去现代艺术博物馆看展览，或去巴黎剧院看电影。沿着水池往前走，小径变得空荡昏暗，旁边有块无人打扫的荒地，安迪和我把她的骨灰撒在了那里。是安迪说服我偷偷走过去，违反城市法规撒到那里，撒到那个特别的地方："嗯，毕竟，她以前就是到这儿来接我们的。"

"是啊，可是这儿有灭鼠药，你看这些告示。"

"去吧。现在可以，没人过来。"

"她喜欢海狮。我们每次都要走过去看看它们。"

"是，可你不能把她撒到那儿，那儿有股鱼味。也不能把那个罐子老放在我的房间里，我怕得要死。"

6

"老天，"霍比在灯光下看见我的脸，"你的脸色白得像纸。你不会是病了吧？"

"呃——"他正要出门，大衣搭在胳膊上。他身后是沃格尔夫妇，这对夫妇已经穿好大衣，对我露出阴险的微笑。我自从接手管店以来，和沃格尔夫妇（格里沙称他们为"秃鹫一家"）的关系就一路下降。他们买过不少东西，在我眼里，成交价低得无异于偷。我把我认为他们会感兴趣的东西都加价了。沃格尔太太不是傻瓜，很快就直接给霍比打电话询价，而我一般会告诉霍比她看中的那件已经卖出去了，只是我忘了贴上已售标签（还有其他一些搪塞方法）。

"你吃过饭了吗？"霍比问，一如既往的迟钝而温和，完全没发现沃格尔夫妇和我正紧盯着彼此，互相提防。"我们正要出门吃饭。一起去吧，怎么样？"

"不用，谢了。"我说。沃格尔太太正死盯着我，挂着冰冷虚伪的微笑，老奶工般光滑的脸上嵌着红玛瑙般虚假的双眼。我平时会对她以牙还牙地笑，但在客厅惨淡的灯光下，我觉得虚弱疲惫，没有平时的精神。"我想，嗯，我今晚就在家吃了，谢谢。"

"身体不舒服吗？"沃格尔先生淡淡地说。他是个秃顶的中西部人，戴着无框眼镜，双排扣长大衣上的扣子扣得一丝不苟。他如果是银行家，而你是还不起贷款的客户，那你就惨了。"真遗憾。"

"很高兴见到你。"沃格尔太太说，走上前一步，把丰润的手搭到我的袖子上。"皮帕回来了，你很高兴吧？我真希望能见到她，可她一直忙着和男朋友甜蜜。你觉得他怎么样——他叫什么来着？"她转向霍比，"艾略特？"

"埃弗雷特，"霍比不带褒贬地说，"挺好的孩子。"

"是啊。"我说，转身脱下大衣。从伦敦来的飞机上下来的不仅是皮帕，还有这位"埃弗雷特"，这件事是我在人生中遭受的最大的冲击之一。之前我一直数着日子，数着还有几个小时，因激动得浑身发抖，睡眠不足，每五分钟就看一次表，听见门铃声跳起来跑过去开门——她站在门外，却和这么一个英国二等货牵着手。

"他是干吗的？也是音乐家吗？"

"音乐研究员，"霍比说，"我不知道研究员具体都干吗，现在都是用电脑那一套了。"

"哦，西奥应该很清楚。"沃格尔太太说。

"不，不算吧。"

"电子音乐资源专家？"沃格尔先生说，声音大得出奇，随即愉快地吃吃而笑。他对我说："听说现在念书的年轻人都不去图书馆了，是真的吗？"

“我不知道。”音乐研究员！我用尽所有自制力才让脸上毫无表情（心已片片粉碎，一切都完了），握住他略带潮湿的英国人的手。“你好，我是埃弗雷特，你一定就是西奥，我听过好多你的事，这个那个。”诸如此类的话。我一动不动地站在门口，像个被刺刀刺穿的美国佬，死盯着一刀捅死我的陌生人。他身材瘦小，总是瞪大眼睛，眼神专注，走路时一蹦一跳，性格天真而乏味，兴高采烈得让人发疯，像少年似的穿着牛仔裤和兜帽衫。我和他在客厅里单独相处时，他总是露出抱歉的微笑，我愤怒的脑中一片空白。

他们来访的每一刻对我而言都是煎熬，我不知道自己是怎么撑过去的。我尽量避开他们。我是个经验老道的伪君子，但对他只能勉强算得上客气。他身上的一切，那发红的皮肤、紧张的笑声、衬衫袖口露出的汗毛，都让我想跳起来一拳打断他马牙一样的英国大牙。我坐在桌边时，阴沉地瞥着他，我这位小眼镜古董商想把他拖到一边，直接捏碎他的蛋。但我不管怎么努力，都没法做到完全避开皮帕。我总是像电灯泡一样在她附近晃悠，又为此而讨厌自己。她近在咫尺时就能让我激动得心口作痛：早餐时她的赤脚、光腿、声音。她穿毛衣时我不小心瞥到她白皙的腋下。她伸手搭在我袖子上时我心里的痛苦。“嗨，小可爱。嗨，宝贝儿。”她从我身后走过来，用手捂住我的眼睛：猜猜我是谁！她想知道我的一切，想知道我正在做些什么。她挤到我的身边，坐在安妮女王双人沙发上，我们的腿碰在一起：哦，老天。我在读什么书？她能看看我的 iPod 吗？这块精美的腕表是从哪儿来的？她对我微微一笑，天堂就吹起了风。但我每次想出什么借口来找她时，英国佬就会随即出现，噔噔噔。小心翼翼的微笑，用胳膊环住她的肩膀，毁掉了一切。隔壁的低声交谈，一声大笑：他们俩在说我吗？他把手环在她的腰上！还叫她“皮皮”！在他来访期间，唯一让我感到可以忍受、还算有趣的瞬间就是卡扣突然跳起身来——年纪大了，但领地意识仍然强烈——咬住他的大拇指。“哦，天哪！”霍比急忙跑去找酒精，皮帕相当不快，埃弗雷特假装若无其事，但显然也心烦意乱。“当然，狗这种动物可棒了！我喜欢狗！我们家里不养，因为妈妈对狗过敏。”他是皮帕某个老同学的“穷亲戚”（他自己这么说的）：母亲是美国人，有好几个兄弟姐妹，父亲在剑桥大学教数学 / 哲学之类的课。他和皮帕一样，也是“接近极端的”素食主义者。让我难受的是，他们俩在英国是住在一套公寓里！——他在这儿时当然一直是睡在皮帕的卧室里。他在这里的五个晚上，我辗转难眠，饱受狂怒和悲伤饱的折磨，侧耳细听着隔壁房间的每一次床单摩擦，每一声叹息和低语。

可是——我冲霍比和沃格尔夫妇挥着手：晚餐愉快！然后我阴沉地转身进了屋——我凭什么想得到别样的结局呢？皮帕和我谈起这位“埃弗雷特”时，语气温和又小心，让我燃起熊熊怒火，像有一把刀直接砍到我的骨头里。她问我有没有约会对象，我客气地回答“没有”，其实（我阴沉又清醒地为此而得意）我正和两个女孩睡觉，她们并不知道彼此的存在。其中一个有远距离男友，另一个则厌倦了未婚夫，每次我们上床时她都会屏蔽掉他的电话。两个女孩都挺漂亮的，给未婚夫戴绿帽子那个称得上是个美人，像年轻的卡罗尔·隆巴德。但我对她们并不认真，她们不过是替代品。

我对自己的感情问题恼火不已，因为“失恋”(遗憾的是，这是我首先想到的词）而整天呆坐也太傻了，多愁善感，软弱可鄙——呵呵呵，她在伦敦，她有对象了，去喝点酒，找卡罗尔·隆巴德操一场，别想了。但我仍然会想到她让我痛苦不堪。我忘不了她，就像忘不了蛀牙。这种感情绝望而不受控制。好多年来，她是我醒来时想到的第一个人，睡着前脑海里的最后一个念头。她白天总是不断出现在我的脑海里，打断其他一切思绪，总是让我猛然一惊：伦敦现在几点了？我加加减减，算着时差，无法自控地在手机上查伦敦的天气，华氏五十三度，晚上十点十二分，小雨。我站在格林威治大道和第七大道的交界处，经过四处架起挡板的圣文森特教堂，去下城见交易商。皮帕呢，她在哪儿？坐在出租车后座上，出门吃饭，和我不认识的人喝酒，在我没见过的床上熟睡？我急切地想看她公寓的照片，想给自己的幻想增添一些细节，但又太难为情，不敢问。我想到她的床单，想着床单是什么样子时心脏会猛跳。在我的想象里，她的床铺是学生宿舍里的暗色，到处都是皱褶，很久没有洗过了，公寓本身也像阴暗逼仄的学生宿舍。她布满雀斑的脸颊在栗色或紫色的枕套上显得格外苍白，英国的雨敲打着她的小窗。我卧室外的走廊上挂满她的照片，不同年龄的皮帕。那些照片每天都折磨着我，痛苦总是在我意想不到的时刻突然袭来，这么多年过去了，痛苦依然没有减轻。我想闭上眼睛不看，但总是不小心抬起头，她就在那里，因为谁的笑话而笑，冲着不是我的人微笑。我总会感到一阵全新的痛楚，心脏仿佛被人重重捶了一拳。

奇怪的是，大多数人眼里的她和我眼里的她不一样。他们会觉得她稍微有点奇怪，走路略跛着脚，红发和苍白脸色的对比有点吓人。我总是愚蠢地自我恭维，觉得我是世上唯一真正欣赏她的人——她如果知道自己在我眼里有多美，会吃惊而感动，甚至改变对自己的认知。但这想象从来没有成真。我生气地挑起她的缺点，仔细看着照片，看她在青春期拍摄角度奇怪时的照片——狭长的鼻子，消瘦的脸颊，眼睫毛颜色太淡，衬得眼睛好像没有边缘（虽然眼睛的颜色令人心碎），长相和哈克贝利·费恩一样平淡无奇。但我又觉得，她的这些地方又那么温柔和特别。我的心中满是绝望。她如果是美女，我可以自我安慰说她不可能看上我。但她平平无奇的长相让我如此心动，如此着迷，仿佛在不祥地暗示一种比肉体吸引力更深的爱，一种灵魂上的泥沼，让我多年无法自拔，苦苦挣扎。

我心里最深、最不可撼动的部分毫无理智。她就是迷失的王国，是我随母亲之死永远失去的最完整的那个自己。她的一切像充满魅力的暴风雪，紧紧包裹住我：她收集的古董情人对偶和中国刺绣外套，小小的香水瓶和尼尔氏芬香庭园面霜。她的异国生活仿佛充满了明亮的魔法：瑞士的沃州，托姆布克图第二十三街，布伦海姆弯街 W11, 2EE，带家具的房子，我从来没去过的国家。这个埃弗雷特（“穷得像只教堂老鼠”——他自己这么说）显然靠她养活，用着韦尔蒂舅舅的钱。用我毕业前在关于亨利·詹姆斯论文里写过的话来说，这是老欧洲在吸年轻美国的血。

我能不能给他写张支票，叫他离开皮帕？在无人光临古董店的寒冷下午，我独自守在店里，曾冒出过这样的念头。“今晚就走，给你五万，再也不回去找她，给你十万。”他显然很需要钱，来这里时总是紧张地摸着兜，不停地去取款机取钱，一次只取二十元，我的老天。

我太绝望了。她在音乐研究员先生心里的重要性不可能及得上在我心里重要性的一半。我们属于彼此。这念头里带着梦境般的魔力和真实感，不容置疑。我一想到她，思念就会照亮我头脑里的每一个角落，每一处我不知道的细小空间。如果没有她，那些细小空间对我而言是不存在的。我一遍又一遍听着她最喜欢的阿沃·帕特，仿佛这样就能和她在一起。她提过一本最近读过的小说，我立即买回来，仿佛这样就能进入她的头脑，直接与她建立心灵感应。店里的一些商品——普莱耶尔钢琴，有点划痕的奇特俄国宝石——仿佛是我们一起生活后会拥有的物品。我给她写了封三十页长的电子邮件，然后又删掉了，严格遵守让自己不出洋相而想出的数学规则：比她寄来的邮件短三行，比我等到她来信的天数多一天。

有时候，我躺在床上，在毒品的作用下叹着气，在色情的幻想中浮浮沉沉，在想象中和她对话。“我们是不可分离的整体，”我们互相这么说着（语气夸张），一只手摸着对方的脸颊，“我们永远不会分开。”她剪完刘海后，我像恋物狂一样收起浴室垃圾桶里落叶般的发丝，甚至还更变态地藏起了她的一件没洗过的衬衫，衬衫上面弥漫着她作为素食主义者那干草般的汗味。

我真是绝望。我不仅绝望，还觉得太丢脸了。她在家期间，我总是半开着房门，把这作为并不太隐晦的邀请。就连她走路时瘸腿的样子（好像小美人鱼，脆弱得无法在陆地上自由行走）也让我发疯。她是连接一切的金色丝线，映出一切美丽的放大镜，世界因她，也只因她而变得截然不同。我曾经两次尝试要吻她，一次喝醉了，在出租车里，一次在机场，因为想到又要几个月见不到她而绝望（谁知道呢，也可能是好几年）。“抱歉。”我一秒钟后说。

“没事。”

“不，真的，我——”

“听着——”心不在焉的甜蜜笑容，“没关系。很快就要登机了。”其实并没有那么快。“我得走了。你多保重，好吗？”

“多保重。”她到底在这个埃弗雷特身上看见了什么？她如果宁可选择这么一个黏糊糊的温吞家伙，那她一定觉得我无聊透顶。“等我们某天有了孩子……”他是在开玩笑，但我感到所有血液都凝固了。他就是那种没出息的男人，整天提着纸尿布和成堆的婴儿用品晃来晃去……我责备自己不够主动，但说实话，我不可能表现得更明显了，除非她显露出哪怕一点点的鼓励。现在已经够丢脸的了：霍比每次提起她的名字，都会小心地用上平淡的语气。我对她的渴望仿佛一场治不好的感冒，我相信自己能够被治愈，但感冒已经持续多年。就连沃格尔太太这样的蠢猪都看出来了。不是皮帕先向我表露了这方面的意思，恰好相反。她如果真的把我放在心上，就会直接回到纽约，而不是留在欧洲。出于某种愚蠢的原因，我就是忘不了我们第一次见面时我是怎样坐在她的床边，她又是用什么样的眼神看着我。童年里的那个下午支撑了我多年的生活。在母亲之死带来的孤独中，我像失去双亲的小动物一样对她产生了无法磨灭的情感依赖。其实当时她头部受了伤，因麻醉药而呆滞恍惚，看到任何一个陌生人都会拥抱住他。这简直就是老天对我开的一个玩笑。

我把杰罗姆口中的“鸦片”都放在一个烟草罐里。我在梳妆台的大理石台面上碾碎了存货里一片老式康定，用克里斯蒂会员卡切碎，将碎末排成一条线，然后拿出钱包里最新的一张纸钞，卷成吸管。我拿着吸管向桌面俯下身，眼睛因期待而潮湿：大爆炸原点，砰，嗓子里的苦味，瞬间放松的全身，向后仰天倒在床上，甜美的药劲直冲进心脏：纯粹的愉悦，又痛又明亮，远离一切锡罐碰撞般的苦难声响。

7

我去巴伯家赴宴的那天晚上下着暴雨，风强得我几乎撑不起伞。第六大道上没有出租车，行人都低着头，缩肩走入倾斜的雨帘。在一片潮湿中，掩体般的地铁站里到处都是水，雨水从混凝土天花板上节奏单调地落到地上。

我出了站。列克星敦大道上空无一人，雨点在人行道上跳着舞，呼啸的雨声放大了街上所有的响动。出租车呼啸而过，溅起大片雨水。我从车站往前走了几步，钻进路边的小店买了花——三束百合，一束太寒碜了。小店里暖气开得过了头，花香让我猝不及防。我到了结账台才意识到自己为什么这么不舒服：店里的气味和母亲葬礼上那股病恹恹的残缺甜香一模一样。我低头回到街上，跑过积水的人行道，拐上公园大道，袜子都湿透了，冷雨拍打在脸上。我开始后悔买了花，差点就要把它们扔到垃圾桶里。可是雨下得太猛烈，我没法减慢速度，只好继续往前跑。

我站在巴伯家的门廊里，头发湿漉漉地贴在头上，本应防雨的雨衣湿得好像刚在浴缸里浸过。门突然打开，迎面站着一个身材高大、表情直率的大学生，我过了片刻才认出是托迪。我还没来得及为身上淌下的水道歉，他就使劲抱住了我，拍了一下我的背。

“哦，老天，”他说，领着我进了客厅，“把大衣给我吧——还有这些花，妈妈一定喜欢。能见到你太棒了！我们有多久没见了？”他比普拉特还高大，也更有活力，有一头不像巴伯家人的纸箱色的深金头发，脸上挂着不像巴伯家人的笑容——热情明朗，不带一丝讽刺。

“呃——”他身上传出的温暖和我们并没产生过的亲昵让我觉得很尴尬。“很久了。你现在应该在上大学吧？”

“对，在乔治城，回来过周末。我学的是政治学，以后想进个非盈利组织，和年轻人有关的什么组织。”根据他那副胸有成竹的学生会笑容来看，他显然相当有作为，是普拉特曾经有可能成为的那种榜样青年。“嗯，说起来可能有点奇怪，但我还是得说，我得因为这样的选择感谢你。”

“什么？”

“嗯，我是说，我想去帮助条件不好的年轻人什么的。要知道，那么多年前你来我们家住时，让我印象深刻。你那时的情况真是让我开了眼界。因为，我那时虽然刚上三年级吧，但你让我觉得——这就是我以后想做的事，你明白吗，去帮助需要帮助的孩子。”

“哇。”我说。他说的“条件不好”还没能让我回过神来。“哈。那不错啊。”

“还有——这个话题特别让我激动——要向需要帮助的年轻人伸出援手有很多种方式。嗯，我不知道你对华盛顿熟不熟，那儿有很多条件艰苦的社区，我参加了一个社区服务项目，帮助有困难的儿童学习阅读和数学。今年夏天，我会和博爱之家组织一起去海地——”

“是他吗？”地板上端庄大方的鞋跟声，拽住我袖子的轻巧指尖。下一秒，凯西抱住我，我冲着她淡金色的头发傻笑。

“哦，你全身都湿透了，”她说，把我推开一臂远，“瞧瞧你。你是怎么过来的？游泳来的？”她继承了巴伯先生精巧的长鼻子，还有他明亮狡黠的眼神——她和以前没什么不同，还是那个头发乱糟糟的九岁小姑娘，穿着校服，满脸通红，挣扎着背起书包。但现在已经成人的她望向我，那种冷漠的美丽让我的头脑一片空白。

“我——”我为了掩饰慌乱，转头望向托迪，他正忙着放我的外套和花。“抱歉，这感觉真奇怪。我是说——特别是你，”我对托迪说，“我们上次见面时你才多大？七岁？八岁？”

“就是啊，”凯西说，“这只小老鼠现在看起来像个人了，是不是？普拉特——”普拉特踱进客厅，胡子没刮干净，穿着斜纹软呢长裤和粗糙的多尼盖尔粗呢毛衣，像是辛格剧作里闷闷不乐的渔夫。“她想让我们坐到哪儿去？”

“嗯——”他显得有点尴尬，揉了揉满是胡茬的脸颊，“在她的房间里。你不介意吧？”他问我，“埃塔在那儿摆了桌子。”

凯西皱起眉。“哦，该死。唉，也没关系吧。你把那两条狗带到厨房里去吧。来——”她抓起我的手，拽着我经过客厅往后面走，有点莽撞而激动地往前俯着身，“让我给你倒杯酒，你会需要的。”她直直凝视人的目光和喘不过气的说话方式很像安迪，但不像安迪那样张着嘴（安迪有哮喘），而是耳语般双唇微启。“我还希望她能让大家在厅里吃饭呢，厨房也行，她的屋里总是阴森森的——你想喝什么?”她说，转向茶水间旁边的小酒吧，玻璃杯和冰桶已经摆好了。

“那瓶苏托利红牌吧。加冰就好。”

“真的？你确定要喝这个？我们这儿没人喝它——爸爸总买这个牌子，”她一把抓起俄国伏特加的酒瓶，“因为他喜欢这个商标……很有冷战时期的感觉……这酒叫什么来着……”

“苏托利红牌。”

“听起来很有真实感。我可不会喝。要知道，”她说，醋栗灰的眼睛转过来望着我，“我还怕你不肯来。”

“雨也没那么大。”

“嗯，不过——”她眨了眨眼，“我以为你恨我们。”

“恨你？没有。”

“没有?”她笑了起来，我饶有兴味地看着安迪的苍白虚弱在她身上变成了美感，她仿佛棉花糖般闪闪发亮的迪斯尼公主，“可我表现得那么差劲!”

“我没放在心上。”

“那就好。”她沉默的时间有点长。然后她重新开始调酒，“我们对你的态度糟透了。”她淡淡地说，“托迪和我。”

“拜托。你们当时都很小。”

“嗯，可是——”她咬住下嘴唇，“我们不该那么幼稚。何况你还经历了那些事。而现在……我是说爸爸和安迪……”

她似乎在思考什么，我默默地等了一会儿。但她只是喝了口酒(白葡萄酒。皮帕爱喝红酒)，拍了一下我的手腕。“妈妈在等你，”她说，“妈妈兴奋了一整天了。我们进去吧?”

“好。”我伸手轻轻扶住她的手肘，就像巴伯先生以前对女性客人所做的那样，然后引领着她回到客厅。

8

整个晚上仿佛一场混合了过去与现在的梦。童年的世界有些地方奇迹般地毫无改变，有些地方又变得令人悲恸，仿佛过去的圣诞精灵和未来的圣诞精灵携手举办了一场晚宴。尽管我们不时提起不在场的安迪（“安迪和我……当时安迪……还记得吗？”），一切都显得奇特而寒酸（在巴伯太太房间里的折叠桌上吃菜肉馅饼？），最不可思议的还是，我觉得自己回到了家，这感觉深入血液，不可动摇。我进厨房和埃塔打招呼时，她摘下围裙冲过来抱住了我：“今晚我本来休息，但我自己要留下来，因为想见你。”

托迪（“现在叫托德了，拜托”）接管了父亲的男主人之位，引导着谈话的方向，散发出的魅力略显机械，但非常真诚。巴伯太太只想和我说话，对其他人都不感兴趣。她谈了一点安迪，但主要都在讲家里祖传的家具，有几件是四十年代在伊斯雷尔·萨克古董店买的，其他大部分都是祖辈从殖民地时期传下来的。饭吃到一半，她站起身来，拉住我的手，带我去看一对椅子和一只红木短脚衣橱——安妮女王，马萨诸塞的塞勒姆，她母亲家从一七六〇年起的藏品。塞勒姆？我心想，她家族里的那些菲普斯氏祖先是烧死女巫的处刑员吗？或者自己就是女巫？除了安迪——他总是神神秘秘，内向老实，既没有恶意，也没有个人魅力——巴伯家所有人身上都有点怪诞的部分，包括托德。他们身上混合了正直守序与搞怪作恶，机警又狡黠，很容易让人想象他们的祖先夜晚聚在森林里，掀去清教徒的外衣，在狂欢篝火边寻欢作乐。凯西和我没能说上多少话，因为巴伯太太一直抓着我聊个不停。但我每次瞥向她的方向，都会看见她凝视着我。晚饭后，普拉特把我拉到酒吧边，声音因五大杯青柠琴酒而粗厚（还是六杯？）：“她在吃抗抑郁药。”

“哦？”我吃了一惊。

“我是说凯西。妈妈不肯吃药。”

“呃——”他压低的声音让我不太舒服，他仿佛在询问我的意见，想让我出谋划策。“希望对她身上比对我更有效。”

普拉特张开嘴，又改了主意。“哦——”他蹒跚地向后稍退一步，“她应该还能撑住。但挺难的。凯西和他们俩关系都很近——和安迪的关系比我们都亲。”

“是吗？”童年时他们的关系可没法用“亲”来形容，虽然她确实比哥哥弟弟都经常过来找安迪，即便只是为了抱怨或揶揄。

普拉特叹了口气，浓重的琴酒气息差点让我晕过去。“嗯。她在韦尔斯利大学请了假——我不知道她还会不会回去，也许她会去新学院上些课，也许直接找工作。再待在马萨诸塞州太难了，毕竟，你也知道。他们在剑桥经常见面——当然了，她觉得非常内疚，因为那时她没过去照顾爸爸。她和爸爸的关系比其他人和他都好，但当时有场聚会，她就给安迪打了个电话，求他代替她过去……唉。”

“操。”我震惊地站在吧台旁边，手里拿着加冰钳，觉得有点虚脱。又一个人被无止境的“我为什么没有……”和“当时如果……”所折磨。我的生活已经被这些想法毁掉了。

“是啊，”普拉特说，又给自己倒了一大杯琴酒，“挺难的。”

“嗯，她不该怪自己。她不能这么想。这太疯狂了。我是说，”我说，普拉特越过酒杯看我的眼神呆滞又含着泪水，让我无所适从，“她如果上了那艘船，死的就不是安迪，而是她了。”

“她不会死的，”普拉特淡淡地说，“凯西可是个一流水手。反射神经发达，从小就能冷静地判断情况。安迪——安迪满脑子都是什么轨道、轨道共振，反正就是他在家用电脑上搞的那堆破玩意，船一晃就吓傻了。他妈的一向如此。总之，”他平静地说，仿佛没注意到我的震惊，“凯西现在有点不稳定，相信你一定能理解。你应该约她出去吃个饭什么的，这会让妈妈开心死。”

9

我告辞时已经过了十一点。雨停了，街上满是积水，夜间值班的肯尼斯已经上岗（和以前一样耷拉着眼皮，身上有好几种酒的混合气息，肚子变得更大了，其他地方完全没变）。“回头再来啊。”他说。我小时候每次来巴伯家过夜，第二天母亲来接我时，他说的也是同一句话——一样懒洋洋慢吞吞的声音。如果曼哈顿就像科幻片里那样遭遇浩劫，硝烟弥漫，巴伯一家在楼上烧着《国家地理》杂志取暖，靠琴酒和罐头蟹肉维持生命，肯尼斯恐怕也会穿着制服，在门口闲散地晃来晃去。

安迪的死像嘶嘶作响的毒烟般贯穿整个夜晚，但我仍然无法完全接受这个事实。与此同时，我回望过去，又觉得这场事故命中注定，无法避免，仿佛是他生来就带着的致命缺陷。他在六岁时——整天迷迷糊糊，蹒跚摇摆，哮喘严重，笨手笨脚——不幸与早逝的宿命就已经清晰可见，如招牌般挂在他跌跌撞撞的身体上，就像被人贴在他背后的“踢我”的恶作剧字条。

然而，没有他，这个世界继续运转。真奇怪，我心想，跳过人行道上的一摊积水，只要几个小时，一切就都变了——真奇怪，现在总是含着过去的明亮碎片，过去破碎到无法修补，却总也不会完全消亡。我身边空无一人时，安迪对我伸出了友谊之手。我至少可以对他的母亲和妹妹好一点。这时的我还没有意识到——现在的我已经很明白——我用了很多年才走出痛苦与自私的麻木状态。我挣扎在混乱、恍惚、无力、惯性和心如刀绞之间，错过了许多人在不经意间表现出的渺小平常的善意。“善意”这个词好像从不省人事的状态在病房中醒来，格外清晰地注意到周围的声音，身边的电子机器都变成了鲜活的真人。

10

隔一天才犯的毒瘾仍然是毒瘾，杰罗姆经常这么提醒我，而且我并没严格遵守隔一天才吸的规矩。纽约到处都是人。我每天坐在地铁上或身处其他地方的人群中时，经常会感到惊恐。那场爆炸的震撼从来没有真正消失过，我总是觉得还会发生点什么，总是提防着目所能及的一切。站在公共场合里的某些人会触发我的应激反应，让我觉得战争就要爆发了。如果有人突然从我没想到的方向插到我面前，从某个角度步伐飞快地冲我走过来，我会瞬间呼吸过快，恐慌，仿佛有大锤落在心脏上。我只能蹒跚着寻找最近的公园长椅。我为了治疗几乎完全无法控制的焦虑，吃起我爸的止痛片，药物太令我愉悦，我很快就开始把它当作给自己的奖赏：一开始仅限周末，然后是仅限放学后。后来，我只要感到不快或无聊（遗憾的是，这些感受经常出现），我就会投入乙醚舒适幸福的怀抱。很快我就有了惊天动地的发现：比起成把吞咽的维柯丁和扑热息痛，被我忽略的不起眼的小药丸效果要强烈十倍——一颗八十毫克的康定片，完全可以杀死一个毫无抗药性的人，但我反正不会是那个人。看起来无穷无尽的口服麻醉药在我十八岁生日之前见了底，我不得不上街找人购买。就连毒贩也惊讶于我的购买量，我每过两三周就能花掉上千元。杰克（杰罗姆的前任）经常骂我，坐在肮脏的豆袋椅上，数着我刚取出来的百元大钞。“你还不如烧着玩呢，小兄弟。”海洛因要便宜一些，一袋十五元。杰克在汉堡包装纸内里费劲地给我算了账：我在毒品上的花费会回到合理的范围内，一个月大概能省四百五十元。

但我不怎么碰海洛因，除非别人请我——这儿一次，那儿一次。我很喜欢它的效果，也无时无刻不渴望主动吸一次，但我从来没自己买过。我如果吸上，之后就再也没有办法停下来了。在药房能买到的药不一样，高价花销不仅能让我控制住毒瘾，也会给我每天下楼去卖家具的动力。传说中吸了鸦片就动弹不得，那是骗人的。我用药量猛增。但对于我而言——鸽子拍下翅膀都能让我跳起来，创伤后遗症严重到接近痉挛和脑瘫——药物不仅能让我平静，还能提高做事的效率。酒精会让人注意力涣散，一蹶不振：只要看看普拉特·巴伯就知道了，下午三点坐在 J.G. 麦隆餐厅里，喝着酒垂影自怜。还有爸爸，自从戒了酒，一举一动都带上了拳击手被人打晕后的笨拙感，抖抖索索地拿着电话或厨房计时器。这种症状叫做湿脑症，长期酗酒导致神经系统被破坏，没有治愈的可能。他的逻辑思维能力也变得一塌糊涂，再也做不了任何稳定的长期工作。而我呢——哈，也许我是没有女友，也没有不嗑药的朋友，但我每天能工作十二个小时，不会被任何压力击垮，穿着汤姆·布朗牌西装，微笑着应对让我难以忍受的客人，每周游泳两次，偶尔打打网球，不吃含糖过多的加工食品。我精神放松，待人亲切，瘦得像条铁轨，既不顾影自怜，也不会产生任何负面情绪。我是个优秀的销售员，所有人都这么说。我把生意做得蒸蒸日上，买药的钱根本不值一提。

倒不是说我从来不会失控。总会有我没预料到的崩塌情况出现，我感觉怪异地眨着眼，一切都脱离了控制，仿佛在结冰的桥上滑倒。我明白情况可能会变得多糟糕，崩溃会发生得有多快。钱不是问题，只是我的用药量急剧上升后，会忘了某些商品已经卖出去了，忘了给客户寄账单，有时会把事情做过头。我下楼去工房时呆滞恍惚，霍比奇怪地看着我。和顾客共进晚餐时……抱歉，你是在对我说话吗，你刚才说了什么？不，只是有点累了，可能要生病，今晚恐怕得早点上床睡觉了，朋友们。我继承了母亲的淡色眼睛，参加画廊开业典礼时会戴上墨镜，但平时很难掩盖变成针尖大小的瞳孔——霍比的客人里很少有人发现，除了（偶尔）几个年纪比较轻、更懂潮流的男同性恋者。“你真是个坏孩子。”某位客户的健身教练男友在正式晚宴上对着我的耳朵低语，把我吓坏了。我也不想去某个拍卖行的会计部，那儿有个男人总想和我调情——他是个年纪较大的英国人，也吸毒。我当然也遇到过这种类型的女人。我曾和一个时装杂志实习生睡过一阵子，她是我带着卡扣去华盛顿广场小型狗遛狗场时碰见的。我们在公园长椅上坐了三十秒，就都意识到对方是同类。每当情况开始失控，我就会减少药量，还有几次干脆不用药，最长的一次坚持了六周。不是所有人都做得到，我告诉自己。这完全是自控力的问题。但到了我二十六岁这年的春季，我已经有三年多没停过药了，最久没撑过三天。

我已经想好了戒断的方法：短期大幅度缩减用量，一周时间表，足够的盐酸洛哌丁胺胶囊；镁补充剂和游离氨基酸补充受损的神经传递介质；蛋白粉、电解质散剂和褪黑素（还有大麻）保证睡眠；那个女实习生曾发誓有效的各种草药配方，甘草根加苦蓟草，荨麻加啤酒花加黑茴香油，缬草根加山茶根提取液。我用健康食品店的购物袋装了满满一袋所需物品，它们已经在我柜子深处放了一年半。大多数东西我都没碰过，只有大麻已经抽完了。问题是（我反复亲身验证）每当戒到第三十六小时，身体的戒断反应达到极限，没有鸦片的未来生活就会阴沉地在眼前展开，仿佛监狱里阴沉的走廊，只有非常具有信服力的理由才能让你坚持走入黑暗，而不是重新躺回那舒服怡人的羽毛床垫里——决定抛弃它显得如此愚蠢。

我从巴伯家出来的那个晚上，吞了片持久有效的吗啡片。这已经成了我的习惯。每当我心情悔恨地回家，觉得需要振作一下，都会这么来上一片。单片剂量不大，两片才会让我有所感觉，加上酒精只会让我勉强睡着。第二天早上，我失去了继续戒毒的决心（我每次坚持到这么久，带着呕吐感醒来，都会迅速失去坚持的勇气），在床头柜的大理石台面上切碎了三十毫克的可待因，之后又切了六十毫克，剪了段吸管，分两次吸进去。我不想再用剩下的药（价值超过两千元），就起了床，穿好衣服，用萨琳牌喷雾喷了喷鼻腔，又藏起几片药效持久的吗啡片，免得杰罗姆口中的“撤退”过程变得太难受。我把藏药片的知更鸟薄片烟草锡盒放进口袋里，赶在霍比起床（六点之前）出了门，打了辆出租车去仓库。

二十四小时开门的仓库空得仿佛玛雅陵墓，只有一个目光空洞的职员在前台看电视。我紧张地走向电梯。在过去七年内，我只来过三次，每次都慌乱不已，从没鼓起勇气上楼，只是跑到大堂里用现金付过租金就走了。一次付两年，这是州法律限定的最长时间。

坐电梯需要刷卡，还好我记得带上了卡。遗憾的是，卡不起作用。我站在敞着门的电梯里折腾了好几分钟，暗自希望职员离得太远，不会注意到这里。卡在槽里划了好几次，金属门终于嘶的一声关上。我提心吊胆，总觉得有人在观察我，我尽量扭过头，不让监控器映出我的脸。我乘到第八层，穿过 8D、8E、8F 和 8G

仓库区，走过煤渣砖砌成的墙和成排的门。这里仿佛是未来的预制版，没有颜色，一切都是黑白的，直到时间终结也不会有尘埃堆积。

8R，两把用钥匙开的锁，外加一道密码，密码是七五二二，鲍里斯维加斯家里电话号码的最后四位。门锁发出咔嗒的金属摩擦声。里面是模范体育商品店的购物袋，折叠帐篷的标签还在外面：国王天棚，四十三点九九美元，和我八年前买下它时一样崭新。枕套从袋子里探出头，布纹的质感让我瞬间短路，仿佛庙宇里放着电子流行乐。瞬间击中我的是那股气味——在如此狭小的空间里，胶带那如泳池胶膜般的塑料味变得相当浓郁，一下子引起我的情感反应，让我一瞬间回到童年，回到已经有多年没有想起过的维加斯的卧室：在化学物质和新地毯的气味中入睡，每天早上闻着床头板后包裹的胶带味醒来。我已经很久没有把它完全打开过了，要打开它，至少要用雕刻刀拆上十到十五分钟。我一动不动地站在原地（脱节而茫然，就像那次我梦游般地走进皮帕的卧室，不知道自己在想什么、该做什么），突然涌上一阵精神错乱般的冲动。过了这么久，这幅画出现在我触手可及的地方。我感觉自己就像突然来到了某个危险而充满诱惑的临界点，而我之前根本不知道这个临界点的存在。在阴影中，我只能看到那个鼓鼓囊囊的包裹的一角，但它看起来很奇怪，好像有个性，衣衫褴褛，心酸潦倒，完全不像没有生命的物品，仿佛是被人关在黑暗中的可怜动物，喊都喊不出来，只能暗自祈祷能够得救。我上一次离画这么近还是在十五岁时。我差点就一把拿过它夹在腋下，大步走出这个地方。但我能感觉到安保摄像机直盯着我的后背，最后我只是用抽搐般的动作迅速把知更鸟烟草盒扔进布鲁明戴尔购物袋，关上门，上了锁。“如果真想戒掉，直接把它们冲进厕所就行，”杰罗姆特别性感的女友米娅这么对我说过，“否则你会半夜两点跑到那个仓库里去的。”但我在晕眩中走出仓库，心里完全没想吗啡片的事。光是看到那个孤独而可怜的包裹，我整个人都慌乱不堪，仿佛过去的卫星信号突然凌空插入，占据整个频道。

11

那些（有时候）不嗑药的日子让我没有加量加得太厉害，但撤退过程还是很快就进入不舒服的阶段。我吃了些留下来缓解症状的药，但之后几天状态还是很差，难受得吃不下东西，喷嚏打个不停。“感冒而已，”我告诉霍比，“没事的。”

“不，你如果胃里不舒服，那就是流感。”霍比严肃地说，从毕格罗药店买回更多的苯海拉明和易蒙停，又从杰弗森市场带回饼干和姜啤。“这个世界根本没理由——保佑你！我如果是你，就会去看医生。别硬扛着。”

“不，肠胃只是有一点点不舒服。”霍比仿佛是铁打的。他如果生了病，就喝上一杯菲奈特·布兰卡苦酒，然后照常干活。

“也许吧，但你已经好几天没吃过东西了。没必要忍着，让自己难受。”

我会全身发冷，抖上十分钟后又满身大汗。我不停地流鼻涕，流眼泪，像触电了一样浑身抽搐。但工作会让我忘了自己的不舒服。天气变暖了，店里挤满顾客，顾客喃喃私语，进进出出。窗外的树开了花，一朵朵花儿仿佛雪白的幻象。我坐在收银机后面，大部分时间双手还算稳定，但觉得身体瘫痪无力。“你这第一次发作还不算糟糕，”米娅对我说，“不过到了第三第四次，你会希望自己已经死了。”我的胃部上下翻滚，仿佛上了钩的鱼。肌肉的疼痛和抽搐让我无法静静地躺着。我关店后坐在浴缸里，满脸通红，打着喷嚏，水温烫到我几乎无法忍受，旁边放着一杯姜啤，太阳穴上压着几乎融化的冰块，卡扣坐在浴垫上紧张地看着我——它老了，关节僵硬，已经没法像以前那样站起来，把前爪趴在浴缸边缘上。

这些生理反应没有我想象得那么糟糕。但我没想到米娅所说的“心理那部分”会如此可怕，仿佛一道漆黑潮湿的恐怖垂帘。米娅、杰罗姆、女实习生和其他嗑药的朋友都没我吸得这么久。他们嗑高了，会坐在一起聊起戒毒的感受（他们显然只有在嗑高时才能忍受这个话题）。所有人都不止一次警告过我，身体上的难受不是最难熬的。我虽然毒瘾不是很大，但那种抑郁感是“我做梦都想象不到”的。当时我只是礼貌地微笑，俯身去吸镜面上的药粉，心里暗想：“想打赌吗？”

但并不能用他们所说的“抑郁”来形容那种感受。那更像一头沉入悲伤与厌恶之海，排斥的对象远远超过个人生活范围，对一切人性和所有人类活动都感到无法控制的恶心。生物规律可耻可憎。变老，生病，死亡。无人能够逃脱的循环。美人也不过是瞬间就要胀烂的柔软水果。但不知怎么，人们仍然不停地做爱繁衍，产出终将喂给坟墓的饲料，不停生出一个又一个新个体，将苦难延续下去，仿佛这样做就能得到救赎，就是美好、就是道德上正确的选择，其实只不过是把无辜者拖入没有赢家的赌局。蠕动的婴儿，单调乏味、安于现状、完全被荷尔蒙主宰的母亲。“哦，他真是可爱极了，哦——”孩子在操场上喊叫冲刺，完全不知道未来会经历怎样的地狱：无聊的工作，毁灭性的欠债，失败的婚姻，脱发，髋关节置换手术，空荡房屋中孤独的咖啡，医院里直通结肠的尿袋。大多数人似乎看到人生表面上的光鲜亮丽就满足了，那些薄薄的装饰性色彩和充满技巧的舞台灯光有时会起到效果，让人生困境那深入骨髓的邪恶无序显得没有那么神秘，也没有那么可怖。他们赌博，打高尔夫球，照料花园，买卖股票，找人上床，买新车，练瑜伽，工作，祈祷，重新装修住宅，因新闻而激动不已，为孩子忧心忡忡，说着邻居的闲话，查找餐厅的评价，建立慈善组织，支持政治候选人，到现场去看美网，吃饭，旅行，用各种设备和小玩意消磨时间，一头扎在信息、短信、交流和娱乐的浪潮中，不分方向，努力让自己忘了自己是在哪儿，是什么。但只要灯光足够明亮，不管怎么看都没法粉饰太平。一切从头到尾都是糜烂的。在办公室加班，按照平均数尽职尽责地生出你家的两点五个孩子，在退休庆祝宴上礼貌地微笑，然后在老人院里咬着床单，被罐头里的桃子噎死。还是从来没有出生的好，从来没想要过什么，从来没有希望过什么。这些心理上的挣扎折磨同时带来了一些画面，一些半梦半醒间的碎片。卡扣瘦削的身体虚弱地侧躺着，肋骨随呼吸一上一下——我把它丢在外面了，把它自己关在某个地方忘了去喂，它要死了——这景象一遍又一遍地重演，即便它其实就在我身边，猛然转头看着我在自责中惊坐起身，卡扣在哪儿？接着我就会想起枕套，它被关在钢铁棺材里的样子一遍遍在眼前闪现。多年前我是为了什么把它存到那个地方，为什么要留着它，为什么要把它从博物馆拿出来——我都不记得了。时间模糊了一切。那个世界仿佛从来没有存在过，或者说我在两个世界里活过，而仓库并不存在于现实，只属于想象中的世界。很容易就能忘掉仓库，很容易就能假装它并不存在。我觉得只要打开门就会发现画已经消失不见，虽然我知道这不可能。只要我不回去，它就会一直被关在黑暗里等着我，仿佛一具被我谋杀后藏在地窖里的尸体。

到了第八天早上，我做了四个小时的噩梦，醒过来时浑身大汗，觉得整个人都被掏空了，这辈子从来没有这么绝望过。但我还是起床，出门遛了卡扣，回到厨房吃了霍比做的病号饭——水煮蛋和英式小蛋糕。

“差不多也到时候了，”他已经吃完早饭，不紧不慢地洗着盘子，“你的脸色白得像百合花。我要是连着一周只吃苏打饼干，也会变成这样。你得晒点太阳，呼吸一下新鲜空气。你应该带着狗出去好好走上一圈。”

“嗯。”但我哪儿都不想去，只想躲进安静昏暗的店里。

“我没敢叫你，你的状态太差了，”他用谈正事的语气说，友好地一歪头，我不安地低下头盯着餐盘，“你睡觉时有好几个人打电话找你。”

“是吗？”我关了手机，把它放进抽屉，一直没敢打开，生怕看见杰罗姆的短信。

“非常有礼貌的姑娘——”他低头翻着便笺，目光越过眼镜上端读着记录的内容，“黛西·霍斯里（那位卡罗尔·隆巴德情人的真名）说她工作很忙（这暗号表示未婚夫回来了，叫我离远点），有事就给她发短信。”

“嗯，好，谢谢。”黛西的华盛顿国家大教堂婚礼定在六月，如果她还要结婚的话。之后她会和丈夫定居在华盛顿。

“希尔德斯里太太也打了电话，是关于樱桃木高斗柜的——不是被罩起来的那台，是另外一台。出了个好价钱，八千元——我同意了，希望你别介意，要我说，那柜子连三千元都不值。还有——这个人打了两次电话——卢修斯·里弗？”

我差点被咖啡呛住——这是我多日来喝下的第一杯咖啡——但霍比似乎没注意到。

“他留了电话，说你知道是什么事。哦——”他突然坐下，拍着桌子，“还有，巴伯家的孩子也来电话了！”

“凯西？”

“不——”他喝了口茶，“普拉特？是叫这个名字吗？”

12

我光是想到要在清醒状态下和卢修斯·里弗打交道，就想回仓库去拿药。至于巴伯一家，和普拉特说话并没那么让我紧张，但我还是很高兴接电话的是凯西。

“我们要为了你办场晚宴。”她一听是我就说。

“什么？”

“没人告诉你吗？哦——也许我该先打个电话！总之，妈妈看见你特别高兴。她想知道你什么时候再过来。”

“呃——”

“你想要请柬吗？”

“嗯，有点想要。”

“你的声音好奇怪。”

“抱歉，我得了，呃，流感。”

“真的？哦，老天。我们都没事，应该不是在我们这儿传染的……什么？”她冲背景里一个听不清的声音说，“给……普拉特要接电话了。回头再聊。”

“嗨，兄弟。”普拉特说。

“嗨。”我说，揉了揉太阳穴，不去想普拉特叫我兄弟这事有多奇怪。

“我——”脚步声，关门声，“我就不拐弯抹角了。”

“你说。”

“是家具的事。”他语气亲切地说，“你能帮我们卖几件吗？”

“当然，”我坐了下来，“她想卖哪几件？”

“嗯，”普拉特说，“事情是这样的，如果可以的话，我不想让妈妈来操心这些。我怕她没这个精神，你懂我的意思吧。”

“哦？”

“嗯，我是说，她有太多东西了……在缅因州，还有收费仓库里，尽是些她不会再去碰的东西，明白吗？不只是家具。银器，收集的硬币……还有些陶器，我猜应该挺值钱的，不过说实话，看起来像坨大便。这可不是比喻，看起来真的像干掉的牛粪。”

“我想问的是，你为什么要卖呢？”

“哎，其实不是非卖不可。”他匆忙说，“不过呢，她对这些没用的旧东西可固执了。”

我揉了揉眼睛。“普拉特——”

“我是说，反正搁着也是搁着，那堆垃圾。好多都是我的，硬币啊，以前的枪啊什么的，因为奶奶当初是把它们留给我的。我是说——”轻快的语气，“跟你说老实话，我有个合作的买家，但我宁可跟你打交道。你了解我们，也了解妈妈，我知道你会出个公平价钱。”

“嗯。”我犹豫地说。之后是一阵充满期待的漫长沉默，仿佛我们在读剧本，他相信我会好好读出自己的台词。我考虑着要怎么推脱，目光落到霍比的奔放字体上：卢修斯·里弗的名字和电话。

“嗯，呃，这挺复杂的，”我说，“我是说，我得先过去看看那些东西，才能告诉你行不行。对，对——”他说有照片什么的，“可是光有照片不够。我也卖不了硬币和你之前说的陶器。特别是硬币，你得找个专门做硬币生意的人。不过呢，”我说，他还想压过我的声音，“如果只是为了几千元，我可以帮你。”

他闭了嘴。“真的？”

我掀开眼镜捏了捏鼻梁。“是这样的。我手头有件东西，想建起买卖记录——简直是场噩梦，那家伙不肯放过我，我想从他手上买回来，他好像铁了心要大闹一场。我都不知道为什么。总之，我觉得我如果能出示一份文件，证明这东西是从另一个收藏家手里买来的，那样问题应该就能解决了。”

“哦，妈妈把你看得和月亮一样高，”他酸溜溜地说，“我相信她会照你说的去做。”

“嗯，不过——”霍比在楼下，刳刨机的声音传了上来，但我还是压低声音，“这事绝对保密，没错吧？”

“当然。”

“我觉得不必让你母亲掺和进来。我可以写张收据，签上以前的日期。那家伙如果还有疑问，我想他也一定会有疑问，那我就把他转到你那边——我把你的电话给他，你是大儿子，母亲还处在悲痛中，诸如此类——”

“这家伙叫什么？”

“他叫卢修斯·里弗。你听说过吗？”

“没有。”

“嗯——事先说一声，他也不是不可能认识你母亲，也许还和她见过面。”

“应该没问题，妈妈最近不怎么见人。”一阵沉默，我听见他点了根烟，“所以——这家伙给我打电话。”

我将叠柜形容了一番。“我回头把照片用邮件发给你。特征是顶部的凤凰雕刻。他如果打了电话，你就告诉他，这件家具本来一直放在缅因州的度假别墅里，两年前你母亲把它卖给了我。再之前卖它的那家店已经关门了，你懂吧，开店的老头好几年前就死了，名字也不记得了，哎，你得查查记录。他坚持如果问——”我已经发现，只要滴上几滴茶渍，将其在烤箱里低温烤上几分钟，从跳蚤市场买来的六十年代收据簿还能显得再旧一些。“我随时都能给你弄份发票出来。”

“明白了。”

“好。总之——”我到处摸着并不存在于身上的烟，“你那边如果没问题——

就是说，这家伙如果真的打了电话，而你证实了我的说法——那我就给你这东西价格的百分之十。”

“那是多少？”

“七千元。”

普拉特大笑起来，笑声格外开心，无忧无虑。“爸爸总是说，你们玩古董的人都坏着呢。”

13

我挂了电话，整个人如释重负。巴伯太太的收藏里有不少二三流古董，但她也有很多价值连城的藏品，我不能就这么看着普拉特瞒着她偷偷卖掉。至于“走投无路”——如果有谁总是散发出一股深陷不明困境的气质，那就是普拉特。我已经多年没想起过他退学的事。那时大家都闭口不谈，但他肯定是犯了什么非常严重的错，一个不小心就会引来警察。我找他做这件事很安心，至少他拿了钱就会闭嘴。而且，如果有谁能玩得过卢修斯·里弗，甚至让他难堪，那就是普拉特了，世界顶级的势利眼恶霸。我这么想着，整颗心都轻快起来。

“里弗先生？”电话接通后，我礼貌地说。

“叫我卢修斯就好。”

“好吧，卢修斯。”他的声音让我因愤怒而发冷。但现在有了普拉特这张王牌，我显得格外挑衅。“你给我打了电话。你有什么想法？”

“你恐怕猜不到。”他迅速回答。

“是吗？”我轻松地说，但他的语气让我一惊，“那好，请说吧。”

“我想你恐怕更愿意当面谈。”

“好吧。来下城如何？”我飞快地说，“你上次那么客气，请我去了你的俱乐部。”

14

我选的餐厅在翠贝卡。这里离古董店很远，我不必担心会一转身撞见霍比和他的朋友，街头的人群也相对年轻（至少我希望是这样），可以让里弗无所适从。喧哗，灯光，闲聊，左右推搡的人群。没了药物的麻痹效果，街上的气味直冲我的鼻孔：红酒、大蒜、香水、汗味，从厨房快步端出、嗞嗞作响的香茅烤鸡。长椅的松绿色和旁边姑娘长裙那明亮的橘色刺激着我的眼睛，仿佛有化学制剂直接泼到我的眼睛里。我紧张得胃部绞痛，嚼着从口袋里翻出的抗酸剂，一抬头就看见身上有漂亮长颈鹿刺青的女侍图省事，直接伸出手对卢修斯·里弗指出我所在的位置。

“哦，你好，”我说，坐着没动，“见到你很高兴。”

他不满地环顾左右。“非得坐在这儿吗？”

“有什么问题？”我淡淡地说。我特地选了张周围都是人的桌子，环境还没吵到我们必须提高声音的地步，但足以让人心烦意乱。他坐在那张椅子上，阳光会直射他的眼睛。

“这太荒谬了。”

“哦，抱歉。你如果不喜欢这儿……”我冲态度散漫的长颈鹿女侍点点头，她站在门口，心不在焉地左右摇摆着身体。

餐厅里坐满了人，他无可奈何地坐下。他的谈吐和手势都十分优雅，西装剪裁也很时髦，让他显得年轻了许多，但他的态度总让我想起河豚，或者动画里的大力士、被自行车打气筒充气充爆了的骑警：有道裂纹的下巴，又宽又短的鼻子，嘴唇紧抿成一道线，五官都挤在脸庞中央，脸上泛着表明血压超标的丰润红光。

食物上了桌——亚洲创意料理，有很多又大又脆的馄饨和四翘的葱丝。看他的表情，似乎不太合胃口。是他有话想对我说，我等着他开口。我用韦尔蒂的旧收据簿写了假收据，写了一个五年前的日期，收据现在就放在胸前的口袋里。但不到最后一刻，我不会主动把它拿出来。

他管女侍要了把叉子，从自己那盘听起来有点吓人的“蝎子虾”里挑出几根摆盘用的蔬菜，放到一边。然后他抬起头，目光尖锐地看着我，香肠红的脸颊衬得小眼睛特别蓝。“我知道博物馆的事。”他说。

“知道什么？”一阵惊讶过后，我说。

“哦，拜托。你很清楚我在说什么。”

我感到一阵恐慌从尾椎骨升起，小心地垂眼凝视餐盘：白米饭，炒蔬菜，菜单上最清淡的一道。“嗯，你如果不介意，我并不想谈那件事。那是很痛苦的回忆。”

“是啊，我能想象。”

他的语气如此讽刺又挑衅，我抬头盯着他。“我母亲死了，如果你想知道的话。”

“嗯，是啊。”漫长的沉默。“韦尔顿·布莱克威尔也死了。”

“没错。”

“哎，我说，都写在报纸里呢，看在老天的分上。都有公开记录。不过——”他用舌尖舔了一下上嘴唇，“我是这么想的，詹姆斯·霍巴特为什么要把那个故事对所有人都复述一遍？你拿着他合伙人的戒指，突然来敲他的门。他如果好好闭上嘴，不就没人能想到其中的联系了吗？”

“我不知道你在说什么。”

“你非常清楚我在说什么。你手上有我想要的东西。很多人想要的东西。”

我停住动作，筷子举在半空。我的本能反应是起身离开餐厅，但我随即就想到那样太愚蠢了。

里弗向后靠到椅背上。“怎么不说话了？”

“因为你说的话根本没有逻辑。”我语气尖锐地回答，放下筷子，随即因为这个动作想起父亲。他会怎么办？

“你似乎觉得很困扰。我真想知道为什么。”

“因为我没看出这和叠柜有什么关系。我以为我们是为了叠柜的事才见面的。”

“你知道我在说什么。”

“不——”难以置信的笑声，听起来很真实，“恐怕我不知道。”

“你想让我仔细解释？在这儿？好啊，我给你解释。你和韦尔顿·布莱克威尔以及他的外甥女在一起，你们三个人，在三十二号厅，而你——”他缓缓露出挑衅的微笑，“是唯一一个自己走出去的人。我们都知道还有什么也走出了三十二号厅，是不是啊？”

我感觉全身的血液都流了出去。银器碰撞的声音、笑声、人们的谈话声汇合在一起，撞在瓷砖墙上，从四面八方回荡过来。

“你瞧？”里弗狡黠地说，再度吃了起来，“很简单吧，”他放下叉子，用责备的语气说，“你真的以为没人会发现？你拿走了画，后来把戒指交给布莱克威尔的合伙人，把画也一起给了他，虽然我不知道为什么——没错，没错，”他说，打断我想压过他的声音，稍微挪了挪椅子，抬起手来遮住阳光，“看在老天的分上，你成了詹姆斯·霍巴特的监护对象，他成了你的监护人。之后他就一直拿着你的这份小礼物转来转去，四处挣钱。”

挣钱？霍比？“转来转去？”我说，随即回过神来，“把什么转来转去？”

“听着，你这出‘怎么回事？’的戏演得可是有点太久了。”

“不，我说真的。你到底在说什么？”

里弗抿起嘴，显得洋洋自得。

“那可是一幅相当精美的画，”他说，“与众不同的小幅作品——独一无二。我永远也忘不了在莫瑞泰斯皇家博物馆第一次见到它时的情景……和那儿的其他作品都不一样，要我说的话，和同时期的作品都不一样。很难相信那是十六世纪的作品。小型画作里的传世杰作，你也这么觉得吧？那话怎么说来着——”他假惺惺地顿了顿，“收藏家怎么说来着，你知道的，那个艺术批评家，重新发现它的法国人？一八九〇年在某个贵族的储藏室里发现的，然后采取了种种‘绝望的行动’——”他伸手用手指画出引号，“把它得到手。‘我为了得到这只小金翅雀，我愿付出一切代价。’但我想引用的当然不是这句话。我想引的是那句更有名的话。你肯定也知道吧？过了这么久，你一定已经非常熟悉那幅画，也熟悉它的历史了。”

我放下餐巾。“我不知道你在说什么。”除了坚持重复这句话，我不知道还能怎么办。“否认，否认，否认”——在他拍过的唯一一部有名的电影里，爸爸扮演的黑帮律师如此建议，就在他被射杀那幕戏之前。

“可是他们看见我了。”

“肯定是看错人了。”

“有三个目击证人。”

“无所谓。他们都看错了。‘不是我。’”

“他们会叫人来作证，从早到晚地控诉我。”

“好啊。让他们说去吧。”

有人拉下百叶窗，我们的餐桌笼罩在一片虎皮斑纹般的阴影里。里弗狡黠地瞥着我，刺起一只亮红色的虾，吃了下去。

“我一直在思考，”他说，“你也许能帮上忙。在同样大小的画作里，还有哪一幅能比得上它？罗德里格斯那幅也许可以，你知道吧，《美帝奇别墅的花园》。当然这还是在完全不考虑稀有程度的情况下。”

“请你再告诉我一遍，我们到底在谈论什么？我真的不明白你想说什么。”

“哦，你想装就继续装下去吧，”他和颜悦色地说，拿餐巾抹抹嘴角，“你可骗不了任何人。不过我得说，交给那帮恶棍，让它四处转来转去，那可是真他妈的不负责任。”

我露出真心实意的震惊表情，一丝惊讶掠过他的脸庞，但转瞬即逝。

“可不能让那种家伙拿着这么贵重的东西，”他说，咀嚼着食物，“街头的小混混——不学无术。”

“你说的话根本没有逻辑。”我生气地说。

“是吗？”他又放下叉子，“好吧。我提议——你如果能明白我在说什么——你把它卖给我。”

我开始耳鸣。这是爆炸留下的后遗症，每当我压力过大时就会出现。高亢的嗡嗡声仿佛是一刻不停地接近我的飞机发出来的。

“要我出价吗？那好。我想五十万应该是个合理的价钱，考虑到我随时可以打电话——”他掏出手机，放到桌上的水杯旁边，“让你们的店关门大吉。”

我闭上眼睛，又睁开。“听着。你要我说多少次？我真的不知道你在说什么——”

“告诉你我现在在想什么吧，西奥多。我想的是保存，保护。都是你和你的同伙不会放在眼里的问题。你应该明白，这是最明智的选择——对你对画都一样。你显然已经挣了一大笔钱，但让它在这么随便的条件下到处转移，也太不负责任了吧，你觉得呢？”

我从心眼里感到迷惑不解，这让我占了上风。一阵不应该出现的古怪沉默过后，他把手探进胸前的口袋里——

“一切都还好吗？”模特似的男侍突然冒了出来。

“嗯嗯，挺好。”

男侍走开，穿过餐厅去找漂亮的女侍聊天。里弗从兜里掏出几张叠好的纸，从桌布上推到我的面前。

那是一篇打印出来的网页文章。我快速扫了一眼：FBI……国际机构……突袭失败……调查……

“这是他妈的什么玩意儿？”我说，声音太大，隔壁桌的女人惊跳起来。里弗吃着饭，没说话。

“不，我是说真的，这些跟我有什么关系?”我不耐烦地往下看——错误的死亡追逐……卡门·维多夫罗，迈阿密兼职介绍所管理员，被破门而入的特工一枪毙命——我想问这文章到底跟我有什么关系，随即僵在原地。

在孔特雷拉斯家族的交易中，本来被认为已经毁掉的古典大师作品(《金翅雀》，卡雷尔·法布里蒂乌斯，一六五四)被当成传说中的抵押品。遗憾的是，这场对南佛罗里达居民区的突袭并未能追回这幅名画。失窃的艺术品经常被用来当做交涉的筹码，为贩毒和军火交易提供风险资本。FBI艺术品犯罪小组批评此次行动“拙劣”而“幼稚”。作为回应，美国缉毒局发布了一份声明，为维多布罗女士的意外死亡道歉，并解释说他们的特工并没接受过艺术品相关的训练，无法辨识、也无法追回失窃的画作。“面对这样压力重重的情况，”缉毒局宣传部的新闻发言人特纳·斯塔克说，“在尽力追踪美国管制药品特大案件的同时，我们的首要任务永远是保证特工和普通民众的安全。”维多布罗女士不幸遇难后，此事引来了民众的持续关注，民众呼吁联邦机构之间建立起更密切的合作关系。“只要一个电话就能解决的事，”国际刑警组织艺术品犯罪小队发言人霍弗斯特德·冯·莫尔特克在昨日于慕尼黑召开的新闻发布会上表示，“但这些人只想着要逮捕嫌疑犯，要抓人落网，脑子里完全没想别的。实在太遗憾了，这幅画现已转入地下，也许要过上几十年才会重新出现在公众视野里。”

全世界失窃画作和雕刻品的走私交易每年可达到六十亿美元。虽然至今无人证明曾亲眼看见过该画作，调查员仍然相信，这幅宝贵的荷兰大师作品已经被偷渡出国，很有可能已经被运到汉堡，也许已经以极低的价格易手数次，而它在正常拍卖中可能达到好几百万的价格……

我放下那几张纸。里弗不再咀嚼，带着捕猎者般的紧绷微笑盯着我。不知道是不是因为那丝笑容在他梨形的脸庞上显得过于肃穆，我突然爆发出一阵大笑，笑声背后是惊惧与释然的混合体。以前鲍里斯和我也是这么笑的——胖胖的警卫追在我们身后(差点就追上了)，在美食广场湿漉漉的瓷砖上滑了个跟头，一屁股摔倒在地上。

“怎么?”里弗说，嘴角边沾上了一道橘黄色的酱汁，继续说着无意义的挑衅话语，“读到什么有意思的内容了？”

我笑得说不出话，只能摇摇头，望向餐厅另一头。“老天，”我说，擦了擦眼睛，“我不知道该说什么。你显然产生了什么幻觉，要不然就是——我不知道。”

我得夸里弗一句，他没露出明显的烦恼表情，尽管显然并不高兴。

“不，说真的，”我摇着头说，“抱歉。我不该笑的。但这是我听过的最他妈荒谬的事。”

里弗叠好餐巾，放到桌上。“你这个骗子，”他愉快地说，“你以为你可以就这么蒙混过关？不可能。”

“错误的死亡追逐？佛罗里达居民区？怎么？你觉得这事跟我有关？”

里弗用明亮的小蓝眼睛死死盯着我。“好好想想吧。我可是给你提供了一条出路。”

“出路？”迈阿密、汉堡，这些地名让我忍不住又爆发出一阵哈哈大笑，“从哪儿出来的路？”

里弗用餐巾抿了抿嘴。“很高兴看到这让你这么开心，”他自然地说，“我可是准备好了给这位艺术品犯罪小组的警官打电话，告诉他我所了解的你和詹姆斯·霍巴特，还有你们干的这些好事。你还有什么想说的吗？”

我把纸扔到桌上，推开椅子。“我想说，那你就打啊。别客气。你什么时候想谈另一件事，打电话给我。”

15

我借着大笑的力气快步走出餐厅，几乎没注意到自己在往哪儿走。我走出三四个路口后，全身都激烈地颤抖起来，不得不停在坚尼街南边冷清的小公园里，坐在长椅上急促地喘着气，头垂在两膝之间，腾博阿瑟西装的腋下被冷汗湿透了。我看起来像个（周围坐着些阴沉的牙买加保姆，几个意大利老头用报纸扇着风，怀疑地瞥着我。至少在他们眼里是这样）海洛因嗑嗨了的股票交易商学徒，刚按错了某个键，瞬间输掉了上亿美元。

街对面有家夫妻药店。我等呼吸稍微平息后，走了过去，在时起时无的春风里感到虚弱而孤独。我买了瓶冰可乐，没拿零钱就走了，回到公园树荫下覆着尘土的长椅。鸽子在旁边拍打着翅膀。车辆呼啸着穿过隧道，开往其他郊区，其他城市，其他购物中心和停车场，形成面目不清的跨州商业车流。那股轰鸣声中带着一股充满诱惑的巨大孤独感，还有几乎就像大海的召唤一般的宿命感。我终于明白爸爸为什么会取出银行里所有的钱，去干洗店取回衬衫，往车里加满油，一句话不说就离开。阳光炙烤下的高速路，广播上断断续续的信号，谷仓和废气，宽广的道路一直伸展至天边，仿佛一场秘密进行的犯罪活动。

我不可避免地想到杰罗姆。他住在亚当·克雷顿·鲍威尔大道上，离三号线的终点站只有几个路口之遥。我们有时会在第一百一十街车站一家名叫J兄弟的酒吧里见面，那是家主要面向工人的酒吧，点唱机里放着比尔·维德斯，地板上黏糊糊的，职业酒鬼们下午两点就捧着第三杯波旁酒瘫倒在桌上。但杰罗姆在药品方面只做一千元以上的生意。我虽然知道他会很乐意卖给我几袋海洛因，但觉得还是直接打辆车去布鲁克林桥更简单省事。

领着一只吉娃娃的老太太；为一支冰棒而吵架的小孩子。坚尼街上传来一阵隐约的警笛声，庄重而遥远，和我的耳鸣混杂在一起，仿佛是宣战的一声枪响，导弹飞来时持续不断的嗡鸣。

我伸手捂住耳朵（这完全没能减轻耳鸣，反而让它更厉害了），一动不动地坐着，努力思考。我之前在叠柜上耍的那些幼稚把戏显得如此荒谬可笑——我可以直接去找霍比，向他坦白我干了什么。这并不有趣，完全是场折磨，但还是让他从我本人嘴里听见更好。我想象不出他会作何反应。古董是我唯一有所了解的行当，之前我曾申请过销售方面的工作，但从未成功过。但我还算有用，到了万不得已时总能在某家工房找个杂工的职位，给画框镀金或切割线轴。这些修补工作挣不到什么钱，但真正明白该怎么修补古董的人不多，总会有人想雇我。至于那篇报道，报道内容让我困惑不已，仿佛中途闯进错误的电影院。但有一点很清楚：某个自有目的的坏蛋仿造了我手里的《金翅雀》（就大小和绘画技巧而言，仿造它并不是什么难事），放到市场上作为毒品交易的谈判筹码，被不懂行的毒枭和联邦特工认为是真品。但不管这个故事显得有多荒谬，离画作本身以及我有多远，里弗的猜想有一部分千真万确。谁知道霍比给多少人讲过我突然出现在他门口的事？这些人又转头告诉了多少人？可是之前从来没人想到韦尔蒂的戒指证明我当时和画在一起，就连霍比都没有。这就是饼干最重要的那一口了，用我父亲的话说。这个想法会让我锒铛入狱。那个法国的艺术品窃贼慌了神，把他偷走的很多画都还了回去（克拉纳赫、华托、柯罗），结果只蹲了二十六个月的牢。可那是法国，在九·一一事件之后不久。根据新的联邦反恐法，偷窃博物馆内的藏品有了另一项更严重的罪行，叫“抢劫文化遗产罪”。惩罚措施也更加严苛了，特别是在美国。我的个人生活可禁不起检查。我就算运气好，恐怕也会坐上五到十年的牢。

说真心话，这也是我应得的惩罚。我怎么会觉得可以一直把它藏起来？之前几年，我一直想处理掉这幅画，把它送回原本的归属地，可不知怎么就是没有行动，不停找借口放着不管。我想到它被封在上城的那个包裹里，觉得自己整个人都黯然失色，不复存在，仿佛将它埋葬只会增强它的力量，赋予它充满生命力的可怕形体。不知怎么，它即便是被禁锢在上锁的仓库里，还是想办法溜了出来，参与了一场声名远扬的欺诈案，在全世界人类的头脑里熠熠发光。

16

“霍比，”我说，“我有麻烦了。”

霍比抬头看了我一眼。他正在给日式橱柜重新上色：公鸡和仙鹤，背后是金色的宝塔。“我能帮上什么忙吗？”他用水性亚克力颜料勾着仙鹤翅膀的边。这和真品本来的虫漆完全不同，但他早就教过我，修补的第一条原则就是：要保证你所做的每一步都能被撤销。

“其实是这样的。我给你惹麻烦了。因为我的疏忽。”

“嗯——”他的画笔毫不动摇，“你如果答应了芭芭拉·古博里帮忙装饰莱茵贝克的那座房子，那你可得自己干了。‘查克拉的颜色。’我从来没听说过这种东西。”

“不——”我想说句轻松的玩笑话——古博里太太的诨名叫“小迷糊”，身上的笑料络绎不绝，但我的头脑一片空白。“不是这件事。”

霍比直起身，把画笔夹到耳朵上，用花纹狂野的手帕抹了抹额头。手帕的紫色相当迷幻，仿佛有非洲紫罗兰在上面吐了一场，可能是他在上城某位疯老太太的遗产中发现的。“那是什么事？”他耐心地问，伸手去拿混合颜料用的小碟子。现在我二十多岁了，我们之间原本那种由岁数差所带来的礼貌感也随之消失，我们变得像同学一样亲密。很难想象爸爸如果还活着，也能和我有这样的亲密感——我会总是小心警惕，时刻掂量着他的状态有多差劲，有没有可能得到直接的回答。

“我——”我伸手确定背后的椅子不粘，坐了下来，“霍比，我犯了个愚蠢的错误，”他随和地摆了一下手，“不，特别特别愚蠢的错误。”

“嗯——”他用吸管把生赭土点到小碟里，“我不知道有多愚蠢，不过我得说，上周那个钻头穿透沃瑟曼太太的桌子，可是毁了我的一整天。那是张很棒的威廉和玛丽桌。我知道她看不出我补过的洞，可是相信我，那是相当痛苦的一瞬间。”

他心不在焉的态度让整件事变得更难熬了。我飞快地讲了卢修斯·里弗和叠柜的事，语速快得仿佛生病后在梦中呓语，但没讲普拉特和我胸前口袋里伪造的收据。我一旦开了口，几乎就停不下来，只能继续说啊说啊，仿佛在远郊警察局灯泡下崩溃的公路杀人犯。霍比很快就停下手头的工作，把画笔夹回耳朵上，安静地听着，眉毛沉重地耷下来，神色冷淡，仿佛慢慢集中了注意力的雷鸟。我很熟悉这种表情。然后他从耳后拿下貂毛画笔，沾了些水，在绒布上擦了擦。

“西奥，”他说，闭上眼睛，抬起一只手——我开始重复，不停说着没有兑现的支票，绕在死胡同里走不出去，“够了。我大概明白了。”

“对不起，”我结结巴巴地说，“我不该这么做的。永远都不该这么做。但这真是场噩梦。他很生气，不肯罢休，好像有什么理由非要找麻烦——就是说，好像还有什么别的原因，不止这件事。”

“嗯。”霍比摘下眼镜，在随之而来的沉默里小心斟酌自己的回答。我能感觉到他的困惑。“事情发生了就是发生了。没必要再让事态恶化。不过——”他停下来想了想，“我不知道这个人是谁，可是他如果以为那柜子是阿弗莱克真品，那他就是个钱太多又太没常识的人。七万五千元——他是付了这么多钱吧？”

“对。”

“嗯，我得说，他应该去检查一下脑袋。那种质量的东西十年里也许就出现个一两次。不可能随随便便就出现。”

“没错，可是——”

“还有啊，随便哪个傻瓜都知道，阿弗莱克真品的价格远远不止这个数。什么人才会不做调查就买东西？只有白痴才会。还有，”他压过我的声音，“他指责你时，你做了正确的事。你想给他退钱，可他不收，没错吧？”

“我没说要退钱。我想把柜子买回来。”

“比他买走的价格还高！万一闹到法庭上会怎么样？我可以告诉你，他不会真打官司的。”

一阵沉默。在工作台灯如手术台般明亮的灯光下，我能感觉到我们两人都不太确定接下来该说什么。卡扣躺在一张矮几的爪状桌腿之间，霍比在那儿给它铺了一条毛巾。它在睡梦中微微抽搐，嘟囔了一声。

霍比擦掉手上的黑渍，伸手够着画笔，恍惚的执着模样仿佛是坚持要完成心愿的鬼魂。“销售向来都不是我的强项，你也知道的，但我在这行也干了这么多年了。有时候——”画笔轻轻一点，“鼓吹和诈骗也就是一线之隔。”

我不知所措地等着，望着日式橱柜。它非常漂亮，是波士顿郊区一位退休船长的镇宅之宝。那座房子里摆满了贝雕和玛瑙贝，未出嫁姐妹合力绣出的旧约作品，晚上房子里充满鲸油燃烧的气味和逐渐变老的静谧。

霍比又放下画笔。“哦，西奥，”他有点生气地说，用手背抹了抹额头，留下一道黑印，“你以为我会站在这儿骂你吗？你对这个人撒了谎。你想补偿他，但他不肯卖。你还能怎么办？”

“不止这一件。”

“什么？”

“我不该这么做，”我不敢看他的眼睛，“一开始我是为了还清欠债，让我们渡过难关，之后我大概是——我是说你的作品都那么棒，我自己都看不出来，它们就那么摆在仓库里——”

我以为他会难以置信，大声骂我，以某种方式发泄出来。结果比那还糟。他如果发了脾气，我还可以接受。但他一个字也没说，只是有些悲伤地看着我，高大的身体周围被工作台灯染上一圈光晕，身后墙上的工具仿佛是共济会的会徽。他让我把事实都告诉他，然后沉默地听着，最后开口时声音比平时更轻，里面并没有多少怒意。

“好吧，”他看起来像是寓言里的人物，神话中穿着黑围裙的木匠，一半身体隐在阴影里，“那么，你打算怎么处理？”

“我——”我没想到他会是这样的反应。我怕他生气（霍比平时脾气温和，很难生气，但他确实也有发脾气的时候），想出各种理由和借口，但面对他这样令人不安的平静态度，我没法为自己辩护。“你叫我怎么做，我就怎么做，”我长大后从没如此羞愧过，“这是我的错——我负全部责任。”

“哦。那些家具都卖出去了，”他似乎在边说边想，一半是自言自语，“从来没人回来找过你？”

“没有。”

“有多久了？”

“哦——”至少五年了。“一年多，两年？”

他做了个苦脸。“上帝。不，不，”他连忙说，“我很高兴你说了实话。但你得赶紧去联系那些客人，说你不能确定家具的真伪——你不用把一切都说出来，就说我们有理由怀疑商品的来源——再说你愿意出原价把东西买回来。他们如果不愿意，那就算了。反正你提出来过了。他们如果接受你的提议——那你就得自己往肚子里咽，明白吗？”

“嗯。”我没说也不能说的是，我们连给四分之一受害者退货的钱也没有。如果给所有人退货，我们一天之内就会破产。

“你说有好几件。哪几件？一共多少件？”

“我不知道。”

“你不知道？”

“呃，我知道，可是我——”

“西奥，拜托，”他终于生气了，我松了一口气，“别这样。跟我说实话。”

“呃——我没有记账。都是现金交易。而且，我是说，就算看了账目表，也不可能知道——”

“西奥。别让我重复。多少件？”

“哦——”我叹了口气，“十二三件？大概？”霍比震惊的表情让我又补了一句。实际数量是我说的三倍，但我相信受骗者中的大多数要么无知得看不出来，要么有钱得不会在乎。

“老天啊，西奥，”霍比呆呆地站了一会儿后说，“十二三件？不会都是这种价格吧？没有你刚才说的那件高吧？”

“没有，没有。”我连忙说（虽然有几件的价格是那件的两倍），“也没卖给过熟客。”至少这句是真话。

“卖给谁了？”

“西海岸的人。电影界的——技术人员。也有华尔街的——都是年轻人。就是，外行。挣傻瓜的钱。”

“有顾客名单吗？”

“没有真正的名单，不过我——”

“你能联系上他们吗？”

“呃，这，挺复杂的，因为——”有些人以为发现了失落的谢莱顿真品，付完钱拿着发票就跑了，自以为是占了我的便宜。我并不担心这种客人，毕竟我从来没说过那是真品，货出店门概不负责。我担心的是我主动骗过的顾客，我对他们撒过弥天大谎的那些人。

“你没记下来。”

“没有。”

“但你有印象，能把他们找出来。”

“差不多吧。”

“‘差不多’。我不知道这是什么意思。”

“有笔记，还有货运单。我应该能拼凑起来。”

“我们有钱把东西都买回来吗？”

“呃——”

“到底怎么样？有，还是没有？”

“嗯，”我没法告诉他实话，也就是没有，“勉勉强强吧。”

霍比揉了揉眼睛。“嗯，不管有多勉强，我们都得这么做。没有其他选择。勒紧裤腰带也好，过一阵艰苦生活也好——就算要暂时欠着税。因为，”他见我不说话，只是盯着他看，又说，“我们不能任由那些东西在外面冒充真品，哪怕只有一件。老天啊——”他难以置信地摇摇头，“你是怎么办到的？它们连高质量的伪造品都算不上！我用的有些材料——手头有什么就用什么！胡乱拼凑——”

“其实——”说实话，霍比的手艺好到足以蒙住一些相当专业的收藏家，不过最好还是不要把这话说出来。

“——而且，你看啊，如果你当作真品卖出去的东西里有一件被人发觉不对，那就全都不对了。其他东西的真伪也会受到质疑——从我们店里卖出去的每一根木头。我不知道你是否考虑过这一点。”

“呃——”我考虑过，考虑过很多次。我自从和卢修斯·里弗吃过第一顿饭，就一直在想这个问题。

他沉默了很久，我不禁紧张起来。但他只是叹了口气，揉了揉眼睛，转过身弯腰继续工作。

我无言地看着他用笔尖描出一道湿亮的线，画出一根樱树枝。一切都变得不一样了。霍比和我是合伙人，一起填写报税文件。我是他意愿的执行者。我没有搬出去自己找地方住，而是继续住在店铺楼上，给他付一笔微不足道的租金，每周只有几百元。如果说我还有个家，还有家人，那就是他。我每次下楼帮他黏黏补补，并不是因为他真的需要我，而是因为我们享受这个四处摸索木工夹、越过马勒牌焊接机大声呼喊的过程。有时候，我们晚上会走到白马酒店喝上一杯，在吧台吃个三明治。那对我来说是一天中最美好的时光。

“怎么？”霍比意识到我还站在他背后，问了一句。他并没从工作上抬起头来。

“对不起。我没想把事情搞得这么大。”

“西奥，”他停下画笔，“你应该明白——有很多人都会想拍着你的背祝贺你。跟你说老实话，我也有点想这么做，因为看在老天的分上，我真的不知道你是怎么做到的。就连韦尔蒂——韦尔蒂和你很像，客人都喜欢他，他不管什么东西都能卖出去，但就连他有时候也会为高档家具大费周折。赫普尔怀特真品，奇彭代尔真品！卖都卖不出去！而你呢，把那堆垃圾卖了天价出去！”

“那不是垃圾，”我说，很高兴能终于说句实话，“很多东西都做得很棒。我也看不出来。要我说，可能因为是你自己做的，你就看不出来做得有多好，有多真实。”

“嗯，可是——”他顿了顿，似乎找不到合适的词，“一个人如果不熟悉家具，你很难让他花大价钱买家具。”

“我知道。”店里有只鸭掌式安妮女王高脚柜。没钱的时候，我迫不及待地想以它应得的价钱卖掉它，最低也要二十万。它在店里已经摆了好多年。不过最近有几次还算公平的出价，全都被我回绝了，理由很简单：有这件完美无瑕的家具摆在光线明亮的店面门口，后方冒充真品的假货也显得光彩熠熠。

“西奥，你太厉害了。你天生就有干这行的天赋，这毫无疑问。可是——”他的语调又变得犹豫，我能感觉到他在寻找词句，“嗯，我的意思是，口碑就是交易商的性命所在。这行靠的就是信誉。没有什么秘密可言，消息传得很快。所以，我想说——”他拿笔沾了一下颜料，眯起近视眼盯着橱柜，“骗局很难被证明，可是你如果不小心处理，这件事将来总会掉过头来咬我们一口。”他的手很稳定，笔下的线条坚决有力。“经过大规模修补的家具……用不着紫外线出场，只要把它挪到光线明亮的房间里，区别之大，会让你吃惊……相机也能照出裸眼看不清的纹路差别。只要有人给那些家具拍张照——老天保佑——贴到克里斯蒂或苏富比某个重要的美国家具展手册里……”

沉默在我们之间膨胀，变得越来越沉重，形成一片无法充满的空白。

“西奥。”画笔停下，过了片刻重新动了起来，“我不会为你找借口，不过——你别以为我没有想到，正是我把你逼到这一步的。让你一个人在上面随心所欲。期待你像神一样凭空变出鱼和面包。你还很年轻，没错，”他简短地说，转开身，不理想要插话的我，“你很年轻，在我不擅长的生意这部分非常有天赋，又那么聪明，让我们摆脱了赤字，我只要开心地把头埋在沙子里就好，对楼上发生的事充耳不闻。所以我有一半的责任。”

“霍比，我发誓，我从来没——”

“因为啊——”他拿起瓶口敞开的颜料，看了看标签，仿佛想不起其用途似的又放了回去，“唉，这世上哪儿有这么好的事，对吧？那么多钱源源不断地进来，数字好看着呢。我仔细看过了吗？没有。你别以为我不知道——你如果没在楼上搞这些事出来，我们恐怕得付租金才能住在这一带，还得找个更便宜的地方住。所以就这样吧——我们从头开始——一笔勾销——慢慢来。一件一件来。我们也只能这样。”

“听着，我得说清楚——”他的平静让我不知所措，“这完全是我的责任，如果要追究的话。我希望你知道这一点。”

“好。”他挥动画笔，熟练而精准，带着一种沉思，奇怪得让我有些不安。“无论如何，先这样吧，好吗？不，”他阻止我再说下去，“拜托了。我希望能交给你处理，如果你有什么需要我的地方，我会尽我所能帮助你，但除此之外，我不想再谈这件事了。好吗？”

窗外下起雨。工房相当潮湿，有一阵难熬的地下寒气。我站在原地看着他，不知道该说什么，该做什么。

“拜托。我没生气，只是想把这活儿好好做完。没事的。你上楼去吧，行吗？”他说，我仍然站在原地没动，“这东西画起来很复杂，我如果不想搞砸，真的得集中精神了。”

17

我沉默地上了楼，踏过吱呀作响的楼梯，无法正视全是皮帕的照片墙。我刚才下去的时候，本想先说出比较容易接受的消息，再逐渐转移到最后的重磅炸弹上。但我即便觉得自己是个肮脏不堪的叛徒，还是说不出来。霍比对画知道得越少，就越安全。把他拖进来无论如何都是个错误。

但我还是希望能有个可以倾诉、信任的人。每过几年，新闻里就会再次提起失踪的大师作品，里面不仅有我的《金翅雀》，两幅从其他博物馆借来的冯·德·阿斯特，还有几幅珍贵的中世纪画作，几件埃及古董。学术界为此写了几篇论文，甚至还出了书，FBI 的网站将这次事件列入十大艺术品犯罪的榜单。有很多人认为，从二十九和三十号展馆偷走冯·德·阿斯特的人也偷走了我的画，这曾经让我感到相当安慰。三十二号馆里几乎所有的尸体都集中在倒塌的门口附近。根据调查员的说法，门梁倒下来之前大概有个十秒，甚至是三十秒，足以让几个人逃出生天。他们已经戴着白手套、拿着拂尘、扫帚，非常细心地清理过三十二号馆的废墟，并且发现了《金翅雀》完好无损的画框（它光秃秃地挂在海牙莫瑞泰斯皇家美术馆的墙上，“时刻提醒我们失去了怎样宝贵的文化遗产”），但并没找到任何可证实属于画作本身的碎片，没有木屑，没有旧钉子，没有它与众不同的铅锡颜料碎片。画本身是直接画在木头上的，有人争论说（一位著名历史学家信誓旦旦地吹着牛皮，我很感激他）《金翅雀》被震得从画框里掉了出来，直接飞进礼品店燃烧的大火中，那里是爆炸的中心。我在公共电视网播放的纪录片里见过这位历史学家，他在莫瑞泰斯的空画框前意味深长地前后踱步，用深谙媒体之道的炯炯眼神盯着镜头。“这幅小小的大师级画作逃过了代尔福特的火药厂爆炸，经过几个世纪，却最终葬身于另一起人为的爆炸事故中。这样的情节简直比欧·亨利和莫泊桑的小说还要离奇。”

至于我，好几份报纸都用了同样的说法，这种说法已经变成公认的事实：爆炸发生时，我与《金翅雀》隔着好几个房间。过去几年，曾有好几位记者想要访问我，我全都拒绝了。但有好多目击证人曾在二十四号馆里见过我母亲，穿着绸缎风衣的漂亮黑发女人。他们好多人都说我当时和她在一起。二十四号馆里死了四个大人，三个儿童——在公认的官方叙述里，我昏了过去，被当成尸体，救援人员在混乱中并未注意到我。

但韦尔蒂的戒指证明了我当时在哪儿。幸运的是，霍比总是避免谈论韦尔蒂的死。但每过一段时间——并不频繁，一般都是在他喝了几杯酒的深夜——他会回忆起过去。“你能想象我当时的感受吗？而后来的事就像奇迹。”总有一天，会有人把这一切联系起来。我一直都明白这一点，但在嗑药后的迷雾中，我浑浑噩噩地过了好几年，一直没去想这件事的危险性。也许没人会注意。也许永远也没人注意。

我坐在床边，望着窗外的第十街。人群下班回家，出门去吃晚饭，阵阵笑声隐约传来。雾一般的细雨在窗外街灯的白色光晕中倾斜飘落。一切都显得摇摆不定，荒凉惨淡。我很想吞片药，正想起身倒杯酒，突然注意到有个孤独的身影站在雨里一动不动。他站在灯光所及的范围之外，和周围来来去去的车流显得格格不入。

过了半分钟，他还站在原地。我关掉台灯，走到窗前。那个身影走入街灯的光晕内，似乎在回应我。他的五官在黑暗里无法看得分明，但整个人相当清晰：高高耸起的双肩，腿有点短，爱尔兰式厚实的身体。牛仔裤，兜帽衫，沉重的皮靴。他静静地站了一会儿，工人般的剪影在这个时间段的街道上独树一帜。周围都是摄影师助手，穿着高档的夫妇，为约会而兴奋的大学生。然后他转过身，不耐烦地快步走开。他走入下一盏街灯的光芒里，我看见他把手伸进兜里，拿出手机拨了个电话，心不在焉地低着头。

我放下窗帘。我很确定是我自己想得太多了，毕竟我平时一直都疑神疑鬼。这是现代城市生活难以避免的一部分，总是有看不见的恐怖和灾难探出头来，让人听见汽车警报就惊跳起身，时刻准备着大事不妙，也许是火灾的烟味，也许是玻璃破碎的巨响。可是——我真希望自己能百分百确定那只是我的想象。

周围一片死寂。街灯透过蕾丝窗帘在墙上投下蛛丝般繁乱的阴影。我很久之前就知道把画留下是个错误，但我还是留着它。不可能有什么好结果。在拉斯维加斯，我什么时候想看它都可以看，不管我病了、困了还是觉得悲伤，不管是早晨还是深夜，秋天还是春天，不管天气和阳光如何改变。在博物馆里看画是一回事，在那么多不同的光线、情绪和季节里看它又是一回事，能看出一千种不同的感觉。它是由光做成的，是只有在光下才能活过来的造物，把它关在黑暗里错得离谱，错得我都不知道该如何解释。不仅是错误，根本就是疯狂。

我去厨房倒了杯冰块，走到酒柜前给自己倒了杯伏特加，回到房间里，从外套口袋里拿出 iPod，反射性地拨了杰罗姆呼机的前三位——然后挂掉，转而打给巴伯家。

埃塔接了电话。“西奥！”她说，声音听起来很高兴，后面传来厨房电视的声音。“你找凯瑟琳吗？”只有家人和亲密好友才叫她凯西，其他人都叫她凯瑟琳。

“她在吗？”

“她吃完晚饭回来。我知道她一直很期待你的电话。”

“嗯——”我忍不住有些高兴，“你能转告她我打过电话吗？”

“你什么时候再回来看我们？”

“很快，希望吧。普拉特在吗？”

“不，他也出去了。我会告诉他你打过电话。尽快回来看我们吧，好吗？”

我挂上电话，坐在床边喝着伏特加。能随时给普拉特打电话让我安心——不是关于画的事，我可没那么相信他，只是为了处理里弗和叠柜的事。对于叠柜，里弗一个字也没提，这总让我觉得有点不祥的感觉。

可是——他又能怎么样呢？我想得越久，就越觉得里弗这步棋下错了，他不该这么直接来找我摊牌。为了一件家具来找我麻烦对他又有什么好处？我如果被抓了起来，画也充公了，永远离开了他能掌控的范围，那他又能得到什么？如果想要画，他就只能退后一步，等着我把他领过去。我唯一的优势——真正唯一的优势——就在于里弗并不知道画在哪儿。他可以雇人跟踪我，但只要我不接近仓库，他就不可能找到它。

第十章

白　痴

1

“哦，西奥！”圣诞节近在咫尺的周五下午，凯西说，拿起我母亲的翡翠耳环，举到灯光下仔细查看。我们一上午都在蒂芙尼挑选银器和瓷器，中午在弗雷德餐厅慢悠悠地吃了顿饭。“真漂亮！不过……”她的前额微微皱起。

“嗯？”三点了，餐厅里仍然人满为患，热闹非常。之前她起身去接电话时，我把耳环从兜里掏出来，摆到桌布上。

“呃，就是——我不知道，”她蹙起眉，仿佛在犹豫要不要买一双鞋，“我是说——它们漂亮极了！谢谢你！可是……那样配吗？当天戴的话？”

“嗯，随便你。”我说，伸手拿过血腥马丽喝了一大口，掩盖惊讶与不快。

“因为，翡翠嘛，”她拿起一只耳环凑到耳边，沉思地斜眼瞥着它，“我很喜欢！不过——”她又把耳环举到顶灯下，“翡翠不是我的石头。我觉得它们似乎有点太硬了，你觉得呢？配上白色？还有我的肤色？浅青绿色！妈妈也不能穿绿色。”

“你决定吧。”

“哦，你不高兴了。”

“没有。”

“有！我伤害你的感情了！”

“没有，我只是累了。”

“你看起来心情特别差。”

“拜托，凯西。我累了。”我们一直在坚持不懈地寻找出租公寓，过程相当让人沮丧，但大部分时间里我们心情还过得去。那些空荡荡的房间里满是别人所遗弃的生活气息，（对我而言）引起了许多童年时的痛苦回忆：搬家用的纸箱，厨房里的气味，毫无生气的昏暗卧室，最糟糕的是其中贯穿一切的金属轰鸣声，仿佛充满忧虑的粗重喘息——显然只有我能听到这个声音。房产中介四处走来走去，按着电灯开关，指着不锈钢家电，欢快的声音回荡在擦得锃亮的地板上。但他们也无法掩盖那阵不祥的轰鸣。

为什么会这样？并不是每一套被清空的公寓后面都有悲剧，虽然我总是这么觉得。我在我们看过的每一套房子里都闻出了离婚、破产、疾病和死亡的气息，但这一定是我的幻觉。再说了，不管是事实还是幻觉，前任房客的问题怎么可能影响到凯西和我呢？

“别灰心，”霍比说（他和我一样，对房间和物品的灵魂、时光留下的印痕异常敏感），“把它想成是一份工作，比如整理一大箱乱七八糟的零件。你只要咬紧牙继续找下去，迟早会找到最合适的那一套。”

他说得对。我一直保持乐观的态度，她也一样。我们看了一家又一家，包括有孤独犹太老妇人的灵魂盘桓的阴沉的战前老房子，我知道，我们只要住进去，我就会觉得街对面正有阻击手瞄准我的冰冷的玻璃巨宅。没人指望找房子会很好玩。

相比之下，陪凯西去蒂芙尼挑东西布置我们的婚礼接待处大概会让我如沐春风。和婚礼顾问见面，对我们喜欢的东西指指点点，再手挽着手去吃圣诞节午餐。然而，出乎我的意料，整个过程让我紧张得头昏脑涨。在这样一个快到圣诞节的周五，曼哈顿最繁忙的商店里挤满了人，楼梯上水泄不通，到处都是成群的旅客，为节日购物的人在柜台前挤了五六层，抢购钟表、围巾、手袋、旅行时钟、礼仪书籍，还有特征鲜明的淡青色进口商品。我们在第五层艰难地挤了好几个小时，一位新娘顾问始终陪在旁边，努力想要证明这里的完美服务，自信地给我们出谋划策，我忍不住觉得有点烦（“选择瓷器的时候，你们两位应该都觉得上面的图案仿佛在说，‘这就是我们，我们在一起就是这样子’……这很重要，会表现出你们的审美风格”）。而凯西从一种风格逛到另一种，就是没有选中什么：金色条纹！

不，蓝色的！等等……哪个是第一种来着？八角形是不是太夸张了？顾问在一旁不停地补充说明：城市几何……浪漫的花朵……经典高雅……高贵热烈……我不停地说着当然，这个也不错，那个也很好，我觉得都可以，凯西你做主就好。顾问依旧不停地拿出新的设计给我们看，显然想得到我的意见，向我解释每种设计的优点所在：这是银外镀金，这是手工绘制的轮廓。我使劲咬住舌头，才没把心里的真实想法说出来：不管制作如何精良，凯西是选甲型也好，是选乙型也好，要我说都是一路货——崭新光滑，毫无魅力，拿在手上全都死气沉沉，而价格却高得离谱。昨天刚做出来的盘子就要八百元？就这个闪闪发亮但冰冷的新盘子？以这个价格的零头，就能买到一整套很漂亮的十八世纪餐具。

"你不可能都一样喜欢！嗯，的确，我总是会回到装饰风上，"凯西对耐心等候的顾问说，"我确实很喜欢，可这恐怕并不适合我们，"她又转向我，"你觉得呢？"

"随你喜欢。哪个都行，真的。"我说，把手插进兜里，转开目光。她仍然眨着眼尊敬地看我。

"你好像很烦躁。我希望你能告诉我你的喜好。"

"嗯，可是——"我在因有人去世和家庭破裂而生的拍卖会上见过太多瓷器。眼前这些质朴光滑的瓷器样品带着一种无以言说的悲哀，仿佛崭新发亮就能保证它们无缘悲剧的未来。"中式的？还是尼罗河上的鸟？说啊，西奥，我知道你肯定会喜欢这两者之一。"

"这两种都万无一失，既有趣又漂亮。这种比较简单，适合日常使用。"顾问好心地说。她心里的"简单"显然可以用来对付一个无所适从的暴躁新郎。"非常非常简单，又中性。"婚礼布置方面似乎有条不成文的规定：让新郎有权挑选非正式的瓷器（我猜是为了新郎之后和哥们儿们一起看超级碗比赛时用，哈哈哈），而"正式餐具"则交给专家，也就是女人们。

"可以啊。"我意识到她们都等着我表态，就简洁地说了一句，可能有点简单过头了。现代而朴素的白色陶器引不起我的太大兴趣，何况这个盘子卖四百元。这让我想起有时去丽思塔见的那些老寡妇，她们为人和善，穿着麦莉麦克裙，嗓音嘶哑，喜欢戴头巾和豹纹手镯，想要搬到迈阿密去住。她们的公寓里摆满装饰着烟熏玻璃和铬钢的家具，大多是在七十年代通过家居装潢商以相当于安妮女王家具的高价买来的，但（我只能不情愿地告诉她们）如今贬值得厉害，连当初的一半的价钱都卖不到。

"瓷器——"新娘顾问用涂了中性颜色指甲油的手指拂过盘子的边缘，"我之所以喜欢让新婚夫妇考虑考虑上好的银器，上好的水晶器皿和瓷器……这是一天结束时的仪式。葡萄酒，享受，家人，都在一起。一套高级瓷器能让你们的婚姻拥有持久的个人风格和浪漫情调。"

"是啊。"我又说。但太多外露的感情让我惊恐，在弗莱德喝了两杯血腥玛丽也没能冲走那种感觉。

凯西望着那对耳环，似乎有点迟疑。"嗯，这样吧。我在婚礼上会戴的。它们很漂亮。我知道这是你母亲的。"

"我想让你戴自己喜欢戴的东西。"

"告诉你我在想什么吧，"她调皮地伸出手，越过桌面握住我的手，"我想你该睡一觉了。"

"一点没错。"我说，捧起她的手贴到脸上，想起自己有多么幸运。

2

一切都进展得飞快。我去巴伯家吃晚餐后不到两个月，凯西和我基本每天都会见面，一起散步，吃晚饭（有时去麦奇六五或"杯和球"餐厅，有时在厨房里啃三明治），聊起以前的时光：安迪，玩大富翁游戏的周日雨天（"你们俩总是欺负人……感觉像是雪莉·邓波儿对抗亨利·福特和J.P.摩根……"）；我们不让她看《风中奇缘》、一起看了《地狱怪客》，把她吓哭的那个夜晚；痛苦的西装领带之夜——对我们几个男孩来说很痛苦，全身僵硬地坐在游艇俱乐部，喝着加青柠的可乐，巴伯先生在餐厅里环顾左右，寻找他最喜欢的侍者阿马德奥，找到后又坚持要练习他那夏维耶·库加特式的蹩脚西班牙语。我们聊着以前的同学，参加过的聚餐，总是有很多话题，你记不记得这个，记不记得那个，记不记得我们当时……我和之前那位卡罗尔·隆巴德的关系里只有酒精和床，我们对彼此都没什么话可说。

凯西和我当然是截然不同的两个人，但这也没关系。毕竟，正如霍比明智地指出的，婚姻不就是相反部分的联盟吗？本来不就应该这样吗？我给她的生活带来新意，反之亦然。而且我（我这么告诉自己）也该往前走，放开手，离开再也不会向我开放的花园。活在当下，珍惜眼前，不要再哀悼永远得不到手的东西。之前那么多年，我一直沉浸在毫无结果的悲伤和煎熬里：皮帕皮帕皮帕，在狂喜和绝望之间挣扎，永远看不到出口。毫无意义的小事会让我开心得飞到星星上，或者一头扎进无言的沮丧和绝望。她来电话了，用“爱你”落款的电子邮件（皮帕对所有人都是这么落款的）能让我一连几天都飘飘然。她给霍比打电话时如果没有叫我过去说话（她又有什么理由非得叫我不可呢？），我就会被打击得无法靠自己振作起来。我在欺骗自己，我自己也明白。更糟的是，我对皮帕的爱在内心深处和我母亲纠结在一起，包括母亲的死，包括永远地失去她、再也无法让她回来。我对于拯救和被拯救，对于改变过去、从头再来的所有盲目渴望不知怎么都投射到皮帕身上。这样的感觉疯狂而病态，我所看见的都是些已经不存在的东西。还差一步，我就会变成那种住在房车里的流浪汉，跟踪着只在购物中心瞥过一眼的女孩。而事实上，皮帕和我一年最多见两次面，发邮件和短信的频率也并不高。她回来时，我们会互相借书看，一起看场电影。我们是朋友，但也仅仅是朋友。我对她的渴望完全背离现实，为此感受到的痛苦和沮丧又真实得令我发疯。我要继续在这种毫无根据、毫无希望的单相思上浪费掉剩下的人生吗？

我决心要摆脱这种状态，结果用尽了全身的力气，仿佛被陷阱夹住的动物咬断了腿才重获自由。不知怎么，我成功了，结果凯西就在我面前，用醋栗灰的眼睛看着我，好像在看什么好像的事情。

我们在一起很快乐，也合得来。这是她在纽约度过的第一个夏季（“我这辈子第一次”）——缅因州的度假别墅大门紧闭，哈利叔叔和几个堂亲去加拿大的马德莱娜岛了。“我不知道该怎么面对妈妈，再说——哦，拜托，帮我想想主意吧，这周末一起去海边好吗？”周末我们去了东汉普顿，住在她朋友的房子里，房主去法国度假了。之后那一周，我下班后就去下城和她见面，在路边的咖啡店里喝微温的葡萄酒。翠贝卡区夜晚很冷清，人行道被晒得很烫，地铁入口里吹来一阵热风，从我的香烟上吹出几点火星。电影院开着冷气，金克尔酒吧和大中央车站的牡蛎吧也一样。每周她会去打两次高尔夫球，戴着帽子和手套，穿着杰克·普赛尔运动鞋和整洁的短裙，从头到脚喷上医疗级别的防晒霜（她和安迪一样对阳光过敏），开着她黑色的甲壳虫去辛尼柯克山或梅德斯通球场，车后座特别经过改装，能装得下高尔夫球杆。和安迪不同，她说起话来滔滔不绝，讲了笑话会紧张地笑起来，带着她父亲身上四散而出的能量，但没有他那么脱节，也不含讽刺。如果给她抹上粉，在脸上画颗美人痣，她完全就是凡尔赛宫里的宫廷女侍，皮肤白皙，脸颊粉红，结结巴巴地说着话，整个人显得很开心。她喜欢穿紧身的亚麻便裙，乡村和城市风混杂，拿着夸张的古典鳄鱼手提袋，踏着克里斯提·鲁布托牌高到吓人的高跟鞋摇晃前行，把自己的名字和地址贴在鞋里，说是万一需要脱鞋去跳舞或游泳，鞋子丢了还能找回来。她有银色的鞋，刺绣的鞋，上面系着缎带，脚趾部分很尖，每双都要上千元。“吝啬鬼！”她冲楼梯底下喊——凌晨三点，我们喝朗姆酒加可乐喝得酩酊大醉。我终于摇摇晃晃地起身去叫出租车，因为第二天还得工作。

是她向我提出想结婚的。在去赴宴的路上。香奈儿十九号香水，小蓝裙。我们走上公园大道，都因为在楼上喝的鸡尾酒有点摇摇晃晃。我们走出门的那一瞬间，街灯全都亮了起来。我们僵住了，彼此对视：是我们干的吗？这瞬间太过滑稽，我们都笑得喘不过气，仿佛灯光是从我们身上倾泻而出的，是我们两人供应了整条公园大道的电力。然后凯西握住我的手，说：“你知道我觉得我们该做什么吗，西奥？”我知道她要说什么。

“可以吗？”

“嗯，当然好啊！你觉得呢？我想妈妈一定会非常开心。”

我们还没定下日子。具体日期总是不停地变，有时因为教堂没空，有时因为某个必须出席的人日程更改，赛马啊，截止日期啊，诸如此类。所以我不明白这场婚礼怎么就变得如此正式，规模宏大——上百人的宾客名单，好几万元的花销，像百老汇演出那样充满设计服装和规定动作。我知道，有些过分膨胀的婚礼要怪新娘的母亲，但我们的情况没法怪巴伯太太。她基本没从卧室出来过，一直守着她的刺绣篮，从来不接电话，不接受任何人的邀请，甚至不去理发。以前她可是每两天就去一次理发店，午餐前十一点，铁打不动的习惯。

“妈妈不会不高兴吧？”快步走回巴伯太太卧室的途中，凯西如此低语，用瘦削的手肘捅了一下我的肋骨。听到这个消息，巴伯太太开心极了（“你告诉她，”凯西对我说，“如果是你说的，她会更高兴。”）。我在脑海里多次回放过那一瞬间，从不厌倦：她先是露出惊讶的目光，下一秒疲惫冷淡的脸上就满溢喜色。她伸出手，一只伸向我，另一只伸向凯西，但那美丽的笑容是完全冲着我一个人的，我永远也不会忘记。

谁能想到我还有能力让别人如此快乐？谁能想到我还能如此快乐？我的情绪像个弹弓。我的心被禁锢麻痹了多年之后，像玻璃板下的蜜蜂一样四处乱撞。一切都那么明亮尖锐，一切都是错误的，让人困惑——但那是一种明确清晰的疼痛，和多年以来的钝痛完全不同。在毒品的影响下，之前的痛苦仿佛一颗蛀牙，带着腐烂之物的恶心与肮脏。现在的清晰感让人沉迷，就像摘掉了一副模糊一切的脏眼镜。一整个夏天，我快乐得发狂，笑嘻嘻、傻兮兮，全身充满活力，喝着琴酒，吃着鸡尾冷虾，打着发出清脆声音的网球。我的头脑里全是凯西，凯西，凯西！

四个月过去了，现在已经是十二月，清晨空气凛冽，空中飘着圣诞节的气息。凯西和我很快就要结婚了，我到底有多幸运？一切都那么完美，全是爱心和鲜花，仿佛音乐喜剧的结尾。但我怏怏不乐。不知道是什么原因，夏天让我忙前忙后的那股能量到十月中旬就彻底离开了我，将我扔进一摊无穷无尽的悲哀。除了寥寥数人（凯西、霍比、巴伯太太），我讨厌和人共处，无法集中精力听别人说话，没法和客人交谈，没法给货品贴标签，没法坐地铁。一切人类活动都显得那么没有意义，难以理解，仿佛野外一片黑压压的蚁巢，不管看哪里都见不到光。我已经吃了八周的抗抑郁药，没有产生任何效果，八周以前吃的另一种药也一样没用（我早就试过各种药了，我显然是人群里那不幸的百分之二十，吃了药眼前也不会出现雏菊田和蝴蝶，只会严重的头疼和自杀的念头）。有时候黑暗会稍微散开一点，让我能够看清周围的环境，仿佛卧室里的家具在黎明时分浮现出清晰的轮廓。但这种好转的状态只能持续片刻，黎明后的清晨一直都没有来。没等我看清身处何处，一切就又变得漆黑一片，墨水泼在我的眼睛里，我在黑暗中蹒跚摇晃。

我不知道为什么会觉得如此迷失。我还没忘记皮帕，我自己也知道。也许我永远都忘不掉她了。我只能背负着这种感觉活下去，感受着无法拥有心爱之人的悲哀。我也知道，眼前的难题（至少我觉得很难）是如何快速适应越来越频繁的人际交往。凯西和我不再像以前那样享受安静的独处，在昏暗的餐厅包间里握着手，坐在桌子的同一侧。几乎每个晚上，我们都会和她的朋友一起参加宴会，或者去忙碌的餐厅吃饭。在这样漫长的交际中，我很难表现出礼节上所需要的热情（我容易受惊，没有鸦片让我镇静，每一根神经都过度紧张），特别是下班后很累的时候。另外还有婚礼的准备工作，种种小事如雪堆一样积攒起来，而我理应和她一样积极应对，翻看无数色彩缤纷的宣传手册。这几乎成了她的全职工作：去文具店和花店，调查餐饮承办公司，收集布料色样、花色蛋糕礼盒、蛋糕样品，心烦意乱地不停叫我帮她参谋，在看起来完全一样的象牙色和紫色中做出选择，组织几位伴娘进行一系列“仅限女生”的过夜活动，还有给我的“男生周末”(普拉特来组织？？那我倒是可以一醉不醒了)。之后还有蜜月计划，成堆的闪亮介绍册(斐济还是南塔克特？米克诺斯还是卡普里?)。“棒极了，”我用专门对凯西使用的和蔼语气不停重复，“看起来都不错。”考虑到她家和海水的历史，我很奇怪她没有挑选维也纳、巴黎、布拉格之类的地方，而是大海中央真正的岛屿。

尽管如此，我还是有生以来头一次感到未来如此确定。每当我提醒自己这一切的必要性——我经常需要这么做，我想到的不仅是凯西，还有巴伯太太。她的快乐让我感到自信而温暖，心脏里干涸多年的渠道都得到了滋润。我们结婚的消息让她整个人都精神起来，脸色明亮多了。她开始在屋里四处走动，涂了一点点唇红，和我的日常交谈也增添了一股稳定安详的光芒。那光不仅让我们所在的空间显得更宽敞，也平静地照亮我心里最黑暗的角落。

“我没想到自己还能这么开心。”某天晚上吃饭时，她低声承认。凯西突然跳起身去接电话，留下我们两人坐在她卧室里的牌桌边，尴尬地用叉子捅着芦笋和烤三文鱼。“你对安迪一直很好——在旁边支持他，增强他的自信心。他和你在一起，总是能显出最优秀的那一面。而且——我很高兴你正式变成我们家的一员，在法律上，因为——哦，也许我不该说这话，希望你别介意——我打心底一直把你看成自己的孩子，你知道吗？从你小时候开始。”

这句话让我吃惊不已，又感动万分。我不知道该怎么回答，只能笨拙地嘟囔了两句。她好心地换了话题。之后我每次回想起这一幕，都会沉浸在温暖之中。同样让我满意的(虽然可以忽略)是皮帕震惊的片刻沉默，我在电话里把这个消息告诉她。我在头脑中一次又一次重放那个瞬间，享受着她惊呆的短暂停顿：“哦?”然后她回过神来：“哦，西奥，太棒了！我真想马上就见到她！”

“哦，她可好了，”我恶毒地说，“我从小时候就爱上她了。”

这句话——我还在不断发现它在不同层面上的意义——是真的。过去与现在的交互作用相当色情。我喜欢反复回想九岁的凯西是如何厌恶十三岁时书呆子的那个我(翻着白眼，晚餐挨着我坐会一直噘着嘴)，更喜欢想象从小就认识我们的人的反应：你？和凯西·巴伯？真的？她？

我享受这种滑稽和邪恶交织的感觉，享受这不可思议的一切。她母亲睡觉后，我会溜进她的房间——小时候她总是关上门，不许进门半步。里面是从她小时候起就没有变过粉色印花墙纸，门上有手写的牌子：禁止进入，请勿打扰。我推着她进屋，凯西反手锁上门，伸过手指抚过我的嘴唇，我们开心地倒在她床上。“妈妈睡了，嘘！”

每天都有无数件事提醒我，我到底有多么幸运。凯西从不疲倦，凯西从不低落。她魅力四射，热情洋溢，充满爱意。她很美，白皙的肌肤富有光泽，在街上总能引得旁人频频回头。我欣赏她有多容易合群，有多热心地参与世事，有多风趣自然。“没心没肺的小家伙！”霍比这么说她，语气充满温柔。她就像一阵新鲜空气，让人心旷神怡！所有人都喜欢她。我知道这是吹毛求疵：凯西似乎从来不会受任何事情影响。就连我的老情人卡罗尔·隆巴德也会眼泪汪汪，不管是谈起前男友、在新闻上看到受虐待的宠物还是芝加哥里老式酒吧倒闭的新闻——她是芝加哥人。但没有什么事能让凯西感到万分紧急、情绪激动或惊讶不已。在这一点上，她很像母亲和哥哥——但巴伯太太和安迪的内敛与凯西的无动于衷还是不一样，她会在别人提起严肃话题时回以不以为然的轻率评论。（“一点都不好玩。”别人问起她母亲时，我听到她带着夸张的叹息声这么说，皱了皱鼻子。）而且——我想到这点时总会疑神疑鬼——我一直想在她身上看到对安迪和她父亲的哀悼之情，但至今还没发现任何迹象，这让我觉得相当不安。他们的死完全没有影响到她吗？我们迟早总得谈谈这件事吧？一方面，我钦佩她的勇气：抬头挺胸，直面悲剧。也许她只是把内心的想法守护得特别紧，真实感受都牢牢锁在内心深处，表面上若无其事。她仿佛一片闪闪发光的蓝色浅滩，第一眼望过去如此迷人，但水并没有往前逐渐变深。有时我会觉得仿佛走在刚刚及膝的池水里，希望什么时候可以一脚踩空，在足够深的地方游泳。

凯西拍我的手腕。“怎么了？”

“巴尼斯百货公司。我想说，既然都来了，不如去家居部分看一眼？妈妈不会喜欢用这儿的礼品，但也许可以买点不那么传统的东西日常用。”

“恐怕不行——”我伸手拿过酒杯，将剩下的酒一饮而尽，“我得去下城了，如果你不介意的话。有个客户要见。”

“你今晚还来上城吗？”凯西在东七十街和两个室友合租，那儿离她工作的艺术机构办公室不远。

“不知道，可能要一起吃饭。我会尽量推脱。”

“来喝几杯鸡尾酒？拜托了，至少来杯餐后酒吧？你如果不露个面，大家都会很失望的。查尔斯和贝蒂——”

“我尽量。一定。别忘了它们。”我说，冲耳环点点头，它们还摊在桌布上。

“哦！不！当然不会！”她心虚地说，把耳环抓起来扔进包里，仿佛那是一把找零硬币。

3

我们一起走出门，混入圣诞节购物的人群。我觉得心情不稳，充满悲伤；绑着缎带的楼宇和闪烁的窗户让我的伤感越来越深。阴沉的冬季天空，珠宝和皮草的灰色峡谷，权力和财富的忧郁。

我到底是怎么了？我心想，和凯西一起穿过麦迪森大道。她粉色的普拉达大衣在人群中耀眼地上下飘荡。我为什么要责备凯西不被安迪和父亲的死所困扰，因她继续正常生活而心怀桎梏？

我挽紧凯西的胳膊，她回了我一个明亮的笑容。我瞬间觉得浑身轻松，烦恼烟消云散。我在翠贝卡的餐厅抛下里弗不管已经是八个月以前的事，没有哪个买了假货的客人回来找我，虽然我已经准备好承认错误：我没经验，刚干这行不久，这是退给您的钱，先生，请接受我的歉意。夜里，我躺在床上安慰自己，就算局面失控，至少我没留下太多证据。我一直尽量不留记录，如果价格不算太高，我会为现金支付的客人提供一定的小额折扣。

可是啊，可是。早晚都会来的。只要有一个人找上门来，事态就会像雪崩一样不可收拾。光是毁掉霍比的信誉就已经够糟的了。如果回来的客人太多，我没钱退货，那就会引起法律纠纷，而作为合伙人的霍比一定会被卷入其中。很难让陪审团相信他不知道我在干什么，有些家具是以美国著名品牌的名义卖掉的——如果事情发展到那一步，我不确定霍比会好好地为自己辩护，把过错都推到我的头上。当然了，卖假货的人里有很多非常有钱，根本不在乎这一点。可是啊，可是。如果有人决定看看那些赫普尔怀特餐椅（比如说）的反面，结果发现它们全都长得一样？发现木头的纹路对不上，椅腿也不配套？或者把桌子送到独立第三方去估价，发现木板的类型在一七七〇年根本不存在，或者没人使用？我每天都提心吊胆，想着第一场骗局暴露会是在什么时候，又是怎样的场面：律师信？索斯比拍卖行美国家具部打来的电话？家居装潢师或收藏家直接上门来找我？霍比下了楼。听着，我们有麻烦了，你能来一下吗？如果这些足以让婚姻破裂的事实在婚礼之前就浮出水面，我不知道会怎么样。我不敢去想。也许婚礼根本办不成。可是——为了凯西，也为了她母亲着想——真相在婚后暴露更加残忍。巴伯家的经济情况已经远远不如巴伯先生出事前。资金运转遇到了一些问题，钱都困在了基金里。妈妈只能让一些员工从全职改为兼职，还裁了一些人。爸爸——普拉特对我如此坦白，想让我卖掉家里的几件古董——爸爸最后有点崩溃了，把超过百分之五十的资产都投在维斯塔银行那家恶魔公司，因为某些"情感上的原因"（巴伯先生的曾祖父曾经是马萨诸塞州某家历史悠久的银行的主席，但那家银行后来与维斯塔合并，名字也没流传下来）。遗憾的是，维斯塔银行没能继续支付分红，在巴伯先生死后不久就破产了。所以巴伯太太减少了对慈善组织的支持，而她以前一直非常慷慨；所以凯西才找了这份工作。普拉特在那家小出版社里当编辑，薪水比以前妈妈给清洁工付的工资还低。他喝多了经常这么提醒我。如果事态严重，我相信巴伯太太会尽可能地帮助我。作为我的配偶，凯西也有义务帮忙，不管她是否愿意。但这是对她们可耻的欺骗，何况霍比在他们面前极力称赞我，让大家都相信（特别是普拉特，他时刻担心着家里的经济困难）我是个财政魔法师，准能改善他妹妹的生活质量。"你懂得怎么挣钱。"他直白地告诉我，给我讲了大家有多高兴凯西能嫁给我，而不是嫁给她之前约会过的无业游民，"她不懂"。

让我最担心的还是卢修斯·里弗。他再也没为叠柜的事来找过我，但从夏天开始，我收到一系列让人烦恼的信：手写的，没有落款，用的是蓝边明信片，顶端用铜板印着他的名字：卢修斯·里弗。

我向你提出那份公平理智的提议已经有三个月了。你难道不认为我的意见相当中肯吗？

之后还有：

又过了八个星期。你能明白我有多么为难吧。沮丧感越来越强烈了。

过了三周，又来了一行字：

你的沉默让我无法接受。

这些信让我辗转反侧，尽管我努力要把它们排出脑海。每当我想起那些话——我经常想起，每次总在意料不到的时候，吃饭吃了一半，叉子刚举到嘴边——感觉就像被人一巴掌从梦中打醒。我不断提醒自己，里弗在餐厅里对我的指责毫无根据。但这也无法让我安心。给他回复是愚蠢的举动，不管以何种方式。唯一的办法就是彻底无视他，当他是街头咄咄逼人的乞丐。

但随即有两件令我不安的事相继发生。我上楼问霍比要不要出去吃饭。“好啊，等一下。”他说。他在边柜上翻着信，眼镜高高地架在鼻梁上。“嗯。”他说，翻过一个信封看正面，然后打开信封看了看里面的卡片。他把卡片伸手拿远，目光越过镜框，读着上面的内容，然后又凑近些。

“瞧瞧这个，”他说，把卡片递给我，“这是什么意思？”

卡片上是里弗熟悉的笔迹，只有两行，没有开头，没有落款。

拖得有点太久了吧？我交给你年轻搭档的提案就不能赶紧往下进行吗？这么拖下去对你们谁都没有好处。

“哦，老天，”我说，把卡片放到桌上，移开目光，“看在圣彼得的分上。”

“怎么了？”

“是那个人。叠柜的事。”

“哦，他啊，”霍比说，推了推眼镜，安静地看着我，“他兑现那张支票了吗？”

我伸手捋过头发。“没有。”

“这个提案是什么？他在说什么？”

“听着——”我去水池边灌了杯水。爸爸以前经常这么做，找借口让自己有时间整理心情。“我不想让你操心，这家伙实在太烦人了。我现在都不看他的信，收到就直接扔掉。你之后如果再收到，我建议你也直接扔到垃圾桶里。”

“他想要什么？”

“呃——”水龙头吱吱作响，我让水满得溢出来，“嗯。”我转过身，伸手擦了一下额头。“他特别过分。我给他开了张支票，之前也跟你说过了。比他之前付的价还高。”

“那还有什么问题？”

“啊——”我喝了口水，“遗憾的是，他另有所图。他觉得，啊，他觉得我们这儿是个造假的流水线，他也想进来插一脚。你看，他不去兑现支票，却找了个老太太，二十四小时有人看护的那种，想让我们用她的公寓，呃——”

霍比扬起眉。“埋线？”

“对。”我说，暗自高兴说出这个词的是他。“埋线”是种骗局，意思就是把假货或次品放到私人住宅里，一般都是老年人的住宅，然后卖给专做死亡生意的秃鹫。那些最底层的交易商急于占吸氧的老太太的便宜，根本注意不到被骗的是他们自己。“我想把钱退给他——他就提出这样的计划。我们负责供货，利润对半分。之后他一直在烦我。”

霍比一脸茫然。“这可真奇怪。”

“是啊——”我闭上眼睛捏了捏鼻子，“但他很固执。所以我建议你——”

“这位太太是谁？”

“老太太，远方亲戚，谁知道。”

“她叫什么名字？”

我把水杯贴到太阳穴上。“不知道。”

“她住在这儿吗？在市内？”

“大概吧，”我不喜欢问题的走向，“总之——把信扔了就好。抱歉我没早点告诉你，但我真的不想让你烦心。只要不理他，他迟早会放弃的。”

霍比看了看卡片，又看向我。“我留着这东西。不，”我想插话，他语气尖锐地打断我，“万一回头需要报警，这完全可以当作证据。我不在乎叠柜的事——不，不，”他说，举起手叫我闭嘴，“这样不行，你想弥补他的损失，他却逼你参与犯罪。这事有多久了？”

“记不清了。一两个月？”他一直盯着我看，我不得不回答。

“里弗，”他皱着眉研究卡片，“我去问问莫瑞娜。”莫瑞娜是德福利太太的名字。“他如果再寄信来，你随时告诉我。”

“一定。”

我不敢想象德福利太太如果认识卢修斯·里弗或者听说过他，事情会如何发展。还好霍比那边再无消息。幸好，霍比看到的内容相当含糊其辞。但信里的恶意非常清楚。我不该担心里弗会真的去报警，因为，正如我反复提醒自己的，他如果想得到画，唯一的机会就是让我随时有机会去取它。

但这件事反而让我更渴望把画放在身边，随时都能看到它。我知道这不可能，但还是忍不住去想。我不管去哪里，在所有和凯西一起去看的公寓里，我都在寻找可能的藏匿地：高高在上的橱柜，假壁炉，只有架上高梯才能够到的墙缝，很容易就能抬起的地板。晚上，我躺在床上凝望着黑暗，想象着为保存它而特别定做的防火保险柜，或者是恒温控制的蓝胡子的秘密壁橱，用组合锁牢牢锁住。

我的，我的。恐惧，崇拜，秘藏。恋物者的喜悦与担忧。我知道自己这样做很愚蠢，但还是在电脑和手机上下载它的照片，独处时拿出来慢慢欣赏。绘画笔触变成了数字化的电子版，十七世纪的一缕阳光分解成点阵像素。但那颜色越纯粹，厚涂的质感越丰富，我就越渴望见到实体，见到那无法代替、充满光芒的辉煌真品。

无尘环境。二十四小时安保。我尽量不去想那个把女人关在地下室二十年的奥地利男人，但他还是作为比喻跃入脑海。我死了怎么办？我被大巴撞了怎么办？他们会不会把那个丑陋的包裹当成垃圾，扔进焚化炉？我给仓库打过三四次匿名电话，只为确定重复访问网站时已经了解的事：他们严格控制仓库里的温度和湿度，将其保持在保存艺术品的规定范围内。有时我夜里醒过来，觉得整件事只是一场梦，但很快又想起那不是梦。

但里弗像猫一样等着我自己出洞，我不可能去仓库。我必须好好忍耐。不幸的是，仓库的租期只剩三个月了。考虑到现在的情况，我不打算自己去付钱。我可以叫格里沙他们中的谁替我去，帮我付现金，相信那儿的人也不会问什么。但随即发生了第二件事：几天前，格里沙彻底吓到了我。我坐在店里整理一周的发票时，他侧着身子凑过来，摇了一下头："马泽尔，我有话跟你说。"

"哦？"

"你上锁了吗？"

"什么？"格里沙主要说意第绪语和粗俗的俄语，会几句布鲁克林方言，从饶舌歌里学了几句土话。有时候，我完全听不懂他说的英语。

格里沙从鼻子里响亮地嗤了一声。"我看你没听明白，伙计。我在问你有没有惹过麻烦。跟法律。"

"等一下，"我说——我正算到一长条数字的一半，从计算器上抬起头来，"等等，你在说什么？”

“你是我的兄弟，我没想骂你或者评判你什么的。我只是想知道，可以吗？”

“为什么？出什么事了？”

“有人在周围绕来绕去，盯着这儿。你知道吗？”

“谁？”我瞥了窗外一眼，“什么？什么时候的事？”

“我就是想问问你。我要去市镇公园见我表弟根卡，跟他聊聊他的生意。但我不敢，我可不想让那帮人盯上我。”

“盯上你？”我坐下来。

格里沙耸耸肩。“有四五次了吧。昨天我从车上下来，看见又有个人在门口转悠，但他很快就穿过街跑了。牛仔裤，年龄不小了，穿得很随便。根卡什么也不知道，但他也怕了。我说了，我们有点生意要做，他叫我问问你知不知道是怎么回事。他们从来不说话，就站在外面等着。不知道这与你跟小黑的买卖有没有关系。”他小声说。

“没关系。”小黑指的是杰罗姆，我已经有几个月没见过他了。

“那就好。我不想告诉你的，但我觉得也许是警察呢。迈克——他也注意到了。他觉得可能是因为他没付小孩的抚养费。但那家伙只是在外面晃悠，什么都不做。”

“有多久了？”

“谁知道？至少一个月吧。迈克说还要更久。”

“你下次见到他，能指给我看看吗？”

“也许是私家侦探。”

“为什么这么说？”

“因为他看起来有点像退役警察。迈克说——他是爱尔兰人嘛，对爱尔兰警察很熟悉——那个人看起来年纪挺大的，可能是已经退役的警察。”

“哦。”我说，想起在窗外见过的那个壮汉。之后我见过他四五次，或者是长得很像他的人，总是在开店时间在门外晃来晃去——每次我都和霍比或客户待在一起，没法冲出去跟他对峙。他显得相当低调，兜帽衫、建筑工人靴，我不确定他的来意。有一次我还在巴伯家楼外见到长得像他的人，把我给吓坏了，但后来我看清对方的样子，发现自己认错了。

“他在这儿有一阵子了。可是这个——”格里沙顿了顿，“我本来不打算说的，也许没什么，可是昨天……”

“嗯，昨天怎么了？说啊。”我说。他揉着脖子，心虚地瞥向旁边。

“另外一个人。长得不一样。我以前也见过他在店外晃悠。但昨天他进来了，问你在哪儿，还说出了你的名字。我可不喜欢他的样子。”

我一屁股坐回椅子里。我一直在想，里弗什么时候才会决定找上门来。

“我没跟他说话。我出去了——”他点点头，“嗯。我在装车。但我看见他进来了。挺醒目的一个人。穿得挺高级的，但不像顾客。你出去吃午饭了，迈克一个人在店里——那家伙进来了，问他，西奥多·戴克尔？呃，你不在，迈克说。‘他去哪儿了？’问了好多关于你的问题，你是不是在这儿工作啊，是不是住在这儿啊，在这儿住了有多久，现在去哪儿了，之类的。”

“霍比呢？”

“他没问霍比。他只问了你。然后——”格里沙伸出手指在桌上画了条线，“他出去了，绕着店走了一圈。在这儿看看，那儿看看。到处都看了看。这个——我是从货车旁边望见的，我在街对面。这人显得特别奇怪。迈克没告诉你，因为他说也许根本没什么大事，也许是私人事宜，‘最好别掺和’。但我也看见他了，我觉得应该让你知道。因为嘛，嘿，玩家最了解玩家，你懂我的意思吗？”

“他长什么样？”我说，格里沙没回答，“年纪挺大的？体格壮实？白发？”

格里沙不耐烦地叹了口气。“不不不，”他坚决地摇摇头，“那家伙可不是什么老爷爷。”

“那他长什么样？”

“是那种你不会想跟他打架的人，就是那个样子。”

格里沙沉默地点了根酷尔牌香烟，也给了我一支。“我该怎么办，马泽尔？”

“什么？”

“我和根卡有必要担心吗？”

“我想不用。嗯，”我说，尴尬地拍了一下他高举的表示胜利之意的手掌，“好吧，你能帮我个忙吗？你如果见到他们中的一个，能不能过来叫我？”

“没问题，”他顿了顿，怀疑地看我，“你确定我和根卡没什么可担心的？”

“呃，我可不知道你们要干什么，没错吧？”

格里沙从兜里掏出一条脏兮兮的手帕，擦了擦发红的鼻头。“我不喜欢你这个回答。”

“嗯，还是小心点，以防万一。”

“马泽尔，我也要对你说一样的话。”

4

我对凯西撒了谎，我没有人要见。我们出了巴尼斯百货商店，在第五大道的拐角处吻别，她走回蒂芙尼去看水晶器皿——我们看了那么久，但还没看到水晶器皿。我转身去坐六号线。但我并没加入坐地铁去购物的人流。我觉得精神空虚，心不在焉，迷失而疲惫。我在布鲁明戴尔百货店的装卸台站住脚，望着地铁餐厅脏兮兮的窗户。它自从我父亲开始酗酒后就没变过，仿佛《失去的周末》里的一幕。餐厅外挂着黑色电影风格的霓虹灯，店里是黯淡的红色墙壁，黏糊糊的餐桌，开裂的地板瓷砖，空中一股浓烈的清洁剂气味。酒保肩上挂着块布，正为吧台边双眼充血的孤身客人倒酒。我想起母亲和我曾在布鲁明戴尔与父亲走失过一次，当时我不明白她怎么就知道要离开百货商店，直接穿过街道到这儿来找他。他喝着四元一杯的烈酒，旁边是一个喘气都费劲的赶牲口老头，和一个裹着头巾、看起来无家可归的中年人。我站在门口等着，不太受得了过期啤酒的气味，又对温暖而神秘的昏暗店面感到无比好奇，凝望着点唱机散发出的黎明般的光晕和更远处《雄鹿猎人》游戏机闪烁的屏幕。“啊，老头和绝望的气味。”母亲讽刺地说，皱起鼻子，提着购物袋，拉起我的手走出去。

为爸爸喝上杯尊尼获加黑方吧。两杯也行。为什么不呢？酒吧里的黑暗看起来温暖宜人，充满感情的酒精气味会让你忘了自己在哪儿，又是怎么跑到这里来的。我迈出一步，酒保瞥了我一眼。但在最后一刻，我还是转过头走开了。

列克星敦大道。潮湿的风。这个午后充满回忆，空中满是水汽。我走过第五十一街和第四十二街路口的车站，继续往下走，想要清醒头脑。灰白的住宅楼，成群的行人，点着小灯的圣诞树摆在高高的公寓阳台上，商店里飘出安详的节日音乐。我在人群里穿进穿出，有种奇怪的感觉，仿佛我已经死了，走在一片比街道和城市更大的巨大灰色上，灵魂离开了身体，在过去和未来之间与其他灵魂一起在雾中飘荡，似走非走。某些行人在我眼中显得格外孤独，脸上一片空白，耳朵里塞着耳塞，目光直视前方，嘴唇无声地动着。城市的喧嚷变得模糊而遥远，花岗岩般灰色的天空从上直压下来，过滤了街上的声音。垃圾和新闻，大理石和细雨，脏兮兮的冬季灰如石头一般沉重。

我成功摆脱了酒吧的诱惑，觉得可以去看场电影。也许电影院里的孤独会让我恢复正常，找部即将结束上映的电影，去个观者寥寥的下午场。我在寒冷的空气中吸着鼻子，走到第二大道与第三十二街交会处的电影院，结果想看的法国警察电影和身份错位的悬疑片都已经开场。剩下的只有假日电影和让人无法忍受的浪漫喜剧，海报上尽是模样狼狈的新娘，大打出手的伴娘，戴着圣诞帽、抱着两个大哭婴儿的惊惶老爸。

出租车司机差不多要下班了。午后天色阴沉，街道上方孤独的办公室和高层公寓里都亮了灯。我转过头继续向下城走，不太清楚要去哪儿，又为什么要去。我走得越远，就越觉得自己正在解体，仿佛光是穿过第三十二街就让整个人一丝丝、一片片地慢慢散开，飘散在高峰期的人流中，从这一刻流落到下一秒。

我到了十到十二条街后的第二家影院，情况和之前一模一样：中情局电影已经开场，影评很好的二十世纪四〇年代女演员自传片也一样，法国警察电影还有一个半小时才开场。我如果不想看精神病电影或情节激烈的家庭片（我确实不想），就只剩下新娘、单身派对、圣诞帽和皮克斯动画了。

我走到第十七街的影院，没再拐进去，而是接着往前走。我穿过联合广场时，不知怎么回事，一股从天而降的黑色涡流席卷了我，我决定给杰罗姆打个电话。这念头带来一股毫无缘由的快乐，一股圣人受难般的屈辱感。他手头上会有处方药吗，还是我只能买到普通的街头白粉？我不在乎。我已经有好几个月没嗑过药了，但现在，一个人躲在卧室里点着头昏迷不醒听起来是个很不错的主意，特别是面对着这么多的假日灯光、假日人群，如葬礼般敲个不停的圣诞钟声，凯西从凯特纸品买回来的糖果粉色笔记本，里面写满了伴娘、宾客、座位安排、花束、供货商、流程单、餐饮提供。

红绿灯变了，我连忙后退一步，差点一头撞上迎面开来的车，动作猛得险些滑倒。我对规模盛大的公开婚礼有种毫无道理的恐惧，但再纠结也没有用。我怕那些封闭的狭小空间和人们突然的动作，婚礼上到处都是引发我恐惧的诱因。不知道为什么，我对地铁没有感觉，但害怕挤满人的建筑物，总是觉得马上就会出事，一丝浓烟，人群边缘快跑的人。如果影院里有超过十或十五个人，我就无法好好坐在里面，而是揣着买好的票掉头出门。这场宾客众多的教堂婚礼像闪电一样不时在我身边出现。我得吃几片安定，沉下心来熬过这一切。

还有，现在不断增加的社交活动让我觉得像是坐在台风中的小船上。我希望婚礼后这方面的事情能少一些，我只想回到夏季时和凯西两人独处的平静时光：二人晚餐，躺在床上看电影。不间断的邀请和聚会让我疲惫不堪，她的朋友仿佛一股活跃的旋风，吹过人头攒动的夜晚和喧嚷热闹的周末。我紧闭着眼睛忍耐，努力让自己存活下来：林茜？不，罗莉？抱歉……这位是？弗雷达？你好，弗雷达，还有……特雷弗？特莱弗？很高兴见到你！我礼貌地站在他们乡村风的餐桌边，用酒精麻痹自己，听他们滔滔不绝地讲着乡下的房子，合作机构的董事会，学校的分区，去健身房的频率——对，很顺利地断了奶，不过最近午休时间和以前不一样了，我们家老大刚上幼儿园，康涅狄格州秋天的景色真是美极了，哦对，当然了，我们会和女人出去旅行，不过我们男人自己每年也会出去两次，去韦尔，靠近加勒比海，去年我们去苏格兰飞蝇钓鱼来着，还参加了很棒的高尔夫课程——哦，对了，西奥，你不玩高尔夫，也不滑雪，也不航海，对吧。

“抱歉，不玩。”他们的群体观念太过强烈（好多内部人士才懂的笑话和消遣，大家聚在 iPhone 旁边看着以往的度假视频），很难想象其中有人自己去看电影，或者一个人在吧台边吃饭。有时候，男人之间仿佛协会一样的团结态度会让我觉得正在接受工作面试。还有那么多女人怀孕——“哦，西奥！他也太可爱了！”凯西突然就抱着朋友的新生儿要递给我，我满心惊恐地跳起来，仿佛躲开一根燃烧着的火柴。

“哦，我们男人总要花一段时间习惯。”雷斯·戈德法布察觉到我的不自在，安抚地提高声音，压过客厅里保姆看管区里婴儿的啼哭和挣扎。“不过我跟你说，西奥，等你第一次把自己的小宝贝抱在怀里——”他拍了拍妻子隆起的小腹，“你的心就会碎掉那么一点点。我第一次见到布莱尼时——”婴儿脸上黏糊糊的，在他脚边蹒跚而行，那模样并不吸引人。“望进那双蓝色的大眼睛，那么美的婴儿蓝，我整个人都变了。我陷入了爱河。感觉就像：嗨，小家伙！你是来把一切都教给我的！跟你说，第一次看见那笑脸，我整个人化成一摊。大家都这样，是不是，劳伦？”

“嗯。”我礼貌地说，走进厨房给自己倒了一大杯伏特加。爸爸在孕妇身边也极度坐立不安（他曾经因为对孕妇说了太多不过脑子的话被上司开除，关于哺乳的笑话在办公室里可行不通）。他与“化成一摊”的传说相反，从来都受不了小孩和婴儿，更受不了那些把小孩当成全世界的父母：傻傻笑着为胎儿大吃大喝的女人，把婴儿绑在胸前抱着走的男人。他如果被迫参加学校活动或儿童聚会，会随时找机会到外面去抽烟，或者像毒贩似的阴沉地盯着远处看。我显然继承了这一点。谁知道呢，也许德克尔爷爷也一样。我能感觉到血液里流淌着对生育行为的强烈厌恶，与生俱来，无法抹去，深入基因。

嗑了药就能点着头，浑浑噩噩地度过这个夜晚。只感受到嗓子里的灼烧感，对其他一切浑然不觉。不用，谢了，霍比，我吃过了，我直接上床去看书。那些人（包括那些男人）都在谈论怎样的话题啊？我只要想起在戈德法布家度过的那个晚上，就觉得浑身无力，甚至无法好好走路。

我逐渐接近阿斯特广场，心情变好了一些。周围有非洲鼓手在街头演出，醉汉吵着架，小贩的推车上飘来一阵阵香雾。我的抗药性一定已经大不如前，这个念头让我感到开心。我每周只在最需要时来上一两片，就能安然度过哪怕最痛苦的社交场合。我没有药物的帮助时，喝酒喝得太多，但酒精没有什么效果。鸦片能让我放松而宽容，有能力应付一切情况，好脾气地一连站上几个小时，听着无聊或荒谬的废话，不会想要出门去，对着头开一枪。

但我已经很久没给杰罗姆打过电话了。我钻进一家冰上体育用品店的屋檐下，拨了电话，结果去电直接转入语音信箱，机械的声音不像他的。他换电话了？我心想，打过两次后开始担心。杰罗姆这样的人随时都有可能彻底消失，就算他此前一直和你保持联络。他之前的那位杰克就是这样。

我不知道该怎么办，就沿着圣马克大道走向汤普金斯广场。二十四小时营业，未满二十一岁不得进入。下城没有簇拥的高楼，风吹得更猛烈了，天空也更加开阔，我感到呼吸容易了一些。肌肉男溜着成对的斗牛犬，贝蒂·佩吉般的刺青女孩穿着紧身裙，穷困潦倒的醉鬼拖着长长的裤脚，露出杰克南瓜灯般的牙齿，鞋子用胶带缠过。店门外的货架上挂着成排的墨镜、骷髅手链和五颜六色的易装假发。附近应该有个以旧换新的针头交换处，也许还不止一处，但我不清楚具体在哪儿。传言说华尔街的人都会到这边来买药，但我不知道该去哪儿，该问谁。谁又会卖给我呢？一个戴着角质架眼镜、留着上城式发型的陌生人，为了和凯西去挑婚礼瓷器而穿得西装革履。

不安的心，对秘密的迷恋。这些人和我一样，都认识灵魂里黑暗的后巷、低喃和阴影。手里递过的纸钞，密码，暗号。第二个自己。是那些见不得人的安慰剂让生活超越平凡，值得继续过下去。

杰罗姆——我在一家廉价寿司店门外站住脚，打量周围的环境。杰罗姆曾经给我介绍过一家酒吧，红色的雨篷，就在圣马克附近，也许是A街？他每次不是从那儿来，就是在来的路上去那儿一趟。那里的酒保会直接越过吧台交易，价钱是普通的两倍，专门服务那些不愿在街头购买的顾客。杰罗姆经常给她送货。她的名字叫什么来着——我应该还记得——卡特里娜！但这条街每走两步就有家酒吧。我走上A街，转到第一街上，看到稍显红色的雨篷就拐进去。那其实是种肝似的棕色，但以前也许是红的。我进了店，问："卡特里娜在这儿工作吗？"

"不在。"吧台里红发干枯的女人喊，倒着啤酒，头都没抬。

推着购物车的女士把头枕在车把手上睡觉。商店橱窗里摆着闪亮的麦当娜和《丧尸出笼》人偶。成群的灰鸽无声地拍打翅膀。

"你知道你想要的，你知道你想要的。"一个声音在我耳边低声说——

我转过身，一个体格高大、镶着一颗金牙的中年黑人冲我微笑，把名片塞到我的手里："刺青·身体艺术·穿孔。"

我大笑起来，他也笑了，全身颤抖着发出浑厚的笑声，沉浸在同一个笑话里。我把名片塞进口袋，继续往前走，但随即就后悔没问他要到哪儿才能找到我想要的东西。他也许不会告诉我，但他看起来好像知道。

身体穿孔。指压揉脚。收购金银。周围有许多脸色苍白的年轻人。我又走了一阵子，有个把头发梳成非洲式发绺的女孩孤身站在路边，样子虚弱不堪，带着一条脏兮兮的小狗，身前的纸板旧得我读不清上面的字。我怀着歉疚感在口袋里摸索零钱——凯西送给我的钱夹太紧了，很难把纸钞抽出来。我暗暗使着劲，感觉所有人都盯着我看，然后——"嘿！"我叫了一声，向后退去，那条狗咆哮着冲过来，用针一样的牙齿撕扯着我的裤腿。

所有人都笑了起来——周围的小孩，街头小贩，戴着发网坐在矮凳上打电话的厨师。我使劲拽出了裤腿，他们笑得更厉害了。我转过身，为了安抚自己惊愕受伤的心冲进最近的一家酒吧。这家酒吧的雨篷是黑色的，上面零星夹杂着几点红。我对酒保说："卡特里娜在这儿工作吗？"

他停下擦杯子的手。"卡特里娜？"

"我是杰罗姆的朋友。"

"卡特里娜？不是卡特雅？"吧台边的几个东欧人都安静下来。

“也许吧，呃——”

“她姓什么？”

“嗯——”一个穿着皮衣的男人沉下下巴，从吧椅上转过身，用贝拉·卢戈西般的眼神盯着我。

酒保继续打量着我。“你找这个女孩有什么事？”

“呃，其实，我——”

“头发是什么颜色？”

“呃——金色？不——其实——”看他的表情，显然他马上就要把我扔出门去，或者更糟。我的目光落在吧台后面锯短的路易斯维尔棒球棍上。“是我弄错了，没事。”

我出了酒吧，在街上走了一阵，身后传来一声高喊：“波特！”

我僵在原地，他又喊了一次。我难以置信地转过身去。然后我呆呆地站在原地，仍然不敢相信自己的眼睛，人群从我们两边穿梭而过。他大笑起来，冲过来伸出双臂抱住我。

“鲍里斯。”角度尖锐的漆黑眉毛，快乐的漆黑眼眸。他长高了，脸色更加空洞，身穿一件黑色的长大衣，眼睛上的伤疤还在，除此之外又增添了几道新伤疤。“哇。”

“你也是，哇！”他把我推开一臂远，“哈！瞧瞧你！好久没见了，啊？”

“我——”我惊讶得说不出话，“你在这儿干吗呢？”

“嗯，我也要问——”他退后一步，上下打量我，冲整条街挥了一下手，仿佛一切都是他的，“你来这儿干吗？你是为了什么跑来给我惊喜的？”

“什么？”

“之前我去过你的店里！”他撩开眼前的头发，“去见你！”

“那个人是你？”

“还能是谁？你怎么知道要到这儿来找我的？”

“我——”我难以置信地摇摇头。

“你不是来找我的？”他惊讶地后退一步，“真的？完全是偶然？进来歇个脚？太棒了！脸怎么这么白？”

“什么？”

“你的脸色太差了！”

“去你的。”

“啊，”他说，伸手搂住我的脖子，“波特，波特！眼圈这么黑！”他用指尖在眼睛下面描了一下，“西装不错嘛。嘿——”他放开我，用大拇指和食指在太阳穴上比划了一下，“还是同一副眼镜？从来没换过？”

“我——”我只知道摇头。

“怎么了？”他伸出双手，“你不会怪我再见到你这么高兴吧？”

我笑了起来，不知道该从何说起。“你怎么不给我留个电话？”我说。

“所以你不生我的气了？恨我一辈子？”他没笑，但高兴地咬住下嘴唇，“你不会——”他冲街上一摆头，“不会想打我什么的？”

“你好啊。”一个目光冷酷的、身材瘦削的女人说。她穿着黑色牛仔裤，腰身苗条，突然凑到鲍里斯身边的样子让我觉得是他的女朋友或者妻子。

“传说中的波特，”她说，伸出一只修长白皙的手，手上挂满银饰，“很高兴见到你。我听说过你的许多事。”她比鲍里斯略高一点，留着柔软的长发，身体如蟒蛇般修长灵巧，一身黑衣，“我是米里亚姆。”

“米里亚姆？你好！我其实叫西奥。”

“我知道。”她的手很冷。我注意到她手腕内侧刺了个蓝色的五角星。“但他说起你时总叫你波特。”

“说起我时？是吗？他都说了些什么？”已经多年没人叫过我波特了。她的声音很轻，让人想起古书里被人遗忘的词语，蛇类和黑巫师的语言，蛇佬腔。

鲍里斯本来揽着我的肩，她一出现就放开了手，仿佛瞬间收到了什么信号。他们对视了一眼——那和我们去商店偷东西时的眼神交流一样，不用出声就能表达快走，有人来了。鲍里斯显得有点慌张，伸手捋过头发，专注地看着我。

“你还会在吧？”他问我，开始向后退着走。

“在哪儿？”

“在附近。”

“可以啊。”

“我想——”他停住脚，皱起眉，目光越过我望了望街道，“我想和你聊聊。但现在——”他露出担忧的表情，“不太凑巧。一小时后行吗？”

米里亚姆瞥了我一眼，用乌克兰语说了句什么。他们短暂地交谈了片刻。然后米莉亚姆用格外亲密的姿势挽住我的胳膊，领着我往前走。

“那儿，”她伸手一指，“从那边往下走，走过四五个路口。有家酒吧，在第二大道上。挺老的波兰店。他会去那儿见你。”

5

三个钟头后，我还坐在波兰酒吧的红色胶皮座上，周围闪着圣诞挂灯，点唱机播着恼人的朋克摇滚和圣诞波尔卡。我等得不耐烦了，心想管他还来不来，我干脆就这么回家算了。我连他的联系方式都没有，一切都发生得太快了。我曾在网上四处搜索过鲍里斯的消息，结果什么都没找出来。其实我从来没觉得鲍里斯会过上能让人在网上查到的生活。他在世界任何地方、干什么事都有可能：在医院里拖地，在异国丛林里端着枪巡林，在街上四处捡烟头抽。

酒吧的减价时间就要结束了，几个学生和艺术家模样的人进了门，混迹在挺着啤酒肚的波兰人和头发斑白的五十岁朋克人士中间。我喝完第三杯伏特加，这儿一杯的量不少，再喝就太多了。我知道应该吃点什么，但还不觉得饿，情绪也越来越阴沉而低落。过了这么多年，他还放我鸽子，这简直太让我郁闷了。但要往好处想的话，被这么一打岔，我至少没能买到毒品，没有嗑过量晕过去，没有对着某个垃圾桶狂吐，没有被人骗光身上的钱，或者运气再差点，撞上便衣警察——

“波特。”他来了，穿过酒吧走向我，撩开头发的姿势一瞬间让我回到了从前。

“我正要走呢。”

“抱歉，”和以前一样充满魅力的顽皮笑容，“有事走不开。米里亚姆没跟你解释？”

“没有。”

“哎。我工作的地方可不是什么会计办公室。听着，”他向前俯过身，手掌按在桌上，“别生气！我可没想到会碰见你！我已经尽早赶过来了，基本是跑过来的！”他伸手轻拍了一下我的脸，“老天！有多久了！见到你真高兴！你见到我不高兴吗？”

他长得很英俊。他在最呆滞、最憔悴时，身上也总是有种惹人喜欢的狡黠，目光灵活，头脑聪慧。现在的他没有了那种饥渴不堪的稚气，一切都走上了正确的轨道。他皮肤粗糙，但衣着讲究，五官轮廓分明，略显神经质，仿佛钢琴家和英雄骑士的混合体。他说话时，我看见那口参差不齐的发灰牙齿已经换成两排标准的美国式白牙。

他注意到我的目光，用指甲弹了弹闪亮的门牙。“新的。”

“我发现了。”

“瑞典牙医的杰作，”鲍里斯说，抬手示意侍者，“花了他妈的一大笔钱。我老婆一直抓着我不放——鲍亚，你的嘴，难看透顶！我说我才不会搞呢，但这是我花的最值的一笔钱。”

“你什么时候结的婚？”

“嗯？”

“你可以带她一起过来啊。”

他露出吃惊的表情。“什么，你说米里亚姆？不，不——”他把手伸进外套口袋，摸索着手机，“米里亚姆不是我老婆！这儿——”他把手机递给我，“这才是我老婆。你喝的是什么？”他问，随即用波兰语对侍者说了两句话。

苹果手机上的照片里是间屋顶积雪的小木屋，前面站着个漂亮的金发女人，脚下踩着滑雪板。她身边有两个同样踩着雪板的金发小孩，衣服裹得鼓鼓囊囊，看不出性别。这不像家庭照片，倒像是瑞典健康产品的广告，酸奶啊伯彻水果麦片什么的。

我震惊地抬头看着他。他移开目光，做了个熟悉的俄国手势：是啊，哎，就是这么回事。

“你老婆？真的？”

“对，”他挑起眉，“还有我的孩子。双胞胎。”

“糟透了。”

“是啊，”他遗憾地说，“他们出生时我还很年轻——太年轻了。时机不对，但她想生下来。‘鲍亚，你怎么能——’我又能说什么？老实说，我跟他们不是很熟。特别是最小的那个，他不在照片里——我完全没见过他。现在大概刚，多大来着，六周？”

“什么？”我又看向照片，努力把这个完整的北欧家庭和鲍里斯联系在一起，“你们离婚了？”

“不不不——”伏特加送上来了，冰好的酒瓶，两只小杯子。他给我们两人分别倒了一杯，“阿斯特丽德和孩子们基本都待在斯德哥尔摩。有时她会到阿斯彭来过冬，来滑雪——她是个滑雪冠军，十九岁就参加奥运会了——”

“是吗？”我说，尽量让语气不那么惊讶。我凑近点看，那两个孩子头发的颜色太金，脸蛋也太圆了，我都很难相信他们会是鲍里斯的远亲。

“是啊是啊，”鲍里斯急切地说，使劲点了下头，“她非要待在能滑雪的地方——你了解我，我可是恨透了雪，哈！她父亲是个右翼——跟纳粹差不多吧，我觉得——有那么个父亲，阿斯特丽德难怪会得抑郁症！那个充满仇恨的老混蛋！不过那儿的人都特别不开心，活得可辛苦了，那些瑞典人。上一秒还大笑着喝酒，下一秒——阴暗极了，一个字都不说。谢谢，”他对侍者说，后者端上一托盘的小碟子：黑面包，土豆沙拉，两种做法的鲱鱼，蘸酸奶油的黄瓜，圆白菜包肉，腌鸡蛋。

“我不知道这儿还卖吃的。”

“他们不卖，”鲍里斯说，往黑面包上抹了黄油，又撒了点盐，“可我饿死了。我叫他们去隔壁弄了点东西过来，”他跟我碰了杯，“长命百岁！”他以前干杯时也会说这句波兰语。

“长命百岁。”伏特加的气味很香，掺了某种我不认识的苦草药。

“那，”我说，自己也吃了点东西，“米里亚姆呢？”

“嗯？”

我摊开双掌，做出童年时的手势：请解释。

“哦，米里亚姆！她给我干活！得力助手，你大概会这么说。不过，我得告诉你，她比任何男人都厉害。好一个女人，老天。跟你说，像她这样的可没几个。比跟她等重的金子还值钱。来来，”他说，又倒满我的杯子，推到我的面前，“会面愉快！”他举起自己的杯子，“为我们的再会！”

“该我致辞了吧？”

“确实是——”他碰了我的杯子，“但我饿了，你太慢了。”

“好吧，为我们的再会。”

“为我们的再会！为命运让我们再次碰面！”

酒一下肚，鲍里斯又埋头吃起来。“那你具体都在干什么呢？”我问他。

“这个那个的，”他吃起饭来还像小孩一样天真贪婪，“各种东西。凑合过，你懂吧？”

“那你住在哪儿？斯德哥尔摩？”我见不肯回答，又问。

他大幅度地挥了一下手。“到处都住过。”

“比如——”

“哦，你知道的。欧洲，亚洲，南美、北美洲……”

“这范围也太广了。”

“嗯，”他说，嘴里塞满鲱鱼，抬手擦掉下巴上的酸奶油，“还是个小公司，你如果明白我的意思。”

“什么？”

他喝了一大口啤酒，把鲱鱼肉冲下去。“你懂的，我的公司名义上是家政清洁，大部分雇员都是波兰人。公司名也不错，‘波兰清洁公司’①。听懂了吗？”他咬了口腌鸡蛋，“我们的口号是什么，你猜猜？‘我们把你弄干净’，哈！”

我没接他的话。“你一直都在美国？”

“哦，不！”他又倒满两杯酒，向我举起杯，“到处跑。一年可能回来六周，八周吧。其他时间——”

“在俄国？”我说，拿起酒杯一饮而尽，用手背抹了一下嘴。

“没那么经常去。北欧。瑞典，比利时。偶尔去德国。”

“我以为你回去了。”

“嗯？”

“因为——嗯，后来你就再也没消息了。”

“啊。”鲍里斯有点心虚地揉了揉鼻子，“那阵子挺乱的。还记得你家的房子吗——最后那个晚上？”

“当然。”

“嗯。我这辈子从来没见过那么多药。差不多有半盎司白粉，我一点都没卖，连四分之一毫克都没卖。送了好多出去，没错——在学校大受欢迎，哈！所有人都喜欢我！不过大部分，都进了我自己的鼻子。还有——我们找到的那些袋子，各种各样的药片，记得吗？那些绿色的小药片？有些是癌症晚期病人才会用的药，药性特别强——你爸爸存着那种东西，毒瘾一定很厉害。”

“嗯，我也拿了一些。”

---

① 在英语中，Polish（波兰的）也有“擦亮”的意思。

“哦，所以你也知道！现在都没人做那么棒的绿色药片了！现在都做成防吸毒的样子，没法注射也没法用鼻子吸！可你爸爸从酗酒直接转去嗑那玩意儿？还不如当个街头酒鬼呢。我第一次吃那玩意儿时——还没吸到第二排线就晕过去了。要不是考特库在旁边——”他抬手做了个划脖子的动作，“噗。”

“没错。”我说，想起自己在霍比家楼上人事不省，跪在书桌旁边，整张脸都埋在桌面上。

“总之——”鲍里斯一口喝光伏特加，又给我们添了一轮，“赞卓拉在卖。不是那份，那是你爸爸的。给他自己用的。但其他的，她在工作的地方卖。还记得那对夫妇吗，斯图尔特和丽莎？看起来像特正经的房地产商？他们提供资金。”

我放下叉子。“你怎么知道？”

“她告诉我的！她没货了，他们也就撕破了脸。法律脸先生和雏菊手提袋小姐特别友好地去了你家，拍着她的头，‘我们能帮上点什么吗’……‘可怜的赞卓拉’……‘我们可心疼你了’……然后货没了——呼。完全是另一回事！她告诉我他们都做了什么，我听了可吃惊了！给她惹了好多麻烦！不过，到了那时候，”他弹了一下鼻子，“都进这儿了。完蛋了。”

“等等——赞卓拉告诉你的？”

“对。你走了以后。我在那儿和她一起住。”

“你得讲慢点。”

鲍里斯叹了口气。“哎，好吧。说来话长。我们已经很长时间没见过面了，对吧？”

“你和赞卓拉住到了一起？”

“差不多——断断续续的。有四五个月吧。之后她就搬回里诺了，我们就没了联系。我爸爸回了澳大利亚，考特库和我也闹僵了——”

“那感觉应该挺诡异的吧。”

“嗯——有点吧，”他不耐烦地说，“你看——”他靠回椅背上，又抬手招呼侍者，“我状态挺差的，好几天没睡过觉了。你也知道嗑多了海洛因是什么感觉——难受透了。我自己一个人待着，怕得够呛。你知道那种灵魂的病态吧——呼吸急促，疑神疑鬼，感觉死神随时都会伸出手把你抓走。又瘦，又脏，怕得全身发抖。像只半死的小猫！还到了圣诞节，没人在！给好多人打了电话，都没人接——有个叫李的人，我有时候会去住两天，但他也走了，门都上了锁。我走啊走啊，脚步都晃悠了。又冷又怕！没人在家！所以我去找了赞卓拉。考特库已经不理我了。”

“哇，你可真有胆子。就算给我一百万，我也不会回去。”

“我知道，我也犹豫、紧张了半天，可我实在太孤独、太难受了。嘴都在抖。就像——你想躺下来，看着表数自己的心跳。可是没地方可以好好躺下，也没有表。我差点就哭起来了！不知道该怎么办！我也不知道她还在不在。但灯还亮着，那是街上唯一的亮光。我走到玻璃门外，她就在屋里，还穿着那件海豚队衬衫，在厨房里调玛格丽塔酒。”

“她是什么反应？”

“哈！一开始不肯让我进去！站在门口吼了好久——骂我，说了好多脏话！然后我哭了起来。然后我问能不能让我留下来，”他耸肩，“她说行。”

“什么？”我说，伸手去拿他倒的酒，“你是说那种留下来？”

“我可害怕了！她让我睡在她屋里！电视上还放着圣诞电影！”

“唔。”我能看出他想让我追问细节，但他兴高采烈的表情让我不太相信睡在屋里这件事。“嗯，还好结果不错。她问起我了吗？”

“嗯，说了两句，”他大笑起来，“说了很多！因为，我说，你别生气，我把一些事都怪到你身上了。”

“很高兴能帮到你。”

“嗯，当然了！”他开心地和我碰杯，“多谢！换了是你，你也会这么做的，我不介意。不过说实话，可怜的赞卓拉，我想她看见我还挺高兴的。至少还看见个人。我是说——”他仰脖喝干酒，“可疯狂了……那些糟糕的朋友……她也是自己一个人待在那儿。整天喝酒，不敢去上班。她出点什么事也不奇怪，旁边一个邻居都没有，瘆人极了。因为波波·西尔弗——呃，波波其实不是个坏人。‘法官’？别人这么叫他不是没原因的！赞卓拉怕死他了，但他没冲她讨你爸爸的债，至少没认真地问她要。真的。你爸爸可是欠了不少。波波可能看出她已经没钱了——你爸爸也是害死她了。还不如和和气气的，毕竟萝卜里也榨不出血来。但其他人就不一样了，她那些所谓的朋友，跟银行家一样狠。你知道吗？‘你欠我的’，说得狠极了，他们还他妈认识不少人，可吓人了。比波波还坏！欠了也没多少，可她还是还不起，他们都追得相当紧，都说什么——”他模仿那些人歪头的动作，充满攻击性地伸手指着我，“‘去你妈的，我们不会再等了，你最好赶紧想办法’，就像这样。总之——还好我那时候回去找她，还能帮上她的忙。”

“怎么帮忙?”

“把我拿走的钱还给她。”

“你还留着呢?”

“哦，没有，”他理所当然地说，“花光了。不过，我还有别的办法。因为我把白粉卖光了以后，把钱拿给枪支店的吉米，又买了一些。我是说，我买来是给自己和安珀用的——就我们俩。她是个非常漂亮的姑娘，天真烂漫，非常特别。还很年轻，刚十四岁！在美高梅的那个晚上，我们变得特亲密，一整晚都坐在 K.T. 爸爸套房的浴室地上聊天。亲都没亲！就是聊个不停！我差点感动得哭了。我们都彻底敞开了心扉。然后——”他抬手按在胸前，“天亮时我可难受了，觉得这一切为什么要结束呢？那么完美，那么幸福！只一个晚上，我们就那么亲密了。总之——所以我才去找吉米。他有高质量的白粉，虽然连斯图尔特和丽莎那些货的一半也比不上，但大家都知道他的东西好，你懂吧——大家都听说了米高梅那个周末的事，知道我有那么厉害的东西。所以他们都来找我。我回去上学第一天，就有十几个人把钱扔到我身上。‘能不能给我点……能不能给我点……能不能帮我兄弟搞点……我有注意力障碍，得靠它写作业……’很快我就卖给了高年级的橄榄队员，半个篮球队，还有好多女生……安珀和 K.T. 的朋友……也有乔丹的朋友……内华达大学的学生！最初几批有点亏，我不知道该开什么价，卖得太便宜了，想让所有人都喜欢我，嗯嗯。但我一旦摸出了门道——就富起来了！吉米给我很大的折扣，我从中也赚了一大笔。我也给他帮了不少忙，从我这儿买的好多小孩本来都不敢直接去找他买，害怕吉米那种人。K.T.，乔丹，那些女生钱真不少！都愿意来找我。白粉不像迷幻剂，但我也卖迷幻剂，不过销量很不稳定，一天卖出一大批，第二天就一个人也没有。白粉有很多常客，很多人一周能给我打两三次电话。我说，光是 K.T.——”

“哇。”过了这么多年，她的名字仍然让我惊叹。

“对！敬 K.T.！”我们举起杯子喝光了酒。

“真是个美人！”鲍里斯使劲把杯子往桌上一放，“我在她身边都觉得头晕，想到和她呼吸了一样的空气。”

“你和她睡了吗?”

“没有……老天，我努力过了……不过有天晚上她嗑高了，心情特别好，就在她弟弟的房间里给我手淫来着。”

“哦，我走的真不是时候。”

“绝对的。她还没把拉链都拉开，我就射在裤子里了。而且K.T.的零花钱——”他伸手拿过我的空杯，“一个月两千！光是买衣服的钱就有那么多！可是K.T.已经有那么多衣服了，还有必要再买新的吗？总之，到了圣诞节，我感觉就像在电影里，有个收银机咣啷咣啷地响，美元符号不停在脑海中闪过。电话一直在响，从来没停过。所有人的好朋友！我从没见过的女生跑来亲我，从脖子上摘下金首饰给我！我愿意嗑多少药就嗑多少，每天每夜，白粉的线有我的手那么长，钱多得到处都是。我就像咱们学校的刀疤脸！有人送了我一辆摩托车——另外一个人送了我一辆二手汽车。我有时从地板上拿起衣服，口袋里掉出好几百元——我都不知道是从哪儿来的。”

“你讲得太快，信息也太多了。”

“嗯，就是啊！我的所有学习过程都是这么快。人家说经历是位好老师，一点也没错，幸运的是这场经历没弄死我。有时候……如果有啤酒喝……我可能还会吸上一两条线。但我现在基本不去碰了，戒了。你如果五年前碰见我，我大概是这样——”他把两颊吸进去，“这样。不过——”侍者端着更多鲑鱼和啤酒出现了，“我说得够多了。你呢——”他上下打量我，“怎么样？我看混得相当不错嘛？”

“还行吧。”

“哈！”他向后靠去，把胳膊搭到卡座的分隔板上。“真是个滑稽的世界，你说呢？古董交易？那个老同性恋？他让你入行的？”

“没错。”

“事情闹得不小，我听说。”

“没错。”

他的目光在我身上上下扫视。“你开心吗？”他说。

“算不上。”

“这样，听着！我有个很棒的主意！你过来给我干活吧！”

我大笑起来。

“不，不是开玩笑！不不，”他说，蛮横地让我闭嘴，给我又倒一杯酒，将杯子滑过桌面摆到我面前，“他给你付多少？说真的。我出两倍。”

“不，我喜欢这份工作——”我把字词咬得无比清晰，我真有这么狼狈吗？

“我喜欢我现在的工作。”

“是吗？”他冲我举杯，“那你为什么不开心？”

“我不想说。”

“为什么？”

我挥了下手。“因为——”我已经数不清喝了多少杯，“没有为什么。”

“如果不是工作本身——那是什么？”他又把酒一口喝光，动作夸张地仰起头，开始吃第二盘鲱鱼肉，“钱的问题？女人？”

“都不是。”

“那就是女人了，”他胜利地说，“我就知道。”

“听着——”我也喝光伏特加，拍了一下桌子——我真是个天才，简直没法控制脸上的笑容，这是我多年来最棒的主意！“够了。来吧——跟我走！我给你准备了一个大大的惊喜。”

“走？”鲍里斯说，我几乎能看见他身上竖起的刺，“去哪儿？”

“跟我来，你就知道了。”

“我想待在这儿。”

“鲍里斯——”

他靠回椅背上。“算了吧，波特，”他说，举起双手，“放松点。”

“鲍里斯！”我望向酒吧里的人群，好像期待他们会瞬间愤怒起来，然后又转回去看他，“我受够了坐在这儿！我在这儿待了好几个小时了。”

“可是——”他不太高兴，“我为你把今晚的事都推了！我还有事要做呢！你却要走了？”

“对！你要跟我一起走。因为——”我伸出双臂，“你得亲眼看见才会惊喜！”

“惊喜？”他扔下揉成一团的餐巾，“什么惊喜？”

“你看了就知道。”他到底怎么搞的？他已经忘了怎么享受快乐吗？“好了，赶紧走吧。”

“为什么？现在就走？”

“不为什么！”黑漆漆的酒吧里一片喧闹。我这辈子从未感到如此确信过，从未这样开心地觉得自己太聪明了。“走吧。快喝！”

“非走不可吗？”

“你会很高兴的。我保证。快点！”我说，伸手摇着他的肩，自以为动作很轻，

“我说，不骗你，你简直想象不到这个惊喜有多棒。”

他交叠双臂向后靠去，怀疑地看着我。“我看你是在生我的气。”

“鲍里斯，你搞什么？”我醉得挣扎了一阵才站起来，随即不得不扶住桌子，“别跟我争。跟我走就好。”

“我觉得跟你走是个错误。”

“哦？”我半睁开一只眼睛看他，“你到底来不来？”

鲍里斯冷静地看着我。然后他捏了一下鼻梁，说：“你不肯告诉我我们这是要去哪儿。”

“对。”

“你不介意让我的司机带我们去吧？”

“你的司机？”

“对啊。他在隔着两三条街的地方等我。”

“妈的，”我转开目光，大笑起来，“你还有司机？”

“你不介意让他带我们去吧？”

“我干吗要介意？”我顿了顿才说。我虽然醉了，他的态度还是让我有些发怔。他看我的眼神很奇怪，直直的，仿佛在算计着什么。我以前从来没见过他的这种眼神。

鲍里斯喝光最后一点伏特加，站起身来。“好吧，”他说，用指尖转着一根没点燃的烟，“赶紧把这破事干完吧。”

6

我打开霍比家前门时，鲍里斯远远地站在后面，仿佛觉得我转动钥匙就会引发一场大爆炸。他的司机站在不远处的汽车旁边，吐出一团团夸张的烟雾。我们一上车，他就和司机用乌克兰语说起话来，我一句都听不懂，虽然我在大学里修过两个学期的《日常俄语对话》。

“进来啊。”我说，勉强忍住笑容。这个白痴难道以为我会偷袭他，绑架他？但他仍然站在街上，拳头塞在大大衣口袋里，回头看了司机一眼。司机的名字叫根卡，还是久里吉或者杰尔吉什么的来着？我忘了，去他的。

“怎么了？”我说。我如果没喝那么多酒，他的态度可能会让我生气。但现在我只觉得整个场面特别滑稽。

“告诉我，我们为什么非得到这儿来？”他说，仍然站得远远的。

“你进去就知道了。”

“你就住在这儿？”他怀疑地说，探头望着客厅，“这是你家？”

我开门的声音太响了。“西奥？”霍比从房子后方喊道，“是你吗？”

“对。”

他穿着西装、打了领带，看起来正准备出门。妈的，我心想，不会有客人吧？我突然意识到现在刚到晚餐时间，但我先前一直觉得此刻已经凌晨三点了。

鲍里斯谨慎地站到我身后，双手还插在口袋里，没关上敞开的大门。他的目光落到玄武岩大茶壶上，然后又望向水晶吊灯。

“霍比，”我说——霍比走进客厅，挑着眉，德福利太太警惕地跟在他身后，“嗨，霍比，你还记不记得我以前说过——”

“卡扣！”

从客厅走向门口的白色毛团僵住。然后它发出一声高亢的尖叫，拼尽全力冲过来（它到了现在这个年纪，跑得一点也不快）。鲍里斯哈哈大笑着蹲下来。

“哦！”他抱起卡扣，它摆着腿使劲挣扎，“你胖了！它胖了！”他难以置信地说。卡扣跳起来，舔了他的脸。“你把它养胖了！哦，你好啊，小家伙，小毛团，你好！你还记得我，是不是啊？”他仰天躺倒，伸展开手脚大笑着，卡扣开心地尖叫着在他身上蹦来蹦去。“它还记得我！”

霍比推了推眼镜，饶有兴味地看着这一幕。德福利太太并不觉得多有意思，站在霍比身后微皱着眉，看着我满身伏特加酒味的客人和狗一起在地板上来回翻滚。

“别告诉我，”霍比说，把手放进西装外套的口袋里，“这位就是——”

“没错。”

7

我们没待太久。霍比听说过鲍里斯不少事。一起去喝一杯吧！鲍里斯对他也相当好奇。如果他过去生活的某个神秘角色出现了，比如卡姆梅瓦拉戈的朱迪，那我也会一样感兴趣。但我们俩醉得厉害，吵个不停，我觉得可能让德福利太太不高兴了。她一直礼貌地微笑，但坐在高背椅里一动不动，戴着戒指的手交叠在腿上，基本没怎么说话。

所以我们就走了，卡扣激动地跟在后面。鲍里斯开心地喊着，冲汽车挥手，叫司机去掉个头回来接我们。"没错，小家伙，没错！"他对波帕说，"那是我们的！我们有车了！"鲍里斯的司机突然就说上了和鲍里斯一样流利的英语，我们三个都成了好哥们——我们四个，包括波帕。它用后腿站起来，前爪搭在车窗上，严肃地望着窗外西城高速退去的灯光。鲍里斯对它唠唠叨叨地说着话，抱着它，亲着它的后颈，同时又向久里（司机的名字）用英语和俄语说着我有多棒，他年轻时的朋友，心脏里的血液！（久里伸出左手绕过座位，肃穆地和我握了手）在这么广袤的世界里，两个朋友久别后还能重逢，生活是多么可贵！

"是啊。"久里阴沉地说，一个急转弯开上休斯顿街，我被甩得滑到车门边，"我和瓦蒂姆也是这样。我每天都在怀念他——怀念极了，半夜都会醒过来想他。瓦蒂姆是我的兄弟——"他回头瞥了我一眼，车子冲过街口，行人四处逃散，惊慌的脸从贴了隔膜的车窗外一闪而过，"比兄弟还亲。就像鲍亚和我。但瓦蒂姆——"

"实在太惨了，"鲍里斯低声对我说，又转向久里："是啊，是啊，真惨——"

"——我们太早就失去了瓦蒂姆。广播里那首歌唱得对，你听过吗？也是钢琴家的那个歌手。'只有好人活不长久'。"

"他会在那边等我们。"鲍里斯安抚地说，伸手越过座位拍了拍久里的肩。

"嗯，我也是这么命令他的。"久里低语，猛然变道插到另一辆车前面，我向前冲去，安全带绷紧，卡扣飞了起来。"这些东西很深——没法用语言来纪念。人类的舌头表达不了。但到了最后——用铲子把他葬到土里时，我是用灵魂和他交流的。'别了，瓦蒂姆。开着门等我，兄弟。在那边帮我留个座位。'只有上帝——"拜托，我心想，尽量保持平静的表情，把卡扣抱到腿上，好好看他妈的路——"菲奥多，你帮我个忙，对于上帝，我有两个问题想问。你是大学教授"（什么？）"所以你也许知道怎么回答。第一个问题——"他与我在后视镜里目光交会，抬起一根手指，"上帝有幽默感吗？第二个问题：上帝有*残忍的*幽默感吗？比如说：上帝会不会为了娱乐玩我们，折磨我们，就像淘气的小孩玩花园里的昆虫那样？"

“呃，”我说，他紧盯着我看，却没去看下一个转弯，“嗯，也许吧，我不知道，我希望没有。”

“你不该问他这些问题，”鲍里斯说，给了我一根烟，又递了一根给前排的久里，“上帝已经够折磨西奥的了。如果受难会让人变得高贵，那他已经是王子了。久里，听着——”他吐了一口烟雾，“帮个忙。”

“尽管说。”

“你把我们放下以后能帮忙看着狗吗？让它待在后座上，拉着它兜兜风，随便去哪儿。”

俱乐部在皇后区，我不知道具体是在哪儿。大堂里铺着红地毯，看起来像是让你来迎接出狱祖父的地方。人们聚在一起喝着酒，坐着路易十六式的椅子，吃着东西抽着烟，喊着话，绕着桌子互相拍背，桌子上铺着金属质感的金色的布。俱乐部后方有面深红色的漆墙，上面挂着圣诞节花环和苏联式的节日装饰，有电线缠绕的灯泡和涂成五颜六色的锡板——公鸡、鸟窝、红星、火箭、锤子与镰刀、用西里尔字母拼出的俗气标语（“新年快乐，亲爱的斯大林”），全都凑在一起。鲍里斯（他也醉得够呛，在车里一直拿着酒瓶直接灌）搂着我，用俄语向年龄迥异的酒客们说我是他兄弟。我觉得其他人都当真了，因为他们不分男女，都过来抱我亲我，拿起冰桶里的大酒瓶给我倒伏特加喝。

最后我们终于走到酒吧里面：门上挂着黑色天鹅绒门帘，外面守着个平头大汉，眼睛像毒蛇一样，西里尔语的刺青一直刺到下巴上。里间大声放着音乐，满是汗水、须后水、大麻和高希霸雪茄的气味，里面的人穿着阿玛尼西装或运动服，戴着钻石和白金劳力士表。我从没见过这么多男人戴着金饰——金戒指、金链子、金门牙。这里像一场令人困惑、灯光明亮的异邦梦境，我醉到眼神无法聚焦，只会点头挥手，任凭鲍里斯拽着我穿过人群。到了深夜，米里亚姆如影子般不知不觉地出现了，亲了一下我的脸颊作为招呼。我顿时觉得清醒可怕，仿佛纪念雕像般僵在当场。她和鲍里斯消失了，把我留在挤满人的桌边，周围都是些烂醉如泥、不停抽烟的俄国人。他们好像都知道我是谁（“菲奥多！”），拍着我的背，倒酒给我喝，问我要不要吃东西，要不要抽万宝路，用俄语冲我喊话，但似乎并没期待回答——

有人把手搭在我的肩上，摘掉我的眼镜。“你好？”我对突然坐到我腿上的陌生女人说。然娜。你好，然娜！你在干什么？没干什么，你呢？色情电影演员，去美容沙龙晒黑的肤色，人工加大的胸部从长裙边缘挤出来。我家的人都会算命，能不能让我看看你的掌纹？哦，好啊。她的英语不错，但在喧闹的俱乐部里，很难听清她到底在说什么。

“你生来就是个哲学家，”她用芭比娃娃般粉色的指甲划过我的掌心，“非常非常聪明。人生有很多起伏——各种事都干过一点。但你很孤独。你梦想着能碰见一个姑娘，和她共度之后的人生。对不对？”

鲍里斯又出现了，独自一人。他拉过一把椅子坐下来。他和我的新朋友用乌克兰语交谈了片刻，她把眼镜放回到我的脸上，起身要走，走前从鲍里斯那儿拿了根烟，亲了一下他的脸颊。

“你认识她？”我问鲍里斯。

“这辈子从来没见过，”鲍里斯说，点了根烟，“你想走的话，我们可以走了。久里在外面等着呢。”

8

时间已经很晚了。经历过俱乐部里混乱的场面，汽车的后座舒适无比（控制台发出柔和的光，广播声音很低）。我们漫无目的地开了几个小时，有说有笑，卡扣在鲍里斯的腿上睡着了。久里也参与进来，用沙哑的嗓音高声讲着在布鲁克林长大的故事，他称那片地方为“砖场”（开发项目）。鲍里斯和我对着酒瓶喝常温伏特加，吸着他从大衣口袋里掏出来的一袋可卡因，鲍里斯不时给久里递过去一点。车里开着空调，但还是热得要命，鲍里斯脸上流着汗，耳朵红得像发烧。“你看，”他说——他已经脱掉外套，正一个个摘下袖扣扔进兜里，又卷起衬衫袖子，“是你爸爸教会我怎么打扮的。我很感谢他。”

“嗯，爸爸教了我们不少东西。”

“是啊。”他真诚地说，使劲点着头，不带任何讽刺。他抬手抹了一下鼻子。“他总是穿得很绅士。就像——比如俱乐部里好多人，皮大衣，丝绒衫，看着好像刚移民过来。最好还是穿得朴素点，像你爸爸那样，高档夹克，高档手表，但要经典款——就是简单——要像这边的人。”

“是啊。”我的工作就是注意这些东西。我已经注意到了鲍里斯的腕表——瑞士品牌，零售价可能要五万元，欧洲花花公子的象征。在我看来有点太花哨了，但比起俱乐部里那些嵌着珠宝的金子和铂金，这已经是非常节制的选择。我看到他小臂内侧刺了个蓝色的六角星。

“那是什么？”我说。

他举起手让我看，“万国表。这样的好表就像银行里的现金，需要时随时可以当掉。这是白金，看起来像不锈钢。最好戴块看起来没有实际价钱那么贵的表。”

“不，我是说刺青。”

“啊。”他捋起袖子，懊悔地看着自己的胳膊。但我已经不再看刺青了。车里的灯光不算太亮，但我能看出针刺的痕迹。“这星星？说来话长。”

“可是——”我知道最好别问针头的事，“你不是犹太人吧。”

“不！”鲍里斯生气地说，拉下袖子，“当然不是！”

“就是啊，所以为什么……”

“因为我告诉波波·西尔弗我是犹太人。”

“什么？”

“因为我想让他雇用我！我就撒了谎。”

“不是吧。”

“是！我就是这么说的！他经常到赞卓拉家来，在街道上四处查看，想嗅出点什么不对劲的东西来，比如你爸爸说不定还活着——我鼓起勇气，跟他搭了话。说我想在他手下工作。情况有点失控，学校里出了很多事，有些人进了戒毒所，有些人被开除了——我得切断和吉米的联系，做点别的。是，我的姓一点也不像，但在俄国，很多犹太人都叫鲍里斯，所以我就想，不如这么说呗？他又不会发现。我觉得刺青可能有点用——让他相信我，你明白吧？相信我没什么问题。有个家伙欠了我一百元，我就让他给我刺了。编了个悲伤的故事，说我妈妈是波兰犹太人，她父母进过集中营，诸如此类的——我太蠢了，都不知道这种刺青是违反犹太法律的。你笑什么？”他不满地说，“像我这样的人——对他能有点用，知道吗？我会说英语、俄语、波兰语、乌克兰语。我上过学。反正，他知道我不是犹太人，冲着我大笑了一阵子，但最后还是收了我。多亏了他。”

“你怎么能给想杀我爸爸的人打工？”

“他不想杀你爸爸！你的话不是事实，也不公平。他只想吓唬吓唬他！不过——我是给他打工来着，大概有一年吧。”

“你给他干什么了？”

“没什么下流事，不管你信不信！基本是给他当助手——给人捎信，出去跑跑腿什么的。给他遛狗！去干洗店拿衣服！波波对我很好，是个很慷慨的朋友——像个父亲似的，我可以把手按在心口，真心实意地这么说。比爸爸更像个父亲。波波对我一直很公平。不止公平，很友善。看着他做事，我学到了不少东西。所以我也不那么介意留着这星星。还有这个——”他把袖子卷到二头肌上，那儿刺的是带刺的玫瑰，底下写了个西里尔单词，“这是为了卡特雅，我一生的最爱。我爱她胜过其他所有女人。”

“你对谁都那么说。”

“是，可在卡特雅身上，这是真的！我可以为了她踏着碎玻璃走过去！穿过地狱和火焰！献出我的生命，毫无怨言！我再也不会像爱卡特雅那样爱上什么人了——差太远了。她就是唯一。只要能和她过上一天，我可以幸福地去死。可是——”他拉下袖子，“你不该把一个人的名字刺在身上，因为刺了你就会失去那个人。我刺的时候太年轻了，还不懂这些。”

9

自从卡罗尔·隆巴德离开我之后，我就再也没吸过海洛因，但今夜我是不可能睡觉了。早上六点半，久里带着后座上的卡扣在下城东区绕圈（“我带它去熟食店！吃个培根鸡蛋奶酪堡！”），我和鲍里斯待在C大道一家二十四小时营业的湿冷酒吧里，精神亢奋地聊着天。酒吧的墙上满是涂鸦，窗户上蒙着粗麻布挡住阳光。阿里巴巴俱乐部，三元一杯，从早上十点至正午都是酒水优惠的欢乐时光。我们使劲喝着啤酒，想让神经冷静一点。

“你知道我在大学学了什么吗？”我对他说，“我选了一年的《日常俄语对话》。完全是因为你。我学得可差劲了，根本没学会阅读，你知道吗，一点也读不懂尤金·奥涅金——他们说一定要用俄语读他，翻译过来就不一样了。可是——我一直都在想你！我想起好多你说过的话，各种各样的东西——哦，哇，你听，他们在放《安慰诺帝卡》，听见没？熊猫乐队！我彻底忘了这张专辑。无所谓了。我在俄国文学课上写了篇关于《白痴》的论文，讨论翻译中的俄国文学——我是说，我读的时候一直都在想你。我在楼上的卧室，抽着爸爸的烟。那些人名太难记，想象你读出来就好记多了……感觉就像你把整本书都读给我听来着！在维加斯，你读《白痴》读了有六个月，记得吗？俄语的。那段时间你都没怎么干别的。记不记得你好久没下过楼？因为赞卓拉在，我得把吃的给你拿上去，你就像安妮·弗兰克。总之，我用英语读了一遍《白痴》，但我也想像你那样，好好学俄语，但后来还是没能做到。”

“上了那么多学，”鲍里斯不以为然地说，“你如果想学俄语，跟我去莫斯科吧。要不了两个月就会说了。”

“所以，你到底能不能告诉我你在干什么工作？”

“我说过了。这个那个的。谋生而已。”他在桌子底下踢了我一脚：“你看起来好多了，嗯？”

“哈？”除了我们，酒吧里只有两个人——一男一女，长得都很好看，脸色苍白，都留着黑色的短发，互相凝视着，男人握着女人伸过去的手，啃咬着她的手腕。皮帕，我心想，随之而来的是一阵心悸。伦敦差不多到午饭时间了。她在干什么？

“我碰见你的时候，你看起来好像就要跳河了。”

“抱歉。我昨天过得不太好。”

“你的店可真不错，”鲍里斯说，从他坐的地方看不见那对情侣，“你们是搭档？”

“不！不是那样。”我以为他的意思是伴侣。

“我不是那个意思！”鲍里斯责备地看着我，“老天，波特，别这么敏感！再说，旁边那是他妻子吧，那位太太？”

“对，”我不耐烦地说，靠到椅背上，“呃，算是吧。”霍比和德福利太太的关系疑点重重，她和德福利先生的婚姻也一样。“我一直以为她是个寡妇，结果不是。她——”我向前俯身，揉了揉鼻子，“是这样，她住在上城，霍比住在下城，但他们经常见面……她在康涅狄格州有座房子，有时候他们会一起去那儿过周末。她结了婚，但我从来没见过她丈夫。我不知道他们是怎么回事。说实话，我觉得他们可能只是好朋友。抱歉，我说得太多了。我也不知道为什么要告诉你这些。”

“他把这行都教给了你！他看起来是个好人。是个绅士。”

“嗯？”

“你老板。”

“他不是我的老板！我是他的商业合伙人。”药物带来的闪亮效应慢慢消失。血液流动的声音在我的耳中回荡，像蟋蟀的叫声一样高亢刺耳。“其实销售部分基本都是我在管。”

“抱歉！”鲍里斯说，举起双手，“没必要生气吧。但我说想让你来给我工作，那是认真的。”

“你想让我怎么回答？”

“听着，我想还你的情。和你分享我现在拥有的一切。因为，”他说，坚决地打断我，“我欠你的。在我身上发生的所有好事，波特，都是因为有你才发生的。”

“什么？是我让你开始贩毒事业的？哇，好吧，”我说，点了一根他的烟，把烟盒推回他面前，“我听到你这么说很高兴，觉得自己可棒了，谢了。”

“贩毒？谁说贩毒了？我想补偿你！为了我做过的那些事。跟你说，我现在的生活相当不错。我们一起会很开心的。”

“你开展的是三陪服务吗？是这么回事吗？”

“嘿，能让我说句话吗？”

“你请。”

“很抱歉我那么对待你。”

“算了吧。我不在乎。”

“我通过你挣了那么多钱，你难道不该也分到一份？让自己也尝点甜头？”

“听着，能让我说句话吗，鲍里斯？我不想掺进任何奇怪的事情里。没有冒犯你的意思，”我说，“但我可是拼了命想要挣脱出去。还有，我也说过了，我已经订婚了，现在情况不一样了，我真的不能——”

“既然如此，为什么不让我帮你一把？”

“我不是这个意思。我是说——嗯，我不想细说，只能说我做过一些让我后悔的事，我想好好弥补。或者说，我正考虑要怎么才能弥补。”

“要弥补什么挺难的。不一定能有那个机会。有时候你最多只能不被人抓住。”

美丽的情侣起身离开，手拉着手，掀开串珠门帘，走进天刚蒙蒙亮的寒冷清晨。我望着串珠在他们身后碰撞起伏，随女孩臀部的摇摆而晃动。

鲍里斯往后坐了坐，紧盯着我。“我一直在努力帮你弄回来，”他说，“真希望我能做到。”

“什么?”

他皱起眉。“嗯——这就是为什么我去店里找你。你知道的吧。我相信你也听说了,迈阿密的那些事。事情上了新闻之后,我担心你会这么想——说实话,我害怕他们会通过我追查到你身上,你知道吗?现在基本没事了,不过——万一呢。当然了,那时候我的麻烦挺大的——我一开始就知道那个局设得不怎么样,我应该相信自己的本能。我——”他用钥匙又沾了点白粉,吸了一下。酒吧里只剩下我们两人。有刺青的小个子女侍,或者老板娘,已经进了简陋的里屋。我瞥了里面一眼,有几个人坐在二手沙发上,似乎在看一部七十年代的色情片。“总之。情况糟透了。我本来应该想到的。有很多人受了伤,我也差一点受伤。我学到了宝贵的一课。这就是个错误——哦,等一下,让我把另一边也吸了——我是说,和不了解的人做交易就是个错误,”他按紧鼻孔,把小袋子从桌下递给我,“在熟悉的事上最容易失手。不能和陌生人做大生意!绝对不能!如果有人说:‘哦,这个人可以的——’我会相信,我天性就这样。结果出现一堆坏事。你看——我了解我的朋友。但朋友的朋友呢?那完全是另一回事!艾滋病就是这么传染的,对不对?”

我吸着白粉,心里知道不该再吸了。我已经吸了太多,牙关紧咬,血液在太阳穴里冲来撞去,仿佛在坠落的不安感逐渐蔓延,整个人就像震动的玻璃板一样咯嗒作响。

“总之,”鲍里斯说,语速飞快,脚在桌面之下踢来踢去,“我一直在想怎么才能把它弄回来。想啊想啊想啊!我自己当然没法再用了。我已经因为它吃尽了苦头。当然——”他不安地动来动去,“我不是为了这个才来见你。我来找你,一部分原因是我想道歉,亲自跟你说‘对不起’。因为——说实话,我真的很抱歉。还有一部分是那些新闻——我想告诉你别担心,我觉得你可能会担心——呃,我不知道你究竟会怎么想。不过——我不想让你听见这些消息却什么都不明白,感到害怕,觉得他们可能会追查到你身上。这让我觉得特别歉疚。所以我才来找你,想告诉你我完全没把你扯上——没人知道你和我的关系。还有,我想告诉你,我真的在努力把它弄回来。非常努力。因为——”他用三根手指点了点额头,“我已经用它赚了一大笔钱,我希望能再让你拥有它——你知道吧,那东西本身,为了以前那段日子,不为别的,就是让它真正属于你,藏在橱柜里什么的,可以随时拿出来看看，和以前一样，你明白吗？因为我知道你有多喜欢它。说真的，我自己也爱上它了。”

我直盯着他。在白粉带来的全新闪亮感中，我终于开始慢慢理解他的话了。“鲍里斯，你在说什么？”

“你知道的。”

“不，我不知道。”

“别让我大声说出来。”

“鲍里斯——”

“我想告诉你的。我叫你别走。你如果等我一天，我就会把它还给你了。”

串珠门帘还在风中起伏飘荡，形成蜿蜒闪亮的波纹。我盯着他，感觉头重脚轻，仿佛一场梦撞上了另一场梦：灼热正午翠贝卡餐厅里的银器碰撞，卢修斯·里弗在桌子对面冲我冷笑。

“不，”我说，冷汗淋漓地往后推了推椅子，双手捂住脸，“不。”

“怎么，你以为是你爸爸拿走的？我希望你这么想呢，反正他已经说不清楚了，还偷了你的钱。”

我把手从脸上拿下去，盯着他，说不出话。

“我掉了包。对。是我。我以为你知道呢。听着，我很抱歉！”他说，我仍然坐在原地死盯着他，“学校的储物柜。只是开个玩笑，你知道吧。嗯——”他露出弱弱的微笑，“也许不是。一半的玩笑吧。不过——我说——”他敲了敲桌子吸引我的注意力，“我发誓，我没想一直拿着它。那不是我的计划。我怎么知道你爸爸会出事？你那天晚上如果留下来——”他抬起双臂，“我会还给你的，我发誓我会的。但我没法让你留下来。你非得走！就在那一秒！非走不可！现在，鲍里斯，就现在！不肯留到早上！一定要走，一定要走，就现在！我不敢告诉你我做了什么。”

我盯着他，喉咙干渴，心脏跳得飞快。我只能一动不动地坐着，希望心跳能慢一点。

“这下你生气了，”鲍里斯无奈地说，“你想杀了我。”

“你到底想告诉我什么？”

“我——”

“你说‘掉了包’是什么意思？”

“听着——”他紧张地左右张望，“我很抱歉！我知道我不该那么做，我知道事情迟早会一团糟！可是——”他俯身把手平摊到桌面上，“说实话，我一直都非常后悔。我如果不后悔，还会来见你吗？在街上喊你的名字？说我想补偿你？我是认真的。我一定会补偿你，因为，你看，那幅画让我挣了大钱，让我——”

“我上城的那个包裹里面是什么？”

“什么？”他说，眉毛垂下来。然后他推开椅子，缩着下巴看着我：“开玩笑吧。你这么久了都没——”

我无法回答。我的嘴唇在动，却无法发出任何声音。

鲍里斯一掌拍在桌上。“你个白痴。你是说你从来没打开过？你怎么能——”

我仍然无法回答，伸手捂住了脸。他越过桌面抓住我的肩，晃了晃我。

“真的吗？”他急切地说，想要看着我的眼睛，“真的没有？没有打开看一眼？”

里屋传来一声隐约的女性尖叫，苍白而空洞，随即是同样空洞的男性大笑。吧台上的粉碎机突然转了起来，声音大得像圆锯，持续了很久很久。

“你不知道？”噪声终于停下后，鲍里斯说。里屋传来笑声和掌声。“你怎么能——”

我一个字也说不出来。墙上画着好多相互覆盖的涂鸦，贴着便笺纸，写着模糊的字句，画里醉汉的眼睛被十字架取代。里屋传来嘶哑的呐喊，上啊上啊上啊。我心里同时闪过太多东西，让我喘不过气。

“这么多年？”鲍里斯皱着眉，“你一次都没——”

“哦，老天。”

“你还好吗？”

“我——”我摇摇头，“你怎么知道画在我这儿？你是怎么知道的？”他没回答，我又问，“你翻过我的房间？翻了我的东西？”

鲍里斯看着我，然后用双手捋过头发，说：“你喝醉了就会失忆，波特，你知道吗？”

“拜托。”我难以置信地呆了片刻后说。

“不，我是认真的，”他淡淡地说，“我也酗酒。我知道有些人就是这样！我从十岁喝第一口酒起就是个酒鬼。而你，波特——你和我爸爸一样。他喝酒——然后就会失去意识，到处走来走去，醒来就会忘记自己做过的事。撞车，揍我，跟人打架，醒来时鼻梁断了，要不就是在另一座城市里，躺在地铁站的长椅上——”

“我可没那样。”

鲍里斯叹了口气。“是，是，可你的记忆都没了。和他一样。我不是说你做了什么坏事，也没打人，你没他那么暴力，可是你要知道，就像——哦，我们那次去了麦当劳的儿童乐园，你在那个充气的东西上醉得要命，那儿的女士喊了警察，我赶紧把你拖出去了，在沃尔玛站了半小时，假装在看铅笔，然后上了公交，回到我们住的那片地方，结果你完全不记得那天晚上的事。一点也不记得。‘麦当劳，鲍里斯？什么麦当劳？’还有，”他说，使劲吸着鼻子，压过我的声音，“那天你彻底喝高了，让我和你一起‘去沙漠走一圈’。行，我们走了一圈。没问题。可是你醉得走不动，外面是华氏一百零五度。然后你走累了，在沙地里躺了下来。还叫我别理你，让你去死。‘别管我，鲍里斯，别管我。’记得吗？”

“说重点。”

“怎么说呢？你很不快乐，经常喝到不省人事。”

“你也一样。”

“是，我还记得。在楼梯上晕过去，整个人趴在那儿，记得吗？醒过来时躺在地上，离家好几英里远，双脚从灌木丛里冒出来，都不知道之前是怎么过去的。操，有一次我半夜给普里谢斯卡娅发了封疯狂的邮件，说她是个漂亮女人，我全心全意地爱她，当时我确实那么想。我第二天上学，头疼欲裂：‘鲍里斯，鲍里斯，我有事找你。’哈，什么事？她又温和又耐心，打算轻轻松松地拒绝我。邮件？什么邮件？一点印象都没有！我就红着脸站在那儿，她给我复印了几页诗，告诉我应该去喜欢同龄的女孩！是啊——我也做过很多蠢事。比你蠢多了！可是我，”他把弄着香烟，“我想好好享受，想让自己快乐。你想死。这可不一样。”

“我怎么觉得你是想转移话题？”

“我可没想评判你！只是——我们那时干了好多疯狂的事，我想你可能不记得了。不，不！”他看到我的表情后连忙说，摇摇头，“不是那种。不过我得说，你是唯一一个跟我同床共枕过的男生！”

我愤怒地大笑起来，笑声听起来像是咳嗽，或者噎到了什么东西。

“那个嘛——”鲍里斯倨傲地靠回椅背上，按住鼻孔，“呼。我想那个年龄的孩子有时会做那种事。我们都年轻，都需要姑娘。你好像那还有什么其他含义。不过，不，等等，”他飞速说，表情变了——我拉开椅子要走，“等一下，”他又说，抓住我的袖子，“别，拜托了，把我的话听完，你不记得我们看《诺博士》的那天晚上了?”

我正拿起椅背上的大衣，听到这话，停住了。

“记得吗?”

“我该记得吗？为什么?”

“我知道你不记得。因为我以前曾经试探过你。提起诺博士，开个玩笑。看看你会说什么。”

“诺博士怎么了?”

“那是我们认识之后没多久！”他的膝盖狂乱地上下晃荡，“我想你可能还没习惯伏特加——你不知道该喝多少。你拿着好大的杯子进来了，有这么大，像要喝水似的，当时我心想：妈的！你不记得了?”

“有好多个这样的夜晚。”

“你不记得了。我擦干你的呕吐物，把你的衣服扔进洗衣机里——你都不知道我做了这些。你一直哭，对我说了各种各样的话。”

“什么样的话?”

“比如……”他露出不耐烦的表情，“哦，你妈妈的死都怪你……你希望死的是你……你如果死了，能在黑暗里陪她……没必要再说了，我不想让你不高兴。你那时糟透了，西奥——我和你在一起很快乐，大部分时间！想做什么都可以！但你的状态糟透了。你当时也许应该去医院看看。上屋顶往游泳池里跳？完全有可能把脖子摔断，太疯狂了！你会在大半夜躺到马路上，没有街灯，谁都看不见你，就那么等着有辆车开过去把你撞死。我得跟你扭打一阵，才能把你拽回房子里——”

“我他妈在那条街上躺多久都没车来。我完全可以在那儿铺个睡袋，睡一觉。”

“我不想跟你吵。你那时候快疯了。你差点就把我们俩都杀死。有天晚上，你找了盒火柴，想把整座房子都点着，记得吗?”

“那只是开玩笑。”我不安地说。

“地毯呢？沙发上烧出的大洞？那也是开玩笑？我把垫子都翻了个个，不让赞卓拉发现。”

“那垃圾便宜得根本点不着火。”

“好，好。你爱怎么说就怎么说吧。总之，那天晚上，我们在看《诺博士》，我从来没看过，但你看过。我挺喜欢那部电影，你醉得不省人事。电影里主角到了那个小岛，一切都很顺利，然后他按了个按钮，画面上出现他偷的那幅画？”

“哦，老天。”

鲍里斯大笑一声。“没错！上帝保佑你！那部电影真是棒极了。你醉得走起路都摇摇晃晃——我有东西给你看！很棒的东西！有史以来最棒的！你站到电视前面。不，是真的！我正看电影呢，最精彩的部分，你不肯闭嘴。滚开！总之，你走到一边，气得要命，‘去你妈的’，发出很大的声音，咣咣咣。然后你就把画拿出来了，知道吗？”他笑了起来，“可滑稽了——我相信你是在胡说八道。世界闻名的博物馆藏品？饶了我吧。不过——那是真的。是个人就能看出来。”

“我不相信。”

“嗯，是真的。我看出来画是真的。如果有人能画出那样的假画，拉斯维加斯会变成人类历史上最漂亮的城市！总之——太滑稽了！我一直自以为是，教你去偷报亭里的苹果啊糖啊什么的，原来你早就偷过世界名画了。”

“我没偷。”

鲍里斯吃吃而笑。“没偷，没偷。你解释过了。你是要保证它的安全，这是你最重要的责任。现在你告诉我，”他向前俯过身来，“你真的没打开看一眼？这么多年？你怎么搞的？”

“我不相信，”我又说这句话，“你什么时候拿走的？”我说，他翻了个白眼，“怎么拿的？”

“听着，我说过了——”

“你说的这些，我连一个字都不相信。”

鲍里斯又翻了个白眼。他把手伸进外套口袋，在苹果手机上调出一张照片，然后将手机递给我。

照片里是画的背面。正面的复制品到处都是，但背面像指纹一样独一无二：大滴大滴的封蜡，棕色和红色的；排列不规则的欧洲标签（罗马数字，蜘蛛腿般纤细的羽毛笔签名），仿佛蒸汽火车的车厢，或者很久以前的国际合约。开裂的黄色和棕色纹路有种层层交叠的丰富感，仿佛腐烂的落叶。

他把手机放回兜里。我们沉默地坐了很久。然后鲍里斯伸手点烟。

“这下信了？”他说，从嘴角吐出一股烟雾。

我头脑里的原子旋转着解体散开。白粉带来的闪亮感已经变质，抑郁忧虑悄无声息地蔓延开来，仿佛暴风雨前昏暗的空气。在清醒的漫长时刻里，我们互相对视着：高亢的化学变化频率，孤独对孤独，仿佛山顶上两个静修的西藏僧侣。

然后我一言不发地站起身，拿上大衣。鲍里斯跳起来。

“等一下，”他说，我走过他身边。“波特？别生气。我说了会补偿你，我是认真的——

“波特？”他又喊了一声。我穿过叮当作响的串珠门帘走到街上，走进脏兮兮的灰暗晨光。C大道上空空荡荡的，只有一辆孤零零的出租车，出租车司机见到我非常开心，我也一样。出租车迅速开到我的身边。鲍里斯没来得及再说什么，我已经坐进车里绝尘而去。他披着大衣，在一排垃圾桶旁边呆立。

10

我到仓库时已经是早上八点半。我的下巴因牙关紧咬而酸痛，心脏跳得几乎就要爆炸。白天按部就班地到来，行人走在耀眼的晨光里，一切都明亮而充满威胁。十点一刻，我已经回到霍比家，坐在自己房间的地板上，头脑像拧紧又松开的弹簧般旋转震荡。周围的地毯上扔满东西，包括两只购物袋，一个从来没用过的折叠帐篷，一只还带着维加斯卧室气味的米色棉布枕套，一整罐我知道该扔进马桶冲掉的氧可酮和吗啡药片，一大团缠结的胶带。我用刻刀小心地砍了二十分钟才把胶带完全撕开，心跳的震动一直传到手指上，生怕太用力而切到画。最后我终于撕开包裹的侧面，用颤抖的手小心地撕下最后几条胶带，在纸板和报纸中间发现了一本公民课练习册：《民主、多样性与你！》。

颜色亮丽的多文化人群。封面上有亚洲小孩、拉丁美洲小孩、美国黑人小孩、印第安人小孩、戴着伊斯兰教头巾的小女孩、坐在轮椅里的白人小孩，他们站在美国国旗前面微笑着，一起牵着手。书里的世界幸福又沉闷，大家都是良好公民，不同族裔的人全都高高兴兴地参加社区活动，城市里的孩子站在安居工程旁边，拿着水壶给盆栽浇水，盆里的灌木伸出几根枝桠，分别代表政府的不同部门。鲍里斯在书里画了几把刀，写了自己的名字，考特库的名字缩写周围布满爱心，旁边还有一双偷窥似的眼睛，目光狡黠地瞥向一边。底下是写了一半的模拟测验题：

为什么人们需要政府？“为了宣扬意识形态，惩罚犯错的人，宣传平等友爱——”

美国公民的义务包括哪些？“为国会投票，拥护人口多元化，与国家的敌人战斗——”

幸好霍比不在。我吞下的药片不起作用，在床上辗转反侧了两个小时，陷在一种不停下坠的半梦半醒状态里，思绪到处乱飞，心脏跳得疲惫不堪，鲍里斯的话在脑海中反复重放。最后我强迫自己坐起来，收拾起房间里四散的物品，洗了个澡，刮了胡子。我不小心刮伤了自己，因为之前流了好多鼻血，上嘴唇麻木得仿佛在接受牙医检查。然后我煮了壶咖啡，在厨房里找了块已经不新鲜的司康饼，强迫自己吃下去。正午时分，我下楼开了店——身着塑料雨衣的送信女士刚好来送信。她显得有点警惕，站得离我远远的，毕竟我双眼潮湿，嘴唇破了，鼻子里还塞着染血的纸巾。但就在她伸出戴着塑胶手套的手，把信件交给我时，我心想：这些信有什么用？里弗可以随便给霍比写信，给国际刑警打电话——谁在乎呢。

天下起了雨。行人缩着身体快步前进。雨击打着窗户，一滴滴挂在街道边的塑料垃圾袋上。我坐在桌边发霉的扶手椅里，努力让自己定下心来，或者至少从商店褪色的丝绸和昏暗的光线中得到些许安慰。这里令人觉得苦涩又甜蜜的暗色仿佛童年时雨天昏暗的教室。但多巴胺的急速下降将我狠狠摔回现实，我只会颤抖了，好像已经死了。那种悲伤会先出现在你的胃里，然后从内部敲打着前额。我一度将其挡在体外的黑暗如波涛般席卷而来。

隧道尽头般的景象。我多年以来，一直裹在厚厚的玻璃罩里浑浑噩噩，不让现实有机会闯进来。药物带来的幻觉从童年期就推着我往前走，泛着松弛缓慢的波浪，让我躺在维加斯的粗糙地毯上冲着吊扇大笑不止。但我现在已经笑不出来了，像《瑞普·冯·温克尔》的主人公那样皱着眉，把头磕在地上，却已经迟了一百年。

有什么办法能让一切恢复正常？什么办法都没有。从某个角度说，鲍里斯拿走画是帮了我的忙——我知道，大多数人都会这么想。我没有危险了，没人会来怪我，我之前所面临的问题大部分都这样一笔勾销。我知道，神智正常的人都会因为甩掉这个烫手山芋而高兴，但我从来没感觉到这么强烈的绝望、羞愧和自我痛恨。

店里温暖而让人疲惫。我坐立不安，不停地站起来又坐下，走到窗边又走回来。所有东西都令我惊恐。涂了清漆的滑稽戏小人鄙视地看着我。家具显得病恹恹的，失去了往日的安定和平衡。我有藏在上城的这个秘密，怎么还会觉得自己能变成一个更好的人，比以前更睿智，境界更高，更有能力，更有活着的价值？可我确实这么觉得。画让我觉得自己没那么平凡，没那么渺小。它是我的支柱和证明，是我的养分和总结。它是撑起整座教堂的基础。它的突然消失让我痛苦地发现，我成年后一直都在不知不觉中仰仗着它，仰仗着那股隐秘而激烈的喜悦——那是种坚定的信仰，我相信自己的整个人生都建立在一个秘密上，随时都有可能被它毁灭殆尽。

11

下午两点，霍比回来了。他和普通客人一样从街上拐进门，唤响一阵铃声。

“啊，昨晚可真是惊喜。”他在雨中冻得脸颊发红，脱下雨衣抖了抖上面的水。他穿着漂亮的旧西装，领带打了温莎结，一身去参加拍卖会的行头。“鲍里斯！”他的心情不错，显然在拍卖会上收获颇丰。他不会出高价去抢想要的东西，但如果竞争不算激烈，也没别的人拍，他总能买到一些相当不错的货。“你们狂欢了一整夜吧？”

“啊。”我缩在角落里小口喝着茶，头疼欲裂。

“听过他那么多事，真正见到他感觉还挺奇怪的。就像见到书中的角色。我一直把他想象成《雾都孤儿》里的扒手道奇——你知道吧——那个男孩，街头小混混。演员叫什么来着，杰克什么的。破破烂烂的外套，脸上都是土。”

“相信我，他那时的确脏得够呛。”

“嗯，要知道，狄更斯并没告诉我们道奇后来怎么样了。谁知道呢，说不定他后来长成了一个受人敬仰的商人？波帕都快疯了，我从没见过哪只动物高兴成那样。

“哦，对了——”他半转过身叠着大衣，没注意到我听到波帕的名字后僵住了，“我差点忘了，凯西打电话来着。”

我没说话，我说不出话。我一次没想到波帕。

“挺晚时打来的，十点左右吧。我告诉她你碰见了鲍里斯，回来又出去了，这样可以吧？”

“嗯。”我艰难地挤出声音，挣扎着整理思绪，脑子里同时闪过好多可怕的念头。

“我要提醒你什么来着？”霍比用手指按住嘴唇，“她给我的任务。让我想想。

“我想不起来了，”他愣了一会儿说，摇摇头，“你给她回个电话吧。我只记得你们今晚要去谁家吃饭。八点开始！我想起来了。但我不记得在哪儿。”

“朗斯特里特家。”我说，心沉下去。

“好像是。总之，鲍里斯！真有趣，他很有魅力。他回来待多久？在城里待多久？”他见我不回答，又耐心地问了一遍。还好他看不到我的脸，我正惊恐地望着街道。“我们应该请他过来吃个饭，你觉得呢？你要不问问他什么时候晚上有空？我是说，如果你愿意的话，”他说，我仍然没有回答，“看你了。决定了告诉我一声。”

12

又过了两个小时左右，我仍然身心疲惫，因为头痛而泪流不止，苦苦思索着该怎么把波帕弄回来，又得编个理由解释它为什么不在家。我把它落在商店门口了？有人把它抱走了？这太假了：外面下着大雨不说，波帕已经很老了，一被拴狗绳就脾气暴躁，我遛它的范围不会超过门外的消防栓。去美容梳毛了？波帕专属的宠物美容师是位看起来很穷的老太太，名叫西西莉亚，工作地点就是她自己的公寓。她总会下午三点就把它送回来。兽医？首先，波帕没生病（它如果生病了，我为什么什么都没说？）。其次，它每次去的都是同一家医院。霍比从韦尔蒂和切茜时代起就认识麦克德莫特医生了，他的诊所就在这条街上。我为什么要带它去别的医院？

我呻吟了一声，站起身走到窗边。我的思考不停地进入同一条死胡同：再过一两个小时，霍比就会迷惑不解地走进来，在店里左右张望：“波帕呢？你看见它了吗？”整件事只会如此演进，没有逃脱的希望。你可以强制关机，再重新启动，但游戏仍然会死在同一个地方。“波帕呢？”没有作弊码。游戏结束。不可能绕过这个瞬间。

四处挥洒的雨帘变小了，湿漉漉的人行道闪着光，水滴从店铺的雨篷上淌下来，街上的行人纷纷抓住机会穿上雨衣，牵着狗冲出街角。我不管往哪儿看，都会在路上看到狗：意气风发的牧羊犬，黑色狮子狗，混血梗犬，杂种拉布拉多寻回犬，老态龙钟的法国斗牛犬，还有一对高傲的德国猎犬，高高扬起下巴，紧紧走成一列过街。我焦虑不安地走回椅边坐下，拿起克里斯蒂的拍卖会名录，啪啦啪啦地翻了一遍：可怕的现代水彩作品，难看的维多利亚青铜器——两只打架的水牛就要两千元，简直荒谬。

我该怎么对霍比解释？波帕又老又聋，有时会睡在犄角旮旯，听不见我们叫它。但很快就是它吃晚饭的时间了，我能想象霍比在楼上走来走去，看看沙发底下，打开皮帕的卧室门，在波帕爱去的地方四处找它。“波帕斯基？来啊，小家伙！吃晚饭了！”我能假装若无其事，和他一起四处寻找吗？我能迷惑不解地挠头吗？波帕神秘地消失了？百慕大三角？我的心慢慢沉下去，思绪又变得阴沉。门口的铃铛又响了。

“我都打算要养着它了。”

波帕全身都湿了，除此之外并没什么特别之处。鲍里斯把它放到地板上，它庄重地伸直腿。它在地上站定后，啪嗒啪嗒地向我走来，仰起头让我挠它的下巴。

“它可一点都没想你，”鲍里斯说，“我们过得开心极了。”

“你们干吗了？”漫长的沉默后，我说。我想不出还能说什么。

“大部分时间都在睡觉。久里把我们送了回去——”他揉了揉出现黑眼圈的眼睛，打了个哈欠，“我们俩一起睡了个好觉。你知道它的样子——在我头上蜷成一团，像顶毛毡帽似的。”波帕从不会枕着我的头睡觉，那种方式仅限鲍里斯。“然后我们醒了，我洗了个澡，出去遛了它一圈——没多远，它不想走太远。然后我打了几个电话，和它一起吃了个培根三明治，就坐车回来了。听着，我很抱歉！”我没回答，他冲动地说，伸手捋过乱糟糟的头发，“真的。我会补偿你的，好好补偿，我一定会的。”

沉默压抑得让我难以忍受。

“你昨晚玩得还开心吗？我可开心坏了。疯玩了一夜！今天早上就没那么舒服了。你倒是说点什么啊。”他见我不回答，忍不住说，“我一整天都觉得特别难过。”

波帕嗅着地板穿过房间，走到水碗前，开始慢条斯理地喝水。很长一段时间里，室内只有它规律的舔水声。

“真的，西奥——”鲍里斯把拳头放到心口上，“我觉得差劲透了。我的这些感情——这种羞愧感——我都不知道该怎么形容。”我还是没有回答，他的语气更加严肃了。“是，我承认，我心里有一部分在问，‘为什么你非得毁掉一切不可，鲍里斯，为什么你就管不住这张嘴？’但我总不能继续撒谎瞒过去吧？你至少得承认我这点吧？”他焦躁地揉搓双手，“跟你说，我可不是个懦夫。我向你坦白了。我不想让你担心，什么都不知道。我会想办法补偿你的，我发誓。”

“为什么——”霍比在楼下开了吸尘器，但我还是压低了声音，就像以前赞卓拉在楼下，我不想让她听见我们在吵架，“为什么——”

“什么为什么？”

“你他妈的为什么要拿走？”

鲍里斯眨了眨眼，有点理直气壮。“因为有犹太黑帮整天跑到你家去，为什么！”

“不，这不是理由。”

鲍里斯叹了口气。“嗯，有一部分是因为这个——一小部分。放在你家安全吗？不！在学校也不行。我拿了本练习册，用报纸包起来，裹了好多——”

“我问的是你*为什么*要拿走。”

“我能说什么呢？我是个小偷。”

波帕还在大声舔水。我恼怒地心想，它今天玩得开心极了，可鲍里斯并没想起要倒碗水给它。

“还有——”鲍里斯耸耸肩，“我想要。嗯。谁不想呢？”

“为什么想要？”他没回答，我追问道，“为了钱？”

鲍里斯做了个苦脸。“当然不是。那种东西没法卖。不过——我得承认——我之前惹了个大麻烦，大概四五年前吧，我差点就把它给卖了，特别低的价格，几乎等于白送，就是想摆脱掉它。还好我没有。我当时进退两难，需要现金。可是——”他使劲吸了一下鼻子，抬手一抹，“那么卖出去一定会被抓住的。你也知道的吧？但是当成谈判条件就不一样了！把它当成抵押品，他们就会直接给货。

回头你把货卖掉或者怎么样，带着钱回去，把提成给他们，他们把画还回来，搞定。明白吗？”

我什么都没说，又翻起桌上的克里斯蒂名录。

“你知道那句老话，”他的声音既哀伤又带着哄骗之意，“‘只要有机会，谁都是小偷’。没人比你更懂这句话吧？我去你的储物柜里找午饭钱，然后就想：咦？哎哟？这是什么？把它拿出来再藏好很容易。然后我把练习册拿到考特库的手工课上，包成原来的大小，原来的厚度——胶带什么的都保持一致！考特库帮我贴的。不过我没告诉她我在干什么。这种事不能告诉考特库。”

“我还是不敢相信是你偷走的。”

“听着。我不会找借口。是我拿的。不过——”他胜利地微笑起来，“我一直很诚实吧？从来没撒过谎吧？”

“有。”我难以置信地顿了片刻，“有，你撒过谎。”

“你从来没直接问过我！你如果问了，我会老实回答的！”

“鲍里斯，少废话。你撒了谎。”

“好，但我现在可没撒谎，”鲍里斯说，无奈地环顾四周，“我以为你早就发现了呢！好多年前！我以为你知道是我拿的！”

我走向楼梯，卡扣跟在我身后。霍比关上吸尘器，房子里只剩下一片醒目的静寂。我不想让他听见我们的对话。

“我不是特别清楚——”鲍里斯使劲擤了一下鼻涕，看了一眼纸巾，皱起眉，“它现在应该在欧洲。”他把纸巾揉成一团塞进口袋，“热内亚，可能性不大。我猜不是在比利时就是在德国。荷兰也有可能。他们拿着它在那边更容易谈判，因为那儿的人更明白画的价值。”

“范围没有缩小多少。”

“哎，听着！它没去了南美，你就高兴吧！它如果去了南美，我保证你再也见不到它了。”

“你不是说它消失了吗。”

“我什么都没说，不过我应该能找出它的下落。*应该能*。但我没说一定能把它弄回来。我以前从来没和那些人打过交道。”

“哪些人？”

鲍里斯不自在地沉默着，目光落在地面上：斗牛犬的铁制雕像，成堆的书，很多块小地毯。

“它不会尿在古董上吗?”他问，冲卡扣点点头，“这么好的家具。”

“不会。”

“它以前在你家到处撒尿。楼下的地毯闻起来有一股尿味。我们出现之前，赞卓拉大概不怎么带它出去。”

“哪些人?”

“啊?”

“你和哪些人没打过交道。”

“这很复杂。你如果想知道，我回头给你解释，”他急切地补充，“但你我现在都累了，时机不太合适。我去打几个电话，回头再告诉你我知道些什么，好吗?我一有消息就回来告诉你，我发誓。对了——”他用手指点了点上唇。

“什么?”我愣了一下。

“这儿有个点，在你鼻子底下。”

“我刮胡子时割到了。”

“哦。”他站在原地，显得有些犹豫不决，仿佛还想再急切地道歉或发泄一番，但我们之间的沉默相当坚决。他把手插进兜里。“嗯。”

“嗯。”

“回头见。”

“哦。”他走出门后，我站到窗前，看着他低头躲过雨篷上滴下的雨水，漫步走远。他走到自以为我看不见他的地方之后，脚步马上轻快起来——我想他恐怕永远不会再出现了。

13

我的状态和死了差不多，再开着店也没意义——我的脑袋奇疼无比，心里痛苦得几乎看不清东西。虽然天色还亮，街上也有不少行人，我还是挂上“暂停营业”的牌子，拖着疲惫的身体爬上楼。波帕紧张地跟在我身后。脑袋那么疼，仿佛有锤子在里面敲。我躺在床上昏睡过去，赶在晚饭前休息几个小时。

凯西和我约好七点三刻在她母亲家碰面，然后再去朗斯特里特家。我早到了一会儿，一部分是想在赴宴前和她独处片刻，一部分是因为有礼物要给巴伯太太——一份罕见的展览目录，是我在霍比的房地产甩卖品里发现的：《伦勃朗时代的版画》。

“不用，不用，”我去厨房叫埃塔帮我去敲卧室门，她这么说，“她起来了。我不到一刻钟前给她送了点茶。”

巴伯太太的所谓“起来了”就是穿着睡衣和被狗啃过的拖鞋，身上披着一件很像歌剧老戏服的外套。“哦，西奥！”她说，整张脸都绽放开了，毫不设防，温暖得让我感动，让我想起安迪真正开心时的样子。这种时候不多——一次是他的纳格勒二十二毫米伸缩接目镜寄到了，还有一次是他开心地发现了在线角色扮演色情网站，上面有身材丰满的舞剑少女对阵骑士或巫师。“你可真好！”

“你没有这种东西吧？”

“没有——”她开心地翻了翻，“太棒了！你肯定不会相信，我上大学时在波士顿看过这场展览。”

“应该是场很不错的展览吧。”我说，靠到扶手椅上。我的心情愉快多了，一个小时之前我还觉得自己不可能如此。画的事和头疼都让我难受万分，想到要和朗斯特里特夫妇共进晚餐就满心灰暗，怀疑自己根本撑不过这个晚上——吃着热腾腾的蟹酱，听弗罗斯特讲着对经济形势的看法，而我只想一枪崩出自己的脑浆。我想给凯西打电话，让她托辞说我病了，去她公寓里在床上共度一晚。但我打的电话没人接，发的短信和邮件没人回，说的话都直接进了语音信箱——凯西出门时经常会发生这种让人恼火的情况。“我该换个手机了，”我抱怨她经常失联时，她气恼地说，“现在这个坏了。”我们一起逛街时，我多次叫她拐进苹果店去买个新的，但她总有借口：排队的人太多，有急事要走，没这个心情，饿了，渴了，要上厕所，下次再说吧。

我坐在床边闭着眼睛，因为无法联系上她而烦恼（我越是需要找她时，越找不到人），想着要不要直接给弗罗斯特打电话，说我病了。但我仍然迫切地想要见她，即便桌子对面就坐着我不喜欢的人。我为了下床去上城，度过这个晚上最折磨的一段时间，吞了些鸦片。对以前的我而言，这个剂量一点也不大。它没能彻底消除我的头疼，但让我心情不错。我已经有好几个月没这么精神焕发了。

“你和凯西要出去吃饭吗？”巴伯太太问，仍然开心地翻着我送的目录，“和弗罗斯特·朗斯特里特一起？”

“对。”

“他也在你和安迪的班上，是吧？”

“没错。”

“他不在那几个特别讨厌的男孩里吧？”

“呃——”高昂的精神状态让我特别宽容，“不算吧。”弗罗斯特呆呆傻傻的（“老师，树也算是植物吗？”），从来没能成功欺负过安迪和我，至少次数不算多，也没多少花样。“不过，嗯，你说得对，他也属于同一拨人，你知道的，坦普尔、萨普、凯文诺和谢弗南他们。”

“嗯。坦普尔。我记得他。还有那个凯布尔。”

“什么？”我说，有点惊讶。

“他后来可坏了，”她低头翻着目录说，“靠到处借钱活着……什么工作都干不长久，听说还犯了法，开了些没法兑现的支票。他母亲为了不让别人告他，可辛苦了。还有温·坦普尔，”她说，抬起头来，我没机会解释凯布尔不属于那帮欺负人的混蛋，“是他在浴室把安迪的头撞到墙上的。”

“嗯，是他。”对于浴室那次，我记得最清楚的不是安迪的脑震荡，而是谢弗南和凯文诺把我按倒在地，想把一管除臭剂塞进我的屁股里。

巴伯太太优雅地披着大衣，披肩搭在腿上，仿佛正坐着雪橇去参加圣诞聚会。她还在翻那本目录。“你知道那个坦普尔说了什么吗？”

“什么？”

“坦普尔那孩子。”她的目光还落在目录上，声音明朗，仿佛正和鸡尾酒会上的陌生人搭话，“他说的理由。他们问他为什么要打晕安迪时。”

“不，我不知道。”

“他说，‘因为我看着那家伙就生气。’听说他现在是个律师了，我希望他在法庭上脾气能好点。”

“温还不是最坏的，”我顿了顿说，“差得远着呢。凯文诺和谢弗南——”

“他母亲根本没听。拿手机发着短信，说是和客户有什么急事要处理。”

我低头看着衬衫袖口。我关店后，换了件新衬衫。如果说沉浸在鸦片里的那些年教会了我什么（更别提拿古董骗人的那些年），那就是刚洗好的衬衫和西装能极大地掩盖各种罪行。但吗啡片让我昏昏沉沉，在卧室里四处瞎转，一边穿衣服一边跟着埃利奥特·史密斯的音乐哼歌：“阳光……让我整日难眠……”结果（现在我注意到）一边袖子没卷好。而且我选的袖扣根本不成对，一边紫、一边蓝。

“我们可以告他们的，”巴伯太太心不在焉地说，“但最后没告。钱斯说他觉得告了会让安迪在学校的处境更困难。”

“嗯——”我没法在她面前悄悄挽好袖子，只能等到上出租车的时候了。“浴室那件事其实是谢弗南起的头。”

“嗯，安迪也这么说，坦普尔那孩子也这么说。但是真正打他的，真正引起脑震荡的，毫无疑问是——”

“谢弗南特别狡猾。他把安迪一把推到坦普尔身上——他们打起来时，谢弗南和凯文诺他们就站在更衣室另一头，笑得前仰后合。”

“啊，这我可不知道。不过大卫——”谢弗南的名字叫大卫，“他和别的孩子有点不一样，总是那么友好，那么礼貌，我们经常请他到家里来，他也一直带着安迪玩。你知道这边有很多孩子开生日宴会时——”

“嗯，可是谢弗南一直欺负安迪。因为他母亲总是拿安迪跟他比。逼他邀请安迪，逼他到你们家来玩。”

巴伯太太叹了口气，放下杯子。她喝的是茉莉花茶，我闻见了那股气味。

“哦，天知道，你比我更了解安迪。”她突然说，把外套的刺绣衣领拉紧了些，“我从来没有真的了解过他。在所有孩子中，他的某些方面是我最喜欢的。我真希望当时没有那么想让他变成另外一个人。你完全接受了他这个人，比他父亲和我，还有他哥哥做的都好。你看，”在之后冰冷的沉默中，她用同样的语气继续说，翻着目录，“这是圣彼得，领着孩子们离开耶稣。”

我顺从地站起身，走到她身后俯身看去。我知道那幅藏于摩根美术馆的铜版画，画面大而阴沉。画的名字叫《一百荷兰盾的版画》：传说伦勃朗被迫付了一百盾，把它从别人手中买了回来。

“他真特别，伦勃朗。就连那些宗教画也是如此——感觉就像是圣人降落人间，给他当了模特。这两位圣彼得——”她示意卧室墙上那幅小小的钢笔素描，“完全不同的两幅画，时间也差了好几年，但他们是同一个人，无论身体还是灵魂。如果他和许多其他人画的圣彼得排成一队，你也能一眼把他认出来，是不是？一样的秃顶，一样的脸——忠实，热切。全身都散发着善良的光，但总是带着一丝担忧不安。背叛者的微妙阴影。”

她仍然低头看着书，我的目光却被桌上安迪和他父亲的银框照片吸引了。那只是一张日常照，但带着不祥，有一种临时感和悲惨的感觉，没有哪位荷兰大师能凭技巧画出这样的构图。安迪和巴伯先生站在一片漆黑的背景前，壁灯里的蜡烛都熄灭了，巴伯先生的手里拿着一艘模型船。但他拿的似乎不是船，而是骷髅头，仿佛在预言什么，让我背后发凉。他们上方有个荷兰虚空派画家最爱的沙漏，旁边是一只光秃秃的时钟，上面写着罗马数字。黑色的指针：差五分钟到十二点。时间不够了。

“妈妈——”普拉特走进来，看到我后僵在原地。

“不用敲门了，亲爱的，”巴伯太太头也不抬，“你随时都可以进来。”

“我——”普拉特瞪大眼睛看着我，“凯西——”他似乎相当不安，抓紧军装大衣的口袋，“她被拖住了。”

巴伯太太显得有些慌张。“哦。”她说。他们对视了一会儿，似乎无声地交流了些什么。

“拖住？”我说，左右看着他们，“在哪儿？”

没有人回答。普拉特盯着母亲，张开嘴又闭上。巴伯太太自然地把书放到一边，没有看我：“嗯，你知道的，我想她今天是去打高尔夫球了。”

“真的？”我说，有些惊讶，“今天天气可不怎么样啊。”

“堵车，”普拉特急切地说，瞥了母亲一眼，“她堵在路上了。高速公路堵死了。她给弗罗斯特打过电话了，”他转向我，“他们会把晚餐推迟一些。”

“也许，”巴伯太太顿了顿，沉思地说，“也许你可以和西奥出去先喝一杯？嗯，”她冲普拉特坚决地说，然后交叠双手，仿佛此事已定，“我想这样最好。你们两个出去喝一杯。你！”她说，微笑着转向我，“你真是个天使！非常感谢你送我这本书，”她说，握住我的手，“这真是世上最美好的礼物。”

“不过——”

“嗯？”

“她不用回来换个衣服什么的吗？”我困惑地沉默了片刻后说。

“什么？”他们两人都看着我。

“她不是出去打高尔夫球了吗？她不应该先回来换个衣服吗？她不会穿着运动衣去弗罗斯特家吧？”我左右来回看着他们。谁也没回答。“我不介意就在这儿等她。”

巴伯太太沉思地噘起嘴，眼皮显得有些沉重——我马上懂了。她累了。她没想在这儿和我聊这么久，只是太礼貌了，没有说出来。

“不过，”我说，站起身来，“没关系，我也想喝杯鸡尾酒——”

沉默了一整天的手机在我的兜里大声响起来：有短信。我笨拙地摸索一番——我累得差点连外套口袋都找不着了。是凯西发来了短信，短信里充满表情符号：

“嘿，宝贝，我晚了一个小时！希望能赶上你！弗罗斯特和西莉亚推迟了晚餐时间，九点到他们家见，爱你！凯西。”

14

过了五六天，我仍然没从和鲍里斯共度的那天晚上恢复过来。一半是因为我要接待客户，参加拍卖会，看房产。另一半是因为我几乎每天都要和凯西去参加令人疲惫的社交活动：假日聚会，需穿正装出席的晚宴，去大都会歌剧院看《佩利亚斯与梅丽桑德》。我每天六点起床，过了午夜才入睡，有一天半夜两点才回家，基本没有独处的时间，（更糟的是）也没有和她独处的亲密时光。一般情况下，这会让我憋得发疯，但现在我要忙的事情太多，只能与疲惫感奋力搏斗，根本没有时间思考。

一整个星期，我都在期待周二凯西和女性朋友相聚的时刻——不是因为我不想见她，而是因为那天霍比也要出去吃晚饭，我总算有机会自己待在家里，吃点剩饭早早上床。但我晚上七点结束古董店的营业后，仍然有一些小事要处理。一位室内装潢师奇迹般地跑过来，询问一件过时昂贵、很难卖出去的锡镴器皿。它从韦尔蒂的时代开始，就一直在柜子顶层闲置落灰。我对锡镴了解不多，就翻出某期《古董杂志》，读着里面的相关文章。我关店后还不到五分钟，鲍里斯就从街上冲过来，敲了敲玻璃门。外面下着大雨，他裹在大衣里，只是个面目模糊的阴影。但我很熟悉他敲门的节奏，以前他会绕到爸爸家的庭院后面，轻快地敲击门窗，让我放他进来。

我开了门，他低头钻进店里，使劲晃了晃脑袋，雨水溅得到处都是。“跟我去上城吧？”他开门见山地说。

“我忙着呢。”

“哦？”他说，语气既慈爱又恼怒，好像受了伤害的小孩。我从书架前转过身。“你不想问问为什么？我觉得你会想去的。”

“上城哪儿？”

“我要找几个人谈谈。”

“谈什么？”

“对，”他语气明朗地说，吸着鼻子，又抬手抹了抹鼻子，“没错。你不用非得来，我可以带上我的手下陶利，但你如果想去就更好了，理由有好几个——卡扣，哟哟！”他说，弯腰抱起缓步走来欢迎他的狗，“我见到你也很开心！它喜欢培根。”他对我说，挠了挠波帕的耳后，又用鼻子蹭蹭它的后颈，“你会给它做培根吃吗？它也喜欢沾了好多肥油的面包。”

“跟谁谈？对方是什么人？”

鲍里斯拨开脸上浸湿的头发。“我认识的人。他叫霍斯特，是米里亚姆的老朋友。他也被这桩交易给坑了——说实话，我不觉得他能帮上忙，但米里亚姆说跟他谈谈又没什么损失，我想她说得也对。”

15

在去上城的路上，我们坐在豪华轿车后排，雨大得久里必须大喊，我们才能听清他的话（“这什么鬼天气！”）。鲍里斯低声向我介绍霍斯特。“很悲伤的故事。他是德国人。很有意思，聪明又敏感。他的家族位置还挺高的……他之前讲过，不过我忘了。他爸爸是混血美裔，给他留了一大笔钱，不过他妈妈再婚之后——”他提起了一个世界闻名的商人，名字里带着纳粹黑暗时期的回音。“数不过来。你简直无法想象这些人有多少钱。在钱堆里打滚，拉的都是钱。”

“嗯，这可真是个悲伤的故事。”

“哎——霍斯特是个瘾君子。你知道我——”他哲学家似的耸了一下肩，“我不会评判别人什么的。你想干吗就干吗，我可不在乎！但霍斯特——真的很伤感。他爱上了一个嗑药的姑娘，他因为那个姑娘染上了毒瘾。那个姑娘买什么都让他付钱。霍斯特没钱了，她就消失了。霍斯特的家人多年前就跟他断了联系。但他还是为了这个没救的姑娘掏心掏肺。我说姑娘，但她应该快四十岁了吧。名字叫乌尔莉卡。霍斯特弄到一点钱，她就回到他身边待一阵，然后再消失。”

“他跟这事有什么关系？”

“霍斯特的熟人萨沙为这次交易供货。我见过萨沙这个家伙，他看起来还行，但我不了解他。霍斯特跟我说，他从来没和萨沙的人面对面做过交易，但我急于出手，就没好好调查，结果——”他扬起双臂，“砰！米里亚姆说得对，她总是那么正确——我应该听她的。”

雨水在车窗上成条状淌下，如水银般沉重地流动，将我们关在车里。灯光在外面闪烁融化，让我想起以前在维加斯，鲍里斯和我坐在雷克萨斯后座上，跟着爸爸去洗车。

“霍斯特一般挺挑剔交易对象的，所以我以为没问题。不过——他不肯说太多，你明白吧？他说这回‘不一样’，‘不传统’。谁知道那是什么意思？我去了，发现那帮人简直是疯子。我是说拿枪打鸡那样的疯狂。在这种情况下，就得保持冷静，保持沉默！他们似乎——看电视看多了，然后觉得就该像电视里那么干？在这种交易里，一般所有人都会显得特别礼貌，嘘——嘘，特别平静！米里亚姆说——她总是那么正确——别管枪的事了！这帮人居然在迈阿密养鸡，这就够疯狂的了。这本来是件小事，但那儿可是家家都有按摩浴缸的地区，到处都是网球场，你懂吧，谁会养鸡啊？邻居听到鸡叫会报警的！可是这时候——”他耸耸肩，“我已经去了。我已经在那儿了。我叫自己别太担心，结果发现担心是正确的。”

“后来呢？”

“我也不太清楚。我拿到了约定货物的一半，他们说会在一周内将剩下的给我。这还算正常。但是后来他们被抓起来了，我没拿到后面那一半，也没拿回那幅画。霍斯特——嗯，霍斯特也想把它找回来，他也损失了不少货。总之，我希望他得到的消息能比我们上次见面时多一点。”

16

久里把我们放在第六十街附近，这里离巴伯家不远。“在这儿？”我说，甩了甩霍比的伞。我们站在第五大道的某座石灰岩联排别墅门口，正对着两扇黑色的铁门，铁门上面有一对巨大的狮子头门环。

“对，这是他父亲的房子——他家其他人都想通过合法途径把他赶出去，祝他们好运，哈。”

我们按了门铃，门开了，我们坐升降机上了二楼。我闻到一股熏香、大麻和意大利面调味酱混合的气味。一位瘦高的金发女人开了门。她留着短发，眼睛很小，面容和骆驼一样安详，着装像旧时代的报童或街头流浪儿：犬牙格长裤，短统靴，保暖衬衫，吊裤带。她戴着本·富兰克林式的金边眼镜，眼镜快要从鼻尖滑落。她不发一言地给我们打开门，随即转身走开，把我们留在潮湿肮脏的客厅里。这个房间有舞厅那么大，仿佛弗雷德·爱斯塔尔电影里的上流社会布景，只是被人遗弃多时：高高的天花板，四处剥落的石膏，三角钢琴，破损了一半、脏兮兮的水晶吊灯，宽广的好莱坞式楼梯上满是烟头。远处低低播放着苏菲派伊斯兰音乐。有人用炭笔在墙上一连画了好几个真人大小的裸体像，画像沿着楼梯一路延伸上去，仿佛定格的电影画面。屋里没几件家具，只有一个饱经老鼠啃咬的日式床垫，几把椅子，几张桌子，看起来都像是从街上捡回来的。墙上挂了几个空空如也的相框和一只公鸡的骷髅头。电视上放着动画片，画面闪烁、喷溅而出，就像癫痫发作，带着字母的几何图形旋转而过，偶尔又闪过实景赛车画面。除了电视和金发女人其中消失的那个门口，屋里仅剩的光源是一盏台灯，台灯投下边缘清晰的白色光圈，照亮了融化的蜡烛，电脑线，倒空的啤酒罐和便携煤气罐，从箱子里散落出的油画棒，很多产品目录，德文和英文的书（包括纳博科夫的《绝望》和撕掉了封面的海德格尔的《存在与时间》），素描本，艺术书籍，烟灰缸和烧焦的锡纸，一只脏兮兮的枕头和睡在上面的灰色条纹猫。门框上方挂了一对鹿角，仿佛是从德国黑森林猎人小屋里拿来的胜利品，变形的阴影在天花板上蔓延开去，增添了这里邪恶的北欧童话的气息。

隔壁房间传来谈话声。窗户都被薄薄的床单挡上了，透出一股散漫的紫光。我环顾四周，黑暗中的物品轮廓渐渐浮现出来，显露出一股梦幻般的奇异感。首先，房间中央有一块地毯挂在钓鱼线上，从天花板垂下来，将大厅分成两个隔间。我仔细看去，发现那是条挂毯，质量相当不错，历史至少能追溯到十八世纪。它应该是两条成对的挂毯之一，另一条在某次拍卖会上的估价达到四万元。墙上的相框也并非全是空的。有些里面有画，有一幅——即便是在微弱的光线下——看起来像是柯罗的作品。

我正想走过去好好看看，一个男人出现在门口。他的年龄可能是三十到五十之间的任意一个数字，模样疲惫，四肢修长，淡金色的直发梳到脑后，黑色朋克牛仔裤的膝盖处破了洞，难看的英式突击队毛衣外面披了件不合身的西装外套。

“你好，”他低声对我说，英式口音里带着一丝德国风味，“你一定就是波特。”然后他转向鲍里斯：“真高兴你出现了。你们应该在这儿多待会儿。坎迪、尼埃尔正和乌尔莉卡一起做晚饭。”

我脚边的挂毯后面有什么东西动了动，我不禁迅速退开一步。地板上出现了包袱般的形状，露出好几个睡袋，伴随着一股流浪汉的气味。

“谢了，我们还有事，”鲍里斯说，抱起猫，挠着它的耳朵后面，“不过那瓶酒给我来点，谢了。”

霍斯特无声地把自己的杯子递给鲍里斯，然后用德语冲隔壁房间喊了句什么。他对我说：“你是个古董交易商，没错吧？”在电视的光芒中，他如海鸥般呆滞的淡色眼睛目光严厉，一眨不眨。

“对，”我不自在地说，又说道，“呃，谢谢。”另一个女人拿着一瓶酒和两个杯子出现了，一杯给霍斯特，一杯给我。她留着棕色的波波头，穿着黑色高靴，裙子短得露出了雪白大腿上黑猫的刺青。

“谢了，宝贝。”霍斯特说，转向鲍里斯：“你们两位要上来吗？”

“暂时不了，”鲍里斯说，俯身亲了一下转身离开的黑发女人，“我问你，你从萨沙那儿听说了什么没有？”

“萨沙——”霍斯特坐到日式床垫上，点了根烟。破洞牛仔裤和战斗军靴让他看起来像个四十年代的好莱坞电影演员，饱经风霜的中欧二流明星，专门扮演悲情小提琴家和有文化的疲惫难民。“说好像到了爱尔兰。要我说，这是好消息。”

“听起来不太对劲。”

“我也觉得，我找人问过了，到现在为止还没发现有什么不对劲。”他说起话来完全像个瘾君子，声音低沉，呼吸节奏紊乱，表明心律不齐，但发音并不含糊。“所以，我觉得应该很快就会有新消息。”

“尼埃尔的朋友？”

“不，尼埃尔说她从来没听说过他们。至少是个开始。”

酒的味道很糟，大概是超市里卖的西拉葡萄酒。我不想靠近地板上躺着的人，就走到破破烂烂的桌边，看着上面成排的艺术石膏像：男性躯干；维纳斯披着纱靠在石头上；一只穿着凉鞋的脚。在阴暗的灯光下，它们看起来就像珍珠画店里减价的石膏像，摆在画室里给学生练习素描的那种。但我伸手抚过那只脚，感到了大理石的圆润和丝般的光滑质感。

“为什么要带到爱尔兰去？”鲍里斯不安地说，“那儿有什么收藏市场？我以为大家都想把东西带出爱尔兰，而不是运进去。”

“嗯，萨沙觉得他是想拿那幅画还债。”

“这家伙在爱尔兰有关系？”

“显然。”

“我很难相信。”

“什么，在爱尔兰的关系？”

“不，欠债这回事。这家伙——我感觉他六个月以前还在街上偷轮毂罩呢。”

霍斯特微微耸肩，眼神困倦，额头皱了起来。“谁知道。不清楚那是不是真的，但我不想把全部赌注押在运气上。我会愿意为了它砍掉一只手吗？”他说，懒洋洋地把烟灰弹到地板上，“不。”

鲍里斯冲着酒杯皱眉。“他不懂行。相信我。你如果见到他，也会这么想。”

“嗯，但他喜欢赌博。萨沙是这么说的。”

“你觉得萨沙会隐瞒了什么吗？”

“我觉得不会，”他的态度有些疏离，仿佛在自言自语，“‘等着瞧吧。’他是这么说的。这个回答并不能让人满意。要我说，这里面一定有鬼。但我也说过了，我们还没查到底呢。”

“萨沙什么时候回来？”房间里昏暗的光线让我瞬间回到在维加斯的童年，像刚醒来时还在回味梦境一样暧昧：缭绕的烟雾，地板上的脏衣服，鲍里斯的脸随着电视的光芒时白时蓝。

“下周吧。我会给你打个电话。你可以直接跟他谈。”

“好，但我想我们应该一起跟他谈。”

“嗯，我也这么想。我们以后不会这么傻了……这件事本来不必搞成这样……总之，”霍斯特说，心不在焉地慢慢挠着头，“我不想逼他太紧，你明白吧？”

“这对萨沙来说可是个好消息。”

“你在怀疑什么？告诉我。”

“我觉得——”鲍里斯把目光转向门口。

“嗯？”

“我觉得——”鲍里斯放低声音，“你对他太宽容了。是是——”他举起双手，“我知道。可是——听起来太简单了，他那边的人消失了，一点线索都没有，他什么也不知道！”

“嗯，也许吧。”霍斯特说。他看起来漠不关心，一半心思都在别的地方，像个随时要照顾婴儿的父亲。“这件事也压在我头上——压在我们所有人头上。我和你一样想查个清楚。根据我们现在理解到的情况来看，那家伙说不定是个警察。”

“不，”鲍里斯坚决地说，“他不是。他不是。我看得出。”

“嗯——跟你说实话，我也觉得不是，事情比我们了解得要复杂得多。不过，我还抱有希望，”他从那张艺术桌上拿过一个木盒子，在里面摸来摸去，“你们两位真的不想来点什么？”

我转开目光。我太想来点了。我还想去看看那幅柯特的画，但我不想从地上那几个人中间穿过去。我注意到房间对面还有几幅画挂在壁板上：一幅是静物，一幅是远处的风景。

“想看就过去看吧，”说话的人是霍斯特，“拉勒平是假货，克莱兹和贝尔赫姆都可以卖给你。”

鲍里斯大笑起来，拿了霍斯特的一根烟：“他不是这行的。”

“是吗？”霍斯特和气地说，“那两幅全买走，我可以给你打个折。卖家急于出手。”

我走近了去看：静物，蜡烛和半满的葡萄酒杯。“克莱兹·海达？”

“不——彼得。不过——”霍斯特放下木盒，走到我身边，拿起台灯，让两幅画都暴露在刺眼明亮的光线下，“这里——”他抬手划了个弧线，“烛光的这个倒影？还有桌子的边缘，这桌布？挺像海达状态不佳的时候。”

“真美啊。”

“是啊。它那个类型的美。”他就在我身边，身上传来一股长期没洗澡的气味，还有进口商店灰尘的气味，像是中国匣的内部。“对于现代口味来说有点平淡了。这种古典的感觉，太刻意了。不过贝尔赫姆很棒。”

“这儿有好多假的贝尔赫姆啊。”我语调中立地说。

“对——”台灯照到静物画上的光有点发蓝，略带惊悚，“但这幅很不错……意大利，一六五五……这些赭石色很美吧？我觉得克莱兹他们就要略逊一筹，时期太早了，不过这两幅的归属记录无可挑剔。能两幅一起收藏就好了……从来没分开过，这两幅。像父子一样。在一个古老的荷兰家庭里代代相传，战后流落到奥地利。彼得·克莱兹……”霍斯特把灯举高了些，“克莱兹的水平参差不齐，说实话。技巧很棒，表面工艺也很棒，但这里有点不对劲，你觉得呢？构图不太完整，有点颠三倒四。而且——”他用大拇指示意帆布上的明亮反光：清漆涂得太多了。

“我同意。还有这儿——”我凌空指出一道难看的弧线，有人清洁画面时心太急，划掉了一小片颜料。

“是啊，”他看我的眼神和蔼可亲，睡意蒙眬，“没错。是丙酮。不知道是谁干的，应该把他一枪打死。不过像这样状态不佳的中等画作，就算作者不详，也比大师级的作品价值更高，很讽刺吧，至少是在我眼里的价值。特别是风景画，特别特别好卖。有关当局也不太会注意到……光听描述也很难认出是哪幅……仍然能卖上几十万元。不过，法布里蒂乌斯——”一阵轻松漫长的沉默，“那就是另外一个级别的作品了。那是经过我手里的最棒的一幅画，我可以毫不犹豫地这么说。”

“嗯，所以我们才这么想把它找回来。”鲍里斯在阴影里嘟囔。

“实在无与伦比，”霍斯特诚恳地说，“像这样的静物——”他慢慢挥了一下手，示意那幅克莱兹（黑乎乎的指甲，手背的静脉上有好多伤疤），“嗯，所有细节都是错视画法。技术很棒，但抠得太细了。过分精确，那就等于给作品判了死刑。所以法语里才把静物叫作‘死去的自然’，是吧？可是法布里蒂乌斯……”他轻轻往后退了一步，“我知道与《金翅雀》相关的艺术理论，我很熟悉，大家都说它是错视画法，如果从远处看，确实如此。但我不在乎那些艺术史专家怎么说。是，有些地方确实用了错视画法……后面的墙，那根栖木，黄铜上的亮光，可是其他地方呢……胸上的羽毛，像活的一样。蓬松光滑。柔软，太柔软了。克莱兹会把那种细致的描绘一直画下去，画到死——胡格斯特坦那样的画家更夸张，会一直画到棺材的最后一根钉子钉上。可是法布里蒂乌斯……他是在开这种画法的玩笑……对所谓错视画法的大师级讽刺……因为画上的其他部分——鸟头，翅膀，一点也不生动，也不真实，他非常巧妙地把画拆开了，告诉我们他到底是怎么画的。笔触的点和面，形状明显，都是一笔一笔画出来的，特别是脖子的轮廓线，结结实实的一笔颜料，非常抽象。这就是为什么他是天才。在他那个时代不太出众，到现在就不一样了。那幅画同时给了人两种感觉。你看得见笔触，看得见颜料，同时也看得见那只活鸟。”

“是，嗯，”鲍里斯在灯光照不到的黑暗里呻吟了一声，咔地合上打火机，“如果没有颜料，就没东西可看了。”

“一点没错，”霍斯特转过头，脸上半明半暗，“那副法布里蒂乌斯是个笑话。它本质上是个玩笑。所有最伟大的大师都是这么做的。伦勃朗。委拉斯凯兹。后期的提香。他们都会开玩笑，给自己找乐子。他们建造起一幅幅幻象、骗局，可是你靠近了看，就会发现他们把心思全都融进了笔触之中。抽象，神秘。另一种更深沉的美。既是画的那个对象，又不是它。我要说，一幅小画就能让法布里蒂乌斯跻身于世上最伟大的画家之列。他在《金翅雀》这么小的空间里就创造出了奇迹。不过我得承认，我第一次把它拿在手里时——”他转身看着我，“吃了一惊。因为它那么沉。”

“是啊——”我隐隐感到一阵喜悦，因为他注意到了这个细节而开心。这个细节对我格外重要，因为它串联起我童年时的梦境，唤醒了情感上的弦——“画板很厚。相当有分量。”

“有分量。没错。就是这样。还有背景——比我小时候看到的黄色淡多了。这幅画被人清洁过了——应该是九十年代初期吧。它经过一些保养处理，显得更亮了。”

“不太清楚。我没见过以前的样子。”

“嗯。”霍斯特说。鲍里斯吐出的烟在黑暗中袅袅升起，衬得我们所在的光圈像个夜半歌舞台。“我说得也不一定对。我第一次见到它时，大概才十二岁。”

“嗯，我第一次见到它时也是那个年纪。”

“嗯，”霍斯特无奈地说，挠了挠眉毛，露出手背上硬币大小的淤青，“那是我爸爸唯一一次带我出差，我们去了海牙。会议室里冷得像冰窖，外面的叶子一动不动。没安排的那个下午，我想去椎福利艾特游乐园，但他带我去了莫瑞泰斯皇家美术馆。那是很棒的美术馆，有很多伟大的画，但我唯一记得的就是你的《金翅雀》。那是幅很吸引小孩的画，没错吧？《金翅雀》。我最先听说的是它的德语名。”

“嗯，嗯，嗯，”鲍里斯在黑暗里无聊地说，“我简直就像在看教育频道。”

一阵沉默之后，我说：“你也做现代艺术买卖吗？”

“嗯——”霍斯特用疲惫冰冷的眼睛看着我。“做买卖”不算正确的说法，他似乎对我的用词感到好笑。“有时候吧。最近有过一幅库尔特·施维特斯——还有一幅斯坦顿·麦克唐纳·怀特，你听说过后面这个人吗？挺不错的画家。取决于我能拿到什么。你做过古画生意吗？”

“很少。艺术交易商都抢在我前头。”

“遗憾。这一行很看重是否方便转运。我有不少中等画作，如果能搞到站得住脚的书面文件，就能顺利卖掉。”

厨房里传来蒜香和锅碗的碰撞声，隐约混杂着摩洛哥露天市场般的尿味和熏香味。单调的苏菲音乐在黑暗中围绕着我们，不停对着神圣的存在咏唱。

“这幅拉勒平怎么样，仿得不错吧？有个加拿大人接这方面的订单，他挺有意思的，你一定会喜欢他。波洛克、莫迪里阿尼都仿——你想要作品的话我可以帮忙介绍。我做这种生意赚不到什么钱，不过如果能将画挂到合适的房子里，应该能赚上一笔。”他沉默片刻，又自然地往下说：“以前，我有很多意大利作品。但我更喜欢北边人的作品。这幅贝尔赫姆就是很好的例子。不过当然，这些画着断柱和挤奶姑娘的意大利风景画不太合现代人的胃口，是吧？我非常喜欢这幅冯·戈延。不过这幅不卖。”

“冯·戈延？我还以为是柯罗。”

“是啊，你从这儿看的确会这么想，”我的话让他很高兴，“他们俩挺像的，文森特也曾这样说过——你知道那封信吗？‘荷兰的柯罗’？雾气里的柔和感和开放感是一样的，你明白我的意思吗？”

“你是——”我刚想问出古董交易商经常问的问题，也就是“你是从哪儿搞到的”，但最终并未问出口。

“很棒的画家，作品很多。这是特别美的一幅，”他带着收藏家的骄傲说，“近看有许多有趣的细节——小小的猎人，吠叫的狗。还有——这很典型——他在船尾上签了名。很有魅力。你如果不介意的话——”他冲挂毯后面的几个人点了一下头，“你可以绕过去。不会打扰他们的。”

“不，可是——”

“不——”他抬起一只手，“我明白。要我帮你拿过来吗？”

“嗯，我很想看看。”

“我得说，我太喜欢它了，所以不愿意卖。他自己也是个画商，冯·戈延。很多荷兰大师都是。扬·斯特恩、维米尔、伦勃朗。可是扬·冯·戈延——”他微笑起来，“像我们的朋友鲍里斯一样，对什么都要插把手。画、房地产、未来大热的郁金香。”

鲍里斯在暗处发出不满的咕哝声，似乎打算说些什么。突然有个一头乱发、骨瘦如柴的男孩从厨房跌撞着冲出来，看起来二十二岁左右，嘴里叼着一根老式水银温度计，抬手挡着台灯光。他穿着一件又大又怪的女式手织羊毛衫，羊毛衫像浴袍一样一直垂到膝盖。他的样子病弱混乱，衣袖卷了起来，用两根手指揉着小臂。下一秒，他膝盖一软，整个人倒在地上，温度计摔在木地板上，发出玻璃碰撞地面的声音，碎了。

“怎么……”鲍里斯说，摁熄香烟，站起来，猫从他的腿上跳进阴影里。霍斯特皱起眉，把台灯放到地上，光圈在墙壁和天花板上疯狂晃动。“阿奇，”他气恼地说，拨开眼前的头发，蹲下身去查看年轻人的情况。“你们都进去。”他不耐烦地对出现在门口的女人们说。她们旁边还站着一个表情冰冷的黑发保镖，保镖专注地望着这边。两个看起来不到十六岁的男孩目光呆滞地也看着这里。见这些人站在门口不动，霍斯特摆了一下手。“进厨房去！乌尔莉卡，”他对金发女人说，“回去。”

挂毯动了动，挂毯后面裹在毯子里的人影发出睡意蒙眬的声音：“啊？怎么了？”

“没事，接着睡吧。”金发女人喊道，转向霍斯特，用德语飞快急切地说起话来。

哈欠，呻吟。更远处的睡袋坐起来，糊里糊涂的美国英语：“哈？克劳斯？她说什么？”

“闭嘴，回去睡。”

鲍里斯捡起外套披上。“波特。”他说，我没回答，震惊地盯着在地上抽噎的男孩。他又叫了一声：“波特。”他拉住我的胳膊，“过来，走了。”

“哦，抱歉。我们之后再聊。快点，”霍斯特遗憾地说，摇晃着男孩一动不动的肩膀，装出父母责备孩子的语气，“这个白痴！傻瓜！他吃了多少，尼埃尔？”他对那个保镖说。后者重新出现在门口，冷静地看着这一切。

“我他妈的怎么知道。”爱尔兰人说，有些不安地歪了一下头。

“走了，波特。”鲍里斯拽着我的胳膊说。霍斯特侧耳去听男孩的胸口，金发女人走回来跪到他身边，检查男孩的气道。

他们用德语急切地交谈着，亚眠挂毯后面传来更多的声音和响动，挂毯突然被风吹得鼓起来：褪色的花朵，游园会，无数小仙女在喷泉和树藤之间嬉戏。我盯着旁边树后偷窥的森林之神，腿上突然传来一阵压力——有人从挂毯底下伸出手，抓住我的裤脚。我猛地向后退了一步。

脏兮兮的睡袋之一在地上开了口——里面的人把红肿的脸从挂毯底下探出来，用睡意蒙眬的深沉声音问我："他是个侯爵，亲爱的，你知道吗？"

我扯出裤腿，又向后退了两步。地上的男孩摇晃着脑袋，发出溺水的抽噎声。

"波特，"鲍里斯拿来我的外套，直接扔到了我脸上，"赶紧的！走了！回头见。"他冲厨房里喊，一扬下巴（漂亮的黑发女人出现在门口，伸手挥了挥："再见，鲍里斯！再见！"），把我推在身前，低头钻出门。"回头见，霍斯特！"他说，把手抬到耳边，做了个"回头给我打电话"的手势。

"回见，鲍里斯！抱歉！回头再聊！上去。"霍斯特说，爱尔兰人走过来，抬起男孩的另一只胳膊。他们合力将他抬起来，他的双脚无力地拖在后面。他们将他拽进隔壁房间明亮的门口——另外两个少年警觉地退到一边，鲍里斯的那位黑发女人用针管从小玻璃瓶里抽出液体。

17

我们坐着升降梯下楼，周围突然一片寂静，只有缆绳和齿轮的嘎吱声。

天已经放晴。"走吧，"鲍里斯对我说，紧张地瞥了一眼街道，从兜里掏出手机，"过街，快点——"

"怎么，"我说，我们快步走的话还能赶上绿灯，"你要打九一一？"

"不不，"鲍里斯心不在焉地说，抹了抹鼻子，环顾四周，"我不想站在这儿等车过来，我要叫他到公园另一侧去接咱们。我们走到那儿去。有时候这儿的孩子会一针得打太多，"他见我不安地回头张望，就解释了一句，"别担心。他会没事的。"

"他看起来可不像没事。"

"嗯，但他还在呼吸，霍斯特有盐酸纳洛酮。那东西会让他瞬间清醒的，跟魔法一样，你没见过吗？一下子就让药效消失了。他会感觉糟透了，但能活下去。"

“他们应该带他去看急诊。”

“为什么？”鲍里斯理智地说，“急诊室的人又能怎么办？给他盐酸纳洛酮，就这样。霍斯特比他们手脚还快。是——他会呕吐，觉得头上被人捅了一刀，但这也比等急救车强多了。哇，一把扯开衬衫，把氧气罩按在脸上，扇着他的脸把他叫醒，警察也来了，一切都那么不客气，像场审判——相信我，盐酸纳洛酮，那可是非常非常激烈的体验，醒过来时感觉已经够糟的了，更别提医院里的灯光那么亮，所有人都恶狠狠地盯着你，把你当垃圾看，‘瘾君子’，‘吸过量了吧’，全都是蔑视的眼神，可能不会让你回家，说不定会把你关在精神病房，社会工作者会闯进病房跟你讲上一大通‘生命如此可贵’，说不定之后还会有警察来看你——等一下，”他说，“等我一会儿。”他用乌克兰语讲电话。

一片黑暗。在街灯雾蒙蒙的光晕下，公园的长椅上落满雨水，雨水落到地上，滴答作响，树木黑漆漆、湿哒哒的。小径上积满潮湿的落叶，几名孤独的办公室白领快步回家。鲍里斯低着头，手插在口袋里，盯着地面。他挂了电话，对自己喃喃自语。

“抱歉，你说什么？”我说，侧眼瞥着他。

鲍里斯噘起嘴，摆了一下头。“乌尔莉卡，”他阴沉地说，“那个婊子。就是给我们开门的那个。”

我抹了一下眉毛，觉得虚脱而惊恐，一身冷汗。“你怎么认识这些人的？”

鲍里斯耸耸肩。“霍斯特？”他说，踢起一堆落叶，“我们认识好多年了。我是通过他认识米里亚姆的——是他介绍我们认识的，我很感谢他。”

“然后呢？”

“什么？”

“地板上那个呢？”

“他？摔倒的那个？”鲍里斯做了个“谁知道”的表情，“他们会照顾好他的，别担心。偶尔会这样，后来大家都没事。真的，”他说，语气急切了一些，“因为——听着，听着，”他用胳膊肘顶了顶我，“霍斯特让这些孩子去他那儿待着——经常换人，我每次去看到的人都不一样——有上大学的，有上高中的。大部分都是富人家的小孩，有学习基金啊什么的，愿意给他弄个艺术品啊画啊什么的，大概是从家里拿来的？他们知道可以去找他。因为——”他歪了下头，撩开头发，“霍斯特他小时候，就是——很久以前了，八十年代吧，他去附近的贵族学校上了一两年学，就是要求穿校服的那种地方，离这儿不远。他曾经把校服给我看过，在出租车里。总之——”他吸了吸鼻子，“地上那孩子可不是街上的什么流浪儿。他们不会让他出事的。但愿他吸取了教训。很多人都会有这么一遭。他打了那针盐酸纳洛酮，大概会感受到这辈子最难受的痛苦。坎迪是个护士，会照顾好他的。棕色头发的那个叫坎迪，”他说，见我不回答，又捅了我一下，“你看见她了吗？”他吃吃笑道，“这样——”他伸手在膝盖上凌空一划，示意她长靴的高度，“她可棒了。老天，我如果能把她从那个尼埃尔，那个爱尔兰人手里抢过来，我一定会抢。我们曾经一起去过康尼岛，就我们两个，我玩得开心极了。她喜欢织毛衣，你想象得到吗？”他狡黠地用眼角瞟我，“像那样的女人——你会觉得她喜欢织毛衣吗？但她就是喜欢！还说要给我织一件！很认真！‘鲍里斯，我随时都能给你织件毛衣。告诉我你喜欢什么颜色就行！’”

他想逗我开心，但我还没从震惊中恢复过来，没什么可说的。我们沉默着低头走了一阵。四周一片寂静，只有我们踏在漆黑公园小径上的脚步声，回音仿佛会回荡到永远。夜晚的城市在周围无边无际地展开，汽车喇叭和警报声听起来似乎离我们有半英里远。

“哎，”鲍里斯说，又瞥了我一眼，“至少我把这事想明白了，嗯？”

“什么？”我说，吓了一跳。我还在想那个男孩和我自己的类似体验：我在霍比楼上的洗手间里晕过去，额头在水池上撞出了血；在卡罗尔·隆巴德家的厨房地板上醒过来，卡罗尔尖叫着摇晃我。“还好只过去了四分钟，如果到了五分钟你还醒不过来，我就要叫九一一了。”

“我能确定，是萨沙拿走的。”

“谁？”

鲍里斯瞪着我。“乌尔莉卡的哥哥，好笑吧？”他说，把胳膊交叠到瘦弱的胸口，“两只靴子就是一对，你明白我的意思吗？萨沙和霍斯特关系很好，霍斯特听不得他的半句坏话——唉。你很难不喜欢萨沙，所有人都喜欢他。他比乌尔莉卡还友好，但我们两个一直不太合。霍斯特正直得像根线，大家都这么说，直到跟这两位混上。他学的是哲学……本来要接手爸爸的公司……现在变成这个样子。不过呢，我从来没想过萨沙会背叛霍斯特，再过一百年也想不到。你刚才在那儿的时候，听出点玄机来了吗？”

“没有。”

“嗯，霍斯特觉得萨沙的话跟金子似的，我可不这么想。我也不相信画已经到了爱尔兰。就连尼埃尔，那个爱尔兰人，也不这么想。乌尔莉卡又回来了，太讨厌了——我不能直接把这话说出来，因为——”他把双手深深插在兜里，“萨沙有这个胆子让我很惊讶，我可不敢告诉霍斯特，但我也想不出其他解释了——我觉得所有这一切，失败的交易，逮捕，和警察对上，都是萨沙放的烟雾弹，为了拿着画逃走。霍斯特身边总有十几个人跟他一起生活，他太温柔了，也太信任别人——他的灵魂很善良，你知道吗，总是看到别人最好的那一面——唉，他愿意让萨沙和乌尔莉卡偷他的，我管不着，但我可不会让他们偷我的东西。”

“嗯。”我只见过霍斯特这么短短一面，不过并不觉得他有多善良。

鲍里斯皱起眉，踢着地上的水坑。“不过有一个问题，我不知道萨沙安排来跟我见面的那个人真名叫什么。他自称‘特里’，这肯定不是真名。我也不用真名。这个‘特里’还说自己是加拿大人，他妈的骗谁呢！他是捷克共和国的，跟我一样，离‘特里·怀特’远着呢！我觉得他是个四处游荡的罪犯，说不定刚从监狱里出来——什么都不知道，没受过教育，就是个莽汉。我想萨沙大概是找他过来演戏的，交易做成了再给他分成——给的大概也就是花生米那么点儿。但我知道‘特里’长什么样，也知道他在安特沃普有关系。我会给樱桃打个电话，让他去查查。”

“樱桃？”

“对——他是我的手下维克多的熟人，他的鼻子很红，他的俄国名维特亚听起来很像俄语里的樱桃，所以大家都叫他樱桃。还有，俄国有名的肥皂剧《冬季樱桃》——哎，很难解释。我老拿这个剧开维特亚的玩笑，他特别不高兴。总之，樱桃谁都认识，能听到各种内部谈话。不管会发生什么事，两周以前你就能从樱桃那儿听说。所以别担心你的小鸟，好吗？我相信我们能搞定。”

“‘搞定’是什么意思？”

鲍里斯不耐烦地哼了一声。“因为这是个小圈子，懂吗？霍斯特说得一点不差，‘没人会买那幅画’。根本卖不出去。可是能在黑市上作为交易筹码。可以永远那么换来换去！值钱，好拿。在宾馆房间里交易就行。毒品，武器，姑娘，现金——用它换什么都行。”

“姑娘？”

“姑娘，小男孩，随你挑。听着，”他说，抬起一只手，“我可没干那行。我小时候差点就被人卖掉——乌克兰到处都是蛇头，至少以前是这样，每一个街口，每一个火车站都有。跟你说，你如果年纪小，过得又不开心，会觉得这好像是个挺不错的选择。那帮人看起来挺正常的，说是介绍你去伦敦的餐厅打工，给你办护照，出机票——哈。你回过神来时，已经被人拴在地下室里了。我永远都不会碰这方面的生意，这是错的。但这种事到处都有。画如果离开了我的控制，也离开了霍斯特的控制——谁知道它会被人用来交换什么？这群人拿着，那群人拿着。我想说的是——”他举起食指，“你的画不会落到什么狂爱艺术的政治家手里。它太有名了。没人会愿意买它的。为什么要买？买了能干什么用？没用。除非警察找到它——但他们还没找到，所以目前来说——”

“我希望警察能找到它。”

“嗯——”鲍里斯揉了一下鼻子，“是啊，真高尚。但我知道它一定会转手，而这个圈子又这么小。‘樱桃’维克多是我的好朋友，还欠我好多人情。所以，开心点！”他说，抓住我的胳膊，“脸色别这么惨白！我会很快联系你的，我保证。”

18

我站在鲍里斯放我下车的街灯下（“没法送你回家了！我迟到了！有地方要去！”），仍然心绪不宁，环顾左右才看清自己在哪儿——旁边就是阿尔温教堂多洞的灰色墙面，仿佛巴洛克时期可怕健忘症具现化后的实体。那些凹坑里的漫光灯，彼得罗相餐厅门口的圣诞装饰，都激起了我深埋心底的回忆：十二月，母亲戴着一顶绒线帽：“稍等宝贝，我跑到街角那边买点羊角面包当早餐……”

我呆呆地出了神，一个快步转过弯来的人直接撞到我身上：“小心点！”

“抱歉。”我说，眨了眨眼，让自己回过神来。虽然这是对方的错——他忙着讲电话，没有抬头看前面——街上好几个人都责备地看了我一眼。我困惑地喘着气，努力思考接下来该怎么办。我如果愿意坐地铁，可以坐地铁回霍比家，但凯西的公寓离得更近。她与室友弗兰西和艾米出去享受女生之夜了（发短信打电话都没用，这是经验，她们一般都会去看电影），但我有钥匙，可以进去喝一杯，躺到床上等她回家。

天晴了，冬季月亮透过雨云发出清亮的光芒。我往东走去，不时停下来招手试着打车。我不太习惯不先通知就去凯西那里，主要是因为我不太喜欢她的室友，她们也不怎么欣赏我。但就算有弗兰西和艾米在，我们在厨房里说着虚伪的客套话，凯西的公寓也是我在纽约能感到真正安全的地方之一。没人会去凯西那儿找我。房间里总有一种临时住所的气氛，她没放太多衣服，大部分衣服都摆在床脚行李架上的箱子里。由于一些难以解释的原因，我喜欢那里平静而空荡的隐秘感，四处散落着几张图案抽象的软垫，摆着从便宜品牌店里买来的现代家具。她的床很舒服，阅读灯光适中，屋里还有一台大屏幕等离子电视，我们可以躺在床上看电影。不锈钢外表的冰箱里总是堆满女性食物：鹰嘴豆泥和橄榄，蛋糕和香槟酒，很多傻里傻气的素食沙拉，五六种不同口味的冰淇淋。

我在兜里摸索了一阵，拿出钥匙，心不在焉地开了门（我想着公寓里有什么吃的，要不要点个外卖？她肯定自己吃过了，没必要等她），结果鼻子差点撞上门板——里面的门链挂上了。

我关上门，迷惑不解地站了一分钟。然后我又推开门，门链咣的一声扯直了：红沙发，相框里的建筑画，咖啡桌上点着一支蜡烛。

“有人吗？”我喊，又更大声地重复了一遍：“有人吗？”里面传来响动。

过了漫长的一段时间，艾米丽终于走过来透过门缝看着我，我敲门的声音已经大到足以引来邻居。她穿着一件出现了小洞的家居毛衣，图案狂野的裤子让她的屁股显得大了很多。

“凯西不在。”她淡淡地说，没有解开门链。

“嗯，我知道，”我不耐烦地说，“没关系。”

“我不知道她什么时候回来。”我第一次见到艾米丽时，她还是个胖乎乎的九岁小姑娘，在巴伯家的公寓里对着我撞上门。她从来毫不掩饰自己的意见：她觉得我配不上凯西。

“呃，你能让我进去吗？”我恼火地说，“我想进去等她。”

“抱歉，现在不太方便。”艾米丽仍然把麦棕色的头发剪得很短，留着刘海，和小时候一模一样。她下巴的固执角度也和二年级时别无二致，让我想起安迪以前有多么讨厌她，叫她“多痰”艾米，“喷剂”艾米。

“这太荒谬了。拜托。让我进去。”我不耐烦地说，但她只是无动于衷地站在门缝里，没直接看我的眼睛，目光落在我的脸颊上。“听着，艾米，我只是想到她的房间里躺一会儿——”

“我想你还是等会儿再来吧。抱歉。”她难以置信地沉默了一会儿后说。

“听着，我不在乎你在干什么——”另一个室友弗兰西至少还会装出友好的态度和我说话，“我不想打扰你。我只想——”

“抱歉。你还是走吧。因为，因为，你看，这儿是我的家，”她说，提高声音压过我的声音——

“老天。你不会是认真的吧。”

“——这儿是我的家，”她不自在地眨着眼，“这儿是我的地盘，你不能随时闯进来。”

“别开玩笑了！”

“还有，还有——”她也不高兴了，“听着，我帮不上忙，现在真的不方便，你还是走吧。好吗？抱歉，”她伸手关门，“宴会上见。”

“什么？”

“你们的订婚宴会。”艾米丽说，重新把门推开一道缝，看着我，让我看清她激动的蓝眼睛，然后就又关上门。

19

楼道里一片寂静。我在原地站了一会儿，盯着紧闭的门上的小孔。在寂静中，我想象着艾米就站在另一侧几英寸远的地方，和我一样使劲喘着气。

哈，到此为止，你当不成伴娘了。我心想，转身大步走下楼梯，发出一些夸张的声音，既愤怒又奇怪地兴高采烈。这件事证实了我对艾米所有不友好的猜测。凯西不止一次为艾米的“冒失”道歉，但这件事，拿霍比的话说——一锤定音。她为什么没去看电影？她在里面约会吗？艾米虽然脚踝很粗，长得也不好看，还是有男朋友的，一个名叫比尔、在花旗银行当经理的男人。

湿漉漉的黑暗街道发着光。我走出前厅，低头走到隔壁的花店门口，看了看手机，给凯西发了条短信，才往下城走。她万一正好看完电影，我可以在半路上和她见面，喝一杯（就我们两个人，不要其他女性朋友，毕竟我刚经过那样诡异的场面），然后拿艾米的行为开开玩笑。

泛光灯照亮的橱窗好像悬案里光线惨白的停尸间。在满是雾气的玻璃另一侧，兰花淌着水珠，伸展出的枝叶在排风扇吹出的微风里轻颤，白得像鬼魂、月光、天使。靠近门边摆着更加稀奇的植物，有些能卖到上千元：多毛的，藤蔓的，布满斑点的，造型好像獠牙、血迹和恶魔的，颜色从尸体上的霉菌到淤青的紫红都有。一棵巨大的黑色兰花底下长着灰色的根，像蛇一样从覆满青苔的花盆里钻出来。（"拜托，亲爱的，"凯西说，猜中了我的圣诞节计划，"别想了，它们都很好看，但我一碰就会死。"）

没有新短信。我飞快地又给她发了一条："嘿，给我打个电话，有事要告诉你，特别滑稽。"我为了确定她有没有看完电影，又打了一次她的电话。电话直接转入语音信箱。我在橱窗上看见一个人影，人影从花店深处的绿色丛林间一闪而过。我不敢相信自己的眼睛，转过身去。

是凯西。她低着头，穿着粉色普拉达大衣，和一个男人挽着手低声耳语。我认识他——我们已经好多年没见过了，但我一眼就认出了他，一样的肩膀角度，一样全身放松的步态——汤姆·凯布尔。他的棕色鬈发仍然留得很长，身上仍然穿着我们学校那些富人家愚蠢小孩会穿的衣服（特雷托恩牌休闲鞋，松松垮垮的爱尔兰式手织毛衣，外面没披大衣）。他胳膊上挂着葡萄酒商店的购物袋，凯西和我有时会去那家店买酒。但最让我震惊的是，凯西走路时一直和我握着手，保持着一点点距离，把我拽在身后，顽皮地晃着我的手，好像小孩在玩伦敦桥游戏——现在她却悲伤地紧紧依偎在他身旁。我难以理解地望着他们，头脑一片空白。他们在等绿灯，公交从他们身边呼啸而过，他们的注意力全都放在彼此身上，完全没有注意到我。凯布尔低声对她说话，揉了揉她的头发，然后转过身将她拉近，低头一吻。她回应了那个吻，带着吻我时从没有显露过的伤感和温柔。

他们要过马路了。我迅速转过身，在亮着灯的商店橱窗里也看得一样清楚。他们走进凯西的公寓，离我只有几步之遥。我看见的是——凯西很不开心，她低声说着话，声音嘶哑而充满感情。她侧身靠到凯布尔身上，脸颊贴着他的胳膊，他充满爱意地搂住她，轻轻捏了一下她的胳膊。我听不清凯西说的话，但那语气再明显不过了。她显得很悲伤，但同时对他表现出无比的喜悦，他对她也一样，他们的感情无可置疑。街上随便哪个陌生人都能看出来。他们走过我身边，黑漆漆的窗户上映出一对饱含爱意、互相依偎的影子。看见她抬手飞快地擦了下脸颊上的泪水，我不禁震惊地呆在原地眨着眼。我不知道她为什么哭，我忽然惊讶地想到，这是我第一次看见凯西哭。

20

那天晚上，我几乎没睡。第二天开店时，我太过心不在焉，盯着虚空看了半个小时，才想起没把“暂停营业”的牌子翻过来。

凯西一周两次的汉普顿之行。手机屏幕上闪过奇怪号码，接了就挂的电话。晚餐吃到一半，凯西对着手机皱眉头，直接关了机：“哦，只是艾米。哦，只是妈妈。哦，只是电话推销员，他们把我列为进攻对象了。”半夜传来的短信，潜水艇般的手机光，打在墙上的蓝色声纳脉冲。凯西光着身子跳起来关机，白色的腿浮现在黑暗里：“哦，打错电话了。哦，只是托迪，他在外面喝醉了。”

同样令我心碎的是巴伯太太。我很了解巴伯太太面对棘手情况时的轻柔应对手腕，她总是能在旁人看不见的幕后解决掉微妙的难题。她从没对我说过真正的谎话，但就我所知，她说的话都经过过滤和筛选。各种小事涌上我的心头，比如好几个月前，有人按了巴伯家的门铃，我不小心撞见巴伯太太用对讲机冲门卫急切地低声说：“不，我不管，别让他上来，让他在楼下等着。”过了不到半分钟，凯西看了一眼短信，跳起身来，突然宣布要带叮铃叮铃和克莱米出去遛一圈！我根本没多想，但巴伯太太脸上闪过一阵毋庸置疑的不快，等凯西咣当一声关上门后，巴伯太太又重新充满温暖和热情地转向我，握住我的手。

我和凯西约好今晚见面。我要陪她去参加一个朋友的生日宴会，之后再去另一个朋友的宴会上露一面。凯西没给我打电话，但发了条试探性的短信：“西奥，怎么了？我在工作。给我打电话。”我难以理解地盯着这条信息看，不知道该不该回——我能说什么？就在这时，鲍里斯冲进门。“有消息了。”

“是吗？”我心不在焉地愣了片刻后说。

他抹了抹额头。“要在这儿谈吗？”他说，环顾四周。

“啊——”我摇了摇头让自己清醒，“说吧。”

“我今天睡眠不足。”他说，揉了揉眼睛，头发乱糟糟地四处翘着，“得喝杯咖啡才行。不，没时间了。”他困倦地说，抬起一只手，“我也没时间坐下来跟你说。只能待个一分钟。不过，好消息——我有你那幅画的线索了。”

“什么线索？”我说，从凯西的迷雾里突然惊醒。

“嗯，很快就能知道了。”他吞吞吐吐地说。

“在哪儿——”我挣扎着集中注意力，“画没事吗？他们放在哪儿了？”

“我可回答不了这些问题。”

“它——”我无法理清思绪，深吸了一口气，用拇指在桌上画了一条线，让自己冷静，然后抬起头。

“嗯？”

“它需要特定的温度和湿度——你知道的吧？”听起来完全是别人的声音，“他们不能把它放在潮湿的车库之类的地方。”

鲍里斯以一贯的嘲弄态度噘起嘴。“相信我，霍斯特像照顾自己的孩子那样照顾那幅画。不过呢——”他闭上眼睛，“那些人就说不准了。遗憾地告诉你，他们都不是天才。只能祈祷他们有足够的脑子，不把它藏到披萨炉后面之类的地方了。开玩笑的。”他看见我惊恐的眼神，觉得好笑地补充了一句，“不过，根据我听到的消息，应该是被藏在一家餐厅里，或者是一家餐厅附近。肯定是在那栋楼里。之后再跟你说。”他抬起手打断我。

“在这儿？”我难以置信地愣了片刻，“在城里？”

“稍后再说。这不重要。不过还有一件事，”他用急切的声音说，环顾房间，越过我的头顶看了看后面，“听着，听着。我要告诉你的是这件事。霍斯特——他不知道你姓德克尔，今天在电话里问了我才知道。你认识一个叫卢修斯·里弗的人吗？”

我坐了下来。“怎么？”

“霍斯特让你离他远一点。霍斯特知道你是古董交易商，但他在知道你全名之前，没能把你和另外那件事联系起来。”

“另外什么事？”

“霍斯特不肯细说。我不知道你和这个卢修斯有什么关系，但霍斯特叫你离他远点，我想应该马上就告诉你。他和霍斯特在另外的一些事情上对上了，霍斯特让马丁去查他。”

“马丁？”

鲍里斯挥了一下手。“你没见过马丁。相信我，你如果见过，就会忘不了他。总之，你这行的人最好别惹上这个卢修斯。”

“我知道。”

“你跟他有什么过节？能告诉我吗？”

“我——”我摇摇头，没力气从头讲一遍，“很复杂。”

“嗯，我不知道他有没有抓住你的什么把柄。你如果需要我帮忙，随时说——我可是上赶着要帮你的忙。我敢说霍斯特也一样，他挺喜欢你的。昨天他可投入了，说了好多话！我想他不认识几个让他可以无忧无虑分享爱好的人。挺伤感的。可聪明了，霍斯特。他有很多可以跟你分享的东西。不过——”他瞥了一眼手表，“抱歉，我不想这么不礼貌，但我得走了——我觉得很有希望！我想我们应该能把它弄回来！所以——”他站住脚，握拳敲了一下肋骨，“要有勇气！我很快就回来找你。”

“鲍里斯？”

“嗯？”

“你的女人如果有外遇了，你会怎么做？”

鲍里斯已经开始走向门口，听到这句话一愣。“再说一遍？”

“你如果觉得你的女人有外遇了。”

鲍里斯皱起眉。“不确定吗？没证据？”

“是的。”我说，随即才想到这并不是真的。

“那你就得直接去问她，”鲍里斯坚决地说，“找个友好亲密的时刻，她毫无准备的时候。比如床上。时机对了，她就算撒谎，你也看得出来。她会失去撒谎的勇气。”

“这个女人不会。”

鲍里斯笑了起来。“啊，那你可是找了个好女人！难得的女人！她美吗？”

“嗯。”

“有钱吗？”

“嗯。”

“聪明吗？”

“嗯，很多人都这么认为。”

“无情吗？”

“有一点。”

鲍里斯大笑起来。“你爱她，没错。但不算太深。”

“为什么这么说？”

“因为你没生气，没发疯，也没痛哭流涕！你没大喊着要亲手掐死她！也就是说你的灵魂并没有和她的融合在一起。这很好。根据我的经验，你如果太爱一个人，最好还是离她远点。那样的人会杀了你。你如果想活下去，在这世上活得开心，那就找个拥有自己生活的女人，她也会让你拥有你自己的生活。”

他在我的肩上拍了两下就走了。我盯着银色的手机，对自己浑水般的生活产生了一股新的绝望。

21

晚上，我去了凯西的公寓。她没有平时冷静，同时说着好几件事：她看上一件新裙子，试了试又拿不定主意，先让店员帮她留着；缅因州下了暴雨，哈利叔叔打了电话过来，说岛上成吨重的古树被吹倒了，多可惜！“哦，亲爱的——”她可爱地绕过我的身边，踮起脚去拿酒杯，“帮我一下？”艾米和弗兰西都不见踪影，仿佛抢在我来之前和男友明智地躲了出去。“哦，没事，我够到了。哎，我有个好主意。去辛西亚家之前，咱们先去吃点咖喱吧。莱克斯街上的那家小店叫什么来着，你带我去过的，你喜欢的那家？店名叫什么来着？马哈尔什么来着？”

“你说跳蚤窝？”我语气呆滞地说。我都没把大衣脱下来。

“什么？”

“卖油乎乎的咖喱羊肉那家。客人中有好多让人抑郁的老头老太太，还有布鲁明戴尔百货店的售货员。”贾尔·马哈尔餐厅（它原来的名字）在莱克斯街某栋楼的二层，是家不容易找到的安静小店，现在的样子和我小时候毫无二致：一样的印度薄脆饼，一样的价格，窗边还是同一块被水泡过的粉色地毯，连服务员都是同一批人：和我记忆里一样的沉重、幸福或温和的脸。母亲和我看完电影，总会去那里吃顿萨莫萨三角饺和芒果冰淇淋。“好啊，为什么不呢。‘曼哈顿最凄惨的餐厅’。真是个好主意。”

她转身看我，皱起眉。“随便吧。‘俾路支人’离得更近。或者——看你想怎么样了。”

“哦？”我靠在门框上，双手插在大衣口袋里。我和世界一流骗子一起住过好几年，所以我回应时毫不留情面。“我想怎么样？真慷慨。”

“抱歉。我以为吃咖喱应该不错。当我没说。”

“没关系。你不用装了。”

她挂着空洞的微笑，抬头看着我。“你说什么？”

“别来这套。你非常清楚我在说什么。”

她什么都没说，美丽的额头微微蹙起。

“你也许应该吸取教训，以后跟他在一起时最好开着手机。你在街上时，艾米恐怕一直在给你打电话。”

“抱歉，我不明白——”

“凯西，我看见你们了。”

“哦，拜托，”她顿了顿后说，眨着眼，“你不是认真的吧？你说的不会是汤姆吧？说真的，西奥，”她在之后的死寂中又说，“汤姆是我很多年的老朋友了，我们一直关系很好——”

“是啊，我看出来了。”

“他也是艾米的朋友，还有，还有，我是说，”她生气地眨着眼，仿佛被人冤枉了，“我知道看起来会给人什么感觉，我也知道你不喜欢汤姆，这也不能怪你。因为，我知道你母亲死后他表现得不怎么样，但他那时候还是个孩子，他对自己的所作所为很懊悔——”

“懊悔？”

“可是，他昨天晚上得到了一些很糟糕的消息，”她快速说，像是演员讲台词时被人打断了，“关于他自己家——”

“你和他说起我了吗？你们坐在一起聊起我，可怜我来着？”

“汤姆过来，想见我们，艾米和我，我们两个人，突然就过来了，我们正要去看电影呢，结果我们就留下来了，没跟其他人出去，你如果不相信可以问艾米，他没有别的地方可以去，他非常不开心，是私人的事情，他想和人说说话，我们总不能——”

“你不会以为我会相信这些话吧？”

“听着。我不知道艾米跟你说了什么——”

“我问你啊。凯布尔的母亲还住在东汉普顿那座房子里吗？我记得她开除了保姆，还是保姆辞职来着，然后她就一直把儿子放到乡村俱乐部里，一放就是好几个小时。网球课，高尔夫球课。他现在应该是个不错的高尔夫球手了吧？”

“嗯，”她冷淡地说，“他技术是不错。”

“我可以对你说一句脏话，但我不会说。”

“西奥，别这样。”

“想听听我的猜想吗？不介意吧？肯定有些细节不对，但我想差不多就是这么回事。我知道你以前和汤姆约过会，我在街上碰见普拉特时，他跟我这么说过一句，而且他不太认同。是啊，”我打断她，声音和心情一样冰冷严厉，“没错。不用找借口了。女生都喜欢凯布尔。那么幽默，他只要愿意，可会哄人了。就算他一直开空头支票，在乡村俱乐部里偷人东西，还有我听说过的其他事——”

“没那回事！那是假的！他从来没偷过——”

“——你的爸爸妈妈从来都不太喜欢汤姆，或者说根本就不喜欢他，然后你爸爸和安迪死了，你们没法再继续约会了，至少不能公开约会，那会让妈妈不高兴。然后，就像普拉特说过的，你们无数次——”

“我不会再见他了。”

“这么说你承认了。”

“我觉得结婚前没关系。”

“为什么？”

她撩开眼前的头发，什么都没说。

“觉得没关系？为什么？你以为我不会发现？”

她生气地看了我一眼。“你冷淡得像条死鱼，你知道吗？”

“我？”我转开目光，大笑起来，“冷淡的是我？”

“哦，是啊。‘受委屈的一方’。‘道德感特别强’。”

“至少比某些人强。”

“看来你很享受跟我吵架。”

“相信我，我一点都没觉得。”

“哦，是吗？从你脸上的冷笑可看不出来。”

“我该怎么办？什么都不说？”

“我说了，我不会再见他了。之前我就跟他说过了。”

“但他不肯放弃。他爱你。他不肯接受一个不字。”

让我震惊的是，她脸红了。“没错。”

“可怜的小凯西。”

“别这么讨厌。”

“可怜的宝贝。”我嘲讽地说了一遍，因为我不知道还能说什么。

她在抽屉里寻找开瓶器，然后转过身来阴郁地看着我。“听着，”她说，“我不期待你能理解，但我还是想说，爱上错误的对象很辛苦。”

我没说话。我进门的时候，看见她之后愤怒得全身冰冷，在心里告诉自己她没办法伤害我，也没法——老天在上——让我可怜她。但还有谁比我更了解她这句话的真谛？

“听着。”她又说，放下开瓶器。她发现了突破口，瞬间抓住机会，就像在网球场上无情地盯着对手的弱点……

“离我远点。”

太激烈了。语气完全不对。谈话的方向彻底错了。我本想保持冷淡，控制好局面。

“西奥。拜托。”她靠过来，伸手抓住我的袖子，鼻子和耳朵都因为流泪而红通通的，就像犯了季节性过敏的可怜的安迪，像个让人心生同情的随便什么人。“我很抱歉。真的。我是真心这么想。我不知道该说什么。”

“哦，是吗？”

“真的。我确实伤害了你。”

“伤害了我。这也是一种说法。”

“还有，我是说，我知道你不喜欢汤姆——”

“这一点重要吗？”

“西奥。这对你的打击真的有那么大吗？不，你自己也知道没有，”她语速飞快地说，“你好好想想就知道。还有——”她顿了片刻，又继续飞快地说下去，“我不是想怪你，但我知道你那些事，可我不在乎。”

“哪些事？”

“哦，拜托，”她疲惫地说，“和你堕落的朋友待在一起，想嗑多少药就嗑多少。我不在乎。”

暖炉在远处发出砰砰声，咔嗒作响。

“听着。我们在一起很合适。对我们两个人来说，这场婚姻都是毫无疑问的正确选择。你明白，我也明白。因为——我是说，你看，我都知道了。你不用告诉我。还有，我还想说——我们开始约会以后，你的状态也好多了，没错吧？你振作多了。”

“哦，是吗？‘振作多了’？那是什么意思。”

“听着——”她无奈地叹了口气，“没必要再装了，西奥。玛蒂娜——艾米——泰莎，还记得她吗？”

“操。”我以为没人知道泰莎的事。

“所有人都跟我说，‘离他远点。他是个不错的人，但吸毒。’泰莎告诉艾米，她发现你在她家厨房吸海洛因，就跟你分了手。”

“那不是海洛因。”我激动地说。那是碾碎的吗啡片，用鼻子吸太失策了，完全是浪费药片。“再说了，泰莎对嗑药可没什么意见，她一直叫我帮她弄点——”

“听着，那是另一回事，你也清楚。我妈妈，”她说，压过我的声音——

“——哦，是吗？另一回事？”我抬高声音，“怎么就是另一回事了？啊？”

“——我妈妈，我发誓——听我说，西奥——妈妈特别爱你，非常。你来我家简直是救了她的命。她跟人说话了，好好吃饭，对事物有兴趣了，去公园散步，很期待见到你。你简直想象不到她之前是什么状态。你是我们家的一员，”她乘胜追击，“真的。因为，我是说，安迪——”

“安迪？”我毫无笑意地大笑起来。安迪对他病态的家人可从来都没什么幻想。

“我说，西奥，别这样，”她恢复过来，态度友善而和气，有话直说的样子很像她父亲，“这是正确的事。结婚。我们很相配。对所有人都有好处，不止我们两个。”

“哦，是吗？所有人？”

“对，”她显得非常真诚，“别这么看着我，你明白我的意思。为什么要让这件事毁了一切？说到底，我们在一起时就会变成更好的人，不是吗？你和我都一样。而且——”她露出苍白的微笑，像极了她母亲，“我们是很棒的一对。我们喜欢彼此，也合得来。”

“这么说，做主的是逻辑而非情感。”

“你如果想这么说的话，没错。”她说，既同情又温柔地看着我。我毫无准备地感觉到怒火一下子泄了个干净，因为她的冷淡和理智，因为她清晰得像只银铃。“好了——”她踮起脚尖吻了一下我的脸颊，“我们都好好的，对彼此友善，保持忠诚，开开心心地在一起，好好享受生活吧。”

22

我留下来过夜。过了几个小时，我们叫了外卖，然后又回到床上。从某种层面上讲，要假装一切都没变很容易（因为，从某个角度说，我们不是一直都在这样假装吗？）。但想到另外一个层面，我觉得几乎喘不过气。有那么多不明的真相和没有说出来的话压在我们头上。她靠着我蜷起身体睡着了，我躺在床上盯着窗外，感到无比孤独。整个晚上的沉默（我的错，与凯西无关——就算在极端情况下，凯西也从来不会找不到话说）和我们之间无法逾越的距离都让我想起十六岁时。当时我在朱莉身边，从来都不知道该说什么、做什么。她与我并不能算是关系，但她是我在人生里第一个视为女朋友的人。我们会约在赫德森街的酒品店门外见面，我拿着钱站在街上，想找人帮我进去买瓶什么。她会大步流星地转过街角，向我走来，穿着饱含科幻感的蝙蝠形外套，那与她笨重的脚步和乡下姑娘的外表格格不入。她的脸普通但令人舒服，像极了二十世纪初期的农妇。"嘿，小子——"她把葡萄酒从纸袋里拿出来摇晃，"找你的零钱。不，拿着。不用谢。你要站在这么冰冷的地方喝吗？"那时她二十七岁，比我大了将近十二岁，有个在加州刚读完商业学校的男朋友——毋庸置疑的是，等男朋友回来，我就再也不能找她或联系她了。不用她直说，我们都心知肚明。在她允许我去见她的宝贵（对我而言很宝贵）下午，我会快步跑上通往她房间的五层楼梯，心里的词句和感情都一个劲儿地往外冒。但不管我想好了要对她说什么，她打开门的那一瞬间，那些腹稿都会消失得无影无踪。我没办法像正常人那样和她寒暄，哪怕只有两分钟。我只能跟在她身后三步远的地方，绝望得说不出话，双手插在兜里，自我厌恶。她光着脚在房间里走来走去，晃着臀部，毫无障碍地说个不停，为地板上的脏衣服道歉，为忘了去买箱啤酒而道歉——她要不要去楼下跑一趟？——直到我终于忍不住，不等她说完一句话就扑到她身上，抱着她倒在沙发床上，激烈得有时候会撞掉眼镜。一切都那么美好，我以为我会幸福地死去。但之后我躺在床上，心里总会空虚得阵阵虚脱。她白皙的胳膊搭在床单上，街灯纷纷亮起来，我不情愿地等着时间走到八点，她起床穿衣服去威廉斯伯格的一家酒吧上班，我还没法入场去看她。我没有爱过朱莉。我只是崇拜她，对她着迷，嫉妒她的自信，甚至还有点怕她。但我没有真的爱过她，而她也没有真正地爱过我。我不知道我是否爱凯西（至少不是我曾希望的那种爱），但我明明已经经历过相同的情况，现在的心情却仍然糟糕得令自己吃惊。

23

和凯西之间发生的这一切让我暂时忘了鲍里斯的出现。但我睡着后，那一切又零星地出现在梦境里。我一晚上惊醒了两次，每次都猛然跳起身来：一次是梦见有扇门打开了，门里面是仓库，包着头巾的女人在门口争夺着一堆旧衣服；然后我重新睡着，进入了同一个梦的另外一个场景——仓库变成了挂着单薄窗帘的露天空间，帘子围成的墙在风中鼓荡，长度还没碰到地上的草。远处是大片的绿色田野，有好多穿着白色长裙的女孩。这景象里（神秘地）充满暗喻死亡的仪式性恐怖，我惊醒后不禁大口喘着气。

我看了一眼手机：凌晨四点。我又干躺了半小时，然后光着上身在床上坐起来，觉得自己像是法国电影里的无赖。我点了根烟，望着窗外空无一人的列克星敦大道：出租车刚刚上岗，正开往不知道什么地方。预言般的梦境不肯消散，像毒雾一样飘在周围。我的心脏还因其中满溢的危险而狂跳个不停，我忘不了心脏里面既开放、又危险的气氛。

*我真是该死。*之前我以为那幅画保存在安全的地方，始终保持华氏七十度和百分之五十的湿度，那时我就够担心的了。那种条件可不是哪儿都有。它受不了冰冷、灼热、潮湿和太阳的直射。必须要有持续可控的环境，就像花店里的兰花。想到有人把它塞在披萨烤炉后面，我那崇拜者般的心脏就因惊怖而咚咚乱跳，很像那次我以为司机要把可怜的波帕扔下大巴：扔到雨里，在哪儿也不是的荒芜地带，扔在危险的马路旁边。

画在鲍里斯手里待了多久？鲍里斯？就连像霍斯特那样的艺术品爱好者的屋子，也没显出他有多么注意保存问题。太有可能造成灾难性的后果了。传说伦勃朗的《加利利海风暴》，他画过的唯一一幅海景画，就险些毁于后人的不当保存。维米尔的大师级作品《情书》被酒店服务员从支架上切下来，塞到了床垫底下，后来颜料片片剥落，画布都皱了起来。毕加索的《贫穷》和高更的《大溪地风景》被某个蠢货藏到公共厕所，被水淹坏了。我读了大量此类故事，其中最让我不安的是卡拉瓦乔的《圣弗朗西斯和圣劳伦斯诞生》。它在圣洛伦索的演讲上被人偷走，从画框上粗暴地扯了下来。雇人去偷的收藏家看到画时瞬间大哭起来，拒绝收货。

我注意到，凯西的手机不在它原来的地方。本来她一直把手机放在窗棱上的充电器里，早上起床第一件事就是伸手去拿它。有时候我半夜醒来，看到她那边有手机的蓝光微微闪烁，裹在她用床单搭成的秘密小窝里。“哦，我看一下时间。”我睡意朦胧地翻身问她在干什么，她总是这么说。我想象着手机被关了电源，深深藏在凯西的鳄鱼皮手袋里，躺在唇膏、名片、香水小样和纸钞底下，每次她翻找梳子时都会带出来几张皱巴巴的二十元钞票。凯布尔不停地给在这堆充满香气的杂乱物品之中的手机打电话，发了好多短信和语音留言，等她早上起床时慢慢听。

他们都聊什么？平时对彼此说些什么？奇怪的是，我很容易就能想象他们的交谈。兴高采烈的对话，淘气的相互纵容。凯布尔在床上用各种傻傻的昵称叫她，对她挠痒痒，直到她尖叫起来。

我摁熄烟头。没有形状，没有感觉，没有意义。凯西不喜欢我在她的卧室里抽烟，但她就算在梳妆台的利摩日瓷盒里发现了烟头，我想她也不会说什么。要想了解这个世界，有时候你只能集中注意力看着某一个点，使劲观察身边的微小事物，让它代表所有一切。自从知道画消失之后，我觉得自己像溺水之人，被一切巨大的事物巨大压到消失——不只是可以想象的漫长时间和广袤空间，还有人与人之间无法逾越的距离，即便他们彼此近在咫尺。我在晕眩中想着去过的地方和没去过的地方，迷失的巨大的不可知的世界，灰蒙蒙的城市和小巷，飘过天涯海角的灰尘和充满恶意的浩瀚天地，失去的联系，丢掉就再也找不回来的东西，被巨浪卷走、在外面漂泊的我的画：小小的一片灵魂，仿佛黑暗大海上浮沉的昏暗火星。

24

我睡不着，就留下睡着的凯西，自己走了。在太阳升起前最冰冷的黑暗时刻，我颤抖着在黑暗里套上衣服。某个室友回来了，正在浴室洗澡，我可不想在出门时撞见谁。

我从F号地铁上下来时，天空刚刚开始发白。我在刺骨的寒风中慢慢走回家，心情抑郁，疲惫万分。我从侧门进房子，费劲地爬上楼，进了卧室，眼镜磨花了，身上满是香烟、性爱、咖喱和凯西香奈儿十九号香水的气味。卡扣从厅里匆匆赶来，绕着我的脚边转，比平时显得更加兴奋。我弯腰跟它打了个招呼，从兜里掏出成团的领带，挂到门后的挂钩上——厨房里突然传来一个声音，我的血液差点就冻住："西奥？是你吗？"

墙边探出一个红头发。是她，手里端着咖啡杯。

"抱歉，吓到你了吗？我不是故意的。"我呆若木鸡地站着，她发出快乐的安抚声音向我伸出手，卡扣在我们脚边兴奋地又叫又跳。她还穿着睡觉时的衣服：条纹睡裤，长袖T恤，外面套了件霍比的毛衣。她闻起来有床单的气味。哦，老天，我心想，闭上眼睛把脸埋在她的肩上，心里涌上一股快乐和恐惧，仿佛吹到了天堂的风，哦，老天。

"见到你太好了！"她就在我面前。她的头发，她的眼睛。她。和鲍里斯一样被啃秃的指甲，下嘴唇像爱吃手指的小孩一样微微凸起，大丽花似的蓬乱红发。"你好吗？我好想你！"

"我——"我的所有决心瞬间消失得一干二净，"你怎么会在这儿？"

"我转机去蒙特利尔！"她发出高亢的笑声，听起来比她实际年龄小了好多岁，像是在操场上玩耍时发出的嘶哑大笑，"我过来待几天，看看我的朋友山姆，之后再去加州和埃弗雷特汇合。"（山姆？我心想。）"总之，我的航班改了路线——"她喝了一口咖啡，无声地把杯子递给我：喝一口吗？不喝？然后自己又喝了一口，"结果我就被困在纽瓦克了。我心想不如算了，改天再去，就到城里来看看你们。"

"哈。这倒不错。""你们"。其中也包括我。

"我想过来一趟也挺好的，毕竟圣诞节不回来。而且你们的宴会就在明天。结婚了！恭喜！"她的手轻轻搭在我的肩上。然后她踮起脚吻了一下我的脸颊，我感到浑身上下为之一振。"我什么时候才能见到她？霍比说她再理想不过了。你很激动吧？"

"我——"我还处于震惊之中，忍不住把手按到她嘴唇停留过的地方，那触感久久不去，仿佛还在发光。然后我意识到这动作有多不像样，迅速放下手。"是啊。谢谢。"

"见到你真好。你很精神嘛。"

她似乎完全没注意到我见到她后有多失魂落魄。她也许只是注意到了，只是不想伤害我的感情。

“霍比呢？”我说。我并不是真的想知道，只是不敢相信我有机会和她独处，我有点心惊胆战。

“哦——”她翻了个白眼，“他非要去面包店。我叫他别费心了，但你也知道他。他喜欢给我买蓝莓饼干，我小时候妈妈和韦尔蒂经常买给我吃。难以置信的是，店里现在都不做那种东西了——他说他们不是每天都有。你真的不想喝咖啡？”她向炉子走了一步，脚步略略有些瘸。

简直不可思议——我根本听不见她在说什么。我每次和她同处一室时都是这样，她的存在压过周围的一切：她的皮肤、眼睛、沙哑的声音，火焰色的头发，她轻轻歪头，仿佛在对自己哼歌。厨房的灯光和她存在的光芒混在一起，色彩斑斓，清新又美丽。

“我给你烧了几张CD！”她回过头来看我，“可惜没带来。我没想到会半路过来。我回家之后马上寄给你。”

“我也有CD要给你，”我的房间里有整整一架CD，都是因为想起她而买的，多得没法寄给她。“还有书。”还有首饰，我忍住没说出来，还有头巾、海报、香水、黑胶唱片、做风筝的工具包、一个宝塔玩具。一条十八世纪的黄玉项链。一本初版《奥芝国女王》。我因为想起她而买了大部分东西，为了以这种形式和她在一起。我把其中的一部分送给了凯西，但房间里仍然还有一大堆多年积攒起来的收藏。我不可能都拿出来送给她，那样的景象太疯狂了。

“书？哦，太好了。我带的书在飞机上就看完了，正好想找点新的。我们可以交换。”

“好啊。”赤脚。红润的耳朵。T恤里露出来的脖子，珍珠白的皮肤。

“《土星环》。埃弗雷特说他觉得你会喜欢。他让我向你问好。”

“嗯，也向他问好。”我讨厌她总是装得好像埃弗雷特和我是朋友。“我，呃——”

“什么？”

“那个——”我的双手抖个不停，可我根本没喝酒。我只希望她没注意。“我想进房间待一会儿，可以吗？”

她露出吃惊的表情，抬手碰了碰额头：我真傻。“哦，当然，抱歉！我会待在这儿。”

我进房间关紧门，然后才重新开始呼吸。我的西装还凑合，虽然从昨天就一直穿着。但我的头发太脏了，我需要洗个澡。要不要刮胡子，换衬衫？她会注意到吗？我如果急匆匆地打扮自己，会显得太过奇怪吗？我能不能偷偷溜到浴室去刷个牙？我突然又恐慌起来：我坐在自己的房间里，关着门，这完全是在浪费和她共度的宝贵时间。

我站起身，打开门。“嘿。”我冲厅里喊。

她又探出头。“嘿。”

“想不想今晚跟我出去看电影？”

意料之外的短暂沉默。“哦，好啊。看什么？”

“关于格林·古尔德的纪录片。我一直想看来着。”我其实已经看过了，坐在电影院里时，还一直假装她就在我身边：想象着她看到某些片段的反应，想象着散场后我们的美妙交谈。

“听起来不错。几点？”

“七点左右吧。我查查看。”

25

我一整天都激动得灵魂出窍。我在楼下守着店（忙着接待为圣诞节购物的顾客，没法集中全部精力思考），想着要穿什么（随意点，不能穿西装，不能显得太过刻意），带她去哪儿吃饭——不能太高档，不能让她觉得不舒服或让我自己坐立不安，但得是个特别的地方，特别又安静，能让我们有机会交谈，而且不能离电影论坛太远——对了，她离开很久了，可能会喜欢一家从没去过的新店（“哦，这家小店？是啊，还不错吧，你喜欢就太好了，这儿挺难找的”）。除此之外（比起食物和地点，安静才是最重要的，我可不想为了让她听清我的话而叫喊），还得是家不用提前预订的餐厅——还有，她是个素食者。一家可爱的店。不能贵到让她注意到价钱。不能显得太费心思，应该像是没怎么考虑随便挑的。她怎么能跟那个傻乎乎的埃弗雷特住在一起？得时刻忍受他糟糕的衣着品位、兔牙，那总是相当惊恐的眼神。他看起来似乎觉得约会就是坐在健康食品店里吃糙米和海草。

时间就这样慢慢流逝。下午六点，霍比回来了，探头向店里张望。

“哟！”他顿了顿说，声音愉快，但其中的谨慎让我想起（像个不祥之兆）以前母亲回家，发现爸爸徘徊在爆发边缘时所用的语气。霍比知道我对皮帕的感情——我从来没告诉过他，一个字也没说过，但他知道。他也许不能确认，但我表现得一定非常明显（街上的陌生人都能看出来），头脑里好像有火花在四溅。“情况怎么样？”

“很好！你们今天过得如何？”

“哦，棒极了！”他松了口气，“我们去联合广场吃午饭来着，坐在吧台边，希望你能和我们在一起。然后我们去了莫伊拉那儿，我们三个一起走路去了亚洲协会。现在她去为过节买东西了。她说你，呃，你今晚要去见她？”他的语气很随意，但我听出了担忧。他就像担忧青春期的儿子能否将车开进倒进车库的父亲。“电影论坛？”

“对。”我紧张地说。我不想他知道我要带皮帕去看那部格兰·古尔德的传记电影，因为他知道我已经看过了。

“她说你们要去看格兰·古尔德？”

“嗯，呃，我特别想再看一遍。别告诉她我已经看过了，”我冲动地说，然后又补充了一句，“你，呃，说了吗？”

“不不——”他匆忙站直身体，“没有。”

“嗯，呃——”

霍比揉了揉鼻子。“嗯，那个，我相信这部电影一定很棒。我也很想看。但不是今晚，”他连忙补充，“改天吧。”

“哦——”我尽量发出失望的声音，但并没成功。

“总之。要我帮你看店吗？也许你想上楼洗个澡什么的？你如果打算走路过去，最好赶在六点半之前出门。”

26

在去影院的路上，我忍不住微笑着哼起歌。我转过街角，看见她站在影院门口时，紧张得不得不停下脚步，冷静了片刻，然后才跑过去和她打招呼，帮她提袋子（她满载而归，快活地讲着今天的见闻）。能和她一起排队实在太完美、太幸福了，因为天冷，我和她挨得很紧。然后我们进了影院，红地毯和整整一个晚上在眼前逐渐展开。她拍着戴手套的手："哦，想吃爆米花吗？""当然！"（我小跑冲到柜台前）"这儿的爆米花可棒了——"然后我们一起走进影厅，我随意地轻推着她的背，看着她天鹅绒大衣的背面，完美的棕色外套，完美的绿色绒帽，完美的红发——"这儿——靠过道好吗？你喜欢靠过道坐吗？"我们以前看电影的次数刚刚足够（一共五次）让我暗自记下她喜欢坐的位置。我一直小心地向霍比询问她的口味，她喜欢和不喜欢的东西，她的习惯，把这些问题随意地插在对话里，一次一句，持续了几乎十年：她喜不喜欢这个，喜不喜欢那个。现在她就在我眼前，转过身来对我微笑，对我！因为是晚上七点场，影院里挤满了人。考虑到我平时的焦虑程度和对拥挤地方的厌恶，这远远超过我的接受程度。电影开始后，还有人不停入场。但我不在乎，就算这里是被德军轰炸的索姆河战壕也无所谓，重点是她和我肩并肩坐在黑暗里，她的胳膊就在我的手边。还有音乐！格兰·古尔德坐在钢琴前，头发凌乱，热情四溢地仰着头，仿佛是天使派来的使者，全神贯注，至高无上！我不停地偷偷瞥着她，无法自控。但过了半小时，我才鼓起勇气，转过头好好看了看她的侧脸——屏幕上反射的光照得她一片惨白。我惊恐地意识到，她并不享受这部电影。她觉得很无聊。不，她觉得心烦意乱。

我沮丧地捱过电影剩下的部分，几乎没看进去。或者说，我看待它的眼光完全变了。它讲的不再是一位令人心醉神迷的天才，在事业巅峰急流勇退、隐居到加拿大雪地里的不再是一个神秘而孤独的英雄，而是抑郁、孤僻、与世隔绝的偏执狂、瘾君子。还有强迫症：他害怕细菌入侵，四季戴着手套，裹着围巾，在无法自控的强迫行为中焦虑难安。这位只在夜晚活动的驼背怪人连最基本的人际关系都无法维持，在一次采访里（现在这片段让我觉得备受折磨），他问在场的录音师，他们能不能去找个律师，在法律上成为兄弟。他简直像是大器晚成、更富悲剧性的汤姆·凯布尔或鲍里斯——凯布尔和我在他家黑暗的后院里把划伤的拇指按在一起，而做事风格更夸张的鲍里斯则抓住我因为揍他而出血的手，拉过去按在自己血迹斑斑的嘴唇上。

27

"电影让你不舒服了，"我们一出影院，我就忍不住这么说，"抱歉。"

她抬起眼看我，似乎很惊讶我注意到了。街道上如梦幻般微微发蓝——今年的第一场雪已经在地上积了五英寸。

“我们可以中途走人的。”

她愣愣地摇了摇头。雪花如魔法般旋转着飘落下来，仿佛是对北方的纯洁想象，就像电影里那个纯粹的北方。

“呃，不是，”她迟疑地说，“我是说，倒也不是不好看——”

我们一脚深一脚浅地走着，都没穿适合踏雪的鞋。踩在雪上的脚步声响亮极了，我认真地听着，等着她说话，随时准备在她滑倒时扶住她的胳膊。但她转过头来看着我，只说了一句：“哦，老天。我们恐怕打不到车了吧？”

我的头脑飞速旋转。晚餐怎么办？我该说什么？她想回家了吗？妈的！“也没多远。”

“哦，我知道，可是——哦，来了一辆！”她喊起来，心瞬间沉下去——还好，谢天谢地，有人抢在我们前头上了车。

“嘿。”我说。我们走近贝德福德街——灯光，咖啡店。“拐过去试试怎么样？”

“你是说打车？”

“不，吃点东西。”(她饿了吗？拜托了，上帝，但愿她饿了。)“至少喝一杯吧。”

28

不知是怎么回事，仿佛是神灵事先安排好的，我们随便躲进的酒吧有一半桌子空着，室内温暖舒适，桌上亮着金色的烛光。这里比我计划中的任何一家餐厅都好。

桌子很小，我的膝盖顶着她的——她感觉到了吗？和我一样在用心感觉吗？烛光照亮她的脸，火焰在她头发上发出金属般的光泽，那头红发好像本来就是一团火。一切都在燃烧，一切都甜蜜极了。店里放着鲍勃·迪伦的老歌，再完美不过地衬托着圣诞节前夕的小街，大片毛茸茸的雪花旋转下落。在这样的冬季，谁都会想挽着姑娘的胳膊，走在这样的城市街道上。我们仿佛一张老唱片的封面——皮帕不是最漂亮的，没有化妆，面容普通，却是最能让我感到幸福的那个。这幅场景带着对幸福的理想想象，男孩肩膀的角度，女孩微笑里淡淡的害羞，仿佛一本开放结局的书，他们可以随时走去想去的地方。她就在这儿！她！她讲着自己的事，充满感情，平易近人，问着霍比和店里的情况，问着我最近精神如何，在读什么书，听什么音乐。她问了很多很多问题，谈起自己生活时看起来略带紧张：取暖费高昂的冰冷公寓，让人抑郁的昏暗光线和潮湿气味，街上的便宜衣服，伦敦开了太多家美国连锁店，整个城市显得像个购物中心。她最近在吃什么药，我最近吃了什么药（我们都有创伤后心理障碍，欧洲的缩写好像不一样，如果不小心，他们会把你送到专门培训军医的医院去）。她和五六个人共享小花园，有个疯癫癫的英国女人把她从法国南部偷运来的生病乌龟都放进花园（“它们都死了，天太冷了，吃的也不够——很残忍——她不好好喂它们，只有些面包屑，你能想象吗，我会偷偷去宠物店给它们买龟粮”）。她非常想养狗，但英国像瑞士一样检疫严格，很难养。她为什么总是会租到不欢迎宠物的公寓？对了对了，我比前几年看起来精神多了，她一直很想我，非常想我，今晚过得非常愉快。我们在酒吧坐了好几个小时，为一些小事哈哈大笑，但同时也很严肃，她既愿意分享又耐心倾听。倾听是她的另一个闪光点：她听得非常认真，那股专注让人移不开视线——没有人能像她那么认真听我说话，连一半都比不上。在她身边，我觉得自己变成了一个更好的人，可以对她说一些没法对任何人说的话。我肯定不能对凯西说那些话，她会毫不留情地开严肃话题的玩笑，或直接换个话题，或者干脆中途打断，有时假装没听见。和她在一起开心极了。每天的每一分钟我都爱她，用我的心脏、头脑和灵魂。时间很晚了，但我不希望酒吧关门，永远。

“不不，”她说，用手指抚过杯缘——她手的形状让我感动不已，食指上戴着韦尔蒂的印章，我可以肆无忌惮地盯着看，不像看她的脸那样要担心自己显得像个变态。“我其实挺喜欢这部电影的。还有音乐——”她笑了起来，那笑声在我听来包含了音乐带来的全部喜悦，“让我吓了一跳。韦尔蒂在卡内基看过他的演出，说那是他这辈子过得最棒的一个晚上。只是——”

“嗯？”她喝的酒的气味。她嘴边的酒渍。这是我这辈子过得最棒的晚上。

“嗯——”她摇了摇头，“那些音乐会的片段，排练大厅。因为，要知道——”她揉了揉胳膊，“真的很难。练习，练习，练习，一天六个小时，胳膊举得酸痛——哦，我想你应该也听过不少，什么积极思考的那些废话，老师和理疗师那么容易就能说出来——‘哦，你没问题的！’‘我们相信你！’然后你信了，拼命练啊练，因为不够努力而讨厌自己，觉得表现不够好都是你的错，练得越来越拼命，然后——唉。”

我没说话。霍比给我具体地讲过这些，讲的时候也显得很不好受。玛格丽特姑妈送她去那个有好多医生和疗法的瑞士精神病学校也许是个正确的选择。以普通标准而言，她彻底从事故中痊愈了，但神经方面还是有一定程度的损坏，影响到精细的运动技能。很小，但确实存在。如果是其他职业或爱好——歌手、园艺师、饲养员，除了外科手术以外的医生——都没什么问题。但她本来学习的不是这些。

"还有，我也不知道，我在家听很多音乐，每天晚上都听着 iPod 睡着，可是——我上次去听音乐会是什么时候了？"她伤感地说。

听着 iPod 睡着？意思是说她和那个谁不上床吗？"那你为什么不去音乐会？"我说，把这点推测埋进心里，以供日后使用，"受不了太多听众？人群？"

"我就知道你会懂。"

"嗯，我想也有人对你推荐过，至少人家对我推荐过——"

"什么？"那忧郁笑容的魅力到底源自哪里？如何才能分析清楚？"安定？β受体阻滞剂？催眠？"

"以上皆是。"

"嗯——如果惊恐发作，也许吧。可是不是。悲伤，哀恸，嫉妒——那才是最糟的。比如，有个女生叫贝塔——这名字很傻吧，贝塔？她水平真的一般，我不想太傲慢，但她小时候不太跟得上我们的音乐课，可她现在进了克利夫兰交响乐团，这让我特别难受，虽然我不想承认。但这种东西可没药治吧？"

"呃——"其实有，杰罗姆在亚当·克莱顿·鲍威尔街上生意兴隆。

"那些音响效果，听众——总会激发出这样的感觉。音乐会结束后我回家，讨厌所有人，对自己自言自语，用不同的声音跟自己吵架，好几天都闷闷不乐。还有——嗯，我跟你说过了，我试了试当老师，那不适合我。"靠着玛格丽特姑妈和韦尔蒂舅舅的钱，皮帕不用工作（靠着这些钱，埃弗雷特也一样不用——所谓的"音乐研究员"一开始听起来像个很不错的职业，但我了解后发现，他更像是没钱拿的学徒，皮帕负责付账）。"教那些青春期小孩——别说有多折磨了，在一旁看着他们进音乐学校，暑假去墨西哥城参加乐团。年龄更小的孩子一点也不认真。我讨厌他们年纪那么小，总觉得他们根本不上心，白白浪费拥有的一切。"

"嗯，教书这工作挺差劲的。要是我我也不干。"

"嗯，可是——"她喝了口酒，"既然我不能演奏，还有什么选择？因为啊——我还在接触音乐，算是吧，和埃弗雷特在一起，我也经常去学校上课——但老实说，我不是很喜欢伦敦，那儿老是阴森森地下着雨，我没有很多朋友，在公寓里，晚上有时候能听见有人哭，从隔壁传来的特别凄惨的哭声，我——嗯，你找到了喜欢的工作，我很高兴，有时候我真的不知道自己在干什么。”

“我——”我绝望地思考着该说什么才正确，“回家吧。”

“家？你是说这儿？”

“当然。”

“那埃弗雷特怎么办？”

我无话可说。

她怀疑地看着我。“你是真的不喜欢他啊？”

“呃——”撒谎又有什么意义？“是。”

“嗯——你如果更了解他，就会喜欢他的。他是个好人。非常诚恳，脾气也好——很稳定。”

我又无话可说。这几点我都不具备。

“还有，伦敦——我是说，我想过回到纽约来——”

“真的？”

“当然。我想霍比，特别想。他开玩笑说，用我们打电话的钱都可以在这儿给我租套公寓了——当然了，那个时候，打到伦敦一分钟要五元多呢。我们每次打电话，他都要劝我回来……哎，你知道霍比，他不会直说，但你能听出来，不停地做出各种暗示，告诉我这边又有什么地方在招人，哥伦比亚有教职空缺——”

“他这么说了？”

“嗯——我有时候不敢想象自己住到那么远的地方去了。以前，韦尔蒂会送我去上音乐课，去听音乐会，但霍比总是守在家里，你知道吧？我放学了他会上楼来给我做点吃的，帮我给科学课的作业种金盏草。就算是现在——我感冒的时候，或者忘了怎么煮菊芋，怎么去掉桌布上的滴蜡，我会给谁打电话？霍比。可是——”是我的想象吗，还是红酒真的让她有些激动？“知道我为什么不回来吗？想听实话吗？在伦敦——”她要哭了吗？“我从来没告诉过别人，在伦敦，我至少不会每时每刻都在想，‘出事前一天，我就是从这条路回家的。’‘韦尔蒂、霍比和我就是在这儿吃了倒数第二顿晚饭。’至少我不会思考那么太多：在这儿该左拐？还是右拐？我的命运都取决于是坐 F 号地铁还是 6 号地铁。各种可怕的预感，一切都那么吓人。我一回来，就觉得又回到了十三岁——我是说，那感觉并不好。

那天一切都停止了，真的。我之后就再也没长大过。因为，你知道吗？出事之后我的个子一点都没变，一英寸都没长高。”

“你现在的个子已经很完美了。”

“哎，这也挺常见的，”她说，无视我笨拙的恭维，“受了伤有后遗症的儿童，往往都没法正常成长。”她时不时会不自觉地用上卡门清德医生般的声音——我从来没见过卡门清德医生本人，但我能感觉到她在下意识模仿他，那是种想要拉开距离的自然反应，“身体机能改变了，成长系统关闭了。我们学校里有个女生，是沙特某个王国的公主，十二岁的时候被绑架了，罪犯被处死了。可是——我认识她时她已经十九岁了，人很好，可是个子特别小，可能只有四英尺十一英寸左右吧，她在遭遇绑架之后就再也没长高过。”

“哇。是被关在地下的那个姑娘吗？她是你的同学？”

“海费利山学校挺奇特的。有在逃离王宫时被人开枪打中过的女生，也有父母为了让她减肥，或者为了冬季奥运会特训，而送过来的。”

她沉默地握住我伸出的手。她全身都裹得严严实实，连大衣也没脱。夏天时她总是穿着长袖，戴着至少五六条围巾，仿佛被茧层层包裹的幼虫。这些衣物仿佛防震隔离层，保护着这样一个破碎后重新缝补起来的姑娘。我怎么会如此盲目？这电影当然会让她不舒服：格兰·古尔德一年到头裹着厚实的长大衣，药瓶积攒成堆，将音乐会舞台抛在身后，周围的雪积得一年比一年深。

“因为——我是说，你以前讲过，我知道你和我一样执着。我也会一遍又一遍地想。”侍者没等皮帕问，就悄悄补满她的酒杯，而她似乎根本没有注意到。亲爱的侍者，我心想，上帝保佑你，我会给你留下一笔惊天小费。“我如果选了周二或周四去面试就好了。韦尔蒂说想带我去博物馆时，我如果答应了就好了……之前好几周他都说想让我去看看，坚持要在闭展前带我过去……但我总是有别的事要做，觉得和我朋友丽·安去看电影之类的事更重要。对了，我出事后她就消失了——我们自从那天下午看过那场愚蠢的皮克斯电影之后，我就再也没见过她。我没有注意到、没有认出来那些细小的预兆，我如果再注意一点，一切就都不一样了——比如，韦尔蒂一直坚持要带我去，问了十几次，就像他自己也隐约感觉到会有什么不好的事发生，我们会在那天去完全是我的责任——”

“你至少没被退学。”

“你被退学了？”

“停学。糟透了。”

“这么想很奇怪——这件事如果从来没有发生，我们俩那天都没去。说不定我们就不会认识了。那样的话，你觉得你现在会怎么样？”

“不知道，”我有点惊慌，“想象不出来。”

“嗯，至少有点想法吧。”

“我不像你，我没有什么特长。”

“那你平时都玩点什么？”

“没什么特别有意思的，就是普通那些。科幻电脑游戏。别人如果问我长大了想干什么，我会假装很聪明，说想当银翼杀手什么的。”

“哇，我一直忘不了那部电影，老想到提利尔的侄女。”

“什么意思？”

“有一幕戏，她看着钢琴上的照片，想知道那些记忆是她自己的，还是提利尔的侄女的。我也老是回到过去，回想着各种预兆，你明白吗？那些我本来应该注意到的东西。”

“嗯，你说得对，我也会这么想，可是，预兆，信号，片面的知识，从逻辑上来看，不可能……”在她身边，我怎么连句完整的话都说不出来？“……我是想说，这听起来挺疯狂的。特别是别人跟你说的时候。因为无法预知未来而责备自己。”

“嗯——也许吧，可卡门清德医生说大家都会这样。事故，灾难——好像有百分之七十五的灾难受害者都相信事前出现过警告信号，只不过他们都没当一回事，没看出来，未成年人的这个比例还要高一些。但这并不代表那些信号就不存在，对吧？”

“我不这么想。回头看的话——我的确也这样。但我觉得之前的事可能更像一长列数字，你在开头算错了两个，总数就错了。你如果往回检查，就能发现那个错误——发现那个让一切都不一样的关键点。”

“嗯，但感觉一样差劲吧？看见那个错误，那个改变一切的关键点，却没办法回去弥补。我面试的是——”她喝了一大口酒，“朱利亚德学院的大学预科交响乐团，视唱老师跟我说，我有可能坐上第二把交椅，我如果演奏得特别好，说不定还能当上一号。我想那挺重要的，可是韦尔蒂——”嗯，她一定是要哭了，眼睛在烛光下闪着光，“我知道不该拽他和我一起去上城，他根本没必要去——我母亲还活着时，韦尔蒂就特别宠我，母亲死了以后，他宠我宠得更厉害了。那天对我很重要，是没错，可是有我表现出来的那么重要吗？没有。因为，”她轻声哭起来，“我根本不想去博物馆，我拉他一起去上城，是因为我知道他会在面试之前带我去吃午饭，随便我想去哪儿——他本来应该待在家里，他还有其他事情要做，面试根本不让家人进去旁观，他只能在大厅里等着——”

“他知道自己在干什么。”

她抬起头看我，仿佛我说错了话。但我知道这是最该说的一句话，但也许我用的语气错了。

“我们在一起的那段时间，他一直在说你。然后——”

“然后？”

“没什么！”我闭上眼睛，因为红酒、她和无法解释的一切而无所适从，“只是——那是他临终的最后一段时间，你知道吗？我和他的生命之间的距离特别短。根本*没有*距离。就像有什么在我们之间打开了，我们之间似乎只有包含着真实的一切的巨浪——重要的一切。没有我，也没有他，我们只是一个人。同样的思绪——我们用不着说话。那样的状态大概只持续了几分钟，但感觉就像过了好多年，好像现在我们还*留在*那里。呃，我知道这听起来很诡异——”这完全是个疯子的呓语，毫无逻辑，一片混乱，但我不知道还有什么别的表达办法，“你知道芭芭拉·古博里吗？她在莱茵贝克开了好多讲座，讲什么前世今生。投胎啊业力啊轮回啊什么的。我们就像一起共度了好几辈子的灵魂？我知道，*我知道*，”她露出惊讶（还有点警惕）的表情，“我每次见到芭芭拉，她都跟我说要吟唱这个那个的，要治疗什么堵塞的查克拉——‘脉轮失调’——不开玩笑，这就是她对我的诊断，‘没有根基’，‘心脏受限’，‘破损的能量区域’……我站在那儿喝着鸡尾酒，想着自己的事，她突然冒出来，告诉我要吃什么样的食品，好让自己扎根……”她逐渐失去兴趣，我看得出来，“抱歉，我有点跑题了，不过，嗯，我们谈过这些东西，我觉得特别不耐烦。霍比在旁边喝威士忌，他说：‘那我呢，芭芭拉？我也该吃些根茎蔬菜吗？或者用头倒立？’芭芭拉只是拍了拍他的胳膊，说：‘哦，别担心，詹姆斯，你是个高级存在。’”

她笑了起来。

“而韦尔蒂——他也是。高级存在。就像——没开玩笑。真的。超出你的想象。芭芭拉讲的那些故事——什么印度教导师在缅甸摸了她的头，她突然就接受了好多知识，变了个人——”

“嗯，话说，埃弗雷特——他从来没见过克里希那穆提本人，不过——”

“对，对。”埃弗雷特在英国南部上过印度教寄宿学校，班级的名字都叫什么关爱地球，或心怀他人。我不知道这为什么让我特别恼火。“我是说——韦尔蒂的能量，或者能量场——老天，这听起来太假了，但我不知道还能怎么表达——他的能量仿佛自此之后就一直陪伴着我。我在那儿陪着他，他也在那儿陪着我。仿佛永远都会如此。”以前我从来没对任何人这么表达过，虽然我确实深深地感觉到了这些。“还有——我会想起他，感觉他就在附近，他整个人都在我身上。我是说——我回来和霍比住在一起时，我上楼进了商店，就被这种感觉包裹住了——我不知道该怎么解释，我无法分清我和他。我以前对古董感兴趣吗？一点也不。为什么要感兴趣？可是我还是到这儿来了，看着他的存货，读着拍卖名录上他的笔记。这是他的世界，他的东西。店里的一切就像火焰一样吸引我。我并没有想去寻找什么——而是那些东西找到了我。我是说，我十八岁以前，没人教过我这行的东西，但我好像早就知道了，我只要去做韦尔蒂的工作就行，”我焦躁地交叠起双腿，“他叫我去你家，你不觉得这很奇怪吗？偶然——也许吧。但我不觉得是偶然。他仿佛看清了我是谁，把我送到了我需要去的地方，送到了我需要认识的人身边。所以——”我回过神来，意识到自己讲得太快了，“嗯。抱歉。我没想扯这么远。”

“没关系。”

一阵沉默，她和我互相凝视。她与凯西完全不一样——凯西总是有点心不在焉，讨厌严肃认真的交谈，在这样的场合，她会转头叫侍者，或随口开个玩笑，说句幽默的评论，只为保持轻松的气氛。而皮帕认真地听着我说，整个人都在这里。我能看出她对我的处境感到悲伤，这主要是因为她确实喜欢我：我们有很多共同之处，在理智和情感上都很亲密，她享受我的陪伴，信任我，希望我能过得好，希望能继续当我的朋友。有些精心打扮的女人只会以我的痛苦为乐。但对她来说，我对她的爱慕和由此而生的挣扎一点也不好笑。

29

第二天——也就是我和凯西举办订婚宴当天——前一晚的亲密感消失得无影

无踪。我们一起吃早餐，在走廊里简单地互道早安。只剩下一股沮丧，我知道我没机会再与她独处了。我们相处时很尴尬，来回走动时不停撞上彼此，说话的声音太大、太过兴高采烈。这让我（悲伤地）回想起前一年夏天她回来时——那时离她带回埃弗雷特还有四个月——我们两人在快天黑时坐在院子里的矮椅上，凑在一起（“像一对流浪汉”）聊着丰富有趣的话题。我的膝盖靠着她的膝盖，肩靠着她的肩。我们望着街上过路的人群，说了好多话：童年在中央公园玩耍，去沃尔曼冰场溜冰（我们小时候有没有见过？在冰上擦肩而过？）。我们又聊到刚和霍比一起在电视上看的《乱点鸳鸯谱》，聊我们都喜欢的玛丽莲·梦露（“春天的小鬼魂”）：可怜的蒙特马利·克里夫特口袋里装着药片四处乱走（我不知道这个细节，也没对此做出评论），克拉克·盖博死后，梦露有多么伤心自责。然后话题就转向了命运、超自然和预言：生日和一生的运气有没有关系？行运不佳，是星星的排列方式不好吗？根据掌纹看命运准不准？你找人看过掌纹吗？没有——你呢？我们可以去第六大道的通灵治疗店去看看，里面的灯光是紫色的，有好多水晶球，好像二十四小时开门。哦，你是说那个有熔岩灯、门口有罗马尼亚女人站着打嗝的那家？我们一直聊到天黑，黑得几乎看不清对方，毫无理由地轻声耳语：“你想回屋吗？不，再待一会儿。”夏季圆圆的月亮在我们头顶发出洁白纯净的光，我对她的爱就像月亮一样纯净、简单而持久。但我们最后还是回了屋，几乎在踏进门的那一刹那，咒语就打破了，客厅里明亮的灯光让我们尴尬而僵硬，仿佛一场戏刚刚落幕，之前的亲密气氛显出了虚假做作的原型。好几个月里，我一直绝望地想要再现那一刻。在酒吧里，有那么一两个小时，我成功了。但现在，之前发生的一切又变得那么不真实，我们瞬间回到原点。我对自己说，能和她独处几个小时就足够了。可是一点也不够。

30

主持订婚宴的是凯西的教母，安妮·德·拉梅辛。她选了一家私人俱乐部，连霍比也从来没去过，不过他很了解那儿的情况，包括其历史（无懈可击）、建筑（美轮美奂）和成员组成（众星璀璨，从艾伦·波尔到沃顿夫妇）。“那儿应该是纽约州所有早期希腊复古式建筑里最棒的一座，”他开心地告诉我们，“那儿的楼梯和壁炉——不知道能不能进阅读室，听说阅读室里面的灰泥还是建造初期的模样，有机会看看就太好了。”

“有多少人去？”皮帕问。她没带宴会穿的长裙，不得不走去摩根·勒菲买了一件。

“两百左右吧。”其中有五十人是我的客人（包括皮帕和霍比，布鲁斯古尔德先生和德福利太太），一百人是凯西的客人，剩下的都是连凯西也说她不认识的人。

“包括市长，”霍比说，“还有两院的议员。还有摩纳哥的阿尔伯特王子，对吧？”

“他们邀请了阿尔伯特王子，但我觉得他可能不会来。”

“哦，就是只有亲朋好友的小型宴会。”

“我要做的只是到时出场，一切都听他们的。”安妮·德·拉梅辛出手接管了整场婚礼，解决了巴伯太太漠不关心的“危机”（教母是这么说的）。安妮·德·拉梅辛出面定下合适的教堂，合适的证婚人。安妮·德·拉梅辛定下宾客名单（令人炫目）和座位表（复杂得难以置信）。也是她选择了场内的一切布置，从戒指枕到蛋糕。是安妮·德·拉梅辛找来婚纱设计师，还把圣·巴斯的房子空出来给我们度蜜月。凯西一遇到问题就会给她打电话（一天好几次）。用托迪的话说，教母坚决地占领了婚礼领导者的位置。但这一切滑稽又扭曲，因为安妮·德·拉梅辛根本受不了我，甚至都没法正眼看着我。我离她心中理想的干女婿差得十万八千里，她都懒得叫我的名字，觉得其粗鄙不堪。“新郎觉得呢？”“可以让新郎赶紧把宾客名单给我吗？”她显然觉得嫁给我这样的人（卖家具的！）基本无异于死亡，所以要把一切都安排得盛大华美，充满仪式的庄严感，仿佛凯西是乌尔城失落的公主，要用华服精心妆点，在铃鼓乐手和侍女的陪伴下郑重庄严地进入地下世界。

31

我并不觉得参加这场宴会需要太过清醒的头脑，所以在出门前喝了个痛快，往最棒的一套腾博阿瑟西装里塞了片应急的可待因。

俱乐部的大楼美极了。我一开始就对宾客感到不耐烦，他们挡住了建筑上的细节，墙上并排挂着的画像——有些画得非常不错——和架子上的罕见书籍。红色的天鹅绒花饰，圣诞冷杉花环——树上的那些蜡烛是真的吗？我晕眩地站在楼梯顶上，不想去和人打招呼，不想说话，根本不想来这个地方——

有人抓住我的衣袖。"怎么了？"皮帕说。

"什么？"我没法看她的眼睛。

"你显得很悲伤。"

"我是很悲伤。"我说，但我不知道她听清没有，我自己都没听清，因为霍比正好在人群中回过身来找我们，喊道："啊，你们在这儿……"

"去吧，照顾好你的客人，"他说，带着父亲般的和蔼友好地推了我一下，"大家都在问你在哪儿！"在众多陌生人之中，他和皮帕是唯一两个真正与众不同、看起来有点意思的人：皮帕像个仙女，穿着绿色的纱袖丝裙；霍比优雅，富有魅力，穿着夜蓝色的双排扣西装和漂亮的布克兄弟皮鞋。

"我——"我无助地环顾左右。

"别管我们了。稍后见。"

"好。"我说，转过身。他们欣赏着衣帽间旁边一幅约翰·亚当斯的画像，等着德福利太太寄存貂皮大衣。我穿过拥挤的房间，除了巴伯太太，一个人也不认识。我并不想面对巴伯太太，但我还没来得及溜走她就看见了我，走来抓住我的袖子。她端着加青柠的琴酒站在一扇门边，对面是一位神态快活的老先生。老先生的面容严肃红润，声音清晰坚决，两耳边各有一抹白发。

"哦，梅朵拉，"他说，前后晃着身体，"还是那么惹人喜欢。可爱的老姑娘。罕见又特别。快九十岁了！她的家族可是最纯粹的纽约人，她经常提到这一点。哦，你应该见见她，她对那些随从可有精神了……"他吃吃地笑起来，"这不是什么好事，亲爱的，不过很有趣，我觉得你也会这么想……现在不能雇有色人随从了，时代变了，是吧？不能雇有色人。但梅朵拉有个癖好，或者说是年轻时的习惯，特别是当他们想按住她或者让她进浴缸时。我听说，她只要情绪一上来，可有力气着呢！用拨火棍去打黑人看守。哈哈哈！嗯……你知道……'为了上帝的恩典'。我想梅朵拉算是《天上小屋》那一代人。她父亲以前的房子就在弗吉尼亚州古奇兰德郡，没错吧？利益联姻，绝对的。不过那儿子——你见过他们家那个儿子吧？他可真令人失望。老喝酒。女儿呢，在社会上也是个失败者。哎，这是好听的说法。很胖，还养了好多猫，你明白我的意思吧。梅朵拉的哥哥奥温是个很好很好的人，在运动俱乐部的更衣室里心梗，死了……在那个更衣室里和女人亲热呢，你懂吧……真是个好人，奥温，但他一直有点魂不守舍，我总觉得他活得浑浑噩噩，没找到真正的自我。”

“西奥，”巴伯太太说，在我逃走之前突然抓住我，就像汽车起火后车里面的人拼命抓住救援人员，“西奥，我给你介绍一下，这位是海威斯托克·欧文。”

海威斯托克·欧文转过头，饶有兴趣地看着我，我觉得他的目光多少有些不怀好意。“西奥多·德克尔？”

“我是。”我愣了一下说。

“我知道，”我越来越不喜欢他的眼神了，“你没想到我认识你。哦，是这样，我认识你的合伙人，尊敬的霍巴特先生。还有他在你之前的合伙人，尊敬的布莱克威尔先生。”

“是吗？”我不带感情地说。我在古董交易这一行里，几乎每天都要对付他这种总是话里有话的老先生。巴伯太太把我的手抓得更紧了。

“海威斯托克是华盛顿·欧文的直系后代，”她好心解释，“还给他写了本传记。”

“听起来很有意思。”

“确实很有意思，”海威斯托克平静地说，“不过在当代学术界，华盛顿·欧文没那么受欢迎了，被边缘化了。”他说，似乎很高兴想到了“边缘化”这个词，“学者说他的风格不够美国，太城市化——太欧洲。我想这也没错，毕竟对欧文影响最大的是约瑟夫·阿迪森和施蒂尔。不管怎样，我这位杰出的祖先一定会对我的日常生活大加赞赏。”

“怎么说？”

“在图书馆工作，读旧报纸，研究往届政府报告。”

“为什么要看政府报告？”

他随意挥了一下手，“我觉得很有趣。我的一位熟人比我对这些还有兴趣，他有时候会不经意地发现很多有意思的信息……你好像认识他？”

“是哪位？”

“卢修斯·里弗？”

漫长的沉默中，人群的喧嚷和酒杯的碰撞声变得越来越响，仿佛有风吹过整个房子。

“对。卢修斯，”他的眉毛意味深长地一挑，嘴唇微微噘起，“没错。我知道你一定对他的名字很熟悉。你大概还记得，你曾卖给他一件非常有趣的叠柜。”

“没错。我如果能说服他，很想把它买回来。”

“哦，我想也是。只是他不愿意卖，如果，如果，”他说，声音充满恶意，不愿被我打断，“如果是我，我也不卖。如果是我，我也想要另外那件更有意思的东西。”

“哦，他最好还是放弃吧。”我淡淡地说。里弗这名字带来的惊吓完全是条件反射，和踩到地上的电线会下意识地跳起来一样。

“放弃？”海威斯托克发出一声大笑，“哦，我想他不会放弃的。”

我只是微微一笑。但海威斯托克露出更加得意的表情。

“现在这个时代，在电脑上能找到的东西真是让人目瞪口呆。”他说。

“哦？”

“嗯，跟你说，对于你以前卖出去的其他有意思的东西，卢修斯最近找到了一些相关信息。我看那些买家都不知道那多有意思。十二把‘邓肯怀夫餐椅’，卖到了达拉斯？”他呷着香槟说，“买了‘地位重要的谢莱顿’的买家？还有好多类似的家具，卖到了洛杉矶？”

我控制住自己的表情。

“‘博物馆藏品级别’。当然了——”他把巴伯太太也包括在内，“我们都懂的，所谓‘博物馆级别’要看是哪里的博物馆。哈哈！卢修斯特别仔细地跟踪了你最近一些颇具魄力的买卖。等假期结束，他还考虑去趟得克萨斯——啊！”他说，跳舞似的转了半圈，望着身穿冰蓝色绸缎裙的凯西向我们走来，“欢迎欢迎，见到你不胜荣幸！你美极了，亲爱的，”他说，俯身亲了她一下，“我正和你英俊的未婚夫聊天呢。真的很让人惊讶，没想到我们有那么多共同的朋友！”

“哦？”她转向我，正眼看了看我，吻了一下我的脸颊，我才意识到：凯西并不是百分百确定我会出现。看到我，她如释重负。

“你在对西奥和妈妈散播流言吗？”她说，转向海威斯托克。

“哦，小凯西，你可真调皮。”他亲热地挽住她的胳膊，另一只手拍了拍她的手，看起来像个清教徒式的恶魔，瘦削、亲切、欢快。“好了，亲爱的，我看你需要喝一杯，我也是。我们一起过去吧？”他瞥了我一眼，“找个清静的地方，好好聊聊你的未婚夫。”

32

“谢天谢地，他终于走了。”他们向饮品桌走去后，巴伯太太低语，“闲聊让我觉得特别累。”

“我也是。”我出了一身汗。他是怎么发现的？他提到的那些货，我用的都是同一家货运公司。可是——我急切地想喝一杯——他是怎么发现的？

我突然意识到巴伯太太说了句什么。“什么？”

“我说，这也太厉害了吧？我没想到会来这么一大群人。”她穿得很简单：黑色长裙，黑色高跟鞋，硕大的雪花型胸针。但黑色不适合巴伯太太，让她看起来虚弱而哀恸。“我非得找人说话不可吗？我想是吧。哦，老天，你看，那是安妮的丈夫，特别无聊的一个人。我如果说我想留在家里，听起来会特别过分吗？”

“刚才那人是谁？”我问她。

“海威斯托克？”她伸手抹了一下额头，“真高兴他不停地提起自己的名字，否则我没法向你介绍。”

“我还以为他是你的好朋友。”

她不开心地眨眨眼，我顿时后悔用那种语气对她说这句话。

“嗯，”她坚决地说，“他是个熟人。应该说——他很会自来熟。他对谁都那样。”

“你是怎么认识他的？”

“哦——海威斯托克在纽约历史协会当志愿者。什么都知道，什么人都认识。不过——这话只能对你说——我不……相信他是华盛顿·欧文的后代。”

“哦？”

“嗯——他这个人还算有魅力。也就是说，他真的认识好多人……除了华盛顿·欧文，他还自称与阿斯顿家族有联系，谁又能说他在骗人？有些人觉得很奇怪，他说有联系的那些名人都已经死了。不过海威斯托克人还不错，或者说他可以是个不错的人。经常去看望老太太——嗯，你刚才也听他说了。对纽约的历史了如指掌——日期、人名、族谱。你还没来的时候，他给我讲了这条街上每一座建筑的历史，以前的那些传闻，十九世纪七〇年代在隔壁别墅发生的谋杀案——他什么都知道。不过，在几个月以前的一场午宴上，他为了娱乐大家，讲了个非常下流的故事，关于弗雷德·阿斯泰尔的。我不相信那是真的。弗雷德·阿斯泰尔！像水手似的骂着脏话，勃然大怒！嗯，我可以告诉你，我一点也不信——在场的人没一个信的。钱斯的奶奶在好莱坞工作过，认识弗雷德·阿斯泰尔，说他是世上最可爱的人。从来没听过任何说他不好的传言。当然了，那个时代的一些老明星为人非常差劲，我们听说过不少那一类的故事。哦，"她沮丧地一口气接下去，"我觉得又累又饿。"

"来——"我有些同情她，领着她走到一张空椅子旁边，"坐下吧。要不要给你拿点吃的？"

"不用了，你能陪着我就好。不过我大概不该独占你，"她并不真心地说，"你是这里的贵宾。"

"啊，稍微等我一下。"我飞快地环视房间。几名侍者端着盛满开胃菜的托盘在房间里走来走去，隔壁还有个摆满食物的房间。但我急需和霍比说上话。"我马上就回来。"

幸运的是，霍比的个子比其他所有人都高。我毫无困难地一眼就找到了他，他仿佛是人群里的安全灯塔。

"嘿。"我向霍比走去时，旁边的人抓住我的胳膊。是普拉特，他穿着一件散发出樟脑味的绿色天鹅绒夹克，显得畏缩紧张，已经醉了一半。"你们俩还好吗？"

"什么？"

"你和凯西谈妥了？"

我不知道该怎么回答。我们沉默时，他把一缕半白半金的头发捋到耳后。他的脸红通通的，因为中年过早来临而有些肿胀。我不禁再一次想到，普拉特一直拒绝长大，因此毫无自由可言。他游手好闲太久，遗传的所有优点全都消失了。现在他只能拿着青柠琴酒游荡在人群边缘，还在上大学的弟弟托迪却在和常青藤学校校长、百万富翁和成功的杂志出版人聊天。

普拉特还盯着我看。"听着，"他说，"我知道这不关我的事，你和凯西……"

我耸耸肩。

"汤姆不爱她，"他冲动地说，"你的出现对凯西再好不过了，她自己也清楚。我是说，看看汤姆是怎么对待她的！你知道吗？安迪死的那个周末，她就是和他在一起。她之所以派安迪去照顾爸爸——虽然安迪完全不会对付爸爸——就是因为她觉得那边更重要，她脱不开身。汤姆，汤姆，汤姆。一切都是为了汤姆。是啊，他显然是'无限爱她'，说她是他'唯一的爱'，至少凯西是这么说的，但相信我，他在她背后可不是这么说的。因为——"他沮丧地顿了顿，"他老是黏着凯西，不停要钱，和其他女人混在一起，回头又撒谎——简直让我恶心，爸爸妈妈也都是这个看法。对汤姆来说，她基本就是张饭票。他就是这么看待她的。可是——别问我为什么——她就是对他着了迷。简直疯了。”

“看起来现在也一样。”

普拉特做了个苦脸。“哦，拜托。她要嫁的人是你。”

“凯布尔可不像是会结婚的料。”

“嗯——”他喝了一大口酒，“不管汤姆会娶谁，我都可怜那个女人。凯西也许很冲动，但她不傻。”

“是啊。”凯西一点也不傻。她不仅安排了最能让母亲高兴的婚姻，还在和她真正爱的人上床。

“他们俩不可能有结果。就像我妈说的，‘彻底的一头热，沙子搓的绳子。’”

“她告诉我，她还爱他。”

“哎，女人都喜欢混蛋，”普拉特没反驳我的话，“你没注意到吗？”

不，我阴沉地心想，这话不对，否则皮帕为什么不爱我？

“哎，你需要喝一杯，伙计。话说——”他一口把剩下的酒喝干，“我也想再来一杯。”

“听着，我有事要跟别人谈谈。还有你母亲——”我转身指向巴伯太太坐的地方，“她也需要点喝的，还有食物。”

“妈妈。”普拉特说，表情好像我刚提醒他炉子上还烧着水，他随即快步走开了。

33

“霍比？”

我抓住他的衣袖，他似乎吓了一跳，迅速转过身来。“没事吧？”他上来就问。

光是站在他身边我就感觉好多了——霍比就像清新空气。“听着，”我紧张地左右张望，“我想和你稍微——”

“啊，这位就是新郎吗？”旁边的人群里有个女人打断我。

“哦，恭喜恭喜！”更多的陌生人挤过来。

“他真年轻！你真年轻，”五十多岁的金发女士握着我的手，“多么英俊！”她转向友人。“白马王子！肯定连二十二岁都没到吧？”

霍比礼貌地把我介绍给众人，不紧不慢，温和从容，像头异常温顺的狮子。

“呃，”我说，环顾房间，“抱歉打扰你，霍比，希望我没显得太过无礼，可是——”

“有话要和我说？没问题。抱歉，我们暂时离开一下。”

“霍比，”我们走到一个稍微清净些的角落后，我立马开口。我的鬓角已经湿透了。“你认识一个叫海威斯托克·欧文的人吗？”

他发白的眉毛垂下来。“谁？”他说，然后又更仔细地看了看我，“你真的没事？”

他的语气和表情让我明白，他其实比看上去更了解我的精神状况。“嗯，”我说，推了推眼镜，“我没事。不过——听着，海威斯托克·欧文，你对这名字有印象吗？”

“没有。应该有吗？”

我莫名其妙地想喝酒，我到了这里之后应该先去吧台边绕一圈的。我对霍比解释了一番。霍比听着我说话，面无表情。

他扫视着人群：“你看得见他吗？”

“呃——”人群在自助餐台胖边涌动，厚厚的碎冰，戴手套的侍者倒着成桶的牡蛎，“在那儿。”

霍比没戴眼镜，眨了两次眼，又眯起眼。“那么，”他很快就说，“是那位——”他把手抬到脑袋旁边，模仿两丛支起的头发。

“就是他。”

“嗯。”他叠起胳膊，带着一种刻意的随意感。我一瞬间看见了另一个霍比：不是穿着定做西服的古董商，而是他以前在奥尔巴尼时有可能会当的警察或严肃的牧师。

“你认识他？他是谁？”

“啊。”霍比不自在地说，拍了拍口袋，找香烟，但在这里不能抽烟。

“你认识他吗？”我急切地重复，忍不住又向海威斯托克的方向望了一眼。有时候，在敏感话题上，很难从霍比嘴里问出什么信息——他会换话题，闭上嘴或语焉不详。何况这是最糟糕的场合，到处都是人，随时可能有什么重要人物走过来，打断我们的谈话。

“说不上认识。我们做过生意。他来干吗？”

“新娘的朋友。”我说，我的语气让霍比惊恐地看了我一眼。“你是怎么认识他的？”

他飞速眨着眼。“嗯，”他不太情愿地说，“我不知道他的真名。韦尔蒂和我一直叫他斯洛恩·格里斯卡姆。但也许他的真名和这个完全不一样。”

“他是谁？”

“门环。”霍比简洁地说。

“哦。”我愣了一下后说。在古董这行，“门环”指的是专门对老年人下手的骗子，跑到老人家里，用花言巧语骗走他们的值钱古董，有时直接抢。

“我——”霍比前后晃着身体，有点尴尬地移开目光，“利润不少是真的。他是顶级的骗子——他的搭档也是。这两个人聪明得跟撒旦似的。”

一位洋溢着灿烂微笑的秃顶男人向我们走来，戴着教士的硬白领。我交叠胳膊换了个角度，挡在他身前，希望霍比没看见，不会迎上去和这人打招呼。

“他的搭档叫路西安·雷斯。至少那是他对外用的名字。哦，他们可是一对好搭档。你看——海威斯托克，或者斯洛恩，随便叫什么吧，会去和老太太或老先生搭讪，了解他们住在哪儿，不时上门拜访……他会去慈善晚宴、葬礼、重要的美国家具拍卖会之类的地方搜寻对象。然后——”他低头看着自己的酒，“他会带那位朋友，雷斯先生，一起上门拜访。趁老人们专心聊天时……哎，差劲透了。珠宝，画，手表，银器，能拿什么就拿什么。不过，”他换了种语气，“那也是很久以前的事了。”

我太想喝一杯了，不停地望向酒吧。我看到托迪正对一对老夫妇指出我所在的方向，他们冲我期待地微笑，好像马上就要走过来自我介绍。我赶紧转过身去。

“老人？”我对霍比说，希望能再得到一些信息。

“嗯——很遗憾这么说，但他们的猎物都是些无依无靠的人。会开门让他们进去的人。很多老人没什么值钱的东西，他们会一次就把能拿的拿光。可是如果对方家里真的有好东西——哦，他们会连续几周都给对方送水果篮，亲热地聊天，握着对方的手——”

那个牧师见我正忙，友好地举了一下手——回头见！然后他又挤进人群中。我冲他投去感激的微笑。他是要给我们证婚的主教吗？还是从圣伊格内修斯来的天主教牧师？自从安迪和巴伯先生死后，巴伯太太就一直去那家教会。

“可会干了。有时候他们会装成家具估价员，提供免费估价服务，以这个名义进到人家里。如果对方身体特别不好，整天卧床不起，他们就会骗那些看护士，假装是老人的亲戚。总之——”霍比摇摇头，“你吃东西了吗？”他用打算换个话题的语气说。

“嗯，”我说，虽然我还没吃，“谢了，可是——”

“哦，那就好！”他松了口气，“那边有牡蛎和鱼子酱。螃蟹也不错。你今天都没出来吃午饭。我给你留了一盘炖牛肉，配了扁豆和沙拉——结果你没吃，我在冰箱里看见了——”

“你、韦尔蒂和他是什么关系？”

霍比眨了眨眼。“抱歉？”他愣愣地说，“哦——”他冲格里斯卡姆的方向点了一下头，“他？”

“对。”灯光，镜子，燃烧的火炉，闪亮的水晶吊灯——房间里庆典的明亮光芒让我觉得身处噩梦，仿佛四面八方都有压力涌来，到处都有人在看着我。

“嗯——”他转开目光。侍者端出一碗新的鱼子酱，霍比已经朝自助餐的方向半转过身去——然后他放弃了，又转回来。“好多年以前，他带着一大堆珠宝银器到店里来，说是家里的东西。不过里面有个盐罐——历史悠久，是很名贵的东西——被韦尔蒂认了出来，因为他认识当初买这东西的那位女士。他也知道她被两个门环骗了，假装说要为慈善事业收集旧书，跑到她家里偷了好多东西。总之韦尔蒂收下了那些东西，说可以代卖，然后给那位女士打了电话，也报了警。我呢，呃，我这边——”他从兜里掏出带花的斜纹手帕抹了抹额头，声音轻得我几乎听不见，但我不敢让他大点声，“在那之前十八个月，我从那家伙手里买了一房子的古董。我知道有点不对劲，可是——我没能发现什么真正的破绽。东区八十街区的新楼——房间中央有一些乱七八糟的美国家具：茶柜、班卓钟、鲸骨雕像、足够开学校的温莎椅——但没有地毯，没有沙发，没有餐具，也没有寝具——唉，如果是你，你恐怕很快就能看出来。房子不是卖主自己的，也不属于姨妈啊姑姑什么的，只是暂时租下来藏赃的地方。还有，我之所以上了他的当，是因为我听说过他，那时候他开了家小店，就是个门脸，小得像个盒子，就在麦迪逊大道上，离帕克·波纳拍卖行不远，很漂亮的地方，只接待有预约的客人。有不少舍瓦莱古董，一些上好的法国货——都不是我了解的东西。我每次经过，都看到那个店关着门，我经常从窗口往里看。我不知道店主是谁，直到他联系我，说有那么间房子的古董要处理。”

“然后呢？”我说，又转过身，用意念叫普拉特赶紧走开。他正拉着他工作的出版社领导，意气风发地要走过来替我引荐。

“然后——”他叹了口气，“长话短说，最后我们上了法庭，韦尔蒂和我都做了证。斯洛恩——韦尔蒂称他为‘破烂’——消失得无影无踪，那家店隔夜就没了，‘停业改造’，当然了，之后就再也没开过门。而雷斯呢，应该是坐了牢。”

“这是什么时候的事？”

霍比咬住手指想了想。“哦，老天，至少是——三十年以前了吧？三十五年？”

“雷斯呢？”

他的眉毛耷了下来。“他也来了？”他环顾人群。

“我不知道那人长什么样。”

“头发像这样，”霍比用手指比划着脖子后面，“长过衣领。像英国人，某个时代的英国人。”

“白发？”

“那时候还没白。现在可能白了。嘴很小，看起来不怀好意——”他噘起嘴，“像这样。”

“那就是他。”

“嗯——”他在口袋里掏着放大镜，随即意识到并不需要，“你提出要退钱了。所以就算那真的是雷斯——我不明白他为什么还要紧抓着不放，因为他并没抓到什么把柄，没法惹麻烦啊，比如要求赔偿什么的，对吧？”

“对。”我沉默了一会儿后说。这是句天大的谎话，我差点就没能挤出声音。

“那就好，别这么担心，”霍比说，显然为能结束话题而松了口气，“可别让这种事毁了这个晚上。不过——”他拍了拍我的肩膀，越过房间望向巴伯太太，“你应该警告一下萨曼莎。她不能让那种混蛋进门，不管是为了什么。你们好！”他说，转过身面向那对终于挤过人群、在我们身后露出期待微笑的老夫妇，“我是詹姆斯·霍巴特。请允许我为你们介绍新郎。”

34

宴会的时间是从六点到九点。我微笑，流汗，想去酒吧却总是被人半路截住，有时还会被人抓着胳膊拽回去，仿佛对着面前的果子活活渴死的坦塔罗斯——“他在这儿呢，今天的主角！”“新郎！”“恭喜！”“来，西奥多，快来见见哈里的表妹弗朗西斯——朗斯特里特家和艾伯纳西家在父辈上有血缘关系，这边是家族的波士顿分支，钱斯的爷爷是他那代的老大——弗朗西斯？哦，你们已经认识了？太棒了！这位是……哦，伊丽莎白，你在这儿啊，过来一下，你今天漂亮极了，蓝色真适合你，我想让你认识一下……”最后我不再去想酒（和吃的），在不停挪动的人潮中从经过的侍者手上接过香槟，不时拿点开胃菜，洛林糕，抹鱼子酱的薄饼。陌生人来来去去，我被困在中间，礼貌地点着头，应付着这些出身良好、有钱有权的宾客……

“永远别忘了你和他们不是一类人。”看到我在某次印象派和现代画作展销会上和身份显赫的客人周旋，那个在会计部上班的嗑药伙计曾在我耳边如此低喃……

摄像师出现后，我僵硬地转身和一群又一群人站在一起，露出微笑，应付着足以让头脑麻痹的无聊闲聊，说着高尔夫球、政治、孩子参加的体育活动、上什么学校、在哪里买第四座和第五座房子，是在耶尔、海恩尼斯、巴黎、伦敦、杰克逊洞还是木星，韦尔现在建得真是乱七八糟，还记得以前那个美好的小镇吗……你平时去哪儿滑雪，西奥，你滑雪吗？哦，那太好了，你和凯西可一定要去我们那儿……

我一直注意着霍比和皮帕，但始终没怎么看见他们。凯西不停地拉人过来见我，然后又像小鸟飞离窗口一样瞬间消失。谢天谢地，海威斯托克没再出现。后来聚会总算快要散了，人们走向衣帽间，侍者走去清理桌上的蛋糕和甜点盘。我被困在凯西一群表亲中间，瞥了一眼房间对面的皮帕（整个晚上，我都在不停地找她，想在人群中发现那头红发，那是房间里唯一让我感兴趣的东西）——然后吃惊地看到她和鲍里斯站在一起，愉快地说着话。他靠得很近，胳膊轻轻搭在她身上，指间夹着根没点的烟，低语大笑。他在对她窃窃私语吗？

“抱歉。”我说，快步走向他们所在的火炉边——他们动作一致地转过身来，对我伸出手。

“你好啊！”皮帕说，“我们正说你呢！”

“波特！”鲍里斯说，一把抱住我。他好好打扮过了，穿着一套细白条蓝色西装（我想起麦迪逊大道上拉夫·劳伦店里成群的俄国富人），但整个人仍然显得邋遢不堪。浓重的黑眼圈让他显得阴沉猥琐，头发算不上脏，但显得脏兮兮的。“真高兴见到你！”

“我也是。”我邀请鲍里斯，但做梦也没想到他真的会来。鲍里斯本性就不喜欢记住日期和地址之类的繁琐细节，也从来都不会准时到场。“你知道他是谁吧？”我说，转向皮帕。

“她当然知道了！知道我的一切！我们现在可是好朋友了！好了——”他用夸张的殷勤态度说，“我有话要跟你说。能原谅我们离开片刻吗？”他对皮帕说。

“又有悄悄话要说？”她淘气地用芭蕾舞鞋踢踢我的鞋。

“别担心！我会把他带回来的！再见了！”他做了个飞吻。我们走到旁边，他对我低语：“她真可爱，老天，我喜欢红发。”

“我也是，但我娶的不是她。”

“哦？”他显得有些惊讶，“但她向我打招呼了！直呼我的名字！啊，”他仔细地看着我，“你脸红了！真的，波特！”他欢快地说，“脸红了！像个小姑娘！”

“闭嘴。”我生气地说，回头瞥了一眼，生怕她会听见。

“不是她？不是小红帽？太遗憾了，哈，”他环顾房间，“那是谁？”

我指出凯西。“那个。”

“啊！天蓝色的那位？”他亲热地捏了捏我，“老天，波特！她？这屋里最可爱的女人！神圣！像位女神！”他装出要跪倒在地的样子。

“不，不——”我抓住他的胳膊，匆忙拉他起身。

“真是个天使！从天堂直接降临下来的！和婴儿的眼泪一样纯洁！配你太浪费了——”

“嗯，大家都是这么想的。”

“不过——”他拿过我的伏特加酒杯，喝了一大口才还给我，“显得有点冰冷，是吧？我喜欢更温暖点的。她——她是朵百合，雪花！你们私下相处时她没这么冰冷吧？”

“你会吃惊的。”

他挑起了眉。“啊。她就是那位……”

“对。”

“她承认了？”

“嗯。”

“所以你没陪着她，你不太高兴。”

“多少有点吧。”

“嗯——”鲍里斯伸手捋过头发，“你现在必须过去和她说句话。”

“为什么？”

“因为我们必须得走了。”

“走？为什么？”

“因为我要你和我出去走一趟。”

“为什么？”我说，环顾房间，暗自希望他没把我从皮帕身边拖开，重新在人群中寻找她的身影。她之前站在蜡烛和火光旁边，那温暖的橘黄色让我想起了酒吧里的热度，这些光线仿佛就是通往前一天晚上的通道，可以让我回到那张小木桌边，和她膝盖抵着膝盖，看着她被同样橘黄色光线照亮的脸。一定有什么办法能让我现在就穿过整个大厅，抓起她的手，一起回到那个瞬间。

鲍里斯撩开眼前的头发。“拜托。你听完我的话，你一定觉得棒极了！但你得先回家一趟，把护照拿上。有现金最好。”

我越过鲍里斯的肩膀张望：好多冰冷的陌生女人。巴伯太太的侧脸稍微偏过去对着墙。她握着那位开心牧师的手，牧师好像没之前那么开心了。

“喂？你在听我说话吗？”他晃了晃我的胳膊。同样的声音曾无数次把我拽回这个世界上，离开胶毒带来的变形天空，不再睁着空洞的眼睛，望着天花板上激烈爆炸的蓝白色。

“好了！到车里再说。走吧。我给你买了张票——”

走？我看着他。这是我唯一听清的词。

“我会解释的。别这么看着我！一切都很顺利，别担心。不过你得先安排一下，离开两天。最多三天。所以——”他挥了挥手，“去吧，去和雪花美人交代一下，我们这就走。我不能在这里抽烟吧？”他说，左右张望，“好像没人在抽？”

“离开。”这是整个晚上我听到的唯一一句有道理的话。

“你得马上回家，”他用我熟悉的眼神注视着我，“拿上护照。还有钱。你手上有多少钱？”

“嗯，都在银行里。”我说，推了推眼镜，因为他的语调清醒多了。

“我没说银行，也等不到明天。我说你手上的现金，现在。”

“可是——”

“我可以把它拿回来，我告诉你。但我们不能再待在这儿了。必须马上走，现在就走。你快去吧。”他说，友好地踢了一下我的脚踝。

35

“你在这儿啊，亲爱的。”凯西说，把手伸进我的臂弯里，踮起脚来亲了我的脸颊一下。绕着她转的摄影师拍下了这个吻：一个来自报纸的社会版，一个是安妮专门请来的。“这地方是不是棒极了？你累了吗？希望我家的亲朋没有让你觉得应付不过来！安妮，亲爱的——”她冲安妮·德·拉梅辛伸出手，后者的金发梳成硬邦邦的法式，穿着硬邦邦的塔夫绸长裙，脖子上的皱纹与脸上轮廓分明的平整皮肤形成鲜明反差。“听着，这里简直就是天堂……我们拍张家庭照吧？你、我和西奥，就我们三个。”

尴尬的拍照活动一结束，安妮·德·拉梅辛（她显然觉得我连当个远亲的资格都没有，更别提家人了）走到旁边，去和其他更重要的客人道别了。“听着，”我对凯西说，“我要走了。”

“可是——”她露出困惑的神色，“我想安妮在别的地方订了桌——”

“嗯，帮我找个借口。对你来说应该不难吧？”

“西奥，别这样。”

“反正你*母亲*也不会去，我很确定。”巴伯太太不会去餐厅吃饭，除非她相信在那儿不可能遇见熟人。“你就说我要送她回家，她病了。说我*病了*。发挥你的想象力，你肯定能想出来的。”

“你还在气我？”他们家的专用词汇：气我。我们小的时候，安迪经常说这个词。

“气你？没有。”现在这件事已经尘埃落定，我习惯了这个现实，凯西和凯布尔的事就像与我无关的流言蜚语。我注意到，她戴着我母亲的耳环——这令我出奇的感动，因为她说得一点没错，那颜色一点也不配她。我忍不住伸出手摸了摸耳环，然后又摸了摸她的脸颊。

“哦——”后面的旁观者感叹道，为终于看到幸福的新人表露感情而激动。凯西立马提起精神，抓住我的手吻了一下，引来又一阵快门声。

“行吗？”她俯身靠过来，我在她耳边说，“如果稍后有人问起，就说我出差去了。有个老太太叫我去看一处房产。”

“没问题。”我得夸她一句，她冷静得无懈可击。“什么时候回来？”

“哦，很快就回来。”我说，语气并不肯定。我很想走出这个房间，一连走上几天、几个月，一直走到墨西哥某个寂静的海滩上，穿着同一身衣服四处闲逛，直到布料都腐烂脱落，我变成一个戴着角质架眼镜的疯狂老外，靠修补桌椅为生。“你照顾好自己。别让那个海威斯托克踏进你母亲家一步。”

“嗯——”她的声音很低，我差点就听不清，“他最近可烦人了。老是打电话过来，想带着花和巧克力登门拜访，可怜的老家伙。妈妈不肯见他。我都对他觉得有点抱歉了。”

“嗯，别抱歉。离他远点。他是个骗子。好了，再见。”我大声地说，吻了一下她的脸（更多的快门声，这是摄影师们等了一晚上的镜头），走过去告诉霍比我要离开几天。他开心地看着一幅画像，鼻子凑得离画布只有几英寸远。

“好吧。”他小心地说，转过身来。我和他工作这些年，没怎么度过假，一次也没出过城。“你和——”他冲凯西点点头。

“不是。”

“没出什么事吧？”

“没有。”

他看看我，又看看房间对面的鲍里斯。“你如果需要什么，”他突然说，“随时跟我说。”

“嗯，好，”我说——我吃了一惊，不太确定他具体是什么意思，也不知道要怎么回答，“谢了。”

他有点尴尬地耸耸肩，转回去看着那幅画像。鲍里斯在酒吧边喝着香槟，大口吃着蘸了鱼子酱的薄饼。他见到我，一口把酒喝干，冲门口一摆头：走了！

“回头见。”我对霍比说，和他握了握手（我一般不会这么做），他呆呆地盯着我。我想和皮帕告别，但到处都找不到她。她去哪儿了？图书馆？卫生间？我决心在走前再看她一眼，就一眼。“你知道她去哪儿了吗？”我飞快地四周找了一圈，回去问霍比。但他只是摇了摇头。我又在衣帽间旁边紧张不安地等了几分钟，最后嘴里塞满开胃菜的鲍里斯抓住我的胳膊，拉着我下楼出了门。

第五部

我们拥有艺术，才不会为真实而死。

——尼采

第十一章

绅士运河

1

林肯商务车在街上转圈。车停后，我发现司机不是久里，而是一个我从来没见过的人，发型看起来像是醉鬼给他剪的，冰蓝色的眼睛目光锐利。

鲍里斯用俄语为我们互相介绍。“嗨！我叫阿纳托利。”司机说，向我伸出一只手，手上刺着靛青色的王冠和星星，好像乌克兰复活节彩蛋上的花纹。

“阿纳托利？”我小心翼翼地说，“很高兴认识你？”他随即吐出一串俄语，我一个词也没听懂，只能求助地看向鲍里斯。

“阿纳托利，”鲍里斯悠然地说，“一句英语也不会说。是吧，托利？”

阿纳托利严肃地透过后视镜看着我们，又说了一长串。他指节上的刺青恐怕与监狱有关，那些墨环表示的是判刑时间和服刑时间，一圈圈像是树上的年轮。

“他说你挺会说话的，”鲍里斯嘲讽地说，“很有礼貌。”

“久里呢？”

“哦——他昨天就飞过去了，”鲍里斯说，在外套胸前的口袋里翻找。

“飞？飞到哪儿去？”

“安特沃普。”

“我的画在那儿？”

“不，”鲍里斯从兜里掏出两张纸，在微弱的灯光下瞥了一眼，递给我。“但我的公寓在安特沃普，我的车也在。久里去取点东西，之后再开车来接我们。”

我把纸拿到灯光下，看到打印出来的电子机票：

已确认

德克尔/西奥多 DL2334

纽瓦克自由国际机场（EWR）飞往阿姆斯特丹，荷兰（AMS）

登记时间 12：45A

旅行时间 7小时44分钟

“从安特沃普飞到阿姆斯特丹只要三个小时，”鲍里斯说，“我们会同时到达史基普机场——我可能比你晚一个小时，我叫米里亚姆给我们订了不同的航班。我会在法兰克福中转，你是直飞。”

“今晚？”

“对——嗯，你看，时间不多了——”

“为什么我也要去？”

“因为我可能需要人帮忙，又不想拖别人进来。嗯——久里也在。但就算对米里亚姆，我也没说去那儿是为了什么。哦哦，我可以说的，”他说，打断我，“只是——越少人知道越好。总之，你快回家拿上护照，还有现金。托利会送我们去纽瓦克。我——”他拍了拍后座上我刚注意到的行李箱，“我都准备好了。我在车里等你。”

“钱呢？”

“你有多少拿多少。”

“你应该早点告诉我。”

“没必要。现金——”他摸索着香烟，“嗯，别太费神。有多少拿多少就好——因为其实不重要，只是为了演戏。”

我摘下眼镜，用衣袖擦了擦。“什么？”

“因为——”他用指节敲了敲头，熟悉的手势：笨蛋。“因为我会付钱，但不是他们要的数额。他们偷了我的东西，还想得到奖赏？干吗不直接跑来抢劫我算了？他们会怎么想？‘这人很弱，我们可以随心所欲。’可是——”他痉挛似的瞬间交叉双腿，拍着口袋找打火机，“我想让他们觉得我们会付全款。你可以去取款机取点钱——路上吧，到了机场也行。新钞看起来比较好看。我想去欧洲好像只能带一万元现金？我可以把多出来的捆起来放箱子里。还有——”他递给我一根烟，“我想不该全让你付。到了那儿，我会再拿些钱出来的。算我送你的。还有汇票——空头汇票，假的存款收据，假支票。加勒比海地带黄铜大门的银行。看起来特别棒，特别正式。我不知道这部分会不会顺利，只能见机行事。有点脑子的人看到现金都不会愿意拿汇票！但我想他们没经验，又没别的选择，所以——”他交叉起手指，“我觉得有希望。等着瞧吧！”

2

阿纳托利在街上绕来绕去，我跑进店里，拿上所有没存的现金，可能有一万六左右。然后我跑上楼，波帕在我身边转来转去，紧张地呜咽着。我往包里扔了几样东西：护照、牙刷、剃须刀、袜子、内裤，手边最近的西装裤，两件替换衬衫、毛衣。知更鸟烟草盒还放在袜子的最底下，我把它也掏出来，但随即就松开手，使劲关上抽屉。

我快步走过客厅，波帕跟在我脚边。皮帕摆在门外的猎靴让我突然站住脚：那明亮的夏季绿色在我心里一直和她密不可分，代表着快乐。我在原地犹豫了一会儿，然后回到房间，拿出初版的《奥芝国女王》，迅速给她留了张字条，快得没有时间左思右想。“路上小心。我爱你。不开玩笑。”我吹干字条，夹到书里，把书放到她的靴子边上。地毯上出现的颜色搭配（翡翠城，绿色的雨靴，那是奥芝国女王的颜色）仿佛一首俳句，完美地解释了她在我心里的地位。我一动不动地站了片刻——滴答走动的钟，童年时的隐约回忆，我们一起走过夏季草坪的白日梦都触手可及——然后我又掉头回到房间，拿出给她买的项链。在一场房屋拍卖的展示厅里，这条项链让我想到了她。我把项链从深蓝色天鹅绒盒子里拿出来，小心地搭到一只靴子上，让它反射出一缕金光。那是十八世纪的黄玉项链，适合肤色白皙的女王，镶嵌着钻石和清晰巨大的蜂蜜色宝石，和她眼睛的颜色一样。我转过身，避开对面墙上她的照片快步下楼，仿佛刚对着窗户扔了石头的小孩，害怕而狂喜。霍比会知道这条项链的价钱。等皮帕看到它和那张字条，我一定已经走得很远了。

3

我和鲍里斯的登机口不同，我们在阿纳托利放我下车的地方道了别。玻璃门无声地吸了口气，打开了。我过了安检，走在天亮前闪亮的地板上，望着显示屏，走过拉着铁门的黑暗商铺，布鲁克斯通礼品店，领带架，内森热狗。高昂的七十年代音乐流淌着（爱……爱让我们永不分离……宝贝，随时记得我……），我穿过挂着绳子的冰冷登机口，旁边没什么人，只有几个大学生四肢摊开，在四人座上打着盹。我走过还在营业的孤单酒吧、孤单的酸奶店和孤单的免税店，听从鲍里斯重复了好几次的急切建议停下来，喝了第五杯伏特加（"最好还是早做打算……只有州商店里才有酒喝……不如先喝两杯吧"），然后一口气走到我自己的登机口。这里挤满眼神呆滞的少数族裔家庭，盘腿坐在地板上的背包客，盯着笔记本电脑一动不动、满脸油光、仿佛已经习惯了这种生活的商人。

飞机满员。我排队小步挪动，在过道里和其他人挤成一团（经济舱，正中间的座位，从前数第五排）。我心想，难得米里亚姆还能给我订到座位。我太累了，没办法多加思考，安全带指示灯还没变暗就睡着了——错过了饮料，错过了晚餐，错过了机上电影，等所有遮光板拉起来时才醒。机舱里一片明亮，空中小姐推着小车送来包装好的早餐：冰冻葡萄，冰冻果汁，裹在玻璃纸里油乎乎的蛋黄色羊角面包，咖啡和茶。

我和鲍里斯约好在取行李的地方见。商人沉默地拿起行李，飞快地消失了——去开会，去商量推销计划，去见情人，谁知道呢？傻乎乎的小孩大声呼喊，背着贴有彩虹贴纸的背包，互相推来挤去，想要拿走不属于他们的箱子，吵着哪家咖啡店的早餐最好吃——"哦，伙计们，当然是蓝鸟——"

"不，等等——好像叫哈伦莫斯街？不，真的，我记下来了，在这张纸上。不，等一下，听着，我们直接过去得了，因为我不记得名字了，但那家店很早就开门，早餐可好吃了。在桌上可以直接点你要的松饼、橘汁、阿波罗十三牌大麻，直接在桌上用蒸馏器吸大麻。"

他们大步流星地走了，一共十五到二十人，无忧无虑，头发顺滑茂盛，大笑着拖着行李，争吵着怎么进城才最便宜。我没有托运的行李，但还是在原地等了一个多小时，看着一只贴满标签的行李箱在履带上凄凉地转来转去。最后鲍里斯终于出现了，从我身后使劲抱住我的脖子，还想踩到我的鞋上来。

“走吧，”他说，“你这样子真差劲。我们去吃点东西，好好聊聊！久里开着车在外面等着呢。”

4

不知怎么，我没有想到这个城市也一样到处都是圣诞节装饰：枞树枝和金属箔，商店橱窗里挂满星星。运河上吹着冰冷的风，到处都是火堆，街边摆着节日小摊，人们骑着自行车，四处卖着五颜六色的玩具和糖果，一派节日前的混乱热闹。小狗，小孩，有人说着闲话，有人在一旁观望，有人送着包裹，小丑戴着尖顶帽，穿着军大衣，身材矮小的丑角穿着圣诞服装跳舞，仿佛是阿维坎普的风景画。我的头脑还没完全清醒，这幅景色和我在飞机上做的梦一样不真实。我梦见在公园里看见了皮帕，旁边有好多高大的喷泉，天空低低地挂着一颗绕着土星环的硕大星球。

“新广场。”久里说。我们的车路过一个巨大的圆形广场，广场中央有一座带炮塔的童话中一样的城堡，周围是开放集市，有沾着雪的常青树，小贩们戴着手套跺着脚，看起来仿佛童话书里的插图。“呵，呵，呵。”

“这儿总是有很多警察。”鲍里斯阴沉地说，久里一个急转弯，鲍里斯靠到门上。

出于很多原因，我对住的地方很挑剔，打算如果要睡在窝棚里或是地上就找借口溜掉。幸运的是，米里亚姆在较老的城区里给我订了一间濒临运河的酒店房间。我放下行李，把现金锁到保险柜里，回到街上与鲍里斯汇合。久里去停车了。

鲍里斯把烟扔到石子路上，用脚碾熄。“我很久没来过了。”他说，呼出一团白气，打量着街上裹成一团的行人。“我在安特沃普有公寓——我来安特沃普是为了做生意。挺美的地方——海面上一样的云，一样的光。回头我们再去吧。我老是忘了我有多喜欢这里。你快饿死了吧？”他说，捶了一下我的胳膊，“介意走几步吗？”

我们漫步走下窄到无法开车的小街，雾蒙蒙的土黄色小店里摆满以前的照片和染灰的瓷器。我们穿过运河的步行桥：棕色的河水，一只孤零零的棕鸭。塑料杯在水中半浮半沉。风吹得冷而猛烈，携带着小小的冰碴，周围的空间狭小潮湿。

运河冬天不会结冰吗？我问。

“会，不过——”他抹了一下鼻子，“全球变暖吧，我猜。”他还穿着昨晚的大衣和西装，看起来与这里格格不入，又潇洒自如。“真是见鬼的天气！我们进这家吧？你觉得呢？”

这家运河边脏兮兮的酒吧，或是咖啡店，铺着深色的木地板，装潢是海洋风格，墙上挂着船桨和救生衣，即便是白天也点着光芒微弱的蜡烛，雾蒙蒙的，气氛惨淡。店里满是烟雾，热气升腾，玻璃窗上凝结着水珠。没有菜单，墙上用粉笔写着一些我看不懂的食物：“每日例汤，慢炖牛肉，灰豆杂烩，酸菜锅。”

“来，让我点吧。”鲍里斯说，然后令我吃惊地用荷兰语点了菜。上来的食物是典型的鲍里斯风格，牛肉、面包、香肠，配了猪肉和酸菜的土豆泥。鲍里斯开心地大口吃着，讲起他第一次也是唯一一次在这里骑自行车的经历（翻了车，惨不忍睹），说着他有多喜欢吃阿姆斯特丹的当季鲱鱼。还好现在季节不对，因为这里吃鲱鱼的方法是抓着尾鳍把鱼抓起来，直接整条塞进嘴里。但陌生的环境让我无所适从，没法集中精力听他说话。我用叉子搅着土豆泥，感到五官敏锐得几乎有些痛苦，陌生的城市从四面八向我压过来，烟草、麦芽和肉桂的气味，墙面的棕色仿佛皮革封面的古书般忧郁，外面是漆黑的小巷和拍打着河岸的咸水，天空低矮，年代悠久的建筑挤成一团，有种阴郁诗意的末世感，铺着小石子的路面散发出一种孤独，让这里显得——至少在我看来是这样——像个让人专门跑来让河水淹过头顶的城市。

久里很快就来找我们了，脸色通红，上气不接下气。“停车——在这儿可难了，”他说，“抱歉。”他冲我伸出手。“很高兴见到你！”他说，拥抱了我一下，仿佛我们是很久没见的老朋友，那种真诚的亲热态度让我吃惊。“一切都还好吗？”

鲍里斯喝着第二杯啤酒，滔滔不绝地讲起霍斯特。“我不知道他干吗不搬到阿姆斯特丹来，”他说，满足地咬着一根香肠，“他总在抱怨纽约！老说讨厌讨厌！再说了——”他冲雾蒙蒙的玻璃窗外面挥了一下手，“他喜欢的一切都在这儿，就连语言也和他的母语一样。他如果真想找个让自己幸福的地方，过上快乐的生活，就该付个两万元，再进一次戒毒所，然后到这儿来抽着佛雾牌大麻，整天站在博物馆里。”

“霍斯特？”我说，来回看着他们。

“什么？”

“他知道你来这儿了吗?”

鲍里斯喝了一大口酒。“霍斯特?不,他不知道。事后再告诉他,事情会简单得多。因为——”他舔了一下手指上的芥末,“我的怀疑是正确的。是萨沙那个混蛋偷的。乌尔莉卡的哥哥,”他语速飞快地说,“因为乌尔莉卡,霍斯特会很难办。所以最好还是我自己来处理,明白吗?我这样也是帮了霍斯特的忙——他不会忘记的。”

“什么叫‘处理’?”

鲍里斯叹了口气。“这——”他左右张望,确保没别人在听,虽然我们是店里唯一的一桌客人,“嗯,事情很复杂,全讲出来能讲上三天,但我也可以用三句话总结一下。”

“乌尔莉卡知道是他拿的吗?”

他翻了个白眼。“鬼知道。”这是我多年前放学后在我家胡闹时我教给他的一句话。“鬼知道”。“别闹了”。沙漠中烟雾缭绕的黄昏,窗帘都放了下来。“赶紧的”。“走着瞧”。“不可能”。同样的阴影打在我的脸上,也打在他的脸上,游泳池边的门上闪着夕阳的金光。

“我想萨沙不会傻到要告诉乌尔莉卡。”久里表情担忧地说。

“我不知道乌尔莉卡知不知道,这无关紧要。在她哥哥和霍斯特之间,她一定会选择哥哥,这一点之前已经被证明过无数次。你觉得——”他夸张地挥手,让女侍给久里也端杯酒来,“你觉得萨沙偷了画至少会等上一段时间吧!可是他没有。因为霍斯特,他没法去汉堡或法兰克福换钱——因为下一秒霍斯特就会听说。所以他就把画带到这儿来了。”

“听着,你既然知道画在谁那儿,我们可以报警。”

一阵沉默,他们都露出茫然的表情,仿佛我刚拿出一罐汽油,提议说要点火自焚。

女侍端来久里的酒,放到桌上转身走了,久里和鲍里斯还是一个字也没说。“呃,我是说,”我自我辩解地说,“这不是最安全、也最容易的办法吗?警察如果能把画找回来,跟你扯不上关系的话?”

窗外传来自行车铃声,一个女人骑车走人行道上,自行车辐条咔咔转动,女人身后飘着好像女巫戴的黑色披风。

“因为——”我来回看着他们,“想想这幅画经历了什么——经过哪些人的手——我不知道你明不明白，鲍里斯，要海运一幅画需要精心准备多少东西？光是正确地包装就要考虑多少东西？为什么要冒险呢？"

"我想到这些了。"

"只要打个匿名电话。打给管艺术品犯罪的那帮人。他们不是普通警察——和普通警察也没什么联系——只关心那幅画。他们会知道该怎么办。"

鲍里斯向后靠到椅背上，环顾四周，然后转过头来看我。

"不，"他说，"这不是个好主意。"他的语气听起来好像在和五岁小孩说话，"你想知道为什么吗？"

"你想想吧。这是最容易的办法。你什么也不用做。"

鲍里斯小心地放下酒杯。

"他们最有可能把画完好无损地追回来。还有，如果我来——如果我打电话——靠，我可以让霍比打电话——"我伸出双手抱住头，"不管你怎么看，你都不会陷入危险。也就是说——"我太累了，太不知所措。我对着两双电动钻机般的眼睛，无法思考，"如果我来打，或者随便什么人，只要不属于你的，呃，组织——"

鲍里斯笑了起来。"'组织'？嗯——"他使劲摇了摇头，头发又落到眼前，"我想我们也能算个组织吧，毕竟不止三个人！不过我们规模可不大，也不是很有组织性，你也看得出来。"

"你应该吃点东西。"紧绷的沉默中，久里对我说，低头看着我丝毫未动的猪肉和土豆。"他应该吃点东西，"他对鲍里斯说，"你叫他吃点。"

"他想饿着就让他饿死吧。总之，"鲍里斯说，迅速拿走我盘子里的一块猪肉塞进嘴里——

"一个电话就行。我来打。"

"不，"鲍里斯说，突然生气起来，推开椅子，"你不会打。不，不，去你妈的，闭嘴，你不能打。"他说，攻击性地抬起下巴，我想要压过他的声音——久里的手突然按到我的手腕上，我很明白这一按的意思，以前在维加斯，鲍里斯也是这么拉住我的，那时爸爸在厨房里嘟囔着这是谁的房子，是谁付账。

"还有，还有，"鲍里斯蛮横地说，利用了他没预料到的我的停顿，"我要你再也别提这个愚蠢的'电话'。'打电话，打电话'，"他说，见我没有回答，伸手在空中来回扇着，仿佛"打电话"是小孩幼稚的呓语，像"独角兽"和"仙境"一样，

"我知道你想帮忙，但这不是什么有用的建议。所以你忘了吧，别再说什么'打电话'。总之，"他温和地说，把自己的啤酒倒到我空了一半的杯子里，"我正给你解释呢。萨沙急得要命，他能好好思考吗？他会比我们多走一步，多走两步吗？不。这儿不是他的地盘，他认识的人都只会害了他。他需要钱。他太想摆脱霍斯特，结果又转回来撞上了我。"

我什么也没说。我可以自己给警察打电话，没必要扯上鲍里斯和久里。

"运气相当不错吧？我们的朋友是个格鲁吉亚人——非常有钱，离霍斯特的世界非常远，也根本称不上是什么艺术收藏家。他都不知道画的名字。他只说自己见过一只鸟——一只小黄鸟。但他说他见过那幅画了，樱桃相信他的话。他在房地产业非常有权力。在这儿，在安特沃普。很有钱，对樱桃像个父亲似的，但没受过很多教育，你懂我的意思。"

"画在哪儿？"

鲍里斯使劲揉了揉鼻子。"我不知道。他们总不会把这个也告诉我们，对吧？但维特联系他们了，说他认识个买家。我们安排好了这次见面。"

"在哪儿？"

"还没定下来。他们已经改了十几次地点了。疑神疑鬼的，"他说，抬手在脑袋边上做了个松开螺丝的手势，"可能会让我们等个一两天。说不定在见面一两个小时前才会知道见面地点。"

"樱桃——"我说，然后又住了嘴。维特是樱桃的俄语名维克多的简称，但樱桃只是个诨名，我对萨沙也一无所知：他的年龄，他姓什么，他长什么样。我什么都不知道，只知道他是乌尔莉卡的哥哥——我对这一点也不完全肯定，因为鲍里斯对兄弟姐妹的定义太宽松。

鲍里斯舔掉大拇指上的油渍。"我的想法是——约在你的宾馆见面。你看，你，美国人，了不起的大人物，对画有兴趣。他们——"女侍过来给他上了一杯新啤酒，他压低声音，久里礼貌地点着头俯过身来，"他们可以去你的房间里。一般都是这么交易的。非常有效率。不过——"他微微耸肩，"他们都是新手，想太多。他们想自己挑地方。"

"那是哪儿？"

"不知道呢！我不是说了吗？他们不停改主意。他们如果想让我们等——我们就等。让他们觉得自己是老大。好了，抱歉，"他说，伸了个懒腰打着哈欠，用指尖揉了揉浓重的黑眼圈，“我累了！想睡一觉！”他转头用乌克兰语对久里说了句什么，又转回头看着我。“抱歉，”他说，靠过来揽住我的肩，“你能自己找回酒店吗？”

我想不动声色地挣脱他。“可以。你住在哪儿？”

“女朋友的公寓——善德街。”

“在善德街附近，”久里说，目的明确地站起来，礼貌却带着隐约的军人风范，“以前是中国人聚集区。”

“地址呢？”

“不记得了。你知道我的。我可记不住地址什么的。不过——”鲍里斯拍了拍口袋，“你的宾馆。”

“哦。”在维加斯，我们如果走散了——揣着满兜偷来的礼品卡躲避警察追捕——汇合地点一直是我家。

“嗯——我到那儿去找你。你有我的电话号码，我也有你的。我如果得到什么消息，就给你打电话。好了——”他拍了一下我的头，“别担心了，波特！别站在那儿显得这么不开心！我们如果输了，我们赢了，我们如果赢了，我们也赢了！一切都会好的！你知道怎么回去吧？从这儿往上走，到了辛格运河往左拐。对，就在那儿。回头见。”

5

我在回宾馆的路上拐错了弯，在外面漫无目的地游荡了好几个小时。梦境般的灰色小巷有着我念不出的名字，商店里摆着玻璃做的廉价饰品，镀金的佛像和亚洲刺绣，老地图，陈旧的羽管键琴。雾蒙蒙的烟棕色店铺里满是陶器、高脚杯和德累斯顿古董罐。太阳出来了，运河边的路坚硬明亮，有种如呼吸一般的炫目光芒。海鸥尖叫着俯冲而过，一只狗叼着活螃蟹小步跑过我身边。在头重脚轻的疲惫中，我觉得头脑和身体完全分开了，头脑仿佛正在一边对身体冷眼旁观。我走过糖果店和咖啡店，古董店里摆放着旧玩具，十九世纪的戴夫特瓷砖，旧镜子和银器在白兰地般的浑厚光芒中闪闪发亮，法式宫廷风格的嵌花橱柜和桌子上雕着花圈，精巧的贴面技术能让霍比赞叹地倒吸一口气——这座到处都是花店、面包店和古董店的城市雾气升腾，友好而优雅，到处都让我想起霍比。不只是因为随处可见的古董，还因为这地方有像霍比一样的健全感，像童书中的一幅插画：戴着围裙的工匠扫着地，斑纹猫在阳光灿烂的窗边打盹。

这里可看的东西太多，我应接不暇，又累又冷。最后我向陌生人问了路（抱着大把花束、脸颊红润的家庭主妇；戴着金属架眼镜、满身烟味的嬉皮士）。我往回走，跨过运河上的桥，穿过点着圣诞树小彩灯的窄巷，回到宾馆。我在前台换了些钱，回到房间冲了个澡，浴室里尽是弧形玻璃和豪华艳丽的灯具，一半新艺术风格，一半则像科幻世界里冰冷的船舱。然后我趴到床上，瞬间熟睡过去——再醒过来时已经是好几个小时之后，手机在床头柜上发出熟悉的铃声。我一瞬间还以为自己在家里。

"波特？"

我坐起来摸索眼镜。"呃——"我睡前没拉窗帘，运河的水光在阴暗的天花板上摇摆不定。

"怎么了？你嗑药了？别告诉我你是去咖啡店嗑的。"

"不，我——"我晕晕沉沉地望向周围——天窗和房梁，橱柜和墙面。我站在窗边揉着脑袋，外面是被路灯照亮的运河桥，拱形的倒影投在漆黑的水面上。

"我这就上去。你房间里不会还睡着姑娘吧？"

6

从前台到我的房间需要乘两部电梯，再穿过一条走廊，所以敲门声快得让我吃惊。久里谨慎地走到窗边背对着我们，鲍里斯上下打量着我。"把衣服穿好。"他说。我光着脚裹在宾馆的浴袍里，头发因洗完澡直接睡觉而蓬乱地翘起。"你得洗漱一下。去吧——梳梳头，刮个胡子。"

我从浴室里走出来（前一晚我把西装挂在浴室里，想让皱褶在重力的作用下自然消失）。他不满地噘起嘴，说："没有更好的衣服了吗？"

"这可是腾博阿瑟。"

"嗯，可是看起来好像被你穿着睡了一夜。"

"我穿了一阵子了。衬衫倒是有件更好的。"

"那就换上，"他在床脚打开一个行李箱，"把你的钱也拿过来。"

等我换好衬衫、扣着袖口走出来，眼前的情景让我僵立当场：鲍里斯低头站在床边，专注地组装着一把手枪，目光和霍比工作时一样的自信，专业地上好枪针，子弹带着太过真实的咔嗒声上了膛。

"鲍里斯，"我说，"你他妈的搞什么呢。"

"冷静点。"他瞥了我一眼说，拍了拍口袋，拿出一本杂志拍了一下：啪。"不是你想的那样。真的。只是做个样子！"

我望向久里一动不动的宽广后背，那种专业的充耳不闻我也会，我在店里遇到夫妇为了一件家具争吵时也会这样干。

"只是——"鲍里斯娴熟地扳动枪上的零件，不停试验，抬到眼前瞄准。这看起来像是从我大脑深层浮现的超现实画面，那里二十四小时播放着黑白电影。"我们要去他们的地盘，他们有三个人。呃，其实只有两个。只有两个需要注意。我告诉你——之前我有点担心萨沙也会来。那样我就不能跟你一起去了。结果一切都很顺利，我也要去！"

"鲍里斯——"我站在原地，一切事实同时向我涌来，我感到有些虚脱。这他妈是个多么愚蠢的局面——

"别担心！我已经替你担心过了。因为——"他拍了拍我的肩，"萨沙太紧张了。他不敢在阿姆斯特丹露面，生怕消息会传回霍斯特的耳朵里。他这样好像有道理。但对我们来说，这样最好不过。

"所以。"他啪的一声合上了枪：铬银，汞黑，那光滑而紧密的样子让周围的空间都显得扭曲起来，仿佛一滴汽油落进了一杯水里。

"别告诉我你要带着那个。"我难以置信地沉默了一会儿后说。

"呃，没错。为了配皮套——放在皮套里就够了。等一下，等一下，"他说，举起一只手，"在你反对之前——"但我没说话，只是惊恐而茫然地站在原地，"我得说多少遍你才懂？这只是装装样子。"

"你一定是在开玩笑。"

"好好打扮，"他轻快地说，完全无视我的话，"纯粹是演戏。他们如果看见我有这个，就不太敢做什么手脚了，懂吗？"他补充，我只是盯着他看，"为了安全！因为，因为啊，"他压过我的声音，"你是个有钱人，我们是你的保镖，所以当然要这样了，他们也会觉得很正常。大家都是文明人。只要我们像这样撩一下大衣——”他腰上绑着一个隐秘的枪套，“他们就会放尊重点，不敢对我们耍花样。这样走进去才危险呢——”他转着眼睛模仿蠢姑娘。

“鲍里斯，”我觉得脸色发白，头脑晕眩，“我做不到。”

“做不到什么？”他扬起下巴看着我，“做不到下车和我站上五分钟，让我把你那幅画拿回来？啊？”

“不，我是说真的。”枪就摆在床上，我的目光忍不住被它吸引过去。它似乎凝聚并放大了空气中所有不好的能量。“我不行。真的。忘了吧。”

“忘了？”鲍里斯做了个苦脸，“别这样！你让我就这么白白跑过来，走到这一步，结果——”他扬起手臂，“到了最后一刻，你开始提条件了，说什么‘不安全，不安全’，开始教训我该怎么办。你不信任我？”

“我信，可是——”

“那就好。相信我吧。你是买家，”他见我不回答，不耐烦地说，“我们的说法就是这样。一切都安排好了。”

“我们应该事先好好商量商量。”

“哦，拜托，”他无奈地说，拿起床上的枪塞进皮套里，“别跟我争，我们快迟到了。你如果在浴室晚两分钟再出来，根本就不会看见！根本不知道我身上带了武器！因为——波特，听我说，你能好好听我说吗？之后是这样的。我们走进去，待个五分钟，一直站着不动，跟他们说话，只是说话，你拿回画，皆大欢喜，我们回来吃晚饭。好吗？”

久里从窗边走过来，上下打量了我一番，然后皱起眉用乌克兰语对鲍里斯说了句什么。他们交流了一会儿。然后鲍里斯开始解他手腕上的表。

久里使劲摇头，又说了两句什么。

“对，”鲍里斯说，“你说得对。”他冲我点点头，“把他的表戴上。”

劳力士白金总统表，指针上嵌了钻石。我正在考虑要怎么礼貌地拒绝，久里把他小指上那颗巨大的斜切钻石摘了下来，和表一起放在掌心，摊开手掌递给我，带着小孩赠送自制礼物时的期待眼神。

“嗯，”鲍里斯见我犹豫，说，“他说得对。你现在看起来还不够有钱。如果能换双鞋就好了，”他说，不满地看着我黑色的孟克鞋，“但这双也凑合。好了，把钱放到这个袋子里——”皮革手提包，里面装满成摞的纸钞，“走吧。”他灵活地动手整理钞票，敏捷得像宾馆服务员在铺床。“面值最大的放在上面，这些漂亮的一百元。这样好看。”

7

我们上了街，到处都是节日的色彩与喜庆的气氛。倒影在黑色的水面上舞动摇晃，街道上方挂着蕾丝的拱廊，运河小船上彩灯围成的花环。

“一切都会简单又容易。”鲍里斯说，换着车上的广播台，换过比吉斯乐队、荷兰语新闻和法语新闻，找着想听的音乐，“因为他们急于要钱。那幅画出手越快，让霍斯特发现的可能性就越小。他们不会盯着银行汇票和存款收据看得太细，注意力一定都放在六十万这个数字上。”

我一人坐在后排，只有装满钱的袋子与我为伴。“因为你得习惯习惯，先生，做一个尊贵的乘客！”久里说，转到车后为我开门。

“你看——我想能骗过他们——存款收据没问题，”鲍里斯说，“银行汇票也是。只不过银行不怎么样罢了。安圭拉银行，安特沃普的俄国人——在这儿也有，就在P.C.霍夫特街上。他们到这儿来投资、洗钱、买艺术品，哈！这家银行六周以前还行，现在已经不行了。”

我们开过运河，告别水面，开到街道上。建筑顶上有五颜六色的霓虹灯天使俯身探出侧脸，仿佛船头上的装饰人像。蓝色的亮光，白色的亮光，示踪剂，倾泻而下的小白灯和圣诞星，光芒四射，无懈可击，和我小指上不真实的大钻石一样与我无关。

“听着，我想告诉你的是，”鲍里斯说，放弃广播，转过身来对着我，“我想说的是，你别担心。我是真心实意地这么说，”他说，眉毛扭成一团，手伸出来鼓励地晃着我的肩，“一切都会好的。”

“小菜一碟！”久里说，在后视镜里冲我灿烂地一笑，为想起这个成语而高兴。

“计划是这样的。你想知道具体内容吗？”

“我大概只能说想。”

“我们把车开到城外去，樱桃会来接我们，用他的车带我们过去。”

“一切都会和平完成。”

“一点没错。为什么？因为你带了现金！他们想要的就是这个。就算银行汇票是假的——那他们也赚了，什么都没干就捞了四万元。不费吹灰之力！交易结束后，樱桃会把我们和画一起送回车库，然后——我们出去庆祝！”

久里嘟囔了一句什么。

“他在抱怨那个车库。跟你说一声，他觉得这主意不怎么样。可是——我不想开着自己的车过去，更不想在去的路上被开张罚单。”

“碰面的地方在哪儿？”

“嗯——有点麻烦。我们得先开出城，再开回来。他们坚决要在他们的地方见面，樱桃答应了，因为——呃，说真的，这样更好。我们在他们的地盘上，至少不用担心警察会来插一脚。”

我们开上一段没几个人的路，这条路笔直而荒凉。周围没什么车，路灯之间的距离比之前更远。旧城区被我们甩在身后，令人心旷神怡的流光溢彩、点着灯的花饰窗棱、隐藏的设计元素、银色的溜冰鞋、树下玩耍的儿童——都不见了，取而代之的是我更熟悉的荒芜城市：摄影店、锁匠、阿拉伯语的告示牌、旋转烤肉、土耳其烤肉卷。店铺都没开，铁门紧闭。

“这里是欧沃徒姆，”久里说，“没什么意思，也不好看。”

“这是我的手下迪马的停车场。今晚他放了满员的牌子，这样就没人来打扰我们了。长期来讲——啊，”他喊了声“妈的”，一辆鸣笛的货车突然插到我们前头，逼得久里猛然一转方向盘，狂踩刹车。

“这儿的人有时候莫名其妙的好斗。”久里阴沉地说，打开转向灯，转入车库。

“把你的护照给我。”鲍里斯说。

“为什么？”

“因为，我要把它锁在手套箱里，回来时再拿。最好还是别放在身上，以防万一。我的也要放进去，”他说，拿起他的护照给我看，“久里的也是。久里可是土生土长的美国人——就是，”他说，不顾久里大笑着要插话，“对你们来说可方便了，可我呢？要拿到美国护照难得要命，我可不想把这玩意弄丢了。你知道吧，波特，”他说，回头看我，“荷兰法律要求你随时拿出自己的身份证件，警察会上街突击检查——如果拿不出来就会受到处罚。我说——阿姆斯特丹的警察算怎么回事？谁能相信他们？在*这儿*？我可不信。再过一百年也不信。总之——”他锁上手套箱，“如果真的被警察叫住了，比起让他发现真画在我们手里，还不如直接交了罚款，再找机会溜走。”

8

我们进了竖着满员牌子的车库，里面闪着令人抑郁的橄榄绿色灯光，长期停放部分有好几个空车位。我们往车位里停车时，旁边一个穿着运动外套、靠在白色路虎上的男人把烟头扔到一小堆吐出的橘皮渣里，走到车边。他后退的发际线、墨镜和军人般紧致的躯干有种退役飞行员饱经风霜的味道，仿佛曾在乌拉尔的测试场监管过复杂精细的仪器。

“我是维克多。”我们下了车，他说，用力握住我的手，又拍了一下久里和鲍里斯的后背。他们用俄语飞快地交谈了一阵，一个娃娃脸的鬈发少年从路虎的司机座位爬出来。鲍里斯拍了一下他的脸颊，欢快地吹了七个音节的口哨：《好船“棒棒糖”号》。

“这是修兰·T,”鲍里斯对我说，揉皱了少年螺丝般的鬈发，“我们都叫他秀兰·邓波儿。为什么？你能猜到吗？”他大笑起来。少年尴尬地微微一笑，露出深深的酒窝。

“别被他的长相骗了，”久里轻声对我说，“修兰看起来像个婴儿，但他和我们一样有胆子。”

修兰礼貌地对我点点头——他会说英语吗？看起来不会。他为我们打开路虎的后门，鲍里斯、久里和我都钻进去。“樱桃”维克多坐到副驾驶的位子上，回过头来看着我们。

“应该挺简单的。”他语气正式地对我说。我们开出车库，回到往欧沃徒姆的路上。“直截了当的抵押交易。”从近处看，他的脸宽而睿智，嘴的曲线整洁利落，脸上的警惕让我稍微放松了些，不再觉得这个夜晚那么缺乏逻辑：又要换车，又不知方向，信息缺乏，噩梦般的异国。“我们这是帮萨沙的忙。所以他会对我们规规矩矩的。”

我们路过低矮的狭长建筑，杂乱无章的红绿灯。我恍然觉得这一切并没有发生，经历这一切的不是我，而是别的某个人。

“萨沙可能跑到银行里，拿画做抵押，借笔钱出来吗？”维克多卖弄地说，“不可能。萨沙能跑到典当行里拿画还钱吗？不能。因为画是他偷的，萨沙可能去找霍斯特介绍的那些联系人，拿画卖钱吗？不可能。所以有你这么个神秘美国买家出现，萨沙可是高兴坏了。还是我帮他连的线。”

“萨沙像我们呼吸空气那样吸海洛因，”久里轻声对我说，“他只要有点钱，就像上了发条一样出去大把大把地买毒品了。”

维克多·樱桃推了推墨镜。“一点没错。他不是什么艺术爱好者，也没什么特别之处。他把这幅画当成利息很高的信用卡，至少他是这么想的。你投资——他拿钱。你把钱给他，拿着画当抵押品——他买来白粉，自己留下一半，卖掉另外一半，一个月内拿着你的钱的两倍回来换画。他如果一个月内没拿回两倍的钱，画就是你的了。就像我说的，最简单的抵押交易。”

“只不过没这么简单——”鲍里斯伸了个懒腰，打着哈欠，“你万一消失不见了，或者银行汇票是假的，他会怎么办？他如果跑到霍斯特那儿求救，那就等于自己送上门，让人把他的脖子一把扭断。”

“我很高兴他们把见面地点改了这么多次。感觉都有点荒谬了。但这很有帮助，因为今天是周五，”维克多说，摘下墨镜用衬衫擦了擦，“我让他们觉得你可能会放弃。因为他们老是取消、更改计划——其实你今天才飞过来，但他们不知道——我告诉他们，因为他们改来改去的，你太累了，已经受够了拿着一箱子绿钞坐在阿姆斯特丹苦等，你打算把钱重新存起来，飞回美国去。他们听了可不高兴。所以——”他冲装钱的袋子点点头，“马上就是周末了，银行都关了门，你有多少钱就带多少，还有——哦，他们给我打了好多电话，我还在红灯区的一家酒吧跟他们碰了个面。他们虽然没能事先见过你，还是同意今晚就带画过来交易，因为我告诉他们你打算明天就走，而且他们拖得太久，所以要么接受我们的银行汇票，要么交易取消——嗯，他们不喜欢这个结果，但还是接受了这个说法，同意我们带着银行汇票过去。这样事情就简单了。”

“简单多了。”鲍里斯说，“我先前不能确定银行汇票能管用。他们觉得这是因为他们自己的错就太好了。”

“见面的地方在哪儿？”

“一家也提供午餐的咖啡馆。”他又说了个荷兰语词汇。

“他说‘紫色的母牛’，”鲍里斯帮忙解释，“嬉皮士的店。离红灯区不远。”

漫长而孤独的街道，关着门的五金店，路边的砖堆，看起来都那么重要，意义重大，虽然它们在黑暗中飞快地掠过，我根本看不清楚。

“那儿的食物糟透了，”鲍里斯说，“豆芽，又硬又老的烤面包。你以为性感姑娘会去那儿，结果只能看到一些又老又胖的白发女人。”

“为什么选在那儿?”

“因为那条街晚上很静,”“樱桃”维克多说,“咖啡馆已经关了门,但是露天座位还可以坐,所以事情不会太过失控,明白吗?”

周围的景物非常陌生。我在不知不觉中离开了现实,跨过边界,进入无人之境,这里的一切都毫无逻辑,如梦境般支离破碎。成团的电线和罩着塑料布的小石子堆在风中呼啸而过。

鲍里斯用俄语对维克多说了几句话。鲍里斯注意到我在看他,就转向我。

“我们在说,萨沙今晚在法兰克福,”他说,“给他一个刚出狱的朋友办欢迎宴。我们通过三个不同的消息来源确认了这件事——修兰也听说了。萨沙觉得离开本地是个聪明的主意,这样霍斯特万一听说了今晚发生的事,他就可以举起双手说:‘我?跟我没关系。’”

“你,”维克多对我说,“你是纽约人。我告诉他们,你是个艺术品交易商,因为伪造罪被通缉了,现在在做霍斯特那样的生意——规模比霍斯特小,但经手的钱要多得多了。”

“霍斯特——上帝保佑他,”鲍里斯说,“霍斯特本来可以成为纽约最富有的人,可他把钱全都白白送人了,一分也没留。他总是这样,不但要养自己,还要养好多其他人。”

“做生意可不能那样。”

“是啊。可他喜欢热闹。”

“瘾君子慈善家,哈,”维克多带着俄国口音说,“还好时不时就会死几个,否则谁知道有多少白痴想要挤在他那个垃圾堆里。总之——你说话越少越好。他们没期待什么礼貌的对话。这是在做生意,很快就结束。把银行汇票给他吧,鲍亚。”

鲍里斯用乌克兰语语气尖锐地说了句什么。

“不,他应该自己拿出来。从他手里给出来比较好。”

银行汇票和存款收据上都印着法鲁寇·法兰提塞,安圭拉公民银行。我觉得自己在做梦的感觉更强烈了。我像是在一条轨道上,我前进的速度太快,根本停不下来。

“法鲁寇·法兰提塞?我现在要叫这个名字?”考虑到现在的情况,我觉得自己应该问这个问题——我似乎已经被人肢解了,或者穿越了某条特殊的地平线,连身份这种最基本的东西也飘忽不定。

“我没法挑名字，能用什么就用了。”

“我得用这个名字自我介绍？”这两张纸相当不对劲，太单薄了，“公民银行”（不是“国民银行”）这几个字看起来也非常可疑。

“不，‘樱桃’会介绍你。”

法鲁寇·法兰提塞。我无声地念着这名字，感受着舌头的运动。这名字很难记，但也足够陌生可信，传达出黑暗街道、地铁轨道、小石子和霓虹灯天使的迷失与紧张——我们又回到老城区，四处都是不可知的久远历史，旁边是运河和自行车道，圣诞灯光在黑暗的水面上摇摇晃晃。

“你打算什么时候告诉他？”“樱桃”维克多问鲍里斯，“他总得知道自己叫什么吧。”

“呃，反正他现在知道了。”

不认识的街道，无法理解的拐弯，语焉不详的距离。我不再试图读懂街上的路标，也不再去想我们这是在哪儿。在周围目所能及的一切里，唯一能当作路标的就是天上的月亮，月亮高高地挂在云层之上。满月光芒明亮，但不知为何显得相当不稳定，失去了重心，不像在沙漠里那样如锚一般稳固皎洁，更像魔术师一眨眼变出来的道具，随时可能会飘入黑暗，消失在不知为何名的远方。

9

“紫牛”在一条大概不会有多少人光顾的单行道上，道路窄得只够开过一辆车。周围的药店、面包店和自行车店都关了，只有尽头一家印度尼西亚餐馆还开着。秀兰·邓波儿把我们放在门口。对面的墙上画满涂鸦：笑脸和箭头，辐射警告，很多条闪电配着“快变！”的文字，恐怖电影般滴血的字母：“规矩点！”

我透过玻璃门向内张望。店面又长又窄，一眼望去似乎空荡无人。紫色的墙壁，天花板下悬着脏兮兮的玻璃灯，不成套的桌椅涂成幼儿园般的鲜亮颜色。灯都开得很暗，只有烤炉边的柜台和后方亮着指示灯的冷柜发着光。旁边有几盆萎靡不振的室内植物，墙上有列侬和洋子带签名的黑白照，破旧的布告板上贴着印度布道、瑜伽和各种宗教的小广告。墙上有幅塔罗牌相关的壁画，电脑打印的菜单上列着几道颇有埃弗雷特风格的餐点：胡萝卜汤、荨麻叶汤、荨麻叶泥、扁豆坚果派——看起来一点也不好吃，但让我想起，我最后一次正经吃饭还是和凯西在床上吃的那顿外卖咖喱。

鲍里斯发现我在看菜单。“我也饿了，”他庄重地说，“待会儿我们出去吃顿好饭吧。布雷克餐厅，开车只要二十分钟。”

“你不进去吗？”

“再等一会儿。”他站在旁边，躲开玻璃门，前后扫视街道。“别跟我说话，去维克多和久里那边。”

有个六十多岁的老头弓着身子，慢慢走到咖啡馆玻璃门前。他骨瘦如柴、神情焦躁，脸庞又窄又长，头发长得盖住了肩膀，头上戴着一顶尖顶牛仔帽，看起来像是直接从一九七三年的《灵魂列车》里拿出来的。他拿着一串钥匙，目光越过维克多，望向我和久里，似乎在犹豫要不要放我们进去。那双间距很近的眼睛、灰白的粗眉毛和饱满的灰白胡须让他看起来像条年老多疑的雪纳瑞犬。接着又出现了一个人，比老头年轻得多，也壮实得多，比久里还高半头，可能是马来西亚或印度尼西亚人。他的脸上有刺青，耳朵上戴着让人目瞪口呆的大钻石，头顶上的发髻让他看起来像《白鲸》里的鱼叉手，如果鱼叉手会穿天鹅绒运动裤和桃色缎面棒球夹克的话。

驼背老头用手机打着电话，等着对方的回应，目光始终谨慎地盯着我们。然后他又打了另一个电话，转过身走进咖啡店的深处，把手掌按在脸颊和耳朵上说着话，像个歇斯底里的家庭主妇。印尼人站在玻璃门中央注视着我们，全身一动不动。老头的电话没打多久。他皱着眉头走过来，不情愿地摸索着钥匙链，给我们开了门。我们一进去，他就开始对“樱桃”维克多喋喋不休地说起话，双手夸张地挥来挥去。印尼人走过来，交叠着胳膊靠到墙上，一言不发地听着。

好像有什么事情出了差错，老头显得焦虑不安。他们说的是什么语言？罗马尼亚语？捷克语？我一句也听不懂，但“樱桃”维克多脸色冰冷，似乎相当恼火，须发皆白的老头变得越来越焦躁。愤怒？不，只是不耐烦又沮丧，像是在找借口，声音里带上了哀求。印尼人一直紧紧盯着我们，和水蟒一样静止不动。我站在十英尺开外的地方，久里拿着钱袋紧靠着我。我有意识地露出毫无感情的空白表情，假装在读墙上的图案和标语：绿色和平组织，禁皮草区，欢迎素食者，天使保佑！我买过太多次毒品，对这样可疑的情况并不陌生（西班牙聚集区里满是蟑螂的公寓，圣尼古拉斯建筑项目里一股尿味的楼梯井），知道要显得漠不关心，因为这种交易全都大同小异，至少在我有限的经历中是这样。要显得放松而疏离，除非万不得已，否则不要主动开口，说话时保持单调平淡的语气，一旦得到想要的东西就赶紧掉头离开。

“天使保佑个鬼。”鲍里斯在我耳边说，他不知什么时候已经无声地移动到了我身边。

我什么都没说。过了这么多年，我们仍然能随时像过去那样头抵着头低声耳语，仿佛是在课堂上。但那种举动可不适合眼下的情况。

“我们准时到了，”鲍里斯说，“可他们还有一个人没来。所以那位‘感恩而死’乐队成员似的兄弟才这么烦躁。他们想让我们等那个人来。但谁让他们这么频繁地更改地点？”

“他们在说什么？”

“交给维特就好。”他说，用鞋尖踢着地上散架的毛团——死老鼠？我有点惊讶地想，但随即就发现那是只啃坏的猫咪玩具，地上四处散落着好几只相同的东西。一张四人餐桌底下露出猫厕所的一半，里面的沙子结成了块，被猫尿染黑了，还有些几块猫粪。

我正在思考把脏兮兮的猫厕所放在这样随时可能被客人踩到的地方有多么不合餐饮业的逻辑（更别提是否美观、卫生和合法了），旁边的谈话声停止了，“樱桃”维克多和老头都转过头，望向久里和我。老头带着相当期待的眼神，向前走了一步，目光从我身上跳到久里手中的钱袋上。久里轻松地向前一步，打开袋子，放到地上，礼貌地一鞠躬，然后退到一边，让老头自己看。

老头眯起近视眼往袋子里张望，鼻子皱了起来。然后他不怀好意地吼了一声，抬头看着“樱桃”，后者无动于衷。又是一阵我不懂的对话，白发老头似乎很不满意。然后他合上袋子，站起身，看着我，目光上下扫来扫去。

“法鲁寇。”我紧张地说。我忘了自己该姓什么，暗自希望没人问起。

“樱桃”瞥了我一眼：票据。

“哦，对，”我说，伸手到大衣胸前的暗兜里，掏出银行汇票和存款收据，用尽量轻松随意的动作展开两张纸，看了一眼才递过去——我该姓法兰提塞。

就在我将两张纸递出去时——砰，仿佛一阵过堂风在你意想不到之时将门猛地吹得关上了——维克多·樱桃一步跨到白发老头身后，用手枪敲了他的头，力气大得他自己的帽子都飞了出去，老头哼了一声，双膝一弯跪到地上。仍然靠在墙上的印尼人和我一样震惊，我们的目光猛然对上了：他妈的怎么回事？我们仿佛两个所见略同的好朋友。我不明白他为什么仍然靠着墙一动不动，然后我回过头，惊恐地发现鲍里斯和久里都用枪指着他。鲍里斯熟练地用左手托着枪座，久里一手举枪，一手拿起钱袋，向后退出店门。另一侧的厨房里闪过人影：一个年轻的亚洲姑娘——不，是个男孩。白色皮肤，茫然而惊恐的眼神飞快扫过屋内，扎染头巾，飞扬的长发。他消失得和出现时一样快。

"后面有人。"我飞快地说，环顾四周，张望所有方向，整个房间像狂欢节的旋转木马一样颠三倒四，我的心脏跳得飞快，我发不出正确的声音，不知道有没有人听清——特别是"樱桃"。他抓着老头的夹克，把他拉起身，扼住他的脖子，把枪抵在他的太阳穴上，用东欧的某种语言冲他叫喊着，拖着他退到咖啡馆后部。印尼人谨慎而优雅地站直身体，离开墙壁，盯着鲍里斯和我看了很久。

"你们几个婊子会后悔的。"他轻声说。

"手，手，"鲍里斯亲切地说，"举起来，让我看见。"

"我没武器。"

"那也举起来。"

"好吧。"印尼人同样亲切地说。他举起双手，上下打量着我——我背脊一冷，意识到他在记我的脸，把图像纳入头脑中的数据库里。然后他望向鲍里斯。"我知道你是谁。"他说。

果汁冷藏箱发出蓝幽幽的水下光芒。我能听见自己的呼吸声，一呼一吸，一呼一吸。厨房里传来金属的碰撞声，模糊的叫喊。

"请趴下。"鲍里斯说，冲地板点点头。

印尼人顺从地跪到地上，慢慢地趴下去，但看起来既不惊慌，也不害怕。"我认识你。"他又说了一遍，声音有点模糊。

我的视野边缘窜过什么东西，快得让我吃了一惊：一只猫，黑如恶魔，仿佛一片有生命的阴影，飞入黑暗中。

"我是谁？"

"安特沃普的鲍亚，对吧？"他说自己没武器是谎话，我都能看出他腋下鼓起的衣服。"波兰的鲍亚，大麻鲍亚，霍斯特的哥们。"

"我是又怎么样？"鲍里斯和蔼地说。

男人没说话。鲍里斯摆了一下头，晃开眼前的头发，发出嘲弄的声音，好像想说句讽刺的话。这时“樱桃”维克多一个人从暗处走回来，从口袋里掏出一副收缩手铐模样的东西——我的心顿时停止跳动了一秒，因为他胳膊底下夹着个体积和厚度都恰到好处的包裹，包裹外面包着白色毛布，毛巾上绑着面包店用的那种麻线。他用膝盖顶住印尼人的背，把手铐套到他的手腕上。

“出去。”鲍里斯对我说。我的肌肉僵硬紧绷，无法动弹。他又说了一遍，轻轻推了我一下：“出去！上车。”

我茫然地环顾四周——我看不见门，周围没有门——然后我又看见了，跌撞着冲出门去，速度快得中途差点绊倒在一件猫玩具上。我冲向街边喷着气的路虎，久里在刚刚下起的细雨中放风。“进来，进来。”他语气急切地对我说，钻进后座，招手让我上去。鲍里斯和“樱桃”维克多随即也冲出来上了车。我们沉着地开车走了，悠然得几乎有些虎头蛇尾。

10

车开回主路上，气氛一片欢腾：大笑，击掌，但我的心脏狂跳不止，我难以呼吸。“怎么回事？”我声音嘶哑地问了好几遍，使劲喘着气，来回看着他们。四个人（包括修兰·邓波儿在内）都不理我，用俄语和乌克兰语兴高采烈地说着话。我终于忍不住喊了一声：“说英语！”

鲍里斯转头看我，揉了揉笑出泪水的眼睛，伸手揽住我的脖子。“计划变了，”他说，“完全是临场发挥——一时兴起。再也没有比这更好的局面了。他们的第三个人没出现。”

“打他们一个措手不及。”

“猝不及防。”

“裤子都没穿好！蹲厕所蹲到一半！”

“你——”我使劲喘气后才发出声音，“你说了不用枪。”

“嗯，也没人受伤啊，是不是？有什么不一样？”

“为什么不付钱？”

“因为我们的运气太好了！”他抬起双手，“一生仅有一次这样的机会！就在眼前！他们又能怎么办？他们只有两个人——我们有四个人。他们如果有点脑子，一开始就不该放我们进去。而且——是，我知道，只有四万元，可是如果能不付钱，我连一分钱也不打算付，何况是为了被他们偷走的财产，”鲍里斯嗤了一声，“你看见他的表情了吗？那位‘感恩而死’？当‘樱桃’打他后脑勺的时候？”

“你知道他在抱怨什么吗，那只老山羊？”维克多兴高采烈地转向我，“他想要欧元！‘什么，美元？’”他模仿老头不开心的表情，“‘你们带的都是美元？’”

“他现在肯定后悔没把美元好好收着。”

“他肯定后悔没早点闭嘴。”

“我真想听听他们给萨沙打电话时怎么说。”

“我想知道那家伙的名字。放他们鸽子的那家伙。我想请他喝杯酒。”

“不知道他去哪儿了。”

“大概正在家里洗澡呢。”

“学习《圣经》。”

“看着电视上的《圣诞礼赞》。”

“更可能是等错地方了。”

“我——”我的喉咙太紧了，我咽了一口口水才说出话来，“那孩子呢？”

“呃？”外面在下雨，雨丝拍打着挡风玻璃，漆黑的街道闪闪发光。

“什么孩子？”

“男孩。女孩。厨房帮工。我不知道。”

“什么？”“樱桃”转过头来——我还在喘粗气，“我可谁也没看见。”

“我也没。”

“呃，我看见了。”

“她长什么样？”

“很年轻，”我还能看见那张苍白脸颊僵住的画面，嘴唇微张，“白色外套，看起来像日本人。”

“真的？”鲍里斯好奇地说，“你看一眼就能分出来他们是中国人、日本人或越南人？”

“我没看清。反正是亚洲人。”

“男的还是女的？”

“我想在那厨房里干活的都是女孩，”久里说，“养生菜。糙米啊什么的。”

“我——”这下我不敢确定那是男孩了。

“嗯——”“樱桃”伸手抚过短短的头发，“不管她是谁，幸好她跑了，因为你知道我在后面发现了什么吗？削短型莫斯伯格五百霰弹枪。”

笑声和口哨。

“操。”

“在哪儿？格罗兹丹似的那家伙没有——”

“是的。在——”他做了个弹弓似的手势，“怎么说来着？用布挂在桌子底下。我趴在地上时正好看见了。就这样——我一抬头，那家伙就挂在我的头上。”

“你没有把它就留在那儿吧？”

“没有！我想带走，可它太大了，我手里又没空。我把它拧开，把枪针倒出来，扔到巷子里去了。还有——”他从兜里掏出一把银色的短管手枪，递给鲍里斯，“这个！”

鲍里斯把枪举到灯光下细看。

“不错的J型，很容易藏起来。穿条喇叭裤，脚踝上绑个枪套！可惜，他还不够快。”

“收缩手铐，”久里对我说，微微一歪头，“维特考虑得很周到。”

“嗯——”“樱桃”擦去宽大前额上的汗水，“这种枪又轻又小，很容易携带，好多次都让我免于开枪。只要有可能，我不喜欢伤害别人。”

中世纪般的城市：弯曲的街道，灯光罩在桥上，光芒反射在雨中泛起阵阵涟漪的运河上，溶化在雨丝里。无数家无名小店，闪亮的橱窗里摆着内衣和吊袜腰带，厨具整齐得仿佛手术器具室，到处都是外文：进货快速，复古风格，应召女郎。

“后门外面是条小巷。”樱桃说，脱下运动外套，喝着修兰从前座底下拿出的一瓶伏特加，双手微颤，脸上散发出鲁道夫驯鹿般的紧张红色，鼻子尤甚。“他们显然是开着门等他——等第三个人来。我把门锁上了——我让格罗兹丹去锁的，拿枪指着他的头，他流着鼻涕，哭得像个婴儿——”

“那把莫森伯格，”鲍里斯对我说，接过前座递来的酒瓶，“可了不得。削短型的？能把子弹一路喷到汉堡去。就算你他妈专门冲着没人的地方打，也能击中屋里至少一半的人。”

“我想到一个很好的主意，”“樱桃”维克多沉思地说，“说第三个人还没到，‘再等五分钟吧’，‘抱歉，搞错了’，‘他马上就到’。其实他一直举着猎枪在后面等着呢。双保险。他们如果想到这个主意——”

“也许他们确实想到了。要不然干吗把枪留在后面?”

“我想我们是恰好躲过一劫——”

“一辆车在门口停下，秀兰和我都吓坏了，”久里说，“你们都在店里呢。车上下来两个人，我以为我们完了，但他们只是对同性恋，法国人，想找家餐厅吃饭——”

“——但后面没人，谢天谢地，我让格罗兹丹趴到地上，把他铐到了暖气片上，”“樱桃”说，“啊，不过——”他举起毛布包裹，“首先是这个。给你。”

他把包裹递给久里，久里小心翼翼地用指尖举着，仿佛捧着随时可能洒出东西来的托盘，然后递给我。鲍里斯喝干酒，用手背一抹嘴，开心地用酒瓶捅捅我的胳膊，哼着“祝你圣诞快乐，祝你圣诞快乐”。

我把包裹放在腿上，用双手上下摸了个遍。毛布很薄，我直接用指尖感觉到无可置疑的它，那触感和重量完美无瑕。

“来啊，”鲍里斯说，冲我点点头，“打开吧，确定一下这次不是公民课练习册！他们把它放在哪儿了?”他问“樱桃”，我开始解包裹上的麻线。

“脏兮兮的扫帚间，一文不值的塑料公文包。格罗兹丹直接带我过去了。我以为他会捣乱，但敲他头的那一下很有效果。世上还有那么多大麻等着享受，没必要在这儿送命。”

“波特，”鲍里斯说，想吸引我的注意力，“波特。”

“嗯?”

他举起箱子。“这四万元要给久里和修兰，让他们满意。为了他们的服务。因为有了他们两个，我们才不用给偷你东西的萨沙付一分钱。维特呢——”他伸手握住维特的手，“我们这下平了。现在欠人情的是我了。”

“不，我永远也还不了欠你的情，鲍亚。”

“忘了吧。那没什么。”

“没什么?没什么?这可不对，鲍亚，今晚我还在这里完全是因为你，每个晚上都是因为你，直到我咽气的那天……”

他讲的故事应该很有趣，只是我没在听——有人栽赃陷害“樱桃”，说他犯了详情不明但显然非常严重的罪，可他完全是清白的，跟那件事什么关系也没有。对方因为指认共犯而减了刑，“樱桃”如果不供出幕后老大(“我如果还想继续呼吸，那可不是什么明智的选择”），至少就要进监狱蹲个十年。结果鲍里斯出来救了他，鲍里斯在安特沃普追到了那个获得保释的混蛋。鲍里斯具体是怎么做的，樱桃讲得声情并茂，哽咽着吸起鼻子，之后还有一些其他事情，好像有纵火啊放血啊电锯什么的，但到这时候我已经一个字也没听进去了，因为我解开麻线，街灯和雨雾的光芒散落在我的画上，我的金翅雀——我在看到背面之前，就毫不怀疑地确信它就是真品。

“你瞧，”鲍里斯打断维特激情四射的讲述，“看起来不错吧，嗯？你的小金鸟？我说过我们会解决这件事吧？”

我难以置信地用指尖抚摸着画框，仿佛多疑的托马斯凝视着耶稣掌心的钉痕。圣托马斯和所有家具交易商都知道，比起视力，触感更难受到蒙蔽。过了这么多年，我的双手仍然熟悉画的每一寸角落，手指自动摸到木板底部的钉痕，摸着这幅画曾经被钉子挂起来时（这个传说发生在很久之前）留下的小洞。无人知晓它是挂在酒馆门口做招牌，还是成为了雕刻柜的一部分。

“他还活着吗？”维克多·樱桃说。

“大概吧，”鲍里斯用肘部捅了捅我的肋骨，“说点什么啊。”

但我说不出来。它是真的，我就是知道，即便是在黑暗里。翅膀上扬起的那抹黄色颜料，画笔柄磨出的羽毛。左上角有片以前没有的刻痕，不到两毫米。除此之外，完好无损。我变了，但它没有。条状光线从画上闪过，我突然晕眩地看清自己的生活，在对比中显得如此没有规律，如此短暂，仿佛瞬间迸发的能量，嗞嗞作响的生物电流，和飞速掠过的街灯那样随机。

“啊，真漂亮，”久里赞叹道，在我右手边俯身细看，“好纯粹！像朵雏菊。你明白我想说什么吗？”他说，见我不回答就拱了拱我，“朴素的小花，独自开在田野上？就是——”他做了个手势：它在这儿呢！不可思议！“你明白我的意思吗？”他说，又拱了我一下，但我呆呆的，没能回答。

鲍里斯一半英语、一半俄语地对维特说着话，一部分是在讲小鸟，一部分我听不太懂，好像是母亲和婴儿之间的爱什么的。“你还想给艺术警察打电话吗，啊？”他说，把胳膊搭到我的肩上，我们小时候那样用头抵着我的脑袋。

“现在也还可以打啊。”久里大笑着说，捶了我一拳。

“没错，波特！要打吗？不要？这主意现在听起来没那么好了，啊？”他扬起眉，越过我对久里说。

11

回到车库下了车，每个人都情绪高昂地大笑着，用各种语言讲述着出其不意的经过，除了我——震惊让我头脑空白，对他们的说笑充耳不闻，闪回的影像和快速的动作还在黑暗中向我一波波袭来，让我木然得说不出一句话。

"瞧瞧他，"鲍里斯说，故事讲到一半住了口，拍了一下我的胳膊，"他看起来好像刚经历过这辈子最爽的一次口交。"

他们全都对着我笑了起来，包括秀兰・邓波儿，整个世界的笑声撞在砖墙上，回荡过来，带着金属般的杂音，支离破碎，虚幻缥缈。世界仿佛在不断膨胀变大，像个飘起来的巨大气球，一路吹到星星上。我也笑了起来，虽然不知道为什么，因为我仍然惊恐得全身发抖。

鲍里斯点了根烟，脸庞在地下灯光中绿莹莹的。"把那东西包起来，"他和颜悦色地说，冲画点点头，"咱们把它放到宾馆的保险柜里，出去给你来场真正的口交。"

久里皱起眉。"我以为我们要先吃饭。"

"你说得对。我饿死了。先吃饭，然后再口交。"

"布雷克餐厅？""樱桃"说，打开路虎的副驾驶门。

"一个小时以后？"

"好啊。"

"不想就穿这个去，""樱桃"说，扯着浸满汗水的发粘衬衫领，"虽然我非常想赶紧喝点科涅克白兰地。一百欧元一瓶的那种。现在我绝对能喝个一夸脱。修兰——久里——"他用乌克兰语说了句什么。

鲍里斯在他们爆发出的大笑声中说："他叫修兰和久里请客。用——"久里胜利地举起钱袋。

一阵沉默，久里露出困扰的表情，对秀兰・邓波儿说了句什么。修兰冲他大笑，露出深深的绯红色酒窝，然后挥手推辞久里递过去的袋子，在久里坚持时翻了个白眼。

"不是现在，""樱桃"维克多不耐烦地说，"不是现在。回头再分。"

"拜托了。"久里说，再次举起袋子。

"哦，行了。之后再分吧，否则我们要在这儿站一晚上了。"

“我想让修兰拿着。”久里又说，用词朴素，语气诚恳，连只会一点蹩脚俄语的我听懂了。

“不行！”修兰用英语说，然后忍不住瞥了我一眼，看看我有没有听见他这句话，仿佛因知道答案而骄傲的小学生。

“拜托，”鲍里斯把双手按在腰上，无奈地望向一旁，“谁拿着重要吗？会有人拿了钱逃走？不，大家都是朋友。你们要怎么办？”见没人动弹，他又说，“扔到地上让迪马捡走？赶快决定。”

漫长的沉默。久里持续重复着请求，修兰交叠双臂，固执地摇头。最后修兰神情困扰地问了鲍里斯一个问题。

“好，好，我无所谓，”鲍里斯不耐烦地说，“赶紧的，”他对久里说，“你们三个一起走。”

“你确定？”

“确定。你们今晚够累的了。”

“你能行？”

“不，”鲍里斯说，“我们俩走着去！当然了，当然了，”他说，打断久里的抗议，“我们当然能搞定，快去吧。”我们大笑着，维特、修兰和久里对我们挥手道别（“回头见！”），跳进车。路虎爬上坡道，回到欧沃徒姆的街道上。

12

“啊，好一个夜晚，”鲍里斯说，挠了挠肚子，“饿死了！快走吧。不过——”他皱起眉回头望着远去的路虎，“嗯，无所谓。我们能行。路不远。布雷克餐厅离你的宾馆只有几步路。你啊，”他点着头对我说，“太不小心了！赶紧把它捆上！别就那么拿着。”

“哦，”我说，“对。”我转到车前，把画放到车盖上，在口袋里摸索着麻线。

“能让我看看吗？”鲍里斯说，从我后面走过来。

我拿起毛布，我们两个笨拙地站了一会儿，像弗拉芒的两个低等贵族在耶稣诞生画的边角处徘徊不前。

“这么多麻烦——”鲍里斯点了根烟，把烟雾向远离画的另一侧吹去，“值了，对吧?”

“嗯。”我说。我们的声音不大,带着点玩笑之意,好像两个在教堂里手足无措的小孩。

“我比其他人保管的时间都要长,”鲍里斯说,“要数日子的话。”他换了种语气:“你要记得——你只要想,我随时都能给你安排个赚钱的活。只要做成一桩买卖,你就可以退休了。”

我摇了摇头。我无法把心里的感情转为语言,那种感情深沉得近乎本能,是多年前韦尔蒂和我在博物馆里共享过的东西。

“我开玩笑的。呃——算是吧。不过,说真的,”他说,用指节蹭过我的袖子,“这是你的。一清二楚。你干吗不自己留着享受一阵子,再还给博物馆的人?”

我沉默不语。我已经在考虑怎么把它带回美国了。

“好了,包上吧。赶紧走。回头再看。哦,拿来吧,”他说,把麻线从我笨拙的手指里抢过去,因为我还在胡乱摸索,连线头都没找着。“好了,让我绑吧,不然我们到明天都走不了。”

13

鲍里斯把画包好捆好后,把它夹在腋下,最后吸了口烟,走到驾驶座那一侧要上车。就在这时,我们身后传来一个带着美国腔的友好声音:“圣诞快乐。”

我转过身去。迎面走来三个人,两个懒洋洋的中年男人带着笑意,仿佛想帮忙。那句话的对象是鲍里斯,不是我,他们似乎很高兴见到他。第三个人快步走在他们前面,是之前那个亚洲男孩。他的厨房小工的围裙不见了,现在他穿着设计不对称的白色羊毛大衣,大衣足有一英寸厚。他全身颤抖,怕得嘴唇发蓝。他身上没有武器,至少看起来没有,但后面那两个人最引人注目的地方不是目标明确的架势和魁梧的身材,而是金属手枪在荧光灯闪烁下照出的蓝色寒光。我虽然看到了这样的景象,但还是没回过神来——那声音里的友善之意让我发蒙。我还以为他们抓住了这个男孩,押着他来找我们,但我随即瞥了鲍里斯一眼,发现他全身僵直,脸色发白。

“抱歉对你这样。”美国人对鲍里斯说,但语气毫无歉意,反而相当开心。他身材粗壮，表情显得百无聊赖，穿着柔软的灰色大衣，身上有股与年龄不符的暴躁与天真，同时又过于成熟，手掌又白又软，态度里有种领导般的温和与直白。

鲍里斯僵在原地，烟还叼在嘴里。“马丁。”

“是我，嗨！”马丁和气地说。另一个壮汉长着灰金色的头发，穿着一件厚呢短大衣，粗糙的五官仿佛北欧神话传说中的人物。他径直缓步走到鲍里斯面前，在他的腰带上摸索了一番，拿出枪递给马丁。我疑惑地看着白色大衣男孩，他仿佛被锤子打中了头，和我一样茫然而呆滞。

“我知道你觉得差劲透了，”马丁说，“可是呢。哇，”光听那低沉的声音，谁也想象不到他的眼睛多像一条鼓腹蝰蛇的眼睛，“嘿。我也觉得很差劲啊。弗里兹和我在皮姆那边，本来根本没想出门。天气也不好，对吧？白色圣诞节在哪儿？”

“你来这儿干什么？”鲍里斯说。他仍然不自然地僵着身体，我从没见他这么害怕过。

“你觉得呢？”开玩笑的一耸肩，“我和你一样吃惊，你如果想知道的话。我可没想到萨沙有胆子叫来霍斯特。不过——嘿，都已经搞砸成这样了，他又能找谁呢？拿来吧。”他说，和蔼地咔嗒一声打开手枪的保险。我惊恐地意识到他正用枪指着鲍里斯，示意他手中的毛布包。“来啊。交出来吧。”

“不。”鲍里斯语气尖锐地说，摆头晃开眼前的头发。

马丁没听懂似的眨了眨眼。“你说什么？”

“不。”

“什么？”马丁大笑起来，“不？你在开玩笑吗？”

“鲍里斯！给他们吧！”我结巴道，惊恐地僵在原地，看着名叫弗里兹的那家伙把枪抵到鲍里斯的太阳穴上，然后抓住他的头发使劲往后一拽，鲍里斯忍不住低吟一声。

“我知道。”马丁悠然地说，瞥了我一眼，仿佛在说：这些俄国人——都是疯子，我说得没错吧？“好了，”他对鲍里斯说，“交出来吧。”

那家伙又使劲拽了一下，鲍里斯再次低吟，隔着车看了我一眼，眼神里的意思一清二楚——那是和我们以前偷东西时一样迫切的眼神，明白得仿佛他已经把话大声说了出来：跑啊，波特，快。

“鲍里斯，”我难以置信地愣了片刻，“拜托，交给他们吧。”但鲍里斯只是又绝望地呻吟了一声，因为弗里兹把枪狠狠顶到他的下巴上。马丁向前走几步，伸手把画拿走。

“真棒。谢谢啊。”他愉快地说，把枪夹到腋下，开始拉扯鲍里斯打的复杂绳结。“酷毙了。”他的手指不太灵活，现在距离近了，我看出了为什么：他嗑药嗑高了，高得像只风筝。“总之——”马丁往身后瞥了一眼，仿佛想让不在场的朋友也分享这个笑话，然后又感觉滑稽地一耸肩，“抱歉。把他们带到那儿去，弗里兹。”他说，继续解着麻绳，冲停车场某个如地牢般阴暗的角落点了一下头。弗里兹稍微转过身，用枪冲我比了个手势——快点，过来，就是你——我满心冰冷地意识到，鲍里斯一看到他们就知道会变成这样。我终于明白他为什么想让我先跑掉，至少也跑一下试试看。

在弗里兹拿枪对我示意的那一瞬间，谁都没注意鲍里斯。他的香烟迸溅着火星飞出来，弗里兹尖叫着拍打脸颊，向后蹒跚退去，抓挠着领子寻找烫到他脖子的烟头。同一瞬间，正在解包裹的马丁抬起头来，我越过车顶茫然地看着他。我右边突然响起三声枪响，我和马丁都飞快地转过头。随着第四声枪响（我惊缩起来，忍不住闭上眼睛），一股迸飞的血液喷射到车顶上，也溅上我的脸。我睁开眼睛，亚洲男孩惊恐地向后退去，一手摸着羊毛大衣前摆，大衣上染满血，像条屠夫围裙。我盯着鲍里斯脑袋曾在的地方，只看到在黑暗中发光的停车场验票机。血从车底下流过来，鲍里斯撑着手肘趴在地上，双脚使劲，想站起来。我不知道他有没有受伤，但不假思索地跑过去。下一秒，我已经在车对面搀扶鲍里斯起身了，地上到处都是血，弗里兹软软地靠在车上，脑袋上有个棒球大小的血洞。我刚注意到弗里兹的枪扔在地上，就听见鲍里斯尖锐地喊了一声，马丁看着袖子上的血瞪圆了眼睛，一手按紧胳膊，摸索着自己的枪。

之后那一刻我没感觉到其发生就已经过去了，仿佛 DVD 里突然跳过的片段，我不记得自己捡起了地上的枪，只感到后坐力震得胳膊不由自主地扬起来。我没听见枪响，只觉得被飞出的弹壳击中了脸。然后我又开了几枪，被响声震得半闭双眼，胳膊随着每一发子弹强烈震动。扳机上传来一股阻力，一股沉滞感，我仿佛是在推动过于沉重的门闩。车玻璃传来爆裂声，马丁举起一只胳膊，安全玻璃炸得四处飞溅，大块的水泥从柱子上倾斜而下。我打中马丁的胳膊，他身上柔软的灰色布料被染黑了，深色的血渍逐渐向外扩散。火药的气味和震耳欲聋的枪声让我在自己的头脑里藏得更深了，感觉并不没有实际的声音在激荡我的耳膜，而是我头脑里的某堵墙轰然塌陷，把我赶回我内部某片源自于童年的严重阴影。马丁如蝮蛇般的眼睛盯着我，我一枪打在他的眉心，喷溅而出的血泉让我又一阵惊缩。他向前软倒，手里的枪滑到车顶上。我听见身后传来踏在混凝土上的跑步声——是那个男孩，他把画夹在腋下奔向斜坡上的车库出口，脚步声回荡在铺满瓷砖的空间里。我差点就向他开枪，可是不知怎么回事，这个瞬间变得完全不一样了，我背对着汽车跪倒在地，双手垂在腿上，枪在地上，我不记得是什么时候松开了手，但枪落地的砰然一响还回荡在空中。我听着久久不去的回音，感觉着胳膊里残留的震荡，尝着舌尖上弗里兹鲜血的味道，蜷起身，剧烈地呕吐起来。

黑暗里传来奔跑的声音，我什么也看不见，身体也无法动弹，眼前的一切都沾染着黑色。我觉得自己在笔直下坠，但身体只是坐到了一条低矮的砖墙上，脑袋耷拉在双腿之间，眼前是一片红色的呕吐物，呕吐物下面是闪亮的混凝土，旁边是我和鲍里斯的鞋。鲍里斯跑回来站在我面前，浑身是血，喘得上气不接下气，声音仿佛是从百万公里之外传来的：波特，你没事吧？他跑了，我没追上，他跑掉了。

我伸手抹了把脸，低头看着手上的血迹。鲍里斯还在对我急切地说着话，晃着我的肩，但我什么也没听见，呆呆地看着他的口型，仿佛被隔音玻璃围了起来。枪口冒出的烟闻起来特别像曼哈顿的雷雨天和湿漉漉的城市街道，有种奇特的熟悉感。旁边的淡蓝色“迷你”牌汽车车门上洒着鸟蛋般的深色斑点。更近处是鲍里斯的车，车下三尺宽的闪亮液体正在向外逐渐扩散，像只缓慢爬行的阿米巴变形虫，我想着它要多久才会碰到我的鞋，碰到了我又会怎么反应。

鲍里斯握拳打在我的头上，使劲但并没生气，平淡得像在做人工呼吸。

“走吧，”他说，“你的眼镜。”他点了一下头。

我的眼镜染着血落在脚边，没碎。我不记得眼镜是什么时候掉的。

鲍里斯自己把我的眼镜捡起来，在袖子上擦了擦，递给我。

“来吧。”他说，抓住我的胳膊，拉我起身。他身上都是血，我也能感觉到他的手在颤抖，但他的声音很平静，让人心安。“没事了。你救了我们。”枪声引发了耳鸣，我感觉有一窝黄蜂在耳朵里四处乱飞。“你做得很好。来——这边。快点。”

他领着我绕到玻璃围成的门卫室后面。房间锁着门，一片漆黑。我的驼毛大衣上也染了血，鲍里斯像衣帽间的服务员一样替我脱大衣，将大衣完全反过来，挂在旁边的混凝土柱子上。

“你得把这个扔了，”他说，打了个猛烈的寒战，“衬衫也是。不是现在——过一会儿。好了——”他打开一扇门，推着我进去，然后打开灯，“快点。”

潮湿的卫生间，一股尿液的气味。没有水池，只有一个光秃秃的水管口，底下水管口下面有个地漏。

“快点，快点，”鲍里斯说，把龙头开到最大，“别太讲究了。只要——嗷！”他把脸伸到水流下，做了个苦脸，伸手抹了一把——

“你的胳膊。”我听见自己说。他的姿势不太对。

“是啊是啊——”冷水四处飞溅，他抬头吸了口气，“他打中我了，没什么大问题，就是擦了一下——”他吐了几口水，“我应该听你的话。你跟我说了！鲍里斯，你说，后面有人！厨房里！可我听了吗？我注意了吗？没有。那个小混蛋，那个中国小孩——他是萨沙的男朋友！吴，顾，我不记得他姓什么了。啊——”他又把头伸到水流下，声音含混了片刻，“——唔！你救了我们的命，波特，我以为我们死定了……”

他退后一步，揉了揉滴着水的脸，脸上一片鲜红。“好了，”他说，抹掉眼睛里的水抖到一边，把我拽向水龙头，“来，该你了。把头低下去——是，是，很冷！”他按住惊缩的我，“抱歉！我知道！手和脸都洗洗——”

冰块一样冷的水直灌进鼻孔让我窒息，我从没接触过这么冷的东西，但冷水确实让我清醒了一点。

“快点，快点，”鲍里斯把我拉起来，“西装——颜色很深，不大能看出来。衬衫没办法了，把衣领竖起来，这儿，我来。围巾还在车里吧？能围在脖子上吗？不不——别想了——”我颤抖着伸手去够大衣，牙齿冷得格格作响，整个上身都湿透了，“呃，算了，穿上吧，要不然你要冻坏了，不过就那么内外反着穿。”

“你的胳膊。”他的外套颜色很深，这里光线昏暗，但我还是能看出他上臂擦伤的部分，黑色的羊毛沾了血，黏糊糊的。

“别想了。没事。老天，波特——”我们半走半跑地往停车的地方移动，我尽力跟在他后面，生怕一不小心弄丢他，或者被他丢在这里。“马丁那混蛋得了糖尿病！我还以为他已经死了好多年。‘感恩而死’，我也欠你的！”他说，把短管手枪塞进兜里，然后从西装的手帕兜掏出一小包白粉，打开挥洒着扔到一边。

“好了。”他说，掸了掸手，摇晃着往后退一步。他的脸一片灰白，瞳孔聚焦在一点上，抬头看我时仿佛什么都没看见。“这样他们就有东西可找了。马丁也带着呢，还嗑嗨了，你注意到了吗？所以他的反应才那么慢——弗里兹也是。他们没想到会接到那个电话，今晚没打算出来工作。老天——”他紧闭双眼，“我们真走运。”他擦了擦前额上的汗，他脸色灰白。“马丁认识我，他知道我平时带什么，没想到我还有另一把枪，还有你——他们根本没想到你会怎么样。上车吧，”他说，“不不——”我像梦游一样跟着他走到驾驶座那一侧，“别过来，这儿都是血。哦——”他猛然顿住脚。在闪烁的绿色灯光下，他僵了大概永远那么久，然后在地板上摸索出自己的枪，从兜里掏出手帕擦干净，然后用手帕包着，把枪扔到地上。

“呼，”他喘着气说，“这样应该能蒙过他们，他们也许会花好几年时间追查这件事，”他顿了顿，一手托着受伤的胳膊，上下打量我，“你能开车吗？”

我无法回答，茫然而晕眩地微微颤抖。我的心脏之前僵硬而麻木，但现在重重撞击起来，疼得仿佛有人一拳拳打在我的心口上。

鲍里斯摇了摇头，嘴里啧了两声。“另外那边。”他说，我的双脚不自觉地又跟着他行动。“不不——”他领着我走到车的另外一边，打开副驾驶的门，推了我一把。

我浑身湿透，冷得发抖，恶心得想吐。地板上有一包司迪麦口香糖，一张地图：法兰克福南岸。

鲍里斯绕着车转了一圈，四处检视。然后他快步走回驾驶座，为了尽量不踩到血而有点摇晃。他坐进车里，用双手抓住方向盘，深吸一口气。

“好了，”他长长地吐了口气说，像个即将出发的机长在鼓励自己，“坚持住。你也是。刹车灯还工作吗？尾灯呢？”他拍了拍口袋，抬起驾驶座，把暖气开到最大。“汽油还有不少——很好。座位也能加热——我们很快就能温暖起来。我们不能被人拦下来，”他说道，“因为我不能开车。”

好多细小的声响：皮革座椅的吱呀声，我湿透的袖子淌着水。

“不能开车？”我在只有耳鸣声的静默中说。

“呃，我会开车，”他争辩地说，“也开过。我——”他启动汽车，一手搭着椅背倒车出去，“嗯，你觉得为什么我要雇个司机？我是那么装腔作势的人吗？不。但我——”他举起食指，“曾经被抓到过醉酒驾车。”

我闭上眼睛，不去看汽车压过的血淋淋的身体。

“所以，你看，我们如果被人拦下来，他们就会把我抓起来，我们可不希望这样的事发生。”我只能勉强透过头脑中剧烈的嗡嗡声听清他的话。“我需要你的帮助。比如——好好看着街上的路牌，别让我开到公交车道上去。这儿的自行车道是红色的，汽车不能开上去，所以你也帮我看着点。”

我们开上欧沃徒姆的街道，往阿姆斯特丹的方向驶去：锁匠店，招工，数码印刷，哈芝电信，无限畅饮。阿拉伯字母，成条的灯光。像一场噩梦。我再也离不开这条该死的破马路了。

“老天，我最好开慢点，”鲍里斯严肃地说，眼神呆滞，整个人没什么精神，“速度管制。帮我看着点路牌。”

我的袖口上有些血迹，大大的红色圆点。

“速度管制。就是有机器正在抓超速的车，在系统上通知警察。也有好多警察开着普通车，有时候会跟着你开一阵，再打信号叫你靠边。我们运气不错，今晚这个方向没多少车。大概是因为周末吧，又是假期。这边可不是什么圣诞节快乐的郊区，如果你明白我的意思。你知道刚才是怎么回事吧？”鲍里斯说，大口喘着气，使劲挠了挠鼻子。

“不。”我不知道谁在说话，感觉不是自己。

“嗯——是霍斯特。他们俩都是霍斯特的人。弗里兹可能是霍斯特唯一一个能在紧急情况下打电话的人，可是马丁——妈的。”他说得飞快又混乱，快得差点就说不清话，眼睛呆滞无神地盯着前方。“谁知道马丁也在？你知道霍斯特和马丁是怎么认识的吗？”他瞥了我一眼，“在精神病院！高档的加州精神病院！‘加利福尼亚宾馆’，霍斯特以前是这么称呼那里的！那时候他家的人还没跟他断绝关系。霍斯特是进去戒毒的，马丁进去可是因为他真是个精神病，插人眼睛的疯子。我见过马丁做的一些事，我连提都不愿意提。我——”

“你的胳膊。”他一定很疼，我看见他的眼睛里泛起泪水。

鲍里斯做了个苦脸。“没。什么事都没有。啊，”他说，顺从地抬起手臂，让我把手机充电线绑上去。我从旁边拔下了充电线，在他伤口上方绕了两圈，用了最大的力气绑紧。“你真聪明。想得真周到。谢了！不过真的没必要。就是擦了一下——大概会留下点淤青吧。还好外套这么厚！只要清洗一下，吃点抗生素和止疼药，我就没事了。我——”他颤抖地深吸口气，“我得找到久里和樱桃。希望他们直接去布雷克餐厅了。迪马——也得通知迪马一声，告诉他发生了什么事。他会不高兴的——会有警察过去问话，可头疼了——但那场景看起来是突发情况，警察怎么查也查不到他身上去。”

对向的车灯飞速掠过，血液奔流的声音在我耳中砰砰直响。街上车不多，但每一辆都让我忍不住一缩。鲍里斯呻吟一声，伸手抹了把脸。他说了句什么，语速飞快，情绪紧张。“什么？”

“我说——太乱了。我还在想到底是怎么回事，”他的声音断断续续的，“因为我在想啊——我可能想错了，可能疑心太重——霍斯特不会从一开始就知道吧？知道是萨沙偷走了画？他知道萨沙把画带出了德国，想瞒着他用画借点钱。霍斯特就在等这边出事——萨沙恐慌起来，还能给谁打电话？当然了，我这只是想到什么就说什么，也许霍斯特*不知道*是萨沙拿的。萨沙如果不是这么不小心，这么愚蠢，霍斯特也许永远都不会知道——去他妈的环路。”鲍里斯突然说。我们离开欧沃徒姆，正在某条路上绕圈子。“哪个方向才对？把导航仪打开。”

“我——”我摸索着导航仪，上面都是些陌生的词，我看不懂那些指示。记忆，表单，点击屏幕，菜单又变了，更改，背景。

“哦，管他的。走这条吧。老天，差一点就撞上了，”鲍里斯说，拐弯拐得又快又猛，“真有你的，波特。弗里兹——弗里兹真是嗑高了，都快点头睡着了，可是马丁，我的上帝。然后你——那么勇敢地冲了出来？万岁！我都没想到你还在。可是你随即就出现了！你说你以前从来没拿过枪？”

“没有。”街道潮湿而黑暗。

“哈，我跟你说，这话听起来可能有点滑稽，但我这是在夸你，你开枪开得跟姑娘似的。为什么这是句夸奖？因为啊，”鲍里斯的声音带着发烧般的狂喜，有点模糊不清，“在这种危险情况下，从没开过枪的男人和从没开过枪的女人相比，像波波以前说的——女人更容易打中。男人呢，想表现得特别英勇，看电影太多了，很快就会不耐烦，太早开枪——妈的。”鲍里斯突然说，一脚踩下刹车。

“怎么了？”

“我们不希望出现的情况。”

“我们不希望出现什么情况？”

“这条街封了。”他猛然倒车，从原路开出这条街。

修路。封路的栅栏后面有推土机，空荡荡的建筑，窗户上贴着蓝色塑料防水布。成堆的水管、水泥砖块，荷兰语涂鸦。

“我们怎么办？”我在令人僵硬的沉默中说。我们拐上另一条街，这里连街灯都没有。

“嗯——这边没有桥，那儿又封死了，所以……”

“不，我是说我们之后该怎么办。”

“哪方面？”

“我——”我的牙关格格作响，我勉强发出声音，“鲍里斯，我们完了。”

“不！没有。格罗兹丹的枪——”他动作笨拙地拍了拍口袋，“我会扔到运河里。他们就算追查到格罗兹丹，也不会追查到我身上。而且——没什么东西指向我们。因为我的枪清清白白的，连个序列号都没有。就连汽车轮胎都是新的！我会把车交给久里，让他今晚就换掉。听着，”鲍里斯见我没有回答，又说，“别担心！我们很安全！要我再说一遍吗？安——全——”（他艰难地用手指画着字母。）

车碾过一个坑，我不由自主地惊缩起来，双手自动挡住脸。

“我们为什么是安全的还有一个原因，因为我们是老朋友——因为我们信任彼此。因为——哦，老天，有警察，我开慢点。”

我低头盯着自己的鞋。鞋，鞋，鞋。我心里唯一的念头是，我几个小时前穿上这双鞋时，还没有杀过人。

“因为——波特，波特，你想想看。听我说两句。我如果是个陌生人——你不认识，也不信任——你现在就是跟陌生人一起逃离车库了。那你的人生就和一个陌生人永远锁在一起了。你只要还活着，就得非常小心地对待这个人。”

手脚冰冷。小吃店，超市，灯光下成堆的水果和糖果：促销甩卖！

“你的人生——你的自由——都悬在一个陌生人的忠诚上。在那种情况下，你就不安全。太让人担心了。一点没错，一定会有大麻烦。可是——除了咱俩，没人知道这件事。连久里也不知道！”

我说不出话，只是喘着气拼命摇头。

“还有谁？中国男孩？”鲍里斯发出厌恶的声音，“他能告诉谁？他还没成年，身份也不合法，又不会外国话。”

“鲍里斯——”我往前微微俯身，觉得自己要晕过去了，“他拿走了画。”

“哦，”鲍里斯因疼痛而皱起眉，“那就让他拿走吧。”

“什么？”

“也许这样才好。我已经受够了——从心底，虽然我很不愿意这样说。吴，顾，他姓什么来着？他看到这一切后只会考虑到自己。怕得要命！有人死了！遣返回国！他不会想牵扯进来的。别想画的事了。他根本不明白画的真正价值。他一旦发现自己惹上了警察，想到哪怕只是在监狱里待一天，他也会只想赶紧甩开那个烫手包裹。所以——”他虚弱地耸耸肩，“希望他跑掉了，那个小混蛋。否则小鸟恐怕大概会被他扔进运河——或者烧掉。”

停在路边的车反射出街灯光。我感到游离缥缈，仿佛从身体上分离出去了。我不知道要怎样才能觉得回到了自己体内。我们回到旧城区，车胎在小石子路上颠簸，夜晚单调的色彩仿佛阿尔特·冯·德·内尔的画，两边都是十七世纪的风景，光线像银色的硬币一样在漆黑的运河水面上跳跃。

“啊，这儿也关了，”鲍里斯呻吟道，再次急速停车，倒车，“还得再找条路。”

“你知道这是哪儿吗?”

“嗯——当然了，”鲍里斯说，带着让我害怕的漫不经心和兴高采烈，“那儿就是你的运河。绅士运河。”

“哪一段?”

“阿姆斯特丹很好找，”鲍里斯说，仿佛没听见我的话，“只要跟着运河往前——哦，老天，这条也堵上了。”

周围的色调渐渐变化，黑暗显出一种奇怪的生气。吊着钟的山墙上方苍白的月亮特别小，仿佛属于另一颗行星，模糊而神秘，让形状诡秘的云彩染上淡淡的蓝色和棕色。

“别担心，这边总是这样，老要改建，到处都是建筑工地。这一片——好像要建新的地铁线什么的。大家都觉得很烦，好多人说纯粹是骗钱什么的。哪儿的城市都一样，是吧?”他的声音模糊得像是喝醉了酒，“到处都在修路，政治家越来越有钱。所以这儿的人都骑自行车，方便多了，不过，抱歉，还有一周就是圣诞节了，我可不会骑车出门。哦，不——”一座窄桥，水泄不通的车流，“我们还在走吗?”

“我——”我们停在一座天桥上，雨水冲刷的车窗上有着清晰可辨的粉色水滴。行人在离我们不到一英尺的地方左右穿行。

“下车去看一眼。哦，等一下。”不等我打起精神，他就不耐烦地说，停好车自己出去了。我看着车灯下他的背影在尾气中显得如此庄重。

“是辆货车。”他说，一屁股坐回车里，撞上门。他深吸一口气，把胳膊搭在方向盘上。

“他在干吗?”我惊慌地左右扫视，随时准备着有某个行人注意到车上的血渍，冲过来敲打车窗，拉开车门。

“我怎么知道？这城市的车太他妈多了。听着，”鲍里斯说，前面那辆车的尾灯照得他脸上一片惨白，满是汗水。后面不断有车停下，我们被困住了，“谁知道我们要堵多久。这儿离你的宾馆没几条街了，你直接走回去吧。”

“我——”是因为前面的车灯，挡风玻璃上的水滴才显得如此鲜红吗？

他不耐烦地挥了一下手。“波特，你走吧，”他说，“我不知道那辆货车出了什么问题。我怕交通警察会来，你我还是分开行动好。绅士运河——你不会走丢的。这儿的运河是圆形的，你知道吧？只要往那边走——”他伸手一指，“就能回去。”

“你的胳膊呢？”

“没问题的！我可以脱掉大衣给你看，但那样太麻烦了。赶紧走吧。我得跟‘樱桃’说一声，”他从兜里掏出手机，“我可能得离开一阵子——”

“什么？”

“我们如果有段时间失去联系，别担心，我知道你在哪儿。你最好别给我打电话，也别主动联系我。我会尽快赶回来的。会没事的。走吧——整理整理自己——围巾戴戴好，往上点——我会很快联系你。脸色别这么惨白！身上有药吗？需要点什么吗？”

“什么？”

他在兜里翻了一阵。“喏，拿着。”玻璃纸信封，晕染开的邮戳。“别吃太多，纯度很高。火柴头那么大就够，别再多了。你再醒过来时，感觉就没那么差了。好了，记着——”他按着手机，我注意到他的呼吸相当粗重，“把围巾往上戴戴，尽量靠着街边走。去吧！”他见我仍然坐在原地，猛地大声喊出来。我看见桥边的一个行人转头向这边张望。“赶紧的！‘樱桃’。”他说，明显松了口气，瘫坐在座位上，用乌克兰语嘶哑地说起话。我下了车，在密集的惨白灯光中觉得毫无防备，不堪一击。我走向之前开来的方向，最后瞥了鲍里斯一眼。他打着电话，摇下车窗探出身，在大片的汽车尾气里张望前面挡路的货车。

14

我绕着圆形的运河寻找酒店，走了不知道几个小时，那几个小时可以和人生里最凄惨的时光相比。气温更低了，我的头发和衣服都湿淋淋的，牙齿不停格格打颤。街道暗得四处看起来都差不多，但又没暗到让我可以安心地穿着染血的衣服随意走动。我快步走在黑暗的街上，脚步声听起来格外自信，实际我像做噩梦一样紧张而心虚，尽量避开街灯的光芒，不算成功地安慰着自己，这件反穿的大衣看起来很普通，一点也不奇怪。街上有行人，但不多。我生怕被人认出来，就摘掉眼镜。就我以往的经验，眼镜是我身上最明显的特征，别人见到我后最先注意、记得最牢的就是眼镜。我找路更困难了，但有了种虚假的隐匿后的安全感：黑暗中模糊的交通标志和雾蒙蒙的街灯光晕，边界含混的车灯和节日霓虹灯。在这样的模糊世界里，追我的人恐怕也不能将一切看分明。

我没认出自己的酒店，往外前走了两条街。更糟糕的是，我不习惯欧洲酒店，不知道如果夜里才回去就得提前打电话。最后我在刺骨的冰冷中打着喷嚏找到宾馆，玻璃门已经锁上。我站在门口，像僵尸一样固执地晃着把手，带着节奏左右拉扯，冷得头脑发僵，不明白为什么进不去。我透过玻璃望着大堂，黑色的细长柜台边空无一人。

最后出现了一个身着整洁黑西装的黑发男人。他吃惊地扬起眉，快步从后面走过来。我们目光对视，我意识到自己此刻的样子，然后他转开目光，摸索出大门的钥匙。

“抱歉，先生，我们十一点锁门，”他说，仍然没有正眼看我，“为了客人的安全。”

“下了雨，我没能赶回来。”

“当然，先生，”我意识到，他正盯着我衬衫的袖口，上面有硬币大小的棕色血渍。“您如果需要，柜台那边有雨伞。”

“谢谢，”然后我愚蠢地补充了一句，“我不小心溅到巧克力酱了。”

“很抱歉，先生。您如果需要，可以拿给我们去干洗。”

“那太好了。”他能闻出我身上的血味吗？在温暖的大堂里，我满身都是鲜血、铁锈和盐的气味。“这可是我最喜欢的衬衫。讨厌的巧克力小酥饼。”闭嘴，闭嘴。“不过挺好吃的。”

“那很好，先生。您如果愿意，我们可以帮您预订明晚餐厅的座位。”

“谢了。”我嘴里有血，它的味道和气味挥之不去，我只能暗自希望他没像我这样强烈地感觉到。“那太好了。”

“先生?”他说，我已经转头走向电梯。

“怎么?”

“您没拿钥匙吧?”他在柜台后走了两步，从搁架上拿下钥匙，“二十七号房间，对吧?”

“对。”我说，既为他记得我的房间号而感激，同时又为他记得这么清楚而心惊。

“晚安，先生。祝您在这里住得愉快。”

两部电梯，铺着红色地毯的漫长走廊。我进房间后，打开了所有的灯——台灯，床头灯，天花板上的水晶吊灯。我脱下大衣扔在地上，直接进了淋浴间，边走边脱下染血的衬衫，脚步蹒跚得像干草叉那场戏前的弗兰肯斯坦。我拢起黏糊糊的衣服堆，扔进浴缸里，把水开到最大最烫，看着粉色的水流在脚下汇集，用百合香味的浴液使劲擦洗身体，直到整个人闻起来像个葬礼花圈，皮肤被擦得阵阵灼痛。

衬衫不能要了：拧出的水已经澄清，但领口上仍然留着棕色的斑点。我把它留在浴缸里，转过去对付围巾和夹克——夹克上也染了血，虽然夹克颜色太深，看不出来。然后我把大衣完全翻回来，小心翼翼地洗起来（我为什么要穿驼毛大衣去？为什么不穿军装大衣?）。一面翻领还可以，另一面糟透了。酒渍般的深色斑点带着飞溅的动感，让我一下子又回到枪战那一刻：后坐力，巨响，血滴飞散的轨迹。我把大衣堆到水龙头底下，往上面倒了些洗发液，用柜子里的鞋刷来回刷洗。等洗发液和浴液都用完了，我又往上面抹了些肥皂，继续刷洗了一阵，像是童话里无助的仆人，如果不能在天亮前完成不可能的任务就得死。最后我累得双手发抖，转向牙具，把成管的牙膏挤上去——奇怪的是，牙膏比之前那些东西更加有效，虽然我还是没能将大衣洗干净。

最后我放弃，把大衣挂到浴缸上方滴着水，大衣仿佛鲍里斯父亲湿漉漉的鬼魂。我一直注意没让浴巾染血，用的都是厕纸，没过一会儿就把纸扔进马桶里冲一次。然后我艰难地拖掉瓷砖上浑浊的水迹，用牙刷把一切都刷成医院般的雪白。镜面般的墙壁闪闪发光，从不同角度映衬出孤独的我。最后一抹粉色消失后，我又继续干了很久，不停冲洗着用过的毛巾，上面还带着可疑的淡红色。我累得眼前发昏，就又进淋浴间，把水开到几乎无法忍受的高温，再次把自己从头到脚搓洗一遍，用肥皂抹着头发，泡沫滑入眼睛时流出了泪水。

15

不知道过了几个小时，我被巨大的门铃声吵醒，仿佛烫到一样跳起来。床单被我的汗水浸湿，皱巴巴地扭在一起，百叶窗拉得很严。我不知道时间，也看不出是白天还是晚上。我半梦半醒地套上浴袍，没解开门上的锁链，拉开一道缝：“鲍里斯？”

门外是个脸颊湿润的女人，身上穿着制服。“干洗服务，先生。”

“什么？”

“是前台，先生，他们说你叫人早上过来取衣服，送去干洗。”

“呃——”我低头看了一眼门把手。经过昨晚那一切，我怎么能忘了挂上“请勿打扰”的牌子？“等一下。”

我从箱子里拿出参加安妮那场晚宴时穿的衬衫——我们去见格罗兹丹时，鲍里斯嫌它不够好。“给，”我透过门缝递给服务员，又说，“等一下。”

西装外套。围巾。都是黑色的。我敢送去干洗吗？它们都皱巴巴的，摸起来还一片潮湿。我打开台灯仔细查看——戴着眼镜，用在霍比手下训练出的挑剔目光，鼻子凑得离布料只有几寸远——上面并没留下什么血迹。我用白色的纸巾在各处按了按，看纸巾会不会变粉。它变了，但颜色非常浅。服务员还在门外等着，这在某种意义上卸下了我的重担——赶紧做决定，不能再犹豫了。我掏出大衣口袋里的钱包、圣诞节聚会前塞进去的那片可待因（它湿了，但奇迹般地完好无损，我从来没想到自己会如此它的定时释放功能）和鲍里斯的玻璃纸信封，然后把西装和围巾也递出去。

我关上门，松了一口气。但过了不到三十秒，一丝忧虑就爬进我的脑海，随即膨胀，变成轰隆作响的尖叫。错误的决定。疯了。我刚才在想什么呢？

我躺下，又爬起来。我再次躺下，想要重新睡过去。然后我坐起来，梦游般不由自主地拨了前台的号码。

“您好，德克尔先生。有什么可以为您服务的？”

“呃——”我紧紧闭上眼睛。我付房款时，为什么要用信用卡？“我在想——我刚才送了件西装去干洗，它还在酒店里吗？”

“什么？”

“你们是把衣服送到别处去干洗，还是就在酒店里洗？”

“我们送到别处去洗，先生。我们用的干洗公司非常可靠。”

“你能不能看一眼，我的西装送走了没有？我刚想起来今晚要穿。”

“我去看一眼，先生。请您稍等。”

我无助地等着，盯着床头柜上那包海洛因。玻璃纸的袋子上印着个彩虹色的骷髅头，旁边有一行小字：派对之后。前台回来了。“您什么时候需要那件西装，先生？”

“越早越好。”

“抱歉，它已经被送出去了。卡车刚刚开走。不过我们这边的干洗服务是当天送回的，下午五点就能给您。还有什么事吗，先生？”他在随即降临的沉默中问道。

16

鲍里斯说得没错，这包白粉纯度相当高——完美无瑕的白色，原本正常的剂量让我一下子就晕过去，在死亡边缘愉悦地飘荡了不知多长时间。好多城市，好多个世纪。我在缓慢的瞬间里穿行，满心愉悦，百叶窗紧闭，空荡荡的云间幻梦，变化不定的阴影，静止得仿佛让·威尼克斯画中的猎物，脚上挂着染血羽毛的死鸟。在如眨眼般淡薄的仅存意识中，我觉得自己明白了死亡那神秘的光荣，知晓了人类在最后时刻才会了解的知识：没有疼痛，没有恐惧，彻底疏离，静静地躺在死亡驳船上，如帝王般逐渐没入一片浩瀚，远去，消失，望着遥远海岸上的过客，终于变得自由，摆脱了人类一切微不足道的困扰，无论是爱，恐惧，悲恸还是死去。

几个小时之后，门铃再次穿破我的梦境。我感到仿佛度过了几百年，整个人连颤也没颤一下。我好脾气地坐起身，快乐地摇晃着，扶着家具走到门边，冲门外的女孩微笑。她是个害羞的金发姑娘，把裹在塑料袋里的衣服递给我。

“您的干洗衣物，德克尔先生。”和所有荷兰人一样，她把我的名字念得像“戴卡”，戴卡·密特福德是德福利太太的熟人。“请接受我们的歉意。”

“什么？”

“希望没给您造成什么不便。”真漂亮！如此湛蓝的眼睛！口音可爱极了。

“什么?”

“我们答应您五点前送过来的。前台说不会收您干洗的费用。”

“哦，没关系。”我说，犹豫着要不要给她小费，但觉得拿钱数钱太麻烦了。我关上门，把衣服扔到床脚上，摇摇晃晃地走到床头柜边，看了一眼久里的手表：六点二十。我微笑起来。想想看，白粉让我免除了将近一个半小时抓耳挠腮的煎熬！惊慌地给前台打电话！想象着警察就在楼下！我不禁起了虔诚之心。忧虑！纯属浪费时间。所有圣书都说对了。“忧虑”显然是原始人精神匮乏的特征。叶芝那句诗是怎么说的来着，关于中国的先哲？一切都会坍塌，重建。发光的古老双眼。这就是智慧。人们愤怒，恸哭，毁灭一切，经过几个世纪，不停抱怨自己渺小的生命，可是——意义何在？这么多没用的悲哀意义何在？“想想野百合花是怎样生长的。”为什么要担心任何事？我们都是有感觉的生物，来到这世上，不就是为了快乐度过这有限的时光吗?

就是这样。所以客房服务员从门下塞进来的打印纸条并没让我惊恐（“亲爱的客人，我们本想收拾您的房间，可是没能进入……”），所以我穿着浴袍走进门廊，挡住抱着满怀湿浴巾的服务员——我所有的毛巾都湿了，我用它们擦了擦大衣，上面有些粉色的印痕，我之前都没注意到，后来——新毛巾？当然了！哦，您忘带钥匙出来了，先生？哦，稍等，请允许我为您开门——所以我不假思索地叫了客房服务，大方地让侍者进了屋，把小车一直推到床脚边（西红柿汤，沙拉，俱乐部三明治，薯条。过了半小时，我又把大部分食物都吐出去了，那是世上最令人满足的一次呕吐，滑稽得让我大笑起来：哎哟！这白粉太棒了！）我知道，我病了。浑身湿透地在零度的室外走了几个小时，我发了高烧，打着寒战。但我太游离了，一点也不在乎。身体就是这样，随时可能出现状况，饱受病痛折磨。人们为什么要这么重视这种事？我把箱子里所有衣服都穿上了（两件衬衫，毛衣，换洗长裤，两双袜子），坐下来喝着冰箱里的可乐。白粉的药效开始减退，但并没过去。我在鲜明的白日梦中晕晕沉沉：没切割的钻石，闪闪发光的黑色昆虫。在一个特别逼真的梦里，我梦到了安迪，他全身都湿透了，网球鞋淌着水，在房间里向我走过来，在地上留下一行水渍。他看起来有点不对劲，有点奇怪。

你怎么样了，西奥?

没什么，你呢?

没什么，嘿，我听说你和凯西要结婚了，爸爸说的。

酷。

是啊，很酷，不过我们去不了，爸爸在游艇俱乐部有场活动。

嘿，那太遗憾了。

然后我和安迪要一起去某个地方，拖着沉重的箱子在运河上坐船，但安迪说我可不会上船，我说，嗯，我明白。于是我就把驳船一颗钉子一颗钉子地慢慢拆开，把零件放进箱子里，和安迪一起抬到岸上，船帆什么的都在。我们计划跟着运河走，河道会直接领你去你想去的地方，也会回到你出发的地方，但拆开一艘驳船比我想象得更费事，比拆桌子拆椅子难多了，零件也大得塞不进箱子里，有片巨大的螺旋桨，我使劲把它往衣服堆里塞，安迪觉得很无聊，就走到一边和人下起了象棋，我不喜欢那个人的样子，他说，哎，你既然没法事前好好计划，就只能先走着，随机应变了。

17

我猛然一摆头醒了过来，觉得恶心想吐，全身痒得仿佛皮肤下爬满了蚂蚁。随着药物逐渐排出我的身体，恐慌感以之前两倍的势头席卷重来，因为我病了，发着烧，浑身大汗，已经没有否认的力气。我摇晃着走到浴室又吐了一次（这次可不是嗑高时滑稽的呕吐，而是一如往常的折磨），回到房间，看着床脚裹在塑料袋里的西装和围巾，不禁打了个寒战，意识到自己有多幸运。一切都很顺利（真的吗？），本来完全可能会出事。

我动作笨拙地把西装和围巾从袋子里拿出来，脚下的地板让人晕眩地旋转着，我不得不扶住墙。然后我戴上眼镜，坐到床上在灯下查看。衣服看起来有点旧，但除此之外没什么不对。不过话说回来，我也看不出来。布料的颜色太深了。我看到一些斑点，随即斑点又不在了。我的视力还没恢复正常。也许这是个陷阱——也许我下楼就会发现有警察在等——不，别这么想了——太荒谬了。他们如果发现衣服有什么可疑之处，应该会留下来当证据吧？至少不会洗干净熨好再送回来。

我还有一半不在这世上，还有一半不是我自己。关于驳船的那个梦不知怎么影响到了这家酒店，让房间显得既是房间，又是船舱：墙上的内置橱柜（床头上和屋檐下面都有）配有钻孔装埋的黄铜把手，瓷釉磨成船舶般铿亮。船上的木工家具，甲板左右摇摆，外面拍打着漆黑的运河水。精神如海浪般错乱：起锚飘荡。窗外雾气正浓，连一丝风也没有，街灯的光芒憔悴苍白，静止不动，向外逐渐变淡，模糊成一团迷雾。

到处都好痒，皮肤像着了火。恶心想吐，头疼欲裂。白粉的效果越华丽，退散后身体和心理的折磨就越痛苦。我又回到现场，血从马丁的前额上汩汩流出。现在我和他的距离更亲密了，几乎是存在于他的头颅里，感受着每一次脉动和喷涌。更糟糕的是，想到那幅画又一次在我眼前消失，我的身体内部好像结冰了。染血的大衣，小孩跑掉的脚步声。黑暗。灾难。困在生物之躯中的人类得不到任何怜悯：我们活上一段时间，大惊小怪，然后死去，像垃圾一样在土地里腐烂。时间很快就会摧毁我们。但要摧毁或失去一件没有生命的东西——要打破比时间上更紧密的联系——本身就是一种抽象的断联，一份令人惊恐的绝望。

午夜的空调房，爸爸坐在百家乐牌桌前。“事情总有隐藏的另一面。”运气的阴暗情绪和呈现方式。咨询群星的排布，等待水星逆行时押下大笔赌注，寻求可知领域之外的知识。他的幸运色是黑色，幸运数字是九。再来一局，伙计。“事物自有其规律，我们都是其中的一部分。”但你如果认真思考规律这件事（他显然从来没费过这个心），深究到底就会发现一片虚空。那里漆黑一片，黑得足以摧毁你曾看过或想过的一切光线。

第十二章

会合点

1

圣诞节前的日子转瞬即逝。因为感冒发烧和闭门不出，我很快就失去了时间概念。我整天待在房间里，门外挂着“请勿打扰”的牌子，开着电视。但电视没能给我虚假的日常感，反而增添了迷惑和错位感：没有逻辑，没有结构，不知道下面会是什么节目，一切皆有可能，荷兰语的《芝麻街》，荷兰人坐在桌边说话，另一批荷兰人坐在桌边说话。这里接得到天空新闻台、CNN 国际新闻和 BBC 英国新闻，但本地新闻都不是用英语播的（没什么重要消息，没有哪条扯上我或说起车库里发生的事）。有一次我吓了一跳。我换着频道，中间某个台在播以前的美国警察电视剧，出现了父亲二十五岁时的脸。我震惊地盯着屏幕：那是他许多没台词的小角色之一，一个唯唯诺诺的男人在新闻发布会上站在一位政治候选人身后，跟着候选人的竞选承诺频频点头。中途他诡异地瞥了一眼镜头，跨过大海望向未来，望着我。这件事的讽刺性层次丰富，惊悚得让我忍不住大口喘气。除了发型和发达的肌肉（那阵子他经常去健身房，靠举哑铃练出来的），他完全可能是我的双胞胎哥哥。更令我震惊的是他的样子显得如此直率——他那时（一九八五年）已经犯了法，开始酗酒，可他脸上完全没有显露出他的为人，更没有任何未来的预兆。他看起来坚决而专注，像是自信和承诺的化身。

自此之后我就没再开过电视。我和现实的连接渐渐只剩下客房服务这一项，我只在天亮前最黑暗的时刻点餐，服务生困得反应迟缓。“不，我想看荷兰报纸。”我（用英语）对一口荷兰话的侍者说，他给我送来了《国际先驱论坛报》，荷兰面包卷和咖啡，火腿和鸡蛋，厨师推荐的荷兰奶酪拼盘。之后他还是送《先驱报》给我，于是我就在天亮之前溜下后门楼梯，自己去拿楼梯边桌上的本地报纸，这样也不用路过前台。

“血淋淋”。“谋杀”。太阳要到早上九点才升起来，天亮后空气中也依然一片迷雾，阳光微弱暗淡，像是德国歌剧里的炼狱。我用来刷洗大衣翻领的牙膏里显然有过氧化物之类的漂白剂，刷过的地方逐渐出现了有我手掌大小的白色圆圈，边缘上有点粉笔般的颗粒感，仿佛弗里兹脑浆隐约可见的阴魂。下午三点半，天色开始变黑，到了五点就伸手不见五指。街上如果人不太多，我会竖起大衣翻领，把围巾牢牢裹好，低着头钻出门，走到几百码开外的亚洲市场去，用身上剩下的欧元买几个包好的三明治、苹果、新牙刷、咳嗽药水、阿司匹林和啤酒。“就这些？”老太太用磕绊的荷兰语问我，数硬币的动作慢得让人心焦。咔，咔，咔。我有信用卡，但决心不用它们，作为这场游戏里的又一条规矩——这种谨慎毫无逻辑，我骗得了谁？在超市里买三明治时用又怎样？反正我在酒店里已经用过了。

让我无法好好思考的一半是恐惧，另一半则是生病。我的这场感冒发烧不肯好转。每个小时，我的咳嗽声都变得越来越深沉，肺也越来越疼。关于荷兰人和清洁产品的传说是真的：集市里有一大片让人眼花缭乱的清洁产品，都是些我从来没见过的牌子。最后我随便挑了瓶回酒店，瓶子上画着积雪的群山和一只雪白的天鹅，背后有个骷髅头和骨头交叉的标志。它漂白了我衬衫上的条纹，却还是无法除掉领口上的血渍，只让它从深棕色的斑点减淡成互相重叠的不祥轮廓，仿佛培养出的真菌群落。我第四或是第五次将衬衫漂洗干净，眼睛被刺激得直流泪，然后把它装进塑料袋里，系好袋口，藏到橱柜高层的最深处。我手头没有重物，不能就这么把它扔进运河，它一定会飘起来。我也不敢拿到街上，直接扔到垃圾桶里——有人会看见我，我会被抓住，一定会这样，我对此毫无道理地坚信不疑，仿佛是从梦中知晓的事实。

不用多久。不用多久是多久？最多三天，鲍里斯在安妮·德·拉梅辛的宴会上说。但他没把弗里兹和马丁算进去。铃铛和花环，商店橱窗上喷的星星，缎带和镀金核桃。我晚上睡觉时不仅盖着被子，还穿着袜子、染血的大衣和圆高领毛衣，皮革封面的酒店手册里说暖气可以逆时针旋转加热，但那温度不足以止住我因高烧而感到的疼痛和发冷。白色的天鹅绒。房间里一股漂白剂的气味，整个房间仿佛一只廉价的按摩浴缸。女用在走廊里能闻见吗？艺术品盗窃最高只判到十年，但因为马丁这件事，因为我跨越国界到了另一个国家——我就像买了单程票，没有退路。

但我还是想出了一个考虑马丁之死的办法，或者说是不去考虑。这件无法挽回的事把我扔进了另一个世界，在所有意义上来说，我都已经死了。一切似乎都已经结束，我仿佛是站在飘入海洋的冰山上回头望着陆地。做过的事永远不可能改变。我的存在就此消失。

这也没什么。在一切事物中，我的存在无足轻重，马丁也一样。我们都很容易被人遗忘。这算是关于人类社会和道德的一课。但在此之后可预见的时光中——直到人类历史的尽头，直到冰山融化，阿姆斯特丹的街道全部被水淹没——那幅画都会被人纪念，受人哀悼。谁知道炸掉帕特农神庙的那些土耳其人的名字？下令杀死巴米扬僧侣的毛拉都是谁？谁在乎？可是不管他们的人活着还是死去，他们行为的后果都已不可抹消。这是最糟糕的一种永生。不管是有意还是无意，我都毁掉了世界之心里的一抹光辉。

“天灾”：保险公司用的就是这个词，专指过于随意或神秘、根本无法预防的灾难。可能性是一方面，但有些事件与可以计算可能性的范畴离得实在太远，就连保险公司也只能借助超自然力量来解释。“运气太差。”我父亲曾经悲哀地这么说，站在将近天黑的游泳池边，在暮色里一根根抽着百乐门赶蚊子。他很少像那样对我讲起母亲的死，说什么不幸，为什么是我，为什么是她。只是地点时间都不对，机缘巧合，孩子，百万之一的几率。他没躲避这个话题，也没敷衍我。我听得出，那就是他的信念，也是他能给我的最好答案，和“安拉是这么写的”，“是上帝的旨意”一样。他的话仿佛是对幸运女神的尊敬鞠躬，而幸运女神是他所了解的最伟大的神祇。

如果在这里的是他呢。想到这里，我差点笑了出来。我能清晰地想象出他在宾馆里来回踱步的样子，困在房间里焦躁不安，享受着这一切的戏剧性，仿佛是受了冤枉锒铛入狱的警察，由法利·格兰杰扮演。我同样也能想象出他对此刻的我会露出如何好笑的表情，毕竟这些起承转合都和牌面一样无从预料，他只能悲伤地摇摇头。“行星的位置不对。这种事都是有形状的，大体上自有规律。如果这只是个故事，孩子，你已经讲得很好。”他会用上数字命理学，读着天蝎座的书，抛硬币，看星盘。你不管如何评价我父亲，都不能否认，他确实有一套能自圆其说的世界观。

节日临近，酒店里住满了人。美国军人在走廊里用军队般的直白语气说着话，你能一清二楚地听清军阶和及其暗含的权威性。我躺在床上，在鸦片和高烧的作用下梦见纯洁可怖的雪山，贝希特斯加登纪录片里的阿尔卑斯风光，狂野的山风吹进吹出，与书桌上方油画里的海浪融为一体：抛上抛下的小船，独自行驶在漆黑的水面上。

父亲：我在跟你说话，把遥控器放下。

父亲：呃，我不会用灾难这个词，不过确实够失败的。

父亲：他非得跟我们一起吃饭不可吗，奥黛丽？他每天晚上都他妈得跟我们一起坐在桌边吗？你就不能让阿拉梅达在我回家前先把他喂好吗？

优诺牌，战舰，磁性画板，四子棋。绿色的小兵人，圣诞袜里吓人的多腿橡胶昆虫。

巴伯先生：双旗信号。维克多：需要支援。回音：我要改到右舷右倾。

第七大道上的公寓。灰色的雨天。好几个小时吹着玩具口琴，吹进——呼出，吹进——呼出。

到了周一，也许是周二，我终于鼓起勇气拉开窗帘。时间已经很晚了，天色已经变暗，酒店外有群电视工作者在街上采访圣诞游客。英式口音，美式口音。圣尼古拉斯教堂有圣诞音乐会，季节性摊贩卖着荷兰甜饼。“差点被自行车撞上，除此之外都挺好玩的。”我的胸口阵阵发痛。我又拉上百叶窗，在热水喷头下站了很久，直到皮肤被水冲得发痛。整个街区闪闪发光，餐厅打着童话般的灯光，漂亮的商店摆出喀什米尔羊毛大衣、沉重的手织毛衣和各种我没想到要带上的温暖衣物。但我连打电话要壶咖啡都不敢，因为天亮之前，我翻过的荷兰语报纸里有一份的首版上印着车库的照片，车库到处都是警察的封条。

报纸就摊在床另一侧的地板上，像张我不想看的通往可怕地方的地图。我不由自主地不停睡过去，在高烧中与并不存在的人进行并不真实的对话。我每次醒来后，总是忍不住去翻报纸，寻找荷兰语中寥寥无几的英语同源词。“死去的美国人”。“海洛因”，“可卡因”。“谋杀”，“死亡”，“染剂”，“病态”，“谋杀案”。“毒品相关的凶杀案：阿姆斯特丹人弗里兹·阿尔廷克和洛杉矶人麦基·费德勒·马丁”。

"血淋淋","枪击"谁知道那个词是枪击还是子弹?"本次枪击案震惊了……"什么意思?

鲍里斯。我走到窗边站了一会儿,又走回床边。虽然桥上的那一幕无比混乱,我还是清楚地记得他叫我不要联系他,在这点上很坚决。我们分别得很匆忙,他似乎没有解释为什么我要等他联系我,不过这也无所谓了。他还坚持说自己的伤势不重,我也是这么对自己重复的,尽管在那晚不断回来侵蚀我的记忆中,我会一遍又一遍看见他大衣胳膊上烧出的洞,在蒸汽灯下黏糊糊的黑色羊毛。说不定交通警察在桥上抓住他,因为他没驾照把他带回警局去了。如果真是这样,那确实也很糟糕,但总比我想到的其他可能好多了。

"两人流血而死……"报道没有就此停下,第二天和第三天都有后续消息。伴随着传统荷兰早餐而来的是更多关于欧沃徒姆谋杀案的消息,版面更小,信息量更多了。"两名死者,不止一方卷入。荷兰境内的枪击案。"旁边配了弗里兹的照片,还有一些荷兰语姓名,一篇我不可能读懂的长文。"枪击案具体情况至今未明……"让我担心的是报道不再提毒品的事——鲍里斯放出的假饵——而是谈论起其他可能。我干的这件事在世上传播,整个城市都读到了相关的信息,用我不熟悉的语言谈论着这件事。

《国际先驱报》里是巨大的蒂芙尼广告。永恒的美丽和经典手艺。蒂芙尼公司祝您节日愉快。

几率会开人的玩笑。爸爸以前常说。运作系统,表格的细致分类。

鲍里斯去哪儿了?在高烧带来的晕眩中,我试图安慰自己,让自己分心,努力去想他是如何总在意想不到的时刻突然出现。打着响指,让女生都惊跳起来。全国学力测验开始后半小时才出现,把脸贴在用金属线加固过的紧锁的玻璃门上,全班都哈哈大笑起来。"哈,我们的光明未来。"回家路上,我解释着标准化考试,他不屑一顾地说。

在梦里,我去不了自己想去的地方。总有东西挡在我面前。

我们离开美国前,他把自己的手机号用短信发给了我。我不敢给他发信息(不知道他此刻状况如何,也担心会有人追查到我身上),但还是不停告诉自己,如果有必要,随时都可以找到他。他也知道我在哪儿。可是每到深夜,我都躺在床上失眠,和自己来回争论,进行无聊重复的拉锯战:万一呢,万一呢,发个短信有什么关系?最后在夜里某个神志不清的时间点,我半梦半醒,终于再也忍不下去，在夜灯的微光中抓过床头柜上的手机，没来得及多加考虑就给他发了一条：“你在哪儿？”

之后两三个小时，我躺在床上无法成眠，难以控制自己的焦虑，把胳膊搭在头上遮挡灯光，虽然屋里并没有灯光。等我从满身大汗的睡眠中醒来，天已经快亮了，手机则自动关了机——我忘了在睡着前把它关上。我不想问前台有没有合适的充电器，犹豫了好几个小时，到下午还是崩溃了。

“当然，先生，”前台说，根本没有抬眼看我，“美国式的？”

感谢上帝，我心想，尽量不让自己上楼时走得太快。手机又老又慢。我插上电源等了一会儿，受够了等待苹果标志亮起来，就走到迷你酒吧那边倒了杯喝的，又回来盯着手机看了一会儿。最后锁屏壁纸终于出现了，那是我半开玩笑扫描进去的一张老照片，我从没因为哪张照片那么开心过，那是凯西踢点球时飞在半空中的画面。就在我想要输入开机密码时，锁屏壁纸突然消失了，黑白条纹闪烁了大约十秒钟，然后分解成无数斑点，随着难听的呼呼声归于黑暗。

下午四点一刻。运河上挂着吊钟的山墙上方的天空逐渐变成青色。我坐在地毯上，背后靠着床，手里握着充电线，依次试过了屋里所有的电源插口，整整两遍——手机重启了上百次，我凑到灯下看它是不是其实已经开机，只是屏幕没亮，也试着恢复出厂设置。但手机彻底死了，一点反应也没有，只有冰冷的黑色屏幕，和门上的钉子一样毫无生气。我把它弄短路了，大概是在车库的那天晚上进了水，之前从兜里掏出手机来时屏幕上有好几处水滴。我开机时等了一两分钟，但它后来还好好的，直到我连上充电线。其他一切都在我的电脑里有备份，除了我现在唯一需要的东西：鲍里斯的号码，他去机场时在车里给我发的短信。

水光的倒影在天花板上摇曳。门外传来圣诞节的音乐，有点走调的大合唱。“哦，圣诞树，哦，圣诞树，你的叶子是那么的绿。”

我没有回程机票，但我有信用卡。我可以打辆车去机场。你可以打辆车去机场，我对自己说。史基浦机场，下一班有空位的飞机。肯尼迪，纽瓦克。我有钱。我像小孩一样自言自语。谁知道凯西在哪儿——说不定在汉普顿——但巴伯太太的助手珍妮特（她还留在这个职位上，尽管巴伯太太已经没有任何需要助手的事宜要处理）只要几个小时就能帮你订好机票，就算是圣诞节前夜。

珍妮特。想到珍妮特让我感到一阵安心。珍妮特有套完整有序的情绪系统，身材微胖，脸颊绯红，穿着粉色的设得兰毛衣和马德拉斯牌格纹衫，像是布歇画中的小仙女穿上了“J·克鲁”牌休闲服。不管别人说什么，珍妮特都会回答“好极了”，她还用一个写着“珍妮特”的杯子喝咖啡。

逻辑思考让我松了口气。我等在这儿又能帮上鲍里斯什么？这样又冷又湿的地方，语言不通，在高烧和咳嗽中备受折磨，噩梦般的关押感。我不想在没有鲍里斯消息的情况下离开。我觉得自己就像在一部令人困惑的战争电影里，战友倒下了，我自己往前跑着，不知道前方有怎样更加可怕的地狱。但同时我又非常渴望离开阿姆斯特丹，我简直可以想象自己一到纽瓦克机场就跪倒在地，把额头贴到机场走廊的地板上。

电话簿。铅笔和白纸。只有三个人见过我：印尼人，格罗兹丹，亚洲小孩。马丁和弗里兹的阿姆斯特丹同伙也许正在找我（又一个赶紧离开的好理由），但我想不出警察有什么理由要找我。他们应该没有对我的护照发出通缉令。

但我随即就惊缩起来，仿佛被人在脸上打了一拳。不知道为什么，我一直以为我的护照就放在楼下，在我登记时留在了前台。我一直没有想到护照的事：鲍里斯把它拿走了，锁到了他汽车的手套箱里。

我冷静地放下电话簿，努力让自己的样子看起来随意自然。在正常情况下，这一切应该很简单。查地址，找到大使馆，问清应该去哪儿。排队。等轮到我，耐心礼貌地说话。我有信用卡，没有带照片的身份证件。霍比可以把我的出生证明传真过来。我不耐烦地回想着托迪·巴伯曾在晚餐上讲的故事——他丢了护照（在意大利，还是西班牙？），不得不拽个证人去宣誓证明他的身份。

淤青般的深色天空。美国的时间还早。霍比应该刚出去吃午饭，走到杰弗森市场去，路上买些东西，为圣诞节午餐做准备。皮帕还在加州吗？我想象着她在旅馆的床上翻过身，睡意蒙眬地接起电话，眼睛还闭在一起。西奥，是你吗，出什么事了？

“还不如直接交了罚款，再找机会溜走。”

我感到一阵虚脱。要去领事馆（还是什么地方）接受一系列询问，填写各种表格，完全是给自己惹麻烦。我并没给等待设一个时限，没想过我要等多久，但任何行动——毫无逻辑、毫无意义的行动，昆虫在罐子里四处乱撞似的行动——都要强过继续待在这个房间里，用余光看着并不存在的幻影。

《国际先驱报》里又有一大幅蒂芙尼的广告，向我致以节日祝愿。对面的版块上有个数码相机广告，有一段署名为“胡安·米罗”的广告语：

有些画面让你看上一周，之后再也想不起来。

有些画面让你瞥过一秒，之后一生无法忘怀。

中央车站。在欧盟国家之间过境不需要护照。随便哪辆货车，随便去哪儿。我想象着自己在欧洲漫无目的地兜着圈：莱茵瀑布和提洛尔山脉，风景片般的隧道和暴风雪。

有时候重点就在于把一手烂牌打好。爸爸曾经这么说，靠在沙发上，睡眼蒙眬地打着盹。

我盯着电话，因为发烧而头重脚轻，一动不动地坐着努力思考。午餐时，鲍里斯曾提起过有车从阿姆斯特丹开往安特沃普（还有法兰克福：我应该离德国远一点），之后再开往巴黎。如果我去巴黎的大使馆申请新护照，与马丁这件事扯上关系的可能性就更低了。但那个中国小孩仍然是关键证人。说不定我的信息已经登记在欧洲所有法律部门的电脑里了。

我走进浴室，往脸上泼了些水。镜子太多了。我关上水龙头，拿过毛巾擦干脸。按部就班地行动，一步一步来。我总在夜晚才会情绪低沉，才会感觉到恐惧。喝杯水。吃片阿司匹林帮助退烧。发烧也总是在天黑后才开始。简单地行动。我把自己逼得太狠了，我清楚。我不知道有多少人在通缉鲍里斯，我担心他被警察抓住，但更担心他落到萨沙的同伴手里。这又是一个我无法让自己深究的念头。

2

第二天是圣诞夜。我没有食欲，但还是逼自己吃了一顿丰盛的客房服务早餐，把报纸原封不动地扔到一边，生怕再看见欧沃徒姆或谋杀之类的字眼，并因此无法鼓起勇气迈出下一步。我吃饱后，收集起床边散落的一整周报纸，卷起来塞进垃圾桶，从橱柜里拿出满是漂白剂气味的衬衫，确定塑料袋没有漏洞，塞进亚洲市场的袋子里（我暂时不系这个袋子，为了好拿，也为了万一找到砖头方便塞进去）。然后我拉起大衣翻领、围紧围巾，把门上的牌子翻到请打扫那一面，离开了酒店。

天气冷得要命，也算帮了我的忙。雨夹雪斜斜地打下来，落在运河上。我在冰冷的街上打着喷嚏走了将近二十分钟，找到一个有垃圾桶的静谧街角。这里没有车，没有行人，没有商店，只有在寒风中门窗紧闭的无名房屋。

我迅速把衬衫扔进去，继续往前走。一股突如其来的狂喜让我一眨眼就走过四五条街，尽管牙齿还冷得格格发抖。我的双脚都湿了，鞋底薄得不适合走在小石子路上，浑身冰冷。垃圾车什么时候来？无所谓了。

不过——我晃了晃脑袋——亚洲市场。塑料袋上印着亚洲市场的字样，那儿离我的酒店只有几步远。但要这么想下去会没完没了，我尽量给自己讲道理。有谁见过我吗？没有。

查理：我赞成。德尔塔：我前进困难。

够了。够了。没有退路了。

我不知道出租车站在哪儿，继续漫无目的地走了二十几分钟，终于在街上打到车。“中央车站。”我对土耳其司机说。

出租车穿过陈旧新闻影像般灰蒙蒙的街道，司机放我下车。一瞬间，我以为他认错路了，因为车站正面看起来像座博物馆：红砖砌起的山墙和塔楼，到处都是荷兰的维多利亚时代风格。我混在假日人群中走进去，尽量让自己显得属于这里，不去看到处站岗的警察，觉得困惑而混乱。民主世界再一次在我身边展开：祖父母，学生，疲惫的新婚夫妇，拉着行李的小孩；购物袋，星巴克咖啡杯，行李箱轮子的滑动声，为绿色和平组织收集签名的少年，人类活动的低声喧嚷。下午有辆车开往巴黎，但我想知道当天最晚一班是几点。

买票的队伍长得望不见尽头，一直排到报亭后面。“今晚的？”等我终于排到窗口，售票员问我。她是个肩膀宽厚的中年女人，长得很漂亮，胸部如枕头般松软。她的声音温和而不带感情，她就像一幅二流风俗画里的老鸨。

“没错。”我说，暗自希望自己看起来没有实际病得那么厉害。

“几个人？”她说，没有看我。

“一个。”

“没问题。您的护照。”

“等一——”我的声音因发烧而嘶哑。我拍了拍身上的口袋，本来还希望她不会这么问，“啊。抱歉，我没带，放在酒店保险箱里了，不过——”我掏出纽约州身份证、信用卡和社保卡，一起推进窗口，“给。”

“坐车需要护照。”

“哦，当然，”我尽量让声音听起来很有耐心，“但我今晚才走。你看——”我示意脚下的空地，表示没带行李，“我现在是来送女朋友的，我想既然都来了，排个队买好今晚的票得了。”

“嗯——”售票员看了看屏幕，“时间还很充裕。我建议你晚上来的时候再买票。”

“是——”我捏了捏鼻子，不让自己打喷嚏，“但我想现在就买。”

“恐怕不行。”

“拜托了。就当帮我一个忙。我都在这儿等了四十五分钟了，谁知道晚上要排多久。”皮帕曾经坐火车在欧洲四处旅行，我记得她说过车上不查护照。“我之后还有点事，所以想现在买好票，晚上直接过来坐车。”

售票员盯着我的脸，然后拿起纽约州身份证查看上面的照片，又看向我。

“你瞧，”我见她好像有些犹豫，便说，“那是我，没错吧？上面有我的名字，我的社保卡——来，”我说，从兜里掏出纸笔，“我签个名，你比较一下。”

她把我的现场签名拿过去比对，看了看我，又看向身份证——然后突然拿定主意。“我不能接受这些身份证明。”她把几张卡推回窗外。

“为什么？”

我身后的队伍变得越来越长。

“为什么？”我又问了一遍，“这可都是合法证件。在美国，除了护照，我就用这些证件买机票。签名也对得上，”我说，她没回答，“你不是都看见了吗？”

“抱歉。”

“你是说——”我能听见自己声音里的绝望。她挑衅地盯着我的眼睛，似乎在说你有胆就跟我争啊。“你叫我晚上回来再重新排这么长的队？”

“抱歉，先生。我帮不了你。下一位。”售票员说，目光越过我投向下一个买票的人。

我走开了，在人群中推挤着往前走。有人在我身后说：“嘿。嘿，伙计？”

我经过售票窗口那一幕，一开始还以为那个声音只是幻觉。我不自在地转过身去，看见一个光头鼠脸、眼眶发红的少年。他穿着巨大的球鞋，踮着脚上下晃动身体，目光飘忽不定。我还以为他要卖假护照给我，但他只是凑过来说：“别想了。”

“什么?”我犹豫地说，瞥向他身后不到五英尺外的女警察。

“听着，伙计。我拿着护照来回出入过上百次，他们从来没查过。但在我没拿护照要穿过国境进法国时，他们把我抓起来关进法国的移民监狱，整整十二个小时，垃圾食品，垃圾似的态度，差劲透了。脏兮兮的拘留所。相信我的话——你可得把证件都弄齐了。轮到你时可一点也不好笑。”

“嘿，说得对。”我说。我出了一身汗，但不敢脱大衣，也不敢解下围巾。

高烧，头痛。我从少年身边走开，感到安全摄像头怒瞪的目光烧在我身上。我尽量不让自己显得那么心虚，踩着飘忽的步子慢慢穿过人群，揉着口袋里写着美国领事馆电话的纸。

我走了一会儿才找到付费电话——穿过车站到了另一侧，周围挤满成群的青少年——又研究了好一会儿才明白怎么打电话。

一连串轻快的荷兰语。然后是令人愉悦的美国英语：欢迎来到美利坚合众国驻荷兰领事馆，我想听英语说明吗？更多选项，这个请按1，那个请按2，请稍等。我耐心地跟随指示一步一步做，站在电话亭里呆望着外面的人群，突然意识到也许不该让别人看清我的脸，连忙转过身对着墙。

电话响了很久很久，我陷入心不在焉的发呆状态。然后线路突然接通了，美式声音清新得仿佛说话者刚从圣克鲁斯沙滩上度假回来：“早上好，这里是美国驻荷兰领事馆，有什么可以帮您的?”

“你好，”我说，松了口气，“我——”我犹豫着要不要编个假名字，问到相关信息就好，但我太累了，提不起那个精神，“我遇到了困难。我叫西奥多·德克尔，护照被人偷了。”

“嘿，很抱歉听到这个消息。”我能听见她在电话另一头打字，背后播放着圣诞音乐，“可真不凑巧——大家都出去度假了，你知道吧？你报告当局了吗?”

“什么?”

“护照遗失的事。你得马上就报警，当场就通知警察。”

“我——”我暗自咒骂了一句，为什么要说护照被人偷了?“不，抱歉，刚刚发生的事。在中央火车站——”我环顾四周，“我在用付费电话。说实话，我不是很确定被人偷了，可能只是从口袋里掉出去了。”

“嗯——”她又打了一阵字，“护照不管是丢了还是被偷了，你都得报警。”

“嗯，可是你看，我马上就得坐车，结果他们不让我坐。我今晚就得去巴黎。”

“稍等。”车站里的人太多了，暖气放大了潮湿羊毛和人群的闷热气息。她片刻后回来了。“好——先告诉我一些基本信息吧——”

名字。出生日期。护照颁发的日期和城市。我在大衣里流着汗，四处都是呼吸着的发出热量的身体。

“你有能证明你是美国公民的证件吗？”她说。

“什么——”

“比如过期护照？出生证？入籍证？”

“我有社保卡，还有纽约州身份证。如果需要，我可以叫人从美国把出生证传真过来。”

“哦，那太好了。这样就够了。”

真的？我一动不动地站着。这样就行了？

“你能上网吗？”

“呃——”酒店应该有电脑吧？“可以。”

“嗯——”她给了我一个网址，“到这里下载护照遗失或失窃宣誓书，打印出来填好，拿到我们的办公室来。我们在国家博物馆附近。你知道具体位置吗？”

我释然得呆站在原地，任凭人群的声音如幻觉般席卷全身。

“所以——我需要你带来的文件包括，”加州女孩说，轻快的声音将我从五光十色的晕眩状态中惊醒，“宣誓书。美国传真来的文件。两张白色背景的两寸照片。还有，别忘了警察报告的复印件。”

“什么？”我震惊地说。

“我之前也说了，护照不管是丢了还是被偷了，你都得报警。”

“我——”我盯着一群全身黑衣的阿拉伯蒙面女人，她们沉默地从我旁边经过。“我没时间报警。”

“什么意思？”

“我倒不是今天就要飞回美国。可是——”我过了片刻才恢复过来，咳嗽剧烈得让我的眼睛泛起泪水，“去巴黎的火车还有两小时就开了。所以，我是说——我不知道该怎么办。我恐怕没法在这段时间里弄到所有文件，再去趟警察局。”

“嗯——”遗憾的语气，“嘿，要知道，我们这里还有四十五分钟就关门了。”

“什么？”

“今天早下班。圣诞夜嘛。明天和周末都不开门，圣诞节后的周一早上八点半开门。”

“周一？”

“嘿，很抱歉，”她说，声音听起来很无奈，“程序就是这样。”

“可我这是紧急情况！”咳嗽让我喘不过气。

“紧急情况？家里出了事，还是需要医疗帮助？”

“我——”

“因为，在某些特殊情况下，我们确实有下班后的紧急援助服务。”她的声音不再友好，她在赶时间，读着既定的说辞，我能听见后面响起铃声，好像是让听众参与的广播节目。“遗憾的是，那必须是生死攸关的特殊情况，我们的员工会判断情况是否严重到需要特殊对待。所以如果有人死亡，或者有人得了什么致命的疾病，需要你今天下午就抵达巴黎，并且你能提供相关证明，比如医生、牧师或葬礼主持开具的宣誓书——”

“我——”周一？妈的！我根本不愿去想报警的事，“嘿，抱歉，听着——”她想挂电话了——

“没错。你准备好一切证件，二十八号周一再过来。然后，对，你一旦提出了申请，我们会尽快处理——抱歉，稍等一下，”咔的一声，她的声音变小了，“早上好，美国驻荷兰领事馆，请稍等一下，”电话马上又响起来，咔，“早上好，美国驻荷兰领事馆，请稍等一下。”

“多快能给我发新护照？”她回来后我问。

“哦，你一旦提出申请，最多只需要十天。十个工作日。应该说——一般情况下，我会尽量给你加急处理，七天内搞定吧。但你也明白，现在是假期，办公室的速度比较慢，我们的开门时间一直到新年都不太固定。所以——嘿，抱歉，”她打破我因为震惊生的沉默，“可能需要一段时间。糟透了，我知道。”

“我该怎么办？”

“你需要旅客支持吗？”

“我不知道那是什么意思。”我满头大汗。室内加热后的空气充满了人群的气味，我简直无法呼吸。

“比如给你汇钱？安排临时住处？”

“我怎样才能回家？”

“你住在巴黎吗？”

“不，美国。”

“嗯——临时护照上没有入境美国所需的芯片，所以恐怕没有什么捷径可以走，只能通过我们这里——”铃铃，铃铃铃。“稍等，先生，麻烦您稍等一下。

“好了，我的名字叫霍莉。您记一下我的分机号吧，万一遇到什么问题或者需要帮助，可以直接给我打电话。”

3

不知出于什么原因，我的高烧总在天黑后达到顶峰。但现在在冰冷的室外站了那么久，我的体温开始一阵阵地往上蹿，仿佛是被人一下下拉上高楼的重物。我在回酒店的路上，几乎不知道为什么要往前走，自己为什么还没摔倒，或者到底有没有往前移动。我的脚步软绵绵地滑在地上，身体好像高高地飘了起来，飞过雨中运河边的街道，升入变形的空中楼阁和气流，向下俯视着自己。我应该在车站打车回去的。我眼前不断浮现幻觉，看到垃圾桶里的塑料袋，售票员红润发光的脸，鲍里斯眼含泪水、双手鲜血，紧抓着子弹擦伤的胳膊。风呼呼作响，我的头脑阵阵发热，身体不时惊缩起来，仿佛感到手肘边有什么黑暗的东西猛然扑过：四溅的深色液体，草木皆兵的惊恐，每次都是虚惊一场——街上一个行人也没有，只是不时有人骑着自行车，在雨中蜷着身体在远处经过。

头脑沉重，喉咙灼痛。我终于打到一辆出租车时，离酒店的距离已经只有几分钟的路程。我在入骨的寒气中颤抖着上了楼。唯一的好消息是服务员已经打扫过房间，补充了迷你吧台里的饮料，之前那里已经被我喝得只剩下橘味白酒。

我拿出仅有的两小瓶琴酒，拿到水池边直接倒进杯子里，并加了热水，坐到窗边的太师椅里晃着杯子，神志不清地望着时间流过。我在半梦半醒的状态里，看着肃穆的冬季光线在墙上打出平行线，慢慢移动到地毯上，变窄变细，最后淡去消失。到了晚餐时间，我的胃饿得发痛，喉咙也因吐出的胆汁而烧灼，但我还是坐在黑暗里一动不动。我以前并不是没动过类似的念头。即便是在远没现在这样严苛的情况下，我也曾经想过无数遍。那股冲动总在毫无预兆的时刻出现，剧烈地撼动着我。那声包含毒性的低喃从未彻底离开过，有时徘徊在我所能听到的边缘若隐若现，有时则无法控制地掀起一阵狂暴的视觉火焰。我不知道具体是因为什么，诱发的因素可能是一场糟糕的电影，或某场烦人的聚会。短暂的无聊和长期的痛苦、一瞬间的恐慌和挥之不去的绝望全都混杂在一起，爆发出灰烬般黯淡的光芒，让我回顾之前这么多年的人生，在头脑理智、思绪清晰的绝望中真正明白，这世界和其中的一切都彻底完了，毁得让人无法忍受。从来没有任何东西称得上美好，没有任何事情还算过得去，人生就像是一场令灵魂难以忍受的密闭空间恐惧症，这屋子没有门窗，无处可逃，只有波浪般一阵又一阵的羞愧和惊怖。“饶了我吧。”我母亲躺在大理石地面上死了。“够了，够了。”我在电梯和出租车上对自己说出声来：“放过我吧，我想死。”那阵冰冷、清醒、自我毁灭的狂怒不止一次让我飞奔上楼，在雾蒙蒙的坚定状态里吞下所有能找到的酒精和药物。但抗药性和不恰当的选择让我无数次重新醒来，既失望又惊讶，为霍比没发现这个状态的我而庆幸。

黑色的鸟群。灾难将来的铅色天空，仿佛埃格贝特·范·迪尔·珀尔的画。

我站起来打开台灯，在尿液色的虚弱光芒下摇摇晃晃。我可以等。也可以跑掉。但这些不算什么选择，只是不同的忍耐方式而已，仿佛身处蛇缸里的老鼠或逃窜或僵直，最终只能延长悬而未决的痛苦时间。还有第三种选择：我如果给已经下班的领事馆打个电话，说我这个美国公民想要为谋杀案自首，我相信他们会很快给我答复。

叛逆行为。人生空洞虚无，难以忍受。我对生命有何忠诚心可言？什么都没有。为什么不抢在命运女神之前自我了结？为什么把书扔到火上，一烧了之？目前的惊恐状态没有尽头。除了我自己内心供应的那一份，外部施加的恐怖经历也只会源源不断地出现。只要有足够的白粉（我看了看袋子，还剩不到一半），我很容易就能在桌上排条粗线，一头栽到另一侧去：伟大灵魂所在的黑暗，群星闪耀。

但这点白粉还不足以确保将我终结。我可不想把这些白粉都浪费在几个小时的人事不省上，之后再次在同一间监牢里醒来（或者更糟：在荷兰医院里醒来，没有护照）。不过我的抗药性已经下降了很多，我相信这些白粉应该够了，只要我先喝个烂醉，再把紧急用的可卡因片也加上。

迷你酒吧里有瓶冷藏的葡萄酒。为什么不呢？我喝光剩下的琴酒，打开葡萄酒瓶，感到坚定而喜悦——我饿了，服务员补充了房间里的饼干和鸡尾酒小吃，但空腹服毒效果更好。

我感到无比释然。一声不响地离开，将一切都抛在身后，这份欣喜如此完美。我打开广播，调到古典音乐频道。他们在放圣诞单声圣歌，肃穆而虔诚，比对曲谱的解说评论还要单调乏味。我考虑要不要洗个澡。

但之后再做这些仪式也不迟。我打开抽屉，找到一文件夹的酒店文具。大教堂的灰色石头，小六度音阶，《圣母颂》。我发着烧，听着运河水拍打岸边的声音，周围的空间不知不觉变成了交叠的边界区域，既是酒店房间，也是轻轻摇曳的船舱。在海上生活，溺水而死。小时候，安迪用火星小孩般诡异的声音告诉我，学习频道上说圣母玛利亚会保佑船员，《圣母经》的保佑作用之一就是不让你溺水而死。海洋之星玛利亚。

我想象着霍比去参加午夜弥撒，穿着黑色西装跪在教堂长凳上。镀金会自然脱落。在柜门或抽屉的挡板上，镀金部分往往都会出现一些缺口。

物品会寻找正确的主人。它们具备人类的特质，要么鬼鬼祟祟，要么诚实可靠，要么狡猾多疑，要么纤细敏感。

真正杰出超凡的物品不会无缘无故就冒出来。酒店的笔不太好用，我暗自希望能有支更顺手的。信纸倒是光滑厚实。我要写四封信。给霍比和巴伯太太的最长，因为我欠他们一个完整的解释，也因为他们是我死前最在乎的两个人。但我也会给凯西写信，告诉她不是她的错。给皮帕的信是最短的。我想让她明白我有多爱她，同时也让她清楚，不爱我完全不是她的错。

但我不会这么直说出来。我想扔给她的是玫瑰花瓣，不是染毒的飞镖。我想让她知道她让我有多么开心，其他明显的事实就不用说了。

我闭上眼睛，高烧凭空唤起零散的回忆，外科手术般精准清晰的回忆，仿佛曳光弹划过森林，瞬间照亮了清晰的细节和复杂的情感。第七大道公寓里窗外射入的光线如琴弦般纤细，我在地板上玩耍，剑麻靠垫让人皮肤瘙痒，在我双手和膝盖上留下红色的网状印痕。母亲的柑橘色晚宴长裙，裙摆上挂着闪亮的装饰，我总想伸手去摸。以前的保姆阿拉梅达，在玻璃碗里捣着车前草。安迪冲我敬礼，随即跌撞着跑下他家阴暗的过道：“是，船长。”

中世纪的歌声，不经修饰，超越时空。朴实曲调的吸引力。

重点是，我并没觉得有多难过。感觉更像是给最后一颗坏牙做根管治疗，牙医在聚光灯下凑过来说：“马上就好。”

十二月二十四日

亲爱的凯西：

非常抱歉。我想告诉你的是，这和你无关，也和你家的所有人都无关。你母亲会收到另一封信，我在那封信里会解释得更清楚。但我想直接对你说，我的行为和我们之间的一切都没有关系，特别是最近发生的那些事。

为什么会是僵硬的语气和不自然的僵硬字体，我不知道。它和此刻在我脑中爆炸的回忆和从四面八方涌来的幻觉格格不入。雨夹雪打在窗户上，落下来的样子含着一种厚重深沉的历史感，让人想起饥饿和前进的军队，仿佛一场永不止歇的悲伤之雨。

你知道，也曾向我指出过，我身上有很多问题，那些问题早在我认识你之前就存在了。这些问题都不是你的错。你母亲如果想知道你在其中起到了怎样的作用，我建议你让她去找泰莎·马高里斯，或者艾米，她们一定很乐意分享对我的看法。还有一件不相关的事——我强烈建议你别让海威斯托克·埃文进你家的门，永远。

小时候的凯西。纤细的发丝披散在脸上。“闭嘴，两个蠢蛋。赶紧住手，否则我就告诉妈妈。”

最后，我想告诉你——

（我犹豫了一会儿）

最后，我想告诉你，你在宴会上美极了。你戴了我母亲的耳环，我非常感动。她特别喜欢安迪——她一定也会喜欢你的，我们在一起会让她很开心。抱歉没能一起走下去。我真心希望你之后一切顺利。

最深的爱，

西奥

我把信封好，写上地址，放到一边。前台应该有邮票。

亲爱的霍比，

这是封很难写的信，抱歉我不得不写给你。

出汗与发冷交替，我眼前出现了绿色的斑点，我的体温太高，感觉墙壁似乎都在坍缩。

这封信和我卖出去的那些赝品无关。我想你很快就会听说到底是怎么回事。

硝酸，炭黑。和所有活物一样，家具也会随时间流逝出现伤痕。

时间的痕迹，可见和不可见的。

我不知道该怎么说，但我想起母亲和我曾经在中国城发现的那条生病的小狗。它躺在两个垃圾桶中间，是条刚出生不久的斗牛犬。身上脏兮兮的，一股臭味，瘦得皮包骨，虚弱得站不起来。其他人就那么从它身边走过去。我很难过，母亲答应我，吃完饭回来如果它还在，我们就带它回家。等我们从餐厅出来，它还待在原处。我们打了辆车，我把小狗抱在怀里，回家后母亲在厨房里放了个纸箱。它开心极了，舔着我们的脸，喝了足足有一吨水，吃了我们买回去的狗粮，然后又都吐了出来。

长话短说，后来它死了。那不是我们的错，但我们觉得是。我们带它去看兽医，买了特殊的狗粮，但它只是病得越来越厉害。我们都很喜欢它。母亲又带它去动物医疗中心看专科。兽医说——这只狗得了一种病（我忘了那种病叫什么），你捡到它时它就已经病了，我知道这不是你想听到的消息，但现在最仁慈的做法就是让它安乐死。

我的手在纸上飞速移动，毫不顾忌地随意乱写。我写满一页后，伸手去拿第二张纸，随即惊讶地停住。我之前埋头写信时，觉得自己轻飘飘的，像抓住最后一次机会般草率狂野，写出来的东西，完全不是我想要的充满感情和说服力的道别。字歪歪扭扭，既不整齐也不流利，有些地方根本读不懂。应该有更简洁的说法来感谢霍比，说出我想告诉他的：他不该自责，他一直对我很好，竭尽所能地帮

我，就像母亲和我竭尽所能地想帮那只小斗牛犬。而它虽然性情温和，在临死前那段时间却变得越来越残暴，把整间公寓弄得一团乱，将我们的沙发撕得破烂不堪。这也是值得拿来类比的一点，但我不想把故事拖得太长。

敏感爱哭，自我纵容，毫无品位。我的喉咙疼得仿佛里面被剃刀剥掉了一层皮。

装潢物已经剥落。看这儿：木头里有蛀虫。得用环烷酸铜处理一下。

在霍比家楼上的浴室吸过量的那天晚上，我没打算再醒来，但最后还是醒了过来，脸颊贴在图案模糊的六边形地砖上。那是一栋建于战争之前的老屋子，到处都是朴素的白色装潢。我躺在地上，惊讶于它看起来有多么闪耀发亮，我一定是从死后的世界看着它的。

那是终结的开始？还是终结的终结？

感觉太棒了。我从来没这么享受过。

一步一步来。阿司匹林。迷你酒吧里的冰水。阿司匹林药片卡在喉咙里，让我难以呼吸，仿佛吞了一口尘土。我拍着胸口想让它们下去，酒精让我比之前更加难受，又渴又晕，嗓子里像挂了鱼钩，水滴莫名流下脸颊。我使劲喘着气。打开葡萄酒时，我本意是把它当作享受，但酒被我喝下去后像松节油，在我胃里燃烧搅动。我要不要洗个澡，给前台打电话要点热饮？简单的就好，肉汤或者热茶。不：只要把葡萄酒喝完就好，或者干脆喝伏特加。我曾在网上读到过，想用吞食过量药物自杀的人里只有百分之二的人成功了。这个数字看起来低得荒谬，但就我以往的经验来看，事实恐怕确实如此。“天不会再下雨。”某个人的自杀留言是这么写的，“闹剧一场。”珍·哈露的丈夫在他们的新婚之夜前自尽并留下了主要的遗言。乔治·桑德斯的遗言最棒，他是个老式好莱坞明星，我父亲能把这句话完整地背下来，还经常引用。“亲爱的世界，我要离开，因为我觉得太无聊了。”还有哈特·克兰，登高跳下，衬衫随风鼓动。“大家再见了！”他从船上跳下，喊出了最后一句告别语。

我不再觉得身体是属于我的。它已经脱离了我的控制。我的双手绝望地动着，自行飘到空中。我站起来伸展四肢，就像在控制木偶，用挂线把自己猛然拽起来。

霍比告诉我，他年轻时喜欢喝顺风威士忌，也就是哈特·克兰的酒。顺风牌又叫卡蒂萨克，原意是短裙。

钢琴室里淡绿色的墙壁、棕榈树和开心果冰淇淋。

积冰的窗户，霍比童年时没有暖气的房间。

早期绘画大师，他们从不犯错。

我在想什么，我感觉到了什么？

呼吸好痛苦。那包海洛因就在另一侧的床头柜上。爸爸对演艺圈地狱的热爱从未消减过，他一定会爱死了这些布景——毒品，脏兮兮的烟灰缸，酒瓶。但我受不了穿着酒店浴袍横尸在床，像个过气了的驻唱歌手。我应该洗漱一番，冲个澡，刮刮胡子，穿上西装，回头被人发现时不至于太邋遢。我做完这些，等值夜班的服务员都下班了，再把“请勿打扰”的牌子取下来。她们最好马上就能发现我，我可不想在这里待到发臭。

和皮帕共度的那个夜晚和此刻仿佛隔着一整个人生。我想着那时候自己有多幸福：在冰冷清澈的冬季夜晚冲出去见她，光是见她站在电影论坛门口的街灯下就欢天喜地，站在街角望着那一幕回味了片刻。看她等待我的样子让我心花怒放。她望着人群的期待表情。她在等的人是我，我。我只在那一瞬间出现了近乎心脏病发作般的确信：也许你真的能拥有不可能属于你的东西。

我从柜子里取出西装。衬衫都脏了。我怎么没想到要送一件去洗？皮鞋被水泡坏了，为一切增添了一个遗憾的音符——不过等等（我在房间中央困惑地站住），我要穿着鞋躺到床上去吗，衣冠齐整，像摆放在石板上的遗体？我又出了一身冷汗，重新开始颤抖、发冷的循环。我得坐下来。也许我应该重新考虑一下怎么安排。把信撕掉，伪装出一场意外。也许这样更好，我可以假装要去参加什么神秘的正装晚会，只是在出门前嗑了点药——坐在床边，喝得太多，黑色的烟花，嘶嘶作响的苏打水，享受地跪倒在地。啊哦。

骚动的白色翅膀。奔跑着跃入无限之中。

一阵喇叭的高声合奏——我惊醒过来。礼拜式的吟唱变成不合时宜的节庆交响乐。曲调欢快，满是铜管乐器发出的声音。一股沮丧席卷而来。《胡桃夹子》套曲。错了，全错了。盛大热烈的节日汇演可不适合用来告别。高昂的管弦乐，什么进行曲。我的胃部瞬间一阵翻腾，酸味一直冲进喉咙，感觉就像刚灌下一夸脱柠檬汁。我差点没来得及拉过垃圾桶，黄色的酸液就一波又一波地猛烈上冲。

吐完后，我坐在地毯上，额头顶着垃圾桶锋利的金属边缘。房间里回荡着让人心烦的儿童芭蕾舞配乐。最可恶的是，我甚至都还没喝醉，只是病得很厉害。

走廊里传来美国口音的喧嚷。几对情侣笑着大声说再见，进了各自的房间：大学时的朋友，都在金融业工作，读过五年以上的公司法。菲欧娜今年秋天就要上小学了，奥克兰市一切都很好，好吧，晚安，老天，我真爱你们。我完全可以过上那样的生活，只是我不想。这就是我人事不知前的最后一个念头。我勉强跳下床，把恼人的广播关掉了，然后忍着翻滚的胃部，把自己脸朝下扔到床上，就像从桥上跳到河里。房间里的每一盏灯都还亮着，我在灯光下沉得越来越深，直到黑暗没过头顶。

4

我小时候，母亲死后，我每天都会想着她入睡，以为这样就能梦见她，可我从来没有梦见过她。或者说我一直都会梦见她，但在梦里她一直缺席，从不出现：微风吹过搬空的公寓，便笺簿上她的字迹，她香水的气味，古怪小镇上陌生的街道，我知道她刚刚经过，但只能瞥见阳光直射的墙面上掠过一角影子。有时我会瞥见她在人群中经过，或坐上出租车走了。我在梦里永远都追不上她，但仍然将这些零星的画面视若珍宝。她总是从我眼前溜掉，我接不到她的电话，记不下她的号码。我气喘吁吁地跑到她应该在的地方，却找不到她的人。我成年后，这些擦肩而过的梦境增添了一种更严重、更令人痛苦的焦虑：我会在恐慌中想起，或从不可能的对象口中听说，她住在城市另一侧的破旧公寓里，而我因为某些无法解释的原因已经好几年没见过她、也没联系过她了。我狂乱地打车，往她所在的地方赶，然后往往会在这时候醒过来。这样的梦境不断重复出现，反复到有些残忍的地步，让我想起霍比某位客户的丈夫。他在华尔街上班，一旦情绪上来，就会重新讲起自己在越战中的经历，每次都是三个同样的故事，用词和手势也不差分毫：一样的砰砰枪声，一样向下猛砍的手，每次都是在讲到同样的地方时出现。其他人喝着餐后酒，脸上毫无表情，听着这重复过上百万次、刻板而毫无变化的故事（就像我那些寻找母亲的梦，一天又一天，一年又一年，一场梦又一场梦）。他会在同一根树根上摔倒，永远无法及时赶到朋友盖格身边，就像我永远无法找到母亲。

但在这个晚上，我终于找到了她。更准确地说，是她找到了我。这种感觉是独一无二的，但也有可能在未来某个晚上、某个梦里，她还会以同样的方式来找我——也许是我临死的时候，虽然这听起来太过奢望。我如果觉得会有熟人在门口迎接，恐怕就不会那么害怕死亡（不仅是我自己的死亡，还有韦尔蒂的死，安迪的死，一般意义上的死）。因为——我现在写着这些，几乎就要哭出来了——我想起可怜的安迪表情惊恐地告诉我，在他认识又喜欢的人里，我母亲是唯一一个死了的。所以——也许安迪咳嗽呕吐着飘到大海彼岸的世界里时，是我母亲蹲下身来，欢迎他来到那片陌生的土地。也许这么想很愚蠢。但也许不抱有这样的希望更愚蠢。

这个梦不管只有一次还是会重复出现，都是给我的恩赐。她也许只能回来看我一次，她把这个机会留到我最需要的时刻。她突然之间就出现了。梦里的我站在镜子前，看着身后房间的倒影。那个地方和霍比的工房很像，只是更宽敞、显得更永恒，有大提琴般的棕色墙面和一扇打开的窗户，穿过窗户仿佛就能进入另一座更大、更难以想象的充满阳光的剧场。镜子里，我身后的空间不是真正的空间，更像一段完美的和谐旋律，比现实更广博、更真实，周围环绕着超越声音和话语的深沉静谧。一切都那么宁静而清晰，但同时又像一部倒放的电影，你可以想象出泼洒的牛奶跃回奶罐，跳起的猫无声地落回桌上。这是一座驿站，在这里时间并不存在，又同时存在于所有方向上，所有历史和行动都同时上演。

我的目光离开片刻又转回来，她的身影就出现在镜子里了，站在我身后。我说不出话。我知道不能转头——这样会违反规矩，不管这个地方的规矩是什么。但我们能看见彼此，我们的目光在镜子里汇合了，她见到我与我见到她一样高兴。她就是她自己，如此真实。同时她又是个超自然的存在，饱含深度和信息，处于我和她来的世界之间。我们的目光在镜子里相遇了，带着惊讶和欣喜。她漂亮的淡蓝色瞳孔上有黑色的圆圈，里面包含光芒：你好啊！慈爱，智慧，悲伤，幽默。动作与静止，静止与变化，带着伟大画作里的张力与魔法。十秒，永远。一切都像个圆，可以回到她身上。你可以一瞬间就明了一切，可以在这地方永远地活下去：她只存在于镜子里，存在于镜框圈出的空间里。她并不算活着，但也没有死去，因为她还未出生，但她又从来没有不存在过——奇怪的是，我也一样。我知道她会把一切都告诉我（生，死，过去，未来），但一切都已经在那儿了，她的微笑包含了所有问题的答案，仿佛圣诞节前怀有秘密的人，秘密美好到不能提前说出来：“啊，你只能等着瞧了，你说呢？”但就在她即将开口的那一瞬间——她发出我再熟悉不过的吸气声，饱含爱意又略带恼火，我直到现在还能清楚地听到——我醒了过来。

5

我睁开眼睛时已经是早上了。房间里所有的灯都还亮着，我身上盖着被子，但我完全想不起来自己是什么时候钻到被子里面的。周围的一切仍然沐浴在她的存在里——比生命更高、更宽、更深，仿佛戴上了增添彩虹效果的眼镜。我记得自己当时心想，这一定就是见过圣人显灵后的感受——倒不是说我母亲是圣人，只是她的存在如此特别，如此让我惊喜，仿佛黑暗房间里燃起的火焰。

我裹在被子里半睡半醒，感觉着梦境带来的甜蜜无声地席卷过全身。就连走廊里服务人员早上做事发出的声响也染上了她的气氛和颜色。我在迷迷糊糊中侧耳认真听，仿佛能听见她那轻快开朗的脚步声，混杂在客房服务车滑动、电梯缆绳拉动和电梯门开关的声响里。城市特有这些声音总会让我想起萨顿街的公寓和她。

就在我回味梦境最后的几丝余韵时，附近的教堂突然敲起钟，钟声铿锵有力，剧烈得让我在恐慌中惊跳起来，四处摸索着眼镜。我忘了今天是圣诞节。

我摇摇晃晃地爬起身，走到窗边。钟声，钟声。路上一片雪白，空无一人。结在屋顶瓦片上的霜闪闪发光，雪花飞舞在绅士运河上。一群黑鸟呱呱叫着从河面上飞过，让天空显得一片忙乱。它们排着队向侧面俯冲，忽上忽下，融为一个具有智慧的整体，如波浪般前后起伏，飞翔的动作一直到达我身体里的每一个细胞里。白色的天空，旋转的雪花，诗人组成的烈风。

修理的第一条规矩。不要做无法挽救的事。

我洗了个澡，刮了胡子，穿戴整齐。然后我静静地收拾房间，整理好行李。久里如果还活着，我一定会想办法把戒指和手表还给他，但我越来越觉得他大概已经死了。那块表就是一大笔财富，足以换来一辆宝马 7 系轿车，或是付清一套高级公寓的首期。我可以把它们快递给霍比，让他保管，再在前台为久里留下霍比的联系方式。

窗户上结了霜，雪花飘散在小石子路上，默默地越积越深。路上没有车，好几个世纪仿佛重叠在一起，一六四〇年和一九四〇年同时出现。不要想得太深。重要的是趁着梦里那股能量还在，在醒来后的世界里往下走。我不会说荷兰语，所以打算还是先去美国领事馆，让他们帮我报警。这样会毁了某位领事馆成员的圣诞节，让他无法参加家庭聚餐。但我不敢再拖下去。也许应该先到楼下去看看国务院网站，了解一下作为美国公民的权利，不过荷兰的监狱应该比很多国家的好一些。我如果把自己所知道的一切和盘托出（霍斯特和萨沙，马丁和弗里兹，法兰克福和阿姆斯特丹），他们也许还能把画追回来。

谁知道事情会怎么样。我什么都无法确定，只知道自己不会再躲躲藏藏。之后不管发生什么，我都不会步上父亲的后尘，盘算着出逃，最后翻了车，在火中丧命。我会笔直地往前走，接受一切该得的后果。我甚至去了浴室，把玻璃纸信封冲进马桶。

这样就好了：和马丁的死一样迅速，一样无可挽回。爸爸的那句话是怎么说来着？“面对现实吧。”不过他从来没有面对过现实。

我检查过每一个角落，整理好了一切，只剩下昨晚的那几封信还没处理。光是笔迹就让我皱起眉头。不过——良心让我后退一步——我*必须*给霍比写信。不是昨晚那种自伤自怜的酒后呓语，而是公事公办的寥寥几行，写清楚支票簿、账本、保险箱的钥匙都在哪儿。我应该顺便在信里坦诚卖家具时设下的那些骗局，让别人明白霍比对此一无所知。也许我可以在美国领事馆找证人写下宣誓书，或许还可以去找公证人；也许霍莉（或者随便谁）会同情我，在报警之前允许我处理好这些。格里沙可以为我作证，这不会对他有什么影响。我们从来没讨论过这些，他也从来没质问过我，但他知道我去储藏仓库的那些次秘密行程并不干净。

那就剩下皮帕和巴伯太太了。老天，我给皮帕写过那么多从未寄出过的信！我最好、最有创造力的一封，写于她带着埃弗雷特回来的那次灾难性拜访之后。信的开头，也是唯一一句话是这样的：“我离开一阵子。”我当时觉得这句话很轻松，很有效果。这封信作为自杀遗言，至少在精简度方面算得上杰作。遗憾的是我算错了药剂量，十二个小时后又醒过来，床单上到处都是我吐的秽物，但我必须拖着虚弱无力的身体摇晃着下楼，因为我和国税局的人约好了在十点钟见面。

坐牢与自杀的留言完全不一样，最好还是什么都不写。皮帕对我这个人毫无幻想，我没有什么可解释的。我就是病态和不稳定的化身，是她想逃离的一切。监狱只会证实她已经知道的事。我唯一能做的就是断绝与她的联系。父亲如果真的爱过母亲——他曾这样说过——恐怕也会做出同样的决定。

至于巴伯太太——就像在沉船的那一瞬间，救生小艇放入水面、整艘船都着了火的生死关头，一个人才会发现自己身上最令人惊讶的事实——我想要自杀时，最让我不忍心的人就是她。

我打算下楼问问快递的事，再看看国务院网站，之后再给领事馆打电话。我正打算离开房间，开了门却又停住脚。门把上挂着一小包绑着缎带的糖果，附了一张手写的卡片："圣诞节快乐！"远处传来人们的笑声，走廊里弥漫着给客房送餐的美妙气味：浓咖啡，烧焦的糖，新出炉的面包。每天早上我都会点酒店早餐，然后阴沉地依次解决——荷兰的咖啡不是很有名吗？我每天都喝，却从未真正品尝过。

我把那包糖放进西装口袋里，站在走廊里做了次深呼吸。就连十恶不赦的人也可以选择自己的最后一餐。霍比曾不止一次提起过这个话题，每次都是在晚宴结束后（他是个不知疲倦的厨师，津津有味的食客）。他总是喝着阿玛尼亚克酒，寻找着空鼻烟盒和小碟给客人当烟灰缸。对他来说，这是一个形而上的哲学问题，最好等大家都吃饱了，甜品也吃得一干二净，只剩下最后一盘薄荷焦糖卷时再讨论——想象最后的时刻，最后一个晚上，你闭上眼睛对地球挥手告别，你会吃什么？令你回想起过去的温暖食物？童年时周日吃过的鸡肉便餐？还是在地平线的尽头最后奢侈一把——野鸡和云莓，从阿尔巴运来的白松露？而我呢，我踏入走廊才意识到自己饿了。在那一刻，我的胃里空空如也，嘴里有股难闻的气味，想着也许这是最后一顿可以自己选择的饭，我觉得从来没闻过如此美味的香甜糖霜，咖啡和肉桂，抹了黄油的面包卷，酒店提供的欧陆早餐。真滑稽，我心想，退回房间里，拿起客房服务菜单。我居然如此想吃这么简单的食物，对胃口本身充满胃口。

"圣诞快乐！"半小时后，送餐男孩对我说。他是个衣着邋遢的矮胖少年，仿佛是直接从扬·斯蒂恩的画里走出来的，头上戴着用亮金属丝围成的花圈，耳朵后面别着一小段常青树枝。

他动作夸张地掀开餐盘的银盖。"荷兰圣诞节特别面包，"他说，讽刺地伸手一指，"仅限今天供应。"我点了"节日香槟早餐"，其中包括一瓶香槟、黑松露炒蛋、鱼子酱、水果沙拉、一盘烟熏三文鱼、一块馅饼、十几碟酱料、泡菜、酸豆、几种香料和腌橄榄。

他为我倒上香槟就走了，我把剩下的大部分欧元都当作小费给了他。我倒了杯咖啡，认真地品尝着，考虑着能不能都喝下去（我的胃还不舒服，从近处闻，咖啡也没之前那么香了），电话响了。

是前台。"圣诞节快乐，德克尔先生，"他语速飞快地说，"抱歉打扰您，但有人上楼去见您了。我们想阻止他，可是——"

"什么？"我僵住，杯子举在半空中。

"他已经上去了。现在。我想阻止他来着。我叫他等一会儿，但他不肯等。或者说——我的同事叫他等一下。他没等我打电话就走了——"

"啊。"我环顾房间，之前的决心瞬间变得无影无踪。

"我的同事——"旁边传来听不清楚的闷响，"我的同事刚才追着他上楼去了——这一切发生得太快了，我本来以为——"

"他留名字了吗？"我问，走到窗边，考虑着能不能用椅子打破玻璃。我的房间并不很高，离地面顶多十二英尺。

"他没留姓名，先生，"他说得飞快，"我们没法——他非常坚决——他直接就走过前台，我们没能——"

走廊里传来一阵响动，有人喊着荷兰语。

"您应该明白，我们今早人手不足——"

坚决的敲门声——我紧张地跳了起来，失手打翻咖啡，咖啡就像马丁前额上源源不断往外飞溅的血流。妈的，我心想，低头看着西装和衬衫：都毁了。他们就不能等我吃完早饭吗？不过——我用餐巾擦着衬衫，阴沉地向门边走去——也许是马丁的人。也许很快一切就结束了。

但我打开门，简直不敢相信自己的眼睛：是鲍里斯。衣衫褴褛，眼眶发红，萎靡不振。头发和肩上还留着雪花。我太过吃惊，没能松一口气。"怎么？"我说，他拥抱了我一下。我转向从走廊里快步走来、神情坚决的服务员，说："不，没关系。"

"看见没？为什么要我等？为什么要我在底下等？"鲍里斯生气地说，冲服务员挥了一下手，对方僵在原地，盯着我们。"我不是都说了吗？我知道他的房间在哪儿！他如果不是我的朋友，我怎么会知道？"他转向我："我不明白他们为什么这么大张旗鼓。太荒谬了！我在底下站了半天，前台就是没人。一个人都没有！撒哈拉大沙漠！"他怒瞪服务员，"我等啊等啊，还按了铃！等我一往上走——'等一下先生’——”婴儿般哀求的声音，“‘回来回来’——他还追我——”

“谢谢你。”我对服务员说，或者说是对着他的背影。他惊讶又恼火地看了我们一会儿，无声地转身走开了。“多谢了。我是说真的。”我冲着他的背影喊。知道他们不让外人随便闯进来，我安心不少。

“不用谢，先生，”他连头都没回，“圣诞快乐。”

“你不让我进去？”电梯门关闭、走廊里恢复清净，鲍里斯对我说，“我们要站在这儿温柔地互相凝视吗？”他闻起来臭烘烘的，好像好多天没洗过澡了，神情既自嘲，又有些洋洋得意。

“我——”我的心狂跳起来，虚弱的感觉又回来了，“进来待一会儿吧。”

“一会儿？”他不满意地上下打量我，“你要出去？”

“没错。”

“波特——”他觉得好笑地说，放下背包，用指节探了探我的额头，“你看起来糟透了，还发着烧。你这样子好像刚挖完巴拿马运河回来。”

“我觉得好极了。”我简单地说。

“你看起来可不像好极了，脸色白得像鱼。为什么穿得这么正式？为什么不接我的电话？这是怎么回事？”他说，目光越过我，落到客房服务的餐车上。

“请吧。别客气。”

“你如果不介意，我还真想吃。我这一周过得呀。我整夜都他妈的在开车。真是过圣诞夜的好办法——”他脱掉大衣，随便扔到地上，“不过说实话，我以前过的圣诞夜比今年糟多了。高速路上今年至少没堵车。我们中间停的那个地方糟透了，是路上唯一还开着的加油站，法兰克福香肠配芥末，我平时挺喜欢吃的，可是老天，我的胃——”他从吧台拿出一个杯子，给自己倒了点香槟。

“你呢，在这儿，”他挥了一下手，“过得可滋润了，我看出来了。奢侈着呢。”他踢掉鞋，晃着脚上的湿袜子，“上帝，我的脚趾都要被冻掉了。街上滑得要命——雪都化了。”他拉过一把椅子，“一起坐啊。吃点东西。我赶得真巧，”他掀起餐盘盖，闻着黑松露炒蛋的气味，“美味！还热着呢！什么，这是什么？”他说，我从大衣口袋里掏出久里的戒指和手表，递给他，“哦，对了！我都忘了。别介意，你可以自己还给他。”

“不，你帮我还吧。”

“嗯，我们应该打电话叫他过来。这顿饭够五个人吃的。干脆给前台打个电话——”他举起酒瓶，看了看香槟的高度，仿佛在研究令人头疼的金融表格，“再叫这么一瓶满的，两瓶也行，再来点咖啡和茶，我——”他把椅子拉得离餐车更近一些，“我饿坏了！我可以叫他——”他抓起一片烟熏三文鱼，丢进嘴里吞下肚，然后从兜里掏出手机，“叫他把车随便停在哪儿，直接走过来，怎么样？”

“随便。”看到他出现，我心里有什么东西瞬间死去了，就像小时候等爸爸回家，自己一个人在家等了很久很久，听见钥匙转动声时感到一阵无法控制的释然，但看见他的人时心又马上沉下去。

“怎么了？”他啧啧作响地舔着手指，“你不想让久里来？他可是给我开了一夜的车，一点觉都没睡，至少也让他吃点早饭吧，”他吃起炒蛋，“我们可是经历了好多事。”

“我也经历了很多事。”

“你要去哪儿？”

“你想点什么就点什么吧，”我从兜里掏出房卡递给他，“我先不结账，你让他们记在房间总账上就好。”

“波特——”他扔下餐巾，向我走了一步又停下，然后让我惊讶地大笑起来，“那你走吧。去找你的新朋友，参加那个如此重要的活动吧！”

“我经历了很多事。”

“嗯——”他露出得意的神色，“我是不知道你经历了什么，但我敢保证，我经历的绝对是你的五千倍。过去这个星期可真够劲，足以写进书里。你在酒店里逍遥快活时，我——”他向前走了一步，伸手搭上我的袖子，“——等一下。”他的手机响了。他半转过身去，用乌克兰语飞快地说了两句，见我转头出门，连忙挂了电话。

“波特，”他一把抓住我的肩，盯着我的眼睛看，然后把我转过来推进屋里，一只脚踢上门，“怎么回事？你简直像在演《僵尸之夜》。我们喜欢的那部电影叫什么来着？黑白的那部？不是《活死人之夜》，挺诗意的那部——”

“《与僵尸同行》。瓦尔·鲁东。”

“对。就是那部。你先坐下。这儿的大麻可是烈极了，就算你习惯了也一样，我应该事先警告你——”

“我没抽大麻。”

“——告诉你吧，我第一次来的时候，大概二十岁吧，每天都抽。我以为自己应付得了一切，结果——老天，是我自己的错——我对咖啡店的人特别没礼貌。'给我你们这儿最烈的。'他真给了！我抽上三口，根本走不了路！站都站不起来！感觉就像忘了该怎么控制双脚！管状视觉，肌肉根本动不了，完全和现实脱离开了！"他推着我坐到床上，凑到我身边揽住我的肩，"还有，你看，你也了解我，可是——从来没那么厉害过！心脏跳得可快了，就像跑啊跑啊跑个不停，但其实一直坐着没动——根本搞不清自己在哪儿。可怕的黑暗！孤独极了，还哭了一阵子，你知道吗，在脑袋里对上帝说话：'我干什么了？为什么要这么惩罚我？'根本不记得是怎么离开那地方的！像场噩梦。这可是大麻，提醒你，大麻！然后我走到街上，腿都软了，在水坝广场附近扶着自行车架不撒手，觉得旁边的车随时会闯到人行道上来撞我。最后我回到我女人在约尔丹的公寓，在浴缸里躺了好久，没放水。所以——"他怀疑地看着我洒了咖啡的衬衫。

"我没抽大麻。"

"我知道，你说过了！我只是给你讲个故事。我觉得你可能会觉得有趣。呃——没什么不好意思的，"他说，"随便吧。"一阵无穷无尽的沉默。"我忘了说——我忘了说，"他给我倒了杯矿泉水，"我那次抽过之后，在水坝广场乱走一通之后，整整三天都觉得特别难受。我女人说：'咱们出去吧，鲍里斯，你不能就这么躺着浪费整个周末。'我在梵高博物馆里吐了一场，结结实实地吐了一场。"

冷水流下我刺痛的喉咙，让我起了一阵鸡皮疙瘩，唤起了童年时的身体回忆：猛烈难当的沙漠阳光，宿醉的痛苦下午，牙齿在空调冷风里格格作响。鲍里斯和我不停干呕，然后为了那声音大笑，接着又呕得更厉害。然后我们在我的房间里吃着发潮的饼干。

"嗯——"鲍里斯侧眼瞥我，"说不定是流感。今天要不是圣诞节，我会出去给你买点胃药。来来——"他往盘子上盛了点食物，塞到我手里。然后他拿起冰桶里的香槟，又看了看剩余的量，倒进我半空的橘汁杯（他喝了一半）。

"来，"他说，对我举起香槟酒，"圣诞节快乐！祝我们健康长寿！耶稣出生了，让我们使他荣耀！好了——"他一口喝光酒，把面包卷放到桌布上，把陶瓷面包盘当成自己的餐盘，大勺大勺地盛着食物，"抱歉，我知道你想听我把一切都说出来，但我饿了，得先吃点东西。"

馅饼。鱼子酱。圣诞节面包。我也饿了，决定先对这一刻面前的食物表示感恩，于是也吃了起来。好长一段时间内，我们都没有说话。

“好点了？”我们吃了一阵后他说，看了我一眼，“你好像累坏了。”他又盛了些三文鱼，“现在流感是挺厉害的，修兰也染上了。”

我什么都没说。我刚开始接受他出现了这个事实。

“我以为你跟姑娘约会去了。嗯——久里和我之前去哪儿了呢？”他见我不回答，继续往下说，“我们去法兰克福了。呃——这你也知道。疯狂极了！不过——”他又喝光香槟，走到酒吧边低头查看——

“我的护照在你那儿吗？”

“在我这儿，没错。哇，这儿的葡萄酒不错啊！还有小瓶的绝对牌伏特加。”

“在哪儿呢？”

“啊——”他把一瓶红酒夹在腋下走回桌边，把三小瓶伏特加塞进冰桶里。“给你。”他从兜里掏出我的护照，随意地扔到桌上。“好了，”他坐下了，“我们干一杯吧？”

我坐在床边一动不动，吃了一半的盘子还摆在腿上。我的护照。

漫长的沉默中，鲍里斯伸手用中指弹了一下我的香槟酒杯，酒杯发出清脆的一响，仿佛晚宴后勺子敲在高脚杯上。

“请注意了。”他讽刺地说。

“什么？”

“干杯！”他对我举起杯。

我揉了揉额头。“你这是干什么？”

“呃？”

“为什么要干杯？”

“因为是圣诞节，有上帝的恩赐。这样行吗？”

我们之间的沉默算不上饱含恶意，但随着时间蔓延变得紧张而愤怒，难以控制。最后鲍里斯坐回椅子里，冲我的酒杯点点头，说：“我不想一遍又一遍地问你，但等你盯着我瞪够了，我们能不能——”

“我总会想明白的。”

“什么？”

“我总有一天会把这一切都想明白的。作为一项任务。比如，这件事放在这儿……那件事放在那儿。分成两堆。也可能是三堆。”

“波特，波特，波特——”他亲热又责备地说，向前俯过身，“你这个顽固不化的脑袋啊。你根本不懂得感恩，也不懂美。”

“‘不懂感恩’。我倒是可以为了这句话干一杯。”

“怎么？你不记得我们以前过的那个幸福的圣诞节了？那段快乐的日子一去不复返了。你爸爸——”他夸张地挥了一下手，“在餐厅里，我们开心地大吃一通，快乐地过节。你没把那段回忆珍藏在心里吗？”

“看在老天的分上——”

“波特——”他吸了口气，“你可真够劲。你比女人还过分。‘快点，快点’。‘起来，走了’。你没读我的短信？”

“什么？”

鲍里斯正要拿酒杯，伸出的手僵在半空。他迅速瞥了一眼地板，我突然强烈地意识到他脚边放着的包。

鲍里斯觉得好笑地用大拇指剔了一下门牙。“你拿啊。”

他的话在剩饭上盘旋，在银餐盘的拱顶上留下变形的投影。

我拿起提包站起来。他看着我微笑，然后在我走向门口时收起笑容。

“等一下！”他说。

“等什么？”

“你不打开看看？”

“听着——”我太了解自己，不敢再等下去。我不会让同样的事情发生两次——

“你要干什么？你要去哪儿？”

“我要把它拿到楼下，让他们锁到保险柜里。”我不知道前台有没有保险柜，但我不想把画留在身边——交给陌生人、收在衣帽间更安全。我等鲍里斯一走就报警，但首先要等他走。没必要把鲍里斯牵扯进来。

“你还没打开看呢！你都不知道里面是什么！”

“我知道了。”

“这他妈的是什么意思？”

“也许我不需要知道里面是什么。”

“哦？也许你需要。不是你以为的东西。”他有点得意地补充。

“不是？”

“不是。”

“你怎么知道我以为是什么？”

“我当然知道你以为是什么！而且——你错了。抱歉。不过——”他举起双手，“比你以为的东西要好得多。”

“好得多？”

“没错。”

“怎么可能好得多？”

“就是好得多，好得多得多。你得相信我。打开看看吧。”他冲我点了一下头。

“怎么回事？”过了震惊的三十秒，我说。我从包里拿出的是一大捆百元大钞——不止一捆。

“这还不是全部，”他揉了揉后脑勺，“只是一小部分。”

我盯着钱，又看向他。“什么的一小部分？”

“嗯——”他咧嘴一笑，“我觉得用现金比较有震撼力，没错吧？”

隔壁隐约传来电视喜剧的声音，罐头笑声富有节奏。

“给你一个惊喜！提醒你，这可不是全部。我想换成美元比较好，方便你带回去用。差不多是你带过来的钱——稍微多了一点。其实他们还没付呢——我还没收到钱。不过应该很快就有了，但愿如此。”

“他们？谁还没付？付什么？”

“你看到的这笔钱是我的。个人的钱，从保险箱里拿的。我路上去了安特沃普一趟。这样比较好——让你打开时有个惊喜，不错吧？圣诞节早上，哈哈哈！之后还有更多。”

我把成捆的钞票翻来覆去地看了两遍。都用纸条绑着，直接从花旗银行取出来的。

“‘谢了，鲍里斯。’‘哦，不用谢。’”他自问自答，嘲讽地说，“‘我的荣幸。’”

成捆的钱，不是之前拿去做交易的那些。新得发硬。整件事里面有什么我没明白的内幕或感情。

“我说过——这只是一小部分。两百万欧元，换成美元更多。所以——圣诞节快乐！这是我送你的礼物！我可以在瑞士给你开个账户，把剩下的存进去，直接给你存折——怎么了？”他说，往后退缩了一下——我把钱扔进包里，拉好拉链扔到他身上。“不！这是你的！”

“我不要。”

“你不明白！听我解释，拜托了。”

“我说了我不要。”

“波特——”他抱起双臂，冷淡地看着我，和在波兰酒吧里看我的眼神一样，“随便哪个人都会大笑着走出门去，再也不回来。”

“那你怎么还不走？”

“我——”他环顾房间，仿佛一时说不出为什么，“我告诉你为什么！看在以前交情的分上。虽然你把我当成罪犯，我还是想弥补你——”

“弥补什么？”

“什么？”

“你具体要弥补什么？能解释一下吗？这钱他妈的是从哪儿来的？有了钱又他妈的能怎么样？”

“呃，其实你不该这么快就跳到——”

“我不在乎钱！”我大声叫了起来，“我在乎的是画！画去哪儿了？”

“你如果稍微冷静一下，别这么——”

“这是什么钱？从哪儿来的？是谁给的？比尔·盖茨？圣诞老人？牙仙？”

“拜托。你和你爸爸一样喜欢小题大做。”

“画呢？你把它怎么样了？没了是吧？抵押给人家了？卖了？”

“不，我当然——嘿——”他使劲往后撩了一下头发，“老天，波特，冷静点。我当然没卖画。我为什么要那么做？”

“我不知道！我怎么会知道？这都是怎么回事？这都是为了什么？我干吗要跟你到这儿来？你干吗非得把我也拖进来？你想带我来帮你杀人？是这样吗？”

“我这辈子可没杀过人。”鲍里斯傲慢地说道。

“哦，老天。你真的这么说了？我该笑吗？我是不是听错了，你刚才说你从没——”

“那是正当防卫。你也知道。我可不会为了享受到处伤害别人，但如果有必要，我也会自我保护。所以，”他说，蛮横地压过我的声音，“你如果没对马丁那么做，我现在就不会在这儿了，你大概也不在这里，而且——”

“能帮我个忙吗？把嘴闭上。能不能到那边站一会儿？我现在不想看见你。”

“警察如果知道了马丁这件事，会给你颁发奖章，好多无辜的人因他而死。马丁是——”

“或者你也可以滚。这样更好。”

“马丁是个恶魔。根本算不上是个人。不是他的错，他天生就那样。没有感情，你明白吗？我知道马丁对别人做过好多比开枪更残忍的事。不是对我们，”他匆忙说，挥着手，仿佛这才是被误解的重点，“对我们，他开枪只是出于礼貌，不是出于他平常的邪恶。马丁是好人吗？是正常人吗？不是。他根本不是。弗里兹也不是什么好鸟。所以你不应该悲痛和痛苦，得换个角度来看。你应该把这件事想成是英雄之举，是为社会做好事。你不能总是用这么黑暗的心态来看待生活，知道吗，那样对你不好。”

“能问你一个问题吗？”

“随便问。”

“画呢？”

“听着——”鲍里斯叹了口气，移开目光，“这是我最好的选择。我知道你有多么想要它，但我没想到你没了它会这么难过。”

“能告诉我它现在在哪儿吗？”

“波特——”他一手捂在心口上，“很抱歉让你这么生气。我没想到会这样。但你说了你也不会留着，你会把它还回去。你是这么说的吧？”他补充道，我继续瞪着他。

“这怎么就是正确的选择了？”

“呃，我正要告诉你呢！你闭嘴好好听我说！别这么大叫大嚷，口吐白沫，毁了我们的圣诞节！”

“你说什么呢？”

“白痴，”他用指节敲了敲太阳穴，“你以为这钱是怎么来的？”

“我他妈的怎么知道？”

“这是奖金！”

“奖金？”

“对！因为我把画作完整无损地送回去了！”

我过了一会儿才明白。我还站着。我得坐下来。

“你生气了？”鲍里斯小心地问。

走廊里有人说话。黯淡的冬季光线照得黄铜灯罩闪闪发亮。

“我以为你会开心呢。你不开心？”

我仍然说不出话，只能呆呆地盯着他。

鲍里斯看到我的表情，撩开眼前的头发，笑了起来。“是你告诉我这个想法的。我想你大概不知道这个主意有多妙！简直天才！真希望是我自己想到的。‘给艺术警察打电话，给艺术警察打电话。’嗯——你疯了！我当时这么想。说实话，你在这件事上是有点疯了。不过——”他耸耸肩，“你也知道，发生了一些不幸的事。我在桥上和你分开后，给‘樱桃’打电话，商量该怎么办，但我们都有点束手无策。然后我们四处打探一番——”他向我举起杯，“结果发现这是个天才的主意！我怎么能怀疑你？你从一开始就是最有脑子的那个！我们在阿拉斯加的时候——走了五公里去加油站偷巧克力棒——哎，瞧瞧你。智多星！我为什么要质疑你？因为——我查了一下，然后——”他举起双手，“你说得对。谁能想到呢？你的画上有上百万的奖金！甚至不一定要是画本身！只要是能让警察找回画的线索就行！不问问题！直接给现金，就这么简单！”

飞散的雪花撞在窗上。隔壁有人使劲咳嗽，或者正在哈哈大笑，我分辨不出来。

“来来回回，来来回回。这么多年。窝囊废的游戏。既不方便又危险。我问自己——为什么要费这个劲？有那么一大笔合法收入等着呢。你说得对，他们完全公事公办，什么问题都没问，只关心能不能把画找回来。”鲍里斯点了根烟，把火柴扔进水杯，火柴灭掉时发出嘶嘶声。“我没能亲眼看见，我真希望当时去了。我觉得不该靠太近，你明白吧？德国特警队！防弹背心，真枪实弹。把手里的东西放下！趴下！街上挤满了人！哦，我真想亲眼看看萨沙脸上的表情！”

“你给警察打电话了？”

“我没自己打！是我的手下迪马——因为在车库里开的那几枪，迪马对德国人可生气了。完全没必要嘛，只会给他惹麻烦。你看——”他跷起二郎腿，吐了一大口烟，“我不知道他们把画放在哪儿了。在法兰克福有个公寓，曾经是萨沙前女友的地方。他们习惯把东西藏到那儿去。但我可绝对进不去，就算带上五六个人也进不去。钥匙，警报，监视器，密码。唯一的问题是——”他打了个哈欠，用手背抹了抹嘴，“哦，两个问题。首先，警察需要足够的理由才能进去搜查。你不能因为匿名公民的举报就说人家是贼，你懂我的意思吧。第二个问题——我不记得那个公寓的具体地址了。非常非常隐秘——我只去过一次，还是在半夜，什么都没看清楚。我大致记得周边的情况……以前乱得够呛，现在建得可高级了……

我让久里开车带我来回转，一条街接着一条街。真他妈的费时间。最后，我确定是在某一排楼里，但还是不能百分百确定到底哪栋。于是我就下车去走了一圈。光是坐车经过那条街就把我吓得够呛，生怕被人发现——但我还是下了车，步行走了一圈。我中途一直眯着眼睛，麻痹自己，你知道吧，在心里数着走了多少步。尽量用身体感觉。总之——我跑题了——迪马，”他挑拣着桌布上的面包，“迪马表亲的弟妹，前弟妹，离婚后嫁了个荷兰人，生了个儿子叫安顿——可能有二十一二岁了吧，有洁癖，他姓冯·登·布里克。安顿是荷兰公民，说着荷兰语长大的，所以帮了我们的忙，你明白我的意思吧。安顿——”他咬了口面包卷，做了个苦脸，吐出一颗黑麦，“安顿在一家富人常去的酒吧工作，就在P.C.霍夫特街附近，是阿姆斯特丹的富人区——古驰，卡地亚。他是个好孩子。会说英语和荷兰语，也懂两句俄语。迪马叫安顿给警察打电话，说他看见了两个德国人，其中一个和对萨沙长相的描述相吻合——老奶奶戴的那种眼镜，《草原小屋》T恤衫，手上有图腾刺青。安顿看了我们给的照片，能把那幅图案画出来——总之，安顿给警察打电话，说他在酒吧里看见了这两个德国人，喝醉酒吵了起来，最后愤怒地离开了，结果留下了一个——什么？一个文件夹！我们安排的文件夹。我们本来想用手机的，经过处理的手机，但我们都不懂技术，没法确保警察不能根据手机查到我们身上。所以——我打印了几张照片，给你看过的照片，还有几张我存在手机里的照片……《金翅雀》，配着报纸表示日期，你懂的。是两年以前的报纸了，不过——无所谓了。安顿在一把椅子底下发现了这个文件夹，里面还有关于迈阿密的一些文件，用来联系起以前的目击报告。文件夹里还有法兰克福的地址，萨沙的名字。这都是米里亚姆的主意。都是她的功劳，你回去以后应该请她好好喝上一杯。她从美国快递了一些文件过来——非常真实。上面有萨沙的名字，有——”

“萨沙入狱了？”

“没错，”鲍里斯吃吃地笑起来，“我们得到了赎金，博物馆得到了画，警察得以结束这个案子，保险公司收回了钱，公众得到了启迪，大家都满意。”

“赎金？”

“哎，奖金，赎金，叫什么都行。”

“这钱是谁付的？”

“不知道，”鲍里斯不耐烦地一挥手，“博物馆，政府，私人。重要吗？”

“对我来说很重要。”

“那就别这么觉得。你应该闭上嘴，好好感恩。因为，”他抬起下巴压过我的声音，“你知道吗，西奥？你应该知道什么？你猜！你知道我们有多幸运吗！他们那儿不止有你的小鸟，还有——谁能想得到？还有好多其他失窃的画！”

“什么？”

“有二十几幅呢！有些已经失踪了好多年！不过不是所有画都和你那幅一样美丽可爱，大部分都差得远呢。这是我个人的意见。但其中四五幅有高额奖金——比你那幅还高。不算太出名的画——死鸭子，胖男人的无聊画像——也有小额奖金，五万元啊，几十万元什么的。谁能想到？‘能帮助警察追回艺术品的有效线索’。钱全加起来了。我希望，”他有点严肃地说，“你能原谅我。”

“什么？”

“他们都在说什么‘史上规模最大的一次失而复得’。我希望这件事能让你高兴——也许不能吧，谁知道呢，但我是这么希望的。博物馆的大师级作品，都回到了公众收藏里！文化财产得到了监管！普天同庆！天使都唱起了歌！如果不是你，这根本不可能发生。”

我呆呆地沉默不语。

“当然了，”鲍里斯补充道，冲床上打开的包点点头，“这还不是全部。不过还要给米里亚姆、‘樱桃’和久里圣诞节礼物。我还分了总额的百分之三十给安顿和迪马，每人百分之十五。其实干活的都是安顿，所以我觉得应该给他二十，给迪马十。但这笔钱对安顿来说已经不少，所以他没什么不满。”

“他们还发现了其他画。不只是我的。”

“对，你刚才没听见我说吗？”

“哪些画？”

“哦，非常有名的画！丢了好多年了！”

“比如？”

鲍里斯发出不耐烦的声音。“哦，我不记得名字了。你怎么能问我呢？有几幅现代画——很重要，很贵，大家都很开心，虽然老实说，我是不明白有什么了不起的。幼儿园小孩似的作品为什么能值那么多钱？难看的斑点，纠缠的黑色长棍。不过还有好几幅历史上的名作。有一幅伦勃朗。”

“不是海景？”

“不——黑蒙蒙的房间里的人。挺无聊的。不过还有幅挺不错的梵高，画的是海岸。还有……哦，我不记得了……就是普通的那些，玛利亚啊，耶稣啊，好多天使。还有些雕塑，亚洲作品也有。我看那些东西根本不值钱，不过恐怕很值钱，”鲍里斯使劲按熄了烟头，“对了。那家伙逃掉了。”

“谁？”

“萨沙的中国男孩，”他走到迷你酒吧旁边，拿了开瓶器和两个杯子回来，“警察去的时候他不在公寓里，走了大运。他如果有点头脑——我想他应该挺聪明的——应该不会再回来了，”他举起交叉的手指，“他会再找个富人养他。那就是他的工作，干这个赚得挺多的。总之——”他咬着嘴唇拔出瓶塞，啪！“我真希望多年以前就想到了这个主意！这么大一张支票轻易到手！法定货币！而不是到处乱扑这么多年。来来回回——”他把开瓶器晃得咔咔作响，“来来回回。紧张透了！用了这么长时间，让自己惹上一大堆头疼的麻烦，而政府的钱就这么一直摆在我面前！跟你说——”他走过来，咕咚咕咚地给我倒了杯红酒，“从某种程度上说，霍斯特可能和你一样开心事情能这么收场。他是想赚钱，但他也有愧疚之心，觉得应该给社会做点贡献，保存文化遗产，诸如此类的。”

“我不明白霍斯特到底是怎么回事。”

“不，我也不明白，我们也永远不会明白了，”鲍里斯坚决地说，“他表现得谨慎又客气。是，是——”他不耐烦地喝了口红酒，“是，我是有点生霍斯特的气，我不像以前那么信任他了，也许是一点也不信了。不过——霍斯特说，他如果知道对方是我们，就不会派马丁来了。也许他说的是实话。‘绝不，鲍里斯——我绝对不会。’谁知道呢？说实话——这话我只跟你说——我觉得他这么说只是为了保留颜面。因为马丁和弗里兹已经完了，他除了优雅地退开，又能怎么办？声称对此事一无所知？我提醒你，我不知道事实如何，”他说，“这只是我的猜想。霍斯特另有一套说法。”

“他怎么说？”

“霍斯特说——”鲍里斯叹了口气，“霍斯特说他不知道是萨沙偷走了画，直到我们抢走了画，萨沙突然凭空冒出来给他打电话，求他帮忙把画抢回去。马丁到这儿来纯属巧合——他是从洛杉矶过来度假的。阿姆斯特丹是瘾君子最喜欢的圣诞节度假地之一。是，这部分——”他揉了揉眼睛，“嗯，我相信霍斯特说的是实话。他没想到萨沙会给他打电话，请求他原谅。没时间说话了，必须赶快行动。

霍斯特怎么会知道抢走画的是我们？萨沙根本不在阿姆斯特丹——他都是听那个中国小子说的，那家伙的德语可不怎么样——霍斯特听见的都是三手消息了。这么想的话，这也说得过去。不过——”他耸耸肩。

“什么？”

“嗯——霍斯特确实不知道画在阿姆斯特丹，也不知道萨沙想用画作为抵押换钱，直到画被我们拿走，萨沙恐慌起来，给他打了电话。这些我都信。可是，霍斯特和萨沙是不是一开始就设计好让迈阿密的那笔生意黄掉，把画运到法兰克福？很有可能。霍斯特特别喜欢那幅画。特别喜欢。我有没有跟你说过？他第一眼就知道那是什么画，想都不用想就知道画家叫什么之类的。”

“这是世上最有名的画作之一。”

“嗯——”鲍里斯耸耸肩，“我以前也说过，他挺有学识的，从小身边就都是漂亮东西。不过霍斯特不知道是我安排了那个文件夹。他如果知道，也许就不会这么开心了。至于——”他大声笑起来，“霍斯特会不会想到是我？谁知道呢。这么多年，这么多奖金就一直放在那儿，合法！随便拿！和太阳一样闪闪发光！我一直没想到过还有这办法——直到现在。全世界的快乐和幸福！遗失的大师作品失而复得！安顿成了大英雄——摆姿势让人拍照，上天空新闻台接受采访！昨天晚上大家还在新闻发布会上给他鼓掌！所有人都喜欢他——就像几年以前把飞机降落在河里、救了所有人的那个人，你还记得吗？不过，在我心里，大家鼓掌的对象不是安顿，而是你。”

我有太多话想对鲍里斯说，但一句也说不出来。我只能感觉到最抽象模糊的感激。我心想，伸手探入包里拿出一叠纸钞，好运和噩运都会叫人一时反应不过来。一开始什么感觉都没有，之后才会涌起各种感情。

“很不错吧？”鲍里斯说，我平静下来显然让他松了口气，“这下你开心了？”

“鲍里斯，这里的一半是你的。”

“相信我，我可没忘了自己。我拿的够多了，我可以有一阵子不用再做任何我不想做的事了。谁知道呢——说不定我可以在斯德哥尔摩开家酒吧。什么都不做好像有点无聊。可是你——这全是你的！之后还有呢。记不记得那次你爸爸给了我们一人五百？钞票像羽毛一样飞过来！高贵又典雅！哎，对那时候的我而言——一半时间都饿着肚子，又伤心又孤独，名下什么都没有——那可是一大笔钱！我从来没见过那么多钱！而你呢——”他的鼻子变红了，我以为他要打喷嚏，

“总是那么正经善良，有什么都分给我。而我——我干了什么？”

“哦，鲍里斯，拜托。”我不自在地说。

“我偷了你的东西——那就是我干的事，”他眼中出现了喝醉后的闪光，“偷走了你最心爱的宝物。你只想让我过得好，可我却对你这么差劲。”

“别说了。不，真的，别这样。”我说。我发现他在哭。

“我能说什么？你问我为什么要拿？我能怎么回答？只是——每个人都不是表面上看起来那样——好人也是，坏人也是。如果大家都表里一致就容易多了。就连你父亲……他给我吃东西，和我说话，陪我，让我躲在他家，把他的衣服送给我……你那么恨你的父亲，但在某些方面，他是个好人。”

“我可不会说他是好人。”

“可我会。”

“你可能是唯一一个。而且你错了。”

“听着。我比你更宽容，”鲍里斯说，察觉到争论的前兆，打起精神，把眼泪使劲吸回去，“赞卓拉，你爸爸——你总是把他们说得那么邪恶。是……你爸爸是有点毁灭倾向……不负责任……像个孩子。他精力太充沛了，为此也很痛苦！但比起伤害别人，他伤得最深的还是他自己。对——”他不理会我的抗议，继续用表演似的声音夸张地说，“是，他偷了你的钱，至少是想偷你的钱，我都知道，可是你知道吗？我也偷了你的东西，还成功骗过了你。谁更差劲？我告诉你——”他踢了踢装钱的包，“这个世界比我们认为的要诡异得多。我知道你怎么想，或者说你一般倾向于怎么想，也许你不能像平时那样，用纯粹的‘善’和纯粹的‘恶’来分析你爸爸？你之前说到了两堆不同的东西，坏的堆在这儿，好的堆在那儿。也许事情没那么简单。我整夜坐车赶过来，高速路上到处都是圣诞挂灯，我不怕告诉你，我差点就哭出来了，因为我一直无法自控地想着那个圣经故事。你知道的，就是管家偷了寡妇的小钱，然后逃到乡村，拿小钱正确地投资，带了一千倍的钱还给了寡妇。寡妇惊喜地原谅了他，他们杀了只肥羊，和好了？”

“我想你说的这段包括了好几个《圣经》故事。”

“呃——我是在波兰的圣经学校学的，好久以前了。不管了。因为，我想说的是，昨天晚上，我坐在车里从安特沃普开过来，我在想，善意的行为不一定总是有好结果，恶果也不一定来自恶行，对吧？就算是睿智的好人也无法预料到事情最后的结果。这真是个吓人的念头！你记不记得《白痴》里的梅什金公爵？”

“我现在可没精力和你探讨哲学问题。”

“我知道，我知道，但你听我说。你读过《白痴》吧？嗯，怎么说呢，《白痴》是本让我非常不安的书。它让我太过不安，之后我都没再读过多少本小说，最多也就是读读《龙文身的女孩》啊那一类的。因为——”我想插话，“呃，你待会儿再告诉我你的想法，先让我告诉你我为什么会觉得不安。因为梅什金从来没做过坏事……非常无私……他对所有人都饱含同情，可是他的善意造成了什么结果？谋杀！灾难！我以前总是在想这件事，晚上都睡不着觉。为什么？怎么会这样？我读了大概有三遍，以为是自己没读懂。梅什金总是待人友善，对谁都充满爱意，那么温柔，富有仁慈心，从来没做过错事，但他信任了不该信的人，做了一些失败的决定，伤害了他身边的所有人。这本书传达的信息太黑暗了。‘何必要当好人呢’。我昨天晚上在车里，想到的就是这个：也许事情其实要复杂得多？善行有时候会导致不好的结果，这句话倒过来说也许也是对的？好像谁也没说过，恶行就不可能导致好结果？也许有时候，错误的方向才是对的方向？你可以走错路，但最后还是能到达你想去的地方？或者，反过来说，有时候你可以做错所有事，但最后结局还是好的？”

“我好像没听懂你想说什么。”

“嗯——我得说，我从来没像你那样，把‘善’和‘恶’分得那么清楚。在我看来，那条分界线几乎是不存在的。这两者从未分离过，它们也不可能单独存在。我只要是出于爱意而做事，就觉得自己已经尽力了。可是你——总是戴着评判眼镜，为过去而后悔，咒骂自己，责备自己，想着‘如果当时这样’，‘如果当时那样’，‘生活太残忍了’，‘真希望死的是我’。嗯，你这么想想看：如果你的行动和选择，不管好坏，对上帝都无足轻重呢？如果一切都提前注定好了呢？不不——等一下——这可是个值得深究的问题。如果正是我们的邪恶和错误决定了我们的命运，把我们带到善的那一侧呢？如果我们有些人只有这条路可走呢？”

“走到哪儿去？”

“你要明白，我只是用‘上帝’这个词指代某种我们看不破的宏观规律。缓慢移动的巨大天气系统，从远处慢慢移动过来，随机吹动我们，就像——”他在空中挥着手，生动地模仿风中的落叶，“可是——也许不是那么随机、那么不挑人的，你明白我的意思吗？”

“抱歉，我不是很懂你想解释的观点。”

“没有什么观点。唯一的观点就是，也许真正的重点太巨大了，靠我们自己根本看不清，也理解不了。因为——”他挑起蝙蝠翅膀般的粗眉，“嗯，你如果没把画从博物馆拿走，萨沙没偷，我没想到去领奖金——哎，其他那几十幅画不就找不回来了吗？也许永远都找不回来？就那么裹在棕色包装纸里，被关在那间公寓里。孤零零的，根本就没人看，等于从这个世界上彻底消失了。也许为了让它们重见天日，你的画必须得这么丢一次？”

“我想这比起‘神圣的天意’，更像是‘无情的讽刺’。”

“是——可是为什么非要给它一个名字？你说的这两个词难道不可能指代同一种东西吗？”

我们互相对视。我意识到，他身上虽然有这么多如此明显的缺点，但我之所以会喜欢他、从我们初次见面起就觉得和他待在一起很开心，是因为他从不害怕。很少有人能像他这样在世间自由穿行，对这个他小时候喜欢称为“行星地球”的地方怀有强烈的鄙视，同时又怀有毫不动摇的古怪信心。

“所以，”鲍里斯喝光剩下的酒，又给自己倒了一杯，“你的宏伟计划是什么？”

“你指什么？”

“刚才你还急着要走。留下来待一阵子不好吗？”

“在这儿？”

“不，我不是说这儿，不是阿姆斯特丹。我同意，我们最好还是赶紧离开这个城市，我估计我有一段时间不会再回来了。我的意思是，干吗不放松点，在周围玩一阵子，再飞回去？和我一起去安特沃普吧。看看我住的地方！见见我的朋友！暂时忘掉你在女人那儿的麻烦。”

“不，我要回家。”

“什么时候？”

“今天。”

“这么快？不！去安特沃普吧！那儿的服务行业可棒了——不是红灯区那种的——两个姑娘，两千欧元，必须提前两天预定。一切都是数字二。久里可以开车带我们过去——我坐在前面，你可以躺在后座上睡一觉。怎么样？”

“我想你还是把我送到机场更好。”

“我想——还是我的主意比较好。我如果是卖票的，可不会让你上飞机。你看起来好像得了禽流感，要不就是非典，”他解着湿透的鞋带，使劲把脚塞进去，

"啊！能不能回答我一个问题？为什么——"他举起已经泡坏的鞋，"你告诉我，为什么我要买这些漂亮的意大利皮鞋？只穿一周就毁成这样。我以前穿的那双沙漠靴——你还记得吗？跑起来可快了！跳窗也没问题！我穿了好几年！我才不在乎它们配不配西装，我要再买几双那种靴子，这辈子都不穿别的鞋。久里，"他说，冲手表皱着眉，"久里去哪儿了？他在圣诞节停个车还这么费劲？"

"你给他打电话了吗？"

鲍里斯拍了一下脑袋。"没，我忘了。妈的！他大概已经在别处吃上早饭了。要不然就是还在车里等着，冻个半死，"他喝光剩下的红酒，把伏特加的小瓶塞进口袋里，"你收拾好了？嗯？棒极了。我们可以走了。"我注意到，他把剩下的面包和奶酪用餐巾包了起来。"下去付账吧。不过——"他不赞成地看着床上还留有血渍的大衣，"你可得把它处理掉。"

"怎么处理？"

他冲窗外浑浊的运河点点头。

"真的？"

"为什么不行？没有法律规定不能往运河里扔大衣吧？"

"我觉得有。"

"哎——谁知道。要我说，这一定不是一条严格执行的法律。真该让你看看垃圾处理队罢工时飘过去的那些垃圾。还有喝醉的美国人往河里吐，随便你想象吧。不过，"他往窗外瞥了一眼，"我同意，最好还是别在大白天扔。可以把它放在后备厢里带到安特沃普，然后扔进焚烧炉里。你会喜欢我的公寓的，"他伸手掏出手机拨了号，"艺术家工作室，只是没有艺术品！等商店开门，我们再出去给你买件新大衣。"

6

两天后，我坐红眼航班回了家（节礼日是在安特沃普过的，既没有宴会也没有应召服务，只有罐头汤、一针青霉素和窝在鲍里斯家沙发上看的几部老电影）。我回到霍比家时大概是早上八点，吐出的气都变成了白雾。我走过香脂冷杉木铺成的门廊，进了前门，客厅里的圣诞树上的灯灭了，圣诞树上没有什么礼物。我走到房屋深处，看见霍比睡眼蒙眬、肿着脸，穿着浴袍和拖鞋站在厨房梯子上，把圣诞节午餐用的带盖汤盘和大酒杯收入柜子里。“嗨。”我说，放下行李箱，随即应付起在我脚边激动又蹒跚地蹦起八字舞、热烈欢迎我的卡扣。我抬头见霍比从梯子上下来，才注意到他的表情有多严峻：困扰，又挂着个下定决心般的防御性笑容。

“你怎么样？”我说，离开波帕，站起身，脱下新大衣，挂到餐椅上，“有什么新闻吗？”

“没什么。”他不看我。

“圣诞节快乐！嗯——有点晚了。圣诞节过得如何？”

“还行。你呢？”他沉默了片刻，语气有点僵硬地问。

“还挺不错的。我去了阿姆斯特丹。”他没回答，我补充了一句。

“哦，是吗？那不错。”他心不在焉。

“你们的午宴还顺利吗？”我小心地等了一会儿后问。

“哦，很顺利。下了点雨夹雪，除此之外都很好。”他想折叠起厨房梯，但不太顺利。“树下还有给你的几样礼物，如果你想拆开看看的话。”

“谢了。我晚上再拆，现在太累了。我帮你吧？”我说，上前一步。

“不，不。谢了，”他的声音有些不对劲，“我能行。”

“好吧。”我说，想知道他怎么没提起我送的礼物：一件儿童刺绣品：如藤蔓般蜿蜒的字母和数字，用双线绣成的传统农场动物，署名是：“玛丽·斯特蒂文特，样品R，十一岁，一七七九。”他没把礼物打开吗？我在跳蚤市场一箱保守型内裤里面发现了它——四百元，在跳蚤市场里不算便宜，但我在美国古董拍卖会上见过的类似物品能卖出十倍的价钱。我沉默地看着他心不在焉地在厨房里走动——绕着圈，打开冰箱门，什么都没拿又关上冰箱门，灌满水壶烧水喝茶，一直裹在自己的茧里，不肯看我。

“霍比，怎么了？”我终于问道。

“没什么。”他在找围裙，但开错了抽屉。

“你不想告诉我？”

他转过身来看我，眼神飘忽不定。然后他又转向炉子，脱口而出：“你不该送皮帕那条项链。”

“什么？”我吃了一惊，“她不高兴了？”

“我——”他盯着地板摇摇头，“我不知道你是怎么回事，”他说，“不过我已经不想再思考了。听着，我不是想批评你，”他见我一动不动地坐着，继续说，“真的不是。说实话，我根本不想谈这件事。可是——”他似乎在寻找合适的字眼，“你看不出这有多让人不安，有多不合适吗？给皮帕送一条三万元的项链，在你订婚当晚。就那么放在她的鞋子里，摆在她房间的门外。”

“我可没付三万元。”

“是的，你如果是在零售店买的，我敢说你付了七万五。还有另外一件事——”他突然拉开椅子坐下来，“哦，我不知道该怎么办，”他沮丧地说，“我不知道该从哪儿说起。”

“怎么了？”

“请告诉我你和那摊子事没关系。”

“哪摊子事？”我小心地说。

“唉，”厨房的收音机正在播放晨间古典乐节目，冥想般的钢琴奏鸣曲，“圣诞节前两天，来了个非常特别的客人，你的朋友卢修斯·里弗。”

我立刻感到全身如坠冰窖，一下子坠入最深处。

“他说了好多让人震惊的话，对你的控诉简直超乎想象，”霍比将两手的大拇指和食指按到眼皮上，一动不动地坐了片刻，“先把另一件事抛开不提。不，不，”他说，挥手不让我说话，“一件一件来。首先是家具的事。”

令人难以忍受的沉默在我们之间蔓延。

“我知道，我没有创造一个能令你坦白的环境。我也明白，是我把你逼到了这个地步。可是——”他环顾四周，“整整两百万，西奥！”

“听着，让我说一句——”

“我应该做笔记的——他带来了一些货运收据的复印件，都是我们从来没卖过、也从来都没有拿过货的东西，美国重要家具的级别，好多根本不存在，我心算都算不过来，算到一半就放弃了。十几件！我根本不知道有那么多。你还撒谎说他找我们入伙。他想要的根本不是那种东西。”

“霍比？霍比，听着。”他看着我，但却没把我看进眼里。“很抱歉让你以这种方式发现，我一直想先弥补再——我会解决的，好吗？现在我可以把它们都买回来，一件不落。”

但他并没释然，只是摇了摇头。“这太可怕了，西奥。我怎么能让这种事发生？”

我如果更冷静一些，就会向他指出，他唯一的错误就是太过相信我，对我的话深信不疑。但他看起来真的非常困惑，我一句话也说不出来。

“是怎么走到这一步的？我怎么可能什么都不知道？他有——”霍比移开目光，难以置信地摇摇头，“你的字迹，西奥。你的签名。邓肯法夫桌……谢莱顿餐椅……卖到加利福尼亚的谢莱顿沙发……我制作了那条沙发，西奥，用我的双手做的，你看着我做的，它与谢莱顿的距离和与那边那只格里斯泰超市购物袋的距离一样远。全新的木框。就连扶手都是新的。只有两条腿是原装的，你可是站在旁边看着我仿造出了其他沙发腿——”

“抱歉，霍比——国税局每天都打电话过来，我不知道该怎么办——”

“我知道，”他说，但眼神里仍然充满疑虑，“店里那些客人就像儿童十字军一样好骗。可是——”他往后退了退，抬眼看着天花板，“你为什么没停手？这种情况为什么持续了这么久？我们一直在花不属于我们的钱！你给我们挖的这个洞都快通到中国去了！你这样干了好几年！就算我们有钱赔偿所有损失，当然我们不可能有这个钱，你也明白——”

“霍比，首先，我*有能力*把它们买回来，第二——”我需要喝杯咖啡，我还没完全清醒过来，但炉子上没有咖啡，现在也不是起身去煮咖啡的好时候，“第二，呃，我不想说这没什么，因为，这当然不是没什么，但我只是想让古董店渡过难关，还清债务，我不知道后来怎么就失去控制了。不过——不，不，听我说，”我急切地说。我能看出他开始走神，眼神失去了焦点，和我母亲以前不得不坐着听爸爸编织复杂又荒谬的谎言时一样，“我不知道他对你说了什么，但我现在有足够的钱。没事的。好吗？”

“我不太敢问你的钱是从哪儿来的，”他悲伤地向后靠到椅背上，“你到底去哪儿了？如果你不介意我问的话。”

我交替双腿又分开，抬手抹了把脸。“阿姆斯特丹。”

“为什么要去阿姆斯特丹？”

我结结巴巴，说不出话。

“我以为你不会回来了。”

“霍比——”我满心羞愧。我一直努力隐藏起自己坑蒙拐骗的那一面，只让他看见光鲜亮丽的表面，从来不显露出我一直拼命隐藏的那个破破烂烂、令人羞愧的自己，骗子、懦夫，满口谎言，不择手段——

“你为什么要回来？”他语速飞快，语气痛苦，仿佛只想把这些话尽快吐出去。他激动地站起身走来走去，平底鞋拍打在地板上。“我以为我们再也见不到你了。昨天晚上——好几个晚上——我一直没睡，思考着要怎么办。船沉了。一场灾难。新闻里到处都是那几幅被偷走的画。好一个圣诞节。你呢——哪儿都找不到你。打电话也没人接——没人知道你去了哪儿。”

“哦，老天，”我说，真心实意地感到震惊，“对不起。听着，听着，”我说——他的嘴唇抿得很紧，不停地摇着头，仿佛已经不在乎我要说什么，已经没必要再听，“你如果担心那些家具——”

“家具？”平静、温和、宽容的霍比，低沉的声音仿佛将要爆炸的水壶，“谁说家具的事了？里弗说你逃了，彻底跑掉了，可是——”他站住脚，飞快地眨着眼，努力让自己平静，“我不相信你会那么做，我没法相信，我生怕还有什么更糟糕的事。哦，你知道我的意思，”他见我不回答，生气地说，“我还能怎么想？你在晚宴上就那么走掉了……皮帕和我，你简直都想象不到，女主人可是有点生气，‘新郎跑到哪儿去了’，抽噎，你走得那么突然，我们没有受邀参加晚宴后的活动，于是回家了——然后——你想想，我回来发现房门没锁，门基本是大敞着，装现金的抽屉也打开了……抛开项链不提，你给皮帕留的字条也太诡异，她和我一样担心得要命——”

“她也担心我？”

“当然了！”他挥起胳膊，几乎是在大喊，“我们应该怎么想？然后就是里弗这次可怕的来访，我正在烤馅饼皮——我就不该去开门，我还以为是莫伊拉。早上九点，我瞪着他，全身都是面粉——西奥，你为什么要做这种事？”他绝望地问。

我不知道他具体指什么，我做的事太多了。我只能摇摇头，转开目光。

“实在太荒谬了，我怎么能相信？说实话我当时没信。因为我明白，”他说，我没回答，“听着，我明白，在家具这件事上，你只是做了你能做的事，相信我，我很感激，如果不是你，我现在已经出去给人打工了，住在某个只有床的老鼠窝里。可是——”他把拳头塞进浴袍口袋，“其他那堆胡说八道呢？我自然就会思考你到底干了些什么。何况你一句话没说就那么跑掉了，和你的老伙计一起——我不想这么说，他是个很有魅力的孩子，但看起来像是住过那么一两间牢房——”

“霍比——”

"哦，里弗。你真该听听他是怎么说的，"他突然丧失所有活力，看起来萎靡不振，垂头丧气，"那条老毒蛇。还有，我想让你知道，关于这件事，艺术品盗窃，我完全站在你这一边。不管你做过什么事，我确定你没做过那件事。可是后来呢？还没过三天，新闻里就播了什么？就是他说的那幅画。除此之外还有多少幅？他说的是实话吗？"他问，我仍然没有回答，"是你干的吗？"

"是。呃，我是说，严格来讲不是。"

"西奥。"

"我可以解释。"

"请。"他说，用掌心揉了揉眼睛。

"你先坐下。"

"我——"他无助地环顾左右，仿佛生怕和我坐在一起就会失去所有的自制力。

"不，你最好先坐下。这件事说来话长。我会尽量讲得简短一些。"

7

霍比没说话，电话响了都没有去接。我因长途旅行全身又累又痛。我对那两具尸体讲得很少，但把剩余的部分都和盘托出：简短的句子，实事求是，不找借口，也不为自己辩解。等我说完，他坐在原地一动不动——他的沉默让我如履薄冰。厨房里一片静默，只有老冰箱单调的轰鸣。最后他向后靠去，将胳膊交叠在胸前。

"有时候人生就是会以意想不到的方式转个圈，你说呢？"他说。

我沉默着，不知道该说什么。

"我的意思是，"他揉了揉眼睛，"我也是年纪大了以后才明白，时间是个多么滑稽的东西。那么多惊喜和恶作剧。"

我只听清了恶作剧这个词。他突然站起身，展开六英尺五英寸的庞大身躯，神态在我眼里显得既严厉又惋惜，像个慑人的警察，或即将把你扔出酒吧的保镖。

"我会走的。"我说。

他迅速眨了眨眼。"什么？"

“我会把钱全都写在一张支票里给你。我唯一的要求是，请你等我说可以了，再去银行兑现支票。我从来没想要伤害你，我发誓。”

他大幅度一挥胳膊，仿佛把我的话打飞了。“不，不。在这儿等着。我有东西要给你看。”

他站起身，走进客厅。他去了很久。他回来时，手里拿着一本快要散架的相簿。他坐下，打开相簿翻了好几页。他找到想要的那一页后，把相簿推到我面前。“喏。”他说。

褪色的照片。一个扁嘴的小男孩对着钢琴微笑。房间里摆着棕榈树，装潢是法国黄金时代的风格——不算太巴黎，应该说更开罗。成对的花架，许多法国青铜雕像，墙上挂着好几幅小画。其中一幅是花瓶中的花，我隐约记得是马奈的作品。但我的目光随即停在往上一两排的另一幅画上，那画面如此熟悉。

照片里的画当然是张仿制品。但就算在这张灰蒙蒙的老照片里，它也散发着独特而异常现代的灿烂光芒。

“是艺术家的仿作，”霍比说，“那幅马奈也是。没什么特别的，不过——”他交叠双手按在桌面上，“这些画是他童年里非常重要的一部分，也是最快乐的一部分，那时他还没生病，独生子，仆人都非常宠爱他。阳台上总是摆着无花果、柑橘和茉莉花。他会说阿拉伯语和法语，你知道吧？而且——”霍比抱紧双臂，用食指点着嘴唇，“他以前经常说，伟大的画作可以与人建立起非常深入的联系，人几乎是住在里面的，就算是复制品也一样。普鲁斯特的作品里有一段非常著名，欧黛特感冒了，她打开窗户，闷闷不乐，头发披散下来，皮肤粗糙，斯万以前根本没注意过她，但就在那一刻爱上了她，因为她那时看起来就像波提切利旧壁画里的姑娘。普鲁斯特只见过那壁画的复制品，从来没去西斯廷教堂看过真品。壁画的磨损之处正是那种魅力的一部分，画里的姑娘布满斑点的脸。普鲁斯特就算是通过复制品，也能想象出原来的壁画，用那个画面重塑现实，从中得出属于他自己的什么，并把它带到这个世上来。美丽的线条就是美丽，就算复印了一百遍也没关系。”

“是。”我说。但我想的不是画，而是霍比的仿造品。那些家具被他赋予了活力，变得闪闪发亮，仿佛被注入了纯粹的黄金一般的时光。那些仿制品会让你爱上赫普尔怀特或谢莱顿，就算你这辈子都没见过、也没想过要见那些真品。

“嗯——我也是个只会复制的人。你知道，毕加索曾经说过：‘差劲的艺术家复制，优秀的艺术家偷。’但伟大作品的某根线条里总有某种让人震惊的东西。不管你有多经常去捕捉那根线条，或者有多少人在你之前抓到过那根线条，那都是同一根线条，是从更高远的地方传下来的，里面让人震惊的东西总有一部分残留。这些仿作——”他俯过身，双手叠放在桌面上，“他是在这些艺术家仿作中长大的，后来开罗的房子烧毁了，这些画也没了。说实话，对他来说它们早就没了，因为他残废了，他们把他送到了美国，不过——唉，他和我们一样，会对物品产生感情，在他看来，每一样东西都有自己的个性和灵魂，他虽然失去了之前人生里几乎所有的东西，但从来没有失去过这些画，因为它们的原作还在这世界上。他好几次不远万里去看它们——好多年前，我们坐火车一路去了巴尔的摩，这幅马奈在那里展出，那时皮帕的母亲还活着。那是韦尔蒂相当难忘的一次旅行。他知道，他是不可能飞到奥赛博物馆去的。他和皮帕去看荷兰画展的那一天，你猜他想专程带皮帕去看哪一幅画？”

这张照片最有趣的地方在于，那个双膝内弯的虚弱小男孩甜甜地笑着，穿着质朴的海军服，而他正是临死时紧握住我的手的那个老头。他们是同一个灵魂的两幅影像，彼此交叠辉映。他头上的那幅画就是凝结一切的中心点：梦境和预兆，过去和未来，好运和厄运。没有什么单一的意义，无数意义交织在一起。这是一个不断往外扩张、没有尽头的谜语。

霍比清了清嗓子。“能问个问题吗？”

“当然。”

“你是怎么保存它的？”

“装在枕套里。”

“棉的？”

“呃——好像是高级密织棉？”

“没有填充物？没有保护层？”

“只有报纸和胶带。没错。”我说，他惊惶地瞪大了眼睛。

“应该用玻璃纸和泡沫包装！”

“现在我知道了。”

“抱歉，”他皱了皱眉，伸手按住太阳穴，“我还在消化你说的这一切。你在大陆航空公司的飞机上托运了那幅画？”

“我说过了。我那时十三岁。”

“你为什么不告诉我？你应该告诉我的。”他说。我摇头。

“哦，当然了。”我说，语速稍微有点太快了。我记得那时所感到的孤独和恐怖：我一直害怕社会福利部会来；没有上锁的卧室里充满肥皂味；布鲁斯哥德尔先生的等候室冷入骨髓，周围都是灰色的石头，我怕极了会被人赶走。

“我会想出办法的。不过，你无家可归，跑到我这儿来时……嗯，希望你别介意我这么说。连你的律师——唉，你也很清楚，你的情况让他紧张，他很想你离开这儿。我这边也一样，好多老朋友都说：‘詹姆斯，这对你来说负担太重了……’你应该明白他们为什么会这么想吧。”看到我的表情，他飞快地补充了一句。

“哦，当然，我懂。”沃格尔夫妇，格罗斯曼夫妇，总是那么礼貌，但也总是无声地（至少是对我）表明“霍比已经很辛苦了”。

“在某些层面上，让你留下挺疯狂的。我知道有些人会怎么想。可是——唉——我清晰地觉得，是韦尔蒂送你过来的，而你呢，像只小昆虫，总是不停地回来——”他皱着眉沉思了片刻，显出比平时更担忧的表情，“我表达得太差劲了，让我解释一下。在我母亲死后那个漫长又可怕的夏天，我不停地走啊走啊，有时候能从奥尔巴尼一路走到特洛伊去。下雨的时候就站在五金店的屋檐下。去哪儿都行，只要不用回那个没有她的家。我像鬼魂一样四处飘荡。我会一直留在图书馆，直到他们把我赶出来，然后我就坐上瓦特弗利特的公交车，坐到头再下来继续四处晃荡。我个子很大，十二岁就已经高得像个成人。别人都以为我是个流浪汉，家庭主妇会用扫帚把我从门前赶走。但我就是在那时候认识了德佩斯特太太——我坐在她家门口，她开了门，对我说：你一定渴了吧，想进来吗？里面到处都是画像，小雕像，银版相片，这个老姑妈那个老舅舅的遗物什么的。还有那个旋转楼梯。我在她家——感觉就像上了救生船。我得救了。在她家里，有时候你得掐自己一下，才能想起现在不是一九〇九年。她有一些我见过的最漂亮的美国经典古董，我到现在都没见过比那些更棒的，还有，老天啊，那些蒂芙尼玻璃——那个年代的蒂芙尼还不算特别，没有很多人感兴趣，也没掀起什么潮流，在城里可能已经卖出大价钱了，但在乡村的二手店里，便宜得几乎等于免费。我很快就开始自己去那些二手店淘货。她的那些东西都是家里前人留下的，每一件都有自己的故事。她很乐意和我分享，告诉我在不同的时间应该站在哪儿，才能在最好的光线下欣赏那些家具。下午，阳光在房间里慢慢移动时——”他摊开手指，“叭叭”，“它们会一件一件挨个亮起来，像是拴在一根绳上的烟火。”

我坐在椅子上，眼前清晰地浮现出霍比的诺亚方舟：成对的大象，斑马，两两前进的木刻野兽，尺寸依次变小，一直到母鸡公鸡、兔子和压底的老鼠。无法用语言表达的记忆就封存在那里，那个下午就像被加密过：雨滴沿着天窗滑下来，动物们在厨房台面上亲密地排着队等待被救赎。诺亚：伟大的守护者。

“还有——”他站起身去煮咖啡，“我想对物品产生这么多感情挺卑鄙的——”

“谁说的？”

“嗯——”他从炉边转过身来，“这么说吧，我们治疗的可不是生病的儿童。拼接起一堆旧桌子旧椅子，这有什么崇高性可言？说不定还会腐蚀灵魂。我见过太多遗产，对此非常清楚。狂热崇拜！太在意物品会毁了一个人。不过，你如果特别在乎一样东西，那它就有了生命，对吧？所有物品的意义——美丽物品的意义——不就是能让你与某些宏大的美产生了联系吗？那些一眼就让你心碎的画面，让你终其一生都去追逐，想要以某种形式再现？我是说，修补旧东西，保护、照顾它们，在某种层面上，这种行为完全没有什么合理的理由——”

“我在乎的一切都没有什么‘合理的理由’。”

“嗯，是啊，我也是，”他随和地说，“可是——”他眯起眼睛往咖啡罐里看，往壶里盛了几勺研磨咖啡，“呃，抱歉这么唠唠叨叨的，可是从这儿，从我的角度看，这就是个难题了，对吧？”

“什么？”

他笑了起来。“有什么证据呢？伟大的画作——大家都抢着去看，它们会吸引人，反复印在咖啡杯、鼠标垫和随便什么东西上。还有，我说这话也包括自己在内，一个人可以一生都真心享受去博物馆看画展，在里面慢慢地逛，看到什么都很高兴，然后出去吃个午饭。可是——”他回到桌边坐下，“一幅画如果真的钻进你心里，改变了你观察、思考和感觉的方式，你不会想‘哦，我爱这幅画，因为它传达的东西全世界通用’，‘我爱这幅画，因为它是全人类的’。这不是一个人喜爱一件艺术品的理由。真正的理由更像小巷子里的一句低语。喂喂，你。嘿，小子，对，就是你。”他用指尖抚过褪色的照片——那是守护者的轻抚，抚过却没有真正触碰，食指和照片表面间隔着一块圣餐饼那么厚的距离。“那是非常私人的惊心动魄。你的梦，韦尔蒂的梦，维米尔的梦。你看见的那幅画，在我眼里是另一幅，艺术书里提到的又是另一幅，在博物馆纪念品商店里买了画作明信片的女士看见的又是完全不同的东西，更不要提与我们之间隔着时间的那些人——四百年前的人，四百年后的人——没有两个人的感动是一模一样的，绝大部分的人根本不会感到任何深沉的情感，可是，真正伟大的画足够灵活，可以从各种不同的角度进入一个人的头脑和心灵，它进入每个人的方式都不一样，每一个人的感受都独一无二。是你的，是你的。我就是为你而存在的。而且——哦，我不知道该怎么说，如果我的话太过混乱你就打断我……”他伸手抹了一下额头，“韦尔蒂以前曾经提到过命运之物。所有艺术品交易商和古董商都能认出来。那些物品不停地反复出现。也许对其他某个不是交易商的人来说，那不仅仅是一件物品，而是一座城市，一种颜色，每天的某一个时间，是他命中注定要被挂上去并与之纠缠的那根钉子。”

“这些话就像是我爸爸说的。”

“嗯，这么说吧。是谁说的来着？所谓偶然只是上帝匿名的方式。”

“你这句话真的特别像我爸爸说的。”

“谁说得清呢，也许赌徒真的比所有人更接近真相？一切不都值得放手一赌吗？美好的结果有时也可能是从诡异的后门里钻出来的吧？”

8

是啊。我想有可能。或者，用爸爸一句似是而非的格言来说：有时候输了才能赢。

现在离那时候已经过了将近一年。我几乎一直在旅行，整整十一个月都奔波在机场大厅、酒店房间和其他暂时性的场所之间。滑行，起飞，降落，塑料托盘，通过鲨鱼腮似的机舱通风口吹进的凝滞空气。现在还没到感恩节，节日的灯光却已经亮了起来，机场的星巴克也放起了轻快的标准圣诞歌曲，比如文斯·葛拉第的《圣诞树》和柯川的《绿袖子》。我有很多很多事情要思考（比如有什么值得为之而活？有什么值得为之而死？什么东西愚蠢得不值得去追逐?)，但想得最多的还是霍比的话：关于画作是如何击中心脏，让心灵如花般绽放，带人发现更广袤、更宏伟的美，足以让人用尽一生去寻找，却永远也找不到。

一个人旅行对我很有好处。我用了这一年的时间独自旅行，默默地买回那些流落在市场上的假货。这种事非常微妙，最好还是亲自出马。我一个月大概要出门三四次。新泽西，牡蛎海湾，普罗维登斯，新迦南；距离更远的迈阿密，休斯敦，达拉斯，夏洛茨维尔，亚特兰大——可爱的客户敏迪就住在那儿，她是一个名叫厄尔的汽车零件巨头的夫人。受她邀请，我在他们的客房里享受地住了三天。他们的住房是座崭新的珊瑚石别墅，有台球室，“绅士酒吧”(配有真正在英国生长的服务生)，和配有履带式枪靶系统的室内枪场。在我的客户里，很多搞网站和对冲基金的人都在颇具异国风情的地方买了度假房，至少在我看来很有异国风情：安提瓜、墨西哥、巴哈马、蒙特卡洛、瑞昂莱潘、辛特拉。我们在阶梯状的花园里喝着口味特别的当地红酒和鸡尾酒，旁边种着橄榄树和龙舌兰，泳池边白色的遮阳伞如船帆般在风中鼓动。我在哪儿也不是的路上，处于一种灵魂出窍的隐身状态，在灰色的嘈杂声中飞来飞去，望着雨点敲打的窗外飞起，进入层次分明的阳光，下降穿过雨云和雨，飞速落入行李认领处的人群，仿佛进入了诡异的死后世界，处于地球与非地球、世界与世界之间，到处都是擦得锃亮的金属门，如大教堂般充满回音的玻璃屋顶，面目模糊的候机人群。我不想拥有、也不拥有那种群体性的身份，这让我自己已经死了。我的感觉变了，我整个人都不一样了。在群体中进进出出有种令人麻木的愉悦感。我在模压塑料椅上打着盹，在免税店闪闪发光的过道里闲逛。我要拜访的人总是很客气，带我去室内网球场、私人海滩，在家里转上一圈(每次都是)，欣赏墙上的波纳尔和维亚尔，在泳池边吃顿便餐。然后我交出数目可观的支票，打车回酒店，离贫穷又迈近了一大步。

这是种巨大的改变。我不知道该怎么解释。我既希望这样又不希望这样，既在乎又不在乎。

当然我的心理状态远不止这么简单。震惊和预感阵阵来袭，一切东西都更有力、更明亮了，我感觉自己正处于某种无法言说的状态边缘。飞机上的杂志里似乎隐藏了加密信息。能量护盾。决不妥协的守护者。电，颜色，光晕。一切事物都是指向其他东西的方向标。我躺在奈斯某个冰冷的饼干色旅馆房间里，目光越过眺望英国大道的阳台，望着玻璃上反射出的云朵，暗自感叹连悲伤都能让我感到幸福。铺满房间的地毯，仿波德麦式样的家具，法国“更多”频道轻声耳语的法国主播，一切都显得如此正确，如此必要。

我应该很快就会忘掉，但现在还忘不了。那就像是音叉的低鸣，一直存在。它一直伴随着我。

白色噪声，不带感情的呼啸。登机口抹杀一切声音的白炽光线。但就连这些没有灵魂、与世隔绝的地方也饱含深意，意义在其中闪闪发光，轰隆作响。天空商城。便携式音响系统。摆着杜林标利口酒、坦奎利金酒和香奈儿五号香水的镜面走廊。我望着其他乘客茫然空洞的脸——拖着行李箱，背着旅行包，排着队缓缓移动——想着霍比所说的话：美会改变现实的质感。我同时也在想那句传统箴言：对纯粹之美的追求是个陷阱，是开往苦涩与悲哀的直通车，美必须要和更有意义的东西结合在一起。

但那更有意义的东西是什么？我为什么会变成现在的这个我？我为什么只会在乎那些不该在乎的东西，无心理睬该在乎的？或者说：我为什么能如此清晰地认识到，我所热爱和在乎的一切都只是幻觉？可是——至少对我而言——为什么一切值得为之而活的东西都存在于那里？

我刚刚开始明白一种巨大的悲哀：我们无法控制自己的心意。我们不可能逼自己去渴求对自己好、对别人也好的东西。我们无法选择自己是什么样的人。

因为——这不是从孩童时期起就由文化不断楔入我们心里了吗？从威廉姆·布莱克到嘎嘎小姐，从罗素、鲁米、托斯卡到罗杰斯先生，所有人说的话都出奇一致，从上到下无人质疑：你犹豫不决时怎么办？如何判断怎么做才是最好的？每个心理医生、每个职业咨询师、每个迪斯尼公主都知道答案："做你自己"，"跟随你的心"。

可是我特别特别希望有人能解释解释：一个人的心如果不值得信任，那他该怎么办？如果这颗心，不管出于什么难以理解的原因，带着无比灿烂的光晕任性地领着主人远离健康、家庭、公民义务、社交关系和所有人类的共同美德，一头扎进毁灭、自我了断和灾难的美丽火焰呢？也许凯西说得对？如果最深层的自我在唱歌，哄着你让你走进篝火，最好还是掉头跑掉？用蜡堵住耳朵？无视心灵向你喊叫的那些任性说辞？坚决地走向负责任的正常状态，过上规律的生活，定时参加体检，建立稳定的人际关系，维持稳定的职业发展，周日读着《纽约时报》吃早午饭，相信这样就变成了一个更好的人？还是应该像鲍里斯那样主动冲过去，大笑着投入叫喊你名字的神圣怒火？

重要的不是外在表现，而是内心的意义。那是一种存在于世、却不属于这个世界的雄伟，是这个世界所无法理解的壮丽。望见纯粹的异世界的第一眼，在它面前，你像花一样哗然开放。

一个自己不想要的自我，一颗自己无法改变的心。

我的订婚并没正式取消，但通过巴伯一家轻描淡写的优雅态度，我已经明白，没人会用那场仪式来要求我什么。这太好了。我们什么都没说过，什么也不会说。他们邀请我去吃晚饭时（我只要在纽约就经常去），一切都愉快而放松，大家都相当健谈，气氛亲热而微妙，同时又算不上私密。他们（几乎）视我为家庭成员，我只要想去随时都可以去。我成功地鼓励巴伯太太出了几次门，一起度过了几个愉悦的下午——去皮埃尔餐厅吃饭，再去逛一两场拍卖会。托迪还非常有技巧地在不经意间提到了一位非常优秀的医生，话里完全没有暗示我可能会需要他的帮助。

皮帕收下了写奥芝国女王的书，却把项链还回来，还给我写了一封信。我迫不及待地打开信，急切得把信封直接撕成了两半。我跪在地上把信拼好，信的大意是这样的：她这次见到我很高兴，我们共度的时间对她而言非常珍贵，这世上还有谁会为了她挑选一条这么漂亮的项链？它太完美了，比完美还完美，但她还是不能收，这礼物太贵重了，她很抱歉，还有——也许她说得有点语无伦次，如果真是这样请我原谅，但我不该认为她不爱我，因为她爱我，她爱我（你爱我？我困惑地想）。但情况很复杂，她考虑的不仅是她自己，还有我。我们经历了这么多相同的事，我们太相似了——相似得有点过头了。我们都在很小的时候就受了严重的伤，那么激烈，又无法挽回，大多数人都不明白，也不可能明白。所以我们要是在一起，不是有点……太危险了？好像在自我保护一样？两个精神不稳、被死亡所吸引的人，太过需要依赖彼此了吧？何况她现在过得很好，她确实过得很好。我们两个之间的关系，随时有可能在一瞬间就变掉，不是吗？而那种极速坠落的状态不是很危险吗？我们的缺点和弱点都太过一致，随时都有可能把对方一转眼带到谷底。虽然她有点语焉不详，我还是一瞬间就明白了她在说什么，并为此感到震惊不已。我太傻了，我本该早就意识到，她受了那么多伤，腿也被压断了，做了那么多次手术，药物作用下可爱的声音，药物作用下可爱的一瘸一拐，张开双臂的拥抱，苍白的脸色，围巾、毛衣和层层包裹的衣物，睡意蒙眬的缓慢微笑。她的存在本身，如梦幻般的那个童年时的她，是崇高与灾难的化身，是我追逐了多年的吗啡糖。

可是，读者应该已经了解（如果这篇东西有读者的话），我完全不怕被拖入谷底。倒不是说我喜欢拖累别人，可是——我就不能改变吗？我就不能当坚强的那个吗？为什么不行？

你挑她们中间的谁都行，鲍里斯说，和我一起坐在安特沃普的公寓里，用槽牙嗑着开心果，看着《杀死比尔》。

不行。

为什么不行？我会选雪花小姐。但你如果想选另外那个，也没什么不可以啊。

因为她有男朋友了。

那又如何？鲍里斯说。

他们住在一起。

那又如何？

我现在也是同样的想法：那又如何？我如果去伦敦呢？那又如何？

这要么是个毁灭性的问题，要么就是我这辈子问过的最有价值的问题。

奇怪的是，我把这些都写出来，本意是觉得皮帕某天会读到——但她当然不会。没人会读到，原因不言自明。我不是光凭着记忆写的。很多年前，英语老师给过我一本空白笔记本，在那之后，我又用掉了很多同样的本子。从十三岁起，我就养成了不定时却又维持终身的习惯，给我母亲写着正式却又非常亲密的信。这些信又长又啰嗦，充满了思家之情，仿佛是真的在给还活着的母亲写信，而她也在焦急地等待我的消息。在这些信里，我描述着我此刻"待"在哪里（从来不是住在哪里），和谁"待在一起"，不遗巨细地记录我吃了什么，喝了什么，穿什么衣服，在电视上看了什么，读了什么书，玩了什么游戏，看了什么电影，巴伯家的人做了什么，说了什么，爸爸和赞卓拉做了什么，说了什么——与这些信（都标着日期、认真地签了名，随时可以从笔记本里撕下来寄出去）交替出现的是一些痛苦的发泄，比如我恨所有人，我想死。有时候，几个月的时光被我草草几笔涂过去：在鲍里斯家，三天没上学了，今天周五，我用俳句记录生活，我已经是半个僵尸了。老天，我们昨晚嗑得太高，我都断片了，我们玩了个游戏叫说谎色子，晚餐吃了玉米片和薄荷糖。

我回到纽约后继续写。"为什么这儿比我记忆里冷多了，为什么这盏该死的台灯让我他妈的这么伤心？"我详细地描述了让人窒息的晚宴，记下和人说过的话，自己做过的梦，还认真地记录了霍比在工房里教给我的知识。

十八世纪红木比核桃木更好配——深色木头会骗过人眼。

技巧太好——可能太过对称!

一、书架底部会有磨损和灰尘,能摸出来,但顶上不会有磨损。

二、对于有锁的东西,在钥匙孔下方寻找凹陷和划痕,钥匙开锁时,钥匙串会划到木头。

除了这些和美国重要家具拍卖会的结果(七十七号菲德。部分乌木。烛台镜,标价七千五百美元),还有越来越多不祥的表格——我以为外人很难看懂,但其实一目了然:

十二月一日至八日:三百二十点五毫克

十二月九日至十五日:二百零二点五毫克

十二月十六日至二十二日:一百七十一点五毫克

十二月二十三日至三十日:四百二十点五毫克

……夹杂在这些日常记录中间,让它们变得不平凡的,是只有我看得懂的那个秘密:在黑暗中绽放的花朵,我一次也没提到名字。

如果定义我们的不是给世间看的表面,而是内心深藏的秘密,那么是那幅画让我超越了生活本身,让我了解了自己。它就在那儿,在笔记本的每一页,但它又一次也没出现过。梦和魔法,魔法和幻觉。统一场理论。关于秘密的秘密。

那只小家伙,鲍里斯在去安特沃普的车里说,画家看见它了——他并不是靠凭空想象画了小鸟,知道吗?真的有那么一只鸟,被链子拴在墙边。我如果看见画里那只鸟和其他十几只同样的鸟混在一起,一眼就能分出来,完全没问题。

他说得对。我也能。我如果能穿越回到过去,会毫不犹豫地把那条链子剪断,一点也不在乎这幅画还会不会诞生于世。

但事情并没有这么简单。谁知道法布里蒂乌斯为什么要画金翅雀?画成这么一小幅独立的大师级画作,同类作品中独一无二的存在?他年轻而有名,有很多德高望重的赞助人(遗憾的是,他为那些赞助人画的画都没流传下来)。你可以想象出一位年轻的伦勃朗,壮丽的订单络绎不绝,画室里摆满了珠宝、战斧、高脚杯、皮草、豹皮和道具盔甲,一切包含力量与悲壮的俗世物品。为什么要画这样一个主题？一只孤独的笼中鸟？这完全不是他在那个年龄和时代应该会画的东西。在其他画里，动物基本都是尸体，作为奢华的战利品。一动不动的野兔、鱼和飞禽，堆成高高的一摞，注定成为人的盘中餐。我为什么觉得那光秃秃的墙面如此重要？没有挂毯，没有猎号，没有作为装饰的背景。而且他专门把自己的名字和年份写得如此醒目，可他不可能知道（难道他知道？）画完这幅画的一六五四年就是他死去的那一年？这幅画中似乎有一丝预兆，他仿佛隐隐感觉到，这幅神秘小画的寿命要比他长久得多，作为他为数不多的代表作流传于世。与创作这幅画相关的反常之处让我辗转难眠。为什么不画更常见的东西？为什么不是海景、风景，历史画，为某位重要人士画的肖像，对酒馆里低俗醉鬼的写生，哪怕是一束郁金香？偏偏是这只孤独的小囚犯，被链子拴在栖枝上。谁知道法布里蒂乌斯想通过这个渺小的主题，通过他对这渺小主题的描绘表达什么？如果那句话是真的——所有伟大的画作其实都是自画像——那么法布里蒂乌斯在表达自己的什么？他被很多最优秀的画家认为超越了当时的水准，他在那个遥远的年代英年早逝，但我们对他几乎一无所知。但他对于自己的画家身份已经说了很多。他的线条无需任何注脚。强壮结实的翅膀，轻轻抹出的针羽。他画笔的速度跃然纸上：坚决果断的一挥，颜料在那一笔下厚厚堆积。但在这些大胆厚涂的笔触旁边，还有半透明的部分如此轻柔，对比之下，整幅画饱含温柔，还有幽默。他想让我们感觉到那毛茸茸的一团，那柔软的触感和羽毛的质地，抓在黄铜栖枝上的小爪子有多么锋利。

但对于法布里蒂乌斯本人，这幅画说了什么？看不出他的宗教信仰、浪漫情史和对家庭的忠诚；看不出他对国家的敬畏、职业志向，对财富和权力的尊敬。画里只有微弱的心跳和孤独，灿烂阳光下的墙面和无可逃脱的绝望。画里有停滞不动的时间，不能称为时间的时间。困在光芒中心的是那只小囚徒，毫不畏缩。我想起曾经读过的关于萨尔金特的文章：萨尔金特画肖像画时，总在寻找对象身上的兽性（我知道了这一点之后，似乎在他所有的画中都看出了这种倾向：贵妇那狐狸般的长鼻子和尖耳朵，知识分子的兔牙，雄狮般的工人队长，猫头鹰般圆滚滚的小孩）。而在这张忠实的小画上，很容易就能看出金翅雀身上的人性，它的尊严和脆弱。一个囚徒，望着另一个。

但谁知道法布里蒂乌斯的本意如何呢？他留下的作品不多，无从进行有根据的猜测。小鸟望着画外的我们，画家并未将其美化或拟人化。它就是一只鸟，警惕而顺从。这里没有道德教训，没有故事，也没有任何决定。这里有的是双重深渊，一座在画家和不自由的小鸟之间；另一座则在他想在画作中说的话，和几个世纪之后我们的体验之间。

是啊——学者也许会对前卫的笔法和光影感兴趣，研究它的历史影响和在荷兰艺术中独一无二的地位。但我不一样。正如我母亲多年前所说——她小时候在图书馆借的书里看到它，一眼就爱上了——重要性并不重要。历史地位只会让画死气沉沉。跨过那些无法泯灭的距离——小鸟和画家之间，画和观众之间——我清晰地听见了它对我说的话，就像霍比所说的小巷中的一句低语，横跨了四百年的时间，亲密而具体。它就在那充满光线的空气中，在画家允许我们看到的笔触里，近在眼前，如此清晰——随手挥洒出的一道道颜料，画笔刷过的地方边缘明显——然后再拉远了看，那是一个奇迹，或是霍斯特所称的玩笑，如耶稣血肉般的神奇变化，颜料既是颜料，也是羽毛和骨头。现实在这里与理想交织，笑话变得无比严肃，而严肃的一切都变成了笑话。在这个奇迹点上，所有想法和与之相反的想法都同样真实。

我希望世上的苦难存在某种更宏大的真相，至少在我对苦难的理解中能出现这种真相——但我已经发现，只有那些我不明白、也不可能明白的真相才最重要。神秘的，模棱两可的，无法解释的。不能放进故事里，或者它本来就完全没有故事性可言。几乎不存在的链条上明亮的闪光。黄色墙面上大片的阳光。将每一个生物与其他生物分离开来的孤独。与喜悦密不可分的悲伤。

这只特别的金翅雀（它确实非常特别）如果从来没有被人抓住，也不是生来就身处牢笼，并没有被摆在某座房子里，被画家法布里蒂乌斯看到，它就永远也不会明白为什么自己只能这样悲惨地活着：被声音吵得心烦意乱（在我的想象中），随时有东西来烦扰它：烟雾，狗叫，烹饪的气味，醉汉和小孩的戏弄，能飞翔的距离只有最短的链子那么长。但就连儿童也能看清它的尊严：顶针大小的勇气，毛茸茸的羽毛，脆弱易碎的骨头。并不胆怯，也不绝望，只是稳稳地站在自己的地盘上，拒绝对世界投降。

我越来越着迷于它拒绝投降的样子。别人怎么说，说得多么频繁，语气多么迷人，也从来没能说服我相信生活是种令人满足的美好享受。因为我真的觉得生活是一场灾难。存在的基本事实——到处走来走去，填饱肚子，寻找朋友，以及我们进行的一切其他活动——都是一场灾难。别管他们说的那些荒谬的话语，

“我们的城市”，新生儿的奇迹，一朵花带来的喜悦，哦，生活，你美好得难以捕捉，诸如此类。要我说的话——我会不停重复，一直到死，一直到我带着不知感恩的虚无主义脸庞栽倒在地，虚弱得再也说不出话：从来没有存在过也比生在这个污水池里要强。这条阴沟里满是病床、棺材和破碎的心。无处可逃，无处可告，没有赞卓拉所谓的“从头再来”，往前走只有年老和失去，要解脱只有死亡。“投诉局！”我记得鲍里斯小时候曾这样发牢骚。那天下午，我们待在他家，刚聊完母亲这个有点抽象的话题：她们——天使，女神——为什么非死不可？而我们糟糕的父亲却活了下来，灌着酒四肢朝天，整天浑浑噩噩，蹒跚而行，动不动就勃然大怒，如此健康，如此不知疲倦。“他们带错了人！弄错了！太不公平了！这儿这么差劲，我们该找谁投诉？管事的是谁？”

也许再这么想下去太过荒谬，不过无所谓了，反正没人会读到——所有人的人生都只有悲剧的结尾，就连最快乐的人也无法幸免，到头来终将失去一切重要的东西。但尽管如此，尽管游戏本身设计得就如此残酷，我们仍然可以带着喜悦享受中间玩耍的过程，这难道不奇怪吗？

要想从这一切里看出意义似乎有些过于守旧了。也许我看到规律，只不过是因为盯着看了太久。但话说回来，用鲍里斯的说法，也许我看到规律，是因为规律就在那儿。

我写下这些段落，有一部分原因也是想借此弄明白这规律。但是，我又不想弄懂，不想努力弄懂，因为这样做本身就是错误地违背了意义。我唯一能确定的是，我从来没有如此清晰地感知到未来的神秘：沙漏里的沙即将流完，时间在火烧火燎地狂奔。不为人知，无法选择，不随心意而改变的力量。我旅行了太久，天亮前在陌生的城市里住进宾馆。我漂泊的时间太长了，以至于飞机急速的震动一直留在我的骨头和身体里。落地几个小时之后，我还觉得自己仍然在不断移动，穿过不同的大陆和时区，到托运服务台前往下一站时还在颠簸摇晃。你好，我叫艾玛/赛琳娜/查理/多米尼克，欢迎来到某某城市！累坏了的微笑，颤抖着手签字，又拉下一块遮光板，躺在又一张陌生的床上，陌生的房间在我周围摇晃，云朵和阴影匆匆溜过。晕眩的感觉接近于狂喜，我仿佛已经死去，上了天堂。

昨晚我梦见旅行和蛇群，有毒的斑纹蛇，头部和箭一样尖。它们离我很近，但我一点都不怕。我脑海里回荡着以前听过的一句话：我们在你身边，就忘了要死。我想着这些，躺在阴暗的旅馆房间里，迷你酒吧闪着明亮的灯光，走廊里传来陌生的语言，世界与世界之间的界限变得单薄不堪。

阿姆斯特丹就是我的大马士革，我的中转站，我转变过程中的远地点。去过阿姆斯特丹之后，宾馆的暂时性一直让我感动非常。不是普通旅行的娱乐式感动，而是接近超然的狂热。十月，离亡灵节没多久，我住到了墨西哥的海边宾馆里，走廊里挂满被风吹动的垂帘，所有房间都以花朵的名字而命名。杜鹃花间，茶花间，夹竹桃间。一切都那么富丽而辉煌，吹着风的走廊一直延伸至无限，每个房间都有不同颜色的房门。牡丹，紫藤，玫瑰，西番莲。谁知道呢，也许在人生尽头等待我们的就是这样一个地方，庄严高贵得难以想象。我们自己走进门去，上帝放下捂住我们眼睛的手，说：看啊！我们只能震惊地呆呆瞪视。

你想过要戒掉吗？我问道。《大富之家》正播到无聊的部分，唐娜·里德在月光下散步。这是在安特沃普，我看着鲍里斯用勺子和吸管调着他口中的“汽水”。

别烦我！我胳膊疼！他给我看过二头肌上血淋淋的深深划痕——边缘还有些发黑。你在圣诞节中一枪，看看你愿不愿意整天坐着吃阿司匹林！

嗯，可你这样有点疯狂。

嗯——不管你信不信，对我来说这不成问题。我只在特殊情况下这样做。

我以前也听你这么说过。

嗯，是真的！我到现在还只是偶尔玩玩。我认识的人里有些已经这样玩了三四年，什么事都没有，只要能控制在一个月两三次就行。不过呢——鲍里斯严肃地补充，电影的蓝光反射在勺子上——我酗酒。这才是问题呢。我会一直酗酒到死。如果有什么东西能杀了我——他冲咖啡桌上的俄国斯丹达伏特加点了一下头——就是那个了。你从来没注射过？

相信我，我用普通方式就已经够呛了。

嗯，刻板印象，你怕，我明白。我——老实说，大部分情况下我都愿意直接吸——俱乐部、餐厅，我不管出门去哪儿，随时都能钻进男厕所来一次。但你会一直想着这种方式，临死时都会想到。最好永远都别试。不过——看那些笨蛋用烟管抽白粉，还要讲什么针管有多脏多不安全，那可真是让人特别恼火。说什么永远都不会打针。好像他们比你有多理智似的。

你是怎么用上针管的？

一般人是怎么用上的？我的女人跑了！那时候的女人。我想干脆自我毁灭，哈，愿望成真了。

吉米·斯图尔特穿着瓦西提毛衣出现了。银色的月亮，颤抖的声音。水牛女孩你今晚出不出来，今晚出不出来。

所以，为什么不戒了？我说。

为什么要戒？

一定要我说为什么吗？

嗯，如果我就是不想戒呢？

你如果能戒，干吗不戒？

靠剑生活者，必死于剑下。鲍里斯轻快地说，挽起袖子，用下巴按下止血带的按钮，那东西看起来非常专业。

有一点很可怕，但我明白：我们无法选择自己想要什么、不想要什么，这就是严酷又孤独的真相。有时候我们就是想要自己想要的东西，即便很清楚那东西会害死自己。我们无法逃离自身。（我得夸爸爸一句：他在发狂逃跑之前，至少想要的东西都很明智——我母亲，行李箱，我。）

我很想相信幻觉之外还有真实存在，但我还是已经认定，幻觉之外再无真实可言。因为，在“真实”与头脑所认知的真实之间有一片中间区域，一块彩虹般的分界线。在那里，美化为实体，两个截然不同的表面融合在一起，提供了生活所不能提供的东西：所有艺术和魔法都存在于此。

还有——我如此相信——所有的爱。或者更准确地说，这片中间区域展现了爱本身最根本的矛盾和不统一。靠近细看：长着雀斑的手放在黑色大衣上，折纸青蛙倒在一边。退后两步，幻觉就会重新涌现：超越生活的生活，永生不死。皮帕是这些事物的交汇点，爱与不爱，在那里与不在那里。墙上的照片，沙发下面团成球的袜子。我抬手拂去她头发上绒毛的那一瞬间，她大笑着躲开了我。正如音乐就是音符之间的空间，正如星星因为彼此之间的天空而美丽，正如太阳以某个角度打在雨滴上，向空中洒出一道五颜六色的光带——我存在的地方，我想继续存在的地方，老实说我想死去的地方，就是这片中间区域：绝望、与绝望迥异的事物相交汇，创造出某种崇高庄严的东西。

这就是为什么我选择写下这些。只要踏入中间区域，踏入真相与非真相之间的多彩边缘，待在这里、写下这些都变得可以忍受。

最重要的是教我们学会与自己交谈的东西，教我们唱歌、将自己从绝望中救赎出来的东西。那幅画也教会我如何进行跨越时间的交谈。我有些非常严肃而急迫的话要对你说，我不存在的读者，我应该尽快说出来，像我正与你站在同一个空间里面对面那样说出来。人生短暂——不管人生究竟是什么。命运冷酷，但也许并非毫无目的。自然（也就是死亡）终将胜利，但这并不代表我们就要俯首称臣。我们也许并不总是很高兴来到这里，但我们的任务就是纵情投入：头也不回地蹚水过去，游过这片污水池，别让双眼和心灵堵塞。我们生自有机物，最后也终将耻辱地重新沉入有机物。但在通往死亡的半路上去爱死亡所无法碰触的东西，就是我们的荣耀和恩典。灾难和遗忘一直伴随着这幅画在时间长河中穿行——但爱也伴随着它。只要画是不朽的（它是），我在那不朽里就占有小而明亮、不可动摇的一席之地。它存在，还将继续存在。我把我对它的爱也增添到人类热爱美丽事物的历史里。我们不仅热爱，还要保护它们，从火中救出它们，遗失后寻找它们，想办法保存它们，小心翼翼地从一只手交到另一只手里，让它们继续唱着灿烂的歌，从时间的废墟唱到下一代爱它们的人的心里，生生世世，永不止息。